Umwelthinweis:
Dieses Buch wurde auf chlor- und säurefreiem Papier gedruckt.

Lisa Jackson

Was nur die Nacht weiß

Flammende Lügen

MIRA® TASCHENBUCH
Band 25856
1. Auflage: September 2015

MIRA® TASCHENBÜCHER
erscheinen in der HarperCollins Germany GmbH,
Valentinskamp 24, 20354 Hamburg
Geschäftsführer: Thomas Beckmann

Titel der nordamerikanischen Originalausgaben:

Konzeption/Reihengestaltung: fredebold&partner GmbH, Köln
Umschlaggestaltung: pecher und soiron, Köln
Redaktion: Mareike Müller
Titelabbildung: Harlequin Enterprises S.A., Schweiz
Autorenfoto: Harlequin Enterprises S.A., Schweiz
Satz: GGP Media GmbH, Pößneck
Druck und Bindearbeiten: CPI books GmbH, Leck – Germany
Printed in Germany
Dieses Buch wurde auf FSC®-zertifiziertem Papier gedruckt.
ISBN 978-3-95649-206-8

www.mira-taschenbuch.de

Lisa Jackson

Was nur die Nacht weiß

Roman

Aus dem Amerikanischen von
Justine Kapeller

DIE LEGENDE DES WHITEFIRE LAKE

Es heißt, wenn der Gott der Sonne sich über die Berge erhebt und seinen flammenden Pfeil auf den See richtet, fallen Funken und glühende Asche hinein, die einen Nebel wie weißes Feuer über dem Wasser aufsteigen lassen. Demjenigen, der von dem Wasser trinkt, bevor die Sonne den Nebel vertreibt, werden Reichtum und Glück geschenkt, und er wird die Hügel um den See nie wieder verlassen. Aber er darf nur sparsam aus der magischen Quelle trinken, nur so viel, bis der Durst erloschen ist. Befolgt er dies nicht, erzürnt er den Gott der Sonne, und der Mensch wird verflucht sein, seinen Reichtum verlieren und das, was er auf Erden am meisten liebt, wird ihm entrissen.

PROLOG

San Francisco, Kalifornien
Gegenwart

Der Wind wehte frisch und zu kalt für den Frühsommer von der Bucht herein und kroch Rachelle Tremont unter die Lederjacke. Vom bleigrauen Himmel fing es an zu regnen. Sie eilte mit schnellen Schritten die Treppe zu ihrer Wohnung hinauf.

„Mach schon, mach schon!“, murmelte sie, während sie in ihrer Handtasche vergeblich nach den Schlüsseln kramte. Der Regen tropfte aus einer überfließenden Regenrinne, und ihr schwarzer Kater Java miaute laut zu ihren Füßen. „Ich versuch's ja“, bibberte sie, als sie endlich den Schlüssel in einem Seitenfach gefunden hatte. Die Tür allerdings klemmte, wie sie es bei Regen immer tat. Rachelle musste mit der Schulter nachhelfen.

Endlich daheim! Sie tropfte auf den abgetretenen grauen Teppich, und ihre Hände fühlten sich an wie Eis. Eigentlich, sagte sie zu sich selbst, sollte sie sich gut fühlen. Sie hatte endlich die Entscheidung getroffen, sich der Vergangenheit zu stellen, um in die Zukunft blicken zu können.

Sie stöpselte die Kaffeemaschine ein, stellte Java eine Schüssel Milch hin und spielte dann die einzige Nachricht ab, die sich auf ihrem Anrufbeantworter befand.

Es war ihre Schwester. „Rachelle? Rachelle, bist du da?“, fragte Heather. „Wenn du da bist, geh ran und erspar mir den Unsinn von wegen Deadlines und diesem ganzen Mist! Rachelle? Mom hat gerade angerufen. Sie hat gesagt, du willst zurück nach Gold Creek … Bist du wahnsinnig? Weißt du nicht mehr, was dort passiert ist? Dein Leben ist dort praktisch ruiniert worden! Du meine Güte, Rachelle, warum willst du da wieder hin?“ Eine Pause. „Das hat doch nichts mit Jackson Moore zu tun, oder? Rachelle? Rachelle?“ Noch eine Pause, in der Rachelles Herz so heftig schlug, dass Heather es tatsächlich hören müsste. „Melde dich!“, verlangte Heather besorgt. „Bevor du dich auf diese Reise begibst, die so gut wie emotionaler Selbstmord ist, ruf mich an! Hör zu, Rachelle – *du* bist doch die Vernünftige von uns beiden! Und du hast mal zu mir gesagt, dass ich dich erschießen soll, wenn du je etwas so Wahnsinniges vorhast, wie in diese Stadt zurückzukehren. Erinnerst du dich noch? Mach bloß nicht so einen Unsinn! Und vergiss Jackson einfach! Hörst du? Vergiss ihn! Der Typ bedeutet nichts als Ärger. Das hat er immer schon getan und er wird es auch immer tun ... Ich wünschte, du wärst zu Hause, damit wir darüber sprechen können“, fügte sie besorgt hinzu. „Okay. Ruf mich an. Okay?“, wiederholte sie.

Endlich ein Klicken und ein Piepton, und Rachelle atmete erleichtert aus. Ihre Hände bebten, während sie sich einen Becher Kaffee einschenkte. Die bloße Erwähnung von Jackson brachte sie schon durcheinander. Es war zwölf Jahre her. Zwölf Jahre! Wie konnte ihr das alles immer noch so unter die Haut gehen? Dieser Mann hatte ihr den Rücken gekehrt, obwohl sie als Einzige auf seiner Seite gewesen war in einer Stadt, die ihn am höchsten Baum aufknüpfen wollte.

Die Antwort war ganz einfach – und dennoch so kompliziert. Trotz ihrer bodenständigen Art hatte Rachelle einst eine romantische Seite besessen, einen Teil ihrer Persönlichkeit, der an Märchen glaubte, an Schlösser und an Prinzen auf weißen Pferden. Und an böse Jungs? Hatte sie nicht auch den Mythos des Bad Boy mit dem Herzen aus Gold für wahr gehalten? Jackson Moore hatte ihr diese Flausen ausgetrieben. Und alles in allem hatte er ihr damit einen Gefallen getan.

Sie schlüpfte aus ihrer Jacke und hängte sie über die Rückenlehne eines Korbstuhls. Von den Ärmeln lief Wasser auf den Boden, aber das war ihr egal. Sie überlegte kurz, ob sie Heather zurückrufen sollte, entschied sich dann jedoch dagegen. Warum mit ihrer jüngeren Schwester streiten? Sie konnte sie vor sich sehen, mit den akkurat geschnittenen blonden Haaren, Seidenhose und passendem Top und mit einem perfekten Lächeln. Sie zählte zur Elite San Franciscos – wenigstens hatte sie das während ihrer

Ehe mit Dennis Leonetti getan. Er war ein reicher Mann; seinem Vater gehörte die Bank of The Greater Bay. Jetzt, geschieden und alleinerziehend, verdiente Heather sich ihren Lebensunterhalt selbst. Ihre Galerie befand sich unweit vom Ghirardelli Square.

Heather hatte selbst genug Probleme. Sie sollte sich nicht auch noch um ihre ältere Schwester Sorgen machen – die eingefleischte Journalistin, die sich immer für die Schwächeren einsetzte und sich nicht davon abhalten ließ, das Büro einer x-beliebigen Person des öffentlichen Lebens zu stürmen, um ein Zitat für einen Artikel zu bekommen.

Die Reporterin, die immer noch anfing zu zittern, wenn es um einen ganz bestimmten Mann ging, einen Mann, den sie seit über einem Jahrzehnt nicht mehr gesehen hatte.

Rachelle blickte auf den braunen Umschlag, der auf ihrem unordentlichen Küchentisch lag, eine Kopie des Artikels, den sie bereits beim *San Francisco Herald* eingereicht hatte. Darin erklärte sie, warum sie ihre Kolumne für die nächsten zehn Wochen in Gold Creek, Kalifornien, schreiben würde, der Stadt, in der sie aufgewachsen war. „Zurück nach Gold Creek" sollte am nächsten Tag landesweit in mehreren Zeitungen erscheinen.

Ihre Redakteurin Marcy Dupont erwartete mehr – viel mehr. Marcy wollte ein Interview mit Jackson Moore, telefonisch natürlich. Allerdings blieb dieses Anliegen wahrscheinlich unerfüllbar.

Nachdenklich runzelte Rachelle die Stirn und streifte sich ihre durchweichten Stiefel ab. Auch ihre Socken hatten sich mit Wasser vollgesogen. Sie zerrte sie sich von den Füßen und warf sie ins Waschbecken im Badezimmer. Barfuß tapste sie in ihr Schlafzimmer, kämmte sich die Haare mit den Fingern durch und flocht die nassen Strähnen danach zu einem kastanienbraunen Zopf, der ihr beim Gehen um die Schultern schwang.

Sie hatte sich entschlossen, nach Gold Creek zu fahren, und komme, was wolle – sie würde es durchziehen. Egal, wie viel Heather auf sie einredete: Ihre Meinung konnte sie damit nicht ändern. Mit ihrer Redaktion hatte sie die Details bereits abgeklärt. Marcy war begeistert von einer Kolumnenreihe über die Besinnung auf sich selbst und die Stadt, in der sie aufgewachsen war. Rachelle biss sich auf die Unterlippe und spürte einen kleinen schuldbewussten Stich, weil sie Jackson in diese Sache verwickeln musste. So ein Pech. Besonders jetzt, da sie über ihn hinweg war – vollkommen über ihn hinweg.

Sie war jetzt mit David zusammen, dem lieben, verständnisvollen David. Hatte er nicht darauf bestanden, dass sie zurückkehrte, um „sich selbst zu finden"? Was er damit wirklich meinte, war, dass sie zurückkehren sollte, damit sie mit der Vergangenheit ein für alle Mal abschließen konnte und zu ihm zurückkam. Er wollte, dass sie bei ihm einzog, ihn heiratete und seinen Teenager-Töchtern eine Mutter war. Und er wollte, dass sie damit zufrieden war. Weil er keine neue Familie gründen wollte – nicht mit fünfundvierzig. David war sechzehn Jahre älter als Rachelle, und er wollte eine Frau an seiner Seite, die nicht auf eigene Kinder bestand. Eine jüngere Frau, die auf Firmenfeiern einen guten Eindruck machte, ihm das Abendessen kochte und gleichzeitig eine eigene, interessante Karriere aufzuweisen hatte. Rachelle entsprach diesen Anforderungen. Nur, dass sie vorher noch einige eigene Probleme zu bewältigen hatte.

Also fuhr sie nach Gold Creek. Für David. Ihren Job. Sich selbst.

Jackson?

In einer Million Jahren nicht.

Alles, was sie jetzt noch machen musste, war packen. Aber sie starrte nur ihren Wandschrank an. Ihr Magen verkrampfte sich, als sie das Jahrbuch der *Tyler High* entdeckte und daneben das Album mit den vergilbten, abgegriffenen Seiten aus ihrer Jugend.

Obwohl sie wusste, dass sie einen Fehler beging, trat sie an den Schrank, holte das Album heraus und setzte sich im Schneidersitz auf den Webteppich. Ihr Knie blitzte durch den Riss in ihren Jeans, während sie das ausgeblichene Fotoalbum langsam öffnete und die alten Artikel betrachtete, die sie aus dem *Gold Creek Clarion* ausgeschnitten hatte. Die Bilder waren verblasst und das Papier mit der Zeit brüchig geworden, doch Jackson Moore war immer noch so präsent wie damals. Er funkelte die Kamera an wie einen Feind.

Seine dunklen Augen blickten grüblerisch drein, sein sinnlicher Mund war abweisend verzogen, und das Haar klebte ihm nass am Kopf. Er schaute über die Schulter seiner schwarzen Lederjacke. Man hatte ihm die Hände auf dem Rücken in Handschellen gelegt, sie waren schmutzig und blutverklebt. Ein Polizist führte ihn durch die Türen aus Glas und Stahl ins Bezirksgefängnis.

Rachelles Herz hämmerte gegen die Rippen, in ihren Augen brannten Tränen. Die Druckerschwärze der Zeitung war verblasst und die Aufnahme von Jackson zerknittert. Doch in Rachelles Erinnerung schien es, als wäre jene Nacht, die ihr Leben für immer verändert hatte, gerade gestern gewesen …

1. KAPITEL

Gold Creek, Kalifornien
Zwölf Jahre zuvor

Die Nacht war warm. Der Mond leuchtete hinter den vorbeiziehenden Wolken hervor, die immer dichter wurden, und in der Luft lag ein Hauch von Abenteuer, der Rachelles siebzehnjähriges Herz zum Klopfen brachte. Das Football-Feld leuchtete grün im künstlichen Licht, die Menschenmenge war laut und aufgeregt. Aber da war noch mehr: Die flirrende Atmosphäre schien regelrecht elektrisch aufgeladen zu sein.

Vielleicht lag es daran, dass Homecoming Day war, der Tag, an dem die Absolventen zu ihrer alten Highschool zurückkehrten, und eine Parade der Schüler sich durch die ganze Stadt gewunden hatte. Vielleicht war es, weil die *Tyler High Hawks* gegen ihre Gegner aus Coleville spielten. Oder vielleicht hing es damit zusammen, dass Rachelle, die ihr ganzes Leben lang immer das getan hatte, was man von ihr erwartete, an diesem Abend plante, ihr Image vom „guten Mädchen" abzustreifen. Sie hatte schon ihre Mutter angelogen, ohne es zu wollen, und bedauerte das mehr als nur ein bisschen.

Aber es gab kein Zurück. Es war an der Zeit, sich ins Abenteuer zu stürzen – oder wenigstens den großen Zeh ins Abenteuer zu tauchen. Für eine ausgemachte Rebellion war sie noch nicht bereit.

Aus den Lautsprechern jaulte ohrenbetäubend laut eine Rückkopplung.

Rachelle zuckte zusammen, richtete aber dennoch die Kamera auf die Tribüne aus Sperrholz, die man für die Zeremonie vor dem Spiel aufgebaut hatte. Als Reporterin für die Schülerzeitung schoss sie manchmal auch Fotos, und jetzt gerade musste sie diese Aufgabe übernehmen, da Carlie, die eigentliche Fotografin, ihnen Getränke am Erfrischungsstand besorgte. Es störte sie nicht. Der Blick durch die Linse verschaffte ihr manchmal ein klareres Bild auf den Menschen, den sie interviewte, und half ihr sogar noch dabei, ihre Artikel zu schreiben.

Sie richtete die Kamera auf ihren Schuldirektor, Mr Leonard, der sich mit großer Geste auf die gefüllten Zuschauerreihen an einen der Schüler wandte, die für die Lautsprecheranlage zuständig waren.

„... und zwar sofort! Oh ... Test, Test. Eins, zwei, drei. Los geht's!" Ihm gelang ein zerknirschtes Grinsen, als er laut gegen das Mikrofon klopfte und seine Stimme durchs ganze Stadion hallte. „Gut. Jetzt, wo anscheinend alle Fehler im System behoben sind, können wir mit den Feierlichkeiten fortfahren." Er redete ungefähr eine Minute lang über die *Tyler High* und fügte dann hinzu: „Außerdem möchte ich diese Gelegenheit nutzen, um Thomas Fitzpatrick für seine großzügige Spende an unsere Schule zu danken."

Gegenüber der Zuschauertribüne, auf der anderen Seite des Spielfelds, glitzerten die tausend Lichter der neuen elektronischen Anzeigetafel. Oben an der Tafel stand in großen Buchstaben „Fitzpatrick Logging", und das Logo des Holzfällerunternehmens prangte deutlich am unteren Teil. Keiner, der sich ein Football-Spiel im *Tyler Stadion* ansah, würde den Namen Fitzpatrick je wieder vergessen. Rachelle lächelte schief. Nicht, dass das irgendeinem Einwohner von Gold Creek gelingen könnte, dachte sie.

Klick. Klick. Klick. Sie schoss mehrere Aufnahmen der neuen Leuchtanzeige und noch ein paar von der kleinen Gruppe auf dem Spielfeld. Klein und rund stand Schulleiter Leonard im Mittelpunkt und redete immer weiter über die Großzügigkeit der Familie Fitzpatrick. Rachelle verzog das Gesicht. Die Fitzpatricks waren eine der reichsten Familien von Gold Creek, und Thomas Fitzpatrick ließ keine Gelegenheit aus, um seine Wohltätigkeit unter Beweis zu stellen.

Die beiden Männer gaben sich die Hand. Fitzpatrick war groß und gut aussehend. Mit seinen breiten Schultern und den silbernen Strähnen im schwarzen Haar sah er aus wie ein Politiker im Wahlkampf. Es wurde allgemein spekuliert, dass er sich mit seinem ganzen Geld eines Tages der Politik zuwenden würde – zum Vorteil von *Fitzpatrick Logging*, dem Hauptarbeitgeber der Stadt. Und deswegen auch zum Vorteil von Gold Creek, Kalifornien.

Tosender Applaus erhob sich im Stadion, sowie Fitzpatrick sein viel fotografiertes Lächeln aufblitzen ließ und seine Frau June umarmte, die zusammen mit ihren drei Kindern neben ihrem Mann stand.

Ja, dachte Rachelle, während sie den Film zurückspulte, den Fitzpatricks sah man an, was sie waren – die königliche Familie der kleinen kalifornischen Holzfällerstadt. June war eine große blonde Frau mit feinen, arroganten Gesichtszügen, schmalen Augenbrauen und hervorstehenden Wangenknochen. Ihr ältester Sohn Roy war ebenfalls blond, aber kräftig gebaut wie sein Vater. Noch im Jahr zuvor war Roy der Star-Quarterback der *Tyler High Hawks* gewesen. Jetzt führte sein jüngerer Bruder Brian das Team an. Brian stand auch bei der Familie. Er überragte Roy in seiner Ausrüstung; seinen Helm hatte er unter den Arm geklemmt. Das jüngste Mitglied der Familie Fitzpatrick, ein Mädchen namens Toni, stand ein Stück von der Familie entfernt. Sie war erst vierzehn, versprach aber bereits eine Schönheit zu werden und verursachte gerüchtehalber mehr Ärger als beide Söhne zusammen.

„Rachelle! Hier, das musst du dir reinziehen!", rief Carlie, die zwei Softdrinks in der Hand balancierte, während sie sich durch die immer dichter werdende Menge am Spielfeldrand schlängelte. Etwas von der Limonade war über den Rand gespritzt, und sie leckte sich deshalb gerade die Finger ab. „Hier ist deine Cola."

„Wird auch Zeit, dass du kommst", neckte Rachelle sie. „Eigentlich bist du für die Bilder verantwortlich …"

„Ich weiß, ich weiß." Carlies blaugrüne Augen funkelten fröhlich. „Und jetzt komm mit! Da gibt es etwas, das *musst* du dir ansehen."

„Eine Minute." Rachelle machte noch die letzten Aufnahmen und tauschte dann die Kamera gegen einen Becher ein. Die Cola war kalt und glitt ihr leicht die Kehle hinab.

„Sieh zum Nordrand des Spielfelds. Hier, nimm das." Carlie stopfte die Kamera in ihre übergroße Tasche und zog ein kleines Fernglas heraus. „Nein, nein, nicht da! Nördlicher! Siehst du ihn jetzt?" Sie zeigte auf die gegenüberliegende Tribüne.

Rachelle spähte durch das Fernglas. Sie ließ ihren Blick über den grünen Rasen schwenken, der im Licht der Flutlichter schimmerte, und über die Laufbahn, die um das Spielfeld herumführte. Hinter der Bahn kam ein Maschendrahtzaun, der den Sportbereich vom Parkplatz abtrennte.

„Siehst du ihn?"

„Wen?"

Ungeduldig legte Carlie ihre Finger an Rachelles Kinn und drehte ihr den Kopf ein Stück zur Seite. Rachelles Blick landete auf einem Motorradfahrer, der rittlings auf einer riesigen schwarzen Maschine saß.

„Oh", sagte sie. Ihre Kehle war auf einmal ganz trocken.

„‚Oh' wird ihm nicht ganz gerecht."

Carlie hatte recht. Der Junge – na ja, fast ein Mann – auf dem Motorrad war groß, über einen Meter achtzig, mit mitternachtsschwarzen Haaren und markanten Gesichtszügen, die er zu einer Miene grimmiger Entschlossenheit verzogen hatte. Seine Haut war gebräunt, aber nicht dunkel genug, um die Schnittwunde unter seinem Auge zu verbergen oder den blauen Fleck auf seiner Wange. Umrahmt von den Lichtern des Einkaufszentrums hinter ihm und von den Festlichkeiten durch den Zaun abgegrenzt, schien er irgendwie bedrohlich, als wäre seine Ausgeschlossenheit ebenso seine eigene Entscheidung gewesen wie die aller anderen. Er starrte durch den Zaun auf die Mitte des Spielfelds, wo die Fitzpatricks sich wie der Inbegriff der perfekten Familie präsentierten. Der Motorradfahrer sah aus, als würde er sie gern eigenhändig in Stücke reißen.

Rachelles Herz fing an, schneller zu schlagen.

„Das ist Jackson Moore“, erklärte Carlie ihr, als würde Rachelle den Namen von Gold Creeks berüchtigtstem schwarzen Schaf nicht kennen.

„Was macht er hier? Ich dachte, er hätte die Stadt verlassen.“ Rachelle stellte das Fernglas wieder scharf, bis sie Jacksons markante Züge deutlich erkennen konnte. Eine Sekunde lang fand sie ihn attraktiv mit seinen messerscharfen Zügen und den schmalen Lippen, aber es war weniger sein Aussehen, sondern mehr seine Ausstrahlung, die ihn so geheimnisvoll wirken ließ – sogar sexy. Sie fragte sich, ob sie den Verstand verloren hatte, ließ das Fernglas um ihren Hals baumeln, griff nach der Kamera und setzte das Zoom-Objektiv auf. Und dann schoss sie einige Aufnahmen vom Bad Boy von Gold Creek.

„Davon will ich einen Abzug“, sagte Carlie grinsend, ehe sie das Fernglas vor die eigenen Augen hob.

Rachelle ignorierte sie. „Du weißt also nicht, warum er zurückgekommen ist?“

„Hast du das nicht mitbekommen? Er hat riesigen Ärger mit den Fitzpatricks“, klärte Carlie sie auf. „Deswegen sieht er sie alle so grimmig an. Mein Dad ist doch Vorarbeiter bei *Fitzpatrick Logging*, und normalerweise ist er deswegen immer in den Wäldern unterwegs. Aber heute musste er ins Büro kommen, um Papiere auszufüllen, weil vor ein paar Tagen ein Unfall passiert ist.“ Sie räusperte sich. „Jedenfalls war Jackson da und hat einen Aufstand gemacht, weil seine Mutter für ‚dreckiges Fitzpatrick-Geld‘ arbeitet, so hat er es ausgedrückt, glaube ich. Es ist ja nicht so, als wäre sie andauernd da. Sie arbeitet ein paar Stunden die Woche und legt Akten ab oder so. Alle glauben, der alte Fitzpatrick hat sie aus Mitleid angestellt. Sie sind wohl zusammen zur Schule gegangen, und er steht auf Wohltätigkeit. Jedenfalls scheint Jackson etwas dagegen zu haben.“

Rachelle nahm noch einen Schluck von ihrer Cola, ohne den Blick von Jackson zu nehmen. Ihre Kehle war plötzlich wie ausgetrocknet.

Carlie plapperte weiter. „Wahrscheinlich hat es damit zu tun, dass Thomas Fitzpatrick Jackson vor ein paar Jahren einen Job gegeben und ihn dann wieder gefeuert hat. Niemand weiß, warum, nicht einmal mein Dad, aber er vermutet, dass Jackson Werkzeug geklaut hat oder so etwas, und dass Fitzpatrick ihn deswegen nicht anzeigen wollte." Ein schuldbewusster Ausdruck huschte über ihr Gesicht. „Das sollte ich eigentlich nicht herumerzählen …"

„Dein Geheimnis ist bei mir sicher", versprach Rachelle, fragte sich aber, wie vielen Leuten Carlie noch davon erzählt hatte. Carlie liebte Tratsch, und wenn man ihr nicht gerade den Mund zunähen wollte, gab es keine Möglichkeit, sie davon abzuhalten, Gerüchte zu verbreiten. Wahrscheinlich wusste schon die ganze Schule von Jackson Moores Auftritt wegen seiner Mutter.

Rachelle biss sich auf die Unterlippe und starrte unverhohlen über das Spielfeld bis an die Stelle, wo Jackson unverändert dastand. Plötzlich riss er den Kopf herum und ließ den Blick über die Menge wandern. Sein Blick landete mit einer Kraft auf ihr, die sie wie ein elektrischer Schlag durchfuhr. Ihr zog sich die Kehle zusammen, und ihre Hände wurden feucht. Sie wandte sich rasch ab und trank dann ihre Cola mit einem Schluck aus.

Natürlich war das albern. Er konnte sie nicht in einer Menschenmenge ausmachen; er hatte keine Ahnung, dass sie an ihn dachte oder auch nur in seine Richtung geblickt hatte. Aber als sie einen weiteren Blick durch den Zaun wagte, starrte er sie immer noch an.

Als sie mit den Fingerspitzen ihren Hals berührte, spürte sie, wie sich dort auf ihrer Haut feine Schweißperlen sammelten. Sie konnte nicht anders, als ein klein bisschen fasziniert zu sein von diesem Jungen mit dem schwärzesten Ruf von ganz Gold Creek. Er war fast zweiundzwanzig, und er lebte zusammen mit seiner Mutter am Rand von Gold Creek in einem rostigen kleinen Wohnwagen. Niemand in der Stadt wusste, wer sein Vater war. Seit Rachelle denken konnte, hatte er Ärger mit dem Gesetz gehabt: Als Teenager hatte er Benzin und Radkappen gestohlen, auf

Briefkästen geschossen und wegen Prügeleien auf dem Schulhof einen Schulverweis bekommen. Irgendwie war es ihm dennoch gelungen, seinen Abschluss zu machen, auch wenn niemand in Gold Creek ihm zutraute, dass es ihm gelingen würde, jemals etwas aus sich zu machen.

Er war zur Marine gegangen und für ein paar Jahre aus der Stadt verschwunden. Aber jetzt war er zurück, in schwarzer Lederjacke auf einer dröhnenden Harley Davidson, sein ramponiertes Image als schwer erziehbares Kind aus der schlimmen Ecke der Stadt noch immer intakt.

„Oh, du lieber Gott, er sieht dich ja an!", flüsterte Carlie laut. „Weißt du, sein Gesicht ist echt anbetungswürdig."

„Er ist gefährlich", entgegnete Rachelle und zerknüllte ihren Plastikbecher.

Carlies blaugrüne Augen funkelten. „Natürlich ist er das", seufzte sie. „Das macht ihn ja so anziehend."

„Laura hat gesagt, wir treffen uns auf dem Parkplatz, nachdem sie sich etwas anderes als die Cheerleading-Uniform angezogen hat", teilte Carlie mit, als sie und Rachelle eine Stunde später von der immer leerer werdenden Tribüne kletterten. Sie waren im Stadion geblieben, um nach dem Spiel Aufnahmen von den besten Spielern zu machen und einige Zitate für die nächste Ausgabe der Schülerzeitung zu sammeln. Carlie hatte ein paar Schnappschüsse von Brian Fitzpatrick und Joe Knapp gemacht, dem Wide Receiver des Teams, der nach einem unsicheren Pass von Fitzpatrick fünfzig Meter gesprintet war, um den Touchdown zum Sieg zu erzielen. Carlie hatte die Spieler fotografiert, während Rachelle ein kurzes Interview mit Coach Foster geführt hatte. Jetzt wollten sie sich mit Laura treffen. Sie war Carlies und Rachelles Freundin und eines der beliebtesten Mädchen der Schule.

„Da ist ihr Wagen!" Carlie deutete auf einen gelben Toyota. „Sie muss irgendwo hier sein. Oh, sieh mal, da drüben …"

Rachelle sah sich auf dem Parkplatz um und entdeckte Laura neben einer glänzend roten Corvette. Zwei Jungs saßen in dem

Wagen, ein weiterer lehnte am Kotflügel eines Pick-ups, der neben dem Sportwagen parkte.

„Oh mein Gott, das ist Roy Fitzpatrick!“, flüsterte Carlie. „Glaubst du, *er* ist der neue Freund, von dem sie gesprochen hat?“ Ehe Rachelle antworten konnte, rannte Carlie bereits durch die Autos hindurch, die noch auf dem Parkplatz standen. Rachelle fand schon jetzt, dass ihre rebellische Phase nicht das hielt, was alle immer versprachen. Roy Fitzpatrick? Er hatte den Ruf, mit Worten zu schmeicheln, seine Hände schnell überall zu haben und sich noch schneller wieder zu verabschieden. Auf der *Tyler High* kursierten Gerüchte über seinen sexuellen Appetit, sogar über eine schwangere Freundin in Coleville wurde getratscht. In der letzten Zeit war er mit Melanie Patton zusammen gewesen, der Schwester seines besten Freundes.

Rachelle war Roy schon einige Male begegnet, um ihn für die Schülerzeitung zu interviewen. Sie war wahrscheinlich das einzige Mädchen in der ganzen Schule, das nicht in ihn verknallt war.

Sie ignorierte das ungute Gefühl, das ihr wie eine dunkle Wolke zu folgen schien, schlängelte sich durch die Autos und achtete besonders auf die Wagen, die in einer Reihe darauf warteten, den vollen Parkplatz zu verlassen.

Die Nacht war drückend. Über ihnen hingen inzwischen dunkle Wolken am Himmel, die Regen verhießen. Es roch nach Abgasen und heißen Motoren, darüber wehte ein schwächerer Duft nach schalem Bier und Zigaretten. Eine leichte Brise ließ die trockenen Blätter raschelnd über den Asphalt tanzen.

Der glänzend rote Lack der Corvette strahlte im Licht der Notbeleuchtung. Roy, der Kronprinz von *Fitzpatrick Logging*, saß am Steuer, klopfte mit dem Fuß ungeduldig aufs Gaspedal und brachte den starken Motor des Fahrzeugs damit zum Brummen.

Scott McDonald, einer seiner Freunde, saß auf dem Beifahrersitz, und Erik Patton lehnte am Kotflügel seines metallicblauen Pick-ups.

„Roy will mit uns einen Ausflug machen“, verkündete Laura, als Rachelle sich ihnen genähert hatte. Sie warf ihr einen triumphierenden Blick zu, als hätte sie einen Preis gewonnen, hinter dem alle Mädchen in der Stadt her waren.

„Wohin?“, fragte Rachelle. Sie fühlte sich unbehaglich. Auch wenn Roy und seine Freunde nur zwei Jahre älter als sie waren, schienen sie doch so viel reifer zu sein.

„Weißt du noch, als ich gesagt habe, ich kenne jemanden mit einem Sommerhaus am See?“, rief Laura ihr in Erinnerung.

Die Fitzpatricks besaßen ein Haus am Whitefire Lake, aber es musste vier oder fünf Mal so groß sein wie der Bungalow, in dem Rachelle aufgewachsen war. Sommerhaus? Andererseits – Laura war etwas anderes gewöhnt. Ihre Eltern arbeiteten beide, und sie hatte nie auf etwas verzichten müssen.

Und es sah so aus, als würde Laura jetzt Roy Fitzpatrick wollen. Als hätte sie ihr Zögern gespürt, sagte sie: „Komm schon, Rachelle, warum denn nicht?“ Ihre Augen leuchteten sehnsüchtig, als sie einen Blick auf Roy warf.

Roy schenkte ihnen allen – Rachelle, Laura und Carlie – sein geübtes, typisch amerikanisches Lächeln. Sein weizenblondes Haar trug er kurz geschoren, und unter seinem gelben Polohemd zeichnete sich sein sportlicher Körper ab. „Ja, Rachelle, warum nicht?“ Er ließ den Blick langsam und dreist an ihr hinaufwandern.

Sie musste schlucken. Bis auf die letzten paar Wochen, in denen sie sich mit Laura angefreundet hatte, war sie von Jungs kaum beachtet worden, schon gar nicht von älteren, die schon aufs College gingen und denen praktisch die ganze Stadt gehörte.

„Ja, warum nicht?“, mischte Carlie sich ein. „Wir wollten den Tanz doch sowieso sausen lassen.“

Laura hatte zu Rachelle gesagt, dass sie durch die Stadt fahren wollten, falls der Tanz zu langweilig wurde, vielleicht sogar bis nach Coleville; schließlich war keines der Mädchen mit jemand Besonderem aus Gold Creek zusammen. Übernachten wollten sie dann bei Laura zu Hause. Ganz sicher war nie die Rede davon gewesen, mit Roy und seinen Freunden zum See zu fahren.

Rachelle zögerte. Alle starrten sie an. „Immer noch die Prüde?“, zog Roy sie auf, und Rachelles Wangen färbten sich flammend rot. Woher wollte dieser Kerl irgendetwas über sie wissen?

„Ich habe meiner Mom gesagt, dass wir zum Tanz gehen …“

„Und?“, mischte Roy sich schon fast verärgert ein. „Was deine Mom nicht weiß, macht sie auch nicht heiß.“

Laura warf ihr einen vernichtenden Blick zu. „Da war doch sowieso nur eine Ausrede, Rachelle.“

Rachelle biss sich auf die Unterlippe. Das war ihre Chance. War sie nicht immer der Streber gewesen? Das Mädchen, das lieber lernte, für die Schülerzeitung schrieb oder Kulissen für die Theatergruppe malte, als sich mit Jungs zu beschäftigen? Doch in letzter Zeit, nachdem Laura ihr mit Make-up und Haaren geholfen hatte, riefen sie auf einmal bei ihr an und wollten mit ihr ausgehen. Das Gefühl gefiel ihr. Roy allerdings vertraute sie nicht.

„Also, was willst du sein?“, fragte Roy und sah sie mit seinen blauen Augen lauernd an. „Mamas kleines Mädchen – oder möchtest du lieber Spaß haben? Wir können hier nicht die ganze Nacht warten.“

„Ganz genau.“ Erik warf einen Blick über die Schulter. Sein Truck konnte es mit Roys schnittiger Karre nicht aufnehmen, aber das Vermögen der Pattons wurde auch nicht von einer Generation zur nächsten weitergereicht wie bei den Fitzpatricks. So lange sich Menschen in Gold Creek angesiedelt hatten, so lange hielten die Fitzpatricks schon Geld in den Händen.

„Komm schon, Rachelle!“, drängte Carlie.

„Ja, lass uns mit den Jungs abhängen“, stimmte Laura zu und lächelte die drei College-Studenten an. Sie fächelte sich mit den Fingern Luft zu. „Es ist so heiß heute Abend. Am See ist es jetzt sicher toll.“

Roy ließ sein Reicher-Junge-Lächeln aufblitzen, ein langsam breiter werdendes Lächeln, das bekannt dafür war, selbst die eisigste Jungfrau zum Schmelzen zu bringen.

Laura lehnte sich gegen den Kotflügel der Corvette und stützte sich mit den Händen auf die glänzende Motorhaube. Ihre Brüste zeichneten sich deutlich unter ihrem Pullover ab. „Also, *mir* wäre nichts lieber als eine Ausfahrt."

„Das klingt schon besser. Ich dachte schon langsam, ihr Mädchen hättet Angst", sagte Roy gedehnt. Seine blauen Augen blitzten auf, als sein Blick Rachelle streifte. Er drückte mit dem Zeh aufs Gaspedal und brachte den Motor der Corvette zum Schnurren.

„Ja, kommt mit! Wir zeigen euch, wie man richtig Spaß hat", stimmte Scott zu. Während Roy mit seinen blonden Haaren und blauen Augen wie der typisch amerikanische Junge aussah, war Scott kleiner, muskulöser, und er hatte dichtes braunes Haar und Sommersprossen.

Erik schien sich im Gegensatz zu Roy und Scott nicht für Laura oder ihre Freundinnen zu interessieren. „Verschwinden wir von hier", presste er hervor. „Hier ist doch nichts los. Alle hauen schon ab."

Er hatte recht. Der Strom aus Autos, die vom Parkplatz des Stadions fuhren, war zu einem Rinnsal zusammengeschrumpft. Sogar einige Spieler des Teams kletterten schon frisch geduscht in ihre Wagen und machten sich auf den Weg zur Schule, wo nach dem Spiel eine Tanzveranstaltung anfing – der Tanz, von dem Rachelle ihrer Mutter versprochen hatte, dass sie daran teilnehmen würde, ehe sie bei Laura übernachtete. Aber Laura war, so schien es, nur noch an Roy Fitzpatrick interessiert.

„Hier ist doch was los", entgegnete Roy und warf Rachelle einen überheblichen Blick zu. „Die kleinen Ladies müssen nichts weiter tun als Ja sagen. Wir garantieren ihnen dafür den Ritt ihres Lebens."

„Und was für eine Art Ritt soll das sein?", fragte Laura mit sexy Stimme, und Rachelle verschluckte sich fast.

Scott lachte aus tiefster Kehle, und Erik sah aus, als wäre es ihm peinlich.

Rachelle konnte nicht fassen, wie Laura sich benahm. „Ich glaube, das ist keine so gute Idee", sagte sie und spürte Roys heißen Blick auf sich. Sie wollte kein Waschlappen sein, aber sie konnte den Ärger fast schon riechen. *Abenteuer schnuppern.*

„Entspann dich", flüsterte Carlie ihr leise zu. „Wann bekommt man schon die Gelegenheit zu einer Ausfahrt mit Roy Fitzpatrick?"

„Wir sind zu dritt, ihr seid zu dritt. Wir könnten doch feiern", sagte Roy.

„Eine private Feier?", entgegnete Laura unerhört flirtend. Rachelle wäre am liebsten im Erdboden versunken, aber sie regte sich nicht. Sie konnte nirgendwo anders hin. Der Parkplatz war mittlerweile fast leer. Geblieben war nur ein einsamer Motorradfahrer, der rittlings auf seiner dröhnenden Maschine saß.

Rachelle blieb fast das Herz stehen, als sie Jackson Moore erkannte. Er saß etwa zwanzig Meter entfernt auf seiner Harley, saß einfach da und wartete.

Roy wurde bei seinem Anblick blass. „Verschwinde, Moore!", brüllte er, doch Jackson zuckte nicht einmal mit der Wimper.

Rachelle konnte ihren Blick nicht von ihm wenden.

„Wir waren noch nicht fertig mit unserem Gespräch", entgegnete er und verzog die Lippen zu einem spöttischen Lächeln, während er sich den blauen Fleck unter seinem Auge rieb.

„Es gibt nichts zu besprechen", antwortete Roy gereizt. „Raus", murmelte er zu Scott McDonald, griff über seinen Freund hinweg nach der Beifahrertür und stieß sie auf. Ein alter Song der *Doors* schallte in die Nacht heraus.

Jackson ließ nicht locker. Über das Grollen der Motoren und Jim Morrisons tiefe Stimme hinweg rief er: „Du und dein alter Herr hören nicht auf, meine Familie zu beleidigen."

Roy tat, als hörte er ihn nicht. Nachdem Scott aus dem Wagen gestiegen war, winkte er Laura zu sich. „Fahren wir", sagte er. Er nahm das Gespräch einfach dort auf, wo es unterbrochen worden war. „Ihr wollt eine private Feier? Springt rein!" Als Laura in das Cabrio stieg, wanderte sein Blick rasch an ihren Kurven hinauf und hinunter. Roys Mundwinkel zuckten. „Das gefällt mir – ein Mädchen, das weiß, was es will."

„Wir sind noch nicht fertig, Fitzpatrick", stieß Jackson hervor.

„Das reicht! Ich hab dich so satt, Moore. Mach, dass du aus meinem Leben verschwindest!"

„Sobald du dich von meiner Familie fernhältst."

„Deiner *Familie*? Du bist ein verdammter Bastard, Moore! Jeder in Gold Creek weiß, dass deine Mutter eine Schlampe ist und deinen angeblichen Vater wahrscheinlich nicht einmal mit Namen kennt!"

Jacksons Gesicht verzog sich wütend. „Du verlogener ..."

Roy stieg aufs Gas. Die Corvette machte in einer Wolke aus Kies einen Satz nach vorn. Reifen quietschten, Roy riss sein Steuer herum und fuhr direkt auf Jackson und sein Motorrad zu.

Rachelle kreischte.

Laura erstarrte neben Roy auf dem Beifahrersitz.

Jackson ließ den Motor seiner Harley aufheulen, als die Stoßstange der Corvette den Hinterreifen erwischt hatte. Das Motorrad geriet ins Straucheln und rutschte mit den Reifen über den losen Kies. Jackson landete hart auf dem Boden, die Harley rutschte führerlos über den Parkplatz.

Roy lachte, legte einen Gang ein und raste vom Platz. Rachelle rannte los. Ihm darf nichts passiert sein, es darf einfach nicht! flehte sie. Panik stieg in ihr auf. Jacksons reglose Gestalt lag ausgestreckt auf dem Kiesboden, während der Klang des Motors und „Light My Fire" vom Wind verweht wurden.

Erik versuchte, sie festzuhalten. „Lass ihn!", sagte er, aber seiner Stimme fehlte die Überzeugungskraft, und sein Gesicht war weiß wie ein Laken. „Er ist schon okay, nur ein bisschen eingeschüchtert. Das ist alles."

„Lieber Gott, ich hoffe, du hast recht." Rachelle schlug das Herz bis zum Hals. Sie machte sich los und rannte zu Jackson.

Er drehte sich stöhnend um. Seine Jacke war am Ärmel zerrissen, und auch in seiner Hose befand sich ein Riss. „Schwein!", presste Jackson stöhnend heraus. „Dieses verdammte Dreckschwein." Er richtete sich langsam auf und humpelte auf direktem Weg zu seinem Motorrad.

Rachelle spürte, wie sich Erleichterung in ihr breitmachte, und rang sich ein schmales Lächeln ab. „Alles okay?"

„Verglichen womit?", murmelte er, richtete seine Harley auf und entdeckte stirnrunzelnd, dass einige Speichen gebrochen waren. Er zuckte vor Schmerz zusammen, als er ein Bein über das Motorrad schwang und den Motor anließ.

„Aber dir geht es wenigstens gut." Rachelle sackte vor Erleichterung fast zusammen.

„Das habe ich nicht deinem Freund zu verdanken."

„Er ist nicht mein ..."

„Sicher." Jackson atmete tief ein, als hätte der Schmerz ihm die Luft aus den Lungen gepresst, und trat mit dem Absatz seines Stiefels fest auf den Anlasser. Die Harley röhrte auf.

„Du ... solltest dich vielleicht von einem Arzt untersuchen lassen ..."

„Einem Arzt?", spottete er. „Ja, klar. Ich lasse mich ins *Memorial-Krankenhaus* einliefern. Da warten sie nur darauf, mich zusammenzuflicken."

„Das war ja nur ein ... Vorschlag."

„Ich kann mich nicht daran erinnern, um deinen Rat gebeten zu haben."

Getroffen wich sie einen Schritt zurück. „Ich habe mir einfach Sorgen gemacht", sagte sie lahm, durch seinen beißenden Sarkasmus eingeschüchtert. „Ich bin doch auf deiner Seite."

Sein dunkler, undurchschaubarer Blick richtete sich auf sie. Er verzog spöttisch die Lippen, als hätte sie einen Scherz gemacht, den nur sie beide verstanden. „Lass mich eines klarstellen. *Niemand* in Gold Creek ist auf meiner Seite. Auch du nicht."

„Aber ..."

„Du kennst Fitzpatrick, oder nicht?"

„Eigentlich nicht. Er ist *nicht* mein Freund, und ..."

„Falls ich ihn heute Abend nicht mehr einhole, kannst du ihm eine Nachricht von mir überbringen. Sag Roy-Boy, wenn er weiß, was gut für ihn ist, lässt er meine Familie in Ruhe. Und das gilt auch für seinen alten Herrn. Sag dem alten Sack, er soll Sandra Moore in Ruhe lassen. Verstanden?"

„Aber ich kenne …"

„Mach es einfach", befahl Jackson, das kantige Kinn rebellisch vorgestreckt, ehe er Gas gab und in einer Wolke aus Kies und Wut verschwand. Sie sah zu, wie er vom Parkplatz auf die Straße fuhr, lauschte dem röhrenden Geräusch seines Motorrads. Ihr Herz raste. Sie schrieb das dem Zusammenstoß von Sportwagen und Harley zu – und natürlich der Tatsache, dass sie tatsächlich mit dem Bad Boy von Gold Creek gesprochen hatte. Sein Ruf war so schwarz wie die Nacht, und jedermann hier war felsenfest überzeugt davon, dass Sandra Moores Sohn nichts Gutes im Schilde führen konnte.

„Rachelle, komm schon!", rief Carlie. Sie schien ihre eigenen Befürchtungen über Jacksons Gesundheitszustand abgeschüttelt zu haben und unterhielt sich angeregt mit Scott und Erik.

Rachelle sah sich um. Bis auf Lauras Wagen war der Parkplatz leer. Rachelle seufzte und strich sich die Haare aus dem Gesicht. Sie wusste, dass ihr nichts anderes übrig blieb, als mit Roys beiden besten Freunden mitzufahren. Keine angenehme Vorstellung. Abenteuer erschienen ihr auf einmal als etwas, das man lieber vermeiden sollte – es sei denn, Jackson war dabei. Das war doch verrückt! Jackson war auch nicht besser als Roy, und er hatte einen Komplex so groß wie Mount Whitney. Ungehobelt, ein Rebell und einfach unverschämt – genau das war er.

Trotzdem lauschte sie dem Geräusch des Motorrads, das in der Ferne heulte. Irgendetwas hatte dieser Junge an sich, das sie einfach faszinierte. Wahrscheinlich, weil er so böse war.

Obwohl der Abend schwül war, steckte sie die Hände tief in die Taschen ihrer Jeansjacke und ging zurück zu den anderen.

„Alles in Ordnung mit ihm?", fragte Carlie und sah besorgt über Rachelles Schulter dorthin, wo Jackson auf dem Boden gelegen hatte.

„Ich weiß nicht. Ich glaube schon."

„Er wird es Roy irgendwie heimzahlen", sagte Erik voraus, und Rachelle musste an Jacksons geheimnisvolle Warnung denken. Erik sah nervös aus. Er suchte in seinen Taschen nach den Autoschlüsseln.

„Verschwinden wir von hier." Scott war bereits dabei, die Tür des Pick-ups zu öffnen, und sah sich nervös auf dem leeren Parkplatz um, als erwartete er, dass Jackson Moore zurückkehren und Rache an Roys Freunden nehmen würde. „Wir sollten nach Roy sehen."

„Roy? Nach allem, was er getan hat? Er hat Jackson fast umgebracht! Mit Absicht." Rachelle schlang die Arme um ihren Oberkörper. Sie fröstelte.

„Hat er aber nicht, oder?"

„Nein, zum Glück nicht!"

„Du verstehst das nicht", sagte Scott mit einem Anflug von Ungeduld. „Moore sucht schon seit Wochen Ärger – er bettelt regelrecht darum. Die Spannungen zwischen den beiden gibt es schon seit Ewigkeiten. Aber das ist jetzt vorbei."

Rachelle war sich nicht sicher. „Vielleicht auch nicht. Jackson könnte ihn anzeigen."

„Dann steht seine Aussage gegen die von Roy."

„Aber wir haben es alle gesehen! Roy hat versucht, ihn zu überfahren", gab Rachelle zu bedenken.

„Hätte er versucht, ihn zu überfahren, wäre ihm das auch gelungen", konterte Scott. „Dann wäre Moore jetzt im Krankenhaus. Stattdessen haben er und seine Harley nur ein paar Kratzer abbekommen. Ist doch nicht so schlimm."

„Das ist sehr wohl schlimm!"

Erik legte die Stirn in düstere Falten. „Kommt jetzt!", befahl er den Mädchen. „Steigt endlich ein." Als in Rachelles Augen sture Verweigerung aufblitzte, fügte er hinzu: „Es sei denn, du fährst lieber auf Moores Motorrad mit? Aber wie ein Biker-Babe siehst du eigentlich nicht aus. Außerdem ist er längst weg."

Auch Carlie sah nicht überzeugt aus, aber um sie herum senkte sich langsam die Nacht herab. „Wir müssen Laura finden."

„Wir könnten anrufen", schlug Rachelle vor.

„Im Sommerhaus gibt es kein Telefon." Scott zuckte mit den Schultern. „Ich gebe ja zu, Roy ist ein Hitzkopf. Und bei Moore, na ja, bei dem sieht er einfach gleich rot. Aber das beruht auf Gegenseitigkeit. Roy hätte Jackson nicht einen solchen Schrecken einjagen dürfen, aber Jackson hätte auch nicht rumschnüffeln und Roy vorschreiben sollen, was er zu tun hat." Sein Lächeln wirkte auf sie ehrlich. „Hör zu, das war eine schlimme Szene, aber sie ist vorbei und es geht allen gut. Lass uns jetzt nach Laura suchen. Wenn du später zurückwillst, dann können Roy oder Erik …", er sah kurz hoch, um Bestätigung von seinem Freund zu erhalten, der zögernd nickte, „dich nach Hause bringen."

Carlie zuckte mit den Schultern. Offensichtlich machte sie sich schon lange keine Sorgen mehr um Jackson. „Lass uns fahren."

Rachelles einzige andere Möglichkeit wäre es gewesen, ihre Mutter anzurufen und ihr zu erklären, dass sie auf dem Parkplatz vor der Schule gestrandet war, weil Laura ihren Autoschlüssel bei sich hatte und die Tasche mit ihren Übernachtungssachen sich im Kofferraum befand. Aber der Gedanke, zu gestehen, dass Laura sie wegen einer Party am See hatte sitzen lassen, behagte ihr nicht besonders. Rachelle bekäme wahrscheinlich für den Rest ihres Lebens Hausarrest.

„Uns bleibt keine andere Wahl, was?", fragte Carlie und fasste damit Rachelles Gedanken in Worte. „Sobald wir Laura gefunden haben, lassen wir uns von den Jungs hier zum Tanz zurückfahren, als wäre nichts gewesen." Carlie war bereits dabei, in Eriks Pick-up zu steigen. Sie warf ihr glänzendes pechschwarzes Haar zurück, und ihr gelang sogar ein Grinsen. „Davon lassen wir uns doch nicht den Spaß verderben!"

Vermutlich hatte sie recht, aber es fühlte sich dennoch nicht richtig an. Rachelle glitt auf der Fahrerseite in den Truck, gefolgt von Erik. Carlie saß auf Scotts Schoß und stieß sich den Kopf, weil sie ihm nicht noch näher kommen wollte.

Erik ließ den Pick-up an, und Carlie wurde gegen Scotts Brust geworfen. Er reagierte schnell. Sofort hatte er sie mit den Armen umfasst und presste ihren Po an seinen Schoß. Carlie kicherte, während Erik den Parkplatz verließ und nach Osten abbog.

„Warum können Roy und Jackson sich nicht leiden?“, fragte Rachelle, und Erik warf ihr daraufhin einen undurchschaubaren Blick zu. Sie ließ sich davon nicht abhalten. „Sag schon!“

„Ja, warum hasst Roy diesen Jackson eigentlich so?“, fragte Carlie.

Scott zeichnete mit dem Finger ihre Wange nach. „Jackson ist ein Niemand.“

„Aber Roy hat ihn fast überfahren!“, wandte Rachelle ein und richtete sich dabei kerzengerade auf. Sie hatte sich schon immer für die Schwächeren eingesetzt, und auch wenn Jackson die Konfrontation mit Roy angefangen hatte, spürte sie doch, dass er es war, dem man übel mitgespielt hatte. „Man überfährt niemanden ohne Grund.“

Erik drückte auf den Zigarettenanzünder und wühlte in seinen Taschen. Er zog ein zerknittertes Päckchen Marlboros heraus und steckte sich eine an. „Vergessen wir es einfach. Okay?“

Scott griff hinter den Sitz und zog zwei Flaschen Bier hervor. Er öffnete beide, indem er den Kronkorken am Armaturenbrett ansetzte und fest zudrückte. Schaum floss an den Flaschen hinab. Er reichte Rachelle eine tropfende Flasche.

„Heute nicht“, sagte sie trocken.

„Selbst schuld.“ Erik griff nach der Flasche und fing an zu trinken, während er die Seitenstraßen nahm, um das Stadtzentrum zu umfahren.

„Vielleicht solltest du beim Fahren nicht trinken“, bemerkte Carlie, aber Erik lachte einfach nur.

„Mann, ihr seid echt daneben!“

Rachelles Magen verkrampfte sich. Das war alles falsch. Sie hatte einen riesigen Fehler gemacht, als sie in diesen Truck gestiegen war. Und jetzt waren sie bereits auf dem Weg aus der Stadt und sie wusste nicht, was sie tun sollte, ohne Laura vollkommen im Stich zu lassen.

Sie hat dich doch auch im Stich gelassen, oder nicht? Ist mit Roy abgehauen und hat dich mit diesen zwei Ekeln zurückgelassen.

Sie sah in den Rückspiegel und erwartete fast, dort den Scheinwerfer von Jacksons Motorrad näher kommen zu sehen. Wenn es stimmte, was man sich über sein Temperament erzählte, dann mussten Roy und seine Freunde ihm früher oder später Rede und Antwort stehen. Wahrscheinlich standen deswegen Schweißperlen auf Eriks Oberlippe. Er zog lange an seiner Zigarette.

„Vergiss Moore", sagte er, als hätte er ihre Gedanken gelesen. „Der macht nur Ärger."

Jackson kochte vor Wut. Er konnte noch immer sein Blut im Mund schmecken. Mit verringerter Geschwindigkeit bog er in den Wohnwagenpark ein, wo seine Mutter noch immer lebte. Er war für einige Monate zu ihr zurückgezogen, aber die Stadt setzte ihm bereits zu. Gold Creek war wie eine Schlinge, die sich immer fester um seinen Hals zusammenzog, Stück für Stück. Und er wusste, wer das andere Ende des Seils in der Hand hielt – wer die Schlinge fester zog. Roy Fitzpatrick.

Der Gedanke an Roy brachte sein Blut wieder zum Kochen. Ignorier ihn, sagte ein Teil seines Verstandes, aber der andere, seine wilde, ungezähmte Seite sagte: Erteil ihm eine Lektion, die er nie wieder vergisst!

Der Schmerz in seiner Schulter war zu einem dumpfen Pochen verklungen, und er wusste, am Morgen würde ihm sein Knie noch Schwierigkeiten machen. Es hatte ihn hart vom Motorrad geworfen, sein ganzer Körper würde am nächsten Tag wie verrückt schmerzen. Er wollte, dass Roy ein wenig von seinem Schmerz nachempfand. Dieser dumme, verwöhnte Goldjunge machte ihm das Leben zur Hölle. Roy hasste ihn, das hatte er schon immer getan. So war es, schlicht und einfach. Und auch wenn es verrückt klang: Jackson vermutete, dass Roy neidisch auf ihn war. Aber warum?

Roy war mit einem goldenen Löffel im Mund geboren worden. Er hatte alles bekommen, was er wollte, und alles getan, was ihm in den Sinn kam. Jackson dagegen war arm gewesen, hatte seinen Vater nie gekannt und den Großteil seines Lebens damit verbracht, seine Mutter zu unterstützen. Warum also der Neid?

Auch egal. Jackson ging Roy normalerweise aus dem Weg.

Aber heute Abend hatte er genug gehabt. Seine Mutter hatte die Katze aus dem Sack gelassen: Die Tochter ihrer Schwester, seine Cousine Amanda aus Coleville, war letztes Jahr schwanger geworden. Jackson diente zu dieser Zeit noch in der US Navy und war auf den Philippinen stationiert. Es war Roys Kind. Amanda hatte die Schule abgebrochen, das Baby bekommen und zur Adoption freigegeben. Jetzt bereute sie diese Entscheidung und war in ein Gerichtsverfahren verstrickt, das für alle Beteiligten ebenso teuer wie herzzerreißend war.

Jackson rieb sich die Schulter und zuckte dabei zusammen.

Roy hatte seine Vaterschaft natürlich abgestritten und war irgendwie, höchstwahrscheinlich, weil Thomas die richtigen Stellen geschmiert hatte, ohne einen Kratzer aus dieser Affäre hervorgegangen. Doch Amanda, das Baby und das Paar, das den Jungen adoptiert hatte, bezahlten dafür und würden das auch für den Rest ihres Lebens tun.

Roy hatte eine Tracht Prügel verdient, und Jackson hatte vor, ihn bis an das Ende seines Goldlöffel-Lebens zu verdreschen. Als er an der Eingangstür zum Wohnwagen seiner Mutter angekommen war, stellte er den Motor aus und starrte auf die schwarzen Scheiben des Wagens. Seine Schulter war geprellt, sein Bein tat höllisch weh und das Schutzblech seiner Harley war eingedellt. Ansonsten war nur noch sein Stolz verletzt. Und zwar gehörig. Für wen hielt Roy sich eigentlich?

Jackson kannte die Antwort: für den Kronprinzen von Gold Creek, den Goldjungen der Stadt. Dabei war er nichts als ein allmächtiger Vollidiot.

Es wurde Zeit, dass jemand Roy Fitzpatrick eine Lektion erteilte. Und Jackson hatte vor, Roy in diesem Fall der Lehrer zu sein. Roy und sein Vater, Thomas, verließen sich beide auf eine Taktik aus Angst und Ehrfurcht. Und die meisten der komatösen

Einwohner von Gold Creek hatten entweder entsetzliche Angst vor dem alten Mann oder glaubten, sie müssten sich verbeugen, sobald er den Raum betrat. Das machte Jackson krank.

Thomas Fitzpatrick glaubte, er könnte alles kaufen, was er wollte, auch Richter, Ärzte und Sheriffs. Ja, der alte Herr war ein Dreckskerl, und in Roys Fall fiel der Apfel nicht weit vom Stamm. Das galt auch für den Rest des Fitzpatrick-Nachwuchses. Der zweite Sohn, Brian, war ein rotznäsiger Schwächling, und die Tochter, Toni, war zwar um einiges jünger, aber bereits auf dem mit rotem Teppich ausgelegten Weg zur verwöhnten Prinzessin.

Sandra Moores kleiner Wohnwagen war verlassen – kein Licht in den Fenstern, kein Geräusch von Radio oder Fernseher. Sie war wieder ausgegangen. Sie verriet ihm nie, wohin sie ging – einfach „aus". Jackson nahm an, dass sie bei einem Mann war und hoffte nur, dass der Kerl, wer er auch sein mochte, sie gut behandelte. Sie hatte es nie ganz zum Altar geschafft, auch wenn sie einige Male kurz davor gewesen war. Doch die große Liebe ihres Lebens war sein Vater gewesen, ein Seemann. Sie wollten heiraten, kurz nachdem sie sich kennengelernt hatten, doch er starb vor der Hochzeit. Matt Belmont. Sie trug sein verblichenes, abgegriffenes Bild immer noch im Portemonnaie bei sich.

Jackson sah in den Himmel hinauf. Der Mond war hinter langsam dahinziehenden Wolken fast ganz verborgen. Die Luft war drückend und heiß. Seine Wange pochte, seine Schulter tat ihm weh, und irgendwo oben am See genoss Roy Fitzpatrick die Zeit seines Lebens mit einem weiteren Mädchen. Das ging ihn eigentlich nichts an, aber allein der Gedanke brachte sein Blut zum Kochen.

Heute war Roy mit der Blonden zusammen – dem Chandler-Mädchen, eine auffällig hübsche Cheerleaderin mit großen Brüsten, genau Roys Typ. Aber er würde schon bald unruhig werden, sich langweilen und weiterziehen. Und zu wem? Einer Mitstudentin an der *Sonoma State*, wo er aufs College ging, oder noch einem Mädchen aus der Kleinstadt, das glaubte, die ganze Welt bestünde aus nichts anderem als Gold Creek und dem Geld der Fitzpatricks? Vielleicht gefiel Roy schon eines der anderen

Mädchen, die heute Abend dabei gewesen waren. Vielleicht das Mädchen mit den langen rotbraunen Haaren, das sich als einziges wirklich Sorgen zu machen schien, als Roy versucht hatte, ihn über den Haufen zu fahren.

Er beugte sich vor und legte die Stirn auf den Lenker.

Wo Roy steckte, wusste er genau. Er hatte von der Party im Sommerhaus der Fitzpatricks gehört. Stirnrunzelnd dachte er über seine Möglichkeiten nach. Schweiß lief ihm den Nacken hinab. Wieder dachte er an das Mädchen, das zu ihm gelaufen war, um zu sehen, ob er sich wehgetan hatte. Sie war sehr schön, wie alle Mädchen, zu denen Roy sich hingezogen fühlte. Ihr Haar war lang und schwer, ein glänzender kastanienbrauner Umhang, der ihr fast bis an die Taille reichte. Sie hatte ein schmales Gesicht mit hohen Wangenknochen, und ihre Augenfarbe bewegte sich irgendwo zwischen Grün und Grau. Merkwürdig, dass ihm diese Augen aufgefallen waren. Sie hatten ihn mit so viel Intelligenz und so viel Klarheit angesehen, dass er sie sich einfach nicht zusammen mit Roy vorstellen konnte. Trotzdem hatte er es ihr schwer und sich über ihre Sorge lustig gemacht. Schließlich gehörte sie zu Roy. Sie war nur ein weiteres Mädchen aus Gold Creek, das sich in die Nähe des Fitzpatrick-Vermögens schmeicheln wollte. Die waren alle gleich.

Er spuckte Blut auf den Kiesweg und fuhr sich mit der Zunge über die Zähne. Es war keiner abgebrochen. Er hatte Glück gehabt. Roys Stoßstange hatte ihn nur gestreift, obwohl Jackson ohnehin seine Zweifel gehabt hatte, dass Roy riskieren würde, seinem teuren Wagen eine Delle zu verpassen. Oder vielleicht doch. Daddy konnte ihm jederzeit einen neuen kaufen.

Mit geschlossenen Augen drehte er den Kopf, sein Hals knackte leise. Hinter seinen Schläfen hämmerte der Schmerz. Er sollte Roy und den alten Fitzpatrick einfach in Ruhe lassen. Aber das konnte er nicht.

Er trat auf den Anlasser und drehte um. Es gab keinen Grund, sich im düsteren Wohnwagen zu verkriechen, solange er auch ein für alle Mal die Sache mit den Fitzpatricks klären konnte.

2. KAPITEL

Das Sommerhaus der Fitzpatricks glich eher einem Herrenhaus. Hinter einer Steinmauer und einem schmiedeeisernen Tor verborgen schmiegte sich das rustikale Gebäude am Ufer des Sees in ein Dickicht aus Pinien. Eine ausladende Veranda, hell erleuchtet, wurde von Mauern aus Zedernholz und Stein eingefasst, die sich drei Stockwerke hoch erstreckten.

Rachelle stieg aus Eriks Pick-up. Die Nacht roch nach Pinien, Tannen und Wasser. Wolken ballten sich am Himmel und zogen am Mond vorbei. Auch der Wind nahm zu, schlug Wellen auf dem Wasser und verhieß Regen.

Aus den offenen Fenstern drangen Gelächter und Wortfetzen, untermalt von einem alten Eric-Clapton-Song. Obwohl die Nacht schwül war, zog Rachelle ihre Jacke fester um sich, als sie eilig den gepflasterten Weg zur Eingangstür hinaufgingen. Sie wollte einfach nur Laura finden und dann wieder nach Hause.

Selbst Carlie wurde nervös. Sie warf Rachelle einen besorgten Blick zu. „Vielleicht war das doch keine so gute Idee."

„Es war eine hervorragende Idee!" Scott legte Carlie den Arm um die Schultern. „Außerdem wäre Roy enttäuscht, wenn ihr zwei nicht aufgetaucht wäret."

„Er hätte uns kaum vermisst", vermutete Rachelle.

„Oh, das würde ich nicht sagen", entgegnete Erik gedehnt. Scott und er warfen sich einen Blick zu, der Rachelle das Blut in den Adern gefrieren ließ.

„Was soll das heißen?"

„Wirst du schon sehen." Erik führte sie auf die Veranda.

Durch die offene Tür betraten sie ein zweigeschossiges Foyer, wo prächtige Orient-Teppiche auf dem glänzend polierten Parkettboden lagen. Der ganze Eingangsbereich war sorgfältig mit Kunstobjekten und Antiquitäten dekoriert. Neben der Garderobe stand ein Spinnrad, an der gegenüberliegenden Wand des Wohnzimmers ein Webstuhl, auf den ein halb fertiggestellter

Teppich gespannt war, und neben der Treppe eine Ritterrüstung, die eine Dose Bier in der eisenbehandschuhten Hand hielt.

Gelächter und Musik kamen von der rückwärtigen Seite des Hauses.

„Hier entlang“, sagte Scott, als er und Erik schon um eine Ecke bogen. Rachelle und Carlie folgten zögerlich. Rachelle bereute es bereits, überhaupt in den Truck gestiegen zu sein. Was, wenn jemand die Polizei verständigte? Was, wenn niemand mehr in der Lage war, Carlie und sie zurück in die Stadt zu fahren? Was, wenn Laura so viel Spaß hatte, dass sie nicht mit ihnen zurückkommen wollte? Na ja, Rachelle konnte immer noch ihre Mutter anrufen. Der Gedanke ließ sie zusammenzucken, und sie entschied, dass sie im schlimmsten Fall die zwölf Kilometer zurück in die Stadt immer noch laufen konnte.

Im Spielzimmer war die Party in vollem Gange. An den Wänden hingen die ausgestopften Köpfe von Hirschen, Rehen und Elchen mit Glasaugen. In einer Ecke stand ein unangetastetes automatisches Klavier, in einer anderen eine Wurlitzer Jukebox, original aus den Fünfzigern, die die alten Platten spielte. Ein Billardtisch, bezogen mit blauem Filz, stand in der Mitte des glänzenden Bodens, und in anderen Teilen des Zimmers befanden sich ein Tischfußballspiel und eine Darts-Scheibe. Eine verglaste Wand, die über zwei Stockwerke reichte, bot einen Panoramablick auf den See, und innen führte eine Treppe hinauf in ein Loft. Rauch und das Klirren von Gläsern hingen in der Luft.

Auf der Suche nach Laura erkannte Rachelle einige Jungs, die um ein Bierfass herumstanden und miteinander scherzten. Andere spielten Billard. Durch eine Schiebetür an einer Seite des Spielzimmers sah sie Dampf aus einem verglasten Pool aufsteigen. Ein Pärchen, nur in Unterwäsche gekleidet, planschte lachend darin herum.

„Hast du schon jemals im Leben so ein Haus gesehen?“, fragte Carlie ehrfürchtig.

„Noch nie.“ Unter anderen Umständen hätte Rachelle das rustikale alte Haus herrlich gefunden. Verglichen mit dem kleinen Häuschen, in dem sie mit ihrer Mutter und ihrer Schwester lebte, war dieses „Sommerhaus“ ein Palast. Natürlich waren die Fitzpatricks auch die reichste Familie der Stadt. Sie hätten sich nie mit etwas anderem als dem größten Haus am Whitefire Lake zufriedengegeben. Doch an diesem Abend fand Rachelle es dort einfach nur gruselig.

Sie befahl sich selbst immer wieder, sich zu entspannen und das alles nicht so ernst zu nehmen. Schließlich hatte sie selbst die Entscheidung getroffen, mitzukommen; jetzt musste sie das Beste daraus machen. Sie setzte sich auf den Klavierhocker, legte die Finger um den Rand und bemühte sich, zu lächeln, doch ihre Lippen fühlten sich an wie erstarrt. Evan und Jason Kendrick spielten Pool, während Patty Osgood und Nadine Powell sich in ihrer Nähe herumdrückten, stets bereit, über die Witze der älteren Jungs zu lachen. Patty trank aus einem Pappbecher. Sie schien etwas unsicher auf den Beinen zu sein, und Nadine, die Rothaarige, beugte sich über den Tisch und flirtete mit auffällig roten Wangen mit Jason Kendrick. Beide Mädchen trugen viel zu enge Jeans und viel zu viel Make-up. Patty, die Tochter des Pastors, hatte zwar den Ruf, leicht zu haben zu sein, aber Nadine hielt sich normalerweise von Ärger fern. Heute Abend allerdings waren die beiden eindeutig an den reichen Jungs interessiert.

Gold Creek erschien Rachelle wie eine gespaltene Stadt – aufgeteilt zwischen Haben und Nicht-Haben, und auf Roys Party waren sie alle versammelt. Rachelle wollte mehr als alles andere wieder nach Hause. Sie hatte auf dieser Party nichts zu suchen. Sie interessierte sich nicht für diese Leute, die hergekommen waren, um dem Reichtum der Fitzpatricks ihren Tribut zu zollen.

„Hätte nie erwartet, dich hier zu sehen“, merkte Nadine an und warf Rachelle mit hochgezogener Augenbraue einen Blick zu.

„Ja, musst du nicht für die Zwischenprüfungen lernen oder so was?“, fragte Patty, fing dann an zu kichern und wandte ihre Aufmerksamkeit wieder ihrem Becher zu.

Rachelle spürte, wie ihre Wangen heißer wurden. Ignorier sie, dachte sie. Patty war betrunken. Rachelle sah zu, wie sie die Hand auf Jason Kendricks Rücken legte, während er dabei war, einen besonders schwierigen Stoß zu versuchen. Die weiße Kugel klickte gegen die Acht und schickte sie taumelnd in eine Ecktasche.

„So ein Pech", sagte Jasons älterer Bruder Evan, aber er lachte über das Missgeschick seines Bruders.

Rachelle entdeckte Carlie. Sie bahnte sich einen Weg durch die Menge, redete mit einigen Gästen und lachte, ehe sie sich auf eine Bank neben Rachelle fallen ließ. „Wo ist Laura?" Sie hielt einen Becher, trank Bier daraus und versuchte auszusehen, als hätte sie das schon ihr ganzes Leben lang getan.

„Wahrscheinlich bei Roy", riet Rachelle.

„Aber wo?"

„Wenn ich das wüsste." Rachelle tat, als würde sie sich keine Sorgen machen, während sie sich noch einmal im Raum umsah, aber sie fühlte sich wie gefangen. Und Eriks rätselhafte Anmerkung darüber, dass Roy die Mädchen hierhaben wollte, bereitete ihr auch Unbehagen.

Erik zog sich mit einer Gruppe Jungs in eine Ecke zurück. Sie lachten und scherzten miteinander, doch in Eriks dunklen Augen leuchtete nicht einmal die Spur von Belustigung auf. Scott war am Bierfass, behielt aber Carlie ständig im Auge. „Er mag dich", sagte Rachelle, und Carlie biss sich auf die Unterlippe.

„Ich weiß." Sie nippte an ihrem Becher.

„Fühlst du dich nicht geschmeichelt?"

Ehe Carlie antworten konnte, tauchten ein paar der Football-Spieler auf. Brian Fitzpatrick war natürlich dabei, und auch Joe Knapp und ein paar andere schlenderten herein. Sie versammelten sich sofort um das Bierfass, fingen an zu trinken und analysierten das Spiel mit zunehmender Lautstärke. Sie übertönten selbst die Musik und alle anderen Gespräche.

Wäre Coach Foster nicht wahnsinnig stolz auf sie? dachte Rachelle eine Spur sarkastisch. Doch eigentlich hatte sie kein Recht, die Football-Spieler zu verurteilen, nicht wahr? Sie war ja selbst hier. Freiwillig. Niemand hatte ihr eine Waffe an den Kopf gehalten und sie gezwungen, in Eriks Truck zu steigen.

Brian lächelte, als er Rachelle und Carlie bemerkte. „Ihr wollt bei den großen Jungs mitmachen, was?“, fragte er und hob seinen Becher voll Bier. Schaum tropfte ihm dabei über die fleischigen Finger.

Rachelle rang sich ein Lächeln ab. „Ich glaube, wir gehen gleich wieder“, antwortete sie. „Sobald wir Laura gefunden haben. Wir brauchen nur jemanden, der uns fährt.“

„Laura Chandler?“, fragte Brian breit grinsend. „Die ist wahrscheinlich bei Roy.“ Er lachte seinen Freunden zu und sah dann hinauf ins Loft. „Roy und sie haben in letzter Zeit viel voneinander gesehen, und ich meine *wirklich viel*.“

Damit brachte er die Menge zum Grölen, und Rachelle hielt es keine weitere Minute mehr aus. „Komm! Wir finden sie schon“, sagte sie zu Carlie. Sie wollte gerade zum Pool gehen, als sie entdeckte, wie Laura aus einer Tür geschlüpft kam. Ihre Kleidung war zerknittert und ihr Haar durcheinander. Wimperntusche lief ihr die Wangen hinab.

Rachelle und Carlie waren sofort bei ihr. „Wo warst du?“, fragte Carlie. „Was ist passiert?“

Laura ignorierte Carlies Fragen. „Du hast es also geschafft“, sagte sie bitter zu Rachelle. „Und ich war dumm genug zu glauben, dass du hier nicht auftauchen würdest.“

„Aber das war doch deine Idee?“, rief Rachelle ihr überrascht in Erinnerung.

„War es nicht! Es war Roys.“ In Lauras Stimme lag kalter Zorn. „Wegen ihm habe ich überhaupt angefangen, mich mit dir abzugeben. Weil er sich für *dich* interessiert hat. Ich dachte, ich könnte ihn davon abbringen, aber ich habe mich geirrt.“ Sie schniefte laut, und ihre Augen glitzerten. „Er will dich, Rachelle. Er hat mich nur benutzt, um in deine Nähe zu kommen.“

„Aber wir haben noch nie miteinander gesprochen …“

„Ist doch egal. Er hat dich gesehen. Bei den Spielen. In der Schule. Bei deinem Job für den *Clarion*.“

„Aber …“

Laura lachte kreischend. „Du hast ein paar Artikel über ihn geschrieben, als er noch in der Abschlussklasse war. Roy erinnert sich an dich. Er findet es beeindruckend, dass du für die Schülerzeitung schreibst – dass du Ambitionen hast!“ In ihren Augenwinkeln sammelten sich Tränen, die sie wegwischte. „Ich brauche dringend eine Zigarette.“

Carlie kramte in ihrer Handtasche nach einer zerknitterten Schachtel Salems und schüttelte Laura eine heraus. Dankbar und mit zitternden Händen zündete Laura sie sich an und blies den Rauch an die Decke. „Gott, ich bin so eine Idiotin“, flüsterte sie. Ihre Stimme brach, und wieder flossen die Tränen.

Einige der Billardspieler warfen einen Blick über die Schulter, und einige der Mädchen betrachteten die Cheerleaderin der *Tyler High* mit großen Augen dabei, wie sie vergeblich mit den Tränen kämpfte.

„Lasst uns doch einfach von hier verschwinden“, schlug Rachelle vor.

Carlie sah Rachelle an, als wäre sie verrückt geworden. „Wie denn?“

„Ich weiß es nicht, aber uns fällt schon irgendwas ein.“

„Du … du willst nicht hierbleiben?“ Laura war fassungslos. Sie zog lange an ihrer Zigarette. „Roy will bestimmt …“

„Es ist mir egal, was Roy will. *Ich* will gehen!“ Rachelle glaubte nicht, dass Roy wirklich Interesse an ihr hatte, aber sie hatte nicht vor, das jetzt mit Laura auszudiskutieren, wo es ihrer Freundin so schlecht ging. Außerdem machte Rachelle sich nichts aus Roy Fitzpatrick. „Wir finden schon jemanden, der uns zurückbringt. Vielleicht Joe Knapp?“

Lauras Kinn fing an zu zittern, und Tränen strömten ihr das Gesicht hinunter und verwischten ihre Mascara noch mehr. „Ich liebe ihn“, sagte sie schlicht. Sie tat Rachelle unendlich leid. Laura schien sich wirklich einzubilden, verliebt zu sein. „Es ist bloß …“ Laura blinzelte rasch, konnte aber nicht aufhören zu weinen. „Es ist mir so peinlich.“ Sie wischte sich die Augen.

Carlie nahm sie an der Hand. „Komm mit. Du kannst dich im Badezimmer frisch machen."

„Ich habe meine Tasche draußen gelassen. Mein Make-up und mein Portemonnaie und …" Sie brach wieder in Tränen aus, und Rachelle spürte, wie sie von mehr als einem Paar Augen angestarrt wurden. Erik Patton, der sich immer noch in der Nähe des Bierfasses aufhielt, steckte sich eine Zigarette an. Durch den Rauch suchte er Rachelles Blick und schüttelte mit dem Kopf, als würde er Lauras emotionalen Zustand lächerlich finden.

„Ich hole deine Handtasche", bot Rachelle ihr an, „und ich finde auch jemanden, der uns zurückfährt."

Laura drückte ihre Zigarette aus. Ihre Hände zitterten noch immer. „Danke. Ich glaube, ich habe sie in der Laube am See liegen lassen."

Rachelle verschwendete keine Zeit mehr. „Wir treffen uns in fünfzehn Minuten am Eingang."

Während Carlie mit Laura ein Badezimmer suchen ging, bahnte Rachelle sich den Weg durch die dichter werdende Menge bis zur Tür. Draußen war die Luft schwer und dicht, und die ersten dicken Regentropfen platschten auf den Boden.

„Na toll", murmelte sie, während sie einen Pfad durch die Pinien entlangeilte. Die Temperatur schien plötzlich um zehn Grad gefallen zu sein, und der Windhauch, der über den See wehte, war vom Regen abgekühlt. Ihre Schuhe klapperten auf den Pflastersteinen, und das Haar wehte ihr um den Rücken, als sie die zwei Stufen zur Laube emporkletterte.

Roy Fitzpatrick wartete bereits auf sie.

„Ich dachte schon, ich müsste dich drinnen suchen", sagte er gedehnt, die Stimme glatt wie Seide.

Sie blieb wie angewurzelt stehen. „Ich bin nur wegen Lauras Handtasche hier."

„Hier ist sie." Er nahm die Tasche am Riemen hoch und ließ sie sich von den Fingern baumeln. „Komm und hol sie dir."

Rachelle lief ein Schauer der Angst über den Rücken. „Warum wirfst du sie mir nicht einfach her?"

„Was ist los? Hast du Angst vor mir?"

Todesangst, dachte sie, schüttelte aber den Kopf. „Natürlich nicht." Sie trat vor und griff nach dem Riemen, aber Roy war schneller. Er packte sie am Handgelenk und zog sie fest an sich. „Hey! Lass mich los!", rief sie überrascht.

„Hat Laura dir nicht gesagt, dass ich dich sehen will?", fragte Roy. Sein Atem roch nach Bier und Zigaretten, und er schloss seine Arme in ihrem Rücken, um sie festzuhalten.

„Laura ist wirklich traurig", entgegnete sie und versuchte, sich loszumachen. Das war doch verrückt! Was dachte Roy sich nur dabei? „Wir wollen jetzt alle nach Hause."

„Du gehst nirgendwohin, Süße!", flüsterte er ihr ins Ohr, und Rachelle wurde schlagartig klar, dass das hier kein Spiel war.

„Roy, bitte ..."

„Bitte was?"

„Lass mich einfach los."

„Auf keinen Fall. Ich habe dich schon eine ganze Zeit im Auge. Zu lange." Roy war stark, seine Muskeln durch jahrelangen Sport gestählt. Als sie ihn von sich schieben wollte, lachte er und küsste sie zu ihrem größten Schrecken auf den Haaransatz. „Mmm, Baby. Du riechst so gut."

„Hör auf!", warnte sie ihn, aber er schloss die Arme nur noch fester um sie und presste sie eng an sich.

Rachelle wehrte sich, doch das schien ihn nur noch mehr zu erregen. Sie versuchte zu schreien, aber er verschloss ihren Mund mit seinen Lippen. Er drückte mit der Zunge verlangend gegen ihre Zähne. Die Hitze seines Körpers strahlte auf ihren ab. „Komm schon!", flüsterte er, und sie riss den Kopf herum. Durch ihre Kehle rann der heiße Geschmack der Angst. Er hörte einfach nicht auf, und seine Hände waren stark wie Stahl.

„Hör auf!", brüllte sie, als er den Kopf endlich zurückzog. Sein Gesicht sah furchterregend aus in der Dunkelheit. Sein Blick durchbohrte sie auf eine wilde Art, dann packte er ihre beiden Handgelenke mit einer Hand und küsste sie wieder. Dieses Mal ließ er die freie Hand unter ihre Jacke gleiten, um nach ihrer Brust zu fassen.

Sie fing an zu schreien und nach ihm zu treten, aber er wich aus und bedeckte ihren Mund mit einer Hand. „Niemand wird kommen, um dich zu retten, Baby, weißt du das nicht? Die anderen Jungs suchen doch alle selber nach ein bisschen Spaß."

Sie biss ihn so fest in die Hand, dass er aufjaulte. „Du Schwein!", kreischte sie, doch er drückte die Lippen auf ihre und küsste sie fest.

„Du willst es doch auch", raunte er. Sein Atem roch nach schalem Bier. Seine Finger fühlten sich feucht und kalt an.

Sie trat noch einmal zu. Sie zielte genau zwischen seine Beine, doch er wich aus und sie erwischte nur sein Schienbein. Er heulte vor Schmerzen auf, ließ sie allerdings nicht los.

„Du kleine Schlampe!" Er schob sie fest gegen die Bank zurück, und wieder stieß sie einen Schrei aus.

„Roy, hör auf ..."

„*Du* wirst aufhören, verstanden?", schrie er sie an. „*Ich* bin es, der die Befehle erteilt. Du wirst mir alles geben, was ich von dir verlange, und es wird dir gefallen ..."

Plötzlich wurde er von ihr weggezogen und durch die Laube geworfen. Ihre Bluse riss mit einem schrecklichen Geräusch auseinander.

Roy brüllte: „Hey! Was zum ...", und prallte schon gegen die Bank auf der anderen Seite der Laube.

„Lass sie in Ruhe!", brüllte Jackson. Er war aus dem Nichts aufgetaucht. Rachelle hatte weder sein Motorrad noch seine Schritte gehört. Sie schluckte ihre Tränen herunter, Erleichterung durchströmte ihren ganzen Körper. Er funkelte sie über die Schulter wütend an. „Lauf!"

Rachelle versuchte aufzustehen, allerdings konnte sie sich kaum bewegen.

„Ich hätte dich umbringen sollen, als ich die Chance dazu hatte", schrie Roy, rappelte sich auf und stürzte sich auf Jackson.

Aber das Bier hatte ihn träge gemacht, und als er die Hände nach Jacksons Hals ausstreckte, schob der ihn von sich.

„Lass sie ihn Ruhe!“, befahl Jackson erneut und warf Rachelle dann einen wütenden Blick zu. „Verdammt, ich hatte gesagt: *Lauf!*“ Er fasste sie am Arm und zog sie hoch, bis sie wieder auf eigenen Füßen stand. „Verschwinde von hier!“

Ein Dutzend von Roys Freunden versammelten sich um die Laube. Rufe und Jaulen wurden laut; der Geruch nach einem Kampf hing schwer in der Luft.

Roy rappelte sich auf, griff in die Tasche und holte ein Springmesser heraus. Jackson funkelte ihn an. Roy ließ das Messer aufspringen. Die Klinge glänzte heimtückisch im Abendlicht.

„Nicht ... Roy ...“, rief Rachelle entsetzt.

Doch Roy hatte Blut gewittert. Er griff seinen Widersacher an. Jackson wich aus, aber er war nicht schnell genug. Mit einem schrecklichen Geräusch traf das Messer auf Jacksons Bein.

Jackson atmete scharf ein, als Roy noch einmal zustach und dieses Mal das Messer tief in seiner Schulter vergrub.

„Hör auf, Roy!“, schrie Scott McDonald.

„Halt dich raus! Das ist mein Kampf!“, befahl Roy ihm.

Jackson wich zurück, und Roy stach weiter nach ihm.

Rachelle kreischte.

„Ich bring dich um!“, presste Roy keuchend hervor und hieb wild auf Jackson ein. Die Klinge zischte durch die Luft. Jackson wirbelte herum und wich ihr aus. Als Roy das Messer ein weiteres Mal hob, packte Jackson ihn am Handgelenk und schlug mit der Faust in seinen Bauch. Scheppernd landete das Messer auf dem Boden.

Jackson hieb mit der Faust auf Roys Wange ein. Roy brach rückwärts zusammen, spuckte aus und hustete. „Du bist ein toter Mann, Moore! Ich bringe dich um, das schwöre ich.“

„Dazu wirst du keine Gelegenheit haben.“

Jackson musste Rachelle aus dem Augenwinkel entdeckt haben. „Bist du immer noch hier?“, fuhr er sie an. „Verschwinde, ehe ...“

„Sie bleibt!“, befahl Roy. Jackson verschwendete keine Zeit.

„Verdammt noch mal!" Er griff nach Rachelles Arm und kletterte mit ihr über das Geländer der Laube. Gemeinsam fielen sie ins Gebüsch. Jackson stolperte fast, als sie sich aufrappelten, denn sein Bein knickte unter ihm weg. Er atmete schwer und schwitzte. „Wenn du nicht noch mehr Ärger willst, haust du lieber sofort ab", riet er ihr.

„Du verdammter Mistkerl!", brüllte Roy. „Sie bleibt hier!"

„Auf keinen Fall!"

Jackson zog immer noch an ihrem Arm, als Rachelle anfing, mit ihm gemeinsam zu rennen. Sie hielt ihre zerfetzte Bluse und ihre Jacke zusammen, während sie durch das Gebüsch preschten. Jackson trieb sie vorwärts, obwohl er selbst humpelte und schwer atmete.

„Haltet Moore auf! Haltet ihn!", rief Roy, aber seine Stimme klang schon gedämpfter. Jackson führte Rachelle durch einen Garten und zwischen Bäumen entlang zu der Auffahrt, in der er sein Motorrad abgestellt hatte. Drei Jungs standen dort Wache, und sobald sie Jackson aus dem Wald kommen sahen, fing Erik Patton an, heimtückisch zu grinsen.

„Schau mal einer an, was du gefunden hast – Roys neuestes Spielzeug", spottete er, doch Jackson ignorierte sie alle.

„Steig auf", sagte er, und Rachelle kletterte ohne nachzudenken auf die Maschine.

Erik zündete sich betont gelassen eine Zigarette an. „Weit werdet ihr nicht kommen", prophezeite er und legte dann eine Hand an den Mund. „Hey, Roy, sie sind hier! Moore und das Mädchen!"

Jackson versuchte, die Harley anzulassen. Nichts. Rachelle zitterte. Roy war auf dem Weg, sie konnte ihn hören. Ihr Herz raste vor Angst. „Komm schon", flüsterte sie, und Jackson probierte es noch einmal. Der Motor sprang wieder nicht an.

Jackson starrte Erik eine Sekunde an, danach wandte er sich zu ihr um. Sie hatte keinen Zweifel: Wäre sie nicht bei ihm gewesen, er wäre vom Motorrad gestiegen und hätte Erik in Stücke gerissen.

„Hier entlang!" Er sprang vom Motorrad und zog sie hinter sich her. Als sie wieder in die Wälder eintauchten, war Rachelle nur nach Weinen zumute. Sie hatte unglaubliche Angst vor Roy und wusste instinktiv, dass sie bei Jackson sicherer war, und doch war diese Nacht schrecklicher als alles, was sie sich vorstellen konnte. Roy hatte vorgehabt, sie zu vergewaltigen, und Jackson, ihr Retter, war nicht gerade ein Ritter in strahlender Rüstung. Sie hoffte nur, ihr Instinkt behielt recht, was ihn anbelangte. Denn an der Art, wie er sie berührte, und am Funkeln seiner Augen erkannte sie, dass sich hinter seiner finsteren Fassade auch ein Hauch Güte verbarg. Daran hielt sie sich fest wie ein Ertrinkender an einem Rettungsring.

Zweige und Dornen rissen ihr an Haut und Haaren, aber sie nahm Jacksons Ratschlag an und fing an, in Richtung des steinigen Strandes zu rennen, der den See umsäumte, so schnell ihre Füße sie tragen konnten. Zweimal stolperte sie über Strauchranken, aber Jackson half ihr auf, und sie liefen weiter. Sie hatte keine Ahnung, ob man sie noch verfolgte, und wollte sich auch nicht die Zeit nehmen, sich umzuschauen und es herauszufinden.

Ihre Kehle fühlte sich heiß und belegt an, Tränen brannten in ihren Augen. Regen lief ihr in Strömen den Hals hinab. Sie konnte nicht vergessen, wie schrecklich sich Roys Körper an ihrem angefühlt hatte, spürte noch immer die Angst, dass er nicht aufhören würde, bis er ihr die Kleider vom Leib gerissen und ihr ihre Würde genommen hatte und ihre … Lieber Gott, daran konnte sie nicht einmal denken!

Bald nachdem die Bäume sich lichteten, erreichten sie den Strand. Sie rannten nach Norden, gegen den Wind und den Regen an, der um die Hügel peitschte. Jacksons Atem ging schwer, und er humpelte beim Laufen. Jetzt war sie es, die ihn ziehen musste und ihn halb den Strand entlangschleifte. Hilf mir, betete sie, während der Regen auf sie beide eintrommelte und ihre Beine anfingen zu schmerzen. Sie verbot es sich, vor Furcht zu schluchzen, und rannte einfach weiter. Sie klammerte sich an Jacksons Hand, als wäre er tatsächlich der Ritter, dessen Schicksal es war, sie vor den Schandtaten des Roy Fitzpatrick zu retten.

3. KAPITEL

Der Kampf hatte Jackson geschwächt. Als sie vom Strand wieder in den Wald hineinliefen, humpelte er noch schlimmer, und er rang nach Atem. Selbst in der Dunkelheit konnte Rachelle den Schweiß auf seinem Gesicht erkennen.

„Wir müssen es bis an die Hauptstraße schaffen und per Anhalter in die Stadt zurückfahren“, schlug Rachelle vor, als er sie eingeholt hatte und sich mit dem Rücken gegen einen Baumstamm lehnte. Er atmete bebend ein, stützte sich dann mit den Händen auf den Knien ab und ließ den Kopf sinken. „Komm schon“, drängte sie ihn.

„Willst du riskieren, von Roy oder einem seiner Freunde aufgegabelt zu werden?“, fragte Jackson. Er hob den Kopf, um in der Dunkelheit zu ihr hochzusehen. Seine Augen waren dunkel und schwer zu lesen – so dunkel wie die Nacht, die sie umgab. Er wischte sich mit dem Handrücken über die Stirn. „Bist du so nicht überhaupt erst in diese Lage gekommen?“

„Viel weiter schaffst du es nicht.“

Ironisch verzog er den Mund. „Komm mit! Ich hab eine Idee.“ Er nahm sie an der Hand und führte sie in langsamerem Tempo durch den Wald. Unter ihren Füßen brachen Zweige, und über ihnen trommelte der Regen in gleichmäßigem Takt auf das Dach aus Nadeln.

Die Nacht war so dunkel, dass sie kaum einen Weg erkennen konnte; sie trat immer wieder in Matsch oder Pfützen. Sie war völlig durchnässt und zitterte im Wind, der durch die Bäume pfiff. Mit der freien Hand hielt sie ihre zerrissene Kleidung zusammen. Sie dachte nicht darüber nach, wohin sie gingen; sie wollte einfach nur so viel Distanz zwischen sich und Roy Fitzpatrick bringen, wie sie konnte.

Wie hat Jackson Roy und mich eigentlich in der Laube gefunden? fragte sie sich. Sie wunderte sich über Jacksons Timing. „Warum warst du auf der Party?“

„Fitzpatrick und ich waren noch nicht fertig miteinander."

„Seid ihr es jetzt?"

Er schnaubte. „Ich glaube, das werden wir nie sein."

„Warum hasst er dich so sehr?"

Jackson warf ihr einen düsteren Blick zu. „Vielleicht kann er es nicht leiden, wenn ich ihn unterbreche, kurz bevor er einen Treffer landet."

Rachelle fühlte sich, als hätte er sie geohrfeigt. „Wovon sprichst du?"

„Ich habe keine Ahnung, wie die Sache angefangen hat, aber irgendwie hast du es geschafft, mit Roy allein zu sein. Für mich sieht es so aus, als hättest du mit ihm geflirtet. Er ist darauf eingegangen, und als es dir ein bisschen zu heiß wurde, hast du Panik bekommen."

Rachelle presste empört die Lippen zusammen. „Ich war in der Laube, um die Handtasche meiner Freundin zu holen."

„Und irgendwie hat es damit geendet, dass du mit ihm rumgemacht hast."

Sie blieb schwer atmend stehen. Ihr Zorn loderte so hell wie ihre Tränen. „Du hast kein Recht, mich so zu verurteilen. *Kein Recht.* Ich habe Roy nichts vorgespielt oder ihn verführt, falls du das andeuten wolltest. Und wenn, wäre das auch egal. Er hat mich angegriffen. Ich habe Nein gesagt, und das hat er ignoriert. Weißt du, was? Du kannst jetzt gern mit dem Babysitten aufhören. Ich finde den Weg zurück in die Stadt auch allein."

Er sah sie an, murmelte etwas Unverständliches und seufzte. „Dann hab ich mich wohl geirrt."

„Das hast du wohl." Sie standen einander gegenüber, ohne den Blick voneinander zu lassen, während der Regen auf sie herabprasselte. Der Wald dampfte vor Nässe, und aus der Ferne drang Musik durch die Bäume zu ihnen.

Jackson verzog das Gesicht. „Als ich bei der Party ankam, fand ich, dass ich mich erst beruhigen sollte, bevor ich mich bei Roy zum Affen mache, also bin ich zum See runtergegangen. Dann habe ich aus der Laube Geräusche gehört und gesehen, wie

Roy dich küsst. Ich habe nicht bemerkt, dass du dich wehrst, bis du angefangen hast zu schreien." Er senkte den Blick, die Hände noch in die Hüften gestemmt. „Tut mir leid. Mir war irgendwie klar, dass jeder, der mit Roy und seiner Clique rumhängt, mit Ärger rechnen muss."

Dem konnte sie nicht widersprechen. War sie nicht selbst zu dem gleichen Schluss gekommen? „Ich gehöre nicht zu Roys Clique."

„Wer bist du eigentlich?"

„Eine Freundin von Laura, Rachelle Tremont."

Er betrachtete sie einen Moment, schließlich sagte er: „Wir haben keine Zeit zu verlieren. Komm mit, Rachelle." Er griff wieder nach ihrer Hand, und gemeinsam bahnten sie sich den Weg durch das Unterholz.

„Wohin gehen wir?", flüsterte sie. Sie hatte die Orientierung verloren, hatte aber dennoch das Gefühl, dass sie im Kreis liefen und wieder auf dem Weg zurück zu Roys Party waren.

„Ich kenne eine Abkürzung", antwortete er. Er schloss die Hand fester um ihre, und plötzlich fühlte es sich an, als würde sich all ihr Blut an dieser Stelle sammeln. Jackson keuchte leise und zuckte jedes Mal zusammen, wenn er sein rechtes Bein belastete.

„Du kannst nicht weiter …"

„Pssst!", warnte er sie so laut, dass ein unsichtbares Tier ins Unterholz flüchtete.

Rachelles Herz hämmerte ihr in den Ohren, aber ihr war klar, sie hatte recht. Das leise Hämmern der Musik und die Stimmen waren jetzt viel näher als vorher. Jackson führte sie direkt zu Roy zurück!

„Du musst den Verstand verloren haben", wisperte sie.

„Vielleicht", gab er eine Spur sarkastisch zu, „aber ich glaube eher nicht."

Sie schlichen um das Anwesen der Fitzpatricks herum, immer in den Bäumen verborgen, die an den schweren Steinmauern entlangwuchsen. Als sie an den Privatweg kamen, zögerte Jackson, die Muskeln angespannt, und ließ den Blick über den Wald schweifen. „Okay. Jetzt", meinte er leise und zog sie mit sich aus dem sicheren Schutz der Bäume über die Straße und in den Wald auf der anderen Seite. Sie waren jetzt nach Osten unterwegs, und durch die Bäume war das Glitzern des Sees zu erkennen. Dunkel und schimmernd kräuselte das Wasser sich im Wind.

Rachelles Kehle war ausgetrocknet, ihr tat der ganze Körper weh, und der Regen lief ihr den Hals hinab und durchtränkte ihre Jacke. Es kam ihr vor, als wären sie schon stundenlang unterwegs.

Jackson blieb einen Moment lang stehen und rieb sich das Bein. Selbst in der Dunkelheit konnte sie erkennen, wie er die Zähne zusammenbiss. „Du brauchst einen Arzt."

„Ich muss mich nur eine Weile ausruhen", widersprach er, nahm sie wieder an der Hand und humpelte auf den See zu. Sie folgte ihm blind. Ihr Schicksal lag in den Händen des Bad Boy von Gold Creek.

„Da wären wir", verkündete Jackson, nachdem sie über den Strand ausgewichen waren, um einen Zaun zu umgehen, der das Anwesen eingrenzte, und ein riesiges Haus in Sichtweite kam.

„Was ist das?"

„Das Haus der Monroes."

Davon hatte sie schon gehört: ein prächtiges Haus, das leer stand, wenn die Monroes den Winter in San Francisco verbrachten. „Ich denke nicht, dass wir hierbleiben sollten", erwiderte sie besorgt, aber Jackson hatte sich dem Haus bereits genähert und befand sich nun im schmalen Durchgang zwischen Haupthaus und Garage.

„Niemand wird vermuten, dass wir in der Nähe bleiben", erklärte er laut. „Sie haben beobachtet, wie wir in die entgegengesetzte Richtung weggerannt sind."

„Aber ..."

„Bleib, wo du bist", befahl er ihr und überprüfte dann alle Türen und Fenster im Erdgeschoss.

„Willst du einbrechen?"

„Wenn sie abgeschlossen haben."

„Aber das ist illegal."

Jackson warf ihr einen Blick zu, mit dem er sie eindeutig naiv nannte. „Wir werden schon nicht erwischt."

„Das macht es nicht besser."

„Nein, tut es nicht. Bleib du also hier im Regen stehen und denk dir aus, was wir sonst machen könnten. In der Zwischenzeit versuche ich, herauszufinden, wie wir ins Haus gelangen."

Nachdem er um die Ecke verschwunden war, fing Rachelle an zu zittern. Sie dachte an Roy und daran, wie er sich ihr aufgezwungen hatte, und ihr drehte sich der Magen um. Sie war dumm und leichtsinnig gewesen. Und jetzt war sie hier, mitten im Nirgendwo, mit einem Jungen, dessen Ruf ruiniert war, und versuchte zu allem Überfluss auch noch, in das Sommerhaus einer reichen Familie einzusteigen!

Sie hatte ein Abenteuer gewollt, sich danach gesehnt, ihre Flügel auszubreiten. Und jetzt hatten diese Flügel sich als etwa so stabil herausgestellt wie die von Ikarus. Sie waren geschmolzen, und der Fall war so tief und heftig gewesen, dass sie ihn nie vergessen würde.

Sie schlang die Arme um sich und überlegte, was sie als Nächstes machen konnte. Vielleicht hatte Jackson recht. Wenn sie sich nur erst ausruhen und aufwärmen konnten, würden sie besser entscheiden können, was zu tun war. Vielleicht gab es im Haus ein Telefon, von dem aus sie ihre Mutter anrufen konnte. Ihr zog sich der Magen zusammen bei dem Gedanken, ihrer Mom oder ihren Freunden wieder gegenüberzutreten. Wie war es Carlie und Laura ergangen? Was machten sie gerade? Waren die beiden krank vor Sorge um sie?

Ihr blieb fast das Herz stehen, als sie plötzlich ein Geräusch auf dem Dach hörte. Sie wagte sich aus dem Schutz des Durchgangs und schaute hinauf. Jackson war eine Regenrinne hinaufgeklettert und hangelte sich über die vom Regen schlüpfrigen Dachziegel zu einem der Fenster vor. Sie hielt den Atem an und drückte die Daumen, dass er nicht ausrutschte, herunterfiel und sich den sturen Hals brach. Er rüttelte an einem Riegel, fluchte und wiederholte das am nächsten Fenster. Auch das schien fest verschlossen zu sein.

Zu Rachelles Entsetzen kletterte er weiter hinauf ins Dachgeschoss, wo Gauben aus der Dachschräge ragten. Beim zweiten Fenster hielt er an, zog etwas aus der Tasche und bearbeitete damit das Schloss, bis sie Holz splittern hörte und das Fenster nachgab. Eine Sekunde später war er schon hindurchgestiegen.

Toll. Jetzt betraten sie nicht nur unrechtmäßig fremdes Eigentum, es war ein richtiger Einbruch. Sie wartete ungeduldig. Ganz sicher würde jemand von Roys Party vorbeikommen und sie entdecken! Volle fünf Minuten verstrichen. Sie fing an, sich wieder zu sorgen. Hatte Jackson sich verletzt? War er im Dunkeln die Treppe hinuntergestürzt?

Ein Schloss klickte leise. Die Hintertür ging nach innen auf, und Jackson erschien im Rahmen und hielt sie mit dem Rücken auf. Er war offensichtlich sehr zufrieden mit sich.

Ohne auf eine Einladung zu warten, schlüpfte sie ins Haus. Sie standen in der Küche, tropften auf das Eichenparkett und lauschten dem Ticken einer alten Uhr und dem knarzenden Holz. Die Möbel waren mit weißen Laken eingehüllt; man konnte fast glauben, dass es in diesem Haus spukte.

„Und was jetzt?", fragte sie ihn und wurde sich plötzlich klar, dass sie ganz allein mit ihm war.

„Wir brauchen eine Taschenlampe. Der Strom ist ausgeschaltet, aber ich möchte sowieso nicht, dass wir das Licht anmachen. Jemand könnte uns entdecken und die Cops benachrichtigen."

„Es wird uns schon niemand sehen", meinte sie und dachte daran, wie weit weg von allem sie waren.

„Falsch. Am anderen Ufer des Sees ist eine Anlegestelle mit einem Laden für Angelzubehör. Dort könnte jemand in diese Richtung schauen, ein Licht bemerken, wo es eigentlich dunkel sein sollte, und nervös werden." Er öffnete einen Schrank und fuhr mit den Fingern über den Inhalt der Regale, schnaubte enttäuscht und machte mit dem nächsten Schrank weiter. Nicht lange, und er hatte sich durch die halbe Küche gearbeitet.

„Das bringt doch nichts …"

„Moment. Was ist das?", fragte er, und sie konnte ihm sein Grinsen dabei anhören. „Eine Kerze. Primitiv, aber genau, was wir brauchen."

Er zündete ein Streichholz an. Es zischte in der Nacht, und im Licht der kleinen Flamme konnte sie sein Gesicht erkennen, schlammverschmiert, mit einem Bartschatten auf dem Kinn. Die Flamme spiegelte sich als winzige Leuchtpunkte in seinen dunklen Augen.

Vorsichtig zündete er die Kerze an und suchte dann in den Schränken nach weiteren. Schon bald hatte er drei Kerzen angesteckt, in deren flackernd goldenem Licht die Küche fast gemütlich erschien.

„Hast du keine Angst, dass jemand das Kerzenlicht bemerken könnte?", fragte sie, aber er schüttelte den Kopf.

„Im vorderen Teil des Hauses ist ein Wohnzimmer. Das führt weder auf den See noch auf das Anwesen der Fitzpatricks hinaus. Die Vorhänge sind bereits zugezogen. Ich glaube, da sind wir sicher. Wenn nicht …" Er schaute sie wieder an, und dieses Mal schien sein Blick eine Sekunde länger als nötig auf ihr zu verweilen. Er trat von einem Fuß auf den anderen. „Wenn nicht, müssen wir eben einfach die Suppe auslöffeln."

„Wir könnten jemanden anrufen …"

„Hab ich schon versucht. Die Leitung ist tot."

„Na toll", murmelte sie. Ihre Lage schien sich ja nicht gerade zu verbessern. „Was machen wir also?"

Jackson lehnte sich an den Küchenblock. Sein Haar war noch nass, im Kerzenlicht golden glitzernde Tropfen liefen ihm über Gesicht und Nacken. „Ich würde sagen, wir versuchen, einigermaßen trocken zu werden, und überlegen uns dann, wie wir zurück in die Stadt kommen. Deine Eltern schicken doch sicher einen Suchtrupp los, wenn du nicht irgendwann irgendwo auftauchst."

Rachelle zuckte mit den Schultern. „Meine Mom und meine Schwester sind zu Besuch bei einer Freundin meiner Mutter, und ich sollte eigentlich bei Laura übernachten. Im Moment sucht also noch niemand nach mir."

„Was ist mit deinem Dad?"

Der alte Knoten in ihrem Magen zog sich fester zusammen. „Er, äh, erfährt nichts davon. Mom und er haben sich getrennt. Er hat jetzt eine Wohnung in Coleville." Sie sagte nicht, dass er wahrscheinlich bei seiner neuen Freundin war, einer Frau, die nur wenige Jahre älter war als Rachelle. Glenda. Ihr Vater hatte sie in der Mitte seines Lebens kennengelernt und beschlossen, dass Ellen die Mädchen allein aufziehen konnte. Er hatte ein Leben zu leben. „Niemand wird ihn informieren", meinte sie knapp und versuchte, nicht zu sehr an ihren Vater zu denken.

„Aber Lauras Mutter könnte deine anrufen."

„Kann sein."

Erneut schaute Jackson sie an, und seine Mundwinkel hoben sich kaum merklich. „So schlimm ist es nicht, wenn sich jemand um einen Sorgen macht, weißt du. Glaub mir. Es ist besser als das Gegenteil."

Rachelle kam sich auf einmal albern vor. Seiner Mutter war es wahrscheinlich immer egal gewesen, wann er nach Hause kam, und er hatte nie einen Vater gehabt, der sich um ihn sorgte, ihn ausschimpfte, mit ihm Baseball übte oder angeln ging.

Er ging aus der Küche und machte sich mit steifen Schritten auf den Weg ins Wohnzimmer. Rachelle folgte ihm, zwei Kerzen in den Händen. Er stützte sich an der Wand ab und versuchte, vor allem sein rechtes Bein zu belasten. Seine Jeans waren vollkommen durchnässt und voller Matschflecken, und auf dem kurzen Weg den Flur hinab konnte sie ihre Augen nicht von dem verwaschenen Stoff abwenden, der sich an seine Schenkel und seinen Hintern schmiegte. Sie zwang sich, den Blick von seinen Beinen zu lösen, und ertappte sich dabei, wie sie stattdessen den Rücken seiner abgetragenen alten Jacke anstarrte, die an den Schultern breit war und an der Taille schmal zusammenlief.

Es roch nach schmelzendem Wachs und Regen und Moschus und Leder. Rachelle nahm jeden einzelnen dieser Gerüche wahr, während Jackson seine Kerze auf das Kaminsims stellte und sich zu ihr umdrehte.

Sie zitterte. Ihre Füße waren in ihren nassen Stiefeln eiskalt. Eine Falte bildete sich zwischen seinen Augenbrauen, und er rieb sich das Kinn. „Du frierst."

„Ein bisschen."

„Eher ganz schön. Ich auch." Er überprüfte noch einmal die Vorhänge, schloss die Tür zum Wohnzimmer und beugte sich dann über den Kamin. „Wir sollten uns wohl lieber aufwärmen." Er griff den Schornstein hinauf und zog an etwas, bis sich quietschend der Schieber öffnete und eine Wolke Ruß auf den Kaminrost hinabfiel.

Auf alten Kaminböcken waren bereits Holzscheite gestapelt, und Zeitungspapier und Anmachholz lagen säuberlich in einer Kiste neben der Feuerstelle. Er ließ sich auf ein Knie sinken und machte sich an die Arbeit.

Rachelle bemühte sich, ihn nicht anzustarren. „Handeln wir uns nicht Ärger ein, wenn wir ein Feuer machen?"

„Riesigen."

„Im Ernst."

„Vielleicht." Er nahm die Kerze und hielt die Flamme an das trockene Anmachholz und das Zeitungspapier. Innerhalb von Sekunden flackerte ein knisterndes Feuer. Der Raum erwärmte sich langsam. „Komm hierher", schlug Jackson sanft vor, aber Rachelle wagte nicht, sich zu bewegen. Sie fühlte sich im verführerischen Glühen des Feuers gefangen, stand im Bann eines Mannes, den sie faszinierend und beunruhigend zugleich fand.

Zu ihrem größten Entsetzen verfolgte sie, wie er sich erst die Jacke und dann das T-Shirt abstreifte. Er hängte beides über den Kaminschirm und stand dann halb nackt da. Das goldene Licht spielte auf seiner gebräunten Haut. Die Wunde an seiner Schulter hatte bereits aufgehört zu bluten. Er zuckte ein wenig zusammen, als er seinen Arm bewegte.

„Das ... das kann ich nicht tun", flüsterte sie, und er grinste. Es war kein zynisches Lächeln, sondern ein ehrliches Grinsen.

„Wir überlegen uns irgendwas. Zieh wenigstens die Stiefel aus."

Das konnte sie. Sie lehnte sich an die Couch und zog an ihren Stiefeln. Ihr Rock war zerrissen, wo sich Dornen im Stoff verfangen hatten, ihre Bluse war vollkommen zerfetzt. Ihre Jacke war in besserem Zustand, nur vollkommen durchnässt. Sie kickte ihre Stiefel in Richtung Kamin und hängte dann verlegen ihre Jacke über den Schirm.

In jeder Faser ihres Körpers spürte sie ihre Unerfahrenheit. Natürlich hatte sie schon Jungs mit freiem Oberkörper gesehen – oft sogar, wenn sie am See schwimmen war oder ihnen beim Basketball-Training zugesehen hatte. Aber das waren eben Jungs gewesen, mit glatter Haut und nur einem Anflug von Körperbehaarung. Jackson dagegen war ein Mann. Seine ausgeprägten Muskeln bewegten sich mit sehniger Kraft. Wie sich seine Jeans an seine Hüften schmiegten … Ihre Kehle wurde trocken, und sie musste sich zwingen, den Blick vom Bund seiner Hose loszureißen.

Seine Stimme weckte sie aus ihren ungesitteten Gedanken. „Ich sehe nach, ob es hier etwas zum Anziehen für dich gibt, damit die", er zeigte auf ihre zerrissene Bluse, „trocknen kann."

„Ist schon gut."

„Ist es das?" Er zog zweifelnd eine Augenbraue hoch. „Wir haben ohnehin schon genug Ärger am Hals. Ich will nicht auch noch dafür verantwortlich sein, dass du eine Lungenentzündung bekommst."

„Werde ich schon nicht."

„Und ich will logischerweise nicht mit dir erwischt werden, während du etwas anhast, was dir offensichtlich vom Leib gerissen wurde."

„Oh." Sie leckte sich nervös über die Lippen, und er folgte ihr dabei mit seinem Blick. „Na ja, also … ich will mich nicht erwischen lassen, Punkt."

„Amen." Nachdem er aus dem Zimmer gehumpelt war, atmete Rachelle auf. Lieber Gott, was machte sie nur hier? Wenn sie noch etwas Verstand übrig hatte, sollte sie schleunigst ihre Sachen schnappen und wegrennen.

Nur wohin?

Egal! Es war überall sicherer als hier, allein mit Jackson. Ihre Gedanken waren so schlüpfrig, dass es sie selbst erschreckte. Und das, wo sie es bisher nicht einmal besonders genossen hatte, geküsst zu werden. All dieses Fummeln und Grapschen und Keuchen ... Sie hatte schon geglaubt, etwas würde nicht mit ihr stimmen, weil sie nie „scharf" wurde. Manche Mädchen behaupteten sogar, dass sie bebten, weil sie so dringend mit ihren Freunden schlafen wollten.

Rachelle war allerdings auch noch nie verliebt gewesen; ihre Eltern waren schließlich das beste Beispiel dafür, dass Liebe nicht funktionierte. Und was Sex anging – dieses Thema war Ellen Tremont so peinlich, dass sie ihren Töchtern nur das Nötigste darüber erzählt hatte. Aber Rachelle wusste trotzdem Bescheid. Von ihren Freunden. Aus den Büchern, die sie gelesen hatte. Aus Filmen. Und sie wusste, dass mit ihr etwas nicht stimmte. Weil sie *es* nicht wollte.

Zumindest hatte sie das geglaubt. Bis jetzt. Zum ersten Mal in ihrem Leben wusste sie, was ihre Freundinnen meinten, wenn sie von klopfenden Herzen redeten, von verschwitzten Händen und knisternder Spannung zwischen zwei Menschen.

Aber ausgerechnet Jackson Moore? Warum konnte es nicht jemand Harmloses sein wie Joe Knapp oder Bobby Kramer? Jemand, der sie nicht einschüchterte?

Sie stand immer noch vor dem Feuer, wärmte sich die Rückseite ihrer Beine und hielt ihre Bluse mit den Händen zusammen, als er mit ein paar Decken zurückkam. „Nichts zum Anziehen", sagte er, während er ihr eine Decke reichte und sie sie sich um die Schultern legte.

„Ist schon gut."

Darauf lächelte er und schüttelte den Kopf. „Wenn es für irgendeinen von uns beiden nach dieser Sache noch ‚gut' ausgeht, wäre das ein Wunder."

Sie beobachtete ihn aus den Augenwinkeln. Plötzlich war sie sich seiner so unfassbar bewusst. Er war ganz und gar faszinierend. Sie spürte seine Männlichkeit so intensiv, dass sie ihn nicht anschauen konnte und sie sich sprachlos fühlte, obwohl ihr langsam wieder etwas wärmer wurde.

Er ließ sich auf die Couch fallen und atmete scharf ein, sowie er versuchte, sich aufzusetzen. Sein Knie schien immer steifer zu werden, es wollte sich nicht beugen lassen. Sein Gesicht wurde blass vor Anstrengung. Er ließ sich in die Kissen zurückfallen und zuckte zusammen, als seine Schulter das Polster der Rückenlehne berührte.

„Dein Bein. Es bereitet dir Schmerzen, und deine Schulter …"

„Mach dir keine Gedanken deswegen."

„Du solltest zum Arzt gehen."

„Ich sagte, es geht mir gut."

Rachelle fand das nicht besonders überzeugend. Jedes Mal, wenn er sich bewegte, wurde er blass. „Du bist ein lausiger Lügner!" Beim Anblick seiner Jeans wurde ihr ganz schlecht. Ein dunkler Fleck breitete sich auf dem Stoff über dem Knie aus.

„Verklag mich doch."

„Lass mich dein Bein ansehen."

„Aber Miss Tremont", neckte er sie und lächelte ihr schmerzverzerrt zu, „Sie wollen doch wohl nicht vorschlagen, dass ich die Hose runterlasse?"

„Nein, ich …"

„Wenn du darauf bestehst …" Er machte eine große Sache daraus, den obersten Knopf am Hosenbund durch sein Knopfloch zu fädeln. Sie wusste, dass er nur darauf wartete, dass sie „Halt" rief, aber diesen Gefallen wollte sie ihm nicht tun.

Ihr Herz schlug schneller als die Flügel eines Kolibris, aber sie sah zu und vergrub die Finger dabei in den Falten der Wolldecke.

Den Blick immer noch auf ihr Gesicht gerichtet, riss er an dem verwaschenen Stoff, bis die Reihe aus Knöpfen sich mit einer Folge leiser Plopps voneinander löste. Rachelle stockte der Atem.

Trotz der Schmerzen zuckten seine Mundwinkel belustigt.

Rachelle war sich sicher, dass er nicht weiter gehen würde, und doch starrte sie ihn dabei an, wie er sich wand, den Rumpf hob und sich die Hose am Bein hinabzog, nicht ohne eine Grimasse und ein schmerzerfülltes Stöhnen. Zum ersten Mal im Leben sah sie einen Mann in weißer Unterhose, und sie musste sich zwingen, nicht auf die Beule zu starren, die zwischen seinen Beinen so unübersehbar war.

„Du könntest mir auch helfen, weißt du. Das war *deine* Idee."

„Du willst, dass ich dir dabei helfe, die Hose auszuziehen? Auf keinen Fall." Der Gedanke, nach dem nassen Stoff zu greifen, mit den Fingerspitzen über seine Beine und Hüften zu streifen, brachte sie zum Erröten. Obwohl er verletzt und es für sie eigentlich selbstverständlich war, dass sie ihm helfen sollte, stand sie wie versteinert neben dem Kamin. Das war keine so einfache Situation wie zwischen einer Krankenpflegerin und ihrem Patienten; Spannung knisterte in der Luft, sinnliche Impulse, die sie nie zuvor verspürt hatte und jetzt doch als sexuell erkannte. Innerlich bebte sie – ob aus Angst oder Erwartung –, ehe sie die Wunde sah, die über seinem Knie begann und bis zu seiner Wade reichte. Der Schnitt war blutverkrustet, und Rachelle drehte sich bei diesem Anblick der Magen um.

„Das sieht schrecklich aus."

„So könnte man es ausdrücken", stimmte er ihr zu. Er trug noch immer seine schwarzen Lederstiefel, deswegen schaffte er es nicht, seine Hose weiter hinunterzuschieben. Ohne ein weiteres Wort griff Rachelle nach einem abgetretenen Absatz und zog vorsichtig daran, um das nasse Leder von dem geschwollenen Bein zu lösen. Die zähe Kuhhaut hatte Jacksons untere Wade vor der Verletzung bewahrt, aber seine Wunde sah dennoch übel aus.

„Ein netter Kerl, dieser Roy Fitzpatrick", spottete er.

„Ein wahrer Prinz." Sie zerrte am anderen Stiefel und ließ ihn polternd zu Boden fallen. Um sich zu beschäftigen, stellte sie beide Stiefel ans Feuer und drehte sich dann wieder um. Fast nackt starrte er zu ihr hinauf.

„Und was jetzt?“

„Du solltest ins Krankenhaus gehen und dann zur Polizei, um Roy anzuzeigen“, sagte sie gepresst und auf Abstand bedacht.

„Ja, sicher. Als würden die Cops mir glauben.“

„Du hattest Zeugen.“

„Die alle sagen werden, dass ich damit angefangen habe, Roy zum Kampf zu provozieren.“

„Ich nicht“, flüsterte sie und biss sich auf die Unterlippe. „Ich war auch da, Jackson. Ich weiß, was passiert ist.“

„Unsere Aussage gegen die des Sohnes von Thomas Fitzpatrick. Weißt du, wer in Gold Creek der Polizeichef ist?“, fragte er, und Rachelles Herz machte einen Sturzflug. „Du weißt es also. Vern Kyllo. Thomas Fitzpatrick hat seine Wahl gesponsert. Vern ist der Cousin von Thomas’ Frau oder so etwas Ähnliches. Auf keinen Fall wird Chief Kyllo zulassen, dass Roy irgendetwas passiert.“

„Aber Roy hat uns beide angegriffen!“

Jackson warf ihr einen Blick zu, mit dem er sie töricht nannte. „Du willst dich gegen die Fitzpatricks behaupten?“

„Ja!“

Er lächelte und schüttelte den Kopf. „Dann verlierst du.“

„Irgendwer muss sich gegen sie auflehnen.“

„Ich will nur nicht, dass du verletzt wirst.“ Er sah ihr in die Augen, und eine wahnwitzige Sekunde lang schien ihr Herz abzuheben. Ihr Gesicht fühlte sich auf einmal heiß an. „Ich habe mit Roy noch eine Rechnung offen. Du hast nicht …“

„Nach heute Abend schon!“

„Ich weiß. Aber wenn du denen mit ‚versuchter Vergewaltigung‘ kommst, bekommst du bloß jede Menge Ärger.“

„Du meinst, mir wird niemand glauben?“

Er sah ihr noch einmal in die Augen. „Es wird schwer.“

„Aber du glaubst mir doch, oder?“ Plötzlich war es ihr wichtig, dass Jackson die Wahrheit kannte.

„Ja, aber ich bin auch der Einzige in dieser verdammten Stadt, der in Roy das sieht, was er wirklich ist.“ Er beugte sich vor und berührte ihre Hand. „Es tut mir leid, was ich vorhin gesagt habe – ich weiß, dass du Fitzpatrick nicht dazu getrieben hast, dich anzugreifen." Seine Finger waren warm und sanft. „Ich war nur wütend. Es stört mich, dass du bei ihm warst."

„Tut es das?" Sie biss sich auf die Unterlippe, und ihr Herz schlug wie wild, als ihre Finger sich ineinander verschlangen.

„Du bist besser als Roy, Rachelle, besser als die ganze Fitzpatrick-Sippe. Lass dich von keinem von denen einschüchtern."

„Das ... das werde ich nicht", sagte sie, als er ihre Hand losließ.

Ihr Herz schlug so laut, dass er es bestimmt hören konnte. „Ich ... ich schau mal, ob ich etwas zum Auswaschen für dein Bein finde", sagte sie. Plötzlich brauchte sie dringend frische Luft.

Jackson ließ sich zurück auf die Couch fallen, und ihr fiel zum ersten Mal auf, dass die Wassertropfen auf seinem Gesicht nicht nur Regen waren. Schweißperlen hatten sich auf seiner Oberlippe und seiner Stirn gebildet, und er hatte die Zähne fest zusammengebissen. Gegen den Schmerz. Er hatte ihr nur vorgespielt, dass es ihm gut ging.

Mit dem Licht der Kerze als einzigem Begleiter durchwanderte sie das Erdgeschoss, entdeckte hinter der Küche ein Badezimmer und fand dort nicht nur eine Schere, Jod und Watte, sondern auch Verbandszeug und Pflaster. Sie hatte keine Ahnung, wie man eine Wunde verband und wann man den Verletzten nähen musste, beschloss aber, auf alles vorbereitet zu sein.

Nichts allerdings konnte sie vorbereiten auf den Anblick von Jackson, wie er mit geschlossenen Augen auf dem Rücken lag und das Licht des Kaminfeuers auf seiner nackten Brust, seinen Armen und Beinen spielte. Seine langen schwarzen Wimpern warfen Schatten auf die hohen Wangenknochen, und sein dichtes Haar fiel ihm in die Stirn. Die Ecken des Raumes lagen im Dunkel verborgen, es duftete nach Zedernholz und Leder. Warm. Gemütlich. Der Regen, der gegen die Fenster trommelte, und der Wind, der die alten Fensterläden schüttelte, verstärkten das behagliche Gefühl nur noch. Zum ersten Mal in dieser Nacht fühlte sie sich sicher.

Was unter den gegebenen Umständen einfach nur lächerlich war.

Sie war allein, von der Welt abgeschnitten gemeinsam mit dem heißesten Jungen, den sie je gekannt hatte, all ihre Gefühle waren auf dem Siedepunkt. Ihr Puls geriet außer Kontrolle, als er die Augen öffnete und den Blick auf sie richtete.

„Ich bin nicht gerade eine Krankenschwester."

„Wahrscheinlich eine bessere als ich."

„Das Wasser ist abgestellt", erklärte sie, „aber ich denke, Jod allein wird auch reichen."

Nervosität beschrieb nicht einmal annähernd, was sie empfand, als sie, auf dem Rand der Couch balancierend, mit zitternden Fingern die Stichwunde mit einer dunklen Flüssigkeit abtupfte, die Jacksons gebräunte Haut gelb verfärbte. Er atmete scharf ein und umfasste ihr Handgelenk mit stahlharten Fingern.

„Verdammt, was soll das? Willst du mir ein Loch ins Bein brennen?"

„Natürlich brennt es. Daran merkt man, dass es wirkt", entgegnete sie, auch wenn sie damit nur die Worte wiederholte, mit denen sie selbst vor langer Zeit von ihrer Großmutter getröstet worden war.

„Dann wirkt es wie verrückt." Er ließ ihr Handgelenk los. „Du könntest mir wenigstens ein Stück Holz oder so was geben, auf das ich beißen kann."

Fast musste sie lachen. Vorsichtig wusch sie die Wunde noch einmal aus. Jackson zuckte zusammen und knirschte mit den Zähnen. Seine Muskeln spannten sich reflexartig an, aber er versuchte nicht, sie aufzuhalten.

Aus der Wunde quoll noch mehr Blut. Rachelles Magen rebellierte. „Ich glaube nicht, dass das hier funktioniert."

„Natürlich tut es das", versicherte er ihr mit zusammengebissenen Zähnen. „Wasch die Wunde einfach fertig aus und dann verbinde das verdammte Bein!"

„Du brauchst einen Arzt."

„Doch nicht, solange du hier bist, Florence Nightingale."

Sie warf ihm einen Seitenblick zu und merkte, dass er nur die Stimmung aufhellen wollte. „Mach mal halblang", murmelte sie, fing aber an, den Verband um sein muskulöses Bein zu wickeln. Sie versuchte, nicht darauf zu achten, wie ihr Herz pochte, wie ihr Inneres schmolz, oder auf diese Hitze, die ihr den Rücken hinaufkroch und einem Teil von ihr zu entspringen schien, der in ihrem tiefsten Inneren lag und bisher noch nicht erforscht worden war. Sie konzentrierte sich darauf, seine Wunde zu versorgen, und weigerte sich, den Blick höherwandern zu lassen, vorbei an der Wunde, die an seinem Oberschenkel begann, bis zu seinen Boxershorts und dem, was unter dem dünnen Stoff verborgen lag.

Hier allein mit ihm zu sein, war verrückt. Sie desinfizierte die Wunde an der Schulter, die wenigstens nicht so tief war wie die an seinem Bein. „Wir müssen einen Weg hier raus finden", sagte sie. „Du brauchst wirklich einen Arzt."

„Mir geht es gut."

„Wirklich?" Sie versuchte zu lächeln, aber es gelang ihr nicht. „Ich weiß nicht, ob nach dieser Nacht für irgendeinen von uns je wieder etwas gut wird." Hatte er nicht genau das selbst vor kurzer Zeit gesagt? Als er nicht antwortete, erhob sie sich von der Couch und warf noch ein Scheit ins Feuer.

Dann schaute sie sich um. Sie spürte seinen Blick auf sich, während sie sich eines der Bücherregale vornahm, das eine ganze Wand füllte. Unter mehreren Reihen voller Bücher befanden sich Schranktüren, und hinter einer von ihnen fand sie einen alten Quilt, handgemacht und an einigen Stellen liebevoll abgegriffen. „Genau was du brauchst", sagte sie, zog die sorgfältig gefaltete Decke aus dem Schrank und schüttelte sie aus. „Voilà! Komfort und Sittsamkeit in einem." Mit einer ausladenden Bewegung ließ sie die Decke in der Luft aufstieben und auf die Couch hinabsinken, um Jacksons Körper damit zu bedecken.

„Stört es dich?"

„Was?“

„Dass ich nichts anhabe.“

„Was glaubst du denn?“ Sie konnte ihn nicht einmal ansehen. Das Gespräch war ihr viel zu intim.

„Hast du deine Brüder nie nackt gesehen?“

„Ich habe keine. Nur eine Schwester.“

„Dann den Bruder einer Freundin?“

„Nein.“

Er sah sie lange und eindringlich an, als würde er versuchen, ein Geheimnis zu lüften, das sie umgab. Das war natürlich albern. Sie war nicht geheimnisvoll, nicht einmal besonders interessant, wenn man es genau nahm, und doch starrte er sie an wie die faszinierendste Kreatur auf Erden.

„Erzähl mir von Rachelle Tremont“, schlug er vor.

„Da gibt es nicht viel zu erzählen.“

„Erzähl mir trotzdem etwas von dir. Was gibt es hier schon sonst zu tun?“

Die Frage ließ sie erstarren. Sie bedeutete, dass sie Zeit hatten, viel Zeit, in der sie miteinander allein waren. Sie bedeutete, dass alles andere, was sie tun konnten, ihnen nur noch mehr Ärger einbringen würde. Sie bedeutete, dass sie irgendwie miteinander verbunden waren, verpflichtet, sich einander anzuvertrauen, doch sie konnte sich auch nicht vorstellen, diesem Jungen nur einen Teil von sich zu offenbaren. Diesem Mann. Seiner Männlichkeit.

Im Aufstehen sah sie zu ihm hinab. „Ich sollte gehen, Jackson. Ich sollte versuchen, es in die Stadt zu schaffen, und dir einen Arzt besorgen.“

„Ich will keinen Arzt.“

„Du brauchst einen.“

„Auf keinen Fall.“

Sie setzte sich an den Rand der Couch, sah ihn an, fragte sich, wie es sein würde, ihn zu küssen, und eine Sekunde lang, in der ihr fast das Herz stillstand, sahen sie sich direkt in die Augen. Der Blick war so elektrisch aufgeladen, dass sie sich schnell abwendete und spürte, wie ihr heiß wurde.

„Alles in Ordnung?“, fragte er mit belegter Stimme.

„Nein, aber wenn man die Umstände bedenkt …“ Sie zuckte mit den Schultern. „Es geht mir schon gut.“ Sie war sich Jacksons Anwesenheit so bewusst, dass ihr ganzer Körper davon kribbelte. „Danke. Danke, dass du mich gerettet hast.“

„Keine große Sache …“

„Doch, war es!“ Sie biss sich auf die Unterlippe, überrascht von ihrem eigenen Ausbruch. Als sie wieder zu ihm herübersah, ertappte sie ihn dabei, wie er ihr Gesicht betrachtete.

„Ich … ich bin mir nicht sicher … ob wir hierbleiben sollten.“

„Ich auch nicht“, gestand er und legte dabei die Hand auf ihre. Seine Finger waren warm, sowie er sie mit ihren verschränkte. Er ließ sie nicht aus den Augen, während er sanft an ihr zog und damit stumm vorschlug, ihm näher zu kommen. Ihr war klar, dass sie das nicht tun sollte. Sie sollte widerstehen. Er war zu gefährlich. Zu sexy. Und dennoch winkelte sie die Beine am Rand der Couch an und hielt ihn nicht davon ab, sie an sich zu drücken, bis sie halb neben ihm saß und halb bei ihm lag.

Er löste seine Hände, um ihre Taille zu umfassen, und Rachelle schmiegte sich noch näher an ihn. Jackson blickte zu ihr auf. Das Licht des Feuers fing sich in seinen goldbraunen Augen, und an seinem Hals schlug sichtbar sein Puls.

Er legte ihr eine Hand in den Nacken. Seine Lippen waren nur noch ein kurzes Stück von ihren entfernt und sein Atem vermischte sich mit ihrem. Es kam ihr vor, als stände sie am Ufer eines Flusses aus Emotionen, der ihr Leben für immer verändern würde. Rachelle hatte keine Ahnung, was sie machen sollte, aber sie wollte es herausfinden. Sie spürte, wie sie sich fallen ließ und sich in den Strom warf, sowie Jacksons Mund ihren streifte.

Die Geräusche der Nacht – das Trommeln des Regens, das Ticken der Uhr, das Prasseln des Feuers – zogen sich in eine verträumte Ecke ihrer Wahrnehmung zurück. Der Kuss war langsam und sinnlich, und auch wenn sich nur ihre Lippen berührten, schien das Gefühl ihren ganzen Körper zu erfüllen.

Sie fühlte, wie sein Atem sich mit ihrem vermischte, wie er die Hände in ihrem Haar vergrub. Leise und rau flüsterte er ein sanftes Stöhnen, das sie auf gleiche Weise erwiderte. Er presste sie noch näher an sich, bis ihre Brüste sich eng an seinen Oberkörper schmiegten, und drängte mit der Zunge gegen ihre Zähne, um eingelassen zu werden.

Sie hieß ihn gern willkommen. Noch nie hatte sie jemand so geküsst. Noch nie hatte sie eine solche Leidenschaft erfahren.

Wissbegierig und zitternd, als seine Finger ihren Hals streiften, küsste sie ihn mit dem gleichen Hunger, der auch ihn erschauern ließ.

„Das ist gefährlich", wisperte er, löste aber die Umarmung nicht.

„Ich weiß." Sie leckte sich nervös die kribbelnden Lippen und entlockte ihm damit ein weiteres Keuchen.

„Ich glaube, wir sollten aufhören."

„Ich auch", sagte sie, ohne es ernst zu meinen. Für den Bruchteil einer Sekunde dachte sie an Verhütung, doch der Gedanke verflog gleich wieder, da er mit den Fingern durch die langen Haarsträhnen über ihren Rücken hinabwanderte und sich vorbeugte, um das Gesicht zwischen ihren Brüsten zu vergraben. Ihre zerrissene Bluse war ihm kein Hindernis, und sein Atem fühlte sich warm und feucht an.

Sie bog sich ihm instinktiv entgegen, fing an zu beben, sowie seine Zunge ihre Haut berührte. Tiefes, heißes Begehren entsprang zwischen ihren Beinen, als er mit dem Mund an ihr hinabglitt, die Fetzen auseinanderschob, die einst ihre Bluse gewesen waren, und über den Spitzenbesatz ihres BHs strich.

Ihre Brustspitzen richteten sich erwartungsvoll auf, als er mit der Zunge unter den Saum glitt. „Du bist schön, so, so schön!", raunte er, öffnete ihre Bluse und schob den einen Träger ihre Schulter hinab.

Rachelle küsste sein Haar. Sie fühlte sich wie entflammt, wollte mehr von dieser köstlichen Folter. Was würde er als Nächstes tun? Sie schloss die Augen. Kaum dass Jackson anfing, an ihrer Brust zu saugen, die sie ihm schamlos anbot, schossen Erregung und Verlangen wie Lava durch ihre Venen.

Er umfasste ihren Po, und für eine Sekunde blitzte Panik in ihr auf, ehe sie sich in Verlangen verwandelte und sie aufstöhnen ließ. Während er ihren Busen mit den Lippen liebkoste, fuhr er mit den Fingern tiefer, unter ihren Rock und dann höher …

„Halt mich auf“, stieß er keuchend hervor, während er zu ihr hinaufsah. „Halt mich auf, wenn du nicht willst.“

Es war ihr peinlich, aber sie konnte die Worte nicht aufhalten. „Ich … ich … ich will nicht, dass du aufhörst.“

„Du weißt ja nicht, was du da sagst.“

Sie streckte die Hände nach ihm aus und legte sie ihm an die Wangen. „Ich habe so noch nie empfunden. *Noch nie.* Ich bin mir nicht sicher, ob ich aufhören kann.“

Er griff nach ihren Händen und hielt sie fest. „Lieber Gott, Rachelle, du bist heute Abend fast vergewaltigt worden. Ich habe nicht das Recht, von dir zu verlangen …“

„Was mit Roy passiert ist, hat mit dem hier nichts zu tun“, entgegnete sie, überrascht, dass er die schreckliche Begebenheit mit Roy überhaupt mit diesem zärtlichen, warmen Moment verglich.

Er starrte zu ihr hinauf und biss die Zähne zusammen, da sie sich auf ihm bewegte. In seinen Augen standen Qualen. „Es ist heute Nacht bereits zu viel geschehen. Ich kann dir das nicht zumuten.“

„Küss mich einfach“, erwiderte sie, und auch wenn sie wusste, dass sie sich damit Ärger einhandelte, konnte sie doch nicht anders. *Sich ins Abenteuer stürzen?* Hatte sie nicht genau das gewollt? Aber so …?

„Rachelle … nicht …“

Sie senkte ihr Gesicht dicht über seines hinab und saugte langsam an seiner Unterlippe. Er stieß scharf den Atem aus, als er ihre nackten Brüste auf seiner Brust spürte und sie ihren warmen Körper an seinen schmiegte. Stöhnend vergrub er das Gesicht in ihrem Haar, bevor er sie wieder und wieder küsste. Er konnte einfach nicht anders.

Drängend bedeckte er ihre nackte Haut mit seinen Lippen, bis sie anfing, in seinen Armen zu stöhnen, überwältigt von einem schmerzhaften Sehnen, das nur er stillen konnte.

Die Flamme in ihr brannte so heiß, dass sie nichts mehr wahrnahm außer ihrer Haut an seiner. Vorsichtig erkundete sie seinen wunderbaren Körper. Er war warm und verschwitzt, genau wie sie, und ihre Kleider schienen wie von selbst zu verschwinden, während er sie weiter küsste und ihr Worte zuflüsterte, die Liebe verhießen.

Rachelle schloss die Augen und strich mit den Händen über jeden Zentimeter seiner Haut, von seinen breiten Schultern über seine muskulöse Brust, auf der seidenweiche schwarze Härchen wuchsen, bis zu seinen Rippen, die sie unter der sonnengebräunten Haut spürte. Sie fühlte ihn einfach nur. Er küsste sie auf die Augenlider, auf den Hals, verwöhnte ihre Brüste, als wären sie süßer Nektar. Ganz ohne Schmerz zu empfinden, drehte er sich um, bis sie unter ihm lag. Sie verspürte keine Angst mehr. Er spreizte ihre Oberschenkel und stützte sich über ihr ab.

Erst, als er zu ihr hinabsah und sie vollkommen nackt unter sich erblickte, zögerte er. „Das ist nicht richtig", meinte er.

„Es fühlt sich richtig an", entgegnete sie und schluckte die plötzliche Vorahnung herunter, dass etwas geschehen würde, was nie wieder rückgängig zu machen war. Dass er sie nicht liebte, und sie ihn auch nicht. Dass sie nur ein dummer Teenager war und mit etwas experimentierte, das sie für immer verbrennen konnte.

Er fluchte leise in sich hinein, ehe er in sie eindrang, und sie schrie auf, da ein Feuer sich zwischen ihren Beinen auszubreiten schien. Er hielt inne, streichelte über ihre Wangen, küsste ihre Lippen, und dann bewegte er sich ganz behutsam in ihr, bis er ihre Zweifel, ihren Schmerz vertrieben hatte. Rachelle schaute ihm in die Augen und ließ sich fallen. Und spürte schließlich nur noch ihn in sich, spürte seine Hände zärtlich an ihren Brüsten und die Leidenschaft, die sie beide verschlang. Seine Bewegungen wurden fordernder und schneller. Rachelle stimmte in seinen Rhythmus ein, wollte mehr von ihm, wusste tief in ihrem Herzen, dass nichts, was so wundervolle Empfindungen in ihr weckte, falsch sein konnte. Sie klammerte sich an ihn, reckte ihm ihre Hüften entgegen, bis sie von einem Beben, einer Naturgewalt erschüttert wurde und aufschrie.

Er erstarrte, warf den Kopf in den Nacken und schrie auf, ursprünglich und rau. Danach sank er auf sie, bettete seinen Kopf an ihre Schulter und flüsterte wieder und wieder ihren Namen und dass sie sei wie keine andere Frau auf der Welt. Sie schwebte wie eine Feder im Wind und landete nur langsam auf dem Erdboden, schwer atmend, eingehüllt in den Wogen des Nachbebens. Jackson lag neben ihr und zog sie fest an sich. Erschüttert bemerkte sie, dass ein Schluchzen ihre Kehle verengte und sich in ihren Augenwinkeln Tränen sammelten.

Sie bereute nichts, oh nein, aber sie musste dennoch weinen – um etwas Verlorenes und etwas Neues.

4. KAPITEL

Nachdem sie sich stundenlang im Kerzenschein geliebt hatten, schlief Rachelle in Jacksons Armen ein, davon überzeugt, dass ihre Liebe – denn das musste das Gefühl sein, das sie empfand – ewig halten würde. Mitten in der Nacht spürte sie, wie Jackson sich von ihr löste und fortging, doch nur für kurze Zeit. Schon bald lag er wieder neben ihr, mit kühler Haut und dem Duft von Pinien im Haar, und hauchte einen zarten Kuss auf ihren Nacken. Sie umarmte ihn, und sie schliefen gemeinsam weiter, Beine und Arme ineinander verschlungen. Eine seiner Hände ruhte auf ihrer Brust.

Rachelle dachte nicht an den nächsten Morgen oder die Probleme, denen sie sich stellen mussten.

Doch die Probleme waren schlimmer, als sie sich vorgestellt hatte. Sie schlief noch tief und fest, als ein lautes Klopfen an der Tür sie zurück ins Bewusstsein riss.

„Moore?“, dröhnte die Stimme eines Mannes durchs Haus.

Rachelle riss die Augen weit auf. Eine Sekunde war sie desorientiert und wusste nicht, in welchem Raum sie sich befand.

Jackson stützte sich auf einen Ellenbogen. Seine nackten Muskeln waren angespannt.

Sie war verwirrt. „Wa…“

Stumm legte er ihr zur Warnung einen Finger auf die Lippen, damit sie nicht laut aufschrie. Seine Augen waren düster, als er von der Couch glitt und sich seine Jeans vom Boden griff.

Wieder donnerte die Stimme. „Wir wissen, dass du da drinnen bist! Polizei. Mach auf.“

Rachelle wurde augenblicklich am ganzen Körper kalt. *Die Polizei?* Hier? Auf der Suche nach ihnen? Panik und Schuldgefühle machten sich in ihr breit. Hatte ihre Mutter die Polizei gerufen und hysterisch behauptet, dass ihr Kind weggelaufen oder entführt worden war? Aber wie hatte die Polizei sie hier aufgespürt?

Lautlos warf Jackson ihr Rock und Bluse zu und bedeutete ihr, sich anzuziehen.

Sie konnte sich nicht bewegen. Bei dem Gedanken, dass sich direkt auf der anderen Seite der Tür die Polizei befand, wurde ihr schlecht vor Angst. Was würde mit ihnen geschehen? Sie geriet in Panik, doch dann legte Jackson ihr eine warme weiche Hand auf die Schulter.

„Es wird schon werden", flüsterte er, und auch wenn sie ihm nicht glaubte, war es schön, dass er versuchte, sie zu trösten. Sie setzte sich rasch in Bewegung und zog sich an, ehe jemand sie nackt erwischen konnte.

Jackson versuchte ebenfalls, sich anzuziehen. Zusammenzuckend, als ihm der Schmerz ins Bein fuhr, stieg er mühsam in seine Jeans. Seine Wade und sein Knie waren angeschwollen, und mit dem zusätzlichen Umfang seines Verbandes bereitete es ihm Schwierigkeiten, sein verwundetes Bein in die enge Levi's zu bekommen.

Wieder klopfte es heftig an der Tür, und Jackson schlüpfte sichtbar humpelnd in den rückwärtigen Teil des Hauses, um vorsichtig aus dem Küchenfenster zu spähen. Rachelle folgte ihm und sah, wie ihm das Gesicht entglitt.

„Kein Ausweg", flüsterte er und fluchte tonlos.

„Vielleicht sollten wir uns verstecken."

„Vor dem Sheriff und seinen Leuten? Die haben Suchhunde, Rachelle."

Der Gedanke an die Polizei jagte ihr einen riesigen Schrecken ein. Sirenen, Waffen, Blaulichter, Hunde … „Aber …"

Er sah sie voller Mitleid an. „Uns bleibt keine Wahl."

Sie sah an ihm vorbei zum Fenster. „Du meinst, sie haben uns umzingelt – wie in diesen albernen alten Westernfilmen?", fragte sie und folgte seinen unsicheren Schritten zurück ins Wohnzimmer.

„Ungefähr so sieht es aus." Er sah sich im Zimmer um. Die ersten Strahlen der Morgensonne fielen durch die Lücken in den Fensterläden, und es hing immer noch der Duft nach warmer

Asche, Kerzenwachs und Sex in der Luft. Der Quilt war auf den Boden gerutscht, aber an der Seite der Couch, wo ihre Köpfe geruht hatten, lag noch immer ein Haufen Kissen. Rachelle zog sich beim Anblick ihres Liebesnestes die Kehle zusammen.

„Moore! Komm mit erhobenen Händen raus!“, befahl der Deputy mit harter Stimme.

„Ich höre Sie ja!“, rief Jackson. „Eine Sekunde!“

„Sofort!“

Jackson schnappte sich seine Jacke vom Kaminschirm und warf Rachelle ihre zu. „Das gibt riesigen Ärger“, sagte er und sah ihr dabei so tief in die Augen, dass ihr Herz sich schmerzhaft zusammenzog. „Es tut mir leid.“

„Mir nicht.“ Sie schluckte, reckte aber das Kinn nach oben. Vor Panik zog sich ihr Magen zu einer harten Kugel zusammen.

„Wird es dir noch“, prophezeite er, verschränkte aber seine Finger mit ihren. Einen langen Augenblick kaute er auf seiner Unterlippe und sah sie dabei nachdenklich an, und dann tat er etwas, an das sie sich für den Rest ihres Lebens erinnern würde: Er zog sie eng an sich, die Finger noch mit ihren verschlungen, und gab ihr einen keuschen Kuss, der den größten Teil ihrer Angst dahinschmelzen ließ. „Letzte Nacht werde ich nie vergessen.“

„Ich auch nicht.“ Ihr standen Tränen in den Augen, als sie Hand in Hand gemeinsam zur Tür gingen. Innerlich fühlte sie sich wie abgestorben, war sich sicher, ihr Leben – so, wie sie es die letzten siebzehn Jahre lang gekannt hatte – war vorbei. Aber, rief sie sich in Erinnerung, wenigstens waren sie und Jackson zusammen. Sie strich sich die zerzausten Haare aus dem Gesicht und hielt ihre zerrissene Bluse mit einer Hand zusammen. Was für einen Anblick sie abgeben mussten!

„Ich komme raus!“, rief Jackson, ehe er mit einer entschlossenen Drehung des Handgelenks die Tür öffnete. Er und Rachelle traten auf die Veranda heraus. Es war noch früh, kurz nach Sonnenaufgang, und über dem See hing noch dichter Nebel.

In der Auffahrt standen drei Streifenwagen des Sheriffs. Sechs Officer starrten sie grimmig an, die Waffen auf sie gerichtet, als wären Rachelle und Jackson gefährliche Verbrecher auf der Flucht vor dem Gesetz.

Rachelle hatte das Gefühl, gleich in Ohnmacht zu fallen.

„Loslassen", befahl einer der Deputys, und Jackson ließ wie verbrannt ihre Hand fallen.

„Nein …", flüsterte sie, wurde aber sofort unterbrochen.

„Sind Sie Rachelle Tremont?", wollte ein anderer Officer wissen.

Sie nickte benommen. Was sollte das alles? Sie hatten unbefugt Privatgrund betreten, das schon, aber die ernsten Gesichter und geladenen Waffen sahen nach viel schlimmeren Verbrechen als sogar einer versuchten Entführung aus. „Jackson?", flüsterte sie.

„Weg von ihm!", bellte eine Stimme.

„Aber …"

„Weg von ihm. *Sofort!*"

In stummer Rebellion streckte sie den Rücken, auch wenn sie bis auf den Grund ihrer Seele verängstigt war. Die Kehle so trocken wie Wüstenwind, trat sie auf hölzernen Beinen vor. Sie spürte, wie die Entfernung zu Jackson mehr als nur körperlich wurde. Es war, als würde sich nur durch ihr Fortgehen ein Abgrund der Gefühle zwischen ihnen auftun, der sich vielleicht nie mehr überbrücken ließ. Seine Miene wurde hart und verschlossen. Er sah sie nur noch ein einziges Mal an – ohne auch nur einen Anflug der Zärtlichkeit, den sie in der Nacht zuvor erlebt hatte, oder wenigstens des trockenen Humors, den sie geteilt hatten.

Langsam hob Jackson die Hände, die Handflächen nach vorn, als die Officer auf ihn zugerannt kamen. Zwei packten ihn an den Armen, während ein weiterer ihn schnell gegen die Hauswand drehte und abtastete. Rachelle sah entsetzt zu.

„Hey, hören Sie, ich bin nicht be…"

„Mund halten!"

Jackson schloss den Mund, und ein weiterer Deputy verlas ihm seine Rechte.

Ein weiterer zerrte Rachelle die Stufen hinab und zu einem der Streifenwagen.

„Was ist überhaupt los?“, wollte sie wissen. Sie wehrte sich, versuchte, sich loszumachen, und drehte den Kopf über die Schulter zurück, um Jackson im Auge zu behalten. Ihre Bluse sprang auf. Mit eiskalten Fingern hielt sie den Stoff wieder zusammen.

„Steigen Sie einfach ein, Miss Tremont.“

„Aber was soll das alles?“

Jackson wurde in ein weiteres Fahrzeug des Sheriffs gestopft, und nachdem die Polizisten die schweren Türen des Streifenwagens zugeschlagen hatten, ließen sie sich auf den Vordersitz gleiten und den Motor an. Mit blinkendem Blaulicht raste der Wagen die nasse Auffahrt hinab.

„Wir nehmen Sie mit auf die Wache, um Ihnen ein paar Fragen zu stellen“, erklärte ihr ein kleiner Deputy mit buschigem roten Schnurrbart. Auf seiner Marke stand „Daniel Springer“.

„Warum?“

„Wir wollen wissen, was Sie letzte Nacht angestellt haben.“

Sie musste schlucken, und ihre Wangen fingen an zu lodern. „Ich war hier.“

„Die ganze Nacht?“

„J-ja … nachdem wir, äh, die Party verlassen hatten … die Party im Haus der Fitzpatricks am See.“

„Wir wissen von der Party.“

„Jackson und Roy hatten einen Streit. Roy hat ihn fast umgebracht …“

„Sie waren also die ganze Nacht hier allein mit Jackson Moore?“, wollte Deputy Springer wissen.

„Das ist richtig.“

„Darauf würden Sie einen Eid schwören?“

„Mach mal langsam, Dan“, unterbrach ihn der andere Deputy, Paul Zalinski. Er steckte sich eine Zigarette an, nahm einen langen Zug und ließ sein Feuerzeug zuschnappen. Qualm strömte ihm aus den Nasenlöchern. „Wir dürfen keinen Mist bauen. Sie ist noch minderjährig, mein Gott! Wir müssen mit ihrem Erziehungsberechtigten reden und wahrscheinlich auch mit einem Anwalt. Dann können wir ihre Aussage aufnehmen."

„Bis dahin könnten Moore und sie ihre Aussagen absprechen ..."

„Da gibt es nichts abzusprechen", mischte Rachelle sich ein.

Die Männer sahen sich an und befahlen ihr, in den wartenden Wagen zu steigen. Ihr blieb keine andere Wahl. Sie brach in nervösen Schweiß aus, als sie auf den abgesessenen Rücksitz des Streifenwagens glitt. Deputy Zalinski trat seine Zigarette unter dem Absatz seines Stiefels aus, ehe er in den Ford kletterte. Deputy Springer ließ den Wagen an. Schon bald folgten sie den anderen Polizeiwagen auf dem Weg zurück nach Gold Creek und ließen das Haus der Monroes, eine unaufgeräumte Couch und ihre gemeinsame Nacht weit hinter sich zurück.

Rachelle versuchte, gegen die Angst anzukämpfen, die sich in ihr ausbreitete. Sie schlang die Arme um sich, kauerte sich auf den Rücksitz des Streifenwagens und betete stumm, dass alles nur ein böser Traum war und sie gleich aufwachen würde, Jackson neben sich ausgestreckt. Sie rieb sich die Arme und starrte hinaus auf den im Nebel liegenden See. Wie lautete die alte Legende der Indianer? Trink aus dem See, nur nicht zu viel, dann bringt das Wasser dir Glück? Sie war sich ziemlich sicher, dass Jackson und sie einen Schluck magisches Wasser gerade sehr gut gebrauchen konnten. Sie waren in Schwierigkeiten. Riesigen Schwierigkeiten.

Wie bodenlos ihre Schwierigkeiten waren, ging ihr allerdings erst mehrere Stunden später auf.

Ehe der Tag vorüber war, wurde Jackson Moore, Gold Creeks Enfant terrible, offiziell des Mordes an Roy Fitzpatrick angeklagt.

„Das ist doch verrückt! Jackson würde nie im Leben jemanden umbringen!", rief Rachelle ungläubig. Sie sprang von ihrem harten Stuhl im Verhörzimmer des Sheriffs auf.

Ihre Mutter, zwei Deputys, ein Anwalt, den sie noch nie zuvor gesehen hatte, und sogar ihr Vater hörten zu, als sie versuchte, die Umstände der letzten Nacht aufzuklären.

„Das ist alles falsch!“ Sie war fast hysterisch.

„Beruhigen Sie sich, junge Dame!“, riet ihr Deputy Springer. „Wir sprechen die ganze Sache nur durch. Wie es aussieht, hat jemand dem Jungen letzte Nacht eins über den Schädel gezogen und ihn im See ertränkt. Jemand, der stark genug war, ihn zu schlagen und festzuhalten. Jemand, der wütend auf ihn war. Jemand, der einen Grund hatte, mit ihm Streit zu suchen.“

„Aber nicht Jackson!“, entgegnete sie überzeugt, während in ihrem Innersten Angst, Zweifel und eine Million weiterer Gefühle durcheinanderwirbelten.

„Sie waren früher am Abend Zeuge eines Streits zwischen den beiden?“

„Ja, aber …“

„Und hat Moore diesen Roy nicht davon abgehalten, Sie zu … na ja, Sie anzugreifen?“

Rachelle atmete tief durch. „Das beweist noch gar nichts.“

„Ein paar Zeugen sagen aus, dass Jackson Streit mit Roy gesucht hat und dass er bereits vor ein paar Tagen Streit mit Roys Vater hatte. Außerdem soll Roy Jackson vor der Party fast überfahren haben.“

Rachelle sagte kein Wort. Ihre Kehle fühlte sich trocken und heiß an, und sie hatte mehr Angst als jemals zuvor in ihrem Leben.

„Ist es nicht so gewesen?“, hakte Deputy Zalinski nach.

Langsam, damit man sie nicht missverstand, sagte sie: „Ich sage Ihnen doch: Ich bin die ganze Nacht bei ihm gewesen.“ Ihre Stimme war belegt, so viel hatte sie schon geredet, und heiße Tränen sammelten sich in ihren Augenwinkeln. Es beschämte sie, zu wissen, dass ganz Gold Creek von ihrer Nacht mit Jackson Moore erfahren würde. Aber mehr noch als Scham verspürte sie Angst, Angst um Jackson. Die Anklagen waren lächerlich, aber die versteinerten, ernsten Gesichter der Männer, die für den Sheriff arbeiteten, hatten sie überzeugt, dass sie es ernst meinten. Sie musste Jackson retten. Sie war die Einzige, die es konnte. „Als wir Roy zum letzten Mal gesehen haben, war er noch am Leben. Betrunken, ein wenig verprügelt, aber *lebendig*!"

„Und Sie waren die ganze Nacht wach?", fragte Deputy Zalinski. Er fummelte an seinem Feuerzeug herum, aber sie wusste, dass er davon in Wahrheit nicht abgelenkt war. Er wartete und drehte dabei das Feuerzeug zwischen den Fingern.

Rachelle zögerte. Sie konnte ihrem Vater nicht in die Augen sehen. „Ich habe auch eine Weile geschlafen." Sie fühlte sich beschämt und erschöpft und trug immer noch die schmutzigen, zerrissenen Sachen der letzten Nacht am Leib. Man hatte ihr nichts weiter gegeben als eine Packung Taschentücher und ein Glas Wasser.

Zalinski steckte sich eine Zigarette an. „Schlafen Sie tief?"

„Das weiß ich nicht."

„Sie schläft wie eine Tote", setzte ihre Mutter an, klappte dann aber den Mund zu, als der Anwalt ihr einen warnenden Blick zuwarf. Ellen Tremont wandte sich wieder dem Henkel ihrer Handtasche zu, den sie nervös zwischen den Fingern drehte.

„Ist es nicht möglich, dass Jackson Sie für einige Stunden allein gelassen haben könnte, ohne dass Sie es gemerkt haben?", schlug Deputy Zalinski vor. Er zog lange an seiner Zigarette. Der Rauch stieg in trägen Kurven zur Deckenlampe empor. „Das Haus der Monroes liegt weniger als eine Viertelmeile von dem der Fitzpatricks entfernt."

„Er hat mich nicht allein gelassen!"

„Aber Sie haben geschlafen!"

„Er war verletzt und …" Sie schluckte ihre Scham herunter und versuchte, sich nicht an die Stunden am frühen Morgen zu erinnern, als sie gespürt hatte, wie er von der Couch aufgestanden war und erst später – sie konnte nicht sagen, wie viel später genau – zurückgekommen war und nach Pinien und dem regennassen Wald geduftet hatte.

„Und was, Miss Tremont?", drängte Zalinski sie.

„Er, äh, hatte nichts an."

Ihre Mutter keuchte auf, und Rachelle ließ sich in den Klappstuhl zurückfallen. Irgendwie schaffte sie es, Deputy Zalinski in die Augen zu sehen. „Er hat seine Hose kaum anbekommen, weil sein Bein so stark angeschwollen und verbunden war."

„Heute Morgen hat er Jeans angehabt."

„Ja, aber er hatte Schwierigkeiten dabei, sie anzuziehen. Das hab ich gesehen – *nachdem* Sie gekommen waren und uns befohlen hatten, das Haus zu verlassen."

Der Deputy lächelte geduldig. „Dann ist es also möglich, dass er sich, während Sie geschlafen haben, unter *Schwierigkeiten* angezogen hat, das Haus verließ und wieder zurückgekehrt ist, ehe Sie ihn auch nur vermissen konnten."

„Nein!", rief sie rasch und sah, wie Deputy Springer, der in einer Ecke des Raumes lehnte, sich schnell etwas notierte.

Zalinski drückte seine Zigarette aus. „Miss Tremont ..."

„Kann ich jetzt gehen?", unterbrach sie ihn.

Nein, das konnte sie nicht. Das Verhör dauerte noch weitere zwei Stunden, an deren Ende Rachelles Eltern – zum ersten Mal seit zwei Jahren einvernehmlich – auf Anraten des Anwalts entschieden, dass sie Jackson nie wieder sehen durfte. Sie waren beide schockiert, weil ihre Tochter, das verlässlichere, verantwortungsvollere ihrer beiden Kinder, sich mit „diesem nutzlosen Moore-Jungen" eingelassen hatte. Auch wenn die Polizei ihren Eltern versichert hatte, dass Rachelle nicht unter Verdacht stand, nicht einmal der Beihilfe verdächtigt wurde, war sie in den Augen der beiden schon so gut wie verurteilt. Sie hatte mit einem Jungen geschlafen, den sie kaum kannte, einem Jungen, dessen Ruf so schwarz angelaufen war wie das silberne Teeservice ihrer Großmutter. Einem Jungen, der jetzt angeklagt war wegen Entführung, Hausfriedensbruch, Körperverletzung und sogar *Mord*.

Während Jackson allein im Bezirksgefängnis saß und die Kaution nicht auftreiben konnte, bekam Rachelle Hausarrest. Bis auf Weiteres. Sogar ihre Schwester Heather, die normalerweise

Abenteuer liebte und viel leichter Risiken einging als Rachelle, war kleinlaut und sah Rachelle nur fassungslos aus ihren großen blauen Augen an.

„Ich glaub das einfach nicht“, flüsterte Heather mit einer Mischung aus Entsetzen und Ehrfurcht. „Du hast es *getan*? Mit Jackson Moore?“

„Ich will nicht darüber reden.“ Rachelle saß auf ihrer Bettkante und trocknete sich die Haare mit einem Handtuch.

„Aber wie war es? War es schön oder schrecklich und eklig?“

Rachelle riss sich das Handtuch vom Kopf. „Ich habe gesagt, ich werde nicht darüber reden, Heather, und das ist mein Ernst. Lass mich in Ruhe!“, fuhr sie ihre Schwester an, und Heather wandte sich ausnahmsweise tatsächlich wieder den Seiten irgendeiner Mädchenzeitschrift zu. Rachelle erschien ihre Schwester, die vier Jahre jünger und selbst ein Unruhestifter war, auf einmal schrecklich naiv und jung. Sie selbst hatte das Gefühl, innerhalb einer Nacht erwachsen geworden zu sein. Und sie hatte ganz gewiss kein Verständnis dafür, dass es Heather unbändige Freude bereitete, von Jacksons schrecklichem Pech zu hören.

Und Pech war es wirklich gewesen. Schon bevor Jackson angeklagt worden war, hatten die Einwohner von Gold Creek ihn als Killer abgestempelt. Thomas Fitzpatrick hatte geschworen, dass der Verantwortliche für den Mord an seinem Sohn seine Tat bereuen würde. Er benannte Jackson nie in der Öffentlichkeit als Roys Angreifer, aber die beißenden Kommentare, die Roys Mutter June vor der Presse abgab, machten deutlich, dass die Fitzpatricks nicht ruhen würden, ehe Jackson für Roys Tod schuldig gesprochen worden war. Das Vermögen der Fitzpatricks, Anwälte und so viele Privatdetektive wie nötig würden dem Staatsanwalt zur Seite stehen, um Jacksons Schuld zu beweisen.

Rachelle war verzweifelt. Sie hätte alles getan, um Jackson wiederzusehen, und ertrug sogar den vorwurfsvollen Blick ihrer Mutter. „Du solltest beten, dass du nicht schwanger bist!“

Es war etwa eine Woche vergangen, nachdem man Jackson verhaftet hatte. Ellen wusch gerade mit voller Kraft das Geschirr ab; Seifenschaum und Wasser spritzten auf den vergilbten Linoleumboden. „Schlimm genug, dass dein Ruf ruiniert ist! Aber allein der Gedanke, dass du auch noch sein Kind erwarten könntest …" Sie warf einen Blick über die Schulter und verzog verächtlich das Gesicht. „Und dann sind da noch Geschlechtskrankheiten! Ein Typ wie er – wer weiß, mit wie vielen Mädchen er schon zusammen war?"

„So ist er nicht!"

Ihre Mutter warf den Spüllappen hin und stützte sich auf der Arbeitsplatte ab. „Du weißt doch gar nicht, wie er ist! Und außerdem …" Ellen drehte sich zu ihrer Tochter um. Sie regte sich so auf, dass sie zitterte, aber ihr tränenverhangener, vorwurfsvoller Blick war viel schlimmer als ihre Wut. Ihr Kinn bebte, und die Falten um ihren Mund waren tiefer geworden. Sie sah plötzlich zehn Jahre älter aus. „Wie willst du jetzt noch ein Stipendium bekommen? Auf deinen Vater können wir uns nicht mehr verlassen, und … ohne ein Stipendium wirst du dir das College kaum leisten können. Lieber Gott, Rachelle, der Herr hat dir einen Verstand gegeben! Warum hast du ihn nicht benutzt?"

Rachelle konnte es nicht länger ertragen, das Leid ihrer Mutter zu sehen. Und sie konnte auch nicht mehr zuhören, wie Jackson noch weiter in den Dreck gezogen wurde. Sie ging aus der Küche und schlug die Tür zu ihrem Zimmer hinter sich zu. Aber ihr war schlecht, als sie sich auf ihr Einzelbett fallen ließ und das leere Bett ihrer Schwester auf der anderen Seite des Zimmers anstarrte. Sie schaltete das Radio an und versuchte, sich in der Musik zu verlieren, aber durch die dünnen Wände des Bungalows konnte sie ihre Mutter immer noch weinen hören.

Lieber Gott, bitte hilf uns allen! Und steh auch Jackson bei. Oh, Jackson, ich wünschte, ich dürfte dich noch einmal sehen …

Rachelle kniff die Augen fest zusammen. Sie weigerte sich, einem Schluchzen nachzugeben, aber ihr liefen Tränen über die Wangen, und sie musste sich auf die Unterlippe beißen, um nicht verzweifelt zu seufzen. Sie würde weder ihre Mutter noch sonst irgendwen in der Stadt merken lassen, wie sehr sie innerlich litt. Sie würde die Blicke ertragen, das Flüstern, die ausgestreckten Zeigefinger und das wissende Lachen, weil sie wusste, dass sie und Jackson etwas Wunderbares miteinander geteilt hatten, etwas Besonderes.

Sollten die klatschsüchtigen Einwohner von Gold Creek es doch in den Dreck ziehen. Sollte der *Clarion*, die Zeitung, bei der sie für zwei Nachmittage die Woche angestellt gewesen war, ehe man sie dort gefeuert hatte, doch ihren Ruf in Stücke fetzen. Tief in ihrem Herzen wusste sie, dass sie und Jackson die einzigartige Verbindung, die sie miteinander teilten, nie loslassen würden.

War es Liebe? Wahrscheinlich nicht. Sie konnte sich nicht länger etwas vormachen. Doch eines Tages, wenn sich alles zum Guten gewendet hatte und die Umstände es zuließen, dann könnten Jackson und sie sich ineinander verlieben. Und dann würden sie allen zeigen, dass sie etwas ganz Wunderbares verband. Sobald er seine Unschuld bewiesen hatte, würde die Stadt ihm vergeben und alles sich zum Guten wenden.

Das musste es einfach.

5. KAPITEL

Gold Creek, Kalifornien
Gegenwart

Rachelle schaltete einen Gang herunter. Ihr alter Ford Escort schlängelte sich langsam die kurvige Straße am See entlang; aus dem Weidenkorb auf dem Rücksitz kam dennoch ein protestierendes Fauchen von ihrem Kater.

„Wir sind ja fast da", beruhigte sie Java, der sich daraufhin zusammenrollte und die Augen schloss.

Mehr als einmal hatte Rachelle sich selbst die Frage gestellt, wie vernünftig diese Reise zurück in die Heimat sein mochte. Sie redete sich ein, dass sie notwendig war. Dass sie ein paar fest in Gold Creek verwurzelte Probleme lösen musste, um an Davids Seite glücklich zu werden.

Doch jetzt, in der Nähe des Sees, an dessen Ufer all ihre Probleme ihren Ursprung hatten, bekam sie am ganzen Körper eine Gänsehaut und wünschte sich, sie wäre noch im Bett in ihrer kleinen Wohnung mit Ausblick auf die Bucht von San Francisco.

Sie zitterte ein wenig. Der Sommermorgen war noch dunkel, gerade erloschen die letzten Sterne am Himmel. Ihre Scheinwerfer warfen einen doppelten Lichtstrahl auf die ausgefahrene Straße. Sie schaltete das Radio an. Bette Midlers starke klare Stimme erfüllte das enge Innere des Wagens, und der Text von „The Rose" hallte in Rachelles Herz wider.

Sie schaltete rasch auf einen anderen Sender um, ehe der Text ihr zu sehr zusetzen konnte. Nach Jacksons Verhaftung hatte sie dieses alte Lied oft gehört – damals, als sie beide gemeinsam von der Stadt gebrandmarkt worden waren. Die Worte schienen nur für sie beide geschrieben zu sein, und die einsame Melodie hatte sie daran erinnert, dass bis auf ihre Familie niemand außer Carlie zu ihr gestanden hatte.

Carlie.

Was sie jetzt wohl machte? Rachelle hatte seit drei oder vier Jahren nicht mehr mit ihr gesprochen. Das Letzte, was Rachelle von ihr gehört hatte, war eine Weihnachtskarte gewesen, die in der zweiten Januarwoche angekommen war, abgestempelt in Alaska. Die meisten ihrer Mitschüler waren in Gold Creek geblieben. Ein paar waren abgesprungen, aber die neuen Generationen der Fitzpatricks, der Monroes und der Powells lebten noch dort. Laura Chandler, das Mädchen, das seit der Nacht, in der Roy ums Leben gekommen war, kein Wort mehr mit Rachelle gesprochen hatte, hatte in das Vermögen der Fitzpatricks eingeheiratet. Sie hatte Brian Fitzpatrick ihr Jawort gegeben.

Der Softrock, der jetzt aus den Lautsprechern kam, war besser. An diese Texte ließ sich keine Erinnerung an Jackson Moore knüpfen.

Sie parkte neben dem Geschäft für Angelbedarf am Südufer des Sees und wusste tief im Herzen doch, dass sie wegen Jackson nach Gold Creek zurückgekehrt war. Sie musste ihr Leben von ihm reinwaschen, damit sie von vorn beginnen und mit David einen Neuanfang wagen konnte.

Der Gedanke an David ließ eine steile Falte zwischen ihren Augenbrauen entstehen. Sie sagte sich, dass sie ihn liebte, Leidenschaft nicht notwendigerweise Teil des Lebens und Romantik eine alberne Flause war, die sie sich schon vor langer Zeit aus dem Kopf geschlagen hatte.

David schickte ihr an den richtigen Tagen Blumen. Er führte sie zu romantischen Abendessen im Kerzenschein aus, wenn er es für angebracht hielt, und er machte ihr immer ein Kompliment, wenn sie etwas Neues anhatte.

Ein Börsenmakler mit einem eigenen Haus in der Stadt, der einen schicken importierten Wagen fuhr und wusste, wie man einen Computer programmierte – das war doch wohl der ideale Kandidat für einen Ehemann, oder nicht? Was machte es schon, dass er keine Kinder mehr wollte oder dass er die Mundwinkel jedes Mal kaum merklich nach unten zog, wenn sie verwaschene Jeans anhatte?

Sie schob die Hände in die Taschen. Auch wenn immer noch dichter Nebel über dem See lag, waren bereits einige Boote auf dem ruhigen Gewässer unterwegs, und in dem alten Anglerladen gingen die Fischer geschäftig ein und aus. Das Gebäude stammte aus den Zwanzigerjahren, davor befanden sich immer noch die originalen Zapfsäulen. Eine Glocke klingelte im Türrahmen, wenn die Kunden kamen und gingen, und die hölzerne Treppe war abgetreten und verwittert. Verrostete Metallschilder, die für Limonade der Marke Nehi und Camel-Zigaretten warben, hatte man dort nie von den Wänden genommen, obwohl die Schrift verblasst war und die Farbe sich löste.

Wie eine Reise in die Vergangenheit, dachte Rachelle, als sie den Weg einschlug, der am Laden vorbei und in den Wald hineinführte. Von diesem Ufer des Sees aus konnte sie, wenn der Nebel sich verzogen hatte, bis ans nördliche Ufer blicken, wo noch immer die Anwesen der Reichen standen. Das Sommerhaus der Monroes und das der Fitzpatricks würden bald dort auftauchen.

Rachelle war nicht abergläubisch. Sie glaubte nicht an Geister. Auch nicht an die Legenden der Indianer. Oder so etwas wie Hellseher. Sie hatte sich noch nie im Leben aus der Hand lesen lassen, und sie hatte auch nicht vor, sich ein Horoskop erstellen zu lassen, um mehr über sich selbst herauszufinden.

Und doch stand sie am Ufer des Whitefire Lake, der Quelle aller möglichen Legenden und Geistergeschichten. Sie waren ebenso ein Teil von Gold Creek, Kalifornien, wie der *Rexall Drugstore* an der Ecke Main und Pine Street.

Hoffentlich konnte sie in den nächsten Wochen nicht nur mehr über sich selbst, sondern auch über die Stadt herausfinden. Und wenn sie dann nach San Francisco zurückkehrte, war sie bereit, als Mrs David L. Gaskill sesshaft zu werden. Ihre Handflächen wurden bei dem Gedanken daran plötzlich feucht.

Und was war mit Jackson?

Jackson. Immer Jackson. Sie bezweifelte, dass je eine Zeit kommen würde, zu der ihr Herz keinen Sprung mehr machte, wenn sie auch nur seinen Namen hörte. *Dummes Mädchen!*

Rachelle warf einen Stein in den See. Die ersten Lichtstrahlen strichen über die reglose Oberfläche, und Nebel stieg vom Wasser auf. Wie blasse Geister sammelten sich Nebelschwaden zu Gestalten zusammen, die den Blick auf den Wald am gegenüberliegenden Ufer versperrten.

Genau wie in der Legende, dachte sie. Spontan kniete sie sich ans moosbewachsene Ufer und schöpfte mit der hohlen Hand kühles Wasser aus dem See. Sie fühlte sich etwas albern, als ihr das Wasser die Kehle hinabglitt, und ließ sich den Rest durch die Finger laufen. Lächelnd wischte sie sich die Tropfen vom Kinn. Als sie sich die Hände an ihren Jeans abtrocknete, bemerkte sie in den dunklen Tiefen des Sees ein silbriges Aufblitzen, eine schimmernde Forelle auf der Flucht vor Rachelles Schatten.

Plötzlich überlief Rachelle ein Schauer, kalt wie der Hauch des Winters. Die Härchen in ihrem Nacken stellten sich auf. Sie stellte sich albern an, das wusste sie, und außerdem war die alte Legende der Indianer doch nur Unsinn! Aber als sie aufsah und mit dem Blick dem überwucherten Pfad folgte, der am Wasser entlangführte, bildete sie sich ein, einen Mann im Nebel zu erkennen, keine zwanzig Fuß entfernt.

Es fiel ihr nur zu leicht, sich Jackson Moore vorzustellen. Sie sah ihn so vor sich wie bei ihrer letzten Begegnung, mit seiner schwarzen Lederjacke, der zerrissenen Jeans und den Cowboystiefeln mit abgetretenen Absätzen. Er war auf dem Weg zum Highway gewesen. Der Blick, den er ihr über die Schulter zugeworfen hatte, zerriss ihr immer noch das Herz.

„Mistkerl", murmelte sie und weigerte sich, noch länger an ihn zu denken. Die Luftspiegelung, denn nichts anderes war es gewesen, verschwand.

Die Sonne tauchte hinter den Hügeln auf, ihre Strahlen ergossen sich über den Himmel und erhellten die dunklen Wasser des Sees, bis die Oberfläche wie goldenes Feuer leuchtete.

Sie spürte den sinkenden Nebel kühl und feucht auf ihrem Gesicht.

Tief einatmend schlang sie die Arme um sich. Vielleicht war es keine so großartige Idee gewesen, nach Hause zurückzukehren. Wozu die alten Geschichten wieder ausgraben?

Weil du es musst. Wegen David.

Sie lächelte traurig. Lieber David. Süßer David. Verständnisvoller David. Ein Mann, so von Grund auf anders als Jackson, wie man nur sein konnte. David, der nichts mehr wollte, als dass sie seine Frau wurde.

Mit einem letzten Blick auf das stille Wasser des Whitefire Lake rieb sie sich den Staub von den Händen und machte sich auf den Weg den Trampelpfad entlang zurück zu ihrem Auto. Der Nebel hob sich langsam. Ohne den Schleier aus Dunst schien ihr der Wald wieder warm und vertraut. Ein Streifenhörnchen huschte ins Dornengestrüpp, und in den Zweigen schimpfte ein Blauhäher sie kreischend aus.

„Keine Sorge", sagte sie zu dem Vogel, „ich bin ja schon weg." Sie schloss ihren alten Ford auf und ließ sich auf den verschlissenen Sitz fallen. Irgendwann würde sie den Wagen durch einen neuen ersetzen müssen, das wusste sie, aber bisher hatte sie widerstanden. Dieses Auto hatte sie mit ihrem allerersten Gehaltsscheck vom *San Francisco Herald* bezahlt. Er war ein Teil von ihr, den sie lieber noch nicht einfach wegwerfen wollte.

Der Motor sprang mühsam an. Er spuckte und stotterte, ehe sie ruckelnd auf die Sandstraße einbog. Java miaute laut. Rachelle seufzte und schaltete das Radio an. Sie spielten ein Lied aus längst vergangener Zeit, und ihre Gedanken wanderten zu Jackson zurück.

Sie ließ ein Fenster herunter, atmete die Waldluft tief ein, schaltete den Gang ihres kleinen Wagens hoch und fuhr die gewundene Straße hinab, die sie nach Gold Creek bringen würde.

Jackson Moore. Sie fragte sich, was er wohl jetzt gerade tat. Das Letzte, was sie von ihm gehört hatte, war, dass er mitten in New York City als Anwalt arbeitete.

„Ich sage dir, das wird Ärger geben. Riesigen Ärger", beharrte Brian Fitzpatrick. Er warf eine Zeitung auf den Schreibtisch seines Vaters und ließ sich dann leise fluchend in einen der teuren Stühle davor fallen.

Thomas war an Brians Launen gewöhnt. Der Junge war immer ein Hitzkopf gewesen, dem es an der mentalen Kraft mangelte, um das Unternehmen zu leiten, aber ihm war keine andere Wahl geblieben. Nicht, nachdem Roy gestorben war. Beim Gedanken an jene tragische Nacht knirschte Thomas mit den Zähnen. Möge Gott uns allen beistehen, hatte er damals gedacht. Und jetzt, als er die Schlagzeile über dem Artikel des Tremont-Mädchens las, dachte er es wieder.

„Zurück nach Gold Creek" stand über dem Artikel. Thomas zog sich der Magen zusammen. Er überflog den Artikel und presste wütend die Lippen zusammen. Sie kam also zurück. Was für ein Dummerchen. Es wäre besser für sie, in der großen Stadt zu bleiben und die Vergangenheit so tief zu vergraben, wie er und seine Familie es getan hatten.

„Thomas? Habe ich Brians Stimme gehört?", rief seine Frau June. Er hörte ihre Schritte auf dem Marmorboden im Foyer des Hauses klicken, das sie seit fast zwanzig Jahren ihr Heim nannten. Sie steckte den Kopf ins Wohnzimmer, und ihr Gesicht hellte sich auf, als sie ihren Sohn entdeckte. „Wolltest du nicht einmal Hallo sagen?", rügte sie ihn mit diesem besonderen Funkeln in den Augen, das ganz für ihre Kinder bestimmt war.

„Natürlich wollte ich, Mom", antwortete Brian. Er war wie Wachs in ihren Händen, genau wie Roy es gewesen war. „Dad und ich hatten gerade Geschäftliches zu besprechen."

Sie verdrehte die Augen. „Wie immer. Ist Laura bei dir?"

Beim Namen seiner Frau zwang Brian sich zu einem kühlen Lächeln. „Nein. Ich bin direkt aus dem Büro hergekommen."

„Sie sollte öfter herkommen und meinen Enkel mitbringen. Ich habe Zachary seit fast einem Monat nicht mehr gesehen", rügte sie ihn sanft lächelnd und doch mit einem eisernen Willen dahinter.

„Ich bringe ihn vorbei."

„Und Laura auch", beharrte June noch, ehe sie zur Tür ging. Doch im Umdrehen bemerkte sie die Zeitung, die noch bei Rachelle Tremonts Artikel aufgeschlagen war. Ihr blasses Gesicht wurde noch bleicher. „Was ist das?", flüsterte sie.

„Nichts, worüber du dich aufregen musst", sagte Brian rasch.

Erschöpft reichte Thomas seiner Frau die Zeitung. Sie würde es ohnehin eher früher als später herausfinden. „Rachelle Tremont kommt in die Stadt."

„Nein!"

„Wir können sie nicht davon abhalten, June."

Zwei rote Flecken bildeten sich beim Durchlesen des Artikels auf ihren Wangen. „Das werde ich nicht zulassen, Thomas! Nicht nach allem, was passiert ist." Ihre Kehle verkrampfte sich, und sie legte sich eine Hand auf die Brust.

„Sie hat Familie hier. Du kannst ihr nicht verbieten, sie zu besuchen."

„Dieses kleine Flittchen ist der Grund, weshalb Jackson Moore nicht verurteilt wurde!", fauchte sie mit flammendem Blick. Sie ließ sich auf die Couch fallen und schloss die Augen. „Warum?", flüsterte sie. „Warum ausgerechnet jetzt?" Das Leid in ihrer Stimme brach Thomas fast von Neuem das Herz.

„Ich weiß es nicht."

„Wenn sie kommt, ist *er* auch nicht weit", prophezeite sie.

„Wer? Moore?" Brian schnaubte. „Auf keinen Fall! Der kann froh sein, es mit heiler Haut aus der Stadt geschafft zu haben. Dieser Feigling wird es nicht wagen, hier sein Gesicht zu zeigen."

„Er wird kommen", flüsterte sie beängstigend eindringlich.

Thomas kam um den Schreibtisch herum, setzte sich neben seine Frau auf die Couch und nahm ihre zierlichen Hände in seine. „Er ist ein erfolgreicher Anwalt in Manhattan. Wahrscheinlich weiß er nicht einmal, dass sie zurückkommen will."

„Er wird es erfahren. Und glaub mir, dann wird er auch kommen."

„Er hätte jederzeit zurückkommen können. Es ist zwölf Jahre her."

Sie riss die Augen auf und blickte aus dem Fenster, als würde sie die Hügel in der Ferne betrachten, aber Thomas wusste, dass sie nichts anderes sehen konnte als eine Vision der Zukunft und dass diese Vision sie bis auf die Knochen verängstigte. Er spürte, wie ihre Hände in seinen zitterten.

„Er ist ein Feigling. Ein mordender, nutzloser Feigling", flüsterte sie. „Aber er wird zurückkommen. Ihretwegen." Mit einer Kraft, die er ihr nicht zugetraut hätte, knüllte sie die Zeitung zusammen und blinzelte die Tränen fort, die sie seit über einem Jahrzehnt in Schach hielt.

„Er ist in New York", versicherte er ihr. Sie wussten beide, dass Thomas ein Auge auf Jackson Moore hatte, seit er damals aus Gold Creek verschwunden war. Es gab Gründe, ihn zu beobachten. Gründe, über die Thomas und seine Frau niemals sprachen. „Er wird nicht zurückkommen."

Aber Thomas log. So sicher, wie das Wasser am Grunde des Whitefire Lake kalt war, wusste er, dass Jackson Moore zurückkehren würde.

Die Hitze des Tages flimmerte noch über der Stadt. Die Luft war schwül und feucht und schweißtreibend. Selbst der Wind, der über den East River hineinwehte, brachte kaum Erleichterung durch das offene Fenster von Jackson Moores Apartment in Manhattan.

Er rieb sich die Verspannungen aus dem Nacken, goss dann Scotch auf zwei Eiswürfel im Glas und setzte sich auf seine Fensterbank. Die Klimaanlage war mal wieder durchgebrannt. Es war furchtbar stickig in seiner Wohnung, als der Abend sich auf die Stadt mit ihren Straßenschluchten aus Zement und Stahl hinabsenkte.

Wie in den letzten sechs Sommern auch fragte er sich, warum er nicht einfach die Koffer packte und weiterzog. New York hatte nichts an sich, was ihn faszinierte – na ja, das konnte kaum etwas. Er hatte zu viele Jahre damit verbracht, einem Dämon hinterherzujagen, den es wahrscheinlich nie gegeben hatte, ehe er die Vergangenheit endlich aufgegeben und sich hier niedergelassen hatte, in dieser Stadt der zerbrochenen Träume.

„Mach so weiter, Moore! Du brichst mir das Herz“, sagte er zu sich selbst und schwenkte die Eiswürfel, bis die Außenwand des Glases mit Kondenswasser bezogen war. So schlecht hatte er es nicht. Wirklich nicht. Seine Wohnung war groß genug für eine Person, vielleicht zwei, sollte es dazu jemals kommen, und er hatte einen Ausblick auf den Park.

Er war ein reicher Mann. Kein Millionär, aber dicht dran. Verdammt gut für einen Jungen aus dem falschen Teil der Stadt, fand er, für den Bad Boy der schläfrigen Stadt in Nordkalifornien. Nicht, dass das jetzt noch wichtig wäre. Er stürzte einen großen Schluck seines Drinks hinunter und spürte das feurige, aber angenehme Brennen des Alkohols vermischt mit dem frostigen Eis, als die Flüssigkeit auf seine Kehle traf.

Er blätterte durch seine Post. Rechnungen, Erinnerungen und ein weiterer Gewinn in einer Lotterie, die ihn sofort zum Millionär machen würde – wenn er nur ein kleines Risiko einging. Er schnaubte. Sein ganzes Leben lang war er Risiken eingegangen. Die Nachmittagsausgabe der *New York Daily* lag gefaltet unter einem Stapel ordentlicher Umschläge, und wie jeden Samstag, seit ihre Kolumne erschien, öffnete er sie im Abschnitt D. Unter dem kleingedruckten Verfassernamen Rachelle Tremont stand ihr Artikel – wenn man es so nennen konnte. Ihre wöchentliche Kolumne war nicht mehr als eine Sammlung kleiner Abrisse ihrer eigenen Meinung über das Leben im Allgemeinen oder ihr aktuelles Ärgernis der Woche. Meistens ging es um jemanden, den man ihrer Meinung nach ungerecht behandelt hatte. Nicht gerade knallharter Journalismus. Nicht gerade, was ihm sonst gefiel. Warum er sich damit quälte, ihre Kolumne zu lesen und sich Woche um Woche an sie zu erinnern, analysierte er lieber nicht; wenn doch, würde er wahrscheinlich auf der Couch eines teuren Seelenklempners enden. Doch jeden Freitagabend, wenn die Samstagsausgabe neben seiner Tür abgelegt worden war, goss er sich einen Drink ein und erlaubte sich den Genuss und die Qual einer Reise in die Vergangenheit. „Idiot", murmelte er, und seine Stimme hallte von den Wänden seiner leeren Wohnung wieder.

Er lehnte sich gegen den Tisch und überflog zerstreut die Überschrift. „Zurück nach Gold Creek", stand da. Die Kolumne würde für die nächsten zehn Wochen im guten alten Gold Creek, Kalifornien, geschrieben werden. Rachelle wollte nach Hause zurückkehren, an den Ort, an dem sie aufgewachsen war, wollte unter die Lupe nehmen, was aus dem kleingeistigen Kaff von damals geworden war. Wollte herausfinden, was sich geändert hatte oder eben nicht, seit sie dort gelebt hatte.

Jackson sog fassungslos die Luft ein. Hatte die Frau den Verstand verloren? Sie war schon immer neugieriger gewesen, als es ihr guttat, und zu vertrauensselig. Aber er hatte ihr doch mehr gesunden Menschenverstand zugetraut!

Schweißperlen sammelten sich in seinem Nacken, als er daran dachte, wie er Rachelle in jener Nacht vom Regen durchnässt in der Laube gefunden hatte. Ihre langen nassen Haare klebten dort an ihrer Haut, wo ihre Bluse zerrissen war. Ein metallischer Geschmack kroch ihm die Kehle hinauf, als er sich daran erinnerte, wie verängstigt sie gewesen war, wie verzweifelt sie sich in seinen Armen angefühlt hatte. Und wie er selbst sie ohne es zu wollen ausgenutzt hatte.

Und jetzt wollte sie zurück? Zu all dem Schmerz? Er hatte sie nie für einen Dummkopf gehalten – na gut, ein Mal vielleicht doch. Aber das? Diese Reise zurück in die Vergangenheit war die Mission eines Dummkopfes. Eine Mission, für die er schon vor all den Jahren verantwortlich gewesen war.

Er schloss eine Minute lang die Augen und weigerte sich, über all das Leid nachzudenken, das er verursacht hatte, und wie er sie fast eigenhändig zerstört hätte.

Was sollte das also – eine Art Läuterung? Für sie selbst? Oder für ihn?

Die Dämonen seiner Vergangenheit hatten nie Frieden gefunden, das wusste er, und er hatte es akzeptiert. Doch immer, wenn sie ihre grausigen Häupter erhoben, war es ihm gelungen, sie zurück in eine dunkle, mit Spinnweben verhängte Ecke seines Bewusstseins zu verweisen und sie dort fest einzuschließen. Und die Zeit war dabei Gott sei Dank auf seiner Seite gewesen.

Jetzt war sie es nicht mehr. Wenn Rachelle versuchte, die Uhr zurückzudrehen und dieses Dreckloch von einer Stadt als das aufzudecken, was es wirklich war, wenn sie versuchte, das Leichentuch zu zerreißen, unter dem die dunkelsten Geheimnisse der Stadt begraben lagen, dann würden auch die Fragen wieder an die Oberfläche kommen, die nach dem Tod von Roy Fitzpatrick aufgekommen waren. Jacksons Name musste dabei fallen, und der wahre Mörder – wer auch immer er war – könnte wieder auftauchen.

Das war ja eine schöne Bescherung!

Er warf die Zeitung auf den Tisch und fing an, fluchend vor dem Fenster auf und ab zu gehen. Seine Muskeln waren gespannt, und sein Verstand arbeitete mit der Präzision, für die er vor Gericht berüchtigt war, denn er war bekannt dafür, von seinen Fällen wie besessen zu sein und sich Tag und Nacht mit ihnen zu befassen. Er überlegte sich, was seine Möglichkeiten waren.

Bis jetzt war es ihm gelungen, seine Vergangenheit für sich zu behalten. Doch nun hatten die Dinge sich geändert. Durch Rachelles Kolumne, die in der *Daily* und einem Dutzend weiterer Zeitungen im ganzen Land erschien, könnte die ganze Welt erfahren, wie er auf der falschen Seite der Stadt aufgewachsen war. Und wie er seine Heimat verlassen musste, weil man ihn des Mordes bezichtigt hatte.

„Na toll“, murmelte er sarkastisch und betrachtete die halb volle Flasche Scotch. Er fuhr sich mit beiden Händen durch die verschwitzten Haare und ließ seine Gedanken einen anderen Weg einschlagen. Es war eigentlich egal. Er hatte in seinem Leben nichts zu verbergen. Er war von einer armen Mutter aufgezogen worden, hatte in der Highschool Schwierigkeiten bekommen und sich der Marine angeschlossen. Schließlich war er nach Gold Creek zurückgekehrt, hatte dort etwas Geld verdient und war des Mordes bezichtigt worden.

Dann war er verschwunden. Und mit Hilfe der Regierung und des Geldes, das er als Wachmann in der Nachtschicht verdiente, hatte er es durchs College und durch das Jurastudium geschafft. Er war versessen darauf gewesen, dieser verdammten Stadt zu beweisen, dass er mehr als ihr Prügelknabe war, dass er es in sich hatte, erfolgreich zu werden. Und jedes Mal, wenn man sein Bild in den Nachrichten brachte, hoffte er darauf, dass ganz Gold Creek sehen würde, dass aus dem Bad Boy von Gold Creek etwas geworden war. Etwas verdammt Gutes.

Er hatte nie zurückkehren wollen. Bis jetzt. Wegen Rachelle. Verdammt, sie musste ja unbedingt ihre hübsche Nase in alles stecken!

Wenn er nach Gold Creek zurückkehrte, musste er ihr einiges erklären. Rachelle hasste ihn, daran bestand kein Zweifel.

Nicht, dass er ihr deswegen Vorwürfe machte. Sie hatte allen Grund dazu. Aus ihrer Perspektive sah es schließlich so aus, als hätte er sie benutzt und dann allein in die Schlacht geschickt – in *seine* Schlacht. Er schnaubte verächtlich.

Mit einem Ruck löste er seine Krawatte und öffnete den obersten Knopf an seinem Kragen. Er dachte dabei an die Stadt, in der er auf die Welt gekommen war.

Gold Creek. Eine kleine Stadt voller kleiner Geister. Kein Wunder, dass es ihn hierhergezogen hatte, wo man so unerkannt bleiben konnte, wie man wollte. Hier war er nur ein Mensch unter Millionen.

Er sah noch ein letztes Mal auf die Kolumne. Sie hatte sie noch in San Francisco geschrieben und erklärte darin, warum sie es für notwendig hielt, in das gottverlassene Kaff zurückzukehren.

Sie schien zu glauben, dass sie der gesamten Nation von ihrer Vergangenheit erzählen musste, die unter den bekannten Umständen grausam mit seiner verknüpft war. Eine Schlinge aus

Lügen und Sex und Tod. Er lächelte grimmig über die Ironie des Schicksals. Denn wenn sie ihr Gewissen erleichterte, zerrte sie auch ihn damit zurück und brachte sich selbst vielleicht in Gefahr.

Nur, dass er genau das nicht zulassen würde. Ob sie es wusste oder nicht: Rachelle und ihre Kolumne waren wie ein Sirenenlockruf zurück an den Ort, den er am liebsten vergessen würde.

Innerlich brannte er bei dem Gedanken, dass sie ihn auf diese Weise manipulierte und ihn zwang, in eine Achterbahn durch die Vergangenheit zu steigen.

Er kippte den Rest von seinem Drink hinunter. Er wusste genau, was er zu tun hatte. Es war etwas, das er schon vor langer Zeit hätte tun sollen: Jetzt war es an der Zeit, nach Gold Creek zurückzukehren und eine Vergangenheit geradezurücken, die schon seit so vielen Jahren sein Leben belastete. Eine Vergangenheit, die sein Leben bedrohte, seine Karriere und seine Beziehung zu Frauen, eine Vergangenheit, die ihm den Grund gegeben hatte, einer der härtesten Strafverteidiger des Landes zu werden, mit einem Ruf, der entweder beängstigend oder strahlend war, je nachdem, auf welcher Seite des Gerichtssaales man sich befand.

Er schenkte sich noch einen Drink ein, er hatte ihn sich verdient. Dann sah er in die oberste Schublade seines Nachtschranks. Seine 38-Millimeter lag genau dort, wo sie seit sechs Jahren schon lag, unberührt. Er nahm die Waffe in die Hand und legte die Finger um den glatten Griff. Der Stahl fühlte sich selbst in seinem heißen Schlafzimmer kalt an.

Ein Blick in den Spiegel über seiner Kommode ließ ihn zusammenzucken. Sein Gesicht trug den Ausdruck eines Mannes mit nur einem einzigen Ziel.

Bastard aus der falschen Ecke der Stadt. Mordender Hurensohn.

Der Spott und die Häme der Bürger von Gold Creek hallten in ihm nach, und seine Handflächen waren auf einmal nass von Schweiß.

Er ließ die Waffe fallen und knallte die Schublade zu. Zwölf Jahre waren eine lange Zeit. Wer auch immer ihm den Mord an Roy Fitzpatrick hatte anhängen wollen, wiegte sich wahrscheinlich längst in der Gewissheit, dass sein Geheimnis nie entdeckt werden würde. Und selbst wenn der Täter gefährlich war, eine Schusswaffe war keine Hilfe. Er konnte nicht bewaffnet zurück in die Stadt kommen. Die 38-Millimeter blieb in New York, Jackson jedoch kehrte nach Gold Creek zurück.

Und wenn er wieder kalifornischen Boden betrat, würde er herausfinden, was in jener Nacht, die sein Leben für immer verändert hatte, geschehen war. Komme, was wolle.

Er verfluchte Rachelle Tremont und ihre Kolumne. Es gab keinen Grund für sie, sich auf diese Weise in Gefahr zu begeben.

Er griff nach dem Telefon und buchte einen Flug. Der erste Schritt zurück nach Kalifornien war getan.

Und Rachelle? Sie war die letzte Person, die er gesehen hatte, als er vor zwölf Jahren mit seinen wenigen Sachen per Anhalter aus Gold Creek verschwunden war. Und sie war die erste Person, die er sehen wollte, wenn er zurückkehrte.

6. KAPITEL

Rachelles erster Tag in Gold Creek verlief nicht gerade produktiv. Sie hatte Stunden damit zugebracht, ihre Sachen auszupacken und sich in dem kleinen Haus einzurichten, in dem sie aufgewachsen war, dem Haus, das immer noch Heather und ihrer Mutter gehörte. Im Augenblick war der kleine Bungalow nicht vermietet, also war Rachelle mit Java dort eingezogen, hatte den Staub weggewischt und dabei versucht, die Erinnerungen zu meiden, die wie Spinnweben in allen Ecken hingen.

Die Nacht war bereits hereingebrochen, als sie endlich ihre Jacke anzog und in die Stadt fuhr. Ihr erster Halt war die Highschool. Ihren rasenden Herzschlag ignorierend, parkte sie vor dem Gebäude.

Das Backsteingebäude der *Tyler High* erhob sich von mehreren Flutlichtern angestrahlt zwei Stockwerke hoch gegen den mit Sternen gesprenkelten Himmel. Die scharf umrissene Mondsichel schien auf einigen grauen Wolkenschleiern zu schweben, die sich am Himmel gesammelt hatten.

Alte, schmerzhafte Erinnerungen kamen in ihr hoch, und wieder fragte sie sich, wie klug es gewesen sein mochte, in diese Stadt zurückzukehren, in der sie geboren, aufgewachsen und gedemütigt worden war.

Ganz ruhig, sagte sie zu sich selbst und steckte die Hände tief in die Taschen ihrer Jacke. Gedämpfte Musik und Lachen kamen auf einer kühlen Sommerbrise aus den offenen Türen des *Buckeye Restaurant and Lounge* und übertönten den Gesang der Grillen und den leisen Schrei einer Eule, hoch in den Wipfeln der uralten Sequoias verborgen, die über den Eingang zur Schule wachten.

Sie erinnerte sich an den Spott ihrer Mitschüler. An die Mädchen, die jedes Mal kicherten, wenn sie vorbeiging. An die Jungs, die dann auffordernd mit den Augenbrauen wackelten. Ihr letztes Schuljahr war im Schneckentempo vergangen, und als es endlich vorüber war, hatte sie den Sommer über für eine Zeitung in Coleville gearbeitet und im September das College begonnen. Sie hatte sich geweigert, an Jackson zu denken. Nachdem sie acht Monate lang geglaubt hatte, dass er zu ihr zurückkommen würde, hatte sie endlich die kalte, harte Wahrheit akzeptiert: Er machte sich nichts aus ihr.

Harold Little, der zweite Ehemann ihrer Mutter und ein Mensch, den sie schier unerträglich fand, hatte ihr das Geld für ihre Ausbildung geliehen. Nach vier Jahren in *Berkeley*, langen Arbeitsstunden für eine kleine Lokalzeitung und wenigen Dates hatte sie ihren Abschluss gemacht. Mit diesem Abschluss in Journalistik und ihren Empfehlungsschreiben hatte sie erst einen Job bei einer kleinen Zeitung gefunden, dann bei einer weiteren, und dann schließlich beim *Herald*. Ihre Kolumne war gut angekommen, und sie fühlte sich endlich, als hätte sie es geschafft.

So weit wie Jackson war sie allerdings nicht gekommen. Selbst jetzt, während sie vor der Schule stand, erinnerte sie sich noch gut daran, wie sie seinen ersten Auftritt im Fernsehen miterlebt hatte. Sein Gesicht war nur kurz auf dem Bildschirm aufgeblitzt, bevor die Kamera wieder auf seine berühmte Klientin gerichtet wurde, eine bekannte Schauspielerin in einer Seifenoper, deren Leben einem Handlungsstrang in ihrer Serie glich.

Rachelle hatte die Kaffeetasse fallen lassen, die sie gerade von der Küche ins Wohnzimmer getragen hatte, und den Fernseher stumm gestellt. Aber sie bekam Jackson nicht mehr aus dem Kopf – seine markanten Gesichtszüge, seine blitzenden dunklen Augen, sein verwegenes selbstbewusstes Lächeln und seinen teuren Anzug.

Sie hatte bereits gehört, dass er Anwalt geworden war. Bald darauf war er nach New York umgezogen und hatte sich dort einen gewissen Ruf erarbeitet. Doch sein Gesicht im Fernsehen zu entdecken, hatte sie doch verblüfft. Mit einer Mischung aus Bewunderung und Widerwillen hatte sie den Bildschirm betrachtet und nebenbei den Kaffee vom Boden aufgewischt. Von diesem Zeitpunkt an hatte sie seine Karriere im Auge behalten und sich gefragt, warum er ausgerechnet diesen Weg eingeschlagen hatte.

Zwölf Jahre lang hatte er sich nicht ein einziges Mal bei ihr gemeldet. Wahrscheinlich erinnert er sich nicht einmal mehr an meinen Namen, dachte sie jetzt, allein in der Dunkelheit. Und trotzdem hatte sie ihrer Redakteurin versprochen, dass sie versuchen würde, ihn in New York für ein Interview zu erreichen. Was für ein Witz!

Gold Creek hatte sich kaum verändert.

Jackson lenkte seinen Mietwagen durch die nächtlichen Straßen. Die Häuser reichten weiter an die östlichen Hügel heran, als sie es vor zwölf Jahren getan hatten, und im Norden der Stadt hatte man ein neues Einkaufszentrum gebaut. Ein kürzlich errichtetes Kino warb mit den Namen einiger Filme in Zweitaufführung, und wie erwartet klebte an vielen der Gebäude und Geschäfte der Name Fitzpatrick.

„Manches ändert sich nie", dachte er laut, als er an einem weiteren Haus vorbeifuhr, das von *Fitzpatrick Realty* zum Kauf angeboten wurde.

Den Fitzpatricks hatte schon *immer* die Stadt gehört. Der erste Fitzpatrick hatte hier Gold gefunden, und auch seine Nachfahren hatten aus den natürlichen Ressourcen der Berge und den starken Rücken der Arbeiter Profit geschlagen. Seit Anfang des zwanzigsten Jahrhunderts, als die Firma die Kiefern- und Pinienbestände in den Bergen um Gold Creek erschlossen hatte, war *Fitzpatrick Logging* der Hauptarbeitgeber der Stadt und blieb es bis heute.

Millionen Festmeter Holz hatten Hunderttausende von Dollars in die Taschen des ersten Holzbarons in der Geschichte des Countys gespült; sie hatten George Fitzpatrick zum Millionär gemacht. Sein Vermögen wurde von Generation zu Generation weitergereicht und hatte sich verbreitet wie eine unaufhaltsame Krankheit. Ein Großteil der Stadtbewohner arbeitete für Thomas Fitzpatrick, Urenkel von George und Vater von Roy, dem Jungen, für dessen Tod man Jackson vor zwölf Jahren verantwortlich machen wollte.

Fitzpatrick Logging. Fitzpatrick Realty. Fitzpatrick Hardware, der Eisenwarenladen. *Fitzpatrick Building Supplies,* der Baumarkt. Die ganze Stadt schien ein Spiegel für den Einfluss und Reichtum der Familie Fitzpatrick zu sein.

Jackson klammerte sich fest an das Lenkrad seines Buicks, als er an einer Pizzeria vorbeifuhr, die Gott sei Dank *Lanza's* hieß. Soweit es Jackson bekannt war, floss in den Adern von Thomas Fitzpatrick und seinen Vorfahren kein italienisches Blut.

Er parkte den Buick am Park im Zentrum der Stadt. Dieses kleine Fleckchen Grün, weniger als einen Morgen groß, war kein Vergleich mit dem Central Park im Herzen von Manhattan. Aber Gold Creek ist auch nicht ganz New York City, dachte er mit einem Anflug von Sarkasmus. Trotz der Probleme der Stadt sprach doch sehr viel mehr für sie.

Jackson stieg aus dem Wagen, streckte sich und sah sich um. In der Mitte des Parks, dort, wo mehrere asphaltierte Wege zusammentrafen, entdeckte er eine Laube. Dieser Pavillon war größer als jener, den er vom Sommerhaus der Fitzpatricks in Erinnerung hatte, aber ihn überlief dennoch ein kalter Schauer.

Die Wege, die von strategisch platzierten Straßenlaternen beleuchtet wurden, verliefen in sechs Richtungen, wanden sich durch die Bäume und an Spielplätzen vorbei. Der ganze Park nahm in etwa die Fläche eines Häuserblocks von Gold Creek ein. Das Gras färbte sich bereits braun, und der Bereich unter der Schaukel und der Wippe war staubig. Überall blühten Blumen, deren weiße Blüten im Neonlicht der Laternen strahlten. Wie Vorboten des Herbstes raschelten ein paar trockene Blätter, die der Wind über den aufgesprungenen Asphalt fegte.

Die Luft war hier ganz anders als in Manhattan. Dort hatte er Elektrizität gespürt, eine ungezähmte Energie der Stadt, tagsüber und auch nachts. Doch hier, sozusagen am gegenüberliegenden Ufer des Kontinents, war die Geschwindigkeit langsamer und das Leben ruhiger. Im Park war niemand mehr unterwegs, und die elektrische Spannung schien hier weniger Watt zu haben.

Er krempelte die Ärmel bis zu den Ellenbogen hoch, ging zum Pavillon und las dort auf einer geschnitzten Holztafel, dass der Park der Erinnerung an Roy Fitzpatrick gewidmet war, dazu sein Geburtstag und sein Todesdatum, kaum neunzehn Jahre voneinander entfernt. Schon komisch, dass der Schrein für Roy ein Pavillon war, der sogar so ähnlich aussah wie die Laube auf dem Grundstück der Fitzpatricks am See – der Ort, an dem Roy Fitzpatrick versucht hatte, über Rachelle herzufallen. Jackson biss die Zähne zusammen. Wahrscheinlich sollte er so etwas wie Mitleid mit Roy empfinden. Aber das tat er nicht. Der Junge hatte sich ganz allein kopfüber in die Tragödie gestürzt. Roy hatte sich immer genommen, was er wollte; so etwas wie Reue war für ihn ein Fremdwort gewesen. Und er war davon überzeugt gewesen, dass ihm ein ausschweifendes Leben gebührte.

Kein Wunder, dass irgendjemand etwas dagegen gehabt hatte. Schade nur, dass Roy deswegen gestorben war. Jackson fuhr mit den Fingern die Gravur nach und fragte sich zum millionsten Mal, wer Roy umgebracht haben konnte. Wahrscheinlich jemand, den sie beide kannten, irgendein Feigling, der zugelassen hatte, dass Jackson für den Mord am Galgen baumelte. Wie weit hätte der Mörder es kommen lassen? Wenn der Mord vor Gericht gekommen wäre, wenn durch irgendeine Verkettung unglücklicher Umstände Jackson verurteilt worden wäre, hätte Roys Mörder sich dann freiwillig gestellt? Jackson zweifelte daran. Wer auch immer Roy umgebracht hatte, war mehr damit beschäftigt gewesen, seine eigenen Spuren zu verwischen, als die Gerechtigkeit siegen zu lassen.

Aber man hatte Jackson nicht angeklagt, und er war davongerannt. Er war so weit gerannt, wie er konnte, und hatte ein neues Leben begonnen. Ohne Verbindungen nach Gold Creek. Ohne Rachelle. Er hatte sich dieses Leben hart erarbeitet, mit Entschlossenheit und Glück – etwas, von dem es hier in Gold Creek nicht genug für alle gab.

Und jetzt wollte Rachelle noch einmal damit anfangen, im Dreck zu wühlen. Auch wenn sie in ihrer Kolumne nicht geschrieben hatte, dass sie deswegen zurückkehrte, wusste Jackson doch, dass der alte Skandal nicht begraben bleiben würde, nicht, solange die Herrschaft der Familie Fitzpatrick sich immer mehr ausweitete. Es war an der Zeit, die Sache ein für alle Mal ins Reine zu bringen. Ehe irgendjemand – besonders Rachelle – verletzt wurde.

Und Rachelle? Wie passt sie in deinen Plan? Er sah hinauf in die durchscheinenden Wolken, die sich um eine schmale Mondsichel gesammelt hatten. Er würde ihr befehlen, sich rauszuhalten, ihr eventuell mit einer Verleumdungsklage drohen und sie dann wieder in Ruhe lassen.

Er hoffte nur, dass sie den Verstand besaß, seine Warnung ernst zu nehmen. Es war ihm im Grunde verdammt egal, dass sie der Nation zeigen wollte, wie es in der kleinen Stadt aussah, in der sie aufgewachsen war. Aber er wollte nicht, dass sie ihm in die Quere kam.

Ja, sie war der Auslöser dafür, dass er in den Sonnenstaat Kalifornien zurückgekehrt war. Aber wenn es nach ihm ging, konzentrierte sie sich auf den Alltag und die Geschichten der Bewohner ihrer Stadt. Wenn es nach ihm ging, hielt sie sich verdammt noch Mal fern von der Nacht, in der Roy Fitzpatrick gestorben war.

Denn Roys Tod war Jacksons Sache, eine Sache, mit der er endlich abschließen wollte. Er konnte es nicht gebrauchen, dass Rachelle sich ohne es zu merken in Gefahr begab.

Jetzt musste er sie nur noch finden. Es gab einige Motels in der Stadt, und er kannte auch das kleine Haus, in dem sie aufgewachsen war. Dort wollte er anfangen.

Rachelle nippte an ihrem Tee und verbrannte sich fast die Lippen am heißen Becher. „Mistding“, murmelte sie der Mikrowelle zu. Sie musste erst noch lernen, sie zu bedienen. Das Haus hatte sich in den letzten Jahren verändert, genau wie ihr Leben.

Die Wände glänzten frisch gestrichen, die Küchenschränke waren neu und ein weicher Teppich lag wie eine Daunendecke auf dem abgetretenen Linoleumboden – dank ihrer Schwester, deren Hartnäckigkeit und deren Vermögen. Heather hatte ihrer Mutter zuliebe etwas in das Haus investiert; sie wollte, dass Ellen ihr Leben weiterlebte, statt ständig darüber nachzugrübeln, warum ihr Mann sie vor Jahren verlassen hatte. Dann lernte ihre Mom Harold Little kennen und beschloss, auf die andere Seite der Stadt zu ziehen, um in der Nähe des Mannes zu wohnen, der mittlerweile ihr Ehemann war. Beim Gedanken an ihn legte Rachelle die Stirn in Falten. Sie hatte den rauflustigen Mann mit dem Pfannkuchengesicht nie gemocht.

Den Tee in beiden Händen haltend tapste Rachelle barfuß zurück in ihr kleines Schlafzimmer. Bis auf ein paar Kleidungsstücke, ihren Kater Java und ihre Reiseschreibmaschine, auf der sie am liebsten ihre Artikel schrieb, hatte sie nicht viel mitgebracht. Sie stellte ihren Becher auf dem Nachttisch ab und schubste die Schmutzwäsche in Richtung Wandschrank.

Nachdem sie sich aufs Bett fallen gelassen hatte, platzierte sie ihre Schreibmaschine auf ihren Knien. Java rollte sich auf der zerknitterten Bettdecke zu ihren Füßen zusammen. Dieses kleine Zimmer mit den beiden Einzelbetten und der dazu passenden Kommode aus hellem Holz hatte einst den beiden Mädchen gehört. Ihre Pinnwand war lange verschwunden. Rachelle hatte sie in ihrem letzten Schuljahr abgenommen, als ihr ruinierter Ruf jeden Tag an der *Tyler High* zur Folter gemacht hatte. Alle Erinnerungen an ihre Zeit auf der Highschool hatte sie verbrannt, weggeworfen oder auf dem Dachboden eingeschlossen.

Ihre düsteren Gedanken wandten sich den Freunden zu, die ihr damals von heute auf morgen aus dem Weg gegangen waren. Sie alle waren rechtschaffene Bürger der Stadt geworden, Lehrer, Bankangestellte, Kellnerinnen, selbst ein Arzt war darunter. Sie waren Eltern geworden, hatten geheiratet und sich scheiden lassen; ihr Leben hatte sich seit den unbeschwerten Tagen der

Highschool ebenso verändert wie Rachelles. Sie legte die Finger auf die Tastatur und begann ihre Kolumne, der sie den Titel „Welke Blumen“ gab. Sie stellte sich vor, wie sie all die Menschen interviewte, die ihr damals den Rücken gekehrt hatten.

Zitternd griff sie nach ihrem Becher und verschüttete den Inhalt fast über ihr Bett, als es in genau dem Moment an der Tür klingelte. Java sprang auf und verkroch sich unter den Bettrüschen.

„Feigling!“, rügte Rachelle ihren Kater. Sie stellte den Becher hin und eilte rasch den Flur hinab. „Ich komme!“, rief sie zur Tür und bemerkte dann mit einem Blick auf die antike Uhr auf dem Kaminsims, dass es schon nach zehn war. Bis auf ihre Mutter und vielleicht Heather, wenn sie es sich in den Kopf setzte, würde sie um diese Zeit sonst niemand mehr besuchen.

Sie schaltete das Licht auf der Veranda an, spähte durch das schmale Fenster neben der Tür – und erstarrte. Ihr lief ein kalter Schauer über den Rücken. Sie hatte heute Abend an ihn gedacht, das schon, sogar nicht gerade freundlich. Aber sie konnte nicht fassen, dass er auftauchte wie ein gut aussehender Geist aus ihrer Vergangenheit, der zurückgekommen war, um sie heimzusuchen! Ihr Herz blieb fast stehen, als sich ihr Blick an den markanten Gesichtszügen von Jackson Moore festsaugte.

Die Zeit schien stillzustehen. Rachelles Haut fühlte sich an wie mit Eis überzogen, als Jacksons regloser Blick sich auf das Fenster richtete und dann mit voller Kraft auf ihr landete.

Ihr wurde die Kehle eng beim Anblick seiner festen Lippen. Er lächelte nicht, runzelte auch nicht die Stirn, aber sie wusste instinktiv, dass er sich nicht gerade freute, sie wiederzusehen.

Zwölf Jahre ihrer Fantasie zersprangen in dieser einen Sekunde in Stücke. Denn auch wenn sie sich eingeredet hatte, ihn zu hassen, und sich ihr der Magen umdrehte, wenn sie ihn im Fernsehen sah, gab es doch einen kleinen weiblichen Teil von ihr, der sich wünschte, sie würde ihm noch etwas bedeuten. Sein Gesichtsausdruck und die unausgesprochene Wut in seinem Blick verrieten ihr jedoch, dass sie sich getäuscht hatte. Ihr wurde heiß vor Scham. Die Stadt, diese verdammte Stadt, hatte recht gehabt! Sie war noch dümmer gewesen, als sogar sie selbst es geglaubt hatte.

Offensichtlich hatte sie ihm nie mehr bedeutet als ein One-Night-Stand und ein Alibi für den Mord an Roy Fitzpatrick. Sie brauchte ihre ganze Willensstärke, um den Riegel zu lösen und die Tür zu öffnen.

Eine kalte Brise strich um ihn herum und ins Haus hinein.

„Ich dachte, du bist in New York", sagte sie abweisend und wortkarg und schoss, ehe er ihr überhaupt antworten konnte, hinterher: „Du lebst doch jetzt dort und verschaffst deinen unschuldigen Klienten Gerechtigkeit?"

Seine Augen glitzerten, und eine Sekunde lang schien sich ein Lächeln in seinen Mundwinkeln zu verfangen. „Ich bin nicht hier, um über meine Kanzlei zu reden."

„Warst du bloß in der Gegend?", höhnte sie, weil sie ihm wehtun wollte, ihn nur ein wenig von dem Schmerz spüren lassen, den sie erlitten hatte, als er gegangen war vor all den Jahren. Vor all den verdammten Jahren!

Er verzog seinen Mund. „Ehrlich gesagt, bin ich deinetwegen hier."

„Ein bisschen spät, findest du nicht?"

Zuckte er kaum merklich zusammen, oder war da nur der Schatten einer Motte über seine Miene gehuscht? „Das habe ich wohl verdient."

„Was du verdient hast, kann ich nicht einmal annähernd beschreiben", entgegnete sie. „Aber Ausdrücke wie ‚gestreckt und gevierteilt', ‚in kochendes Öl geworfen' oder ‚geteert und gefedert' drängen sich auf."

„Meinst du nicht, ich habe schon genug gelitten?", fragte er und verschränkte die gebräunten Arme vor einer Brust, die mit den Jahren noch breiter geworden war. Er war kräftiger als früher: breitere Schultern, noch immer schmale Hüften, aber ausgeprägtere Muskeln. Wahrscheinlich trainierte er mit einem

Personal Trainer oder stemmte Gewichte oder dergleichen. Er hatte kein Gramm Fett am Leib und sah im wahren Leben noch besser aus als vor der Kamera.

„Du bist nicht lange genug geblieben, um zu leiden", sagte sie bitter.

„Was hätte das beweisen sollen?"

Dass ich dir wichtig bin. Dass du mich nicht benutzt hast. Dass ich nicht der größte Dummkopf gewesen bin, der … „Nichts. Du hast recht. Du musstest gehen. Im Grunde weiß ich nicht einmal, warum du überhaupt zurückgekommen bist", gab sie zu und spürte, wie ihre Feindseligkeit beim Blick auf seine sinnliche Unterlippe dahinschmolz. Mit eisernem Willen zwang sie sich, ihm wieder in die kühl glitzernden Augen zu sehen.

„Ich bin aus dem gleichen Grund wieder hier wie du", sagte er langsam.

„Und der wäre?"

„Um die Dinge ins Reine zu bringen."

„Habe ich das vor?"

Er sah sie so eindringlich an, dass ihr bereits heftig schlagendes Herz noch an Tempo zulegte. Gefühle, die noch genauso verworren und gequält waren wie vor zwölf Jahren, brodelten in der kühlen Nacht. Gedämpft drangen die Geräusche des Highways zu ihnen, und die Windspiele auf ihrer Veranda klirrten leise in der nach Jasmin duftenden Brise.

„Ich habe die *New York Daily* abonniert", sagte Jackson, die Hände in den Hintertaschen seiner Jeans vergraben. „Da steht deine Kolumne drin."

Sie wartete auf eine bessere Erklärung und vermied es, ihm dabei in die Augen zu sehen. Diese Augen, diese goldbraunen Augen waren vor all den Jahren ihr Verderben gewesen. Sie hatte ihm vertraut, an ihn geglaubt und dafür einen hohen Preis gezahlt. Gut, noch einmal würde sie sich von seinem Blick nicht einwickeln lassen. Außerdem konnte er es auch gar nicht mehr. Er hatte jetzt etwas Abgestumpftes an sich, das sie alles andere als anziehend fand.

„Ich habe gelesen, dass du eine Kolumnenreihe über Gold Creek schreiben willst."

„Das stimmt." Ihre Blicke trafen sich erneut. Sie streckte den Rücken durch und nahm sich vor, sich in seiner Anwesenheit wie ein Profi zu verhalten. Ein Interview mit Jackson Moore wäre ein Coup und genau der Artikel, den ihre Redakteurin Marcy von ihr erwartete. Abgesehen davon, dass Rachelle sich nicht vorstellen konnte, sich mit ihm zu unterhalten, sich dabei Notizen zu machen und ihn über sein Leben vor all den Jahren in Gold Creek auszufragen.

„Ich glaube, darüber sollten wir uns unterhalten."

„*Darüber?*", wiederholte sie und spürte, wie sich ihr ganzer Körper anspannte. „Warum solltest du …" Sie unterbrach sich, verschränkte die Arme vor der Brust und lehnte sich gegen den Türrahmen. „Warum bist du wieder in Gold Creek?"

Sein Blick bohrte sich in ihren, und ihr wurde plötzlich klar, wie es sich anfühlen musste, vor Gericht im Zeugenstand zu stehen, während Jackson die eigene Aussage langsam und ohne jedes Mitleid in Stücke zerriss. „Ich glaube, du wirst Schwierigkeiten bekommen, Rachelle", sagte er. „Und ich will dafür sorgen, dass dir nichts passiert."

Sie lachte. „Von *dir* muss ich mich bestimmt nicht beschützen lassen. Und außerdem gibt es hier nichts, wovor man sich fürchten muss."

„Du weißt nicht, worauf du dich einlässt."

„Doch. Und wenn du von dem Fitzpatrick-Mord redest – ich war damals auch dabei, erinnerst du dich noch?" Auch wenn es wahrscheinlich eine offensichtliche Fehlentscheidung war, stieß sie die Tür weiter auf. „Warum kommst du nicht rein und erzählst mir, was auch immer dir auf der Seele liegt?"

„Im Vertrauen?", fragte er.

„Hast du Angst vor dem, was ich schreiben könnte?"

„Ich bin schon öfter falsch zitiert worden."

Sie dachte an die letzten sechs Jahre und seinen meteoritenhaften Aufstieg. Er hatte sich nicht gescheut, die noch so skandalösesten Fälle anzunehmen, und er hatte dafür gesorgt, dass seine reichen und berühmten Klienten mit der sprichwörtlichen reinen Weste davonkamen und dabei noch nach Rosen dufteten.

Eine Frau, Nachwuchsschauspielerin mit einem gewissen Ruf bei den Männern, war angeklagt gewesen, ihren Liebhaber erschossen zu haben, nachdem sie ihn mit einer anderen Frau erwischt hatte. Jackson hatte sich genug Tricks und Verschleierungstaktiken ausgedacht, um den Fall zu vernebeln und zu verwirren, und die Schauspielerin, Colleen Mills, hatte den Gerichtssaal als freie Frau verlassen. Auch wenn die Presse sie verurteilt hatte und die Beweise überwältigend gegen sie sprachen, arbeitete Colleen gerade in Hollywood an ihrem nächsten Film. Gerüchtehalber lieferte sie eine oscarwürdige Vorstellung ab, genau, wie sie es zweifellos unter Jacksons Anleitung im Zeugenstand getan hatte.

Sie schloss die Tür hinter ihm, nachdem er das Haus betreten hatte. In seinen ausgewaschenen schwarzen Jeans, Stiefeln und T-Shirt sah er nicht wie ein Überflieger-Anwalt aus New York aus. Eine Lederjacke – auch die schwarz – hatte er sich lässig über die Schulter geworfen, und sie fragte sich sarkastisch, ob er sich einer Motorrad-Gang angeschlossen hatte und auf seiner Harley hergekommen war.

Fast musste sie bei dem Gedanken lächeln. Ihr wurde klar, dass er fast genau wie in ihrer Erinnerung aussah, auch wenn seine Gesichtszüge mit den Jahren noch markanter geworden waren. Sein Haar trug er immer noch eher lang, es war noch pechschwarz und glatt, und seinen goldbraunen, herablassend blickenden Augen konnte nichts entgehen. Selbst die dichten, langen Wimpern konnten seine kraftvollen, männlichen Züge nicht erweichen. Er nahm den Raum mit einem Blick wahr und fand ihn wahrscheinlich nicht gut genug.

„Es ist spät. Warum kommst du nicht einfach gleich zur Sache?“ Sie setzte sich auf die gepolsterte Armlehne der alten, viel zu weichen Couch.

„Wie gesagt: Ich habe deine Kolumne gelesen."

Sie konnte nicht anders, als kalt zu lächeln. „Du willst doch nicht etwa andeuten, dass du deswegen deine lukrative Kanzlei verlassen und den Kontinent überquert hast und in dieses Dorf der Verdammten zurückgekehrt bist."

„So ungefähr." Er ließ sich auf die Ottomane sinken, so nah, dass er mit dem Knie fast ihren nackten Fuß berührte. Sie weigerte sich, vor ihm zurückzuweichen, aber ein Teil ihrer Aufmerksamkeit war vollkommen eingenommen von der Nähe seiner Hände, die er zwischen den Knien ineinandergelegt hatte. Sie fragte sich, ob es unter dem Jeansstoff eine blasse Narbe gab, eine andauernde Erinnerung an jene Nacht – jene schöne, schmerzvolle Nacht.

Sie richtete den Blick wieder auf ihn und merkte, dass er sie beobachtete. Leichte Röte überzog ihre Wangen.

„Ich denke, es wäre besser, wenn du dich nicht mit dem Fitzpatrick-Mord befasst."

Rachelle zog die Augenbrauen hoch. „Hast du Angst, dein Ruf wird befleckt, wenn ich die Sache wieder ausgrabe?"

„Mein Ruf begründet sich ausschließlich auf Flecken." Fast sah er ernsthaft aus, aber als Anwalt war er es schließlich gewöhnt, in viele verschiedene Rollen zu schlüpfen, um auf der Bühne des Gerichtssaals die Menschen davon zu überzeugen, das zu sagen und zu tun, was er wollte. Sie kaufte ihm seine Scharade nicht ab. „Aber es besteht die Gefahr, dass du dem wahren Mörder von Roy einen Schrecken einjagst und ihm eine Reaktion abverlangst – vielleicht eine gewalttätige."

„Und du bist den ganzen Weg von der anderen Küste gekommen, um mir das zu sagen?", fragte sie, ohne sich dabei den sarkastischen Tonfall verkneifen zu können. Wem wollte er etwas vormachen?

„Nein", gab er zu und streckte die Beine aus, ehe er aufstand und an den Kamin ging. Er sah ihr im Spiegel über dem Sims in die Augen. „Ich will ehrlich zu dir sein, Rachelle. Als ich gesagt habe, dass ich die Dinge ins Reine bringen will, da meinte ich damit *alle* Dinge." Er drehte sich um und sah sie mit steinerner Miene an. „Ich werde den Mord an Fitzpatrick aufrollen und meinen Namen reinwaschen. Ich will nicht, dass du mir in die Quere kommst."

Wahrscheinlich hätte sie damit rechnen sollen. Kopfschüttelnd sagte sie: „Du hast also Angst, dass ich herausfinden könnte, was in jener Nacht wirklich passiert ist, und dir die Schau stehle?"

„Das ist nicht ..."

„Natürlich ist es das, Moore! Ich habe alles über dich gelesen. Ich weiß, dass dir dein Ruf piepegal ist, und auch, was aus den Leuten geworden ist, die zurückgeblieben sind, nachdem du den Daumen auf dem Highway ausgestreckt hast, um aus der Stadt zu verschwinden. Aber wenn du meinst, du kannst hierher zurückkommen, die Wahrheit aufdecken und mir die Story ruinieren, hast du dich geschnitten." Sie stand vom Sofa auf und ging auf ihn zu, das Kinn stolz gereckt. Wütend funkelnd begegnete sie seinem Blick. „Ich bin nicht mehr das kleine verängstigte Mädchen, das du zurückgelassen hast, Jackson."

„Ganz erwachsen und die knallharte Journalistin?", sagte er gedehnt, um sie zu provozieren.

„Ganz genau."

Er seufzte. „Was ist mit dir passiert, Rachelle?", fragte er, und während er sie anstarrte, schien seine Maske ein Stück zu verrutschen.

Sie *wollte* ihn nicht von einer anderen Seite kennenlernen, *wollte* nicht wissen, dass unter seiner abgebrühten New Yorker Art immer noch das Herz schlug, das einst ihres berührt hatte. Und sie wollte ihn ganz gewiss nicht merken lassen, dass er auch nur die geringste Wirkung auf sie hatte. Sie war über ihn hinweg. Das war sie wirklich! Aber warum beschleunigte sich dann ihr Puls, wenn sie ihn ansah?

Innerlich bebend ging sie zur Tür und öffnete sie stumm. Als sie ihre Stimme endlich wiederfand, war sie kaum mehr als ein Flüstern. „Du, Jackson. Du bist mit mir passiert. Und deswegen kannst du froh sein, dass ich dir nur die Tür aufhalte, statt die Polizei zu rufen und eine einstweilige Verfügung zu erwirken."

Seine Augen funkelten. „Soll das heißen, die Hochzeit ist abgeblasen?", zog er sie auf. Das war grausam. Rachelles Herz bekam einen kleinen Sprung.

„Das bedeutet, ich will dich nie mehr wiedersehen, Jackson."

Er durchquerte das Zimmer, blieb aber in der Tür noch einmal stehen und starrte zu ihr hinab. „Ich fürchte, das ist unmöglich."

„Das glaube ich kaum. Du gehst einfach hier aus der Tür und fliegst mit dem nächsten Flieger zurück an die Ostküste. Hier ging es allen gut, ehe du aufgetaucht bist. Wir werden es alle schaffen, auch ohne dich weiterzuleben."

„Werdet ihr?", fragte er, die dunkle Augenbraue skeptisch hochgezogen.

„Verschwinde, Jackson! Sonst rufe ich die Polizei."

„Und ich habe die ganze Zeit gedacht, du würdest dringend ein Interview mit mir wollen."

Die Unverfrorenheit dieses Mannes war wirklich nicht zu fassen. Aber leider hatte er nicht unrecht. „Glaub es oder nicht – ich bin kein Jackson-Moore-Groupie!", entgegnete sie, auch wenn sie wusste, dass es eine nicht eben kleine Lüge war. Sie hatte Marcy das Interview mit Gold Creeks berüchtigtstem Sohn so gut wie versprochen.

„Früher warst du es", sagte er, und seine Stimme klang dabei sanfter, glatt wie Seide.

Ihr Hals wurde ganz trocken. Sie erinnerte sich lebhaft daran, wie sie ihre Unschuld an diesen Mann verloren hatte. Über die Jahre hatte sie versucht, ihm diesen Verlust zum Vorwurf zu machen, aber das konnte sie nicht; sie hatte sich ihm vollkommen freiwillig hingegeben. Schlimmer noch: Unter Umständen würde sie es noch einmal genauso tun.

„Das war vor langer Zeit, Jackson. Ich war jung und naiv und habe an Märchen geglaubt. Ich habe dir vertraut, dir beigestanden und deine Unschuld beteuert. Aber jetzt bin ich erwachsen, und ich werde dir nie wieder etwas glauben." Sie zwang sich zu einem eiskalten Lächeln, von dem sie hoffte, dass es den anmaßenden Panzer durchdringen würde, den er vor sich hertrug. „Selbst Dummköpfe werden irgendwann erwachsen."

Seine Augen loderten auf. „Ich bin unschuldig."

Sie atmete langsam aus und umklammerte das harte Holz der Tür. „Unschuldig?" Sie schüttelte mit dem Kopf. „Ich glaube dir, dass du Roy Fitzpatrick vor zwölf Jahren nicht umgebracht hast, ich glaube dir auch, dass du überzeugt bist, hier zu sein, um deinen Namen reinzuwaschen. Aber wir wissen beide, Jackson, dass du alles andere als unschuldig bist."

7. KAPITEL

Jackson stand immer noch auf der Türschwelle, als das Telefon klingelte.

„Da muss ich rangehen“, sagte sie, aber er rührte sich nicht. Schön. Sollte er doch warten. Sie ließ ihn an der Tür stehen und ging beim vierten Klingeln an den Apparat.

„Rachelle?“ Davids Stimme klang warm und vertraut. Sie hörte, wie er erleichtert aufatmete, und spürte einen Teil von sich schmelzen. David war beständig. Auf ihn konnte sie sich verlassen. Er würde sie nie so behandeln, wie Jackson es getan hatte.

„Hi.“ Sie warf einen heimlichen Blick auf Jackson – immer noch so sinnlich düster. Aber von seinem guten Aussehen und seiner erotischen Ausstrahlung ließ sie sich nicht mehr einwickeln. *Nie mehr!*

„Du hast nicht angerufen“, rügte David sie sanft. Seine Stimme klang beunruhigt. „Es wird langsam spät, und ich habe angefangen, mir Sorgen zu machen.“

„Tut mir leid“, erwiderte sie automatisch. „Der Akku war leer, und ich habe den Strom im Haus erst um vier angestellt.“ Sie versuchte sich auf das Gespräch zu konzentrieren, warf aber immer wieder einen Blick auf Jackson, dem es überhaupt nichts auszumachen schien, dass er sie belauschte. Er bemühte sich nicht einmal, so auszusehen, als wäre er an etwas anderem als an ihr interessiert.

„Dann geht es dir also gut?“

„Ja. Ja, mir geht es gut.“

„Aber du vermisst mich doch?“ Sie vernahm diesen leisen nörgeligen Unterton in seiner Stimme, der jedes Mal durchklang, wenn er sich unsicher fühlte.

„Natürlich“, antwortete sie. „Natürlich vermisse ich dich.“

„Gut. Gut. Hör zu, den Rest des Wochenendes muss ich arbeiten, aber Ende nächster Woche könnte ich ein paar Tage freinehmen und dich besuchen kommen. Nur du und ich in der Wildnis? Wie wäre das?“, sagte er mit einem eindeutigen Unterton, und Rachelle musste sich auf die Zunge beißen, um ihn nicht anzufahren. Er hatte ja keine Ahnung, dass ihre Hälfte des Gesprächs genau unter die Lupe genommen wurde.

„Ich … äh … glaube, das wäre keine so gute Idee.“ Sie spürte, wie ihre Wangen heiß wurden. Jackson den Rücken zugekehrt, versuchte sie wenigstens, so zu tun, als wäre er nicht wenige Schritte von ihr entfernt. Und sie versuchte auch, ihrem wild klopfenden Herzen keine Beachtung zu schenken.

„Warum nicht?“, fragte David mit seinem verführerischsten Tonfall. „Wir könnten viel Spaß zusammen haben.“

„Das weiß ich doch, aber das hier ist mir sehr ernst. Ich arbeite.“

Er seufzte wieder, lange und laut. Nicht mehr ganz so freundlich.

„Es ist nur eine Kolumne, Rachelle. Ich dachte, wir wären uns einig, dass du schreibst, was auch immer du schreiben musst, und dann hierher zurückkommst. Pronto.“

„Falls es so funktioniert.“

„Versuch es jedenfalls, ja? Ich vermisse dich jetzt schon.“

„Ich dich auch“, antwortete sie, ehe sie sich verabschiedete und auflegte. Am liebsten hätte sie sich gegen die Wand fallen lassen. Ihre letzten Gespräche mit David schienen ihr alle Kraft auszusaugen. Er war eigentlich kein Kontrollfreak, aber er versuchte, sie zu manipulieren, und das störte sie. Sie sprach sich lieber von Angesicht zu Angesicht aus. *Ein ehrlicher Streit mit jemandem wie Jackson ist mir lieber.*

Sie stutzte. Das hatte sie natürlich nicht so gemeint; sie *konnte* es gar nicht so gemeint haben.

„Ärger im Paradies?“, fragte Jackson mit nur einer Spur Sarkasmus.

„Kein Ärger. Und ganz bestimmt kein Paradies.“

Er sah auf ihr Telefon. „Dein Mann?“

„Ich fürchte, nein“, entgegnete sie gelassen.

„Freund?“

„Ich finde nicht, dass dich das etwas angeht.“

Java kam aus dem Schlafzimmer geschlendert. Der schwarze Kater warf einen Blick auf Jackson, buckelte und machte den Flur hinab kehrt.

„Freundliches Tier", bemerkte Jackson.

„Du hast mir bereits gesagt, ich soll mich aus dem Fitzpatrick-Mord raushalten, und ich habe dir gesagt, dass ich meinen Job so erledigen werde, wie ich es für richtig halte. Was willst du also noch von mir, Jackson?", fragte Rachelle schließlich. „Ich dachte, ich hätte deutlich gemacht, dass du hier nicht willkommen bist."

Er sah ihr einen Moment zu lang in die Augen, bis die Erinnerungen ihr die Kehle zuschnürten. „Was ich will …" Er lächelte schief und rieb sich den Nacken. Seine Haare, die noch immer ein Stück zu lang waren, strichen ihm dabei über die Finger. „Das ist nicht so einfach."

„Nicht, *was* du willst", korrigierte sie ihn. „Was du *von mir* willst. Das ist ein großer Unterschied."

Er ging zur Küche und setzte sich auf einen der Barhocker. Von hier aus sah er dabei zu, wie sie zum dritten Mal die Küchenanrichte abwischte. Er beugte sich vor, stützte sich mit den Ellenbogen auf den Kacheln ab und verschränkte die Hände. „Was willst du eigentlich mit alledem erreichen?"

Vielleicht war es Zeit für Ehrlichkeit. „Ich musste hierher zurückkommen, mich mit meinen Gefühlen aus der Vergangenheit auseinandersetzen und die Stadt noch einmal unter die Lupe nehmen, um mich meiner Zukunft stellen zu können."

„Mit dem Typen vom Telefon?"

Sie sah ihm fest in die Augen. „Ja."

„Und der wird dir alles geben, was du willst?", fragte Jackson, und als sie zögerte, sagte er noch: „Weißt du, ich bin überrascht. Ich dachte, du wärest längst verheiratet und hättest ein paar Kinder."

Sie zuckte innerlich zusammen, als er Kinder erwähnte. Solange sie denken konnte, hatte sie sich ein Baby gewünscht, ein Kind, das sie großziehen konnte. Vor zwölf Jahren hatte sie sich eine kurze Zeit lang ausgemalt, wie es wäre, schwanger zu sein und Jacksons Kind zu bekommen. In Anbetracht der Umstände konnte sie froh sein, dass es so weit nicht gekommen war.

„Ich kann es dir ebenso gut sagen“, lenkte sie ab, während sie das Geschirrtuch über den Griff der Ofentür hängte. „Montagmorgen habe ich ein Interview mit Thomas Fitzpatrick.“

Jacksons Miene veränderte sich. Sein Lächeln verblasste, und sein Blick verdüsterte sich. „Warum nicht gleich ganz oben anfangen?“, fragte er sarkastisch.

„Ob es dir gefällt oder nicht, er ist der wichtigste Mann der ganzen Stadt. Seit fünfundzwanzig Jahren gestaltet er die Zukunft von Gold Creek.“

„Wie schön für ihn.“ Er kletterte von seinem Barhocker. „Es überrascht mich, dass er sich mit dir unterhalten will.“

„Mich auch. Aber vermutlich ist ihm klar, dass er mir nicht ewig aus dem Weg gehen kann – oder dass es, wenn er es tut, nicht den besten Eindruck macht. Der Mann hat schließlich angeblich politische Ambitionen.“

Langsam zog Jackson die Augenbrauen hoch. „Du lebst gern gefährlich.“

Sie sah ihn lange und fest an. „Früher einmal“, gab sie zu, „aber das ist lange her.“

Erneut ging sie an die Vordertür und hielt sie auf. „Ich glaube nicht, dass wir uns noch viel zu sagen haben, Jackson“, flüsterte sie, auch wenn ihr die Fragen, die sie sich seit zwölf Jahren stellte, immer noch im Kopf herumschwirrten. *Warum hat er nie angerufen? Warum ist er nie vorbeigekommen, nachdem er aus dem Gefängnis entlassen worden war? Warum hat er mich allein gegen die Stadt kämpfen lassen? Und warum, oh, warum hat er nie mehr die Nacht erwähnt, in der ich mich ihm mit Leib und Seele hingegeben habe?*

Dieses Mal ging er wirklich. Er blieb nur eine Sekunde in der Tür stehen, und einen wahnsinnigen Augenblick lang glaubte Rachelle, er würde sie küssen. Er schaute ihr sanft in die Augen und dann auf die Lippen.

Ihre Lungen versagten ihren Dienst, als er ihr wieder in die Augen sah. „Ich hoffe, du findest, was du suchst", sagte er, als würde er es wirklich ernst meinen. Einen Augenblick lang verspürte sie im Herzen einen dumpfen Schmerz und hatte nicht die Kraft zurückzuweichen, als er ihr Kinn mit dem Finger anhob.

„Ich glaube, du solltest gehen", flüsterte sie. Er berührte stattdessen ihre Unterlippe mit dem Daumen. Sie schmolz dahin, ihr Puls raste in ungeahnte Höhen, aber sie regte sich nicht.

„Wirklich?", fragte er. Sein Blick nannte sie stumm eine Lügnerin.

„Absolut." Sie griff nach seinem Handgelenk und schob sich seine Hand aus dem Gesicht. Unter ihren Fingerspitzen spürte sie schnell und regelmäßig seinen Puls, und sein Duft, männlich und frisch, stieg ihr in die Nase. „Nur, weil wir zurück in der gleichen Stadt sind, heißt das nicht, dass wir uns sehen müssen."

Ein spöttisches Lächeln umspielte seinen Mund. „Nicht?", fragte er ungläubig. „Du meinst, wir können uns voneinander fernhalten?"

„Das ist die letzten zwölf Jahre auch kein Problem gewesen."

„Aber jetzt sind wir wieder in Gold Creek, oder nicht? Ich bezweifle, dass wir hier einander aus dem Weg gehen können."

„Wir können es versuchen." Sie ließ seine Hand los und weigerte sich, auf sein süffisantes Grinsen einzugehen.

„Gold Creek ist eine kleine Stadt. Aber du hast recht, wir können es versuchen." Ohne sich auch nur zu verabschieden, überquerte er die Veranda, griff nach dem Geländer und sprang darüber hinweg in den Vorgarten. Innerhalb von Sekunden war er in der Dunkelheit verschwunden.

Jackson Moore.

Zurück in der Stadt, die ihn ausgestoßen hatte.

Und wie er zurück war!

Und sie brauchte das verdammte Interview mit ihm!

Rachelle schloss die Tür und schob den Riegel vor, während in der Ferne ein Motor aufheulte.

Jackson biss sich den ganzen Weg zum Hotel zurück in den Hintern. Was in Gottes Namen hatte er sich dabei gedacht? Er hatte nicht vorgehabt, Rachelle anzumachen. Im Grunde war er nur bei ihr vorbeigekommen, um sich selbst zu beweisen, dass seine Erinnerung trügerisch war; dass sie heutzutage nicht mehr so schön sein konnte wie in jener längst vergangenen, emotionsgeladenen Nacht.

Seine Schuldgefühle, weil er sie zurückgelassen hatte, quälten ihn immer noch. Er hatte versucht, sie zu verarbeiten, hatte sich wieder und wieder gesagt, dass sie sich geliebt, dass Rachelle ihre Unschuld *der Umstände wegen* verloren hatte. Dass sie verängstigt gewesen waren. Dass sie jung und dumm gewesen waren. Er hatte sich eingeredet, dass er ihre gemeinsame Nacht überbewertet hatte und dass sie heute keinesfalls die gleiche Wirkung auf ihn haben könnte wie damals.

Falsch.

Schon ihr Anblick hatte ihn sprachlos gemacht. In der Highschool war sie hübsch gewesen, jetzt aber war sie schön, nicht auf die klassische Weise, aber schön.

Allerdings berührte ihn Schönheit normalerweise nicht. Er war umgeben von schönen Frauen, Frauen, die sich wegen seines Rufes oder seines Vermögens für ihn interessierten. Normalerweise war ihm das verdammt egal.

Rachelle war anders. Sie sah jetzt fraulicher aus als vor zwölf Jahren; ihr Gesicht hatte alle pubertären Rundungen verloren. Ihre Wangenknochen traten stärker hervor, und ihre Körpersprache verhieß eine Frau, die wusste, was sie wollte, und es sich nahm. Bis sie ans Telefon gegangen war. Die Atmosphäre hatte sich danach verändert; irgendwie war sie ihm unterwürfig vorgekommen und weniger selbstsicher.

Wer auch immer der Typ am anderen Ende der Leitung gewesen war – Jackson mochte ihn nicht. Und deswegen hatte er Rachelle küssen wollen.

Er bog auf den Parkplatz vor seinem Hotel ein und knirschte mit den Zähnen. Lass sie in Ruhe! sagte er sich immer wieder, während er seine Schlüssel einsteckte und die Treppe zu seinem Zimmer im ersten Stock hinaufging. *Sie will dich nicht und sie ist mit diesem Trottel vom Telefon besser dran.*

Als er in seinem Zimmer angekommen war, warf er die Jacke von sich und ging an die Minibar. Er brauchte einen Drink. Rachelle wiederzusehen war ein Schock für ihn gewesen. Seine Reaktion auf sie war ein noch größerer Schock. Und was er in den nächsten paar Wochen vorhatte, machte ihm höllische Angst.

Jackson aus dem Weg zu gehen, gestaltete sich alles andere als einfach, wie Rachelle sehr zu ihrem Leidwesen feststellen musste. Gold Creek war einfach zu klein, um darin zu verschwinden. Sie hatte gesehen, wie er ins *Buckeye* ging und im *Railway Café* frühstückte. Sie hatte ihn sogar am Geldautomaten von einer der zwei Banken in der Stadt getroffen.

Und jetzt rechnete Rachelle schon fast damit, ihm auch bei *Fitzpatrick Logging* zu begegnen, wo sie sich gerade von einer süß lächelnden Sekretärin abwimmeln lassen musste. „Es tut mir leid, aber da muss es sich um einen Irrtum handeln. Mr Fitzpatrick hat für mehrere Tage die Stadt verlassen."

„Aber ich habe einen Termin", entgegnete Rachelle mit fester Stimme. „Meine Redaktion hat ihn schon vor Wochen vereinbart."

Marge Elkins, die Sekretärin, hob die runden Schultern. „Tut mir leid, da muss es eine Verwechslung gegeben haben. Aber wenn Sie stattdessen mit Mr Fitzpatricks Sohn Brian sprechen möchten, könnte ich Sie in den nächsten Tagen dazwischenschieben."

Warum eigentlich nicht? dachte Rachelle. Sie konnte ebenso gut mit jemandem anfangen, den sie kannte und der noch dazu an der Spitze der Wirtschaftsleiter von Gold Creek stand. „Sehr gern."

„Mmm." Marge sah in ihrem Computer nach. „Mittwochmorgen hat er noch etwas frei", sagte sie. „Wie wäre es um elf?"

„Das wäre gut", stimmte Rachelle zu. Ihre Neugier war geweckt. „Dann arbeitet Brian also hier bei seinem Vater?"

„Oh ja, Mr Fitzpatrick, Mr *Brian* Fitzpatrick, ist der Präsident der Firma", erklärte die freundliche Frau, während sie Rachelles Termin in den Computer tippte. „Sein Vater arbeitet nur ein paar Tage in der Woche – mehr in beratender Funktion als alles andere. Er hat mit seinen anderen Geschäften genug zu tun. Oh, hier – unser Jahresbericht." Sie griff in eine Schublade und zog einen Hochglanzordner heraus. Darin fanden sich neben Bildern des Vorstands, der größtenteils aus Angehörigen der Familie Fitzpatrick bestand, auch Diagramme und Tabellen, die die Produktivität von *Fitzpatrick Logging* verzeichneten, sowie eine Liste anderer Unternehmen, die das Imperium der Fitzpatricks umfasste.

Rachelle entfernte sich, den Bericht durchblätternd, vom Empfangstresen. Brian? Verantwortlich für das Unternehmen? Das überraschte sie. In der Schule hatte Brian sich immer mehr für Sport als fürs Lernen interessiert. Sie hatte natürlich von ihrer Mutter gehört, dass Brian mit Laura verheiratet war, aber Rachelle war selbstverständlich nicht zur Hochzeit eingeladen gewesen. Während ihres letzten Schuljahres an der *Tyler High* hatte Laura sich aus Prinzip von Rachelle ferngehalten.

Und das alles nur wegen Jackson, dachte Rachelle verbittert. Trotzdem: Unter den gleichen Umständen würde sie sich jederzeit wieder für ihn stark machen. Er war unschuldig, verdammt noch mal! Und egal, was noch geschah: Sie würde niemals glauben, dass er sich des Mordes schuldig gemacht hatte.

Sie runzelte die Stirn angesichts der Richtung, die ihre Gedanken eingeschlagen hatten, stieß die Tür auf und ging ins Freie. Die Luft war klar, ein paar einzelne Sonnenstrahlen drangen durch die dünne Wolkendecke. Hinter dem flachen Gebäude, in dem die Büros von *Fitzpatrick Logging* untergebracht waren, befand sich ein riesiger Hof, begrenzt durch einen Maschendrahtzaun und bewacht von zwei schwarzen Dobermännern, die in einem Zwinger auf und ab pirschten. Am Zaun hingen Warnschilder. Einige wiesen die Mitarbeiter zum Tragen eines Helmes an und dazu, bei der Arbeit auf Sicherheit zu achten. Andere drohten etwaigen Eindringlingen.

Mit Holzstämmen beladene Laster fuhren auf dem Hof ein und aus. Per Kran wurde die Ladung von den Lastern gewuchtet und zu riesigen Stapeln aufgeschichtet, während andere Laster ihre Ladung vom Platz fuhren, wahrscheinlich zum nahe gelegenen Sägewerk.

Rachelles Stiefel knirschten auf dem Kies des Parkplatzes. Sie war so vertieft in den Bericht, den Marge Elkins ihr gegeben hatte, dass sie Jackson zuerst nicht bemerkte. Er lehnte lässig an der staubigen Motorhaube ihres Wagens.

„Das war ja ein kurzes Treffen", bemerkte er, und sie zuckte erschreckt zusammen.

„Was … Oh!" Sie ließ den Bericht mit seinen Hochglanzseiten fast fallen, auch wenn sie mit seinem Auftauchen schon fast gerechnet hatte. „Was machst du denn hier?"

„Ich warte auf dich."

„Warum?"

„Weil ich fand, dass wir neulich Abend einen schlechten Start hatten und ich vielleicht ein bisschen zu forsch gewesen bin."

„Ein bisschen?", spottete sie, schloss ihre Wagentür auf und vermied es entschieden, den Blick über seinen muskulösen Körper gleiten zu lassen.

„Dann eben sehr. Ich habe mir nur Sorgen gemacht, das ist alles."

„Sorgen? Um mich?" Die Ironie brachte sie fast zum Lachen. „Zu spät, Jackson." Vor vielen Jahren, als sie ihn gebraucht hätte, hatte er sie im Stich gelassen, und sie hatte für sich selbst einstehen müssen, hatte für ihn einstehen müssen, hatte den Spott ertragen müssen, das hämische Grinsen und die Witze auf ihre Kosten. Sie hatten ihr einen neuen Spitznamen verpasst: Miss Sexy. Und die Jungen, die sie bei diesem Namen riefen, ließen ihre hungrigen Blicke über ihren ganzen Körper wandern. Wo war Jackson damals gewesen? Er war per Anhalter Gott weiß wohin gefahren. „Ich brauche deine *Sorge* nicht."

Er zuckte kaum merklich zusammen. „Ich kann nichts dagegen tun."

„Ich kann auf mich selbst aufpassen." Sie öffnete die Wagentür und warf ihre Tasche auf den Beifahrersitz.

Er griff nach ihrem Handgelenk, ehe sie hinters Steuer gleiten konnte. „Warte."

„Ich habe es satt, auf dich zu warten! Das habe ich vor zwölf Jahren lange genug getan." Sie versuchte, ihren Arm loszumachen, aber er ließ nicht locker. Seine Finger waren warm und so verführerisch wie seine Stimme.

„Ich wollte dir nicht wehtun", sagte er. Sie glaubte ihm. Die Ehrlichkeit in seinen goldbraunen Augen konnte nicht vorgetäuscht sein. „Ich habe getan, was ich für richtig hielt. Vielleicht lag ich falsch. Vielleicht hätte ich bleiben sollen. Vielleicht hätte ich dir beistehen sollen. Dich heiraten."

„Wie bitte?", stieß sie entsetzt hervor, doch ein kleiner Teil von ihr wollte weinen, so zärtlich klangen seine Worte. *Sei doch nicht so dumm, Rachelle!*

„Darum geht es doch die ganze Zeit, oder nicht?"

„Ich wollte dich nie heiraten", antwortete sie, getroffen, weil er der Wahrheit so nah gekommen war. Aber ihre Teenager-Fantasien hatten nichts mehr zu tun mit den Gefühlen, die sie jetzt für ihn empfand.

Er ließ ihre Hand los, nahm den Blick aber nicht von ihr. „Dann habe ich mich wohl geirrt. Ich dachte, die ganze aufgestaute Wut in dir hätte etwas mit mir zu tun."

„Ich habe für dich *gelogen*, Jackson. Ich habe einen Meineid für dich geleistet." Sie dachte an die qualvollen Tage, die er im Gefängnis verbracht hatte, an die Polizei, die ihr keine Ruhe gelassen hatte, und wie sie auf ihn gewartet hatte, nach seiner Entlassung, als alle Anklagen gegen ihn fallen gelassen worden waren. Sie war so dumm gewesen.

Jetzt regte er sich nicht mehr. Die Stille in der Luft um sie herum war bedrückend.

Rachelle starrte wütend zu ihm hinauf. „Du bist schließlich gar nicht die ganze Nacht bei mir gewesen. Kurz nach Mitternacht bist du aufgestanden, oder nicht?"

Er leugnete es nicht. Aber in seinen Augen blitzte etwas auf, und er presste die Lippen zu einer wütenden Linie zusammen. „Du glaubst, ich hätte Roy umgebracht?"

„Nein. Wenn ich das täte, hätte ich niemals gelogen. Ich wollte nur, dass du weißt, was ich alles für dich getan habe. Weil ich dir vertraut habe, ob du es glauben kannst oder nicht. Aus tiefster Seele."

„Und deswegen bin ich dir etwas schuldig?"

Am liebsten hätte sie ihn geohrfeigt. Am liebsten hätte sie ihm an den Kopf geworfen, dass er der frustrierendste Mann war, den sie je getroffen hatte. Stattdessen aber stieg sie in ihren Wagen und durchwühlte ihre Tasche nach den Schlüsseln. Ihre Gefühle spielten verrückt. Mit jeder Sekunde, die sie länger mit ihm verbrachte, schien sich ihre hart erarbeitete Unabhängigkeit ein weiteres Stück aufzulösen. Sie atmete langsam und tief ein. Ehrlichkeit. Sie musste ehrlich zu ihm sein. Auch wenn es sie umbrachte. Aber sie musste nicht ihre ganze Seele offenlegen, oder? Nicht vollkommen. „Ich habe mich für dich eingesetzt, Jackson. Als niemand in dieser Stadt deinen Namen in den Mund nehmen konnte, ohne dich verbal ans Kreuz zu nageln, habe ich ihnen allen gesagt, dass du unschuldig bist. Ich habe ausgesagt, dass du Roy nicht umgebracht haben konntest, weil ich bei dir gewesen bin. Die ganze Nacht lang."

Er runzelte die Stirn. „Und dafür machst du mir seitdem Vorwürfe."

„Ja!", rief sie. „Weil du mich verlassen hast. Ich habe meinen guten Ruf verloren, meinen Job, meine Freunde und all meine Selbstachtung. Selbst die Lehrer wussten, dass ich mit dir geschlafen hatte! Dass ich die Nacht mit einem Jungen verbracht habe, den ich kaum kannte, mit einem Jungen, dessen Ruf der schwärzeste der ganzen Stadt war, mit einem Jungen, der mich benutzt und dann verlassen hat, ohne auch nur einmal über die Schulter zu sehen, ohne ein einziges Mal anzurufen. Du warst ein Feigling, Jackson." Tränen brannten in ihren Augen. „Und deswegen kann ich dir nie vergeben."

„Ich habe dich nie benutzt! Du hast mir etwas bedeutet, verdammt noch mal!"

„Davon habe ich nichts gemerkt." Sie schlug die Autotür zu und starrte durch das offene Fenster zu ihm hinauf. Sie konnte nichts dagegen tun, dass sie die Tränen wegblinzeln musste, während sie ihren Schlüssel in die Hand nahm. „Lass mich in Ruhe, Jackson! Und wenn du schon dabei bist, fahr zur Hölle."

Mit einer Drehung des Handgelenks ließ sie den Wagen an. Kies sprühte unter ihren Reifen hoch, als sie das Gas durchtrat und losfuhr.

Jackson sprang zurück und starrte ihr nach. Stumm verfluchte er sich selbst. Fast alles, was sie gesagt hatte, entsprach der Wahrheit, auch wenn sie seine Gründe nicht kannte. Nicht Feigheit hatte ihn aus Gold Creek getrieben. Nein, gegen die tratschenden Bürger der Stadt hätte er sich behaupten können; er hätte ihre Blicke ertragen, ihre Bemerkungen und die unausgesprochenen Anspielungen überhört.

Er war *ihretwegen* gegangen. Jede weitere Begegnung mit ihm hätte sie zerstört. Sicher, sie hatte gelitten. Aber das Leid wäre weitaus größer gewesen, wäre er geblieben, hätte er zu ihr gestanden und sie geheiratet.

Der Gedanke schlug eine schmerzhafte Saite in seiner Brust an. Nicht, dass er noch nie darüber nachgedacht hätte, sie zu heiraten. Auf der Pritsche in seiner Zelle hatte er jede Menge Zeit gehabt, sich Alternativen zu überlegen, um allen zu beweisen, dass sie mit ihrer Meinung über ihn falschlagen. Er hatte sich überlegt, Rachelle zu heiraten, nur um ihren Ruf zu retten und sich selbst zu beweisen, dass er zu einer einzigen anständigen Sache in der Lage war.

Aber was sollte herauskommen bei einer überstürzten Ehe zwischen zwei Kindern, die nichts gemeinsam hatten außer einer gemeinsamen Nacht? Ohne Ausbildung und unter Mordverdacht hätte er ihr so gut wie nichts bieten können. Ihre Romanze – wenn es das überhaupt gewesen war – wäre schnell abgekühlt, wenn er keinen vernünftigen Job in Gold Creek gefunden hätte und sie von ihrer Familie und ihren Freunden hätte wegziehen und ihre Träume vom College und einer Karriere als Journalistin aufgeben müssen.

Rachelle zu heiraten, wäre auf jeden Fall ein Fehler gewesen. Ein großer Fehler. Ein Fehler, den sie beide für den Rest ihres Lebens bereut hätten. Am Ende hätten sie einander gehasst.

Und mag sie dich etwa jetzt?

Es war ihm egal. Er redete sich ein, dass es zu ihrem Besten war, wenn sie ihn hasste, aber er konnte sich selbst nicht dazu bringen, ihr deswegen auch fernzubleiben. Das Feuer in ihren Augen, zu dem er sich vor zwölf Jahren so sehr hingezogen gefühlt hatte, war zu einer leise brennenden Flamme geworden, die ihn nur noch mehr faszinierte. Sie war langbeinig und schlank, ihr Haar reichte ihr immer noch bis zur Taille. Er erinnerte sich daran, wie er sich in jener Nacht in diesen duftenden Strähnen verloren hatte, auf die das Feuer tiefrote Schatten gemalt hatte.

Er war in ihrem Duft und ihrer Wärme ertrunken, hatte allen Sinn für Richtig oder Falsch verloren und ihren biegsamen Körper als lindernden Balsam genossen, den er so dringend brauchte. Er hatte nicht an die Zukunft gedacht, nur an die Gegenwart und an das magisch heiße Begehren, das sie in ihm weckte.

Er hatte sie geliebt. Wieder und wieder. Hatte seine Schmerzen vergessen und auch den Gedanken daran, dass man sie entdecken könnte. Er war wieder und wieder in ihrer Wärme versunken und mit ihrem Fleisch verschmolzen, bis alles, was er fühlen, schmecken und riechen konnte, nur noch Rachelle war.

Nackt im Licht des heruntergebrannten Feuers, ihr weicher Körper neben ihm ausgestreckt, war sie ihm schöner vorgekommen als jede andere Frau, die er kannte. Er sagte sich, dass er sie liebte, dass, egal was geschah, diese Nacht besonders und richtig war, dass etwas so Perfektes nicht falsch sein konnte.

Wie dumm er gewesen war! Was für ein armseliger junger Dummkopf.

Und jetzt bist du ein älterer Dummkopf, dachte er und sah der Staubwolke nach, die hinter ihrem Wagen aufstob. *Denn ob es dir gefällt oder nicht, Moore: Rachelle Tremont mit ihrem scharfen Verstand und ihrer noch schärferen Zunge geht dir immer noch unter die Haut.*

Rachelle schlug das Herz bis zum Hals, als sie *Fitzpatrick Logging* hinter sich ließ. Warum war er hier? Sie wollte ihn weder sehen noch mit ihm zu tun haben. In seiner Nähe zu sein reichte aus, um sie auf kindische Gefühle zu reduzieren, von denen sie gehofft hatte, dass sie ihnen längst entwachsen war. Liebe, Hass, Wut und Frustration. In einer Minute wollte sie ihn ohrfeigen und in der nächsten war sie den Tränen nahe. Was stimmte nicht mit ihr? Jackson Moore war nur ein Mann, du liebe Zeit! Ein Mann, der ihr einmal wehgetan hatte, eine zweite Gelegenheit dazu aber nicht bekommen würde.

Ja, sie musste ihn wiedersehen, um ein Interview mit ihm zu führen. Aber dann, bei Gott, würde sie professionell bleiben!

Die zweispurige Straße verschwamm unter den Rädern des Escort. Erst als der Asphalt unter ihr sich ein Stück neigte, weil sie unter der alten Eisenbahnbrücke hindurchfuhr, kam sie wieder in die Gegenwart zurück. Sie lächelte beim Anblick des skelettartigen Gerüsts, dem es gelungen war, zwei große Erdbeben und sogar ein Feuer zu überstehen, das in den Fünfzigern die Stadt verwüstet hatte. Die rostige Brücke schien ebenso unzerstörbar zu sein wie die Fitzpatricks.

Die nächsten paar Stunden verbrachte sie damit, sich in der Stadt umzusehen. Es gab immer noch das gleiche Modegeschäft in der Seventh Street; die Besitzerin musste mittlerweile um die siebzig sein. Andere Läden hatten mit den Jahren den Besitzer gewechselt oder waren neu dazugekommen.

Sie aß in einem Café zu Mittag, das früher zum alten Kino gehört hatte, und ging dann durch den Park, wo sie stehen blieb und sich die Gedenkstätte ansah, die man Roy Fitzpatrick gewidmet hatte – ausgerechnet einen Pavillon.

Egal was sie tat oder wohin sie ging: Die Erinnerung an die Nacht, in der Roy Fitzpatrick gestorben war, verfolgte sie. Gold Creek hatte sich nach jener Oktobernacht unwiederbringlich verändert. Der Verlauf der Geschichte war verändert worden, und Jackson und sie hatten dabei eine große Rolle gespielt.

Wer hatte Roy umgebracht? Sie hatte sich diese Frage schon tausend Mal gestellt und nie eine Antwort darauf gefunden. Vielleicht gab es keine. Vielleicht lag die Vergangenheit so tief unter Vorurteilen und Gerüchten vergraben, dass man die Fakten der Einfachheit halber vergessen hatte. Es war nie ein anderer Verdächtiger ins Gefängnis gekommen, auch wenn die Gold Creek Police fast alle Personen befragt hatte, die in jener Nacht beim Homecoming-Spiel gewesen waren, sogar einige Bürger, die nicht dort gewesen waren. Alle Jugendlichen, die bei Roy Fitzpatricks Party mitgefeiert hatten, waren vernommen worden. Aber als der Staub sich gelegt hatte, war Jackson als einziger Verdächtiger übrig geblieben.

Roys Mord blieb unaufgeklärt, und ganz Gold Creek war von Jacksons Schuld überzeugt. Es war alles so lange her, und doch schien die Zeit in Gold Creek gleichzeitig stillzustehen.

Rachelle stieg zurück in ihren Wagen und starrte die Grünfläche an. Inzwischen leitete Brian das Holzfällerunternehmen – ein Job, für den eigentlich Roy erzogen worden war. Alles wäre anders in Gold Creek, wenn Roy noch am Leben wäre. Und auch zwischen Jackson und ihr würden die Dinge sicherlich anders liegen. Aber sie wollte nicht an Jackson denken. Heute nicht.

Sie musste arbeiten.

Wieder unter der Eisenbahnbrücke hindurch fuhr sie zurück. Sie hielt vor der *Monroe Sawmill* an, dem Sägewerk der Monroes, wo einige Arbeiter gerade Feierabend machten, während andere die nächste Schicht antraten.

Sie näherte sich einem Mann, den sie nicht kannte und von dem sie hoffte, dass ihr Name ihm nichts sagen würde, wenn sie sich ihm vorstellte. Er zuckte nicht einmal mit der Wimper, als sie ihm erklärte, warum sie nach Gold Creek zurückgekehrt war, und anfing, ihm Fragen über seine Familie, die Stadt und seine Erwartungen ans Leben zu stellen.

„Ich will einfach nur arbeiten und meine Familie ernähren", sagte er, nachdem er sie eine Weile gründlich gemustert und offenbar entschieden hatte, dass sie vertrauenswürdig war.

„Und die Möglichkeit dazu haben Sie hier gefunden?"

„Hatte ich, bis diese verfluchten Naturschützer beschlossen haben, dass der Lebensraum irgendeines Vogels wichtiger ist als die Arbeit ehrlicher Männer. Ich habe eine Frau und zwei Kinder, eine Hypothek und die Ratenzahlung für den Wagen. Dieser verdammte Vogel geht mir doch am Allerwertesten vorbei."

Rachelle machte sich ein paar schnelle Notizen, während der Mann sich weiter in Rage redete. Gold Creek hatte sich während des letzten Jahrzehnts wirklich kaum verändert, auch wenn jetzt mehr über Umweltthemen gesprochen wurde, die die kleine Holzfällerstadt betrafen. Wenn Arbeitsplätze davon abhingen, dass Bäume gefällt und zu Brettern gesägt wurden, waren bedrohte Tierarten den meisten Menschen egal.

„Sicher machen wir uns Gedanken", gab der Mann zu, während er sich das Gesicht mit seinem Arbeitshandschuh abwischte und sich die Sägespäne aus den Haaren und seinem Schnurrbart strich. „Aber wenn ich mich zwischen den verdammten Eulen und meiner Familie entscheiden muss, werde ich mich jedes Mal für meine Familie entscheiden, darauf können Sie wetten! Wird Zeit, dass die Herren Naturschützer aus der großen Stadt einen Blick für das wahre Leben bekommen! Wer ist denn auf der Seite des kleinen Mannes, hm? Wer schützt *meinen* Lebensraum und meinen Job? Ich bin nur ein Arbeiter, das ist alles. Und das können Sie gern in Ihrer Zeitung drucken."

Damit trank er seinen Kaffee aus und ging wieder an die Arbeit. Rachelle sah zu, wie er auf einen Gabelstapler stieg, ein paar Hebel betätigte und damit anfing, Holzstapel zu transportieren.

Sie entdeckte Erik Patton erst, als sie schon wieder auf dem Weg zurück zu ihrem Wagen war. Er stand mit drei anderen Männern zusammen. Sie hatten alle Schutzhelme auf und Arbeitshandschuhe in den hinteren Jeanstaschen stecken. Erik war größer, als sie ihn in Erinnerung hatte, und der Ansatz eines Bierbauches hing über seinen breiten Gürtel. Als er Rachelle entdeckte, verstummte er für eine Sekunde, murmelte seinen Kollegen etwas zu und kam dann zu ihr herüber. Rachelle machte sich auf alles gefasst.

„Hab schon gehört, dass du wieder in der Stadt bist.“ Er blieb nur ein kurzes Stück von ihr entfernt stehen und fischte in seiner Tasche nach einer zerknitterten Packung Zigaretten. „Um wieder Ärger zu machen, was?“

„Eigentlich nicht.“

„Nicht?“ Er sah sie mit zusammengekniffenen Augen durch eine Rauchwolke an, nachdem er sich eine Zigarette angesteckt hatte. „Moore ist auch wieder da. Komischer Zufall.“

„Finde ich auch“, entgegnete sie und beschloss, dass Erik ein interessanter Interviewpartner sein könnte. Er lebte schon seit seiner Geburt in der Stadt. Seiner College-Karriere war entweder etwas dazwischengekommen oder er hatte seine Liebe zum Sägewerk entdeckt. „Kann ich dir ein paar Fragen stellen? Ich schreibe eine Kolumne für den *Herald* und …“

Er winkte ab und zog sich den Helm vom Kopf. Sein Haar, durchzogen von den ersten grauen Strähnen, war von seinem Helm ganz zerdrückt. „Weiß ich schon. Warum willst du mit mir reden?“

„Weil du die ganze Zeit hier gelebt hast. Du hast die Veränderungen der Stadt miterlebt …“

Er schnaufte. „Welche Veränderungen? Die Stadt ist noch genauso tot, wie sie es vor zwölf Jahren war.“ Er zog lange an seiner Zigarette und ließ seinen Blick über das Sägewerk schweifen, wo Männer in Schuppen ein und aus gingen und Holzstämme mit schwerem Gerät bewegt wurden.

„Warum bist du nicht auch weggegangen?"

Er warf ihr einen düsteren Blick zu – den gleichen grüblerischen Blick, an den sie sich aus der Nacht erinnerte, in der er sie in seinem Pick-up zum Sommerhaus der Fitzpatricks gefahren hatte. „Manche Leute haben hier ihre Wurzeln."

„Aber du wolltest doch aufs College?", drängte sie weiter.

„Die *Sonoma State* und ich sind getrennte Wege gegangen." Die Zigarette hing ihm im Mundwinkel, der Rauch kräuselte sich in der klaren Luft. Er wirkte fast ein wenig enttäuscht. „Ich weiß nicht, was das bringen soll, Rachelle", sagte er schließlich aufrichtiger, als sie ihm zugetraut hatte. „Moore hätte wegbleiben und die Dinge so belassen sollen, wie sie sind. Und du ..." Er deutete auf ihr Diktiergerät. „Du bist in der großen Stadt besser dran. In Gold Creek wird man diese Nacht damals nie vergessen, weißt du. Und dass du und Jackson zurückkommt, wühlt die ganze Sache nur wieder auf. Ihr werdet hier nicht viele Freunde haben."

„Das wäre nicht das erste Mal."

Er nahm einen letzten Zug von seiner Zigarette, und noch während ihm der Rauch aus den Nasenlöchern quoll, warf er den Stummel auf den Boden und setzte sich seinen Helm wieder auf. „Du bist früher ein kluges Mädchen gewesen. Tu dir selbst den Gefallen und geh dorthin zurück, wo du hergekommen bist. Und sag Moore, er soll das Gleiche tun. Glaub mir – hier gibt es für euch beide nichts zu holen außer Ärger."

8. KAPITEL

Gerade als Rachelle die Tür zu ihrem Bungalow aufschloss, fing ihr Telefon an zu klingeln. Sie ließ ihre Handtasche und die Einkäufe auf die Küchenanrichte fallen und ging ran, ehe die Mailbox sich einschalten konnte.

„Ich wollte dich gerade aufgeben!", rügte ihre Mutter sie sanft.

Rachelle verdrehte die Augen zur Decke. Sie war erst seit zehn Sekunden am Telefon, und schon redete ihre Mutter ihr Schuldgefühle ein. „Ich hatte zu tun." Die Ausrede klang lahm.

„Zu viel, um mit mir zu Abend zu essen?"

„Auf keinen Fall", antwortete Rachelle, während sie die Milch in den Kühlschrank stellte. „Ich wollte eigentlich dich einladen."

„Unsinn. Es steht schon was im Ofen." Sie unterhielten sich noch einige Minuten, und obwohl keine der beiden Frauen Jacksons Namen erwähnte, machte Rachelle sich auf ein Verhör gefasst. Ellen Tremont Little hatte schließlich noch nie einen Hehl daraus gemacht, dass sie Jackson für die Wurzel von Rachelles sämtlichen Problemen hielt.

Innerhalb von einer halben Stunde hatte Rachelle sich umgezogen und war die zwei Meilen zum kleinen Haus ihrer Mutter gefahren. Sie hatte eine Flasche Wein unter dem Arm, als sie auf die Klingel drückte.

Die Tür öffnete sich, und Ellen winkte sie herein. Ihre Mutter wirkte kleiner, zerbrechlicher als bei ihrem letzten Besuch in San Francisco. Ihre Augen waren gerötet und ihre dauergewellten Haare zerzaust, als sie ihre Tochter umarmte. „Gott sei Dank bist du hier!", flüsterte sie und klammerte sich an Rachelle. Sie duftete nach Zigaretten und Parfum.

„Mom, was ist los?", fragte Rachelle, aber tief im Herzen wusste sie es. Die zweite Ehe ihrer Mutter stand seit Jahren auf wackeligen Füßen.

„Harold ist ausgezogen", antwortete Ellen und tupfte sich mit den Fingerspitzen die Augen ab. Rachelle warf einen Blick ins Wohnzimmer. Ihr Stiefvater mit seiner Pfeife im Mundwinkel und der Lesebrille weit vorn auf seiner winzigen Nase saß nicht mehr darin. Er war ein kleiner, runder Mann mit schrecklichen Launen und einer schneidend scharfen Zunge. Von dem Tag an, als er Ellen geheiratet hatte, war er mit nichts zufrieden gewesen, was sie oder ihre Töchter je getan hatten.

„Geht es dir gut?“, fragte Rachelle und hielt ihre Mutter auf Armeslänge von sich entfernt.

„Ich glaube schon.“ Ellen lächelte sie matt an. „Als dein Vater mich für *diese Frau* verlassen hat, dachte ich, ich müsste sterben. Ich konnte mir nicht vorstellen, nicht verheiratet zu sein.“ Sie rang die Hände, während sie Rachelle einen altersschwachen Küchenstuhl zuwies, an den sie sich noch aus ihrer Kindheit erinnerte. „Es ging nicht nur ums Geld, weißt du. Auch um die Gesellschaft. Um das Alleinsein. Als dein Vater mich verlassen hat, hat er unser Leben mitgenommen.“ Sie seufzte tief. „Und es war schwer, das Offensichtliche zu akzeptieren – ich war verlassen worden. Für eine jüngere Frau.“ Sie schüttelte den Kopf und zog die Mundwinkel herunter. „Du kannst dir nicht vorstellen, wie das für mich war! In der Stadt haben alle hinter meinem Rücken getuschelt ... Na gut, du verstehst es vielleicht doch.“ In ihren Augen standen Tränen, als sie Rachelles Blick begegnete.

Besser, als du dir vorstellen kannst, dachte Rachelle, hielt aber den Mund.

„Jedenfalls war ich vollkommen aufgeschmissen.“ Ellen hob verzweifelt die Hände. „Alle meine Freunde waren verheiratet. Mein soziales Leben – so wenig es davon auch gegeben hatte – war dahin. Ich fühlte mich hintergangen, einsam, elend, und dann ... Na ja, du kennst die Geschichte. Ich habe Harold kennengelernt. Ich wusste, dass er nicht perfekt ist, aber er war ein Ausweg aus den finanziellen Schwierigkeiten und der Einsamkeit ... Oh Gott, Rachelle“, flüsterte sie und kämpfte hart gegen ihre Tränen. „Ich werde wieder allein sein.“ Sie vergrub das Gesicht in den Händen, und Rachelle umarmte sie fest.

„Das ist immer noch besser, als mit Harold zusammenzubleiben“, sagte sie. Gleichzeitig meldete sich ihr schlechtes Gewissen. Denn obwohl er ein geiziger und selbstgerechter Mensch war, hatte Harold ihr, als sie in Schwierigkeiten steckte, genug Geld geliehen, um den Abschluss an der *University of California* in Berkeley zu machen. Natürlich hatte sie ihm alles mit Zinsen zurückgezahlt, aber sie hatte dennoch nicht vergessen, dass er ihr geholfen hatte, als sie in Not war.

„Ich weiß ja, dass ich ohne ihn besser dran bin, aber es ist so schwer! Und so verdammt einsam.“ Ellen schniefte und rieb sich die Unterarme, als wäre ihr auf einmal kalt.

„Du bist dir sicher, dass es aus ist?“

Ellen winkte bei der Frage ab und verzog das Gesicht. „Er, äh …“ Sie sah aus, als wolle sie ihrer Tochter etwas anvertrauen, entschied sich dann aber doch dagegen. „Wir haben uns geeinigt. Jetzt müssen unsere Anwälte nur noch die Details klären. Es ist nur … ich weiß nicht, was ich tun soll“, sagte sie mit erstickter Stimme.

Rachelle tat ihre Mutter furchtbar leid. „Du könntest in die Stadt kommen und bei mir wohnen.“

Eine Sekunde lang entglitten Ellen die Gesichtszüge, doch dann fing sie an zu lächeln. „Bei dir wohnen?“, wiederholte sie, und sie lachte oder weinte oder beides gleichzeitig. Tränen liefen ihr übers Gesicht. „Dann wären wir beide kreuzunglücklich.“

„Nur, bis du dich wieder aufgerappelt hast.“

„Ich könnte in San Francisco nicht einmal Auto fahren. Nein, Schatz, ich bin ein Mädchen aus der Kleinstadt. Hier bin ich geboren und aufgewachsen, und wahrscheinlich werde ich hier eines Tages auch sterben. Wohl früher als ich sollte, wenn ich die hier nicht aufgebe“, gab sie zu und griff nach einer Schachtel Zigaretten. Ihre Finger zitterten, als sie die neue Zellophanverpackung öffnete. „Ich weiß nicht, wie oft ich schon versucht habe, aufzuhören“, seufzte sie, betrachtete die Glut ihrer Zigarette und grinste schief. „Ich werde mir einen Job suchen müssen. Ist das nicht komisch? Mit achtundvierzig. Ich habe noch nie im Leben gearbeitet. Was kann ich schon tun?“

„Du findest schon was.“

„Ich hoffe es.“ Ellen nahm einen langen Zug von ihrer Zigarette und legte sie dann auf einem Aschenbecher neben der Spüle ab. Ohne ein weiteres Wort nahm sie das Essen aus dem Ofen und stellte es auf den Tisch, und Rachelle half dabei, die Servietten, das Besteck und die Teller auf die Tischsets zu legen. Ellen drückte ihre Zigarette aus, ehe sie sich hinsetzten. Dann faltete sie die Hände und schickte ein stummes Gebet in den Himmel, ein Ritual, das so lange in ihrer Familie bestand, wie Rachelle sich zurückerinnern konnte.

„Egal, was passiert, wir müssen dem Herrn danken“, sagte Ellen. Eine Erklärung, die Rachelle und Heather hundert Mal hören durften, nachdem ihr Vater sie verlassen hatte.

Die Mahlzeit – es gab Schweinekoteletts, Bratensoße und Kürbis – war köstlich. Rachelle war so satt, dass sie sich kaum bewegen konnte, aber als sie das Dessert ablehnte, wollte ihre Mutter nichts davon hören. Es gab ihre Spezialität: Kuchen aus Mürbeteig, gefüllt mit Rhabarber und Erdbeeren, und obendrauf eine Sahnehaube.

Rachelle schaffte drei Bissen, ehe sie aufgeben musste. „Ich kann nicht mehr, Mom“, presste sie stöhnend hervor. „Ehrlich! Es ist so lecker, das Beste! Aber ich schwöre, ich platze gleich.“

Ellen lachte. Sie wirkte fast fröhlich, als sie die Schlagsahne von ihrer Gabel abschleckte. „Ich koche nun mal gern für andere“, sagte sie dann wieder traurig, als sie den Rest des Kuchens in Frischhaltefolie verpackte. „Ich habe euren Vater gern bekocht, sogar Harold. Für wen soll ich jetzt kochen?“

„Für dich selbst.“

Ihre Mutter warf ihr einen fassungslosen Blick zu. „Für eine Person zu kochen ist schlimmer als für zwölf, das solltest du eigentlich wissen.“

Rachelle ignorierte den kleinen Seitenhieb auf ihren Beziehungsstatus. Ihre Mutter schob sie seit Jahren in Richtung Altar und verstand nicht, warum sie den Sprung noch nicht gewagt hatte, obwohl sie selbst bald zum zweiten Mal geschieden wurde.

Ellen griff nach ihrer Zigarettenpackung und einem Feuerzeug. „Heather sagt, du denkst ans Heiraten."

Am liebsten hätte Rachelle ihre Schwester in diesem Augenblick erwürgt.

„David, nehme ich an", fügte Ellen hinzu.

„Er meint, es wäre an der Zeit", wich Rachelle aus.

„Und du?"

„Ich weiß nicht, ob ich schon bereit dazu bin."

„Du wirst bald dreißig. David ist ein netter Mann, hat einen guten Job und scheint dich zu lieben."

Gegen so direkte Logik hatte sie nichts vorzubringen. Aber ihre Mutter war noch nicht fertig. Während die Zigarette unbeachtet im Aschenbecher verglühte, fing Ellen an, den Tisch abzuräumen. „Weißt du, ich lese jede Woche deine Kolumne", sagte sie schlicht, und plötzlich lag ein Anflug von Neid in ihrer Stimme. „Du bist die erste Frau in dieser Familie, die das College abgeschlossen hat, und für mich war das immer ein Grund, stolz zu sein. Ich dachte, dass …" Sie lehnte sich gegen die Spüle. „Ich dachte, du hast von uns allen den stärksten Überlebensinstinkt. Dass du schon den richtigen Mann finden wirst. Auch nach dieser Sache mit Jackson Moore."

„Mom …"

Ellen hob eine Hand, um ihre Tochter zum Schweigen zu bringen. „Aber ich habe gehört, Jackson ist auch wieder in der Stadt."

„Ja."

„Hast du ihn schon getroffen?"

Rachelle erstarrte. „Ein paar Mal."

„Oh, Kleines!" Die Worte waren ein Seufzen, und wieder standen ihrer Mutter Tränen in den müden Augen. „Die Frauen in dieser Familie haben keine besonders erfolgreiche Bilanz in Beziehungsfragen vorzuweisen. Ich war zweimal verheiratet und es hat mir kein Glück gebracht. Und Heather … Na ja, sie ist der beste Beweis dafür, dass Geld nicht alles ist. Ihr Mann besitzt ein Vermögen, und es hat trotzdem nicht geklappt." Auf ihrem Gesicht zeigten sich angespannte Falten. „Aber ich dachte immer, bei dir ist es anders. Dass du deinen Mr Right findest."

„Und du denkst, David könnte Mr Right sein", schlussfolgerte Rachelle.

„Ich weiß nur, dass Jackson Moore es nicht ist. Und ich halte es für mehr als Zufall, Rachelle, dass er zur gleichen Zeit wie du wieder in der Stadt ist."

„Und?" Rachelle griff sich einen Apfel aus dem Korb und fing an, ihn in die Luft zu werfen und wieder zu fangen, um ihrer Mutter nicht in die Augen sehen zu müssen.

„Und ich will dich nur an all den Schmerz erinnern, den dieser Mann dir und dieser Familie zugefügt hat. Ich habe Fehler gemacht, das weiß ich, aber ich hoffe, du wirst nicht in meine Fußstapfen treten."

„Indem ich mich wieder mit Jackson einlasse", riet Rachelle und spürte, wie sich hinter ihren Augen Kopfschmerzen anbahnten. Sie legte den Apfel zurück in den Korb.

„Er taugt nichts, Rachelle." Ellen stellte das Wasser ab und trocknete sich die Hände an einem Geschirrtuch, ehe sie noch einmal an ihrer Zigarette zog. „Wir wissen alle, dass Jackson nichts Gutes bedeutet, Rachelle. Sogar du. Du kannst doch unmöglich vergessen haben, wie du dich gefühlt hast, als er aus der Stadt verschwunden ist und dich mit allem hat sitzen lassen. Du warst diejenige, die mit erhobenem Haupt durch die Straßen gehen musste, während alle hinter deinem Rücken geredet haben." Sie streichelte Rachelle über die Haare und lächelte traurig. „Sei nur nicht so dumm und lass dich wieder mit ihm ein, Kleines. Ich weiß nicht, ob du den Schmerz noch ein zweites Mal ertragen kannst."

Der Ratschlag ihrer Mutter verfolgte sie noch die ganze Nacht und bis in den nächsten Tag. Rachelle hatte das untrügliche Gefühl, dass sie nur die Zeit absaß. Bis jetzt war dieser Mittwochmorgen vergeudet gewesen. Sie hatte einige Zeit in der Bibliothek recherchiert und war dann zu *Fitzpatrick Logging* gefahren, um Brian Fitzpatrick zu interviewen.

Er war nicht gerade freundlich gewesen. Er rang sich ein schmales Lächeln ab und bestellte für sie beide Kaffee. Er wirkte unruhig. Ob auch er sich an die Nacht erinnerte, in der sie das letzte Mal miteinander gesprochen hatten, jene Nacht, in der Roy sie angegriffen hatte, jene Nacht, in der Roy gestorben war?

Brian war ein stämmiger Mann. Seine Footballer-Statur wurde langsam schlaff um die Mitte, und sein Haar war glatt und braun und fing an, ihm auszugehen.

Sein Büro war nicht so protzig, wie sie erwartet hatte. Der Schreibtisch aus Eichenholz war schlicht, die Stühle stabil, und die Holztäfelung hatte schon bessere Zeiten erlebt. An der Wand hinter seinem Schreibtisch hing ein Familienporträt von Brian, Laura und ihrem Sohn. Irgendetwas daran störte Rachelle. Laura. Sie legte ihrem Sohn die Hände auf die Schultern, während Brian den Arm um ihre Taille schlang. In einem burgunderfarbenen Kleid mit Perlenkette, die blonden Locken auf dem Kopf aufgetürmt, sah sie auf elegante Weise schön aus, aber obwohl sie lächelte, schien sie nicht glücklich zu sein, als hätte der Maler vergessen, ein gewisses Funkeln zu malen. Die Frau auf dem Bild war nicht die prickelnde, flirtende Persönlichkeit, an die Rachelle sich erinnerte.

Sie betrachtete den Teppich, der an einigen Stellen abgetreten war, und die Messinglampen, an denen sie angelaufene Flecke entdeckte. Das Büro war nicht im prahlerischen Stil der Fitzpatricks eingerichtet. Brian war allerdings auch nie so ein Angeber gewesen wie sein älterer Bruder oder gar sein Vater. Angeblich ging es *Fitzpatrick Logging* finanziell nicht gut, zumindest besagten das Gerüchte, die sie in der Stadt aufgeschnappt hatte. Andererseits hatten die Fitzpatricks schon immer Aufmerksamkeit, Klatsch und Tratsch auf sich gezogen, und das schon, seit sie sich in Gold Creek niedergelassen hatten.

„Ich hätte nicht gedacht, dass du jemals zurückkommst", begann Brian, nachdem sie sich anstandshalber die Hand gegeben hatten und Rachelle anfing, das Gespräch mitzuschneiden. Auch wenn er sich um Höflichkeit bemühte – für ein echtes Lächeln reichte es nicht.

„Ich fand, es wäre an der Zeit für einen Besuch."

„Warum?"

„Ich sollte eigentlich die Fragen stellen", entgegnete sie lächelnd.

Aber er ignorierte ihren Versuch, das Gespräch in eine andere Richtung zu lenken. Mit zusammengekniffenen Augen zerrte er an seiner Krawatte. „Ich dachte, du wärst klüger, Rachelle. Hier gibt es nichts für dich zu holen. Eine Kolumne über Gold Creek kann wohl kaum besonders interessant ausfallen."

„Das werden wir sehen", antwortete sie und packte ihren Notizblock aus.

„Du weißt, dass meine Familie nicht besonders viel von dir hält", sagte er langsam. „Ich habe diesem Interview zugestimmt, weil ich fand, dass ein bisschen Publicity der Firma nicht schaden kann. Aber niemand hat vergessen, dass du dich für dieses verlogene Schwein starkgemacht hast, das meinen Bruder umgebracht hat." Er sagte die Worte mit so tödlicher Ruhe, dass sie davon überzeugt war, er habe sie hundert Mal geprobt.

„Jackson hat niemanden umgebracht."

„Natürlich hat er das. Es gab nur nicht genug Beweise, um ihn hinter Gitter zu bringen. Jeder in Gold Creek weiß es, und du weißt es auch. Und wie ich gehört habe, ist er zurückgekommen. Wahrscheinlich, um wieder Ärger zu machen."

„Warum sollte er das tun?"

Brian zuckte mit den Schultern. „Wer weiß? Versteht irgendwer, warum dieser Typ tut, was er tut? Sieh dir doch seine Fälle an! Er verteidigt immer irgendwelche Verlierer, die ihre Liebhaber erschossen oder ihren Boss bestohlen oder millionenschwere Schecks gefälscht haben. Ich habe keine Ahnung, warum Moore die Dinge tut, die er tut." Er nahm einen Briefbeschwerer in die Hand – einen Golfball aus Kristall – und polierte die glasklare Oberfläche wieder und wieder mit einem Zipfel seines Ärmels. „Was genau willst du eigentlich von mir, Rachelle?"

„Die Fitzpatricks sind ein wesentlicher Bestandteil der Stadtgeschichte und Hauptarbeitgeber von Gold Creek. Was *Fitzpatrick Logging* tut, hat auf die meisten Bewohner der Stadt einen Einfluss."

Etwas beschwichtigt lehnte er sich in seinen Stuhl zurück.

„Erzähl mir doch einfach, was sich hier in den letzten elf Jahren geändert hat, Brian. Du hast es miterlebt. Du hast nie woanders als in Gold Creek gewohnt, nicht einmal, als du aufs College gegangen bist. Und du hast jetzt das Sagen, oder nicht? Du wurdest zum Präsidenten von *Fitzpatrick Logging* befördert, kaum dass du den Abschluss in der Tasche hattest." Die Aussage schien ihm zu schmeicheln, und er entspannte sich ein wenig.

„Was hat sich hier verändert", wiederholte er nachdenklich. „Nicht gerade viel. Ich bin jetzt der Boss, aber alles andere ist ungefähr gleich geblieben."

„Aber die Fitzpatricks haben expandiert."

„Ich nicht. Mein Dad schon ein wenig."

„Ein wenig? Der Name Fitzpatrick steht auf fast jedem Gebäude in der Stadt."

„So ist Dad eben." Brian zuckte mit den Schultern. Dann erzählte er ihr von den Veränderungen in der Forstwirtschaft, die mit dem Naturschutz zusammenhingen – vom Kahlschlag, Wasserrecht und dem Lebensraum bedrohter Tierarten. Er erklärte ihr den Wert von „altem" Holzbestand und Aufforstung, informierte sie ausführlich über Importprobleme und Quoten. Während der gut einstudierten Antworten hielt er Rachelle auf Abstand, drückte sich knapp und auf den Punkt aus. Er fühlte sich offensichtlich nicht wohl, was nicht am Thema lag, sondern an der Frau, die ihn interviewte.

„Ich möchte immer noch mit deinem Vater reden", sagte sie, als ihr die Fragen ausgingen und Brian zum fünften Mal auf die Uhr gesehen hatte.

„Ich weiß nicht, ob er das will."

„Nicht einmal für die Gratis-Publicity? Wie man hört, will er für den Senat kandidieren."

„Die Leute reden viel." Brian stand auf, blieb an seinem Schreibtisch stehen und klopfte mit den Fingerspitzen auf die glatte Holzoberfläche, während Rachelle ihre Sachen zusammenpackte.

„Eines sollte dir klar sein, Rachelle: In der Nacht, in der Roy gestorben ist, hat mein Dad sich verändert. Unsere ganze Familie hat sich verändert. Mom war ... ‚untröstlich' ist noch milde ausgedrückt, und alle anderen haben dafür bezahlt." Er blickte nachdenklich aus dem Fenster, auf den Holzplatz, wo Laster und Männer geschäftig unterwegs waren. „Toni und ich ... Versteh mich nicht falsch, unsere Eltern haben uns geliebt, das tun sie noch, aber Toni und ich sind nie ganz an ihn herangekommen. Roy war etwas Besonderes – das goldene Kind. Das wussten alle. Verdammt, ich erzähle dir hier nichts, was du nicht schon weißt. Und Mom und Dad haben nie verwunden, dass er schon so jung von uns gegangen ist." Brian sah sie fest an. „Meine Mutter ist der festen Überzeugung, dass du Jackson Moore ein Alibi verschafft und gelogen hast, um seine nutzlose Haut zu retten. Mein Dad denkt das auch. Sei also nicht überrascht, falls man dir die Tür vor der Nase zuschlägt, wenn du dem alten Herrn Fragen stellen willst."

Die Gegensprechanlage auf Brians Schreibtisch summte und die nasale Stimme von Marge Elkins ertönte. „Mr Fitzpatrick? Ihre Frau ist hier." Sie wurde plötzlich leiser, als hätte sie das Gesicht vom Mikrofon weggedreht. „Nein, warten Sie, es ist jemand bei ihm. Sie sollten jetzt noch nicht reingehen. Mrs Fitzpatrick! Oh, ich fürchte ..."

Ehe Marge ihren Satz beenden konnte, öffnete sich die Tür und Laura, in ein leuchtend blaues Kostüm aus Wildleder gekleidet, kam mit schnellen Schritten in den Raum. Sie trug das blonde Haar kürzer als in der Highschool, ihre Nägel waren dunkelrosa lackiert und ihr Make-up perfekt. Sie war ebenso schön, wie sie es in der Schule gewesen war, vielleicht sogar noch schöner. Laura ließ den Blick durch den Raum schweifen, streifte ihren Mann und blieb dann an Rachelle hängen. „Ich habe schon gehört, dass du wieder in der Stadt bist." Sie lächelte kalt. „Und ich muss sagen, ich bin überrascht."

„Du und ganz Gold Creek", antwortete Rachelle lächelnd. Sie stand auf und streckte Laura ihre Hand entgegen. „Wie geht es dir, Laura?"

Laura betrachtete Rachelles ausgestreckte Hand, nur um sie dann zu ignorieren. „Wie es mir geht? Das willst du wirklich wissen? Ich bin aufgebracht, Rachelle, wirklich aufgebracht. Ich dachte, wir hätten die Vergangenheit hinter uns gelassen, unser Leben weitergelebt." Sie schauderte und rieb sich die Arme. „Meine Familie hat so viel durchgemacht …" Sie sah ihren Mann besorgt an. „Und jetzt seid ihr zurück, du und Moore." Sie schüttelte den Kopf. „Das ist schwer zu verstehen."

„Ich bin zurückgekommen, um meine Kolumne …"

„Ich weiß, ich weiß", winkte Laura ab. „Aber was ist mit Jackson Moore? Was in Gottes Namen will *der* hier?"

„Gute Frage", sagte Brian, kam um den Schreibtisch herum und stellte sich neben seine Frau. „Was *will* Moore?"

„Da muss ich passen." Rachelle beschloss, dass sie nicht für ihn sprechen konnte. „Wenn die Fitzpatricks wissen wollen, was in Jacksons Kopf vor sich geht, müssen sie ihn schon selber fragen."

„Auf keinen Fall. Er muss der Familie fernbleiben", sagte Brian fest. „Meine Mutter ist sehr zerbrechlich. Ihr Gesundheitszustand verschlechtert sich stetig, seit Roy gestorben ist, und ich bin mir sicher, Dad würde sich weigern, mit Moore zu sprechen. Es hätte einfach keinen Zweck."

Laura klammerte sich an Brians Ärmel, starrte aber Rachelle an. „Erinnerst du dich nicht an all den Schmerz, all das Leid, das die Fitzpatricks ertragen mussten? Warum willst du, dass wir – du auch, wo wir schon dabei sind – das alles noch einmal von vorne durchmachen?" Sie wühlte in ihrer Handtasche nach ihren Zigaretten und dem Feuerzeug und zündete sich eine an.

„Ich bin nicht hier, um jemanden zu verletzen", erwiderte Rachelle, überrascht von Lauras Ausbruch.

Laura berührte Rachelle am Arm. „Dann lass dir einen Rat geben: Lass die Sache auf sich beruhen! Und was Jackson Moore angeht: Wenn ich du wäre, würde ich ihm aus dem Weg gehen. Er bedeutet Ärger, Rachelle. Der Mann hat Roy *umgebracht.*"

„Hat er nicht", entgegnete Rachelle.

„Oh, Rachelle, es ist vorbei! Du musst ihn nicht mehr beschützen ..."

„Das tue ich nicht. Er ist unschuldig, Laura", antwortete sie ohne Zögern. „Und ich kann nicht für Jackson sprechen, aber was mich angeht, ich werde mich in Gold Creek treffen, mit wem ich will."

„Das könnte ein Fehler sein", unkte Brian.

„Mag sein, aber so ist es eben." Mit einem knappen „Danke für eure Zeit!" verließ sie *Fitzpatrick Logging* steifen Schrittes und versuchte, ihre Wut unter Kontrolle zu bekommen. Es hatte ihr schon in der Highschool nicht gefallen, wenn jemand ihr vorschreiben wollte, was sie zu tun hatte, und jetzt, mit neunundzwanzig, gefiel es ihr noch weniger. Was erlaubte Laura sich, ihr vorzuschreiben, mit wem sie sich treffen durfte und mit wem nicht?

Frustriert warf sie ihre Handtasche auf den Beifahrersitz und stieg in ihren Wagen. Beruhig dich, sagte sie sich selbst. Die Fitzpatricks hatten ihre Gründe, Jackson zu verdächtigen, auch wenn Rachelle ihnen die nicht abkaufte. Wenn es wirklich Jackson gewesen war, der Roy umgebracht hatte, warum sollte er dann in die Stadt zurückkehren, um seinen Namen reinzuwaschen? Nein, das ergab keinen Sinn. Die Fitzpatricks waren einfach zu vernagelt, um noch klar zu denken.

Sie steckte den Schlüssel ins Zündschloss und ließ den Motor ihres kleinen Escort an. Das Interview mit Brian war schlecht gelaufen. Und sie musste sich immer noch Thomas Fitzpatrick stellen. Roys Vater Fragen zu stellen dürfte sich als reine Folter gestalten – für sie beide.

„Noch mehr Spaß", murmelte sie sarkastisch. Ihre Wut flaute schon etwas ab, während sie den Platz beobachtete, auf dem die

Holzlaster entladen wurden. Da – ein vertrautes Gesicht, ein Gesicht aus ihrer Vergangenheit. Ohne darüber nachzudenken, stellte sie den Motor ab, steckte ihre Schlüssel ein und stieg wieder aus dem Wagen. Fast rannte sie über den Parkplatz und blieb dann an dem hohen Zaun stehen, der den Platz von den Büros abtrennte. Schließlich fiel sie einem der Fahrer auf. Er winkte dem Vorarbeiter, Wheldon Surrett, der sie ebenfalls entdeckte und mit finsterer Miene zu ihr stapfte.

Unter seinem Schutzhelm sah Surrett sie streng an, und als er sie erkannte, verzog er missbilligend den Mund. „Ich habe schon gehört, dass du wieder in der Stadt bist", sagte er.

„Hallo, Mr Surrett." Schon seit ihrer Schulzeit war Carlie Surretts Vater Vorarbeiter der Firma. Rachelle hatte ihn seit elf Jahren nicht mehr gesehen. Er war immer noch ein Bär von einem Mann, aber er war alt geworden.

Jetzt, kurz vor der Rente, wirkte er körperlich erschöpft, und er zog beim Gehen ein Bein nach, als wäre die Arthritis bis in seine Hüfte vorgedrungen. Sein Haar war noch immer rabenschwarz und voll, aber sein gut aussehendes Gesicht war von tiefen Furchen durchzogen, und ein tagealter Bartschatten lag dunkel auf seinem Kinn. Er zog die groben Lederhandschuhe aus, fasste in die Rücktasche seiner Jeans und zog eine Dose Kautabak heraus.

„Bist wohl auf der Suche nach Carlie."

„Ist sie in der Stadt?"

„Nee." Er stopfte sich ein Stück Tabak an den Gaumen. „Kommt nicht oft nach Haus."

„Wo wohnt sie gerade?"

„Ist schon überall gewesen. New York, Paris, Rio de Janeiro – such dir was aus. Hat groß Karriere gemacht, weißt du. Mehr an einem Tag verdient, als ich im Monat nach Hause bring. Und jetzt schmeißt sie das wohl alles hin, um Fotografin zu werden, in Alaska oben, glaub ich. Ihre Mutter weiß es genauer. Ich komm bei dem Mädel nicht mehr mit."

„Sie müssen stolz auf sie sein."

Er schüttelte mit dem Kopf und spuckte einen dünnen Strahl Tabak auf den Boden. „Stolz? Nee. Was denkt sie sich, um die halbe Welt zu flanieren, nur in Unterwäsche und angemalt wie so ein Flittchen? Hätte hierbleiben sollen, sesshaft werden und mir ein paar Enkel gebären – das hätte sie machen sollen." Er betrachtete Rachelle und schien aus allen Poren Traurigkeit auszudünsten. „Aber sie konnte es nicht abwarten, sich den Staub dieser Stadt von den Schuhen zu treten. Nach dem ganzen Mist mit dem Fitzpatrick-Jungen und dem Ärger, den dieser Powell-Junge gemacht hat, war ihr in Gold Creek nichts mehr gut genug. Miss Nasehoch ist sie geworden, so ist das gewesen." Er sprach es nicht aus, aber der Blick, mit dem er sie bedachte, klagte Rachelle des gleichen Vergehens an. „Das ist das Problem mit den jungen Leuten heutzutage. Bleiben nicht, um sich um ihre Familie zu kümmern. Aber so haben wir unsere Kinder nicht erzogen! Früher oder später wird Carlie sich schon besinnen und nach Haus kommen."

Es klang wie die letzte Hoffnung eines alten Mannes – eine Hoffnung, an die er selbst nicht recht zu glauben wagte.

„Wissen Sie, wie ich sie erreichen könnte?"

Er starrte sie missmutig an. „Du hast aber nicht vor, sie in die ganze Geschichte wieder mit reinzuziehen, oder? Hab gehört, dass du über die Stadt schreiben willst – was draus geworden ist –, und ich weiß auch, dass der Moore-Junge wieder da ist und eine ganze Wagenladung Ärger hinter sich herzieht. Ich will nicht, dass Carlie irgendwas mit dieser Geschichte zu tun hat. Bringt alles nichts, sag ich dir. Wird nur jede Menge Gefühle verletzen, und davon haben Thomas und June Fitzpatrick schon genug durchgemacht."

„Ich möchte mich nur mit Carlie unterhalten. Ich möchte wissen, wie es ihr jetzt geht", antwortete Rachelle.

Er rieb sich das Kinn und fuhr sich mit der Hand durch die Haare, ehe er sich den Schutzhelm wieder aufsetzte. „Ruf bei uns zu Hause an. Thelma hat die Adresse irgendwo." Er spuckte noch einen langen Strahl braunen Saft aus, zog sich dann die Handschuhe wieder an und ging zurück auf den Platz.

Rachelle blieb allein stehen, kam sich dumm vor und fragte sich, ob diese Artikel-Reihe, die sie so unbedingt hatte schreiben wollen, den ganzen Ärger wert war. Jeder in Gold Creek schien etwas gegen sie zu haben – Jackson selbst eingeschlossen.

„Das ist eben der Preis des Erfolgs", redete sie sich ein, als sie es sich hinter dem Steuer bequem machte und ein letztes Mal über die Schulter zurück auf *Fitzpatrick Logging* blickte. Dann fuhr sie durch das offene Tor und machte sich auf den Weg zurück nach Gold Creek.

Jackson ging Rachelle drei Tage lang aus dem Weg. Er redete sich ein, dass er sie nicht wollte. Dass es sein Leben nur verkomplizieren würde, sich mit ihr einzulassen. Dass sie ihn offensichtlich hasste. Und dass er sie, wenn er nur eine anständige Faser im Leib hatte, in Ruhe lassen musste.

Aber er konnte nicht. Nicht jetzt, und wahrscheinlich auch nicht in den nächsten Wochen. Er trat ans Fenster seines Hotelzimmers und sah nach draußen. Dämmerung legte sich über die Stadt, violette Schatten auf Gehwegen und Straßen wurden länger. Die ersten Sterne funkelten und der Mond ging auf.

Jackson umklammerte das Fensterbrett und legte die Stirn an die kühle Glasscheibe, hoffte, die Kälte würde durch seine Haut bis in sein Blut vordringen. Er hatte kein Recht auf sie. Jedes Anrecht, das er auf sie gehabt haben mochte, hatte er schon vor langer Zeit aufgegeben. Und doch … und doch brachte die Härte in seinen Jeans ihn zum Stöhnen. Er war über dreißig, lieber Gott! Warum war er dann so scharf auf sie wie ein Neunzehnjähriger?

Er knirschte mit den Zähnen, versuchte, das Verlangen zu bezwingen, das in ihm toste. Allein der Gedanke an sie verursachte eine ungewollte Reaktion in ihm.

Solange er wusste, dass sie in der gleichen Stadt war, würde er nicht von ihr lassen können – oder wollen, das wurde ihm jetzt klar.

Er hatte es versucht. Gott, wie er es versucht hatte! Nachdem sie ihn aus ihrem Haus geworfen hatte, hätte er am liebsten seinen Wagen wieder gewendet, an ihre Tür gehämmert und ihr den Schock und ihre Wut weggeküsst. Aber er hatte sich zusammengerissen, sie nicht noch einmal besucht und es durch reine Willenskraft auch geschafft, ihr nicht durch ganz Gold Creek zu folgen. Jede zufällige Begegnung erschütterte ihn bis auf die Knochen. Besonders, nachdem sie ihm so gut wie vorgeworfen hatte, für Roys Tod verantwortlich zu sein.

Und das, nachdem er jahrelang geglaubt hatte, sie wäre der einzige Mensch in der Stadt, der zu ihm hielt. Aber jetzt wusste er, dass auch sie an ihm zweifelte. „Zur Hölle", flüsterte er. Er sollte sie vergessen, sie in Ruhe lassen, sich mit einer anderen Frau von ihr ablenken. Aber das war unmöglich.

Was er auch versuchte, er bekam sie einfach nicht aus dem Kopf. Es ging nicht. Irgendetwas an ihr hielt ihn die ganze Nacht wach.

Lust. Mehr war es nicht. Er wollte sie. Sie hatte etwas Eigenwilliges an sich, das ihn zu zähmen reizte. Wie ein wilder Hengst mit einer Herde Stuten, von denen nur eine einzige sich zierte, wollte er die eine Frau, die er nicht haben konnte.

„Verdammt", murmelte er. Er war dabei, jegliche Selbstbeherrschung zu verlieren. Dass sie ihm so nahe war, machte sie so gefährlich, und er konnte nicht anders, als ihrer enormen Anziehungskraft nachzugeben.

Ehe ihm bewusst wurde, was er tat, hatte er seine Jacke von der Couch genommen und seine Schlüssel von dem kleinen Tisch daneben. Er wollte nur noch einmal mit ihr reden, das war alles. Herausfinden, was sie erfahren hatte. Aber er würde die Finger von ihr lassen, so viel war sicher.

Vielleicht konnte sie ihm helfen. Auch wenn er ihre Hilfe zuerst verschmäht hatte, jetzt hatte er sich selbst davon überzeugt, dass er ihre Einblicke brauchte. Bisher war er nur auf Sackgassen gestoßen, was den Fitzpatrick-Mord betraf. Er hatte einen Tag in der Bibliothek verbracht und sich alte Zeitungsartikel zum Tod von Roy durchgelesen. Er hatte sogar einen Angestellten des Gouverneurs angerufen, der sein Mandant gewesen war und ihm noch einen Gefallen schuldete, und ihn um Informationen gebeten. Der Mann hatte ihm versprochen, ihm alle Informationen aus dem Büro des Staatsanwalts zu beschaffen, derer er habhaft werden konnte.

Außerdem hatte er einen Privatdetektiv aus San Francisco angeheuert, einen Mann namens Timms, der laut Jacksons Partner der gründlichste Detektiv in ganz Kalifornien war. Bis jetzt hatte er exakt nichts herausgefunden.

Jackson war aus der Tür getreten und die Treppe hinuntergegangen, ehe er es sich anders überlegen konnte. Er fuhr zu Rachelles Haus, fand es aber dunkel vor. Als er an der Tür klopfte, kamen keine eiligen Schritte, um ihm zu öffnen. Die einzigen Geräusche waren das Windspiel und das Fauchen der verdammten Katze, die auf dem Fensterbrett saß.

Was hast du denn gedacht? Dass sie auf dich wartet etwa? Er war wütend auf sich selbst und weigerte sich, sich auch nur einen Hauch Enttäuschung einzugestehen. War der Typ vom Telefon vielleicht aufgetaucht und hatte Rachelle zu einem romantischen Abend mit Dinner und Tanz ausgeführt? *Du hattest deine Chance, Moore, und die hast du in den Sand gesetzt. Vor Jahren schon. Die Frau hat ein Recht auf ein eigenes Leben, einen eigenen Freund, einen eigenen Liebhaber. Du hast kein Recht auf sie! Nicht das geringste!*

Er trommelte mit den Fingern auf dem Lenkrad und entschloss sich zu warten.

Der Tag war eine einzige Katastrophe gewesen. Rachelle war schon wieder von Thomas Fitzpatrick versetzt worden, und dieses Mal war seine Sekretärin nicht mehr freundlich gewesen. In der Bibliothek hatte sie nicht besonders viele Informationen gefunden, und später, im Büro des Sheriffs, wo sie einige der Deputys interviewen wollte, die seit mehr als zwölf Jahren dort im Dienst waren, hatte man sie bloß höflich darum gebeten, zu gehen.

Sie war müde, hungrig und hatte keine Ahnung, worüber sie in ihrer nächsten Kolumne schreiben sollte. Bis um fünf Uhr am nächsten Tag musste sie etwas abschicken, sonst würde sie zum ersten Mal in all den Jahren ihre Deadline verpassen.

Sie bog um die Kurve zum Haus ihrer Mutter und trat die Bremse fast durch. Jacksons Mietwagen, der neben ihrer Auffahrt parkte, erkannte sie sofort. Ihre Hände wurden am Steuer feucht. „Du schaffst das“, sagte sie zu sich selbst, als sie sich an ihr letztes unerfreuliches Gespräch erinnerte. „Du kannst das.“

Sie bog auf die Auffahrt ein. Jackson war aus dem Wagen gestiegen, ehe sie ihren abgeschlossen hatte. Auch wenn sie immer noch wütend auf ihn war, machte ihr Herz bei seinem Anblick einen Hüpfer. „Ich warne dich!“, sagte sie und drehte dabei endlich den Schlüssel. „Ich hatte einen schlechten Tag.“

„Ich auch“, gab er zu. „Offenbar sind die Einwohner von Gold Creek von meiner Anwesenheit nicht gerade erfreut.“

„Dann haben wir wenigstens eine Sache gemeinsam.“ Sie gingen nebeneinander über den Rasen zur Veranda. Die Tür klemmte, und nachdem Rachelle am Schloss gerüttelt hatte, gab sie schließlich auf und versetzte ihr einen Tritt. „Es hat sich auch niemand besondere Mühe gegeben, mich willkommen zu heißen.“

Er blieb zögernd auf der Türschwelle stehen, während Rachelle noch überlegte, ob sie ihn hereinbitten sollte oder nicht. Es war gefährlich, Jackson in der Nähe zu wissen, und je näher er ihr kam, desto gefährlicher kam er ihr vor.

„Darf ich reinkommen?“

„Hab ich dich nicht erst vor ein paar Tagen rausgeworfen?“

„Ich werde brav sein.“ Er lächelte gequält, und Rachelle konnte nicht anders, als ein kurzes Lachen über ihre Lippen kommen zu lassen.

„Du? Brav? Und dein Image zerstören? Das bezweifle ich.“

„Gib mir eine Chance“, sagte er leise, und Rachelles Herz zog sich zusammen.

„Ich habe dir bereits eine Chance gegeben, Jackson, viele sogar. Du hast sie mir alle ins Gesicht geschleudert.“

Er griff nach ihrem Arm. „Ich habe getan, was nötig war, verdammt noch mal!“ Alle Freundlichkeit war aus seiner Miene verschwunden. Auf einmal wirkte er bitter und hart. „Ich habe getan, was ich für uns beide am besten hielt.“

„Du hättest es mir erklären können.“

„Das werde ich. Wenn du mir zuhörst.“

„Ich meinte, du hättest es mir *damals* erklären können. Ich war erst siebzehn, Jackson. *Siebzehn!* Ich habe *dir* vertraut.“ Er erblasste, lockerte seinen Griff aber nicht. „Ich habe dir alles gegeben, alles – mein Vertrauen, mein Herz, meinen Körper und meinen guten Ruf. Und was hast du getan?“

Er kniff die Augen zusammen, wich aber nicht zurück. „Vollkommen vertraut hast du mir ja wohl nicht. Du dachtest, ich könnte Roy umgebracht haben, weil ich das Haus für kurze Zeit verlassen habe.“

„Ich habe *nie* gedacht, dass du irgendwen umgebracht hast“, entgegnete sie wütend. „Aber ich habe mich gefragt, warum du mir nichts davon erzählt hast, dass du nach Mitternacht zu einem Spaziergang aufgebrochen bist.“

„Wahrscheinlich aus den gleichen Gründen wie du“, schnaubte er.

Sie reckte das Kinn ein kleines Stück. „Du hast mich sitzen lassen, Jackson. Mich sitzen lassen, ohne dich auch nur einmal umzudrehen. Es war dir egal, dass ich noch fast ein ganzes Jahr zur Schule gehen musste, dass ich für deine Schuld geradestehen musste – oder deine Unschuld.“

Die Ungerechtigkeit ihrer Worte brachte seine Augen zum Funkeln.

„Ich finde es schwer, überhaupt mit dir zu reden“, gab sie zu.

„So sehr hasst du mich?“

Sie zögerte eine Sekunde. Sie stand am Rand des Abgrunds, von dem sie sicher war, dass er sie verschlingen würde, sobald sie zugab, Gefühle für ihn zu hegen. All die Wunden der Vergangenheit brachen auf, schmerzten unerträglich. Ihr Kopf begann zu pochen, und sie schluckte verkrampft.

„Oh Gott, Rachelle, hass mich nicht“, bat er, die Stimme nur ein heiseres Flüstern. Verzweiflung stand in seinen Augen.

Es fühlte sich an, als würde ihr Herz noch einmal brechen. Dabei war es doch Jackson gewesen, der es auch schon zum ersten Mal gebrochen hatte. Und jetzt endlich, nach all den Jahren, waren die Wunden fast verheilt. Mit ein wenig Liebe und Zärtlichkeit würde all der Schmerz schon bald nur noch eine verschwommene Erinnerung sein.

„Sprich mit mir“, befahl er mit trockener Stimme.

„Ich … ich kann nicht.“

Seine Finger vergruben sich in ihrem Arm. „Was ist los?“

Ihre Kehle schmerzte vor nicht vergossenen Tränen, aber sie zwang die Worte heraus, und als sie einmal angefangen hatte, gab es kein Zurück. „Du bittest mich, dich nicht zu hassen“, sagte sie kopfschüttelnd. „Aber das kann ich nicht. Ich hasse dich für das, was ich deinetwegen durchgemacht habe. Ich hasse dich, weil du das Vertrauen meiner Eltern zu mir zerstört hast, und ich hasse dich, weil ich dich geliebt habe, denn das habe ich, weißt du? Ich dachte, ich *liebe* dich.“ Sie lachte bitter. Tränen standen in ihren Augen. „Ich habe mich gefühlt wie Jeanne d’Arc oder irgendeine andere Märtyrerin, weil ich tief im Herzen wusste, du würdest zurückkommen, du würdest erklären, dass ich dir etwas bedeute, deine Unschuld beweisen, und dann wäre alles wieder gut.“ Sie blinzelte. „Ich war dumm genug, zu glauben, du würdest zurückkommen, Jackson, und an dieser Hoffnung habe ich jahrelang festgehalten.“ Sie wand den Arm aus seinem festen Griff und schüttelte den Kopf. „Also verzeih, wenn ich dich nicht hereinbitte, okay? Ich habe keine Lust auf noch mehr Herzschmerz.“

„Ich wollte dir nicht wehtun“, sagte er schlicht.

„Aber das hast du! An jedem Tag, an dem du nicht angerufen hast. Jedes Mal, wenn ich zum Briefkasten gegangen bin und auf eine Nachricht von dir gehofft habe, die nie gekommen ist. Jede Nacht, in der ich geduldig gewartet und um deine Rückkehr gebetet habe. Du hast mich verletzt! Vielleicht ist das nicht fair.

Vielleicht könntest du mir vorwerfen, dass ich eine Närrin bin und mir nur selbst wehgetan habe, und vielleicht hättest du damit recht. Aber nach all dieser Zeit ist es leichter für mich, dir die Schuld zu geben."

Er sah ihr gequält in die Augen. „Ich hätte nie gedacht, dass du es dir so leicht machst."

Das tat weh. „So leicht wie du?"

„Ich hatte keine andere Wahl", antwortete er, aber sie sah die Zweifel in seinen Augen aufblitzen, die Reue und den Schmerz.

„Jeder, mit dem ich in der Stadt gesprochen habe, hat mir nur einen einzigen Ratschlag erteilt", sagte sie, „und dieses eine Mal werde ich ihn befolgen."

„Lass mich raten …"

„Sie sagen, dass ich mich von dir fernhalten soll, dass du schon immer Ärger bedeutet hast und immer Ärger bedeuten wirst."

„Da haben sie recht."

„Dann macht es dir ja nichts aus, wenn ich jetzt Gute Nacht sage." Sie wartete seine Antwort nicht ab, sondern fing an, die Tür zu schließen, aber er legte die Handfläche dagegen und drückte sie mit so viel Kraft zurück, dass der Knauf laut an die Mauer knallte. Java sprang vom Fenstersims und verschwand fauchend in der Nacht.

„Es macht mir etwas aus", brachte er hervor. „Es macht mir sogar sehr viel aus."

„Jackson, verschwinde einfach von hier! Oh! Was machst du da?"

Er griff so schnell nach ihr, dass sie nicht ausweichen konnte. Mit den Armen umschlang er sie und hielt ihren Körper gefangen. Sie versuchte, ihn wegzuschieben, aber er war so viel stärker. Dann senkte er den Kopf und presste seine Lippen auf ihre.

Als würde ihm erst genau in diesem Moment klar werden, was er tat, fuhr er abrupt zurück. „Ich wollte nicht …" Er verstummte und küsste sie noch einmal.

Sie wollte seinen Mund nicht auf ihrem spüren und schwor sich, dass sie sich mit aller Kraft wehren würde. Doch seine Lippen waren so warm und verlockend; sie verlangten von ihr, sich hinzugeben. Aber Rachelle verweigerte sich eisern.

Das Blut rauschte wild durch ihre Adern, doch sie redete sich ein, dass es sich um eine rein körperliche Reaktion handelte. Ja, Jackson war ein außerordentlicher Liebhaber – das hatte sie schon vor all den Jahren herausgefunden. Und zweifellos hatte er in der Zwischenzeit viel geübt. Aber sie würde sich seinem Lockruf nicht hingeben; das würde sie nicht tun! Er drängte sich an sie, zwang sie, zurückzuweichen, bis ihr Rücken an die Wand stieß. Und dabei hörte er nicht auf, ihr die Sinne zu rauben und sie mit so wildem Hunger zu küssen, dass sie fürchtete, in Ohnmacht zu fallen.

Ihr Körper reagierte auf ihn, wofür sie sich stumm verfluchte. Sie würde das Kribbeln ignorieren, das sie erfasste, sie würde das verlockende Streicheln seiner Hände auf ihrem Rücken nicht spüren, oder wie er einladend mit der Zunge um ihre Lippen kreiste. Das würde sie nicht machen! Sie sollte ihn treten und um sich schlagen, damit er aufhörte.

Aber sein Mund schien magische Kräfte zu besitzen. Sie verscheuchten all ihre hart erkämpften Vorsätze. Der Duft nach Leder und Aftershave weckte bittersüße Erinnerungen. Sein muskulöser Oberkörper fühlte sich vertraut an und in dieser Nacht ebenso richtig wie vor all den Jahren …

Ohne es zu wollen, öffnete sie die Lippen für ihn. Sie schien am ganzen Leib vor Erregung zu zittern, als ihr Atem sich mit seinem vermischte und seine Zunge mit ihrer tanzte.

Das ist verrückt. Das ist falsch. Das ist genau die Art von Wahnsinn, die du vermeiden solltest!

Sie dachte an Roy und wie er vor all den Jahren versucht hatte, sich ihr aufzudrängen. Das hier war anders. Ein Teil von ihr sehnte sich nach Jacksons Berührung, ein kleiner Teil von ihr wollte sogar glauben, dass ihre Leidenschaft nicht nur heiß, sondern auch ebenso beständig war.

Und sie hörte langsam auf, sich zu wehren, und ihr Mund, geschwollen von der verschlingenden Leidenschaft seiner Küsse, verlangte nach mehr. Ihre Knie gaben nach, sie stand nur noch aufrecht, weil Jackson sie an die Wand gepresst hatte. Sein athletischer Körper drückte sich an ihre Brust und ihren Bauch.

Leidenschaft raste wie ein wildes Feuer durch ihre Adern. Er vergrub die Finger in ihren Haaren, berührte ihren Nacken, ihren Hals, ihre Brüste durch ihren Pullover hindurch. Und sie hielt ihn nicht davon ab. Sie konnte nicht. Schwach vor Lust klammerte sie sich an ihn, bis er von ihr zurückwich.

„Sag nie wieder, dass du mich nicht willst“, stieß er keuchend hervor, „weil ich dir das nie glauben werde.“

Sie ohrfeigte ihn. Mit einem lauten Klatschen traf ihre Hand mitten in sein Gesicht. „Und versuch du so was nicht noch mal!“, schoss sie zurück, hoffte, ihn ebenso zu verletzen, wie er es getan hatte. Der Schlag, mit dem seine Worte sie getroffen hatten, brachte sie immer noch durcheinander. „Ich bin mehr als nur ein weiblicher Körper, den du dir gefügig machen kannst. Wenn du dich je wieder wie ein Höhlenmensch über mich hermachst, zeige ich dich schneller an, als du gucken kannst!“

Er ballte die Hände, wich aber vor ihr zurück.

Sie zitterte vor Wut. „Fass mich nie wieder an, Jackson! Du hast mich ein Mal gerettet, damals, vor Roy – und dann hast du mich verführt. Das wird nicht noch einmal funktionieren.“

Er zog eine dunkle Augenbraue hoch. „Wer hat hier wen verführt, Rachelle? Warst du nicht diejenige, die nicht aufhören wollte, die das Abenteuer gesucht hat, die erfahren wollte, was Sex ist?“

Sie holte aus, um ihn noch einmal zu schlagen, aber dieses Mal fing er ihr Handgelenk ein und zog sie dicht an sich. Sein Gesicht war nur wenige Zentimeter von ihrem entfernt, so dass sie seinen warmen Atem spüren konnte. „Denk nicht einmal daran!“, warnte er sie.

„Ich habe nie, nie nur Sex von dir gewollt! Ich war einfach im Augenblick gefangen, und ich vermute, dass es dir ebenso ging. Mein Problem war, dass ich das, was zwischen uns war, zu viel mehr verklärt habe, als es wirklich war. Aber das ist vorbei, Jackson. Ich bin jetzt erwachsen und glaube an die Realität, nicht an eine alberne Fantasie von dir und mir."

„Warum bist du dann wieder in Gold Creek, Rachelle?", fragte er, während er sie langsam losließ.

„Wie bitte?"

„Wenn du nicht wegen mir hier bist, möchte ich gern wissen, was dich bewegt hat, zurückzukehren."

„Das habe ich dir doch gesagt – ich schreibe eine Kolumne über ..."

„Quatsch!"

„Bitte?", fragte sie. Wie konnte dieser Mensch nur derart unverfroren sein?

„Du bist aus dem gleichen Grund hier wie ich, du gestehst es dir selbst nur nicht ein. Du willst mit deinem Leben weitermachen, aber du kannst nicht, solange so vieles aus der Vergangenheit noch ungeklärt ist."

Er hatte genau ins Schwarze getroffen, und sie wusste, ihr war das Erstaunen darüber am Gesicht abzulesen. Und doch konnte sie ihm die Befriedigung, ihm recht zu geben, nicht zugestehen. „Du hast nichts zu tun mit den Gründen, aus denen ich zurückgekommen bin."

Er lachte kurz und freudlos. „Erzähl das jemandem, der es dir abkauft, Rachelle", sagte er, während er langsam durch die Tür ging und verschwand.

9. KAPITEL

Er hatte nichts erreicht. Im Grunde standen die Dinge jetzt noch schlimmer, als sie es getan hatten, bevor er wieder einen Fuß auf den Boden von Gold Creek gesetzt hatte.

Jackson lag auf dem Rücken in seinem Hotelbett, warf seinen Schlüssel in die Luft und fing ihn wieder auf. Er hatte bei seiner Rückkehr mit vielem gerechnet. Der frostige Empfang in der Stadt hatte ihn ebenso wenig überrascht wie die Steine, die man ihm beim Gold Creek Police Department in den Weg legte. Aber er hatte nicht damit gerechnet, dass eine kratzbürstige kleine Frau ihm derart zusetzen würde. Doch das hatte sie getan. Und wie!

Ignorier sie! Halt dich fern von ihr! Bleib auf Abstand! In den letzten vierundzwanzig Stunden hatte er sich selbst hundert Mal geschworen, die Finger von ihr zu lassen, aber er bekam sie einfach nicht aus dem Kopf. Frustriert schwang er die Füße von der Bettkante und streckte sich. Sein ganzer Körper war verspannt, angespannt, wie zum Angriff bereit. Rachelle zu treffen, hatte ihm nicht gerade dabei geholfen, sich zu entspannen.

Fast eine Woche war er jetzt schon in der Stadt und hatte so gut wie nichts herausgefunden. Sein Freund im Büro des Staatsanwalts war immer noch „an der Sache dran", und Timms, der Privatdetektiv, den er angeheuert hatte, meinte nur: „Diese Art von Arbeit braucht ihre Zeit. Verflucht noch mal, das ist zwölf Jahre her! Was soll jetzt die Eile?"

Rachelle war die Eile. Sie war der Sirenengesang, der ihn hierher zurückgelockt hatte, und jetzt setzte sie ihn vor die Tür. Als wäre sie nicht ebenfalls hier, um alte Rechnungen zu begleichen.

Jedenfalls würden die Dinge sich jetzt ändern. Er war nicht durch das ganze Land gereist, um an den Denkmälern vorbeizubummeln, die man den Fitzpatricks errichtet hatte. Er hatte etwas zu erledigen. Was er bald tun und dann aus der Stadt verschwinden sollte, solange er seine Gefühle für Rachelle wenigstens noch etwas unter Kontrolle hatte.

Was für ein Witz! Wem wollte er eigentlich etwas vormachen? Immer, wenn er bei ihr war, war Kontrolle das Letzte, was er im Sinn hatte. Wenn er an seinen letzten Besuch bei ihr dachte und wie er sie an die Wand gedrückt und geküsst hatte, sie gezwungen hatte, sich ihm zu unterwerfen … Reduziert auf reine animalische Lust – waren Roy Fitzpatrick und er sich da vielleicht gar nicht so unähnlich? Der Gedanke ekelte ihn an. Er schwor sich, dass er sich Rachelle nie wieder aufdrängen würde. Er würde es langsam angehen lassen – trotz des Güterzuges voll Adrenalin, der ihm bei ihrem Anblick jedes Mal durch den Körper raste.

Das Telefon klingelte, und er nahm mit einem knappen „Moore“ ab.

„Du wandelst also noch unter den Lebenden?“, fragte sein Partner Boothe Reece am anderen Ende der schlechten Verbindung nach New York. „Ich dachte, du hättest dich vielleicht auf Nimmerwiedersehen verabschiedet.“

„Ich hatte zu tun.“ Jackson trat ans Fenster. Die warmen Strahlen der kalifornischen Sonne durchfluteten die Straßen. Ein Kind fuhr auf dem Fahrrad vorbei, ein tollender Hund ihm dicht auf den Fersen. Gold Creek. Heimatlich. Warm. Gemütlich.

Es sei denn, man hieß Jackson Moore.

„Hier geht es gerade heiß her“, unterbrach Boothe seine Gedanken. „Wir haben einen Fall, der dich interessieren dürfte. Da du gesagt hast, du willst in Kalifornien nicht gestört werden, habe ich versucht, sie abzuwimmeln, aber die Mandantin besteht darauf, mit dir persönlich zu verhandeln.“

Jetzt sollte der erste Adrenalinschub kommen – dieser neugierige Funke, der immer aufglomm, wenn sich ihm ein neuer Fall präsentierte. Aber da war nichts. „Sie wird warten müssen.“

„Sie hat nicht viel Zeit. Die Staatsanwaltschaft macht mächtig Druck.“

Jackson verzog das Gesicht. Er behielt das Kind und den Hund bei ihrer Fahrt durch den Park im Auge und lehnte sich mit der Schulter an die Wand. „Worum geht's?"

„Die Mandantin ist Alexandra Stillwell. Klingelt da was bei dir?"

„Dunkel." Er versuchte, sich zu erinnern. Dann machte es klick. *Stillwell Oil* – eine kleine unabhängige Firma, die es geschafft hatte zu überleben, ohne von einem der großen nationalen Ölkonglomerate geschluckt zu werden.

„Jedenfalls hat sie Geld – viel Geld. Erbin eines Ölvermögens."

„Ich erinnere mich. Der Vater ist vor Kurzem gestorben, richtig?"

„Vor zwei Wochen. Unfall auf seinem Segelboot. Alexandra war dabei. Manche Leute glauben, es war genau das: ein Unfall, dass seine Zeit einfach gekommen war. Er hatte was getrunken, ein paar Pillen geschluckt und ist dann auf der Treppe ausgerutscht und hat sich den Kopf angeschlagen. Andere spekulieren, dass es Selbstmord gewesen sein könnte. Angeblich waren ein paar Kredite fällig und man munkelt, dass er nicht genug Bares hatte, um sie zu begleichen, er aber auch seine Firma nicht verkaufen wollte."

„Aber das glauben offenbar nicht alle."

„Richtig. Unser hochverehrter Herr Staatsanwalt glaubt zum Beispiel, Alexandra hätte ihren Vater umgebracht. Sie beteuert natürlich ihre Unschuld und sagt, selbst als Alleinerbin hätte sie *niemals* irgendetwas unternommen, um ihrem Vater zu schaden."

„Glaubst du ihr?" Jackson bemühte sich, sich seine Skepsis nicht anmerken zu lassen. Für jeden Mandanten, den er vertrat, schickte er ein Dutzend andere fort.

„Ich weiß es nicht. Ist aber auch egal. Sie will niemand anderen als dich."

Jackson fuhr sich mit der Hand durch die Haare. Vor einer Woche noch hätte er sich sofort auf einen Fall wie diesen gestürzt, aber jetzt faszinierten ihn der Skandal und die Intrigen nicht mehr. „Ich werde hier noch eine Weile festsitzen."

„Sie kann nicht warten."

„Dann wird sie sich jemand anderen suchen müssen."

Am anderen Ende der Leitung ertönte ein Seufzen. Jackson konnte sich gut vorstellen, wie Boothe ungeduldig mit den Fingern auf seinen Schreibtisch trommelte. Boothe, ein Kriegsveteran, war fünfzehn Jahre älter als Jackson, und, wenn man Jackson fragte, doppelt so zäh. Er mochte es nicht, ein Nein als Antwort zu akzeptieren, und war, wenn es sein musste, störrisch wie ein Maulesel.

„Das versteh ich nicht", hakte Boothe nach. „Du hast dir in den letzten Jahren einen Ruf erarbeitet. Jetzt fällt dir ein Fall in den Schoß, nach dem andere sich die Finger lecken, und er interessiert dich nicht."

„Ich habe nicht gesagt, dass der Fall mich nicht interessiert. Nur, dass Miss Stillwell eben warten muss."

„Warum? Was kann an einem winzigen Kaff interessanter sein als der Stillwell-Fall?"

Er hat recht, dachte Jackson und versprach seinem Partner, später in der Woche für ein oder zwei Tage zurück nach Manhattan zu fliegen. Vielleicht brauchte er etwas Abstand von Gold Creek. Seit er Rachelle wiedergesehen hatte, schien er seine Ziele aus den Augen verloren zu haben und sich nur noch auf sie zu konzentrieren.

Er brauchte einen Tapetenwechsel. Und bei der Gelegenheit würde er auch gleich dem Privatdetektiv, den er in San Francisco angeheuert hatte, einen Besuch abstatten. Der Mann rief ihn seit vier Tagen nicht zurück, und Jackson fragte sich schon, ob er sich mit seinem Vorschuss von zweitausend Dollar aus dem Staub gemacht hatte.

Und was er an Gold Creek so faszinierend fand, konnte er seinem Partner ganz einfach beantworten: Rachelle Tremont und einen alten Mordfall, den man nie hatte aufklären können.

Er beschloss, nicht länger herumzusitzen und darauf zu warten, dass das Telefon klingelte. Langsam verlor er den Verstand. Er musste dafür sorgen, dass etwas passierte.

Er griff nach seiner Lederjacke. Thomas Fitzpatrick war wieder in der Stadt, und Jackson fand, es war an der Zeit, sich mit ihm zu treffen. Er hatte auf dem Weg nur eine Sache zu erledigen, und zwar beim Motorradhändler am Rand der Stadt. Der Mietwagen langweilte ihn; er verspürte Sehnsucht nach einem Motorrad. In Manhattan hatte er etwas verloren, einen Teil seines Selbst, den Teil, der wild gewesen war und frei und der mit dem Wind um die Wette fahren wollte.

In New York fuhr er nicht oft; das tat er nur, wenn er die Stadt verließ. Der Mercedes, der manchmal tagelang in der Garage stand, war nur ein Symbol – ein Symbol, das ihm mit der Zeit verhasst geworden war.

Grimmig lächelnd ging er nach draußen und stieg in seinen Mietwagen. Er fuhr zur Autovermietung, händigte seinen Schlüssel aus und bezahlte seine Rechnung. Dann, die Hände tief in den Taschen vergraben, machte er sich zu Fuß auf den Weg. Der Motorradladen war eine Meile entfernt, aber es war warm und er brauchte die frische Luft, um einen klaren Kopf zu bekommen.

Der Motorradladen war klein, mit schwarzen Balken an den Fenstern und acht Motorrädern, die in einer Reihe präsentiert wurden. Jackson suchte sich seine Maschine aus, ohne die anderen eines zweiten Blickes zu würdigen: eine große schwarze Harley, das Nachfolgermodell seiner alten Maschine, die er vor Jahren in Gold Creek zurückgelassen hatte.

Die nächste halbe Stunde fuhr er durch die Stadt und dann in die Berge. Er schaltete alle Gänge durch, gab Vollgas und genoss das berauschende Gefühl des Windes auf seinem Gesicht, das er so lange vermisst hatte.

Schließlich machte er sich auf den Weg. In einer Staubwolke fuhr er direkt zum Haus der Fitzpatricks, einem Backsteingebäude im Tudor-Stil, das sich am Rande der Stadt auf einem Hügel befand.

Glücklicherweise war das schmiedeeiserne Tor offen, und zum ersten Mal in seinem Leben fuhr Jackson die beleuchtete Auffahrt aus Pflastersteinen hinauf. Die Fitzpatricks lebten schon seit Jahren hier, er hatte nur noch nie ihr Grundstück betreten. Der Rasen war saftig grün und sauber getrimmt, und ein Rosengarten fing gerade an zu blühen. Ein mehrstöckiger Brunnen versprühte sein Wasser in mehrere künstliche Teiche, in denen Schwärme von orange-schwarzen Fischen beheimatet waren, die dicht unter der Oberfläche umherschwammen. Beim Schwimmen zwischen den Seerosenblättern glänzten ihre Schuppen im Sonnenlicht.

Das Grundstück war penibel gepflegt, Bäume spendeten an strategisch geplanten Stellen ihren Schatten, und in breiten Terrakotta-Kübeln auf der Terrasse blühten die Blumen im Überfluss.

Alles in allem sah das Anwesen wie das aus, was es war: ein Schloss, wie es sich für den König von Gold Creek geziemte. Jackson zögerte nicht. Er parkte in der runden Auffahrt und ging mit schnellen Schritten zur Vordertür. Er erwartete, dass ein livrierter Butler oder ein Dienstmädchen in klassischer schwarz-weißer Uniform auf sein Klingeln hin öffnen würde, aber als die Tür aufging, sah er sich Thomas Fitzpatrick selbst von Angesicht zu Angesicht gegenüber.

Der alte Mann hatte sich kaum verändert. Ein bisschen älter war er natürlich geworden. Sein grau meliertes Haar war jetzt ganz silbern, aber Thomas Fitzpatrick war noch immer schlank und sportlich, und seine Gesichtszüge waren so kräftig und sein Blick so eiskalt, wie Jackson es in Erinnerung hatte.

„Du hast ja Nerven“, flüsterte Thomas gepresst. Er trat ins Freie und schloss die Tür leise, aber fest hinter sich. Als sein Blick auf das Motorrad fiel, zog er die Mundwinkel nach unten. „Immer noch ganz der alte Rebell, was?“

„Diese Stadt holt einfach das Beste aus mir heraus“, konterte Jackson sarkastisch.

Frostig blaue Augen musterten ihn widerwillig, aber Jackson zuckte nicht einmal mit der Wimper. Bei seiner Arbeit in Manhattan waren ihm ein Dutzend Männer und Frauen begegnet, die Thomas Fitzpatrick zum Frühstück verspeist hätten.

„Du hast kein Recht, hier zu sein", sagte Thomas streng.

„Ich glaube doch."

„Nach allem, was du getan hast …"

„Hören Sie, Fitzpatrick, ich habe Roy nicht umgebracht!", sagte Jackson, Nase an Nase mit seinem Erzfeind. Unter seiner Sonnenbräune erblasste Thomas, und tief in seinem Blick brodelte mehr als nur Wut und Empörung. Andere Emotionen regten sich dort, Emotionen, die Jackson nicht benennen konnte, vielschichtiger, als Jackson es je vermutet hätte.

„Jetzt pass mal auf, Jackson, nur weil es nicht genug Beweise gab …"

Jackson riss der Geduldsfaden. All die Jahre, in denen er als Prügelknabe für den Fitzpatrick-Clan hatte herhalten müssen, holten ihn ein. Er packte den alten Mann am Hemdskragen und zerknitterte die glatte Seide in seinen Fingern. „Ich habe es nicht getan, okay? Es gab nicht genügend Beweise, weil ich es nicht getan habe. Hättet ihr nur einen Bruchteil der Energie, mit der ihr mich gehasst habt, darauf verwendet, die Wahrheit herauszufinden, hättet ihr den wahren Mörder wahrscheinlich finden und uns allen eine Menge Ärger ersparen können."

Thomas verzog die Lippen und schob Jackson von sich. „Du unverschämter Kerl! Bist nicht zufrieden damit, dass du ungeschoren davongekommen bist? Musstest auch noch zurückkommen, was? Ich dachte – nein, ich hoffte –, du wärst klüger."

„So wie ich das sehe, habe ich noch den einen oder anderen schwarzen Fleck auszuradieren."

„Aber warum?" Thomas' Wut verebbte, schien sich in Frustration zu verwandeln und sogar in Verzweiflung. „Dafür gibt es keinen Grund."

„Nur, wenn es Ihnen egal ist, wer Ihren Sohn umgebracht hat." Jackson beobachtete den alten Mann genau. Er hatte in seinem Beruf mit genügend Lügnern zu tun gehabt; er konnte regelrecht riechen, wenn jemand nicht die Wahrheit sagte. Und der gute alte Thomas hatte etwas zu verbergen – etwas, das mit ihnen beiden zu tun hatte. „Was ist los, Fitzpatrick? Irgendetwas stört Sie doch."

„*Du* störst mich."

„Aber da ist noch etwas, nicht? Irgendetwas an Roys Tod gefällt Ihnen ganz und gar nicht."

„Nichts daran *gefällt* mir."

Jackson gab nicht auf. Wie ein Hund, der nach einem Knochen sucht, grub er immer weiter. „Sie wollen mir die Schuld geben, wollen, dass ich ins Gefängnis gehe und der Sheriff den Schlüssel wegwirft. Sie wollen mich loswerden."

„Du hast meinen Sohn umgebracht", entgegnete Thomas unerbittlich, sah Jackson dabei aber nicht in die Augen – fast, als würde er selbst nicht glauben, was er ihm vorwarf. Der alte Mann war ein Puzzle, und Jackson hatte vor, ihn auseinanderzunehmen, Stück für Stück.

„Wenn ich Roy umgebracht habe – warum sollte ich dann zurückkommen? Warum sollte ich das alles wieder ausgraben wollen? Meinen Sie nicht, dass ich ein verdammt großes Risiko damit einginge, nach Gold Creek zurückzukehren und den Fall aufzurollen, wenn auch nur im Entferntesten die Möglichkeit bestünde, dass ich schuldig gesprochen werde? Ich mag vieles sein, Fitzpatrick, aber ich bin nicht dumm und ich bin kein Mörder. Ich sehe das so: Wenn Sie wirklich wissen wollen, wer der wahre Mörder von Roy ist, können Sie mit mir zusammenarbeiten. Oder aber Sie sind zufrieden damit, wie die Dinge jetzt stehen, dann können Sie sich raushalten. Aber wenn Sie gegen mich arbeiten, dann fange ich an, mich zu fragen, warum. Was haben Sie zu verbergen?"

Thomas' Wirbelsäule war steif wie eine Eisenstange. Seine Stimme klang leise, doch in ihr vibrierte eine Autorität, die durch jahrelanges Innehaben einer Machtposition gewachsen war, eine Autorität, die kaum jemand infrage stellte. Sein steinerner blauer Blick richtete sich auf Jackson. „Ich will nicht, dass meiner Familie noch mehr Schmerz zugefügt wird", sagte er langsam. „Meine Frau ist nicht gerade bei bester Gesundheit, und meine anderen Kinder ... Sie alle mussten wegen dieser Sache leiden. Es ist besser, es auf sich beruhen zu lassen, Jackson. Lass es sein."

Jackson betrachtete Fitzpatricks Gesicht – perfekt und patrizisch, geschliffen von Macht und Geld. „Das kann ich nicht", erwiderte er schließlich. Er erinnerte sich nur zu gut, wie June Fitzpatrick geschworen hatte, dass „Gerechtigkeit" geschehen würde, was für sie bedeutete, ihn zu vernichten. „Wir reden hier über mein Leben, über meinen Ruf. Und was Ihre Familie angeht – würde es sie nicht freuen, wenn die Sache ein für alle Mal geklärt wäre?" Er rückte dicht an das Gesicht des alten Mannes heran. „Wovor haben Sie bloß so viel Angst?"

Auf Thomas' Stirn fing eine Ader an zu pochen, aber er antwortete nicht.

„Ich werde es herausfinden."

„Fahr zur Hölle!"

„Ich fürchte, das geht nicht", entgegnete Jackson. „Ich bin bereits dort. Das bin ich seit zwölf Jahren." Er schlenderte zurück zu seinem Motorrad und schwang ein Bein über den schwarzen Ledersattel. Mit einer Drehung des Handgelenks und einem Tritt auf den Anlasser setzte er die Maschine in Bewegung. Der Motor erwachte mit ohrenbetäubendem Dröhnen zum Leben, und Jackson fuhr mit quietschenden Reifen zum Tor hinaus.

Wahrscheinlich wird er sich umbringen, dachte Thomas Fitzpatrick mit einem Anflug von Schuldbewusstsein, als er Jackson hinterhersah. In seinem Mund war auf einmal ein schlechter Geschmack. Der Junge war unberechenbar, so viel stand fest. Thomas war normalerweise der Erste, der eine unabhängige und rebellische Natur erkannte und dazu beglückwünschte, solange er diese Unabhängigkeit und Rebellion zu seinem eigenen Nutzen einsetzen konnte. Viele der Männer, die er angestellt hatte, waren als Aufrührer zu ihm gekommen, die bereits mit dem Gesetz in Konflikt geraten waren. Thomas hatte viel Zeit und eine Stange Geld darin investiert, aus diesen Männern treue, innovationsfreudige Arbeiter zu machen.

Jackson Moore hätte einer dieser Männer sein können. Bis auf seinen angeborenen Hass auf die Fitzpatricks und die Tatsache, dass Jackson jetzt selbst ein reicher Mann war. Zu schade. Wahrscheinlich konnte man ihn nicht kaufen und deswegen auch nicht manipulieren. Während er auf einem schattigen Pfad durch den nach Sommerblumen duftenden Garten schritt, konnte Thomas nicht anders, als diesen Mann widerwillig zu bewundern, der mit weniger als nichts angefangen und sich zum berühmten, berüchtigten Anwalt mit dickem Bankkonto hochgearbeitet hatte.

Jackson Moore. Irgendetwas musste wegen ihm geschehen. Irgendwas. Irgendwie. Aber nicht auf die übliche Weise. Es hingen einfach zu viele schmerzhafte Erinnerungen an Sandra Moore, ihrem Sohn und Roy. Verdammter Mist! Thomas hätte die ganze Sache schon vor Jahren ins Reine bringen sollen – die Konsequenzen ertragen und von vorn anfangen. Aber das hatte er nicht getan. Weil er schwach gewesen war. Ein Feigling.

Die Rückseite des Hauses lag bereits im Schatten, die Sonne versank im Westen hinter den Bergen. Thomas fühlte sich älter als seine siebenundfünfzig Jahre, die Last seiner Jugend wog schwer auf ihm. Er hatte in seinem Leben Fehler begangen – zu viele, um sie noch zu zählen, die meisten von ihnen, als er noch jünger gewesen war. Einige seiner früheren Fehlentscheidungen hingen jeden einzelnen Tag seines Lebens über ihm wie ein unsichtbarer Schatten, der sich nicht abschütteln ließ.

Auf weichen Ledersohlen schlurfte er über die Sonnenterrasse.

Seine Frau lag auf einem Liegestuhl, die Augen geschlossen, und streichelte gedankenverloren den Rücken einer Perserkatze, die es sich auf ihrem Schoß bequem gemacht hatte. „Was macht *er* wieder hier?“, fragte sie leise.

Thomas spürte die Schwere der Luft durch den Duft des Flieders hindurch, getränkt von der Verbitterung seiner Frau. Die Insekten summten friedlich, aber June war zum Kampf bereit, und nach dreißig Jahren Ehe wusste er, dass es nichts gab, womit er diese Konfrontation verhindern konnte. Er ging an die Bar und goss sich einen Fingerbreit puren Scotch ein. „Er schnüffelt herum. Behauptet, er will seinen guten Ruf wiederherstellen.“

June seufzte laut. „Das kann er nicht. Er ist schuldig."

„Wahrscheinlich hast du recht."

Sie riss die Augen auf. „Du *weißt*, dass er es getan hat, Tom." Sie richtete sich rasch von der Liege auf und weckte dabei ihre Katze aus ihrem Nickerchen, die mit einem Sprung auf den Tisch hechtete, dabei ein paar Hochglanzmagazine herunterwarf und schließlich von der Veranda ins Gebüsch flüchtete.

„Es ist nie bewiesen worden, dass Jackson es getan hat."

„Weil er schlüpfrig ist. Wie Öl auf Wasser." Sie schauderte, und ihre bleiche Haut wurde noch weißer. „Er hat Roy mit eigenen Händen das Leben genommen. Vielleicht war es nicht vorsätzlich, zugegeben. Aber er hat ihn umgebracht, so wahr ich hier sitze. Dieser armselige Bastard hat meinen Sohn getötet! Unseren Sohn, Tom! Unseren Erstgeborenen." Sie warf sich einen Pullover über die Schultern, stand auf, ging an die Bar und goss sich ein ordentliches Glas Gin ein. Sie fügte noch einen Spritzer Wermut hinzu, ehe sie eine Olive in ihr Glas fallen ließ. Zwischen ihnen hing der alte Schmerz aus Betrug und Tod, wie er es immer getan hatte.

Thomas nahm einen langen Schluck von seinem Drink, spürte, wie der Alkohol seine Kehle hinunterglitt und ihm den Magen wärmte. Er konnte diesen Streit nicht gewinnen. „Ich vermisse Roy ebenso wie du."

„Nicht genug, um dafür zu sorgen, dass der Mann, der für seinen Tod verantwortlich ist, bezahlen muss."

„Ich habe die besten Anwälte und Privatdetektive engagiert, und Gott weiß, dass der Staatsanwalt alles in seiner Macht Stehende getan hat. Es gab nur einfach nicht genug Beweise."

June richtete ihren anklagenden, eiskalten Blick auf ihn, ehe sie einen tiefen Schluck von ihrem Martini nahm. Sie leckte sich einen Tropfen von den Lippen und wählte ihre nächsten Worte mit Bedacht. „Du hast es nicht genug versucht, Tom, das war das Problem. Weil du tief in dir drin nicht wolltest, dass Jackson für den Mord an unserem Sohn hingerichtet wird!"

Rachelle betrat das Postamt an der Main Street. Ein paar Leute standen Schlange, um Briefmarken zu kaufen und Pakete aufzugeben oder um sich einfach mit den Angestellten zu unterhalten, die dort schon seit Jahren hinter dem Schalter standen. Der Boden vor dem Tresen war abgetreten, und in dem kleinen Laden roch es nach Papier, Staub und Tinte. Mit festem Druck klebte sie die Briefmarken auf den braunen Umschlag und steckte ihren zweiten Artikel in den Briefkasten. In dieser Kolumne ging es um die wirtschaftlichen Veränderungen in Gold Creek und ihre Auswirkungen auf die Bevölkerung: um die Probleme einer Stadt, die ihre natürlichen Ressourcen verloren hatte, und um die Verzweiflung der Familien, die ihren Lebensunterhalt aus der Forstwirtschaft bezogen. Sie hatte das Gefühl, ihr Artikel würde auch in anderen Teilen des Landes Anklang finden, wo die Jobs von der Automobilindustrie oder der Ölförderung oder der Landwirtschaft abhingen, überall dort, wo sich kleine Städte in Amerika auf eine Haupteinnahmequelle verließen, die all ihren Bewohnern Arbeitsplätze sicherte.

Nächste Woche wollte sie auf den Naturschutz eingehen, im Artikel danach sollte es um Familien gehen, die schon seit Generationen in Gold Creek lebten und nicht einmal daran dachten, weiterzuziehen.

Sie dachte an Laura Chandler. Laura hatte einfach nur den reichsten Jungen heiraten wollen, und wenn das nicht Roy Fitzpatrick war, dann eben seinen jüngeren Bruder Brian. Rachelle schnaubte und warf sich ihre Handtasche über die Schulter. Sie bezweifelte, dass sie sich je wieder mit jemandem vom Fitzpatrick-Clan unterhalten würde. Jedes Mal, wenn sie im Büro anrief und versuchte, einen Termin bei Thomas Fitzpatrick zu bekommen, teilte man ihr eisig mit, dass Mr Fitzpatrick sich „auf Geschäftsreise“ befand. Die Sekretärin hatte versprochen, sie anzurufen, wenn Mr Fitzpatrick zurückkehrte.

Rachelle glaubte der Frau am anderen Ende der Leitung nicht. Als Journalistin war sie oft genug hingehalten worden, um zu wissen, wenn man sie einfach nur abwimmeln wollte. Ein paar

Tage würde sie Fitzpatrick noch Zeit geben, dann wollte sie schwerere Geschütze auffahren.

In der Zwischenzeit musste sie ihrer Mutter helfen, das Leben ohne Harold zu meistern. Es gab Rechnungen zu bezahlen, Kredite aufzunehmen, einen Job zu finden. Wenigstens konnte Rachelle ihr beistehen, und dieses eine Mal wehrte sich Ellen nicht gegen ihre älteste Tochter.

Rachelle plante noch einen weiteren Artikel, und zwar über die Menschen, die aus Gold Creek weggezogen waren, um ihre Spuren in der Welt zu hinterlassen. Menschen wie sie selbst. Menschen wie Carlie. Menschen wie Jackson Moore.

Sie dachte an ihre alte Freundin. Wo sie jetzt nur war? Nach ihrer Unterhaltung mit Mr Surrett hatte Rachelle ein paar Mal bei Carlies Familie angerufen, aber es war entweder besetzt gewesen oder es war niemand rangegangen. Einen Anrufbeantworter gab es nicht, also hatte sie keine Nachricht hinterlassen können.

Immerhin war es ihr gelungen, Jackson mehrere Tage aus dem Weg zu gehen, aber sie hatte nicht aufhören können, an ihn zu denken. Ob sie je in der Lage sein würden, sich höflich miteinander zu unterhalten? Oder würde immer diese Wut zwischen ihnen stehen und diese Leidenschaft, die es ihr unmöglich machte, einen klaren Gedanken zu fassen?

Sie ging nach draußen und machte sich auf den Weg zu ihrem Wagen.

„Rachelle?“ Sie erkannte die Frauenstimme nicht. Als sie sich umdrehte, entdeckte sie einen hübschen Rotschopf neben einem klapprigen alten Kombi voll mit Besen, Schrubber, Reinigungsmitteln und zwei blonden Jungs, die sich auf der Rückbank prügelten. „Du bist doch Rachelle Tremont, oder nicht?“ Die Nase der Frau war mit Sommersprossen gesprenkelt, und ihre Augen waren strahlend grün. „Ich dachte doch, ich hätte dich neulich morgens am See gesehen.“

„Ja ... ja, ich war da“, antwortete Rachelle. Das war ja Nadine Powell!

„Ich wohne auf der Südseite“, erklärte Nadine, drehte sich dann zu ihrem Wagen um und beugte sich zum Rückfenster, das kaum einen Spaltbreit offen stand. „Hört auf jetzt, ihr beiden.“

„Wir kommen zu spät, Mom“, quengelte einer der Jungs.

Nadine sah auf die Uhr und verdrehte die Augen. „Immer das Gleiche“, sagte sie. „Ich hab schon gehört, dass du wieder zurück bist und über Gold Creek schreiben willst, auch wenn ich nicht glauben kann, dass es irgendjemanden interessiert, was hier in den letzten Jahren passiert ist. Aber wenn du mit jemandem reden willst, der sein ganzes Leben hier verbracht hat, dann ruf mich an. Ich lade dich auf einen Kaffee ein.“

Rachelle lächelte. „Sehr gern.“

„Mom! Komm endlich! Mrs Zalinski bringt mich um, wenn ich wieder zu spät komme!“

Zalinski. *Zalinski!* Rachelle blieb fast das Herz stehen. So hieß der Hilfssheriff, der Jackson verhaftet hatte!

„Immer mit der Ruhe, ich komme ja!“ Nadine schüttelte den Kopf. „Ich muss los.“ Sie stieg in den Chevy und setzte ihn in Bewegung. Rachelle fragte sich, ob aus Nadine, einem Mädchen, das sie in der Highschool kaum gekannt hatte, einem Mädchen, das den Ruf gehabt hatte, mit den falschen Leuten befreundet zu sein, ihre einzige Freundin in Gold Creek werden würde.

Stunden später schob Rachelle frustriert ihren Stuhl in der Bibliothek zurück. Sie sah aus den großen Fenstern, bemerkte, dass die Nachmittagssonne bereits verblasst war, und wünschte sich, sie würde irgendetwas finden, egal was, das sie noch nicht über den Fitzpatrick-Mord wusste. Aber alle Artikel, die sie gelesen hatte, waren voll von den gleichen abgedroschenen Phrasen, die sie schon vor Jahren tausend Mal gelesen hatte. Warum wühlte sie die Sache überhaupt wieder auf? Wahrscheinlich, weil Jackson gesagt hatte, dass sie die Finger davon lassen sollte. Und weil die Nacht, in der Roy gestorben war, sie für immer verändert hatte. Solange sie nicht die alten, verdrängten Gefühle verarbeitet hatte, die sie mit jener Nacht verband, konnte sie nie in die Zukunft blicken – eine Zukunft an Davids Seite.

Sie runzelte die Stirn und biss sich auf die Unterlippe. Seit sie in Gold Creek angekommen war, dachte sie immer seltener an David. Die alte Theorie, dass die Liebe durch Entfernung wächst, schien nicht zu stimmen, jedenfalls nicht in diesem Fall. Als sie sich vor Jahren nach Jackson verzehrt hatte, war es ihr allerdings gelungen, sich erfolgreich einzureden, dass sie ihn mit jedem Tag, an dem sie sich nicht sehen konnten, nur noch mehr liebte.

Man hatte ihr nicht erlaubt, ihn zu besuchen. Ihre Eltern hatten ihr – natürlich unabhängig voneinander – jederlei Besuchsrecht abgesprochen. Und weil sie noch minderjährig gewesen und deswegen nicht befugt war, einen Insassen ohne die Begleitung eines Erwachsenen zu besuchen, hatte sie vor lauter Verzweiflung sogar ein älteres Mädchen angefleht, ihr einen Ausweis zu leihen. Aber der Sicherheitsbeamte hatte sie nur ausgelacht, als sie ihm den Führerschein ihrer Mitschülerin entgegengestreckt hatte. „Gehen Sie nach Hause, Miss Tremont", hatte er gesagt und mit der Zunge geschnalzt. „Sie machen es nur noch schlimmer für sich selbst. Und für ihn auch."

Sie hatte gehofft, dass die Cops sich nicht an sie erinnern würden, aber natürlich hatten sie es doch getan. Immerhin war sie eine Hauptzeugin. Und eine Idiotin, weil sie überhaupt zum Gefängnis gegangen war. Ihre Mutter hatte davon erfahren. Alles, was Rachelle erreicht hatte, war, die Schwierigkeiten zu Hause noch schlimmer zu machen und dafür zu sorgen, dass ihr lädierter Ruf noch mehr in den Dreck gezogen wurde.

Denn zu allem Überfluss hatte ein Reporter von der Sache Wind bekommen, und ausgerechnet die Zeitung, bei der sie selbst gearbeitet hatte, der *Gold Creek Clarion*, hatte einen Artikel über ihren gescheiterten Besuch hinter Gittern gebracht. Sie war zum Gespött der ganzen Schule geworden. Wenigstens hatte die Schülerzeitung, bei der sie immer noch ihre Stunden ableistete, die Geschichte nicht aufgegriffen.

„Hey, Rachelle, wie wär's mit einem Date – im Staatsgefängnis?", hatte ein Junge ihr am Montag danach in der Schule hinterhergerufen.

„Warst bei deinem Mörder-Freund, was?", hatte ein anderer gerufen. „Wie geht es dem alten Schwerenöter?" Der Junge hatte ekelhafte Kuss-Geräusche gemacht, die Rachelle auf allen Gängen verfolgt hatten, während sie von allen ausgelacht wurde. Tränen hatten ihr in den Augen gebrannt, und sie hatte sich eine ganze Stunde lang in der Dunkelkammer der Schülerzeitung verkrochen.

Selbst jetzt versetzte ihr die Erinnerung noch einen Stich. War es das wert? Der ganze alte Schmerz – lohnte es sich wirklich, sich ihm wieder zu stellen?

Sie ließ den Kopf in die Hände sinken und wünschte sich, der Kopfschmerz, der hinter ihren Schläfen pochte, würde verschwinden. Ihre Gefühle waren wie ein Jo-Jo, aufgerollt und bereit, in einer Sekunde vorzuschnellen und sich in der nächsten wieder zusammenzuziehen und zu verkriechen.

Halt einfach durch! sprach sie sich Mut zu. *Es wird besser werden. Das muss es einfach!*

Nur, dass Jackson wieder in der Stadt war – eine Hürde, mit der sie nicht gerechnet hatte. Sie wandte sich wieder dem leuchtenden Monitor zu und sah sich weiter alte Zeitungen auf Mikrofilm an. Ihre Augen waren müde und schmerzten, und sie fuhr vor Schreck fast aus der Haut, als Jackson hinter dem Bildschirm auftauchte und sich lässig zu ihr hinabbeugte.

„Was machst du hier?", zischte sie, woraufhin die meisten Leute an den alten Tischen um sie herum die Köpfe nach ihnen drehten.

„Ich hab nach dir gesucht."

„Ich dachte, wir gehen einander aus dem Weg."

„Das war deine Idee, nicht meine."

„Pst!" Ein griesgrämiger Mann mit Brille und buschigen grauen Augenbrauen starrte sie wütend an, schlug dann seine Zeitung auf und vertiefte sich wieder darin.

Jackson nahm Rachelle an der Hand und zog sie mit sich.

„Hey, Moment mal! Was hast du vor?“ Hatte sie sich nicht bei ihrer letzten Begegnung geschworen, dass es die letzte sein würde? Und hier war er wieder, lächelnd und charmant. Bestimmt wollte er irgendetwas von ihr.

„Lass uns von hier verschwinden.“

Sie erinnerte sich daran, wie er sie geküsst hatte, und ihr dummes Herz fing an zu flattern. „Ich glaube nicht.“

„Ich war gerade bei Thomas Fitzpatrick.“

„Er ist wieder in der Stadt? Aber ...“ Sie war von ihrem Stuhl aufgestanden, hatte sich ihre Handtasche und ihre Jacke genommen, ehe sie überhaupt merkte, was sie tat. Aus dem Augenwinkel konnte sie sehen, wie der Mann mit den buschigen Augenbrauen seine schmalen Lippen schürzte und zusah, wie sie zusammen mit Jackson flüchtete.

Draußen war die Nachmittagssonne verschwunden und die Schatten, die auf den asphaltierten Parkplatz fielen, waren länger geworden. Rachelle zog ihre Hand aus seiner und blieb stehen. „*Du* hast mit Thomas Fitzpatrick gesprochen?“, fragte sie misstrauisch.

„Ganz genau.“

„Wann?“

„Heute Nachmittag, bei ihm zu Hause.“

„Oh ja, sicher! Und er hat dir die Tür geöffnet, dich auf einen Drink hereingebeten und als alten Freund der Familie willkommen geheißen.“

Jackson grinste. „Nicht ganz. Ich bin weder durch die Vordertür gekommen noch durch die Hintertür, wo wir schon dabei sind.“

„Bist du verrückt? Warum bist du zu ihm gegangen? Der Mann hasst dich! Hast du vergessen, was er dir angetan hat?“, rief sie, und noch während sie sprach, wurde ihr bewusst, dass sie fast die gleichen Worte benutzte wie Heather, als ihre Schwester sie vor Jackson warnen wollte.

Ein Pärchen mittleren Alters, das ihnen auf dem Gehweg entgegenkam, starrte sie an und tauschte dann einen wissenden

Blick. Der Mann beugte sich zu der Frau hinab, die eine Hand an den Mund legte und ihm etwas ins Ohr flüsterte.

Rachelles Nacken begann zu kribbeln. Jackson nahm sie wieder an der Hand und zog sie auf ein riesiges Motorrad zu. Bilder einer anderen Nacht blitzten in ihren Gedanken auf. „Moment mal! Was hast du vor?“

„Wir verschwinden von hier.“

„Darauf?“ Sie zeigte fassungslos auf das Motorrad.

„Mmm.“

„Du und ich gemeinsam auf einem Motorrad? Oh nein! Ich glaube nicht …“

Er schwang ein Bein über die glänzende Maschine. „Steig einfach auf, Rachelle.“

„Auf keinen Fall. Ich lasse mich nicht …“ Sie brach ab, als sie Scott McDonald entdeckte, der eilig die Straße hinuntermarschierte. Er war mit den Jahren in die Breite gegangen, aber sie erkannte ihn dennoch.

„Noch einer von Roys alten Freunden“, bemerkte Jackson, der Scott dabei zusah, wie er die Tür der Apotheke öffnete und hineinging. „Hat etwa keiner von ihnen die Stadt verlassen?“

„Nicht viele“, sagte Rachelle, und als er sie scharf ansah, zuckte sie mit den Schultern. „Ich habe für meine Kolumne recherchiert. Es sieht so aus, als wären die Leute, die den Fitzpatricks am nächsten standen, fast alle in Gold Creek geblieben.“

„Kleine Stadt, kleine Geister.“

„Nicht ganz“, sagte sie und wunderte sich selbst. Warum verteidigte sie diese Stadt? Sie hatte hier leiden müssen, sowohl unter ihren Altersgenossen als auch unter der älteren Generation der Einwohner. Es hatte keinen Zufluchtsort gegeben. Sie war in der Schule gequält worden, in der Redaktion der Zeitung, wo man sie aus keinem anderen Grund gefeuert hatte, als dass sie auf Jacksons Seite war, selbst in der Kirche, wo mehrere Frauen ihr über die Schulter Blicke zugeworfen hatten, mit denen sie sie stumm als Sünderin verdammten. Es hätte sie nicht überrascht, wenn man sie aufgefordert hätte, einen scharlachroten Buchstaben auf der Bluse zu tragen.

Ihre Mutter hatte selbst einiges aushalten müssen. Nicht nur, dass ihr Mann mit einer jüngeren Frau durchgebrannt war, auch ihre älteste Tochter hatte unter Beweis gestellt, dass sie kein Deut besser war als ihr untreuer Vater. Ellen Tremont hatte ihren Bridgeklub und die Gemeindetreffen aufgegeben und damit ihr gesamtes soziales Leben.

Ja, Rachelles Nacht mit Jackson hatte fast alle Menschen verletzt, die ihr etwas bedeuteten.

„Und?" Jackson wartete noch. Ein Muskel auf seiner Wange pochte. Er saß rittlings auf dem Motorrad und hatte den Motor bereits angelassen. Er dröhnte laut durch die Straßen. Eine Einladung.

Sie sah ihm in die Augen, entdeckte dort einen Schimmer Zärtlichkeit und spürte, wie ihr Widerstand dahinschmolz. *Du bist ein Dummkopf – ein verrückter, masochistischer Dummkopf!*

Trotz all ihrer Einwände stieg Rachelle hinter ihm auf die Maschine, allerdings ohne ihn zu berühren.

Jackson stopfte ihre Handtasche und ihre Notizen in eine Seitentasche und warf ihr über die Schulter einen Blick zu, während er sein Motorrad in den langsamen Verkehr einfädelte. „Wohin, die Dame?"

Sie zuckte mit den Schultern und legte ihm langsam die Arme um die Brust. „Das war doch deine Idee."

Er verzog den Mund zu einem tückischen Grinsen. „Dann kann ich mit dir machen, was ich will?"

Seine Zweideutigkeit brachte ihren Puls zum Rasen, und sie musste sich zwingen, kühl zu lächeln. „Du sitzt am Lenker, Jackson."

10. KAPITEL

Rachelle wusste, dass es falsch war, hinter Jackson auf das Motorrad zu steigen, genau wie sie vor zwölf Jahren gewusst hatte, dass es falsch war, in Erik Pattons Pick-up zu klettern. Sie konnte nicht fassen, dass sie den gleichen Fehler zweimal beging, aber so war es. Ihr Magen war zusammengezogen wie die Spirale eines Uhrwerks, als Jackson unter der alten Eisenbahnbrücke hindurchdonnerte und auf den See zuhielt.

„Der See? Wir fahren an den See?", rief sie über das Dröhnen des Motors hinweg. Sie konnte ihre Fassungslosigkeit dabei nicht verbergen.

„Warum nicht?"

„Du bist wirklich ein Masochist, was?"

„Am See hat alles angefangen", sagte er mit stählerner Stimme, während er einen Gang herunterschaltete, um eine enge Kurve zu nehmen.

„Du weißt ja, was die Leute sagen – der Täter kehrt immer an den Tatort zurück."

Er warf ihr über die Schulter einen eisernen Blick zu. „Lass sie reden."

„Aber …" Sie klappte den Mund zu. Er hatte sich entschieden; er fuhr das verdammte Motorrad, und es gab nichts, was sie tun konnte, um etwas an seiner Entscheidung zu ändern. Die Ironie der Situation entging ihr nicht. Wie oft hatte sie, nachdem Jackson die Stadt verlassen hatte, davon geträumt, dass er zu ihr zurückkehren würde, dass er sie mit zurück an den See nehmen und sie sich dort, vor Pinienzweigen und Nebelschwaden, lieben würden und ihre gemeinsame Zukunft besiegeln?

Wie dem auch sei … Seit sie diese zarten Hirngespinste gesponnen hatte, in denen Jackson immer der Held war und sie die verfolgte, aber am Ende glückliche Heldin, war sie ein ganzes Stück erwachsener geworden. Jetzt klang ein Ausflug zum See für sie eher nach einem Albtraum.

Auf der Fahrt durch das nachtschwarze Gebirge wehte der Wind ihr ins Gesicht und spielte mit ihren Haaren. Rachelle versuchte, Jackson über die Schulter zu sehen. Sie versuchte, seinen Duft nach Leder und Aftershave zu ignorieren, und auch die Art, wie sein Bauch sich anspannte, immer wenn sie ihre Hände bewegte. So fest an ihn gedrückt war es fast unmöglich, sich in Gedanken nicht damit zu beschäftigen, wie männlich er war, wie stark und wie sexy. Sie konnte in dieser Nacht ebenso wenig dagegen tun, sich zu ihm hingezogen zu fühlen, wie vor zwölf Jahren.

„An den See zurückzukehren, wirft vielleicht ein neues Licht auf die Dinge“, sagte er. Er drehte sich dabei nicht um, sondern starrte geradeaus in die Nacht, seine Konzentration ganz auf den Lichtkegel gerichtet, den sein Scheinwerfer vor dem Motorrad auf die Straße warf.

Sie fuhren am Sägewerk der Monroes vorbei, wo die meisten Bäume, die man bei *Fitzpatrick Logging* fällte, zersägt oder zu Pressholz verarbeitet wurden. Im grellen Licht standen Arbeiter in Jeans, Flanellhemden und Arbeitshandschuhen mit ihren Schutzhelmen an der Schnittholzsortierung, wo das frisch zerteilte Holz über Transportbänder lief und aufgeteilt wurde.

In einem anderen Schuppen entfernte eine Rindenschälmaschine die grobe äußere Schicht von Baumstämmen. Riesige Sägen zerteilten sie, Sägespäne sprühend, in dickes Schnittholz, das kurz darauf zu kleinerem Holz zerteilt und verkauft werden und den Gewinn des Sägewerks und damit das Vermögen der Monroes und Fitzpatricks vergrößern würde.

Rachelle war in ihrem Leben schon Hunderte Male am Sägewerk vorbeigefahren, aber jetzt, in der Dunkelheit, mit Jackson, erinnerte es sie an jene Nacht, die sie für immer miteinander verbunden hatte. Sie starrte seine breiten Schultern an und spürte die Anspannung in jedem einzelnen seiner Muskeln. Seine Gedanken waren wohl in die gleiche Richtung gewandert wie ihre.

Die Straße wand sich bergauf durch den Wald. Rachelle zog sich der Magen zu einem festen Knoten zusammen, als sie am

Anwesen der Fitzpatricks vorbeifuhren. Brachte er sie etwa dorthin? Aber warum? Sie konnte sich nicht vorstellen, dass unrechtmäßiges Betreten von Fitzpatrick-Besitz ihnen weiterhelfen würde, und sie wollte auch den Pavillon nicht sehen, in dem Roy sie angegriffen hatte, ehe Jackson Gott sei Dank gekommen war, um sie zu retten.

Doch er fuhr weiter die gewundene Straße entlang und blieb erst stehen, als er das Grundstück der Monroes erreicht hatte. Das schmiedeeiserne Tor war geschlossen, und die dicke Steinmauer, die das Grundstück umgab, schien unbezwingbar.

„Und was jetzt?“, fragte sie, als sie parkten und Jackson einfach nur mit dem Scheinwerfer auf Stein und Lehm leuchtete. Ihre Brust fühlte sich eng an. Sie spürte die Spannung, die zwischen ihnen in der Luft lag, und wusste, dass sie heute Nacht etwas tun würde, was sie nicht tun sollte. Jackson würde versuchen, sie zum Mitkommen zu überreden, genau wie er sie überzeugt hatte, mit ihm hierherzufahren.

„Jetzt brechen wir ein.“

„Oh nein! Das haben wir schon einmal getan, weißt du nicht mehr? Und du bist ins Gefängnis …“

Er drehte sich zu ihr um und nahm ihre Hand in seine. Sein Griff fühlte sich warm an. Er tastete mit den Fingern nach der Unterseite ihres Handgelenks und fand ihren Puls gerade als er anfing, in die Höhe zu schnellen. „Natürlich erinnere ich mich, Rachelle“, sagte er leise. „Deswegen sind wir ja hier.“ Die Nachtluft schien zwischen ihnen zu knistern.

„Das ist unrecht, Jackson! Das wissen wir beide. Und es ist gefährlich. Denk an das, was letztes Mal passiert ist – an den ganzen Ärger. Ich werde es nicht riskieren, wegen Hausfriedensbruch oder sonst was verhaftet zu werden!“

„Was ist mit deinem Sinn für Abenteuer passiert?“

„Und was mit deinem Hirn? Das ist verrückt. V-E-R-R-Ü-C-K-T!“

„Und ich dachte, ihr Journalisten tut so gut wie alles für eine Story“, zog er sie auf.

„Hier gibt es keine Story." Das war gelogen. In Wirklichkeit hatte sie ihrer Redakteurin ein Interview mit Jackson versprochen, damit sie ihre Kolumnenreihe bewilligt bekam. Sie biss sich auf die Lippe.

„Ach, ich glaube, ein bisschen Material bekämen wir zusammen – ein paar interessante Kolumnen-Zentimeter." Er schaute sie so intensiv an, dass seine Augen zu lodern schienen. Ihre Kehle wurde staubtrocken, als sie glaubte, er würde sie wieder küssen, aber er ließ plötzlich ihre Hand los und schwang sich vom Motorrad. Er warf ihr die Schlüssel zu und sagte: „Du kannst mitkommen. Oder du fährst allein zurück."

„Ich weiß nicht einmal, wie ich dieses Ding zum Fahren bringen sollte … Jackson, warte!"

Er verschwand, bahnte sich den Weg durch die Bäume, und Rachelle wünschte, sie wäre überall, nur nicht hier. Zum Teufel mit ihm! Sie waren keine Kinder mehr. Das bedeutete richtigen Ärger, riesigen Ärger. Ihre Karrieren konnten darunter leiden, sogar ruiniert werden, seine und ihre.

Wäre sie noch bei klarem Verstand – sie würde den Schlüssel ins Schloss stecken, das Motorrad wenden und, Gott weiß wie, ihn stehen lassen. Sollte er doch per Anhalter zurück in die Stadt fahren! Es ist ja nicht so, als hätte er das noch nie getan, dachte sie mit mehr als nur einer Spur Verbitterung. Ihr Herz zog sich schmerzhaft zusammen. Warum war sie also hier, gemeinsam mit ihm, zurück an genau jener Stelle, an der sie ihm vor Jahren ihre Unschuld geschenkt hatte?

Weil du ein Dummkopf bist, Rachelle! Ein romantischer Dummkopf.

Ein schmales Lächeln schlich sich in ihre Mundwinkel. Denn trotz des Herzschmerzes und der Verbitterung, die sie empfand, hütete ein winziger Teil von ihr behutsam die Erinnerung an die Stunden, in denen sie einander geliebt hatten. Selbst jetzt, nach all den Jahren, war da immer noch Zärtlichkeit, ein warmes Gefühl in ihrem Herzen, wenn sie sich an ihr Liebesspiel erinnerte. Ihre Leidenschaft war regelrecht explodiert in dieser Nacht, aber er hatte auch eine sanfte, zärtliche Seite von sich gezeigt, die er nicht vielen Menschen offenbarte. Sie hatte sich oft gefragt, ob jemand außer ihr diesen inneren Teil von ihm sehen durfte.

Was für ein absolut lächerlicher Gedanke! Er konnte Dutzende anderer Frauen geliebt haben, und jede von ihnen glaubte wahrscheinlich, dass sein Herz nur ihr allein gehörte. Dass nur sie Zeuge seines Schmerzes geworden war, dass nur sie Balsam auf seine Wunden gestrichen hatte, dass nur sie und sie allein den gefühlvollen Mann unter der harten Schale erblickt hatte.

Entsetzt sah sie noch einmal zu der Mauer, die das Grundstück umgab, und entdeckte ihn auf der anderen Seite des Tores, wo er sich an irgendetwas zu schaffen machte – wahrscheinlich an dem elektrischen Schloss. Innerhalb weniger Minuten schwangen die Torflügel knarrend auf. Jackson rannte zu seinem Motorrad, sprang auf – und nachdem er ihr die Schlüssel aus den Fingern gepflückt hatte, zwinkerte er ihr zu. Er ließ den Motor an und fuhr auf das Grundstück.

„Du hast den Verstand verloren", flüsterte sie, hielt sich aber an ihm fest, die Arme eng um seinen Bauch geklammert.

Er warf ihr über die Schulter einen gefährlichen Blick zu. „Vielleicht."

„Da gibt es kein ‚vielleicht'."

Die Auffahrt lag im Dunkeln. Jackson fuhr langsam über den rissigen Asphalt, und Rachelle zog sich dabei der Magen zusammen. Das war ein Fehler, ein schrecklicher Fehler! An nichts anderes konnte sie denken, während er vor dem Haus parkte.

Das Haus war noch so, wie sie es in Erinnerung hatte – drei Stockwerke mit einem spitzen Dach und Gauben. Sie fragte sich, ob auch die Möbel noch die gleichen waren. Ob wohl die Couch noch vor dem Kamin stand?

„Sieht aus, als wäre seit Jahren niemand hier gewesen", stellte sie fest, während sie den Blick über das verwilderte Grundstück streifen ließ.

„Ich glaube nicht, dass die Monroes noch herkommen." Er stieg vom Motorrad und sah zum Haus hinauf. „Ich habe nie wirklich herausbekommen, wie die Polizei uns damals gefunden hat", sagte er. „Ich bin dann zu dem Schluss gekommen, dass sie von Haus zu Haus gegangen sind, nachdem sie von der Prügelei zwischen Roy und mir an jenem Abend erfahren haben." Er trat an die Eingangstür und versuchte, sie zu öffnen, aber sie war fest verschlossen.

Er nahm sie an der Hand und ging mit ihr gemeinsam zum See. In den Baumkronen warf der Mond Schatten, und das Unterholz verfing sich an ihren Jeans, als sie sich ihren Weg bahnten. Die Luft war warm. Sie lauschte den Geräuschen der Nacht, den sanften Wellen des Sees, die ans Ufer schlugen, das Rumpeln eines fernen Zuges auf den alten Gleisen, das Platschen einer Forelle, die nach einer Fliege schnappte.

„Ich habe viele Fehler gemacht, Rachelle", gestand er, als sie das Ufer erreicht hatten. Am anderen Ufer des Sees blinkten die Lichter des Anlegers auf dem Wasser, und aus den Fenstern der Sommerhäuser leuchtete es warm.

„Was soll das werden? Eine Entschuldigung?"

Er blieb stehen und sah zu ihr hinab. „Eine Erklärung. Das ist alles. Mach draus, was du willst. Ich wollte dir nicht wehtun. Ich habe nur getan, was ich damals für richtig hielt."

Er stand am Ufer, sein stolzer Gesichtsausdruck kompromisslos. In dem Jahrzehnt, in dem sie ihn nicht gesehen hatte, war er kein bisschen weicher geworden, eher noch distanzierter und zynischer, als sie ihn in Erinnerung hatte. Seine zärtliche Seite hatte er tiefer als je zuvor in sich begraben.

„Ich habe gewartet", sagte sie leise, und eine sanfte Brise zauste ihr dabei das Haar. Sie glaubte, Schmerz in seinen Augen zu erkennen, aber wahrscheinlich war das nur ein Schatten. „Ich habe mir immer wieder eingeredet, dass du wegen mir zurückkommen würdest."

Er kniff die Augen zusammen. „Ich habe dir nie etwas versprochen ..."

Sie berührte seine Lippen, überrascht, wie warm sich seine Haut anfühlte. „Ich weiß. Ich wusste es damals auch, aber ich war jung genug, naiv genug, um zu glauben, dass uns etwas Besonderes miteinander verband, etwas Heiliges."

„Und jetzt?", fragte er. „Was glaubst du jetzt?"

Sie sah ihm in die Augen, ohne ein einziges Mal den Blick zu senken. „Dass es der größte Fehler meines Lebens war, diese Nacht mit dir zu verbringen", sagte sie, und fast riss ihr Geständnis sie entzwei. „Ich bin so dumm gewesen – ein Schulmädchen, das in einer Traumwelt gelebt hat. Du hast mir viel über die Realität beigebracht, Jackson. Wahrscheinlich sollte ich dir dafür danken." Sie konnte die Verbitterung in ihrer Stimme nicht verbergen. „Ich habe dir vertraut, mit dir geschlafen, für dich gelogen."

„Du hast nicht gelogen."

„Und du bist nicht die ganze Nacht bei mir gewesen."

Seine Zähne blitzten weiß auf. „Du hast mir nicht vertraut."

„Ich kannte dich nicht einmal."

„Ich bin zu den Fitzpatricks zurückgegangen", gab er mit gesenkter Stimme zu. „Ich wollte mein Motorrad holen. Aber als ich angekommen bin, war die Party schon vorbei und meine Harley verschwunden. Ich habe sie nach jener Nacht nie wieder gesehen."

Ihr Puls hämmerte hinter ihren Schläfen. Sie erinnerte sich, dass man das Motorrad gestohlen hatte, aber … Jackson war wirklich noch einmal zur Party zurückgekehrt? Warum hatte er das getan? Nur wegen des Motorrads? Oder um die offene Rechnung mit Roy zu begleichen? Sie schluckte schwer. Er hatte doch nicht etwa …

„Verdammt, Rachelle! Du glaubst mir nicht. Du denkst, ich hätte Roy umgebracht!" Er murmelte noch ein paar Flüche vor sich hin.

„Ich glaube dir ja! Aber … warum hast du mir das nie erzählt?"

„Damit die Geschichte nicht zu kompliziert wird."

„Aber es war nicht die Wahrheit."

„Doch, war es", entgegnete er. „Ich habe Roy nie wiedergesehen."

Ihr Herz wurde zu Stein. Er hatte gelogen. Sie hatte einen Meineid geleistet. Um ihm die Haut zu retten. Ihr Magen drehte sich um, und eine Sekunde lang glaubte sie, sich übergeben zu müssen. Als sie ihre Stimme wiederfand, zitterte sie beim Sprechen. „Ich habe mehr von dir gehalten", flüsterte sie. Ihre Enttäuschung klaffte auf wie eine offene Wunde.

„Das war ein Fehler. Ich hätte dir alles sagen sollen."

Er streckte die Hand nach ihr aus, doch sie wich zurück. „Gott, ich bin so dumm gewesen! Ich war fast davon überzeugt, dass du ein Ritter in strahlender Rüstung bist, der mich vor Roy gerettet hat. Ich hatte mir sogar eingebildet, dich zu lieben …"

„Ich habe nie von Liebe gesprochen!", unterbrach er sie, ein gefährliches Glitzern in seinen Augen.

„Ich weiß. Aber ich war damals naiv genug, zu glauben, dass Sex und Liebe zusammengehören. Jetzt weiß ich es besser."

„Tust du das?" Er betrachtete sie durchdringend, bis ihr der Atem stockte.

„Oh, Jackson, nicht …" Sie stieß ihn von sich, doch er ließ sich nicht aufhalten.

Er zog sie in seine Arme und küsste sie, lang und intensiv, seine Lippen fest auf ihre gepresst, seinen Körper eng an ihren gedrückt. Das Blut begann ihr in den Schläfen zu rauschen. Es war blanker Wahnsinn, ihn zu küssen. Es würde wieder zu dem gleichen Schmerz führen, der sie schon in der Vergangenheit gequält hatte. Aber sie konnte nicht aufhören.

„Du hast gelogen", brachte sie hervor, nachdem er endlich den Kopf gehoben hatte. „Ich habe dir vertraut, und du hast gelogen!" Ihr liefen Tränen die Wangen hinab, die er langsam wegwischte.

„Wenn ich etwas ändern könnte, Rachelle, dann würde ich es machen. Aber das kann ich nicht. Ich habe in meinem Leben viele Dinge bereut, doch ich hätte niemals schweigen dürfen. Ich wusste nicht, dass du mein Verschwinden bemerkt hast, und ich … ich hätte dir alles erklären sollen. Ich dachte, ich beschütze dich."

„Oh, Jackson …“ Sie schmolz dahin. Sie wollte ihm glauben, wollte ihm wieder vertrauen, allerdings fragte sie sich, ob sie das *jemals* wieder tun konnte.

„Glaub an mich“, flüsterte er und küsste sie wieder, dieses Mal so zart, dass ihr das Herz fast in tausend Stücke zersprang. Sie gab der Sehnsucht in ihrem Innersten nach, schlang ihm die Arme um den Nacken und beschloss, die Vergangenheit zu vergessen, die Zukunft zu ignorieren und in der Gegenwart zu leben. Sie war hier, allein mit Jackson, in seinen Armen, am Ufer des Whitefire Lake.

Um sie herum war die Nacht, und der Duft nach Pinien und Moschus vermischte sich mit dem nach feuchter Erde, während er sie in den weichen Sand bettete. Sie wollte protestieren, aber ihr kam nur ein Stöhnen über die Lippen, als Jackson sich auf sie legte, sein Gesicht dicht an ihrem, sein Atem zart wie eine mitternächtliche Brise. „Ich weiß nicht, was das ist zwischen uns“, murmelte er, „aber ich kann es nicht kontrollieren.“ Er verzog gequält den Mund. „Ich will dich, Rachelle. Mehr, als ich je eine Frau gewollt habe.“

Sie verstand. Ein Blick in seine Augen, und sie spürte ebenfalls diese magische Anziehungskraft, gegen die sie nicht ankämpfen konnte. Ihr Körper verzehrte sich nach seinem. Selbst in diesem Moment presste sie ihre Hüften an ihn und flehte stumm danach, von ihm gestreichelt und liebkost zu werden, wollte, dass er ihr die Kleider auszog und sie nahm, als wäre sie seine erste und einzige Geliebte. Und dennoch sagte ihr Verstand, dass es falsch war – so unglaublich falsch. Nur weil es so etwas wie nahezu animalische Lust gab, musste man ihr ja nicht gleich nachgeben.

Erneut küsste er sie und legte eine Hand sanft um ihre Brust. Hitze durchflutete sie und Verlangen pulsierte in heißen, unbeherrschten Wellen durch sie hindurch, als sie seine Lippen auf ihren spürte und er seine Hüften bewegte, die mit ihren zu verschmelzen schienen.

Seine Härte presste sich an ihren Bauch, und in ihr entbrannte die nahezu schmerzhafte Sehnsucht, ihn in sich zu fühlen. Mit der Zunge drang er in ihren Mund ein, aber das war nicht genug. Sie wollte mehr, mehr – alles von ihm.

Sie fing an sich zu winden, bis er sich mit ihr gemeinsam wiegte und mit den Händen unter ihre Strickjacke glitt und ihre Brüste hungrig berührte. „Lass mich dich lieben", flüsterte er dicht an ihrem Ohr. Sie antwortete nur mit einem sehnsüchtigen Seufzen, mehr gelang ihr nicht.

Plötzlich setzte er sich rittlings auf sie und streifte ihr die Strickjacke über den Kopf, bis sie nur noch in ihrem knappen BH unter ihm lag. In der kühlen Nachtluft wurden ihre Brustspitzen zu harten Perlen, und ihre Haut schimmerte weiß im Mondlicht.

Er befeuchtete langsam einen Finger und beobachtete ihre Reaktion, als er damit ihre Brustwarze berührte und begann, sie langsam zu umkreisen. Rachelle keuchte auf und rekelte sich unter ihm. Feurige Leidenschaft rauschte durch ihren Körper. Auf ihrer Haut sammelten sich Schweißperlen. Sie zerrte ungeduldig am Bund seiner Jeans, und er entledigte sich schnell seines Hemdes, damit sie seinen muskulösen Bauch streicheln konnte. Langsam glitt sie mit den Fingern immer höher, bis sie die weichen Härchen auf seiner Brust erforschte.

„Das ist gefährlich", flüsterte er, öffnete ihren BH und zog ihn ihr aus.

„Mit dir ist alles gefährlich", flüsterte sie, kaum fähig zu atmen, und bäumte sich unter ihm auf. Sie konnte nicht mehr denken, wollte nicht mehr vernünftig sein, und sobald er sich auf sie schob und ihre hungrigen Lippen mit seinen verschloss, hob sie sich ihm entgegen.

Er umfasste ihren Rücken und drückte sie an sich, damit sie die Dringlichkeit seiner Begierde noch besser spüren konnte. Er küsste ihr Gesicht, ihren Hals, ihre Schultern und wanderte noch tiefer, um mit dem Mund über ihre Brüste zu streichen.

Rachelle erbebte. Sie brauchte seinen süßen Rhythmus, um ihre Qualen zu beenden. Sie klammerte sich an ihn und strich mit der Zunge über seine Brust. Stöhnend öffnete er ihre Jeans, zerrte sie ihr vom Leib und entledigte sich eiligst seiner eigenen. Er zögerte nur eine Sekunde, in der sein nackter Körper im Mondlicht dicht über ihrem verweilte und er in ihren Augen nach einer Antwort auf die Frage suchte, die er nicht in Worte fassen konnte.

„Es ist gut", flüsterte sie und ließ begehrlich die Hände an seinen Seiten hinabgleiten. Sie ertastete die Narbe an seiner Schulter, eine Erinnerung an Roys tückisches Messer. „Du musst mich nicht lieben", sagte sie, auch wenn es sich anfühlte, als wären sie mit den Fäden des Schicksals aneinandergebunden, aus denen ihr Leben gewebt war, „nimm mich einfach!"

„Oh, Rachelle, das ist nicht richtig." Dennoch konnte er nicht aufhören und drang mit einem fieberhaften Stoß in sie ein. Die Lider gesenkt, fing sie an, seinen Rhythmus zu genießen, ihn zu erwidern und zusammen mit ihm eins zu werden. Von einem Strudel der Empfindungen in der Zeit zurückgeworfen, hielt sie sich an ihm fest. Es lag Verzweiflung in seinem Liebesspiel, als hätte er nie erwartet, sie noch einmal zu umarmen. Sie spürte, wie er sich in ihr bewegte, zuerst langsam und schließlich immer schneller.

„Rachelle, Rachelle", raunte er heiser, „ich kann nicht aufhören ... Oh, bitte, Baby ..." Über ihr lustvolles Aufstöhnen und das Klopfen ihres galoppierenden Herzens hinweg vernahm sie seine Worte kaum. Ihr Körper bäumte sich auf, und sie schrie auf. Die Welt fing an, sich schneller zu drehen, und Jackson erstarrte, erschauerte und stieß einen ursprünglichen Schrei aus, der über dem See widerhallte. Noch ein letztes Mal ließ er sich auf sie sinken. Sie schloss ihn in die Arme und schmiegte die Wange an seinen Hals.

Ich liebe dich, dachte sie. Tränen schossen ihr in die Augen, als ihr diese vernichtende Wahrheit klar wurde. *Verdammt noch mal, ich liebe dich!* Die Tränen liefen ihr aus den Augenwinkeln, während der Nachklang der Ekstase sie in eine wohlige Wärme einzuhüllen schien. Wenn sie nur für immer mit diesem besonderen Mann an diesem Ort bleiben könnte!

Sie hörte ihn seufzen, nicht gerade glücklich, sondern, als würde sich ein schweres Gewicht auf seine Schultern legen. Er ruhte neben ihr, strich ihr die Haare aus dem Gesicht und murmelte leise: „Was soll ich nur mit dir machen?"

Sie schluckte ein Schluchzen herunter und sagte: „Sie müssen mit mir überhaupt nichts machen, Herr Anwalt. Was *ich* mit *Ihnen* mache, ist hier die Frage!"

Daraufhin musste er lachen, und auch sie lächelte durch ihre Tränen hindurch. Sie hatten miteinander schlafen *müssen*. Sie waren auf Kollisionskurs, seit sie nach Gold Creek zurückgekehrt waren; die Frage, ob sie sexuell immer noch so gut zusammenpassten wie als Teenager, hatte zwischen ihnen gebrannt, seit sie sich wieder begegnet waren. Leider war die Antwort noch die gleiche wie vor zwölf Jahren: Ihre körperliche Chemie war noch ebenso wild und elektrisch aufgeladen, wie sie es damals gewesen war. Gold Creeks Enfant terrible war noch ein genauso guter Liebhaber, wie sie es in Erinnerung hatte. Vielleicht noch besser.

Und du liebst ihn!

Oh Gott, was für ein Chaos! Er war der eine Mann auf der Welt, den zu lieben sie sich nicht leisten konnte, der eine Mann, der ihr das Herz in Millionen kleine Stücke brechen konnte. Sie musste fort von ihm, musste einen klaren Kopf bekommen, ehe sie etwas noch Dümmeres tat, als mit ihm zu schlafen.

In der Dunkelheit tastete sie nach ihrer Kleidung, aber er legte seine Hand auf ihre. Seine Miene war finster. „Die Dinge haben sich nicht geändert", sagte er und betrachtete sie dabei im schwachen Mondlicht. „Ich habe dir immer noch nichts versprochen."

„Ich dir auch nicht", schnappte sie zurück, entschlossen, ihre Gefühle zu verbergen. „Ich bin erwachsen geworden, Jackson." Sie suchte fieberhaft nach ihren Jeans. Wenn sie nur ihre Kleidung finden und sich anziehen konnte, würde sie sich wenigstens nicht mehr so verdammt verletzlich fühlen! Sie ertastete ihren Gürtel und griff danach. „Ich erwarte sicher keinen Antrag, nur weil wir miteinander geschlafen haben. Ich erwarte nicht einmal, dass wir uns wiedersehen."

Er knirschte mit den Zähnen. „So einfach ist das für dich?"

„Nein." Lügen wollte sie nicht mehr. Da waren ihre Jeans. Gut. Dann musste ihre Unterwäsche auch in der Nähe sein … „Ich habe mit den Jahren meine Erwartungen heruntergeschraubt."

In seinen Augen flammte Wut auf. „Du kannst mit jemandem schlafen und danach einfach verschwinden?“

„Ja“, sagte sie und ignorierte dabei den wütenden Zug um seinen Mund, während sie in ihre Jeans schlüpfte. Wenn er wüsste! Sie hatte gerade eben zum ersten Mal seit jener Nacht vor zwölf Jahren mit einem Mann geschlafen. Ein paar Mal war sie kurz davor gewesen, und sie hatte ganz gewiss mehr als einen Mann enttäuscht, aber es war ihr nie gelungen, sich einem anderen als Jackson hinzugeben ... Nicht einmal David. Was ihrer Meinung nach der Grund war, warum er sie so dringend heiraten wollte. Mit den Jahren hatte sie sich eingeredet, dass etwas mit ihr nicht stimmte, dass Jacksons Zärtlichkeit und sein abruptes Verschwinden aus ihrem Leben Narben hinterlassen hatten.

Auch wenn man Jackson nicht allein die Schuld geben konnte. Ihre Mutter hatte keine guten Erfahrungen mit Männern vorzuweisen, und auch Heather war an der Ehe gescheitert. Die Tremont-Frauen hatten einfach kein Talent für die Partnerwahl. Ihre Gefühle für Jackson unterstrichen diese These nur.

Er sah ihr einen Augenblick dabei zu, wie sie ihre Strickjacke zuknöpfte. Mit den Augen folgte er den Bewegungen ihrer Finger, bis sie errötete. Er war noch immer nackt, noch immer ein wenig erregt, und seine sonnengebräunte Haut und sehnigen Muskeln erinnerten sie daran, dass sein Körper mit ihrem etwas anstellen konnte, was kein anderer Mann auch nur gewagt hatte.

„Du kannst mir nichts vormachen, weißt du. Wie du die kaltschnäuzige Journalistin spielst – das kaufe ich dir einfach nicht ab.“

„Das verlangt ja auch niemand von dir.“ Sie zog ihre Strickjacke zurecht und stand auf. Was hatte sie eigentlich erwartet? Champagner und Rosen? Liebesschwüre im Mondlicht? Von Jackson Moore? Das war ja wohl ein Witz!

Er schlüpfte in seine Jeans und knöpfte sich das Hemd zu.

Als sie zurück zum Motorrad gehen wollte, griff er nach ihrer Hand. „Wir sind noch nicht fertig.“

Ihr schnürte sich die Kehle zusammen. Wie lange sollte sie es in dieser Achterbahn der Gefühle noch aushalten? „Oh doch, das glaube ich schon."

„Einen Ort müssen wir noch aufsuchen."

Sie wusste, woran er dachte, und erstarrte bei der Vorstellung innerlich zu Eis. War er verrückt? „Ich glaube nicht, dass es eine gute Idee wäre, auf dem Grundstück der Fitzpatricks herumzuschnüffeln."

„Jetzt bist du schon so weit gekommen."

„Mein Fehler."

Er zog eine Augenbraue hoch. „Das glaube ich kaum. Kommen Sie, Frau Journalistin. Stellen wir uns der Vergangenheit." Er zog sanft an ihrer Hand, und sie ging zögerlich mit ihm mit. Der See war dunkel und ruhig, doch die Nacht fühlte sich plötzlich kalt an. Die Vorstellung, dorthin zurückzukehren, wo Roy umgebracht worden war, ließ sie bis auf die Knochen erstarren. Schweigend gingen sie am Ufer entlang. Rachelle fragte sich, woran Jackson gerade dachte. Sie hatten gerade miteinander geschlafen, und er tat so, als wäre es nie passiert.

Genau wie letztes Mal.

Vielleicht ging er so mit all seinen Geliebten um.

Ihr zog sich das Herz zusammen, als sie die unsichtbaren Grundstücksgrenzen überquerten, immer dicht am Wasser entlang und vorbei an riesigen leeren Anwesen, bis sie den Besitz der Fitzpatricks erreicht hatten, den prächtigsten am ganzen Nordufer.

Sie gingen den knarrenden Anleger entlang. In der Stille der Nacht klangen ihre Schritte unverhältnismäßig laut. Rachelle konnte kaum atmen. Sie fühlte sich beobachtet, erwartete, dass jede Sekunde jemand, die Polizei oder die Fitzpatricks, hinter den Bäumen hervorspringen und ihnen den Lauf eines Gewehrs vor die Brust halten würde.

Bitte, lieber Gott, betete sie stumm, lass uns heil hier herauskommen!

Das Bootshaus war verschlossen, der Anleger grau und bleich im Mondlicht. Der Pfad zum Pavillon war nicht beleuchtet, wie er es in jener schicksalsträchtigen Nacht gewesen war. Das Geräusch der Pflastersteine unter ihren Absätzen jagte ihr einen Schauer über den Rücken. Ihr schlug das Herz heftig in der Brust. Es fühlte sich an, als wären in den riesigen Sequoias und Pinien Augen verborgen, die das Haus bewachten.

In dieser Nacht gab es weder Gelächter noch Musik. Rachelle rieb sich die Arme. „Hier ist es einfach gruselig."

„Wo bleibt dein journalistischer Instinkt? Deine Neugierde?"

„Dieser Ort macht mich nicht neugierig."

„Na, mich schon!" Jackson ließ seinen Blick über das Anwesen schweifen. „Irgendjemand, der in jener Nacht bei der Party war, hat Roy umgebracht und es mir nur zu gern angehängt."

„Aber wer?"

Jackson schüttelte mit dem Kopf. „Ich wünschte, ich wüsste es. Es hätte jeder sein können, selbst jemand, der nicht zu der Party eingeladen war – so wie ich." Gemeinsam gingen sie auf das im Dunkeln liegende Haus zu, das mit den umliegenden Bäumen in der Dunkelheit zu verschmelzen schien. „Roy ist auf jede Menge Füße getreten. Er ist durchs Leben geprescht, ohne die geringste Rücksicht auf andere zu nehmen."

Sie betrachtete ihn aus dem Augenwinkel. „Warum hast du ihn so gehasst?"

Jackson dachte einen Augenblick nach, die Hände in den Taschen seiner Jeans vergraben. „Das beruhte auf Gegenseitigkeit. Aus irgendeinem Grund konnte Roy mich nicht ausstehen. Es begann, als ich ungefähr dreizehn Jahre alt war – da wurde ich plötzlich zu seinem Prügelknaben. Ich war älter, aber er war größer, und er hatte mehr Freunde. Er hat mich ständig fertiggemacht."

„Und deswegen hast du ihn gehasst."

„Würdest du das nicht?" Er lächelte über eine Ironie, die nur er selbst verstand. „Und ich war wahrscheinlich eifersüchtig. Der Junge hatte alles: einen reichen, gut aussehenden Vater, von dem er alles bekommen hat, was er wollte, ein großes Haus, eine respektable Mutter, gute Kleidung – das volle Programm."

„Was hatte er nur gegen dich?“ Rachelle betrachtete das Haus misstrauisch.

Jackson zuckte mit den Schultern. „So war er eben. Er musste immer andere runtermachen, damit er selbst besser dastand.“

„Ein wahrer Prinz“, bemerkte Rachelle voller Ironie.

Jackson rieb sich den Nacken. „Ein paar Jahre später habe ich bei *Fitzpatrick Logging* angefangen. Aber meiner Karriere wurde frühzeitig ein Ende bereitet.“

„Warum?“

„Keine Ahnung. Ich habe im Wald gearbeitet – Kabelgleithaken angelegt. Du weißt schon, diese Drahtseile, die man um die gefällten Bäume spannt. Sobald die befestigt sind, zieht man daran die Baumstämme zur Straße hinauf, wo die Trucks bereitstehen, auf die sie geladen werden.“

„Ich weiß, was Kabelgleithaken sind“, kommentierte sie trocken. „Du vergisst, dass ich damit aufgewachsen bin. Also – was ist passiert, als du für *Fitzpatrick Logging* gearbeitet hast?“

„Der alte Herr hat mich gefeuert.“

„Warum?“

„Darüber bin ich mir nie ganz im Klaren gewesen“, gab Jackson zu und kniff nachdenklich die Augen zusammen. „Kurz gesagt: Es hat eines Tages einen Unfall gegeben. Das Drahtseil ist gerissen und wegen der Spannung direkt auf mich zugeflogen. Ich bin aus dem Weg gesprungen, einen Hügel hinuntergerutscht und habe mir den Schädel angeschlagen – aufgewacht bin ich im Krankenwagen. Man hat mich in der Notaufnahme untersucht, genäht und über Nacht zur Beobachtung dort behalten. Ich lag total groggy in einem Privatzimmer. Mitten in der Nacht bin ich aufgewacht; die Tür stand einen Spalt offen und ich konnte auf den Gang hinaussehen.“

Er kaute an seiner Unterlippe. „Ich konnte es nicht glauben. Meine Mutter habe ich gehört, ich weiß also, dass sie da gewesen ist, aber die einzige Person, die ich sehen konnte, war Thomas Fitzpatrick. Seine Stimme war zu leise, ich konnte nicht verstehen, was auch immer er zu meiner Mom gesagt hat … Aber als ich sie später danach gefragt habe, meinte sie, ich sei im Fieberwahn gewesen und hätte mir das alles nur eingebildet. Angeblich ist Fitzpatrick nie im Krankenhaus gewesen."

Rachelle lief ein kalter Schauer den Rücken hinab. „Das war noch nicht alles", erzählte Jackson leise weiter. „Es war noch jemand in jener Nacht bei Fitzpatrick, glaube ich, aber ich kann mich nicht erinnern, wer. Ich habe keine weitere Stimme gehört, aber ich habe *gespürt*, dass jemand dort war. Es war merkwürdig ... Wie dem auch sei, als ich aus dem Krankenhaus entlassen wurde, hatte ich keinen Job mehr."

„Warum nicht?"

Jackson zuckte mit den Schultern. „Wer weiß? Ich war noch ein Kind – ich habe keine Fragen gestellt, und meine Mutter hat sich nie die Mühe gemacht, irgendwas zu erklären, sie hat nur gesagt, ich soll mich woanders nach Arbeit umsehen. Ich habe immer Roy die Schuld gegeben, aber ich bin mir nicht sicher, ob er etwas damit zu tun hatte."

„Warum sollte deine Mutter lügen und dir etwas von Fieberwahn erzählen, obwohl es nicht so war?"

„Ich weiß es nicht. Aber sie hat gelogen. Ich habe mit einem der Krankenpfleger gesprochen. Er hatte Thomas Fitzpatrick in jener Nacht ebenfalls gesehen."

Rachelle schlang die Arme fest um sich und ging ein paar Schritte näher auf das imposante Sommerhaus zu, dieses Symbol des Fitzpatrick'schen Lebensstils. „In der Nacht, in der Roy gestorben ist, warst du wütend auf ihn."

„Wir hatten uns schon ein paar Tage vorher gestritten", gab Jackson zu. „Er hat angefangen, Gerüchte über meine Mutter zu verbreiten. Damit konnte ich nicht umgehen. Ich habe ihn zur Rede gestellt, und er hat mich direkt aufs Auge geschlagen." Jackson starrte ans ferne Ufer, wo die Lichter der Blockhütten verführerisch flackerten. Das Mondlicht warf Schatten auf das dunkle Wasser, und hoch über ihnen zog ein Nachtvogel seine Bahnen über die Hügel.

„Unsere Familien sind schon immer verfeindet gewesen", gab Jackson zu. „Als ich in der Navy war, ist Roy mit meiner

Cousine Amanda ausgegangen. Sie lebte drüben in Coleville. Sie hat geglaubt, sie würde ihn lieben, und sie wurde schwanger. Roy hat sich allerdings geweigert, die Vaterschaft anzuerkennen. Ich weiß nicht, was sie mit dem Vaterschaftstest gemacht haben, aber Amandas Vater hat sich von Thomas kaufen lassen. Amanda hat das Baby zur Adoption freigegeben, und irgendein Paar hat jetzt ein elf- oder zwölfjähriges Kind. Amanda bereut es, ihr Kind aufgegeben zu haben, aber sie konnte deswegen aufs College gehen – alles auf Rechnung von Opa Thomas."

Rachelle wurde schlecht. „Deswegen also hast du Roy gehasst."

„Das ist einer der Gründe. Aber Roy wurde auch von vielen anderen Menschen gehasst! Er wurde wegen seines Geldes gehasst oder weil sein Name in der Stadt so viel Einfluss hatte oder weil sein alter Herr ihm sämtliche Gefallen erkaufte. Selbst Erik Patton hatte noch eine Rechnung mit Roy offen. Roy hatte versprochen, Melanie zu heiraten, aber dann wurde er abgelenkt."

„Von Laura."

„Und dann von dir." Jackson drehte sich zu ihr um und sah sie an. „Du warst es, die er wirklich wollte, weißt du."

„Das glaube ich nicht."

„Oh doch. Laura war für ihn nur Mittel zum Zweck. Sie war hübsch und willig, und Roy hat ihr gerne eine schöne Zeit bereitet, um an dich heranzukommen. Aber du warst eine Herausforderung, und die hat Roy geliebt."

„Aber ich wusste nicht einmal, dass er sich für mich interessiert", wandte sie ein. „Bis zu jener Nacht hatte ich keine Ahnung."

Jacksons Blick wurde hart. „Roy war nicht für seine Ausdauer bekannt. Er war einfach daran gewöhnt, alles zu bekommen, was er wollte – und jeden. Wenn er einen Fehler gemacht hat, hat Daddy sich darum gekümmert. Er ging davon aus, dass es nur eine Frage der Zeit ist, bis du dich für seinen Reichtum oder sein Auto oder ihn selbst interessierst. Aber er war zu betrunken, um noch Zurückhaltung zu zeigen. Als du im Pavillon aufgetaucht bist, hat er reagiert."

„Woher weißt du das alles?"

„Ich hatte lange Zeit, mir alles zusammenzureimen."

„Und passt langsam alles zusammen? Was passiert, wenn du die Wahrheit herausfindest?"

Seine Zähne blitzten in der Dunkelheit auf. „Dann wird die Stadt begreifen, was ich die ganze Zeit sagen wollte."

„Und das ist alles?"

„Damit wäre ein Kapitel meines Lebens abgeschlossen."

Sie gingen einen kurzen Pfad hinab, bis auf einmal der Pavillon im Pinienhain vor ihnen auftauchte. Die Farbe blätterte von den verwitterten Planken ab, eine Stufe hing in der Mitte durch und das Dach hatte ein paar Ziegel eingebüßt, aber er stand immer noch da. Rachelles Herz klopfte schmerzhaft, und ihr wurde innerlich so kalt wie ein tiefer dunkler Brunnen. Sie erinnerte sich, wie Roy seinen gierigen Körper an ihren gepresst hatte und an den sauren Geruch seines Atems, als er versucht hatte, ihr die Kleider vom Leib zu reißen.

„Oh Gott", flüsterte sie, als die Erinnerungen an Jackson und an den Kampf durch ihren Kopf blitzten.

Der Geschmack von Galle stieg ihr die Kehle hinauf. Sie hätte vergewaltigt und verprügelt werden können, wäre Jackson nicht gewesen. Er hatte sein Leben für sie riskiert, hatte sie gerettet und war fälschlich des Mordes bezichtigt worden. Es war lange her, aber heute Nacht, vor der verfallenen Ruine des Pavillons, fühlte Rachelle noch einmal all die Angst und den Schmerz aus der Vergangenheit.

Zitternd wandte sie sich ab und ließ den Blick über das Wasser des Whitefire Lake schweifen. Sie spürte Jacksons Arme um sich, spürte, wie seine Wärme auf ihren Körper überging, als er sie an sich zog. Seine Brust war fest an ihren Rücken geschmiegt, und er vergrub das Gesicht in ihren Haaren. „Ich habe noch nie jemanden geliebt", murmelte er, die Stimme so leise wie der Wind in den Pinien. „Woher soll ich wissen, wie es sich anfühlt?"

„Vielleicht entgeht dir ja nichts", flüsterte sie und kämpfte dabei vergeblich gegen die Tränen an.

„Ich habe in meinem Leben keinen Platz für eine Frau oder eine Familie."

„Habe ich danach gefragt?" Sie wirbelte zu ihm herum. „Glaubst du das? Dass ich einen Antrag erwarte? Dass ich Kinder mit dir will?" Heiße, frustrierte Tränen liefen ihr die Wangen hinunter. „Du arroganter, selbstgerechter Dummkopf!"

Sie versuchte, sich aus seiner Umarmung zu lösen, aber er ließ sie nicht los. Je stärker sie sich wehrte, desto fester schloss er die Arme um sie.

„Lass mich los!"

„Nicht, bis du mich zu Ende angehört hast!"

„Ich habe für eine Nacht genug gehört!" Sie schob ihn fest von sich, doch statt sie loszulassen, presste er seine Lippen auf ihre und verschloss sie mit einem wütenden Kuss. Aber statt auf ihn zu reagieren, wie ihr dummes Herz es wollte, trat sie ihm gegen das Schienbein.

Er atmete scharf ein und ließ sie endlich gehen.

„Ich weiß nicht, an was für Frauen du gewöhnt bist, Moore", zischte sie voller Wut, „aber ich bin nicht so wie sie. Mich kann man nicht mit einem Kuss ‚zähmen' oder ‚kontrollieren'. Behandle mich entweder als gleichberechtigt oder überhaupt nicht!"

Er lächelte langsam. „Gott, wenn du nur wüsstest!", sagte er und kniff sich frustriert in die Nasenwurzel. „Ich habe nicht versucht, dich zu kontrollieren, ich wollte *mich selbst* kontrollieren. *Das* ist es, was ich dir die ganze Zeit zu sagen versuche. Ich kann mich in deiner Nähe nicht kontrollieren! Du kehrst mein Innerstes nach außen. Ich habe noch nie, *niemals* eine Frau so gewollt, wie ich dich wollte – wie ich dich immer noch will. Aber ich bin nicht der Richtige für dich. Du solltest es mit diesem Typen aus San Francisco versuchen. Er kann dir geben, was du willst."

„Und das wäre?"

„Ein Haus. Eine Familie. Einen Mann, der sich um dich kümmert."

Sie ging dicht auf ihn zu und stach mit dem Finger gegen seine Brust. Auf keinen Fall wollte sie ihn merken lassen, dass er ihr etwas bedeutete. „Ich brauche keinen Mann, der sich um mich kümmert, Jackson, und ich will auch keinen. Was ich will oder brauche, begreifst du nicht einmal im Ansatz, also lass es einfach. Glaub nicht, du müsstest mich umwerben oder so einen Mist."

„Würde ich nicht."

„Gut!"

„Aber ich kann nicht von dir fernbleiben."

„Zwölf Jahre lang hast du es verdammt gut geschafft!", schleuderte sie ihm entgegen, und er erbleichte im Mondlicht. „Mach einfach so weiter wie das ganze letzte Jahrzehnt und kümmere dich nicht weiter um mich. Mir geht es gut."

„Wir haben miteinander geschlafen."

Sie musste schlucken, und ihre harte Fassade brach zusammen. „Das war mein Fehler."

„Meiner."

„Es wird nicht wieder vorkommen. Mach dir deswegen keine Sorgen", sagte sie entschlossen, auch wenn ihre Stimme dabei zitterte. „Wir wollten nur wissen, ob die Chemie zwischen uns immer noch da ist."

„Und jetzt schalten wir sie einfach ab?" Er berührte sie wieder, dieses Mal mit den Fingern an der Wange. Mit aller Kraft, die sie aufbringen konnte, wich sie vor ihm zurück.

„Ja, Jackson." Der Kloß in ihrer Kehle wurde immer größer, während sie die Worte aussprach. „Es ist vorbei. Ich glaube, wir sollten einfach von hier verschwinden."

Er ließ seinen Blick noch einmal über das Anwesen der Fitzpatricks streifen, als könne er noch immer all die Menschen sehen, die in jener Nacht auf Roys Party gewesen waren. „Komm mit." Er griff nach ihrer Hand, aber sie zog sich von ihm zurück. Sie nahmen wieder den Weg am See zurück zu seinem Motorrad, gingen nebeneinander, ohne sich zu berühren und mindestens eine Schrittlänge voneinander entfernt.

11. KAPITEL

Auf der Fahrt zurück in die Stadt sagte Jackson kein Wort, und auch Rachelle bemühte sich nicht um Small Talk. Diese Phase hatten sie längst hinter sich gelassen. Sie hatten wieder miteinander geschlafen. Und sie liebten sich nicht, wie sie sich auch in der Vergangenheit nie geliebt hatten. Sie waren mit dem Körper des anderen vertraut, wussten aber nichts über ihre Seelen. Wie schade. Wieder war es ihr nicht gelungen, der Lust zu widerstehen, die er in ihr weckte. Sie errötete, dankbar für die Dunkelheit.

Sie fuhren am Sägewerk und an *Fitzpatrick Logging* vorbei und kamen schließlich, endlich wieder in Sichtweite von Gold Creek. Straßenlaternen und Ampeln, flackernde Neonlichter und Scheinwerfer durchbrachen die Dunkelheit und damit auch die Vertrautheit zwischen ihnen und das Gefühl, allein auf der Welt zu sein.

Als sie die Spannung keinen Augenblick länger mehr aushielt, fragte sie nach seiner Mutter.

„Sie hat Gold Creek ungefähr zur gleichen Zeit verlassen wie ich.“ Er blieb an einer Ampel stehen, deren rotes Licht gleichmäßig durch den aufkommenden Nebel leuchtete.

Rachelle war überrascht. Sie hatte angenommen, dass Sandra Moore ebenso wie ihre eigene Mutter so tief in Gold Creek verwurzelt war, dass sie nie wegziehen würde. „Wo ist sie hingezogen?“

Er warf ihr über die Schulter einen harten Blick zu. „Kommt das alles in die Zeitung?“

Das tat weh. Getroffen sagte sie: „Natürlich. Direkt nach dem Absatz, in dem ich beschreibe, wie wir gemeinsam Hausfriedensbruch begangen und am Ufer des Whitefire Lake miteinander geschlafen haben.“

Freudlos lächelnd ließ er den Motor aufheulen. „Gut zu wissen.“

„Wofür hältst du mich eigentlich?“, fragte sie empört. Glaubte er etwa wirklich, sie würde ihre Beziehung benutzen, um Informationen aus ihm herauszubekommen? Andererseits – hatte sie nicht genau das getan, als sie ihrer Redakteurin ein Interview mit dem berüchtigtsten Absolventen der *Pine Bluff* versprochen hatte?

„Das versuche ich gerade herauszufinden. Seit wir uns wieder begegnet sind, versuchst du, mich davon zu überzeugen, dass du eine knallharte Journalistin bist. Ich gehe also nur auf Nummer sicher. Um nicht überrascht zu werden."

„Es ist grün", sagte sie, als hinter ihnen jemand hupte. „Und ich bin nicht zurückgekommen, um über dich zu schreiben. Würde ich das wollen, Jackson, hätte ich dich in New York angerufen."

„Dann ist deine Zeitung nicht an mir interessiert?"

„Das habe ich nicht gesagt", antwortete sie und erinnerte sich dabei an Marcys genaue Worte, als sie in ihrem Büro ihre Idee vorgebracht hatte. Es hatte geregnet, aber bei Rachelles Redakteurin standen immer die Fenster offen. Ein kalter Wind war hereingeweht, hatte mit dem Papier auf dem Schreibtisch geraschelt und den Duft der regennassen Straßen in das kleine Büro getragen.

„Sicher kannst du nach Gold Creek rauffahren", hatte Marcy zu Rachelle gesagt. „Zeig, wie die Stadt gewachsen ist und sich verändert hat, aber konzentrier dich dabei auf die Menschen, und wenn du dabei irgendwas findest, was deine Kolumnen aufpeppt, dann mach es. Kein langweiliges Zurückblicken – sorg dafür, dass du jede Menge Lokalkolorit einbringst. Wir können ein paar heimelige Geschichten über die älteste Frau der Stadt mit ihren zehn bis zwölf Katzen und einer Stickarbeit, die auf der Kirmes einen Preis gewonnen hat, gut gebrauchen, aber du musst auch tiefer graben und die Stadt nach jeder Spur von Skandal durchforsten."

Obwohl Rachelle sich auf einmal gefühlt hatte, als lägen ihr schwere Steine im Magen, hatte sie hoch gepokert. „Jackson Moore ist in Gold Creek aufgewachsen."

„*Der* Jackson Moore?" Die zierliche Blondine mit kurzen Igelhaaren und einer übergroßen Brille hatte die Augenbrauen so weit gehoben, dass sie über das dünne Kupfergestell hinausschauten. „Der Anwalt für die Reichen und Berühmten? Der Typ, der die ganzen Promis vertritt und es irgendwie immer schafft, dass sie freigesprochen werden?"

Großer Fehler! hatte Rachelle im gleichen Moment gedacht, aber es war zu spät. „Genau der." Sie hatte es bereits bereut, überhaupt davon angefangen zu haben.

Marcy hatte strahlend gegrinst. „Wer hätte das gedacht! Ich hatte schon gehört, dass er mit dem Gesetz in Konflikt geraten ist, ehe er Anwalt wurde, und ich wusste, dass er aus einer Kleinstadt hier in der Gegend kommt. Aber ich hätte nie gedacht, dass es ausgerechnet dein altes Revier ist."

Rachelle hatte genickt.

„Hast du ihn gekannt?"

„Ein bisschen", hatte Rachelle zugegeben. Früher oder später würde Marcy es ohnehin herausfinden. So wie die ganze Welt.

„Das ist gut. Er lebt in New York, aber vielleicht kannst du mit ein paar seiner Verwandten und Freunde reden, mit Leuten, die ihn gut gekannt haben. Und dann machst du ein Telefoninterview mit ihm. Der Typ steht ständig in der Zeitung, ihm wird das nichts ausmachen. Vielleicht hilft er einer alten Bekannten gern aus."

Rachelle hatte das bezweifelt, aber das Versprechen, eine Story mit Jackson zu bringen, hatte ihren Plan besiegelt, und Marcy hatte sie nach Gold Creek geschickt ...

„Sieht aus, als hättest du Besuch", bemerkte Jackson und schreckte Rachelle damit hoch, als er in ihre Auffahrt einbog.

Rachelle sank das Herz. Davids silberner Jaguar schnurrte in der Auffahrt. Als er das Motorrad kommen sah, stellte David den Motor aus, öffnete die glänzende Tür und stieg aus. Er war sportlich und groß, über einen Meter achtzig, und hatte blonde Haare, die ihm langsam ausgingen. „Rachelle?", fragte er, offensichtlich verwirrt, sie auf einer Harley zu sehen, noch dazu hinter einem Mann, dem er noch nie zuvor begegnet war.

Jackson stellte den Motor ab, und Rachelle sprang schwungvoll von der Maschine. „David! Ich hatte dich nicht erwartet", begrüßte sie ihn. Auf einmal wusste sie aus tiefstem Herzen, dass sie ihn nie so lieben konnte, wie er es verdiente. Sie würde ihn nie so lieben, wie sie Jackson liebte.

Er warf einen Blick auf Jackson.

Rachelle fuhr sich mit den Fingern durch die Haare und deutete auf Jackson, während sie die beiden Männer einander hastig vorstellte. Sie gaben sich die Hand, wenn auch steif, und Rachelle hätte kreischen können, als sie das amüsierte Funkeln in Jacksons Augen bemerkte. David schien sich unwohl zu fühlen, doch Jackson, dem Bad Boy, der sich zum New Yorker Promi-Anwalt gemausert hatte, schien diese Konfrontation Spaß zu machen.

Sie gingen ins Haus, wo Rachelle ihnen nervös Kaffee kochte. Sie warf Jackson einige scharfe Blicke zu und hoffte, er würde den Hinweis verstehen und verschwinden, aber das tat er nicht. Stattdessen setzte er sich auf einen Barhocker und sah ihr zu.

„Jackson Moore", wiederholte David, als Rachelle ihm einen dampfenden Becher reichte. Sein verwirrter Gesichtsausdruck lichtete sich ein wenig. „Der Anwalt von Nora Craig?"

„Das war ich", gab Jackson zu.

Rachelle wünschte sich, sie würden beide verschwinden. Sie standen beide für das Beste und Schlechteste in ihrem Leben, und jeder von ihnen bedrohte auf seine Weise ihre hart erkämpfte Unabhängigkeit. Sie konnte das einfach nicht gebrauchen. Nicht jetzt. Nicht, nachdem sie sich Jackson wieder hingegeben hatte. Was sie brauchte, war Zeit für sich allein – Zeit, um nachzudenken und mit den Dingen ins Reine zu kommen.

„Die Sahne, Schatz?", erinnerte David sie. Rachelle biss sich auf die Zunge, während sie eine Packung Magermilch aus dem Kühlschrank nahm und sie ihm reichte. „Hast du nichts Stärkeres da?", neckte er sie.

„Das ist alles."

Seufzend goss David sich mit gehobenen Augenbrauen einen dünnen Strahl Milch in den Kaffee.

Jacksons Mundwinkel zuckten nach oben.

„Wolltest du auch Sahne?", fragte Rachelle sarkastisch.

„Schwarz ist gut", lehnte er ab, und Rachelle konnte förmlich sehen, wie er gegen den Drang ankämpfen musste, sie ebenfalls „Schatz" zu nennen und David nachzuäffen, der langsam seinen Kaffee umrührte und dabei Jackson anstarrte.

„Ich wusste nicht, dass ihr euch kennt", sagte David leise, richtete den Blick auf Rachelle und stellte ihr damit tausend unausgesprochene Fragen. Sie wünschte sich, dass die Bodendielen sich auftun und sie verschlucken sollten, aber das taten sie nicht. Irgendwie musste sie diese Tortur durchstehen.

„Hat Rachelle Ihnen das nicht erzählt?", fragte Jackson. „Wir kennen uns schon seit Ewigkeiten. Haben nur die Jahre über nicht viel Kontakt gehabt."

David sah Rachelle an, als wollte er eine Erklärung hören, versuchte, ihr in die Augen zu sehen. Sie fühlte sich schmutzig und billig. Erst wenige Stunden zuvor hatte sie mit Jackson geschlafen, und hier saß David und hoffte, dass sie mit ihm zurück nach San Francisco kam und ihn heiratete. Sie wusste jetzt, dass sie nie zum Altar schreiten und Mrs David Gaskill werden konnte. Es würde ihr nicht reichen, seine bereits halb erwachsenen Kinder an den Wochenenden zu sehen, und sie würde sich nie an einen Lebensstil gewöhnen, in dem sich alles darum drehte, Geld zu verdienen und die „richtigen" Dinge zu tun. Sie wollte nicht Davids Vorzeigeobjekt sein – seine hübsche junge Ehefrau, die er vorführte wie andere ihre wertvollen Zuchtpferde.

Von selbst kam Jackson offenbar nicht darauf, zu gehen, deswegen beschloss sie, direkt zu werden. „Ich möchte mit David allein sprechen", erklärte sie und sah aus den Augenwinkeln, wie Davids Miene sich aufhellte. Sie krümmte sich innerlich. Sie hatte ihn nicht ermutigen wollen. Er machte aus ihrer Bitte, dass Jackson gehen möge, mehr, als sie gemeint hatte.

Jackson gelang ein kühles Lächeln, als er sich vom Barhocker schwang. „Möchte mir ja nicht vorwerfen lassen, dass ich nicht auf einen Wink mit dem Zaunpfahl reagiere", sagte er und ließ sich von Rachelle zur Tür bringen.

Er zog sie mit sich hinaus auf die Veranda. „Ich dachte, es interessiert dich vielleicht, dass ich für einige Tage die Stadt verlasse", sagte er und fasste in die Innentasche seiner Jacke.

„Hattest du genug Spaß in Gold Creek?", stichelte sie, obwohl ihr die Enttäuschung das Herz zusammenzog. Ohne Jackson hier zu sein, erschien ihr auf einmal so sinnlos.

„Ich komme wieder", versprach er und drückte ihr eine Visitenkarte in die Hand. „Aber wenn du mich brauchst ..."

„Bist du auf der anderen Seite des Kontinents."

Er runzelte die Stirn. „Ruf mich an."

„Ich glaube, das werde ich nicht müssen. Ich kann auf mich selbst aufpassen."

Er berührte ihre Wange. „Du bist mir wichtig", sagte er leise, und die Geräusche der Nacht schienen in der Ferne zu verklingen. Der Verkehr war auf einmal verstummt, und das Windspiel schien in eine Schicht Watte gewickelt zu sein.

Ihr zog sich die Kehle zusammen, und sie biss sich auf die Lippe. „Das musst du nicht ...", protestierte sie, aber er verschloss ihre Lippen mit einem Kuss. Das schien sein Markenzeichen zu sein.

„Du bist mir wichtig", wiederholte er zärtlich.

Tränen stiegen ihr in die Augen. Er nahm sie in seine starken Arme, vergrub sein Gesicht in ihren Haaren und seufzte. „Wahrscheinlich ist das unfair von mir ... Gott weiß, man hat mir schon immer vorgeworfen, dass ich mich nicht an die Regeln halte, aber ..." Er brach ab, als hätte er sich auf einmal anders entschieden, und drückte sie fest an sich.

„Aber was?"

„Ach, verdammt", murmelte er, wütend auf sich selbst. „Ich kann dir nicht vorschreiben, wie du dein Leben zu leben hast, Rachelle, aber was auch immer du tust, finde dich nicht ab."

„Wie bitte?“ Wieder war da dieses leise Ziehen.

„Finde dich nicht mit weniger ab, als du verdient hast.“ Einen flüchtigen Moment sah er ihr in die Augen, und ihre Kehle wurde staubtrocken. „Ich bin nicht der Richtige für dich, und wenn ich raten sollte, ist es dieser Typ“, er zeigte mit dem Daumen auf die offene Tür, „auch nicht.“

„Du hast kein Recht, mir …“

„Ich weiß.“ Er küsste sie wieder, dieses Mal mit mehr Leidenschaft, und ließ sie dann schnell los. Ohne über die Schulter zu blicken, trat er von der Veranda herunter, schwang sich auf sein Motorrad und fuhr davon.

„Ein Motorrad?“, fragte David, als sie ins Haus zurückkam. Ihr Mund kribbelte noch von Jacksons Kuss.

David saß auf der Couch, nippte an seinem Kaffee und hatte die Augenbrauen weit über den dünnen Rand seiner Brille erhoben. „Ist der Typ in der Midlife-Crisis?“

„David …“

Er sah zu ihr hoch, sah sie dieses Mal richtig an und presste die Lippen leicht aufeinander. „Sag nichts“, murmelte er, stellte den Becher auf den Tisch und fuhr sich ungeduldig durch die Haare. „Du hast was mit ihm.“

Das war keine Frage.

„Du musst nicht antworten. Es steht dir deutlich ins Gesicht geschrieben. Oh Gott, Rachelle, was ist nur passiert?“ Er war bereits aufgestanden.

Rachelle lehnte sich mit dem Rücken an die Tür. „Ich glaube, ‚etwas mit ihm haben‘ ist nicht der richtige Ausdruck.“

„Nicht?“ Er musterte sie langsam, und ihr wurde erst jetzt bewusst, wie sie aussehen musste. Ihre Kleidung war zerknittert und schmutzig, ihre Haare zerzaust und ihr Make-up mit Sicherheit verlaufen. „Wie würdest du es dann bitte nennen? Denn aus meiner Perspektive sieht es aus, als wärt ihr sehr viel mehr als nur Freunde.“

„Ich glaube nicht, dass Jackson und ich jemals Freunde gewesen sind.“

David verdrehte die Augen. „Weißt du, Rachelle", sagte er und rieb ungeduldig seine Finger, „ich hatte mehr von dir erwartet. Dass du nicht wie all die Frauen bist, die den Macho-Typen hinterherrennen, dass du zu vernünftig bist, um dich für harte Kerle mit prallem Bizeps zu interessieren."

„Ich habe nichts getan, wofür man sich schämen muss", sagte sie und hob das Kinn ein Stück.

Sein Blick war nichts anderes als verurteilend. „Dann bin ich wohl der Dumme. Ich bin den ganzen Weg hierhergefahren, weil ich dachte, dass du mich mittlerweile vermissen wirst, dass du genug von dieser dummen Stadt hast und zurück nach Hause gerannt kommen willst. Aber nein – stattdessen finde ich dich auf einem Motorrad mit Mr Bad News höchstpersönlich. Gott, was war bloß los mit mir? Bin ich blind gewesen?"

Rachelle zog sich das Herz zusammen. Sie wollte David nicht wehtun. „Es ist schwer, die Sache mit Jackson zu erklären", begann sie schließlich, während sie in der Küche den restlichen Kaffee in den Ausguss schüttete. „Er ist jemand, den ich vor langer Zeit gekannt habe."

„Aha." Er nickte, als würde sich ihm das Geständnis, das er erwartet hatte, langsam offenbaren.

„Aha?"

„Ich wusste, dass es hier jemanden gibt, Rachelle, jemand wichtigen. Jemanden, der dir schweren emotionalen Schaden zugefügt hat." Stirnrunzelnd nahm er seinen Kaffeebecher und brachte ihn in die Küche. „Ich hatte gehofft, dieser Mensch wäre jetzt ein übergewichtiger Holzarbeiter mittleren Alters mit einer Frau und ein paar Kindern. Da habe ich wohl falschgelegen."

„Ich verstehe nicht …"

„Wahrscheinlich nicht alles", gab er zu und griff nach seiner Jacke, die er an die Garderobe neben der Tür gehängt hatte. „Aber ich weiß, dass Jackson Moore, *der* Jackson Moore, jemand gewesen ist, der dir sehr viel bedeutet hat. Jemand, der dir offensichtlich immer noch viel bedeutet."

Sie wollte etwas einwenden, ihm sagen, dass er sich irrte, aber sie konnte nicht. David war gut zu ihr gewesen, und das Mindeste, was sie jetzt tun konnte, war, ehrlich zu ihm zu sein. „Mit Jackson habe ich keine Zukunft."

David schob den Arm in den Ärmel seiner Jacke. „Aber du hast eine Vergangenheit, Rachelle, und gerade jetzt hast du eine Gegenwart. Was die Zukunft angeht ... Wer weiß? Vielleicht sind du und ich ja die Zukunft." Er sah sie lange und fest an. „Das würde ich gern glauben."

„Ich ... ich kann mich nicht festlegen ..."

„Jetzt noch nicht."

Sie schluckte schwer. David bedeutete ihr auch etwas, aber, das war ihr jetzt klar, eben nur als Freund. „Ich glaube, wir haben keine gemeinsame Zukunft."

Er betrachtete den Schieber an seinem Reißverschluss. „Willst du mir damit sagen, dass du mich nicht mehr wiedersehen willst?"

Das klang so endgültig. „Du und ich wollen verschiedene Dinge vom Leben, David. Ich will Kinder – mindestens zwei."

„Ich habe die Mädchen ..."

„Ich will eigene Kinder. Sie können auch adoptiert sein, das wäre mir egal, aber ich will sie schon als Babys im Arm haben und sie selbst großziehen."

Seine Augenbrauen schnellten nach oben. „Wenn meine Kinder dir nicht gut genug sind ..."

„Sie sind gut genug, David. Fang nicht schon wieder damit an! Du weißt, dass ich deine Mädchen gernhabe. Aber sie sind fast erwachsen. Ich habe das Gefühl, dass mir zu viele Jahre entgangen sind. Ich war nicht dabei, als sie ihre ersten Schritte gemacht haben, als sie gelernt haben, Fahrrad zu fahren oder als der Junge von nebenan sie geärgert hat und sie mit Tränen in den Augen nach Hause gelaufen sind. Ich konnte ihnen keine albernen Lieder beibringen, als sie drei waren, oder sie auf Stühle stellen, damit sie mir beim Keksebacken helfen. Ich konnte ihnen auch keine Kleider für ihre erste Tanzveranstaltung aussuchen.

Ich habe sie nach ihrem ersten Streit mit ihren besten Freundinnen nicht getröstet, bei Mittelohrentzündung nicht gepflegt und ihnen keinen Milchshake gekauft, nachdem ihre Zahnspangen fester gezogen wurden. Es ist einfach nicht genug, verstehst du das nicht? Ich wäre immer nur ihre Stiefmutter, nie mehr. Und ich will – nein, ich *brauche* – ein eigenes Kind, das ich auf meine Weise großziehen kann."

„Von Moore?", fragte er höhnisch und gleichzeitig so bitter, wie sie ihn noch nie erlebt hatte. „Jeder kann ein Kind zeugen, Rachelle, aber es braucht mehr als einen Quickie in den Wäldern, um Vater zu sein."

Ein leiser Schrei kam über ihre Lippen. „Du verstehst das nicht."

„Nein, aber ich fange langsam an", entgegnete er, als er nach dem Türknauf griff. Er war jetzt wirklich wütend. „Du hältst mich seit einer Ewigkeit an der langen Leine, Rachelle. Ich dachte, du wärst frigide, dass du vielleicht einen Therapeuten brauchst, um deine Sexualität in den Griff zu bekommen, aber ich habe wohl falschgelegen. Du bist einfach immer noch in den Mann verknallt, der dir die ganzen Probleme überhaupt angehängt hat."

„So ist das nicht!"

„Nicht? Ja, wahrscheinlich hast du recht. Aber das kann ich ja schlecht wissen, was? Du hast mir ja nie eines deiner kleinen Geheimnisse anvertraut, nicht wahr? Du hast mich nicht in dein Leben gelassen, Rachelle, nicht wirklich. Ist dir klar, dass ich nicht das Geringste über deine Vergangenheit weiß, außer, dass du eine Schwester hast und deine Eltern sich haben scheiden lassen, als du noch zur Schule gegangen bist? Abgesehen davon habe ich keine Ahnung, wie du aufgewachsen bist." Frustriert riss er die Tür auf. „Ach, verdammt, ich habe das alles so satt! Wenn du noch was von mir willst – du hast meine Nummer." Er ging mit großen Schritten von der Veranda und stieg in seinen Wagen. Durch die Tür, die er weit offen hatte stehen lassen, strömte die kühle Nachtluft zu ihr herein.

Rachelle wollte sich in einer Ecke der Couch zusammenrollen und weinen. Innerhalb von fünfzehn Minuten hatten die zwei wichtigsten Männer in ihrem Leben sie verlassen. Auch wenn sich Davids Verschwinden wie ein Hauch von Freiheit anfühlte, war ihr trotzdem noch schwindelig von allem, was sich in der Nacht zugetragen hatte.

Sie hatte mit Jackson geschlafen und war von der Leidenschaft, die ihren Körper verzehrte, bis auf die Grundfesten erschüttert. All die Jahre hatte sie geglaubt, die Zeit hätte die Erinnerungen an ihren One-Night-Stand verklärt, an die Leidenschaft, die sie nie mit einem anderen Mann erfahren hatte. Aber sie hatte sich geirrt. Heute Nacht hatten Jacksons Küsse und seine Berührungen die gleiche Lust in ihrem Körper und ihrer Seele wachgerufen wie vor zwölf Jahren.

Java, der sich draußen versteckt hatte, kam hereingeschlichen und rieb sein Köpfchen an Rachelle. Sie streckte abwesend die Hand aus und fing an, den Kater zu streicheln. „Was mache ich nur?“, fragte sie sich, nachdem Java zu seiner Wasserschüssel davongeschlichen war.

Rachelle bekam eine Gänsehaut, als sie zur Tür ging, sie abschloss und die Kette vorlegte. Sie sagte sich, dass es am besten war, so wie die Dinge gekommen waren. Jetzt wusste sie wenigstens, dass sie nicht frigide war, dass sie Leidenschaft so glühend empfinden konnte, dass sie sich einem Mann hingeben konnte und sich wünschen, es würde nie aufhören. Und David war fort. Die Trennung war nicht besonders schmerzhaft gewesen, und jetzt musste sie für niemanden mehr geradestehen außer sich selbst. Dieses bisschen Freiheit war die wenigen verletzenden Worte wert.

David hatte recht: Sie hatte ihn nie wirklich an sich herangelassen. Sie hatte ihm nie von Jackson erzählt oder von der Nacht, die sie fürs Leben aneinandergeschweißt hatte. Sie hatte zwar mehrmals angesetzt, David von Roy Fitzpatrick zu erzählen und dass er sie angegriffen hatte, aber dann hatte sie doch geschwiegen und dieses Geheimnis wieder fest in ihrem Unterbewusstsein verschlossen. Wahrscheinlich war das David gegenüber nicht fair gewesen, aber sie hatte von Anfang an gewusst, dass er etwas anderes erwartete als sie.

Einmal hatte er sie gebeten, sich umzuziehen, als sie mit einem wichtigen Klienten essen gegangen waren. Ein anderes Mal hatte er sie als „meine kleine Prinzessin" vorgestellt. Rachelle hatte sich diese zwei Demütigungen gefallen lassen und sich geschworen, nie wieder eine weitere zu ertragen. Daran hatte sie sich gehalten, und es hatte ihre Beziehung belastet. Kein Wunder, dass David sie ermutigt hatte, nach Gold Creek zurückzukehren. Er konnte ja nicht ahnen, was dort geschehen würde. Dass sie dort auf Jackson Moore treffen würde.

Das hatte sie selbst auch nicht geahnt. Und jetzt war Jackson wieder verschwunden. Sie sah die Visitenkarte an, die sie noch immer umklammert hielt. Er war auf dem Weg zurück nach New York. Kaum dass sie miteinander geschlafen hatten, war es ihm gelungen, einen Ausweg zu finden – genau wie damals. Aber dieses Mal brauchte sie ihn nicht. Sie hatte nicht vor, herumzusitzen und auf seinen Anruf oder seine Rückkehr zu warten. Ihr Herz schmerzte, aber sie sagte sich, dass es zu ihrem Besten wäre, dass er sie verlassen hatte, und dass es ihr egal wäre, ob sie ihn je wiedersehen würde. Das war natürlich gelogen, aber sie hatte vor, dabei zu bleiben. Auf Jackson zu warten, hatte sie in der Vergangenheit teuer bezahlen müssen, und sie hatte nicht vor, diesen Fehler ein zweites Mal zu begehen. In einem Anfall von Unabhängigkeit zerriss sie die Visitenkarte in zwei Teile, dann in vier, schließlich in acht, und ließ die weißen Fetzen in den nächsten Papierkorb flattern. Sie versuchte, nicht darüber nachzudenken, wie viel Ähnlichkeit diese Papierschnitzel mit ihrem Herzen hatten.

Thomas Fitzpatrick wollte sie auch weiterhin nicht sehen. Er rief sie nicht zurück und ließ sich auch auf kein Treffen mit ihr ein. Was auch immer zwischen ihm und Jackson passiert war, es hatte dafür gesorgt, dass Rachelle kein Interview mehr mit ihm bekam. Sie rief bei *Fitzpatrick Incorporated* an und wurde von Thomas' Sekretärin abgewimmelt. Sie hinterließ sogar Nachrichten bei ihm zu Hause. Und bekam nicht den Hauch einer Reaktion.

Der Mann ging ihr aus dem Weg, so viel stand fest. Aber Rachelle hatte nicht vor aufzugeben. Thomas Fitzpatrick war der größte Arbeitgeber von Gold Creek und schon allein deswegen ein wichtiger Bestandteil ihrer Kolumnenreihe.

Sie beschloss, die Dinge selbst in die Hand zu nehmen. Deswegen fuhr sie zum Büro von *Fitzpatrick Incorporated* und wartete, bis sie seinen weißen Mercedes auf seinen privaten Parkplatz fahren sah. Er stieg aus und verschwand im Gebäude, einem dreigeschossigen Altbau aus gelbem Backstein, der einst das *Gold Creek Hotel* beherbergt hatte.

Rachelle stieg aus ihrem Escort und betrat die Lobby. Auch wenn vor Kurzem renoviert worden war, hatte das Bürogebäude seinen Jahrhundertwende-Charme nicht verloren. Dicke Perserteppiche lagen auf blanken Holzböden, und Philodendron und Efeu wuchsen aus glänzend polierten Messingtöpfen. Ein Oberlicht aus buntem Glas, das sich drei Stockwerke über ihr befand, ließ das Sonnenlicht in vielen Farbtönen auf Wände und Boden fallen.

Das Büro von Thomas Fitzpatrick befand sich im obersten Stockwerk. Gefasst auf eine weitere Abfuhr betrat Rachelle den Aufzug. Nur einen Moment später trug sie ihr Anliegen einer Sekretärin vor, die nicht älter als zweiundzwanzig sein konnte.

„Es tut mir leid, Mr Fitzpatrick hat den ganzen Nachmittag zu tun." Das Mädchen lächelte verständnisvoll.

„Dann hätte ich gerne einen Termin bei ihm."

„Sicherlich", sagte die Sekretärin freundlich, wenn auch nervös. Rachelle zweifelte nicht daran, dass der Präsident von *Fitzpatrick Incorporated* sie persönlich angewiesen hatte, für eine gewisse Rachelle Tremont nicht zu sprechen zu sein. Das Mädchen fing an, durch den großen Terminkalender zu blättern, und vermied es, Rachelle direkt anzusehen. „Es scheint kein Termin frei zu sein …"

Rachelle deutete auf eine leere Seite. „Wie wäre es hier?", fragte sie und tippte mit dem Finger auf die leeren Quadrate, die für Stunden im Leben von Thomas Fitzpatrick standen.

„Nein ... Da hat er einen Kundentermin. Sie spielen dienstags immer Tennis."

„Dann eben Mittwoch." Sie blätterte die Seite vor den Augen der fassungslosen Sekretärin selbst um.

„Nein, Mittwoch geht nicht."

„Warum nicht?"

„Mittwoch spielt er Golf mit Dr. Pritchart ..."

„Donnerstag."

„Ich fürchte, nein ..."

Rachelle klappte das Buch mit einem Knall zusammen und beugte sich über den Schreibtisch der jungen Frau. In all den Jahren, die sie für die Zeitung arbeitete, hatte sie sich schon oft mit Sekretärinnen herumgeschlagen, die die Tür zum Büro ihres Chefs mit dem eigenen Leben verteidigt hätten. „Hören Sie ..." Sie sah auf das Namensschild aus Messing, das in einer Ecke des Schreibtischs stand. „... Rita, wir wissen doch beide, dass er mir aus dem Weg geht. Das Problem ist nur, er kann es nicht für immer tun, und ich werde einen Weg finden, mit ihm zu reden. Sie könnten uns beiden eine Menge Zeit und Mühe ersparen."

Rita befeuchtete sich nervös die Lippen, und gerade in diesem Augenblick fing ihr Telefon an zu klingeln. Die Erleichterung malte ihr ein Lächeln aufs Gesicht. „Entschuldigen Sie mich!" Sie griff nach dem Hörer. *„Fitzpatrick Incorporated ..."*

Rachelle zögerte nicht. So eine Gelegenheit bot sich kein zweites Mal. Sie marschierte rasch an Ritas Schreibtisch vorbei durch eine mit Intarsien verzierte Doppeltür, um sich vor einem weiteren Hindernis wiederzufinden. Sie war überhaupt nicht in Fitzpatricks privates Büro gekommen, sondern in den Eingangsbereich einer Zimmerflucht, und vor einer weiteren Tür saß seine Sekretärin.

Die Frau, ungefähr in Rachelles Alter, nahm gerade ein Diktat auf. Ihr Rücken war dem Eingangsbereich zugekehrt, und sie trug ein Headset, während ihre Finger über die Tastatur flogen. Sie blickte hoch, als Rachelle hereinkam, und ihr Gesichtsausdruck wandelte sich von mildem Interesse zu Fassungslosigkeit. „Ich dachte, ich hätte dich wissen lassen, dass er beschäftigt ist", sagte sie, nahm den Kopfhörer ab und warf sich das schwarze Haar hinter die Schultern.

Rachelles Magen zog sich zusammen. Die Privatsekretärin von Thomas Fitzpatrick war Melanie Patton? Das Mädchen, dem Roy die Ehe versprochen und das er dann fallen gelassen hatte, nachdem er etwas mit Laura angefangen hatte.

Melanie stand auf. „Mr Fitzpatrick ist sehr beschäftigt ..."

Doch Rachelle hatte nicht vor, sich abwimmeln zu lassen. Sie war bereits zu weit gekommen, und ohne einen weiteren Gedanken an Melanie zu verschwenden, umrundete sie den Schreibtisch und stieß die Tür auf. „Mr Fitzpatrick, ich würde gern mit Ihnen reden", sagte sie, als sie das Ziel ihrer Suche entdeckte. Er war größer, als sie ihn in Erinnerung hatte, und gut in Form. Seine Schultern zeichneten sich breit unter einem teuren marineblauen Anzug und einem frisch gestärkten weißen Hemd ab. Als er seine klaren blauen Augen auf sie richtete, erstarrte sie fast unter der reinen Kraft seines Blickes. „Entschuldigen Sie, dass ich hier einfach so hereinplatze, aber glauben Sie mir, ich habe es mit allen konventionellen Methoden probiert, ohne etwas zu erreichen."

Thomas schien nicht im Geringsten überrascht, sie zu sehen. Er saß an einem großen Schreibtisch aus Teakholz, eine Hand über dem Telefon. Er war ein gut aussehender, imposanter Mann, und auch wenn in seiner Miene ein Anflug von Misstrauen zu erkennen war, explodierte er nicht vor Wut.

„Setzen Sie sich, Miss Tremont", sagte er im wohlmodulierten Tonfall des Möchtegernsenators. „Da Sie so versessen auf Ihr Interview sind, sollte ich mich wohl lieber mit Ihnen ..."

„Ich habe bereits den Sicherheitsdienst verständigt." Melanie betrat den Raum in eine Wolke aus Empörung gehüllt. Rita folgte ihr dicht auf den Fersen wie ein junger Hund.

„Oh, Mr Fitzpatrick, es tut mir so leid“, wimmerte Rita händeringend. Ihr Teint hatte sich rosa verfärbt, und sie sah Melanie so nervös an, als würde sie die Standpauke ihres Lebens erwarten.

„Sie können mich gern rauswerfen“, sagte Rachelle und ließ ihren Blick dabei vor Arroganz dem von Fitzpatrick in nichts nachstehen, „aber ich komme wieder. Ich schreibe eine Kolumne …“

Er winkte ab. „Ich weiß, was Sie tun, Miss Tremont.“

„Dann ist Ihnen auch klar, dass ich mit Ihnen reden *muss. Fitzpatrick Incorporated* ist der größte Arbeitgeber Gold Creeks. Seit Generationen bestimmt Ihre Familie die Geschicke der Stadt entscheidend mit. Ihr Urgroßvater, Ihr Großvater, Ihr Vater und Sie waren und sind hier *der* wirtschaftliche Dreh- und Angelpunkt.“

Melanie öffnete den Mund, klappte ihn aber wieder zu, als Thomas auf einen der Stühle vor seinem Schreibtisch zeigte und Rachelle damit bedeutete, sich zu setzen. „Schließen Sie die Tür hinter sich“, sagte er zu Melanie, „und teilen Sie dem Wachmann mit, dass ich ihn nicht brauche.“

Melanie zögerte eine Sekunde. „Sind Sie sicher …“

„Absolut.“

Rita eilte bereits aus dem Büro, und Melanie, den Rücken kerzengerade, ging schnell hinter ihr her. Sie zog die Tür leise zu, und man konnte hören, wie das Schloss geschmeidig einschnappte.

Thomas lehnte sich in seinem Stuhl zurück und starrte Rachelle an. „In Ordnung, Miss Tremont. Sie haben meine volle Aufmerksamkeit.“ Er sah wieder zur Tür. „Ich muss schon sagen, Sie haben Nerven wie Drahtseile. Ich kenne erwachsene Männer, die sich nicht mit meiner Sekretärin anlegen würden.“

„Oder mit Ihnen?“

Er zuckte mit den Schultern.

„Vielleicht sind die nicht so engagiert wie ich.“ Sie griff in ihre Handtasche, um das Diktiergerät und ihren Notizblock herauszunehmen. Als er ihre Ausrüstung sah, verfinsterte sich Thomas’ Miene.

„Ehe wir anfangen, sollten wir einige Dinge klarstellen.“

„Die Regeln?", fragte sie. Es gelang ihr nicht, den Sarkasmus in ihrer Stimme zu verbergen.

„Die Fakten. Ich habe ein gutes Gedächtnis und erinnere mich sehr genau, dass Sie auf Jackson Moores Seite waren, als mein Sohn umgebracht wurde. Ihre Aussage hat ihm den Hals gerettet."

„Jackson hat Roy nicht umgebracht."

Seine Augen flackerten eine Sekunde, aber er schien nicht wütend zu sein. Im Grunde waren Thomas Fitzpatricks Reaktionen alle das Gegenteil von dem, was sie erwartet hatte. „Jackson und Roy sind einander an die Kehle gegangen, seit Jackson zurück in die Stadt gekommen war. Es ist nur logisch …"

„Er wurde nicht verurteilt, Mr Fitzpatrick. Sie und all Ihre schicken Anwälte und der Sheriff und der Polizeichef haben ihr Möglichstes versucht, um ihn hinter Gitter zu bringen, aber in diesem Land ist man unschuldig, solange die Schuld nicht erwiesen ist."

„Ist das so?" Er betrachtete einen Augenblick seine Nägel, ehe er den Blick wieder auf sie richtete. „Sie haben meinem Sohn Tätlichkeiten vorgeworfen." Die Worte waren wie ein kalter Luftzug.

„Ich …"

„Roy war tot. *Tot*, verdammt noch mal! Und Sie haben die Frechheit besessen, ihn wegen versuchter Vergewaltigung zu beschuldigen."

Ein eiskalter Schauer rann ihr über den Rücken. „Ich habe nur die Wahrheit gesagt, Mr Fitzpatrick."

„Nein, Miss Tremont! Was Sie getan haben, war, den Namen meines Sohnes in den Dreck zu ziehen. Er war bereits von uns gegangen, und Sie und Jackson Moore haben Ihr Äußerstes getan, um seinen Ruf zu ruinieren und meiner Familie einen Schandfleck zuzufügen. Haben Sie eine Ahnung, was Sie meiner Frau damit angetan haben? Und mir? Oder ist Ihnen das egal?"

„Ich habe nur die Wahrheit gesagt. Die Tätlichkeiten Ihres Sohnes wurden nicht nur von Jackson bestätigt. Mehrere der anderen Jugendlichen haben damals ebenfalls ausgesagt, was sie gesehen haben, und von dem Kampf berichtet. Deswegen hat die Polizei Jackson überhaupt erst verdächtigt."

„Pah ..." Er wischte ihre Argumente mit einer Handbewegung fort und sah demonstrativ auf die Uhr. „Was wollen Sie von mir? Ich habe nicht viel Zeit."

Die Atmosphäre war angespannt, und ihr wurde klar, dass er ihr ebenso wenig traute wie sie ihm. Am liebsten hätte sie ihn geschüttelt, damit er Vernunft annahm, ihm gesagt, dass er blind war, was seinen Erstgeborenen anging. Aber sie wusste, dass sie froh sein konnte, ihn überhaupt interviewen zu dürfen. Sie blätterte in ihrem Notizblock bis zu den Fragen, die sie sich bereits notiert hatte, und fing an, ihn über die Stadt und seine Position darin zu befragen, über die Menschen, die er einstellte, und wie er mit seinen Angestellten und der Gewerkschaft umging. Sie erkundigte sich, wie sich die Zusatzleistungen von *Fitzpatrick Incorporated* in den letzten zehn Jahren verändert hatten und nach dem Sägewerk der Monroes. Es gehörte Garreth Monroe III – Thomas' Schwager.

Er antwortete knapp und gab ihr kaum mehr als die nötigsten Informationen. Er lehnte sich in seinem Stuhl zurück, legte die Fingerspitzen aneinander und dachte über jede Frage nach, als würde er sich Sorgen machen, zu viel zu verraten. Bisher hatte er sich noch nicht einmal um ein Amt beworben, und doch verhielt er sich bereits wie ein Politiker.

Schließlich kam sie auf seine Familie zu sprechen, seine berüchtigten und ruchlosen Vorfahren ebenso wie seine Kinder. Thomas war bemerkenswert offen, aber als Rachelle anfing, Fragen über sein Privatleben und seine Frau zu stellen, verschwand seine gute Laune.

„Das soll kein Essay über mich werden", beschied er knapp. „Ich glaube nicht, dass Ihre Leser etwas über meine Familie wissen müssen oder wollen."

Rachelle war noch nicht bereit aufzugeben. „Seit Jahren halten sich die Gerüchte über Ihre politischen Ambitionen. Wie denkt Ihre Frau über eine politische Karriere?"

Er blieb misstrauisch. „Meine Frau unterstützt mich, wie in allem anderen auch."

„Aber wenn Sie in die Politik gehen, wird Ihr ganzes Leben unter die Lupe genommen werden, und auch Roys Tod wird wieder an die Öffentlichkeit kommen."

„Damit beschäftige ich mich, wenn es so weit ist. Wenn Sie mich jetzt entschuldigen, ich habe einen Termin." Er stand kalt lächelnd auf, reichte ihr aber nicht die Hand.

Ihr blieb keine andere Wahl, als es ihm gleichzutun. „Danke, dass Sie sich die Zeit genommen haben", sagte sie, eine Antwort bekam sie allerdings nicht. Sein Gesicht wirkte wie aus Stein gemeißelt. Er war ein wirklich gut aussehender Mann und seine Arroganz, seine harte Schale, erinnerte sie an viele Männer, die sie interviewt hatte. Auf vielerlei Art ähnelte er Jackson. Sie waren ungefähr gleich groß und gleich gebaut, ihr größter Fehler war ihr Stolz, und die Kanten ihrer Persönlichkeiten waren scharf geschliffen.

Er begleitete sie zur Tür. „Stürmen Sie nie wieder an meiner Sekretärin vorbei. Sie nimmt ihren Job sehr ernst."

Während sie noch durch den Empfangsbereich ging, schloss Thomas die Tür hinter ihr. Melanie, die wieder vor ihrem Computer saß, blickte auf, sah die geschlossene Tür und riss sich das Headset vom Kopf.

„Kannst du ihn nicht in Ruhe lassen?", fragte sie, nachdem sie Rachelle eingeholt hatte. Sie schob die Doppeltüren auf und sagte zu Rita, deren Gesicht sich dunkelrot verfärbte, als sie Rachelle entdeckte: „Kümmere du dich um alles. Ich bin in ein paar Minuten wieder da."

Sie gingen gemeinsam zum Fahrstuhl. Melanie warf sich die langen Locken über die Schultern und hatte den Mund wütend zusammengezogen. Sie war ein hübsches Mädchen mit ausdrucksstarken dunklen Augen und einer schlanken Figur. Sie war besser gekleidet als die meisten anderen Frauen in Gold Creek, eleganter. So schön, wie sie war, hätte Melanie den Seiten eines Modemagazins entsprungen sein können. Ihr Kleid war aus königsblauer Seide und ihre Schuhe aus weichem Kalbsleder. Eine schwere Goldkette lag ihr um den Hals, und sie trug auch das dazu passende Armband und Ohrringe, die ihr fast bis zu den Schultern baumelten. Sie roch geradezu nach Geld, nach sehr viel mehr Geld, als man als Sekretärin verdiente – zumindest wenn sie die Freundinnen als Maßstab nahm, die in San Francisco als Sekretärinnen arbeiteten.

Erst als sie draußen an Rachelles Wagen standen, ergriff Melanie wieder das Wort. „Hör zu, Rachelle, du machst hier viele Leute nervös. Ihnen gefällt die Vorstellung nicht, dass ihre kleine Stadt im ganzen Land Schlagzeilen macht. Was auch immer du mit deiner Rückkehr bezwecken wolltest – du machst einfach nur Ärger."

Rachelle konnte sich ein Lächeln nicht verkneifen. „Du findest, ich schlachte die Bewohner von Gold Creek aus?"

„Du benutzt sie", antwortete Melanie. „Um Zeitungen zu verkaufen."

„Ich dachte, es könnte eine interessante Reihe werden."

„Ja, klar! Als würden sich die Leute in Chicago oder New York oder Washington, D. C. einen Dreck darum scheren, wie es in dieser kleinen Stadt zugeht." Sie schüttelte seufzend mit dem Kopf. „Komm mir nicht mit so einem Mist! Ich weiß es besser. Du bist wegen Roy Fitzpatrick hier. Deswegen bist du an mir vorbeigetrampelt, um zu seinem Vater zu gelangen, deswegen ist Jackson Moore wieder aufgetaucht, und deswegen steht diese kleine Stadt bald kopf. Es ist vorbei, Rachelle, vergiss es also einfach. Ein Junge ist gestorben. Punkt. Ende der Geschichte."

„Ist es das?", fragte Rachelle und sah dabei Melanie in ihr hübsches Gesicht.

„Absolut. Und wenn du nicht die Finger davon lässt, fürchte ich, dass du großen Ärger bekommen könntest."

„Willst du mir drohen?" Rachelle lachte. „Ich fasse es nicht! Was hast du, was hat diese Stadt bloß zu verbergen?"

„Halt dich an meinen Rat, Rachelle! Lass die Sache auf sich beruhen." Sie machte auf dem Absatz kehrt und rannte fast den Pfad zurück, der zur Hintertür des Gebäudes führte.

Rachelle blies sich die Haare aus den Augen und sah ins oberste Stockwerk hinauf, als sie hinter einem der Fenster eine Bewegung ausmachte. Thomas Fitzpatrick starrte mit mörderischer Miene zu ihr hinab.

Dann hatte er ihr Gespräch mit Melanie also gesehen. Na und? Auch wenn es sich so anfühlte, als hätte er sie bei etwas ausspioniert, was sie nicht hätte tun sollen, winkte sie ihm zu und schlüpfte ins warme Innere ihres Wagens. Es war albern von ihr, Melanies Warnung ernst zu nehmen, und noch alberner, vor Thomas Fitzpatrick Angst zu haben. Nach allem, was man hörte, war Fitzpatrick ein anständiger Mann, ein Philanthrop sogar, du liebe Zeit. Und während des Interviews war er mehr als höflich gewesen.

Warum also ließ ein einziger Blick von ihm sie innerlich zu Eis erstarren? Wenn bloß Jackson noch hier wäre, dachte sie und rammte dann den Schlüssel in die Zündung. Doch Jackson war schon lange fort, und sie kam mit allem gut selbst zurecht. Sie brauchte doch keinen Mann als Stütze, du lieber Gott! Aber sie konnte auch die kalte Furcht nicht abschütteln, die sich in ihrem Herzen ausgebreitet hatte.

Jackson beugte sich über den Schreibtisch des Privatdetektivs und starrte den Mann mit den Wieselaugen wütend an. „Sie wollen mir sagen, dass Sie nichts Neues zum Fitzpatrick-Mord finden können?“

Virgil Timms hob seine Hände. Sie waren voller Nikotinflecken von den Zigaretten, die er eine nach der anderen rauchte; auch jetzt qualmte eine Winston unangetastet im Aschenbecher auf dem Schreibtisch. „Nichts Wichtiges. Aber ich arbeite daran.“

„Ich bezahle Ihnen eine Menge Geld, um die Wahrheit herauszufinden.“ Jackson trat ungeduldig ans Fenster und starrte durch die dreckige Glasscheibe auf die geschäftige Straße hinab, wo sich Fußgänger, Radfahrer und Autos um den Platz stritten. Timms’ Büro lag in San Franciscos Chinatown. Die Geschwindigkeit der Stadt schien im Vergleich mit Gold Creek geradezu halsbrecherisch.

„Hey, ich tu hier mein Bestes."

Tat er das? Jackson war nicht davon überzeugt. Er hatte Timms auf Anraten seines Partners angeheuert. Boothe und Timms hatten zusammen gedient, und der Detektiv hatte sich einen Ruf erworben, auch wenn der Mann auf Jackson zwielichtig wirkte. Nicht, dass das wichtig wäre – je zwielichtiger, desto besser, in diesem Fall. „Hat Fitzpatrick Ihnen ein Angebot gemacht?"

„Was soll das heißen?"

Jackson ging zurück an den Schreibtisch. Jeder Muskel in seinem Körper war angespannt. „Ich meine, hat er Ihnen was gezahlt, damit Sie mit dem Rumschnüffeln aufhören?"

Timms hatte den Anstand, beleidigt auszusehen. „Hey, *Sie* sind mein Klient."

„Fitzpatrick hat eine Menge Geld. Er ist es gewöhnt, es in der Welt zu verteilen, damit sie sich nach seiner Schnauze dreht."

„Ich hab Sie nicht verkauft, Mensch! Sehen Sie hier." Er schob eine Akte über den Tisch. Auf der Mappe stand „Moore/Fitzpatrick".

Jackson blätterte schnell durch die Seiten und las sich Kurzbiografien von allen Verdächtigen im Fitzpatrick-Fall durch, auch seine eigene. Kein Wunder, dass die Polizei ihn geschnappt hatte. Von allen potenziellen Mördern von Roy Fitzpatrick war Jackson der einzige gewesen, der schon mit dem Gesetz in Konflikt geraten war.

„Das ist für mich?" Er runzelte die Stirn.

„Sie haben dafür bezahlt. Also …" Timms zog an seiner Zigarette, ehe er sie im Aschenbecher ausdrückte, der bereits vor Asche und Stummeln überquoll. „Soll ich den Fall weiterbearbeiten?" Er kippte den vollen Aschenbecher in den Papierkorb aus, ehe er sich eine weitere ansteckte.

„Ich denke schon", willigte Jackson ein.

„Gut. Aber lassen Sie mich Ihnen eines sagen: Es ist nicht leicht, aus dieser Stadt Informationen herauszubekommen. Sobald man den Namen Fitzpatrick erwähnt, machen die Leute den Mund schneller zu als sonst was. Und die Polizei kann man vergessen. Es ist, als wäre der alte Herr wie ein Gott oder so was."

„Oder so was", stimmte Jackson trocken zu.

„Ihm gehört die ganze verfluchte Stadt. Ihm und seiner Familie."

„Garreth Monroe", dachte Jackson laut. Schwager von Thomas und mindestens ebenso gierig. Ihm gehörte das Haus am See, wo Rachelle und er …

„Garreth Monroe III, nicht zu vergessen. Jepp, solange man nicht für einen von den beiden arbeitet, hat man in der Stadt kaum eine Chance."

„Das wusste ich allerdings bereits."

Timms schmale Lippen verzogen sich zu etwas, das fast einem Lächeln glich. „Na ja, es stehen eine Menge Dinge in der Akte, die Sie noch nicht wissen dürften – Dinge, von denen die Leute nicht wollten, dass ich sie herausfinde. Wenn ich es nicht besser wüsste, ich würde meinen, Gold Creek wäre der Titel einer Seifenoper." Er lachte über seinen eigenen Witz und endete mit einem Hustenanfall. „Ich muss weniger rauchen", sagte er und hielt dabei die Zigarette hoch. „Okay, seien Sie ehrlich – soll ich so tief graben, wie ich kann?"

„Noch tiefer."

„Selbst, wenn dabei was rauskommt, was Sie lieber nicht wissen wollen?"

Die Frage wühlte Jackson auf. Er musste sich in Erinnerung rufen, dass Timms auf seiner Seite war. „Ich weiß nicht, was Sie da andeuten, aber ich will, dass Sie diese verdammte Stadt auf den Kopf stellen und schütteln, bis alle Geheimnisse rausfallen. Klar?"

„Wenn Sie sich sicher sind."

„Verdammt sicher sogar." Jackson griff nach dem Aktenordner und klemmte ihn sich unter den Arm. „Ich rufe Sie an, wenn ich aus New York zurück bin."

12. KAPITEL

Vielleicht ist er endgültig verschwunden", sagte Brian, riss sich die Krawatte vom Hals und warf sie über die Lehne der Couch.

„Darauf würde ich nicht wetten." Thomas kam die zwei Stufen ins Wohnzimmer seines Sohnes hinab, einen riesigen, ausladenden Raum, der mit strahlend weißen Sofas, weißen Wänden, weißem Teppich und ein paar roten und schwarzen Akzenten eingerichtet war. Das Zimmer erinnerte ihn an seine Schwiegertochter, die für die Einrichtung verantwortlich war. Bei Laura war alles entweder schwarz oder weiß, Grauzonen gab es keine. „Jackson wird zurückkommen, um zu beenden, was er angefangen hat."

Brian stieß die Terrassentüren auf und trat auf die Veranda hinaus. „Warum verkriecht er sich nicht wieder in New York und lässt uns verdammt noch mal in Ruhe?" Er lehnte sich gegen das Geländer der Veranda und seufzte schwer. Thomas bemerkte die Schweißtropfen, die sich auf der Stirn seines Sohnes gebildet hatten.

„Er will Genugtuung." Thomas starrte auf Brians Grundstück hinaus, über den gepflegten Rasen bis zum Wald. Er wünschte, er müsste nicht die Frage stellen, die ihm nicht mehr aus dem Kopf ging – eine Frage, die ihm schon seit Jahren auf der Seele lag, eine Frage, die er tief in sich vergraben hatte. Zumindest so lange, bis Jackson Moore zurückgekehrt war. „In der Nacht, als dein Bruder gestorben ist", begann er behutsam, „kannst du da beschwören, dass niemand außer Jackson Streit mit ihm hatte?"

Brian hob ruckartig den Kopf. „Was soll das denn? Willst du wissen, ob *ich* Roy umgebracht habe?" Ein Herzschlag verstrich. Brian bebte. „Ich glaube das nicht! Ich glaube das verflucht noch mal nicht! Du, mein eigener Vater, klagst mich an, meinen Bruder getötet zu haben? Warum? Um das alles zu erben?" Er deutete verächtlich auf das Haus. „Glaubst du wirklich, das hätte ich getan?"

„Ich habe dich nicht beschuldigt", entgegnete sein Vater leise. „Aber dazu wird es kommen. Die Polizei wird sich wieder einschalten. Jackson hat bereits einen Privatdetektiv engagiert. Er meint es ernst."

„Brian? Brian, bist du zu Hause?", erklang Lauras Stimme leise durch die Räume und die offene Tür hinaus. Mit seiner Krawatte und einer Tüte von einer Boutique in Coleville in der Hand trat sie zu ihnen auf die Veranda. „Die gehört nicht auf die Couch", rügte sie ihn zärtlich, hielt die Krawatte hoch und wedelte damit. Dann bemerkte sie, wie ernst ihr Mann und ihr Schwiegervater aussahen. „Stimmt was nicht?"

„Moore schnüffelt rum."

Die Krawatte fiel ihr aus den Fingern und ringelte sich zu ihren Füßen zusammen. „Und jetzt?" Sie stellte die Tüte neben der Tür ab.

„Jackson hat mit Dad gesprochen und deine Freundin Rachelle mit uns beiden."

„Ich erinnere mich. Rachelle war bei dir im Büro", sagte sie eisig.

Brian leckte sich nervös die Lippen. „Dad befürchtet, dass sie nicht aufhören, bis sie die Wahrheit herausgefunden haben."

„Aber die Wahrheit ist, dass Jackson es war, der Roy umgebracht hat …"

„Jackson behauptet nach wie vor, dass er es nicht war", unterbrach Thomas sie langsam, „und ich will keine Überraschungen erleben. Ich bin hergekommen, um meine Erinnerungen an jene Nacht aufzufrischen."

„Das ist so lange her …"

„Ich weiß, aber gehen wir das Ganze noch einmal durch. Wenn einer von euch beiden irgendwen kennt, der mit Roys Tod zu tun hatte, dann will ich es wissen, und zwar sofort!"

„Das hätten wir dir doch damals schon gesagt!" Laura sah ihn mit ihren klaren blauen Augen an. Doch ihre Hand zitterte dabei so sehr, dass sie sie in die Rocktasche stecken musste. Sie blinzelte mehrmals und blickte dann Brian an. „Das ist doch verrückt!"

„Lasst uns ein paar Dinge klarstellen." So leicht ließ Thomas sich nicht abwimmeln. „Mir sind die Probleme bekannt, die ihr zu vertuschen versucht. Die Gewinne sind stark abgefallen, und egal was ihr sagt – das liegt ganz sicher nicht nur an den Naturschützern oder der Gewerkschaft."

„Aber …"

„Ich weiß, dass ihr unterschlagt", konfrontierte er seinen Sohn und seine Schwiegertochter unverblümt mit der Wahrheit, und der Schmerz in seinem Herzen wurde nur noch stärker. Er hatte einen Sohn verloren und der andere war ein Dieb. Auch seine Tochter Toni war bereits ein Teufelsbraten …

Laura keuchte entsetzt auf. „Nein! Das kann nicht stimmen." Sie trat einen Schritt auf ihren Mann zu. „Brian …"

„Halt den Mund, Laura!"

„Aber das ist eine Lüge …"

Brians Gesicht war gerötet, Schweißperlen tropften von seiner Stirn. „Ich sagte: Halt den Mund!"

Er schluckte verkrampft, während Laura geradezu entsetzt aussah.

Thomas hatte keine Zeit, sich über ihre Gefühle Gedanken zu machen. „Wo wir jetzt also wissen, wo wir alle stehen, kommen wir zur Sache, ja?"

„Dad, hör zu … Ich brauchte nur ein bisschen Bares für das Haus."

Lauras Augen wurden riesengroß.

„Ich weiß schon, wofür du es gebraucht hast." Thomas bedachte ihn mit einem stechenden Blick. Er kannte Brians Ruf – Frauen und Pferde. Nein, er hätte dem Jungen nie die Leitung der Firma anvertrauen sollen. Es gab andere, die besser geeignet gewesen wären.

Sein Sohn hatte ihm die Hand auf den Arm gelegt. Tränen glänzten in seinen Augen. „Es tut mir leid."

„Reiß dich zusammen!"

„Und Mom …"

„Ob deine Mutter davon weiß?" Thomas schüttelte den Kopf.

„Das ist unser kleines Geheimnis." Er warf Laura einen eindringlichen Blick zu. „Und dabei soll es auch bleiben. Aber wenn du jemals wieder Geld brauchst, dann schlage ich vor, dass du dich direkt an mich wendest."

„Das werde ich. Oh Gott, du weißt, das werde ich!" Brian blinzelte mehrmals erleichtert. Thomas wurde schlecht bei dem Gedanken, dass dieses rückgratlose Geschöpf sein einziger Sohn war. Dann verspürte er eine tiefe Schuld. Wenn aus Brian ein gewöhnlicher, sogar dummer Dieb geworden war, wessen Schuld war es dann, wenn nicht seine eigene? Vielleicht, wenn er seinem Erstgeborenen nicht so viel Aufmerksamkeit geschenkt hätte ...

„Brian ..." Laura berührte ihn sanft am Arm, aber er schüttelte ihre Hand ab, so wie er alles abgeschüttelt hatte, was mit ihr zu tun hatte, seit sie verheiratet waren. Auch daran war wohl Thomas schuld. Er hatte darauf bestanden, dass Brian und Laura heirateten, als er herausgefunden hatte, dass das Mädchen schwanger war. Ein uneheliches Kind von Roy hatte er bereits verloren. Er wollte nicht noch ein Enkelkind aufgeben müssen.

„Kopf hoch!" Er schlug seinem Sohn die Hand auf die Schulter. „Jetzt kannst du helfen. Es gab viele Leute, die Roy nicht leiden konnten. Jackson Moore war nur der Augenscheinlichste. Wer waren die anderen?"

„Mom würde das nicht gefallen", wandte Brian schwach ein.

„Deine Mutter darf davon nie erfahren. Dieses Gespräch bleibt unter uns!" Das Funkeln in seinen Augen reichte aus, um Brian und Laura zu überzeugen, dass er es ernst meinte. „Ich habe den Großteil meines Lebens damit verbracht, sie zu beschützen, und ich werde nicht zulassen, dass ihr alles ruiniert! Fangen wir also mit allen an, die einen Groll gegen Roy gehegt haben, und dann erzählt mir von Rachelle Tremont." Er richtete den Blick auf seine Schwiegertochter. „Du hast sie gekannt. Ihr seid doch Freundinnen gewesen, richtig?"

Laura zuckte mit den Schultern. „Ich kannte sie nur kurz."

Thomas dachte an seine Begegnung mit Rachelle. „Sie ist genauso dickköpfig wie dieser Jackson, und ich bin mir sicher, dass sie seinetwegen zurückgekommen ist." Gereizt lehnte er sich gegen das Geländer und verschränkte die Arme vor der Brust. „Also – was wisst ihr über sie?"

Die letzte Person, die Rachelle erwartet hätte, war ihre Schwester. Aber Heather wartete dort auf sie, und sie hatte aufgeräumt und geputzt. Heather war eine Sauberkeitsfanatikerin, das war sie schon immer gewesen.

Mit ihrem fünfjährigen Sohn auf dem Schoß, Adam, wiegte sie sich vor dem Feuer in einem Schaukelstuhl vor und zurück. Adams Kopf ruhte an der Schulter seiner Mutter, und er hatte die Augen geschlossen.

Flammen knisterten auf den moosigen Holzscheiten, und der Duft nach verbranntem Holz und Muschelsuppe hing in der Luft.

„Überrascht?", formte Heather mit den Lippen, als Rachelle die Tür hinter sich schloss. Sie trug Adam ins Gästezimmer.

„Schockiert trifft es eher", gab Rachelle zu, nachdem Heather die Tür am Ende des Flurs geschlossen hatte und schnell zurück in die Küche gehuscht kam. Rachelle hängte ihre Jacke über eine Stuhllehne und ignorierte dabei den strafenden Blick ihrer Schwester. Sie waren schon immer verschieden gewesen, und Rachelle hatte nie das gleiche Bedürfnis wie Heather empfunden, in einem makellosen Haus zu leben. Gott sei Dank!

Heather hob den Deckel vom Suppentopf. Es roch köstlich nach Muscheln und Gewürzen. Rachelle knurrte der Magen.

„Hunger?", fragte Heather.

„Am Verhungern."

Ihre Schwester grinste, dass sich ihre Grübchen zeigten. „Gut."

„Also, wie lange bist du schon hier?"

„Erst seit einer Stunde", gestand Heather lachend.

„Und in der Zeit hast du Fenster geputzt, die Spüle gescheuert, den Boden gefeudelt, die Betten bezogen und hattest noch genug Zeit übrig, eine Suppe zusammenzuwürfeln?"

Heather lachte. Rachelle scherzte oft, dass ihre Schwester nicht kochte, damit ihre Küche makellos blieb. Außer Saubermachen lagen Heathers Talente eher im Bildhauen, Malen und der Inneneinrichtung. Ihre Kochkünste, oder vielmehr der Mangel daran, waren in ihrer Familie ein beliebter Witz.

„Sehr lustig", entgegnete Heather mit funkelnden blauen Augen. „Ehrlich gesagt habe ich die Suppe aus einem kleinen Bistro in Fisherman's Wharf mitgebracht."

„Ahh! Ich hatte mir schon Sorgen gemacht."

„Und ich dachte, ich wäre die Einzige, die sich Sorgen macht." Heather warf sich eine honigblonde Locke über die Schulter. „Mom hat gestern angerufen, und sie klang wirklich aufgebracht. Deshalb habe ich meiner Assistentin die Galerie überlassen, und hier sind wir. Aber wir bleiben nicht hier – Mom will, dass wir bei ihr übernachten." Heather kostete von der Suppe und zuckte zusammen. „Zu heiß."

Nachdem sie sich einen Apfel aus einem Korb auf der Küchenanrichte geschnappt hatte, fragte Rachelle: „Ist Mom immer noch traurig wegen der Trennung?"

„Zum größten Teil", wich Heather aus. Sie legte den Deckel wieder auf den Suppentopf.

„Aber da ist noch mehr", riet Rachelle. Sie wusste ja, welche Sorgen ihre Mutter sich wegen Jackson machte.

„Tonnenweise", gab Heather nervös mit den Schultern zuckend zu.

„Soll heißen, wegen Jackson Moore und mir."

„Sie hat erwähnt, dass du dich mit ihm getroffen hast."

Rachelle polierte den Apfel am Saum ihrer Bluse. „Wir sind uns ein paar Mal begegnet."

„Oh." Heather setzte sich an den Tisch, stützte das Kinn in eine Hand und sagte: „Spuck's aus, Rachelle! Jackson Moore ist nicht ohne jeden Grund zweitausend Meilen weit gereist. Ist er zurückgekommen, weil du hier bist?"

„Nein."

Heather zog skeptisch eine Augenbraue hoch, und Rachelle

nahm einen großen Bissen von ihrem Apfel. Sie hatte nie genauer über Jacksons Gründe für seine Rückkehr nachgedacht; er hatte gesagt, es ginge ihm darum, eine offene Tür in seiner Vergangenheit zu schließen, seinen guten Ruf wiederherzustellen – und das hatte sie ihm geglaubt.

„Es ist schon ein großer Zufall, dass ihr beide zur gleichen Zeit wieder hier seid."

„Ich will das nicht hören", fuhr Rachelle sie an. Langsam riss ihr wirklich der Geduldsfaden. „Er ist wieder in New York."

„Für immer?"

Sie zuckte mit den Schultern.

„Wie lange ist er schon weg?"

„Ein paar Tage, glaube ich", sagte sie ausweichend, weil es ihr wie eine Ewigkeit vorkam, auch wenn sie es hasste, das zugeben zu müssen, sogar vor sich selbst. Sie runzelte nachdenklich die Stirn. „In der Stadt scheint jeder zu denken, dass es Jacksons einziger Lebenszweck ist, mir Ärger zu machen, sogar Mom. Ich glaube das einfach nicht. Sicher, der erste Artikel in meiner Reihe hat ihn dazu gebracht, nach Gold Creek zurückzukehren, aber das hat doch nichts zu bedeuten ..."

„Ist er zu dir gekommen?"

„Ja, aber ..."

„Ein Mal?", fragte Heather unschuldig.

„Mindestens."

„Zwei Mal? Drei Mal? Vier?"

„Ich habe nicht mitgezählt."

Heather lehnte sich auf ihrem Stuhl zurück, um ihre Schwester besser betrachten zu können. „Und was hat David dazu zu sagen?"

Rachelle beschloss, Heather alles zu erzählen. Früher oder später würden es ohnehin alle erfahren. „David und ich haben Schluss gemacht."

Das „Hab ich dir ja gesagt", das Heather auf der Zunge lag, schaffte es nicht über ihre Lippen, denn genau im gleichen Augenblick störte der Lärm eines Motorrads die Ruhe der

Nacht. „Sag, dass das nicht wahr ist", flüsterte sie, trat ans Fenster und spähte hinaus. „Das fasse ich nicht!"

Rachelles Herz fing an zu rasen. Er war wieder da! Gerade als sie sich selbst davon überzeugt hatte, dass er nicht zurückkommen würde, genau wie letztes Mal, tat er es doch! „Solltest du aber."

„Auf dem Motorrad? Steckt er in der Midlife-Crisis, oder was?"

„Ich weiß es nicht."

„Mommy?" Adam kam mit glasigen Augen, eine zerknitterte Decke in der geballten Faust, müde in die Küche getapst.

„Oh, Schätzchen, du bist aufgewacht!" Sofort war jeder Gedanke an Jackson vergessen, als Heather ihren Sohn hochhob und ihn so fest an sich drückte, dass es der Situation vollkommen unangemessen schien. „Hast du Hunger? Es gibt Suppe und Brot und Salat."

„Ich *hasse* Salat", nuschelte Adam. Er hatte seiner Mutter einen Arm um den Hals gelegt und sah Rachelle über Heathers Schulter hinweg an. Er war blass, und sie wunderte sich, dass er um diese Tageszeit ein Nickerchen machte. Sein hellbraunes Haar stand ihm struppig vom Kopf ab, und seinen blaugrauen Augen fehlte das Funkeln. Vielleicht lag es daran, dass sein Tagesablauf durcheinandergekommen war.

Ein Klingeln unterbrach Rachelles Gedanken.

Sie wusste nicht, ob sie im Augenblick die Kraft hatte, sich Jackson zu stellen, aber ihr blieb offensichtlich keine andere Wahl. Als sie ihm die Tür öffnete, brachte er den Duft nach frischer Luft und Pinien mit sich herein. Sein Haar war vom Wind zerzaust, seine Wangen gerötet, und sein Blick richtete sich kurz auf sie, ehe er mit voller Kraft auf Heather landete. „Ich habe gehört, dass du mit Fitzpatrick gesprochen …"

„Das ist Heather, meine Schwester", unterbrach Rachelle ihn. „Erinnerst du dich an sie?"

Jackson nickte ihr zu. „Wir kennen uns."

Heathers Lächeln wirkte gezwungen. „Ich habe schon gehört, dass Sie wieder in Gold Creek sind."

„Sieht aus, als wäre ich nicht der Einzige."

„Heather ist hier, um unsere Mutter zu besuchen", erklärte Rachelle. Die Spannung wurde langsam unerträglich. Was hatte Jackson nur an sich, dass alle so gereizt auf ihn reagierten?

„Und wer ist das?", fragte Jackson, als er den Jungen entdeckte. Sein Gesichtsausdruck wurde weicher, und er stupste Adam gegen den Fuß.

Es war Heather hoch anzurechnen, dass sie nicht vor ihm zurückwich. „Das ist mein Sohn. Adam, das ist Mr Moore."

„Heather war mit Dennis Leonetti verheiratet", erklärte Rachelle.

Jacksons Mundwinkel verzogen sich unmerklich. Die Leonettis aus Coleville waren für ihre Bankgeschäfte und ihren Reichtum bekannt.

„Wir haben uns vor zwei Jahren scheiden lassen", ergänzte Heather knapp, bevor sie Adam an Rachelle weiterreichte und sich wieder dem Herd zuwandte. „Wenn Sie noch nichts gegessen haben ..."

„Wäre mir ein Vergnügen", sagte Jackson gedehnt, auch wenn in seinem Gesicht nicht die geringste Spur von Vergnügen zu entdecken war.

Rachelle schnitt Brot auf und schenkte den Erwachsenen ein Glas Wein ein. Sie mussten sich alle etwas entspannen. Selbst Adam, der normalerweise so lebhaft war, schien ein wenig angeschlagen zu sein. Er rührte seine Suppe nicht an und kuschelte sich schließlich, seine Schmusedecke fest an die Brust gedrückt, auf die Couch.

Die Mahlzeit verlief angespannt, die Unterhaltung stockend. Rachelle schenkte sich ein zweites Glas Wein ein. Heather erkundigte sich nach Jacksons Job, und er erzählte knapp, dass ihn ein besonders interessanter Fall für einige Tage zurück nach Manhattan gelockt hatte, dass er aber den erstmöglichen Flug zurück genommen hatte. Der Blick, den er Rachelle dabei zuwarf, verfärbte ihre Wangen leuchtend rot.

Was Heather natürlich nicht entging. Sie pustete sich den

Pony aus den Augen und schüttelte den Kopf. „Und warum sind Sie zurückgekommen?"

„Ich habe hier noch ein paar Dinge zu klären." Wieder sah er Rachelle an, während sie allen ein letztes Glas Wein einschenkte. Sein Blick brachte ihr Herz zum Hämmern, während sie versuchte, ganz gelassen und ruhig zu wirken.

„Was haben Sie hier zu klären?", hakte Heather nach. „Eine Rechtssache?"

Er schob seine leere Schüssel beiseite und verzog den Mund zu einem schiefen Lächeln. „Das könnte man so sagen." Er betrachtete seinen Wein und drehte das Glas zwischen den Fingern.

„Ein wichtiger Mandant?"

Er beugte sich vor und stützte sich mit den Ellenbogen auf den Tisch. „Ich arbeite für mich selbst."

„Jackson hat beschlossen, seinen Namen reinzuwaschen", mischte Rachelle sich ein. „Er will herausfinden, wer Roy Fitzpatrick wirklich umgebracht hat."

Heather betrachtete ihn skeptisch. „Das ist elf Jahre her."

„Zwölf", berichtigte Jackson sie.

„Eine lange Zeit, um die Wahrheit zu vertuschen."

„Eine lange Zeit, um mit einer Lüge zu leben", entgegnete Jackson schneidend und sah von Heather zu Rachelle.

Irgendwie gelang es ihnen, die Mahlzeit zu beenden. Heather entschuldigte sich damit, dass sie Adam zu seiner Großmutter bringen und ihn ins Bett stecken musste, und Rachelle war erleichtert, dass das Verhör beendet war, jedenfalls für den Augenblick. Sie umarmte Adam fest und versprach ihm, dass sie ihm etwas Besonderes mitbringen würde, wenn sie sich das nächste Mal sahen.

„Ehrlich?", fragte Adam. Seine Augen leuchteten zum ersten Mal an diesem Abend.

„Versprochen, mein Spatz!"

Er küsste sie und flüsterte, dass er sie lieb hatte, und sie drückte ihn noch fester an sich. „Ich hab dich auch lieb", wisperte sie. Genau dieses besondere Gefühl, das sie für ihren kleinen Neffen empfand, war der Grund, weshalb sie niemals jemanden heiraten konnte, der keine Kinder wollte. Sie hatte Kindern so viel Liebe zu geben – ihren Kindern.

„Morgen sehen wir Tante Rachelle wieder.“ Heather löste ihren Sohn aus Rachelles Umarmung.

„Und sie bringt mir eine Überraschung mit.“

Heather sah ihrer Schwester in die Augen. „Wenn sie daran denkt.“

„Du denkst dran, oder?“, wollte Adam wissen.

„Natürlich!“ Sie zauste Adam die Haare, bis er kicherte, und als Heather ihn nach draußen trug, schien etwas Farbe in seine Wangen zurückgekehrt zu sein.

„Ich hoffe, du weißt, was du tust“, flüsterte Heather, während sie Adam die Treppe hinuntertrug.

„Vertrau mir.“

Heather warf einen zweifelnden Blick auf Jackson und biss sich auf die Unterlippe. „Ich weiß, dass du nicht um meinen Rat gebeten hast“, flüsterte sie Rachelle zu.

„Aber ich bekomme ihn trotzdem.“

„Genau. Hör nicht auf Mom oder Dad oder irgendwen hier in der Stadt. Ich weiß, ich habe am Telefon ein paar schlimme Dinge über Jackson gesagt, aber das kannst du mir nicht vorwerfen. Er hat dir schließlich wirklich wehgetan.“ Sie gab Adam einen Kuss auf die Nase. „Aber wenn du ihn liebst, und ich vermute, das tust du“, sprach sie schnell weiter, als Rachelle etwas einwenden wollte, „dann bleib bei ihm.“

„Das ist nicht die Art Ratschlag, die ich von dir erwartet hätte.“

„Ich weiß. Aber ich finde, dass es wichtig ist, glücklich zu sein und seinem Herzen zu folgen.“

Rachelle glaubte, im ernsten Blick ihrer Schwester noch mehr zu erkennen, doch dann trat Heather von der Veranda und rutschte fast auf der letzten Stufe aus. „Die sollten wir wohl reparieren“, sagte sie und schaute auf das verrottete Holz. „Ich rede mit Mom darüber.“ Sie trug Adam zu ihrem Wagen. Rachelle stand auf der Veranda und winkte ihnen nach; Jackson, der im Türrahmen stehen geblieben war, trat neben sie. Sie sahen gemeinsam zu, wie Heathers teurer Wagen aus der Auffahrt fuhr.

„Weißt du, ich dachte immer, du würdest wie sie enden: ein Mann, ein Kind, ein Haus mit einem weißen Holzzaun und ein Kombi in der Garage. Das Gesamtpaket."

„So ist es eben nicht gekommen." Sie gingen gemeinsam ins Haus, und Rachelle wurde sich der Stimmung in ihrem kleinen Häuschen bewusst – ein Feuer im Kamin, die fast leere Flasche Wein, die gemütlichen Zimmer. Die Vorhänge waren geschlossen, das Licht gedimmt. Es war eigentlich viel zu romantisch. Auch wenn das, was sie und Jackson verband, natürlich so weit von Romantik entfernt war, wie es nur sein konnte.

„Warum nicht? Warum bist du nie sesshaft geworden?"

In ihrem Herzen breitete sich ein leiser Schmerz aus, und sie spürte Jackson dicht neben sich und nahm seinen männlichen Duft wahr. „Wie es aussieht, habe ich einfach noch nicht den richtigen Mann getroffen."

Am Tisch angekommen, drehte er einen Stuhl um und setzte sich rittlings darauf. „Was ist mit diesem David? Ist er der Richtige?"

Rachelle konnte nicht lügen. Sie schüttelte den Kopf. „Ich glaube nicht. Was ist mit dir?"

Er lachte mit funkelnden Augen. „Wie es aussieht, habe ich einfach noch nicht die richtige Frau gefunden."

„Ich glaube, die richtige Frau für dich gibt es nicht."

„Ach, nicht?" Er ließ den Blick langsam ihren Körper hinaufwandern. Ihr Herz fing an zu hämmern, und um den verführerischen Zauber zu brechen, den er um sie wob, fing sie an, das Geschirr in die Spüle zu stapeln. Sie sollte ihn bitten, zu verschwinden, auf sein Motorrad zu steigen und sie in Ruhe zu lassen. Aber das tat sie nicht. Denn, verdammt noch mal, sie wollte nicht, dass er ging. Jackson hatte etwas Anziehendes an sich, etwas von Natur aus Gefährliches und doch Starkes und

Sicheres. Es zerriss sie innerlich, wenn sie bei ihm war, weil sie gleichzeitig ihre Unabhängigkeit beweisen und sich an ihn lehnen wollte.

Sie stellte das Wasser an, verbrannte sich fast und fluchte leise. Jackson brachte sie aus dem Konzept. Sie konnte sich nicht konzentrieren, solange er in der Nähe war.

Sie hörte ihn nicht kommen, atmete aber scharf ein, als er ihr die Arme um die Taille schlang und seine Handflächen auf ihren Bauch legte. Warmes Verlangen breitete sich in ihr aus. Sie musste schlucken. Sie wollte nicht von ihm berührt werden, wusste, auf was für ein gefährliches Terrain sie sich damit begaben, und doch fand sie nicht die richtigen Worte, um ihn aufzuhalten.

„Wir müssen einander doch nicht immer an die Kehle gehen", sagte er, zog sie noch näher an sich und sog den Duft ihrer Haare ein.

Sie spürte, wie ihr Widerstand dahinschmolz, als sein Duft und seine Berührung sie einhüllten. Ihr Po ruhte an seinen Schenkeln, wo sie seine Härte spüren konnte.

Tiefe Gefühle regten sich in ihr, und der Gedanke, ihn abzuweisen, war bereits vergessen. Mit den Lippen berührte er ihren Hals, als er sie zu sich umdrehte.

„Ich hatte mir geschworen, dich nie wieder zu küssen", gab er heiser zu, „aber ich wusste in der gleichen Sekunde, dass ich mich nur selbst belüge."

Sein Mund traf mit einem Hunger auf ihren, der ihr den Atem raubte. Sie schloss die Augen und ließ sich von dem Kuss verführen, wusste, die Flammen, die er tief in ihrer Seele entfachte, würden bald noch heißer brennen.

Sie öffnete ihre Lippen für ihn, ließ sich von ihm auf den Boden ziehen und wehrte sich auch nicht, als er anfing, sie auszuziehen. Stattdessen griff sie selbst nach den Knöpfen an seinem Hemd und dem Bund seiner Jeans. Sie berührte seine harte Männlichkeit und erforschte jede köstliche Kurve seines Körpers. Mit den Fingern glitt sie an seiner Wirbelsäule hinab und schob seine Hosen hinunter, während er sie von ihrer Kleidung befreite.

Das Feuer warf flackernde Schatten auf ihre Körper, während Jackson ihre Augenlider küsste, ihre Lippen, ihren Hals, ihre Brüste, und sie küsste ihn zurück und schmeckte das Salz auf seiner Haut. Ihre Arme und Beine ineinander verschlungen, nahm ihr die Leidenschaft zwischen ihnen die Luft zum Atmen.

Er streckte sich neben ihr aus, eine Hand auf ihrer Taille. Sein Blick begegnete ihrem, und es fühlte sich an, als würde sie sich gänzlich in ihm verlieren. Sie versuchte, den Zauber zu brechen, doch es gelang ihr nicht. „Liebe mich, Rachelle", raunte er heiser, küsste ihr Ohr und schmiegte seinen muskulösen, starken Körper an sie.

Als Antwort gelang ihr nur ein Stöhnen. Sie schlang ihm die Arme um den Hals, zog seinen Kopf dicht zu sich herab und begegnete seinem hungrigen Mund mit ihrem.

„Ich kann einfach nicht damit aufhören", hauchte er fast entschuldigend.

„Ich auch nicht." Wieder küsste sie ihn, glitt mit der Zunge zwischen ihre Lippen. Bebend spreizte er ihre Oberschenkel.

„Ich kann nicht genug von dir bekommen", hörte sie ihn sagen, während er in ihre feuchte Mitte eintauchte. Es war so nahe an einer Liebeserklärung, wie sie nur erwarten konnte, und Rachelle klammerte sich an ihn und hob sich seinen leidenschaftlichen Stößen entgegen. Als die Wellen der Lust sie näher und näher an den Rand des wirbelnden Höhepunkts brachten, der ihre Seele zu zerreißen drohte, schloss sie die Augen.

Mit einem Aufschrei ließ Jackson sich auf sie sinken. Er atmete schwer, vergrub die Finger in ihren Haaren, hielt ihr Gesicht zwischen seinen Händen. Staunend blickte er zu ihr hinab und küsste sie auf die Stirn. „Das hatte ich nicht geplant, weißt du."

„Ich auch nicht."

„Ich wollte das nicht."

„Ich weiß."

„Aber offenbar kann ich die Finger nicht von dir lassen. Es gibt jede Menge vollkommen logische Gründe, um dir fernzubleiben, ich habe eine ganze Liste. Aber ich schaffe es einfach nicht."

Sie lächelte sanft und berührte seinen Mundwinkel. „Ich auch nicht, Herr Anwalt“, gestand sie leise. „Es ist verrückt. Das weiß ich ebenso wie du – vielleicht sogar besser.“

„Was sollen wir jetzt tun?“

Sie sah zu ihm hoch. „Für den Rest der Nacht?“

„Für den Rest unseres Lebens?“

Ein dicker Klumpen bildete sich in ihrer Kehle. Sie konnte kaum atmen. „Ich denke, wir sollten es langsam angehen.“

„Langsamer als zwölf Jahre?“

Plötzlich musste sie lachen. Zu ihrer Überraschung rollte er sich von ihr, hob sie hoch und trug sie splitternackt ins Schlafzimmer. „Ich glaube, es ist an der Zeit, dass wir anständig werden“, sagte er grinsend und ließ sie aufs Bett fallen.

„Du? Anständig?“ Sie kicherte, als er sich neben sie warf. „Bring mich nicht zum Lachen.“

„Tatsächlich hatte ich vor, Sie zu sehr vielen Dingen zu bringen, Lady! Lachen stand dabei allerdings nicht ganz oben auf der Liste.“

„Was dann?“, fragte sie, wobei ihre Augen frech zu funkeln schienen.

„Das werde ich dir zeigen.“ Und dann zog er die Decke über sie, küsste sie und hörte lange, lange Zeit nicht mehr damit auf.

Am nächsten Morgen weckte Rachelle der Duft nach frischem Kaffee und verbranntem Toast. Sie berührte das Bett dort, wo Jackson gelegen hatte, und streckte sich lächelnd. Mit diesem Mann aufzuwachen, fühlte sich richtig an. Sie schlüpfte in ihren Morgenmantel und ging in die Küche. Jackson saß am Tisch, nippte an seinem Kaffee und sah sich den Inhalt eines Aktenordners an. Er hob den Blick, als sie sich näherte. „Guten Morgen.“

Mit einem Blick auf seine Arbeit, die auf dem Küchentisch ausgebreitet lag, sagte sie: „Ehe du dich darin vergräbst, solltest du wissen, dass ich dich angelogen habe.“

Er erstarrte und kniff die Augen kaum merklich zusammen. „Was meinst du?“

„In Wahrheit brauche ich wirklich ein Interview mit dir … Meine Redakteurin hat darauf bestanden. Du warst so arrogant deswegen, dass ich einfach nicht zugeben konnte, dass du recht hast." Sie strich sich die Haare aus dem Gesicht. „Verzeihst du mir?"

Er klopfte sich mit dem Stift an die Lippen. „Ich glaube schon", murmelte er und fing dann an zu grinsen.

„Was ist das?", fragte sie, ein Gähnen verbergend, als sie den Aktenordner betrachtete, dem seine ganze Aufmerksamkeit gehörte.

„Hausaufgaben."

„Aus New York?" Sie schlenderte zur Kaffeemaschine und goss sich einen Becher frisch aufgebrühten Kaffee ein.

„Nicht direkt." Er lehnte sich in seinem Stuhl zurück und sah lächelnd zu ihr hoch. „Ich habe meine Meinung geändert. Weißt du noch, als ich dir gesagt habe, du sollst dich aus meinen Angelegenheiten heraushalten?"

„Wie könnte ich das vergessen? Subtil ist nicht gerade dein zweiter Vorname."

„Schon gut, schon gut, ich habe da wohl einen Fehler gemacht."

„Wie bitte? Entschuldigst du dich?" Sie tat, als wäre sie überrascht, und strich sich noch einmal die Haare aus dem Gesicht.

Er kniff gespielt wütend die Augen zusammen. „Lässt du mich ausreden, oder willst du mich bloß runtermachen?"

„Ein bisschen von beidem." Den Becher in beiden Händen, ließ sie sich auf den Stuhl neben seinem fallen. „Was ist das alles?"

„Informationen, die mir ein Privatdetektiv beschafft hat."

„Über?", fragte sie und bekam plötzlich ein flaues Gefühl im Magen. Hatte er einen Detektiv engagiert, um mehr über ihr Leben zu erfahren?

„Über alle, die mit Roys Tod zu tun gehabt haben könnten." Das amüsierte Funkeln war aus seinem Blick verschwunden. „Du stehst auch hier drin und auch alle deine Freunde."

Rachelle überflog die erste Seite. Ihr Magen zog sich zusammen. Jackson hatte recht: Dort stand ihr Name. Zusammen mit ihrer Telefonnummer, ihrer Adresse und ihrer Sozialversicherungsnummer, gefolgt von einer Kreditauskunft, einer kurzen Zusammenfassung ihrer schulischen Leistungen und ihrer Ausbildung und die Adresse ihres derzeitigen Arbeitgebers mit einer Jobbeschreibung.

Mit jeder Seite, die sie umblätterte, wurde Rachelle wütender. Jackson hatte tatsächlich einen vollkommen Fremden gebeten, ihr Leben zusammenzustellen, es zu ordnen und zu beschriften und es dann ordentlich in einen Umschlag zu stecken, damit er es ganz nach Belieben auseinandernehmen konnte.

Ihre Kurzbiografie fing an mit der Geburt, erwähnte ihre Eltern und ihre Schwester und sogar, wie viel ihr Vater verdiente. Sie beleuchtete die Affäre ihres Vaters mit einer jüngeren Frau, die Scheidung ihrer Eltern, selbst ihre eigene Begegnung mit Jackson. Der Bericht beinhaltete die Beendigung ihres Arbeitsverhältnisses beim *Clarion* und auch, dass sie die meisten außerschulischen Aktivitäten aufgegeben hatte, nachdem Roy Fitzpatrick gestorben war. Die Recherche ging noch tiefer, folgte ihr durchs College und ihre ganze Karriere lang. David fand Erwähnung, ebenso Marcy, ihre Chefin, und die Freunde, die sie während der Jahre kennengelernt hatte. An der letzten Seite steckten Kopien von Zeitungsberichten, größtenteils aus dem *Gold Creek Clarion*, die von ihr als Zeugin – als einzige Zeugin – berichteten, die Jackson Moore im Mordfall an Roy Fitzpatrick entlasten konnte.

Als sie mit dem Lesen fertig war, war sie wie betäubt. „Gründlicher Typ, was?“, fragte sie gepresst. Sie fühlte sich hintergangen. Jackson hatte kein Recht, eine Kopie ihres Lebens zu beantragen! Er hatte kein Recht, darin zu forschen, als ginge es um die Heilung einer seltenen Krankheit.

„Das hoffe ich. Sonst hätte ich viel Geld für nichts bezahlt.“

„Gibt dir das einen Kick, die schmutzigen Geheimnisse aller Stadtbewohner zu lesen?“

Er sah zu ihr hoch. „Bist du beleidigt?“

„Wärst du das nicht?“

„Ich versuche nur, der Sache auf den Grund zu gehen.“

„Indem du mich ausspionieren lässt?“

Er seufzte, stellte seinen Becher hin und lehnte sich in seinem Stuhl zurück. Als hätte ihn das lange Sitzen ermüdet, rieb er sich die Augen. „Ich wollte Timms keine Vorgaben machen. Ich fand, ich muss das alte Verbrechen aus einem neuen Blickwinkel betrachten. Also habe ich ihm gesagt, er soll alle Beteiligten unter die Lupe nehmen, auch mich.“

„Das ist doch verrückt!“

Er blätterte durch die Berichte und warf ihr einen zu. Und wirklich, unter der Überschrift „Jackson Moore“ fand sich seine Adresse, seine Telefonnummer und sämtliche Angaben zu seiner Kanzlei. „Ich verstehe nicht …“

Er lächelte zynisch und deutete auf den Bericht. „Du kannst ihn lesen, wenn du willst. Macht einen ziemlich finsteren Eindruck. Jahrelang habe ich gedacht, die Polizei hätte einfach etwas gegen mich, oder dass Fitzpatrick sie vielleicht bestochen hat, aber wenn man die Fakten objektiv betrachtet, kann man verstehen, dass ich der Hauptverdächtige war. Wie dem auch sei“, fügte er hinzu, ehe er seinen Becher leerte, „die Theorie mit der Bestechung gebe ich nicht auf. Fitzpatrick hasst mich bis aufs Blut.“

Sie sah die Berichte durch. Die Namen waren ihr bekannt: Thomas Fitzpatrick, Brian Fitzpatrick, June Fitzpatrick, Laura Chandler Fitzpatrick, Carlie Surrett, Erik Patton, Scott McDonald, Melanie Patton und so weiter. Eine unfassbare Sammlung der Vergangenheit.

Sie trank ihren Kaffee aus, ging zur Kaffeemaschine und kehrte mit der Kanne zurück. Während sie Jackson nachschenkte, sah sie ihn schräg an. „Hilft das alles?“

„Ich weiß es nicht. Aber ich habe einige interessante Fakten entdeckt.“ Als sie die Kanne abgestellt hatte, umfasste er ihr Handgelenk. Er griff nach dem Gürtel ihres Morgenmantels und zog daran, bis der Knoten sich lockerte. „Du siehst übrigens großartig aus."

Sie verdrehte die Augen und hielt den Mantel zusammen. Ohne Make-up und mit zerzausten Haaren fand sie „großartig" leicht übertrieben, trotzdem entlockte sein unerwartetes Kompliment ihr ein Lächeln. Sie stellte die Kaffeekanne wieder warm. „Was für interessante Fakten?", fragte sie, nachdem sie auf ihren Stuhl zurückgekehrt war.

„Erik Patton und Roy waren nicht gut aufeinander zu sprechen, obwohl sie eigentlich beste Freunde waren. Seine Schwester Melanie soll sogar mit Roy verlobt gewesen sein, als er was mit Laura angefangen hat. Melanie hat sogar behauptet, schwanger zu sein, um ihn an sich zu binden, aber das war wohl gelogen."

Rachelle erinnerte sich zurück an jene Nacht und an Eriks schlechte Laune. Es hatte so gewirkt, als würde ihn etwas beschäftigen, aber er war dennoch auf Fitzpatricks Seite gewesen. Sie erinnerte sich an sein hämisches Lachen, als Jacksons Harley nicht angesprungen war. *Sieh mal einer an, was du gefunden hast – Roys neuestes Spielzeug ... Weit werdet ihr nicht kommen.*

„Erik dachte, ich hätte was mit Roy", erinnerte sie sich schaudernd.

„Er hat wahrscheinlich gewusst, dass Roy Laura nur dazu benutzt hat, um an dich ranzukommen. Das ändert aber nichts daran, dass es zwischen den beiden Streit gab." Er sah zu ihr hoch und strich sich ungeduldig die Haare aus den Augen. „Das wirft ein ganz anderes Licht auf die Dinge, oder nicht?"

„Kann man wohl sagen."

Die nächsten Stunden verbrachten sie damit, die Akten durchzugehen und den Geheimnissen von Gold Creek auf die Spur zu kommen. Melanie Patton hatte gleich nach der Highschool als Sekretärin bei Fitzpatrick angefangen und wurde jedes Jahr befördert. Mit nur neunundzwanzig Jahren war sie Thomas Fitzpatricks Privatsekretärin geworden.

Ihr Bruder Erik hatte das College zwei Monate nach Roys Tod abgebrochen. Seitdem war er bei den Monroes angestellt – bei den Verwandten der Fitzpatricks.

Rachelle duschte, zog sich an und las dann die Berichte des Privatdetektivs, bis ihr der Kopf schwirrte. Was sie las, bestätigte nur, was sie bereits über Gold Creek wusste: Die meisten Familien lebten schon seit Generationen in der kleinen Stadt. Sie heirateten hier, bekamen hier ihre Kinder und sahen zu, wie diese Kinder hier erwachsen wurden, jemanden aus der Stadt heirateten und so weiter. Jackson schob frustriert seinen Stuhl zurück.

„Unruhig?"

„Ein wenig."

„Komm, lass uns einen Ausflug machen!"

Er grinste. „Auf dem Motorrad?"

„Warum nicht?"

Mehr Ermunterung brauchte er nicht. Der Wind blies ihnen ins Gesicht und zerzauste ihnen die Haare. Die Sonne schien hell und warf Schatten durch die Bäume, die ihre Äste über die Landstraßen streckten, während sie durch die nahen Berge, Täler und Städtchen brausten.

In einem kleinen Gemischtwarenladen ein paar Meilen vom See entfernt kauften sie Sandwiches und eine Flasche Wein, die sie zu einem Sandstreifen am Südufer des Sees mitnahmen. Auf einem Baumstamm am Rand des Sees aßen sie zu Mittag und sahen den Enten beim Schwimmen zu. Ein paar Angler hatten ihre Leinen in die ruhigen Gewässer des Whitefire Lake ausgeworfen, und Streifenhörnchen huschten auf der Suche nach Essensresten nervös am Ufer hin und her.

„Glaubst du an die alte Legende der Indianer?", fragte er, halb hinter ihr sitzend, damit sie sich an ihn lehnen konnte.

„Ich weiß es nicht." Sie erinnerte sich an den ersten Morgen nach ihrer Rückkehr, als sie an den See gekommen war, an die Nebelschwaden über dem Wasser und wie sie voller Abenteuerlust und Albernheit aus dem See getrunken hatte. Hatte das

Glück sie danach nicht wirklich gefunden? Nur wenige Tage später war Jackson nach Gold Creek zurückgekehrt. „Ich bin nicht abergläubisch."

„Ich auch nicht." Er küsste sie auf die Schläfe und vergrub die Nase an ihrem Hals. „Ich dachte, hierher zurückzukommen, würde das Ende meines Lebens in Gold Creek bedeuten – dass ich die Teile meines Lebens klären würde, die noch in der Schwebe waren."

„Und – hast du?"

„Nicht, ehe ich nicht Roys Mörder gefunden habe und mein Name reingewaschen ist." Er kletterte vom Baumstamm und trat nach einem Kiesel. „Aber vielleicht ist das auch nicht genug."

„Nicht?" Sie hüpfte vom Baumstamm hinunter und trat neben ihn ans Ufer des Sees.

Er lächelte traurig. „Weil ich nicht mit dir gerechnet habe", sagte er stirnrunzelnd. „Ich wusste natürlich, dass du hier bist. Verdammt, ich hatte geplant, in die Stadt zu kommen, an deiner Tür aufzutauchen und mich ein für alle Mal davon zu überzeugen, dass du nichts als der schöne Teil einer schlimmen Erinnerung bist."

Sie erinnerte sich an ihre erste Begegnung, als er auf ihrer Veranda aufgetaucht war, sie innerhalb weniger Minuten gegen sich aufgebracht hatte und dann so geküsst, dass ihr die Luft weggeblieben war. „Aber du bist zurückgekommen."

„Meine Motive waren nicht gerade ehrenhaft", gab er zu.

„Sind sie das je?", neckte sie ihn, obwohl sein Geständnis ihr Herz zum Rasen brachte.

„Ich wollte so oft wie möglich mit dir schlafen. Ich dachte, ich würde dann aufhören, an dich zu denken – und damit aufhören, die Vergangenheit für so viel besser zu halten als die Gegenwart. Aber ich habe mich geirrt." Er sah ihr tief in die Augen und biss sich auf die Unterlippe. „Ich hatte keine Ahnung, dass ich in der Lage bin, mich dermaßen zu irren."

Sie konnte das Hochgefühl nicht aufhalten, das ihr durch die Adern strömte. Er stand nur ein kurzes Stück von ihr entfernt, ohne sie zu berühren, und er gab zu, dass sie ihm etwas bedeutete.

„Ich weiß nicht, ob ich dich je wieder verlassen kann“, sprach er weiter. „Ich bin hergekommen, um meine Unschuld zu beweisen, und alles, was ich bisher bewiesen habe, ist, dass ich dumm genug bin, mich zu verlieben.“

Da war es. Das Geständnis hing in der Luft. Ihr traten Tränen in die Augen.

„Ich liebe dich, Rachelle. Ich glaube, das habe ich immer getan.“

Stürmisch warf sie sich ihm in die Arme und ließ die Freudentränen ihre Wangen hinablaufen. Sie vergrub die Finger in den weichen Falten seiner Lederjacke und fing an zu schluchzen. „Du weißt nicht, wie lange ich darauf gewartet habe, diese drei Worte von dir zu hören“, flüsterte sie mit tränennassen Augen. „Ich habe dich schon immer geliebt!“

Er schlang die Arme um sie, hob sie hoch und wirbelte sie herum. Ihre Freudentränen wurden zu einem glücklichen Lachen, als die Welt sich um sie gemeinsam drehte. Der See schimmerte wie Glas, und die Luft duftete nach Pinien und Moschus. Jackson küsste ihr das Gesicht, den Hals, das Haar, schmeckte ihre Tränen und hielt sie so fest, dass sie kaum atmen konnte. Aber es war ihr egal. All ihre Sorgen schienen davonzuschweben, und sie wusste: Egal was die Zukunft brachte – sie würde Jackson ewig lieben.

Nachdem er sie schließlich losließ, lief sie ihm davon und ließ sich von ihm fangen. Vögel flogen ihnen aufgescheucht aus dem Weg, und ein Eichhörnchen sauste aus den Zweigen hoch in der Krone einer Pinie.

„Du kannst dich nicht vor mir verstecken“, meinte Jackson lachend, nachdem er sie eingeholt hatte.

„Noch hast du mich nicht gefangen“, neckte sie ihn und kletterte über einen Felsen, um sich in seinem Schatten zu verstecken. Er entdeckte sie, und wieder rannte sie los, aber er holte sie leicht ein.

Sie lachte und warf ihr Haar zurück.

„Also, was sollen wir wegen dieser Sache unternehmen?", fragte er, ebenso schwer atmend wie sie.

Sie sah ihm in die Augen und schmolz dahin. „Müssen wir irgendetwas unternehmen?"

„Ich denke, ein Antrag wäre angebracht."

„Und wir wissen ja, dass du mehr als alles andere darauf achtest, was angebracht ist, Jackson. Nicht wahr?"

„Absolut." Er klapste ihr spielerisch auf den Po. „Immer ein Gentleman."

„Rette mich", flüsterte sie, doch er schüttelte den Kopf.

„Nein, rette du mich." Er nahm sie wieder in die Arme. In den flackernden Schatten der duftenden Pinien küsste er sie auf die Stirn. „Heirate mich, Rachelle", flüsterte er.

„Ist das dein Ernst?" Sie schluckte. Der Kloß in ihrem Hals wurde immer größer.

„Heirate mich, bekomm Kinder mit mir und werde mit mir alt."

Ihre Welt stand kopf. Freude rauschte ihr durch die Adern. „Jederzeit", flüsterte sie und presste ihre Lippen überglücklich auf seine. Seine Knie gaben nach, und sie sanken auf ein Bett aus Piniennadeln.

13. KAPITEL

Mrs Jackson Moore. Es klang einfach richtig. Sie kniff sich, um sicherzugehen, dass sie nicht träumte, auch wenn sie eine weitere Nacht in Jacksons Armen verbracht und sie gemeinsam stundenlang ihre Zukunft geplant hatten. Nur noch ein paar Monate, dann wollte sie zu ihm nach New York ziehen, wo sie weiter an ihren Kolumnen schreiben konnte.

Lächelnd betrat sie den *Rexall Drugstore*. Alles scheint sich zum Besseren zu wenden, dachte sie, während sie sich suchend nach einem Spielzeug für Adam umsah. Der Laden war noch genauso, wie sie ihn in Erinnerung hatte: An der Decke drehten sich träge Ventilatoren, und als die Eingangstür sich öffnete, läutete eine Klingel. Hier gab es alles: von Kochbüchern zu Babykleidung, von Kosmetik bis zu Pflastern, von Haarfarbe bis Modeschmuck. Im Spielzeugregal sah Rachelle sich einige Gesellschaftsspiele an, ehe sie sich für eine kleine Dinosaurier-Figur entschied. Nachdem sie ihr Geschenk an der Kasse bezahlt hatte, ging sie in den hinteren Teil des Ladens, wo man an einer Theke mit altmodischem Getränkespender auch Mittagessen bekommen konnte.

Carlies Mutter Thelma stand hinter der „Bar", wie sie es immer genannt hatten, und bereitete eine klebrige Mischung aus Schokolade, Marshmallow-Creme, Milch und Eis in einem Mixer zu. Sie goss die schaumige Flüssigkeit in einen hohen Pappbecher und schob ihn in die Hände eines erwartungsvollen Jungen, der etwa elf oder zwölf Jahre alt sein mochte und auf dem hintersten Barhocker saß. „Bitte sehr, Zach", sagte Thelma zwinkernd.

Rachelle betrachtete den Jungen, ein hübsches Kind mit hellblondem Haar und blauen Augen. Er erinnerte sie an ... Und schon kam seine Mutter durch den Laden geeilt. „Bist du so weit?", fragte Laura ihren Sohn.

„Klar."

Lauras und Rachelles Blick begegneten sich im Spiegel hinter dem Tresen. Eine Sekunde lang flackerte Angst in Lauras Augen auf, doch dann rang sie sich ein kühles Lächeln ab. „Du bist also immer noch hier“, sagte sie und warf sich das blonde Haar über die Schulter. „Hast du nicht schon längst mehr als genug Material für deine Kolumne zusammen?“

„Ich arbeite an mehreren Teilen“, erklärte Rachelle ihr gelassen. „Einer thematisiert die Menschen, die aus Gold Creek weggezogen und dann zurückgekehrt sind, und ein anderer die, die fast ihr ganzes Leben hier gelebt haben.“

„Und das finden deine Leser wirklich interessant?“

„Ich hoffe es.“

Laura zog ihren Sohn am Arm. „Es wird Zeit, Zach. Daddy kommt bald nach Hause.“

„Können wir beide uns vielleicht unterhalten?“

Laura zuckte sichtbar zusammen. „Wir? Ich glaube kaum …“

„Komm schon, Laura! Wir waren doch Freundinnen.“

Über Lauras Miene glitt ein Anflug von Traurigkeit. Eine Sekunde lang sah es so aus, als würde sie in Tränen ausbrechen. „Das ist lange her, Rachelle“, sagte sie schließlich und schluckte. „Jetzt kennen wir einander ja nicht mal mehr. Komm endlich, Zach!“ Sie zog den Jungen wieder am Arm, den er ihr schnell entriss.

„Ich komm ja, ich komm ja“, murmelte er, umklammerte sein Getränk und schlurfte hinter seiner Mutter den Gang hinunter, in dem sich Geschenkpapier und Hunderte von Grußkarten befanden.

„Und, was kann ich für dich tun?“, fragte Thelma mit leuchtenden Augen. Sie war noch immer eine attraktive Frau, auch wenn sie um die Mitte etwas zugelegt hatte und man in ihren kurzen dunklen Haaren graue Strähnen entdecken konnte. „Magst du immer noch Cherry Coke und Bananensplit?“

Rachelle war so gut gelaunt, dass ihr die Kalorien egal waren – und die Bauchschmerzen, die sie später vielleicht haben würde, auch.

„Eine doppelte Portion bitte“, antwortete sie lächelnd.

„Oooh, wir sind aber mutig!“ Thelma war schnell. Sie schaufelte Eiscreme in eine Schale und goss Erdbeer-, Ananas- und Schokoladensoße darüber, bis sie fast überlief. Sie arbeitete hinter diesem Tresen, so lange Rachelle denken konnte. Carlie und sie hatten unzählige Samstagnachmittage auf den abgewetzten Barhockern verbracht und Pommes, Eisbecher und Limonade verschlungen, bis sie fast geplatzt waren.

„Ich habe gehört, dass du mit Wheldon gesprochen hast“, sagte Thelma, als sie Rachelle ihr Eis und ihr Getränk servierte.

„Er hat Ihnen gesagt, dass ich nach Carlies Adresse gefragt habe?“

„Mmm.“ Thelma wischte sich die Hände an einem Handtuch ab. „Ich schreib sie dir auf. Sie ist in Alaska, zum Fotografieren.“

„Dann hat sie das Modeln wirklich aufgegeben?“

„Schon vor einer ganzen Weile.“ Thelma runzelte die Stirn. „Sie hat irgendwelchen Ärger gehabt und steht jetzt wieder hinter der Kamera. Wie in der Schule.“

„Aber es geht ihr gut?“, fragte Rachelle. Sie spürte, dass noch mehr hinter der Geschichte steckte.

„Sicher. Sie kommt im Spätsommer nach Hause. Sie würde dich bestimmt gerne sehen.“ Thelma kritzelte Carlies Adresse auf die Rückseite einer Rechnung, riss sie von ihrem Block und reichte Rachelle den Zettel.

„Ich schreibe ihr“, versprach Rachelle. „Vielleicht können wir uns ja mal wieder treffen.“ Eigentlich wollte sie noch mehr über Carlie wissen, aber der Tresen fing an, sich zu füllen, und die andere Kellnerin, ein etwa neunzehnjähriges Mädchen, brauchte Thelmas Hilfe. Also aß Rachelle ihr Bananensplit halb auf und fragte sich dabei, wie sie als Teenager die ganze Portion geschafft hatte. Sie trank ihr Glas aus und legte gerade das Geld auf den Tresen, als Thelma ihr ein Zeichen gab, die Schürze abnahm und der anderen Kellnerin mitteilte, dass sie eine kurze Pause machen wollte. Sie griff nach ihrem Pullover und ging mit

Rachelle gemeinsam durch die alten verglasten Eichentüren des Drugstores.

Draußen auf dem Gehweg sagte sie: „Ich weiß, dass die meisten hier dir das Leben ziemlich schwer machen, aber du sollst wissen, dass ich auf deiner Seite stehe – und auf der von Jackson Moore. Er ist damals so unfair behandelt worden! Mit dem Mord an dem Fitzpatrick-Jungen hatte er doch überhaupt nichts zu tun."

„Ich glaube, Sie sind der einzige Mensch in der ganzen Stadt, der das so sieht."

Thelma lächelte schief. „Es ist eigentlich ganz einfach. Jackson hatte nichts zu gewinnen, wenn er Roy Fitzpatrick umbringt. Wenn du mich fragst, war es jemand, der ihm etwas nachgetragen hat – jemand, der ein Hühnchen mit Roy zu rupfen oder viel zu gewinnen hatte." Sie sah nervös durch das Schaufenster. „Ich weiß, meine Meinung ist nicht gefragt, aber so sehe ich es, und so sieht Carlie es auch."

„Danke. Es ist schön, zu wissen, dass wir nicht vollkommen allein dastehen."

„Ja, aber pass bloß auf dich auf! Dass du und Jackson zurückgekommen seid, hat viele Leute aufgescheucht, die gern so tun würden, als wäre die ganze Sache nie geschehen. Und diese Stadt, Gott steh ihr bei, kann ganz schön rachsüchtig sein. Ich habe mein ganzes Leben hier verbracht und ich liebe Gold Creek, aber manchmal ... ja, manchmal kann die Stadt sich gegen einen wenden. Das ist Carlie auch passiert, weißt du."

Carlie war überstürzt aus der Stadt verschwunden, nachdem einer der Powell-Jungs, Kevin, Selbstmord begangen hatte. Manch einer behauptete, er hätte sich ihretwegen das Leben genommen; andere sagten, Geldprobleme hätten ihn depressiv gemacht. Aber Carlies guter Ruf war dahin, ebenso wie der von Jackson.

„Wenn Carlie anruft, sagen Sie ihr bitte, ich möchte mich mit ihr treffen", bat Rachelle. Sie klammerte die Finger fest um ihr Paket, als sie über die Straße lief.

Timms wartete in der Hotellobby auf ihn. Der winzige Mann hatte sich hingesetzt und behielt die Tür im Auge. Eine Zigarette brannte im Aschenbecher auf dem Tisch neben seinem Sessel. Er stand auf, als Jackson die Tür zur Lobby aufschwang. „Wir sollten uns unter vier Augen unterhalten."

Irgendetwas stimmte hier nicht. Irgendetwas Großes. Der kleine Mann war nervös und sah aus, als wollte er sich am liebsten verstecken.

„Kommen Sie." Jackson erkundigte sich an der Rezeption, ob es für ihn Nachrichten gab, und ging dann mit Timms die Treppe hinauf. Er konnte sich nicht vorstellen, was den Privatdetektiv aus der Fassung gebracht hatte, aber vielleicht wurde damit den Qualen ja endlich ein Ende gesetzt. Er hoffte es. Denn zum ersten Mal seit zwölf Jahren war ihm die ganze Sache herzlich egal. Sicher, er würde gern seinen Namen reinwaschen. Aber ab jetzt ging es um etwas anderes, einen anderen Lebenszweck, einen weiteren Grund zu leben.

Rachelle würde seine Frau werden. Er konnte es immer noch nicht glauben. Jackson Moore, der überzeugte Junggeselle, Gold Creeks Enfant terrible, wurde sesshaft. Er musste lächeln. Egal, was Timms ihm zu erzählen hatte, mit dem Gefühlshoch, auf dem er sich seit gestern befand, konnte es sich nicht messen.

Timms sah sich nervös um, während Jackson die Tür öffnete; das hatte er auch schon im Flur getan. Als sie im Zimmer waren, schloss Timms hinter ihnen ab, warf seine Jacke über einen Stuhl und wischte sich den Schweiß von der Stirn.

„Was ist los?", fragte Jackson.

Der kleine Mann sah ihm in die Augen. „Setzen Sie sich, Moore!" Er schob ihm mit dem Fuß einen Stuhl entgegen. „Ich glaube, ich habe den Schlüssel zum Fitzpatrick-Mord gefunden."

Rachelles Mutter ließ sich auf einen Küchenstuhl fallen. „Das ist nicht dein Ernst", sagte sie fassungslos.

„Doch, Mom, das ist es. Ich werde Jackson Moore heiraten."

Heather lächelte. „Also ich finde, das sind wunderbare Neuigkeiten!“

Ellen warf ihrer jüngsten Tochter einen entsetzten Blick zu. „Das hat sich früher aber ganz anders angehört.“

„Ich habe Jackson kennengelernt“, erklärte Heather, „und … na ja, ich habe gesehen, wie Rachelle in seiner Nähe ist. Mom, es ist so offensichtlich, dass sie sich lieben.“ Sie zwinkerte ihrer Schwester zu, und Rachelle musste sich ein Lächeln verkneifen. „Ich finde, Rachelle sollte ihrem Herzen folgen und tun, was sich für sie richtig anfühlt.“

„Du warst schon immer eine unheilbare Romantikerin“, flüsterte Ellen, griff über die Küchenanrichte hinweg und öffnete die Schublade, in der sie ihre Zigaretten aufbewahrte. „Aber du …“ Sie sah Rachelle flehend an. „Ich dachte immer, du wärst vernünftiger.“

„Ich liebe ihn“, sagte Rachelle schlicht.

„Liebe“, murmelte Ellen. „Was hat denn Liebe damit zu tun? Ich habe euren Vater geliebt, und er hat mich für eine jüngere Frau verlassen. Und Harold …“

Heather legte ihrer Mutter sanft die Hand auf die Schulter. „Du bist im Augenblick einfach traurig, Mom. Es wird auch wieder besser werden.“

Ellen gelang ein Lächeln, und Adam kletterte neben ihr auf einen Stuhl und ließ seine Dinosaurier-Figur fröhlich um eine Schale mit Schnittblumen wandern. „Na, wenigstens haben wir dich, nicht wahr, Baby?“ Ellens Miene erhellte sich ein wenig, als sie ihm durchs Haar strich.

Er rümpfte die Nase. „Ich bin kein Baby!“

„Oh, natürlich.“ Ellen lachte und nickte in Richtung des Jungen, während sie Rachelle ansah. „Wenn Jackson und du mir ein paar Enkel mehr schenkt, gewöhne ich mich vielleicht daran.“

Heather biss sich auf die Unterlippe und sah aus, als würde sie gleich weinen. Sie drehte sich schnell zum Fenster um. „Sicher. Rachelle und Jackson können ein Dutzend Kinder bekommen“, sagte sie gezwungen fröhlich.

Rachelle starrte ihre Schwester an, doch bevor sie nachhaken konnte, klingelte das Telefon und Heather griff nach dem Hörer.

Ein paar Minuten später machte sie sich auf den Weg. Lächelnd stieg Rachelle in ihren Wagen und ließ ihren Gedanken freien Lauf.

Ohne wirklich darüber nachzudenken, bog Rachelle auf die Hauptstraße Richtung Norden ein und fuhr in Richtung Whitefire Lake, zum Sommerhaus der Fitzpatricks. Als sie das letzte Mal dort gewesen war, mit Jackson, hatte sie einen emotionalen Drahtseilakt durchlebt, aber dieses Mal waren ihre Gedanken vollkommen klar. Vielleicht konnte sie die Wahrheit herausfinden, indem sie sich der Vergangenheit stellte.

In dem Wissen, dass sie nicht mehr zu schlagen war, fuhr sie lächelnd am Sägewerk vorbei. Die Tagesschicht machte gerade Feierabend, und sie entdeckte Erik Patton auf dem Weg zu seinem Pick-up. Erik Patton und Scott McDonald, Melanie Patton und Laura Chandler Fitzpatrick, Thomas und June Fitzpatrick, Amanda Gray und Brian Fitzpatrick … Namen und Gesichter verschwammen ihr vor den Augen. Irgendwer, wahrscheinlich jemand, der Roy sehr nahegestanden hatte, wusste, was ihm wirklich zugestoßen war. Und Rachelle war entschlossen, die Wahrheit herauszufinden.

Timms steckte sich eine Zigarette an und schob einen schmalen Ordner über den Tisch in Jacksons Hotelzimmer.

„Steht da drin, wer Roy umgebracht hat?“, fragte er.

Timms zog fest an seiner Zigarette. „Das glaube ich kaum.“

„Und warum sind Sie dann hier?“

„Lesen Sie einfach die Akte.“

Irritiert öffnete Jackson den Aktenordner. „Was zum Teufel soll das?“, verlangte er zu wissen, als ihm der Name seiner Mutter auf der ersten Seite ins Auge sprang. Aber der Detektiv hatte den Blick starr aufs Fenster gerichtet.

„Ich hatte Sie nicht beauftragt, meine Mutter zu überprüfen."

„Lesen Sie."

Der drängende Tonfall in der Stimme des kleinen Mannes überzeugte Jackson, dass ihm keine andere Wahl blieb. Er las. Währenddessen aber fühlte er sich, als hätten glühend heiße Kohlen seinen Magen in Brand gesteckt. „Nein", formte er stumm mit den Lippen. Er las immer weiter, erfuhr das Geheimnis seiner Geburt, erkannte den Betrug seiner Mutter. Als er fertig war, schlug er damit auf den Tisch. „Wo haben Sie diesen Müll her?", presste er heraus. Er ließ den Bericht auf den Boden fallen und packte den Privatdetektiv am Kragen.

„Es ist die Wahrheit, das schwöre ich."

„Den Teufel ist es das! Das sind nur mehr von Fitzpatricks dreckigen Lügen. Das ist alles." In Jacksons Augen loderte ein kaltes Feuer. „Hat man Sie bezahlt, damit Sie lügen? Oder sind Sie einfach nur der lächerlichste Abklatsch eines Detektivs, der mir je untergekommen ist?"

Timms' Augenbrauen schnellten in die Höhe, aber er ließ nicht locker. „Thomas Fitzpatrick ist Ihr Erzeuger."

„Den Teufel ist er!" Jackson schüttelte den Mann.

„Warum sollte ich lügen?"

„Sie bekommen Geld dafür!"

„Warum sollte Fitzpatrick mich bezahlen?"

„Damit Sie ihn in Ruhe lassen …"

„Unsinn!" Der Detektiv griff nach dem Aktenordner auf dem Boden und blätterte bis zur letzten Seite vor. „Hier steht alles drinnen, Moore! Sehen Sie selbst."

Jackson, der Timms immer noch am Hemd festhielt, warf einen Blick auf den offenen Ordner. Er enthielt eine notariell beglaubigte Geburtsurkunde – *seine* notariell beglaubigte Geburtsurkunde. In der Lücke für den Namen des Vaters stand „Thomas Fitzpatrick".

„Das ist eine Fälschung! Ich kenne meine Papiere. Als ich in der Navy war …", wandte er ein, doch er spürte, wie seine Überzeugung ins Wanken geriet.

„Diese hier stammt aus der Zeit, ehe die andere geändert wurde“, erklärte Timms mit belegter Stimme.

Jackson ließ den Mann los. Sein Blick war starr auf die Kopie der alten Urkunde gerichtet und auf die Buchstaben, die Thomas Fitzpatrick als seinen Vater auswiesen. Tausend verschiedene Gefühle schrien in ihm auf. Hass. Verrat. Unglaube. Verleugnung. Seine Mutter hatte doch niemals mit Thomas Fitzpatrick geschlafen! Auf keinen verdammten Fall! Er rieb sich über die Stirn, spürte die Schweißperlen, die sich dort gesammelt hatten. Matt Belmont war sein Vater. Matt Belmont! Er war gestorben, ehe er Sandra heiraten konnte! Die Schecks von der Navy …

Wieder senkte er den Blick auf die Akte, und Timms schlug eine andere Seite auf. Noch eine Kopie. Dieses Mal von einem Scheck über fünftausend Dollar, ausgestellt auf Sandra Moore. Die Unterschrift auf dem Scheck war einzigartig. Sie gehörte Thomas Fitzpatrick.

„Ihre Mutter hat alle sechs Monate so einen bekommen“, erklärte Timms. „Es gibt noch mehr Kopien …“

Jackson fegte die Akte vom Tisch. Das durfte alles nicht wahr sein! Da musste ein Fehler vorliegen! Auf keinen Fall konnte dieses Monster, dieser widerliche, heuchlerische, armselige Mensch sein Vater sein! Es konnte einfach nicht sein! „Sie haben einen Fehler gemacht!“

„Ausgeschlossen.“

„Ich glaube das einfach nicht!“

„Dann lassen Sie es. Sie müssen mir nicht glauben, aber fragen Sie Ihre Mutter. Wissen Sie – sie und Fitzpatrick kennen sich schon seit Ewigkeiten!“

Erinnerungen prasselten wie Gewitterblitze auf ihn ein. Sandra Moore war mit Thomas Fitzpatrick zur Schule gegangen. Sie hatte einen Job bei *Fitzpatrick Logging* bekommen, wenn sie einen brauchte. Als Jackson den Unfall beim Anlegen der Kabelgleithaken gehabt hatte, war Thomas an ihrer Seite gewesen. War das wirklich möglich? Sein Kopf platzte fast. Er wollte immer noch nicht an die vernichtenden Beweise glauben.

„Was glauben Sie, warum Roy Sie so gehasst hat?“, fragte Timms, und Jackson zog es den Boden unter den Füßen weg, als die Wahrheit ihn mit der Wucht einer Lawine überrollte. „Er hat es gewusst. Er hat es herausgefunden, als er noch ein Teenager war, und von da an hat er es an Ihnen ausgelassen.“

„Oh Gott“, flüsterte Jackson. Er hasste die Wahrheit, hasste die Tatsache, dass ihn ein Mann gezeugt hatte, den er verachtete, hasste die ganze Welt.

„Hören Sie, Moore – Fitzpatrick hätte mir wahrscheinlich eine ganze Stange Geld gezahlt, damit ich den Mund halte. Aber ich fand, dass Sie die Wahrheit verdient haben.“ Der Privatdetektiv griff nach seiner Jacke. „In dieser Stadt gibt es viele Geheimnisse, Moore. Ich weiß nicht, ob Sie noch mehr herausfinden wollen.“

Jackson setzte sich auf die Bettkante, die Hände zu Fäusten geballt an seinen Seiten. „Wer hat Roy umgebracht?“

„Ich weiß es nicht“, gab Timms zu, „aber wenn ich Sie wäre, würde ich bei dem Mann anfangen, der alle Antworten hat.“

„Fitzpatrick.“

„Bingo.“

Das Tor zum Sommerhaus der Fitzpatricks war verschlossen. Rachelle hatte nicht vor, es aufzubrechen oder die Mauer zu erklimmen, die das Grundstück umgab. Stattdessen fuhr sie um den See herum bis zum Anleger am Nordufer und mietete ein Boot. Die Sonne verbarg sich hinter grauen Wolken und der Wind hatte zugenommen, aber sie setzte sich ans Heck und legte eine Hand an den Gashebel. Das kleine Boot flitzte über das bewegte Gewässer, bis vor ihr das Anwesen der Fitzpatricks auftauchte, imposant und prachtvoll.

Rachelles Herz fing an zu rasen, als sie den Anleger ansteuerte und das Tau über den Pfosten warf. Sie ging den schlüpfrigen Steg entlang und dann den Pfad, der zum Pavillon führte. Ihr blieb fast das Herz stehen, als die Laube in ihr Blickfeld kam. Hier hatte alles angefangen. Ihre Kehle fühlte sich auf einmal an wie Sandpapier. Hier hatte Roy zuerst Laura ausgenutzt und dann sie selbst angegriffen.

Sie schloss die Augen, erinnerte sich an die Musik und das Gelächter, die aus dem Haus erklungen waren, und sie konnte die Angst riechen, die sie gefangen nahm.

Sie ging die zwei kurzen Stufen in den Pavillon hinauf und sah die Bank an, auf der Roy sie überwältigt hatte. Wäre Jackson nicht zu ihrer Rettung gekommen – was wäre wohl geschehen?

Sie musste ihre gesamte Willensstärke aufbringen, um sich auf die Bank zu setzen, und all ihren Mut, um nicht zurück zum Boot zu rennen und diesen elenden Ort mit seinen dramatischen Erinnerungen weit hinter sich zu lassen. Aber auch sie musste sich ihrer Vergangenheit stellen, genau wie Jackson es getan hatte. Nur so konnten sie gemeinsam von vorn beginnen und hatten eine unbeschwerte Zukunft vor sich.

Das Holz fühlte sich unter ihren Fingern rau an, und die Pinien erschienen ihr dunkel und bedrohlich. Was war in jener Nacht geschehen? Warum hatte man Roy umgebracht? War sie der Grund gewesen?

Daran glaubte sie nicht.

Erik Patton war wütend auf seinen Freund gewesen, und er hatte darauf bestanden, dass sie die Vergangenheit auf sich beruhen ließ. Aber hätte er Roy umgebracht? Seiner Schwester wegen?

Und Melanie? Könnte sie Groll gegen die Fitzpatricks hegen und dann trotzdem für Thomas arbeiten?

Und was war mit Thomas und dem ganzen Fitzpatrick-Clan? Sie würden doch sicherlich nicht ihren erstgeborenen Sohn umbringen – den Sohn, der zum Alleinerben bestimmt war, ihren Liebling …

Der Gedanke traf sie wie ein Blitzschlag. Roy war der Goldjunge gewesen, der Kronprinz. Brian und seine Schwester, Toni, waren die „anderen“ Kinder gewesen, keines besser als das andere und keines auch nur annähernd so gut wie Roy. Keines gut genug in den Augen ihres Vaters.

Rachelle musste schlucken. Brian. Er hatte nach Roys Tod alles geerbt – sogar Laura. Er wurde zum Liebling ihres Vaters. Und es gab Gerüchte, dass er dabei war, das Holzfällerunternehmen in den Ruin zu treiben.

Brian. Instinktiv spürte Rachelle, dass er, wenn er seinen Bruder nicht selbst umgebracht hatte, zumindest besser als alle anderen wusste, wer es getan hatte.

Es wurde Zeit, ihm einen Besuch abzustatten. Sollte sie Angst haben? Sie hatte keine. Sie kannte Brian schon fast ihr ganzes Leben. Mit der Wahrheit konfrontiert, würde er, vermutete sie, entweder lügen oder zusammenbrechen.

Jackson hämmerte mit den Fäusten gegen die Türen der Fitzpatrick-Villa. „Fitzpatrick!", brüllte er und schlug noch fester zu. Die Hände taten ihm bereits weh, aber das war ihm egal. Der Schmerz in seinen Händen war nichts gegen die Qualen in seiner Seele. „Fitzpatrick!"

Die Tür ging plötzlich auf, und Thomas' Ehefrau stand auf der anderen Seite der Schwelle. „Was wollen Sie?", fragte sie. Ihre Haut wirkte so gut wie durchsichtig.

„Ich will ihn sehen."

„Er ist nicht da."

Jackson hatte keine Zeit für diese Spielchen. „Ich habe im Büro nachgefragt. Melanie Patton hat gesagt, er ist zu Hause. Irgendwer lügt hier also, und ich denke, das sind Sie."

June presste die Lippen zu einer schmalen Linie zusammen. „Lassen Sie uns in Ruhe!", zischte sie hasserfüllt. „Haben Sie dieser Familie nicht genug Schaden zugefügt?"

„Noch lange nicht."

„Mein Sohn ist tot …"

„… und ich habe es nicht getan", erwiderte Jackson gepresst. „Aber das wissen Sie längst, nicht wahr?" Er sah Angst in ihren kalten blauen Augen aufflackern. „Sie wollten mich nur als Sündenbock benutzen und sichergehen, dass ich aus Ihrem Leben verschwinde."

„Oh Gott“, flüsterte sie und legte die Hand an ihre Kehle.

„Ganz genau, *Mrs Fitzpatrick*. Ich weiß von Ihrem Mann und meiner Mutter. Und wenn es Ihnen dadurch besser geht: Mir gefällt das Ganze genauso wenig wie Ihnen! Aber ich glaube, es wird Zeit, dass er und ich uns unterhalten.“

„Er ist nicht hier“, entgegnete sie gefasst, doch zu ihrem Entsetzen schob Jackson sich einfach an ihr vorbei und marschierte ins Haus. „Dazu haben Sie kein Recht!“, keifte sie hinter ihm her, „kein Recht!“ Ein Dienstmädchen, das in der Eingangshalle stand, warf einen Blick auf die Situation und murmelte etwas auf Spanisch. „Ich rufe die Polizei!“, sagte June und griff nach dem Telefon.

„Machen Sie ruhig.“

„Ich meine es ernst ...“

„Ich meine es auch ernst!“ Er wirbelte herum. Als er auf sie hinabsah, fühlte er einen Anflug von Mitleid für diese Frau, die geschworen hatte, Thomas Fitzpatrick in guten wie in schlechten Zeiten beizustehen. „Rufen Sie die Polizei! Sagen Sie ihnen nur, dass ich Hausfriedensbruch begehe. Ich kläre sie dann schon darüber auf, dass ich Tommys Bastard bin.“

Tränen stiegen ihr in die Augen, und er verspürte einen Stich des Mitgefühls für eine Frau, die mehr als jeder andere gewollt hatte, dass er für einen Mord verurteilt wurde, den er nicht begangen hatte. Es hätte die Dinge so viel ... ordentlicher gemacht. „Fahr zur Hölle!“, flüsterte sie zitternd.

„Keine Sorge, Lady, da bin ich bereits.“ Er stürmte durch die Zimmer, fand niemanden außer ein paar Angestellten. Der alte Mann war ausgeflogen. „Wo ist er?“, verlangte er von June zu wissen.

„Ich weiß es nicht!“

„Sagen Sie es mir.“

„Ich weiß es nicht“, wiederholte sie, ein triumphierendes Glänzen in den kalten Augen.

„Ich finde ihn.“ Jackson verließ mit großen Schritten das Haus und bestieg sein Motorrad im gleichen Augenblick, als die ersten

Tropfen vom Himmel fielen. Er bemerkte den Regen kaum, der ihm den Kragen hinablief, und auch nicht die nassen Straßen. Ihm war nur noch wichtig, seinen Vater – sein verlogenes Dreckschwein von einem Vater – mit der Wahrheit zu konfrontieren!

„Rachelle!" Laura stand auf der anderen Seite der Tür und glich eine Sekunde lang wieder dem Mädchen, das einst Rachelles Freundin gewesen war. „Du solltest nicht hier sein."

„Ich will mit Brian sprechen."

Laura wurde sofort misstrauisch. „Warum?"

„Weil ich glaube, dass er weiß, wer seinen Bruder umgebracht hat."

Laura versuchte, etwas zu sagen, und öffnete schließlich mit einem Blick voll unendlicher Traurigkeit die Tür. „Brian weiß überhaupt nichts", erklärte sie ohne jegliche Überzeugungskraft.

„Du vielleicht?"

„Nur, dass Jackson der Täter ist."

„Wir wissen beide, dass das nicht stimmt."

Laura ging voran ins Haus, durch das mit Marmor ausgelegte Foyer und ins Wohnzimmer, einen kahlen Raum, der Rachelle an den arktischen Winter erinnerte. Nur wenige Farbflecken – Blutrot und Ebenholz – verliehen der Einrichtung Tiefe. Laura öffnete einen Schrank und nahm sich ein Glas. „Möchtest du etwas trinken?"

„Nein danke."

Den Deckel von einem Eiskübel hebend, nahm Laura sich eine Zange und ließ vorsichtig Eiswürfel in zwei Gläser fallen. Sie ignorierte Rachelles Antwort und goss ihnen beiden eine gesunde Dosis Scotch ein. Innerlich schaudernd reichte sie ein Glas an Rachelle weiter und nippte am anderen. „Brian weiß überhaupt nichts über Roys Tod."

„Bist du sicher?" Laura log, davon war sie überzeugt.

„Vollkommen. Er ist überzeugt, dass Jackson schuldig ist, genau wie der Rest der Familie."

„Sie irren sich."

„Oh, Rachelle, warum kannst du nicht einfach aufgeben? Jackson ist freigekommen, oder nicht? Warum ist das alles noch wichtig?“

„Es ist sogar sehr wichtig.“

Als die Hintertür sich plötzlich öffnete, zuckte Laura zusammen. Sie verschüttete ihren Drink auf ihre Hose und die Couch. „Mist.“

„Laura?“ Brians Stimme dröhnte geradezu durch das ganze Haus. „Bist du da?“

„Im Wohnzimmer“, rief Laura zurück und strich sich mit nervös flatternden Fingern durchs Haar. „Rachelle Tremont ist hier …“

„Verdammt!“ Brian platzte ins Zimmer hinein, die Krawatte gelockert, die Miene hart. „Ich dachte, mit dir wären wir fertig.“

Rachelle entschied, gleich zur Sache zu kommen. „Ich glaube, du hast deinen Bruder umgebracht.“

„I… ich … was?“, stammelte er und blieb auf dem Absatz zwei Stufen über dem versenkten Wohnzimmer wie angewurzelt stehen. Direkt hinter ihm tauchte sein Vater auf. Rachelle blieb fast das Herz stehen.

„Sie glauben *was*, Miss Tremont?“, verlangte Thomas mit zusammengekniffenen Augen zu wissen.

Jetzt war nicht die Zeit, um klein beizugeben. „Ich glaube, dass Brian es war, der Roy umgebracht hat.“

Laura legte Rachelle die Hand auf den Ärmel. „Du irrst dich.“

„Ich glaube, er hat ihn umgebracht und seinen Platz eingenommen. Er hat Roys Stellung und seine Freundin geerbt und angefangen, die Firma in den Ruin zu treiben.“

„Das ist verrückt!“, wehrte Brian sich.

Thomas sagte kein Wort.

„Dad! Dad, du glaubst doch nicht, dass ich …“ Brian wischte über den Schweiß auf seiner Stirn. „Lieber Gott, glaubst du, ich würde meinen eigenen Bruder umbringen?“ Seine Stimme brach. Er sah Laura an und schleppte sich an die Bar, wo er sich einen Drink einschenkte.

„Natürlich nicht“, protestierte Laura, aber ihr selbstsicheres Lächeln geriet ins Wanken, und sie war schneeweiß geworden. „Das ist albern! Rachelle, ich weiß nicht, was du hier zu tun glaubst, aber du solltest lieber wieder gehen, ehe ich die Polizei rufe …“

Ein Hämmern an der Eingangstür hallte durchs ganze Haus. „Was ist jetzt wieder?“, fragte Laura, schien aber erleichtert, den Raum verlassen zu können. Ein paar Sekunden später kam, mit wütend lodernden Augen, Jackson hereingestürmt.

„Du elender, verlogener Bastard“, stieß er hervor, als er Thomas Fitzpatrick entdeckte. Er warf sich auf den Mann und packte ihn so fest am Revers, dass der edle Stoff fast zerriss.

„Was zum Teufel ist hier los?“, fragte Brian.

„Halt dich da raus, *Bruder*“, brachte Jackson knurrend hervor, und Thomas' Gesicht nahm eine ungesunde graue Färbung an.

„Ich weiß nicht, wovon du redest.“

„Spar dir das, Fitzpatrick! Spar es dir für deine Jasager und Laufburschen und deine ehelichen Kinder.“

„Bruder?“, wiederholte Brian. Sein Nacken brannte rot.

„Oh nein“, flüsterte Rachelle, und es wurde auf einmal ganz still im Raum. Die Luft knisterte vor Spannung. Jackson starrte den Mann an, der ihn gezeugt hatte. Wie sie sich gegenüberstanden, Auge in Auge, fiel Rachelle die Ähnlichkeit auf und sie spürte den Hass, der zwischen den beiden Männern strömte. Ihr Herz blutete für Jackson. Wenn Thomas Fitzpatrick wirklich sein Vater war …

„Ich verstehe das nicht“, flüsterte Laura, Brian jedoch fluchte laut und kippte seinen Drink herunter.

„Du hast versucht, mir den Mord an Roy anzuhängen, damit du mich ein für alle Mal loswirst.“ Jackson ließ von Thomas ab. Verächtlich sah er auf den Mann hinunter, der ihn nie anerkannt hatte. „Du bist das lächerlichste Exemplar von einem Vater, das mir je untergekommen ist.“

„Einen Augenblick mal!“, mischte Brian sich ein.

„Halt den Mund!“ Jackson wirbelte zu ihm herum. „Und du – du bist kein bisschen besser! Ich nehme an, du weißt, wer Roy umgebracht hat, oder du hast es selbst getan. Niemandem sonst hat sein Tod Vorteile gebracht. Niemandem außer dir.“

Brian zitterte merklich. Er warf seiner Frau einen flehenden Blick zu. „Ich habe es nicht getan.“

„Wer dann?“

„Nein …“, rief Laura, als Brian den Finger auf sie richtete. „Bitte nicht …“

„*Du?*“, brüllte Thomas, von Schmerzen erfüllt. „Du hast meinen Jungen umgebracht?“

„Es war ein Unfall“, flüsterte Laura tränenüberströmt. Sie wich zurück, bis sie mit dem Rücken gegen die gläserne Terrassentür stieß.

„Ein Unfall?“, wiederholte Thomas mit erstickter Stimme. Sein Blick wanderte zwischen Laura und Brian hin und her. „Und du *wusstest* es?“

„Nein, Dad, ich schwöre …“

„Lügner!“, rief Laura. Tränen liefen ihr übers Gesicht. „Roy … Er … Oh Gott, wir haben miteinander geschlafen … und dann, dann hat er … Er hat gesagt, ich soll ihm Rachelle holen. Dass er eine echte Frau braucht …“

Rachelle war wie vom Donner gerührt. Sie konnte nicht sprechen, konnte kaum glauben, was da über Lauras Lippen kam.

„Ich … ich bin ins Haus zurückgerannt, und Carlie hat mir geholfen, mich frisch zu machen. Rachelle ist meine Handtasche holen gegangen, und dabei hat Roy sie angegriffen …“

„Du musst kein weiteres Wort sagen“, unterbrach Brian sie. „Wir nehmen uns einen Anwalt …“

Sie lachte bitter durch ihre Tränen. „Warum? Um dir die Haut zu retten?“ Feindseligkeit erfüllte den Raum. „Später, nachdem Roy sich mit Jackson geprügelt hatte, habe ich Carlie allein gelassen, um ihn zu suchen. Ich wollte mich mit ihm versöhnen. Er war am See und konnte kaum noch stehen. Er hatte zu viel getrunken, und der Kampf hatte ihn schwer mitgenommen. Er hat schreckliche Dinge zu mir gesagt …“ Ihre Stimme war kaum mehr als ein Flüstern, ihr Blick auf den Boden gerichtet. „Und dann haben wir uns gestritten. Wir sind aneinandergeraten, und ich habe ihn geschubst. Er ist gestürzt und hat sich dabei unter Wasser an irgendetwas den Kopf angeschlagen. Ich habe versucht, ihn hochzuziehen, aber er ist untergegangen und hat nicht mehr geatmet, und ich habe Angst bekommen und … und …“ Sie atmete tief durch. „Und da ist Brian gekommen. Er hat einen Blick auf Roy geworfen und wusste, dass er tot ist. Er hat versprochen, sich um mich zu kümmern. Er hat gesagt, dass ich nicht ins Gefängnis müsste, dass alles wieder gut werden würde …“

Thomas, das Gesicht immer noch fahl und grau, war wie gelähmt, und auch Jackson regte sich nicht. Seine Wut schien verklungen, doch ihm war der Ekel über Lauras Erzählung deutlich anzusehen. Laura schien resigniert. Nur Brian versuchte noch immer, sich zu erklären.

„Es war ein Unfall. Laura wollte nicht …“

„Das hättet ihr der Polizei sagen müssen“, sagte Thomas, der Blick voll bitterer Enttäuschung.

„Aber man hätte Laura anklagen können …“

„Und stattdessen wurde Jackson verdächtigt“, entgegnete Thomas gefährlich leise.

„Dad, du musst das verstehen! Laura und ich – wir haben getan, was wir für das Beste hielten.“

„Was *du* für das Beste gehalten hast“, berichtigte Laura ihn. „*Ich* wollte zur Polizei gehen. Aber du hast mich nicht gelassen und es mir stattdessen zwölf Jahre lang vorgehalten. Und warum? Weil du mich ebenso benutzen wolltest, wie Roy es getan hat. Es hat dich angemacht, dass ich Roys Geliebte war …“

„Das ist genug!“, tobte Brian.

Aber Laura war noch nicht fertig. „Das Problem war nur, dass ich schwanger geworden bin und du mich nicht für irgendeine andere wegwerfen konntest. Du hattest mich am Hals!“ Noch mehr Tränen liefen ihr über die Wangen. Sie drehte sich schluchzend um und ging hinaus. Brian folgte ihr auf die Veranda und legte ihr den Arm um die schmalen Schultern, aber sie schüttelte seine Hand ab und wich vor ihm zurück.

Thomas fiel als geschlagener Mann in die weichen Kissen der Couch. „Das wusste ich nicht“, sagte er erschüttert. „Ich hatte keine Ahnung, wer Roy umgebracht hat.“

„Aber du wusstest, dass ich dein Sohn bin.“

„Ja.“ Er blickte aus dem Fenster, ohne etwas zu sehen. „Ich habe deine Mutter geliebt, weißt du.“

„Aber du hast eine andere geheiratet. Jemanden mit Geld, mit sozialem Status. Jemand Respektablen.“

„Ich werde mich für meine Fehler nicht entschuldigen. Ich habe mich auf meine Weise um deine Mutter gekümmert, und meine eigene Familie hat deswegen gelitten.“

„Und ich bin fast hingerichtet worden für einen Mord, den ich nicht begangen habe.“

„Dazu hätte ich es nicht kommen lassen“, entgegnete Thomas.

„Deine Anwälte, dein Geld, deine Freunde im Büro des Sheriffs …“

„Konnten keine Anklage gegen dich aufbauen, oder? Und sie haben auch keine Beweise gefälscht und zugelassen, dass man dich vorschnell verurteilt, oder?“ Mit klaren Augen sah er seinen Sohn an. „Wenn du mir sonst nichts glaubst, dann wenigstens, dass ich nie zugelassen hätte, dass man dich für ein Verbrechen verurteilt, das du nicht begangen hast. Aber du musst auch bedenken, dass ich genau wie der Rest der Stadt nicht alle Fakten kannte.“

„Und deine Frau wollte, dass ich aus ihrem perfekten Leben verschwinde.“

„Ja.“

„Und was hat sie dazu zu sagen?“

Thomas schüttelte den Kopf. „Sie hat mir vorgeworfen, dass ich nicht genug versucht hätte, dich ins Gefängnis zu bringen.“

„Gut, dann hat sie jetzt ihre Antworten. Ihre Wahrheit. Und sie muss damit leben.“

„Das muss ich auch", erwiderte Thomas. „Falls es dich irgendwie tröstet, ich habe bereits einen Treuhandvertrag aufsetzen lassen, der dir einen Anteil an meinem Vermögen zusichert. Er ist in meinem Büro ..."

Mit kaltem Blick musterte Jackson den Mann, der ihn gezeugt hatte.

„Ich weiß, dass das nicht für alles entschädigt", sprach der weiter, langsam das Kinn hebend, „aber du bist mein Sohn ..."

„Niemals! Und was deinen Treuhandvertrag angeht – den kannst du mit in die Hölle nehmen!", zischte Jackson mit blitzenden Augen. „Und nur fürs Protokoll: Nenn mich nie, nie wieder deinen Sohn! Und ich werde ganz sicher nie *Dad* zu dir sagen."

Jackson stürmte aus dem Haus. Rachelle folgte ihm. Sein Motorrad parkte neben ihrem Wagen. Er trat gegen einen Reifen. „Dann kennen wir also jetzt die Wahrheit", murmelte er finster in den Nachthimmel blickend und ließ sich den Regen über das Gesicht laufen.

„Du bist vom Mord an Roy freigesprochen."

„Und ich bin Thomas' Sohn. Ich frage mich, was schlimmer ist."

„Komm", sagte sie. „Nimm mich mit auf eine Fahrt, Jackson."

Er zögerte.

„Bitte." Sie berührte seine Schulter, spürte das nasse Leder. „Ich liebe dich."

Daraufhin lächelte er, aber sein Lächeln war voller Schmerzen. „Du meinst, du steigst wirklich hinter einem Fitzpatrick auf?"

„Es wäre mir auch egal, wenn Sie Benedict Arnold heißen würden, Herr Anwalt. Du bist *kein* Fitzpatrick."

„Amen." Er lachte nicht, aber einige Falten auf seiner Stirn glätteten sich. Er kletterte auf das Motorrad, und sie machte es sich hinter ihm auf dem Sitz bequem.

Mit einem festen Tritt ließ er den Motor an. Er gab Gas und ließ die Fitzpatricks und all ihre selbstsüchtigen Taten hinter sich.

Rachelle hielt ihn fest. Der Wind zerzauste ihr die Haare. Sie vergrub das Gesicht in seiner Jacke, roch den Duft nach Leder und spürte den Fahrtwind und wusste, dass sie für immer an seine Seite gehörte.

In jener Nacht liebte Jackson sie so verzweifelt, dass es ihr fast das Herz zerriss.

„Ich liebe dich", flüsterte er spät in der Nacht, als er sie festhielt und sie sich zu eigen machte. „Verlass mich niemals."

„Nie", versprach sie und schmiegte sich dicht an ihn.

Ehe die Sonne aufging, weckte er sie mit sanften Küssen und bat sie, sich anzuziehen. In der Kühle des Morgens fuhren sie an den Whitefire Lake und liebten sich noch einmal.

Als die Sonne über die Berge stieg und den Himmel in goldenes Licht tauchte, hob sich der Nebel vom See wie die Geister der Vergangenheit. Rachelle lächelte, als sie sich an die alte Legende der Indianer erinnerte. Jackson tauchte die Hand ins Wasser und hielt sie ihr an die Lippen. „Für immer", flüsterte er und küsste sie auf die Wange, während er sich das Wasser durch die Finger laufen ließ.

„Für immer", stimmte sie glücklich zu. Ihr Leben und ihre Liebe gehörten dem Bad Boy von Gold Creek. Bis in alle Ewigkeit.

– ENDE –

Lisa Jackson

Flammende Lügen

Roman

Aus dem Amerikanischen von
Thomas Hase

mtb

PROLOG

Gold Creek, Kalifornien
Gegenwart

Manche Männer lassen einen einfach nicht los.

Heather Leonetti parkte ihren Mercedes unter einer tiefgrünen Pinie. Ihr Puls spielte verrückt und pochte in ihren Schläfen. Durch die Windschutzscheibe fiel ihr Blick auf den friedlich vor ihr liegenden Whitefire Lake. Sie betrachtete die ruhige Wasserfläche und fragte sich, woher sie die Kraft nehmen sollte, das Lügengebäude, das sie vor sechs Jahren errichtet hatte, einzureißen. Lügen, die sie nie hatte äußern wollen, die niemals jemandem schaden sollten. Lügen jedoch, in die sie sich derart verstrickt hatte, dass sie nicht mehr wusste, wie sie da herauskommen sollte.

Schon vor Jahren hatte es ihre Mutter auf den Punkt gebracht: „Das Dumme beim Flunkern ist, dass man, wenn man einmal damit angefangen hat, offenbar nie mehr aufhören kann. Nimm nur deinen Vater! Eine Lüge nach der anderen …"

Heather schloss einen Moment lang die Augen und massierte sich die Schläfen. Bald würde ihre Mutter die Wahrheit erfahren wie jeder andere in Gold Creek auch – einschließlich Turner.

Ihm musste sie zuerst alles beichten. Er hatte ein Recht darauf, es zu wissen, auch wenn es dafür eigentlich zu spät war. Er hätte es schon vor sechs Jahren erfahren sollen. Sie hätte eine Möglichkeit finden müssen, ihn zu erreichen, um ihm mitzuteilen, dass er Vater geworden war. Stattdessen war sie nach ein paar vergeblichen, halbherzigen Versuchen den Weg des geringsten Widerstands gegangen. Und nun musste ausgerechnet Adam, ihr Sohn, dafür den Preis bezahlen. Das war nicht fair.

Tränen stiegen ihr in die Augen. Aber sie wollte sich davon nicht überwältigen lassen. Noch nicht. Nicht, solange es noch Hoffnung gab. Sie kniff die Augen zusammen und sandte ein Stoßgebet zum Himmel. Manches würde sie gern ungeschehen machen. Irgendwie musste sie es schaffen, ihrem Jungen die Chance auf ein normales Leben zu ermöglichen. Die Lösung lag möglicherweise bei Turner. Auch wenn die entsetzliche Krankheit gegenwärtig im Begriff war, abzuklingen, und die Ärzte Adams Chancen für so gut hielten, wie sie nur eben sein konnten, hatte Heather eine panische Angst um ihren fünfjährigen Sohn. Und das seit fast zwei Jahren. Es wurde höchste Zeit, Turner gegenüberzutreten. Also zwang sie sich, die Augen wieder zu öffnen, und biss die Zähne zusammen. Es musste sein.

Manche Männer lassen einen einfach nicht los. Turner Brooks war einer von dieser Sorte: wortkarg, verschlossen. Sie sah ihn genau vor sich. Sein braunes Haar mit den goldblonden Strähnen, sein markantes Profil, vielleicht etwas zu zynisch für sein Alter, und diese Augen, denen nichts verborgen blieb. Ein Cowboy. Ein Rodeoreiter. Ein mittelloser Taugenichts, würde ihre Mutter sagen.

Sechs Jahre war ihre letzte Begegnung mit ihm nun her. Heather hatte keine Ahnung, wie er reagieren würde, wenn sie plötzlich bei ihm vor der Tür auftauchte und ihn mit einer Nachricht überraschte, die ihn eigentlich schon längst hätte erreichen sollen. Und was würde er machen, wenn sie ihn dann um seine Hilfe bat? Er hatte keinen ihrer Briefe beantwortet; es war ziemlich offensichtlich, dass er nichts mehr mit ihr zu tun haben wollte. Allerdings konnte er sich nicht seinem Sohn verweigern!

Oder doch?

Heather verlor den Mut. Im Grunde wusste sie kaum etwas von diesem Mann, der der Vater ihres Sohnes war. Viel mehr hatte sie auch vor sechs Jahren nicht von ihm gewusst.

„Himmel hilf", flüsterte sie. Schließlich nahm sie all ihre Kraft zusammen und stieg aus. Gerade als sie losgehen wollte, meldete ihr Mercedes mit einem dezenten Warnsignal, dass sie die Wagentür offen gelassen hatte, aber sie kümmerte sich nicht darum. Piniennadeln dämpften ihre Schritte. Mit den Händen in den Jackentaschen stapfte sie das kurze Stück zum Seeufer.

Sie hörte das Schimpfen eines Eichhörnchens, das verborgen im Geäst über ihr hockte, während sie weiter weg einen Schwarm von Wachteln aufscheuchte, der sich mit großem Geflatter in einer Wolke von Federn erhob. Ruhig lag der See da. Nur einige wenige Fischerboote waren hinter den trüben Nebelschleiern der Morgendämmerung auf dem Wasser zu erkennen. Heather musste an die alte Legende denken, als sie sich zwischen den Steinen am Ufer niederkauerte und mit der Hand durchs kühle Wasser fuhr. Blass wirkte ihre Hand unter der klaren Wasseroberfläche. Blass und nackt ohne den Diamantring. Die Scheidung von Dennis war nun auch schon wieder fast zwei Jahre her.

Noch ein Stoßgebet für ihren Sohn, dann schöpfte Heather mit der hohlen Hand etwas von dem Wasser und benetzte ihre Lippen. Viel zu viel in ihrem Leben hatte sie für selbstverständlich gehalten – den teuren Wagen, ihr Haus in San Francisco, ihr Atelier, ihren Schmuck und ihre Kleider, all das, was ihr inzwischen nichts mehr bedeutete. Was jetzt allein zählte, war Adam.

Sie gab nichts auf die Legende vom Whitefire Lake. Dennoch war sie bereit, alles, wirklich alles zu tun, um das Leben ihres Sohns zu retten. Auch wenn das bedeutete, Turner wieder gegenübertreten zu müssen.

Ein eisiger Schauer lief ihr über den Rücken. Sie starrte in das kristallklare Wasser und dachte an den Sommer vor sechs Jahren. Die Erinnerung war plötzlich so lebendig und nah, dass es ihr fast vorkam, als wäre sie wieder achtzehn und arbeitete auf der Ranch *Lazy K.*

1. KAPITEL

Lazy-K-Ranch, Kalifornien
Sechs Jahre früher

Es war stickig und schwül, und das Licht flimmerte. Pferdebremsen und Bienen umschwärmten Heather, als sie dabei war, den Putzlappen auszuschütteln. Das Abendessen war schon eine Weile beendet, und die Gäste von *Lazy K* hatten sich in kleinere Gruppen zerstreut. Einige hatten sich früh zur Ruhe begeben, andere ließen sich in der großen Halle das Gitarrespielen beibringen und wieder andere saßen im Esszimmer bei einer Partie Poker oder Dame. Musik und Gelächter drangen aus den geöffneten Fenstern.

Nach zwölf Stunden Schufterei in der Küche tat Heather jeder Knochen weh. Ihre Füße waren angeschwollen, und sie roch bestimmt kein bisschen besser als mancher Stallbursche. Wenn sie ehrlich war, wusste sie, dass sie für dieses Leben nicht geboren war. Und doch war sie als Küchenhilfe auf dieser abgelegenen Ferienranch am Fuße der Siskiyou Mountains gelandet. Nun, es hätte schlimmer kommen können. Zum Beispiel, wenn es sie wieder zurück nach Gold Creek verschlagen hätte.

Allein der Gedanke an ihren Geburtsort, dieses verschlafene Nest, in dem sie aufgewachsen war, ließ sie erschauern. Versonnen betrachtete sie die Hügel in der Ferne. Nein, an Gold Creek hingen zu viele schmerzhafte Erinnerungen, als dass sie jemals dorthin zurückkehren wollte. Mochten Familien wie die Fitzpatricks oder die Monroes auch dort seit Generationen leben, Heather hatte nicht die Absicht, in Gold Creek Wurzeln zu schlagen, wo es so viel gehässigen Klatsch gab.

Über ihre eigene Familie, die Tremonts, hatte man sich jahrelang die Mäuler zerrissen. Da war zuerst ihr Vater mit seinem Verhältnis zu einer wesentlich jüngeren Frau, das schließlich zur Scheidung ihrer Eltern geführt und ihre Mutter unglücklich und verbittert zurückgelassen hatte. Und dann war da noch die Sache mit ihrer Schwester Rachelle und Jackson Moore.

Nur zu deutlich konnte Heather sich an einige der sogenannten Freundinnen ihrer Mutter erinnern und an ihr Geflüster, gerade laut genug, um die entscheidenden Brocken aufzuschnappen. „Du wirst es nicht glauben ... Dabei war sie doch ihre ganze Hoffnung! Jetzt ist das Stipendium dahin ... Ellen trifft es wirklich hart, die Arme! Erst ihr Mann, dieser Schürzenjäger, und jetzt *das* ... Und die Kleine? Die hat doch keinen Funken Verstand ... Wenn Gott gerecht ist, heiratet sie wenigstens den Leonetti-Jungen, damit ihre Mutter mal zur Ruhe kommt ..."

So ging es pausenlos, und Heather hörte es mit vor Scham brennenden Wangen von allen Seiten: in der Schlange vor der Kasse im Supermarkt, an den Nebentischen im Diner, selbst auf den Stufen vor der Kirche nach dem Gottesdienst. Nein, den Rest ihres Lebens eingesperrt in Gold Creek zu verbringen, kam überhaupt nicht infrage.

Aber das Leben auf einer Ranch? Viel besser war das auch nicht. Aber es war ja nur für diesen einen Sommer, bis sie das Geld zusammenhatte, um sich auf der Kunstschule einschreiben zu können. Sie wollte auf keinen Fall zu jenen Frauen zählen, die des Geldes wegen heirateten, damit sie ihr Bedürfnis nach Luxus befriedigen konnten. Und sie wollte sich auf gar keinen Fall genötigt sehen, Dennis Leonetti, den Sohn eines der reichsten Bankiers in Nordkalifornien zu heiraten.

Heather hängte den alten Wischlappen, den sie eben ausgewrungen hatte, über den Zaun und ließ ihren Blick über das ausgedehnte Weideland der *Lazy-K-Ranch* schweifen. Im Schatten einer einzelnen Pinie standen ein paar Pferde beisammen, zwei Fuchsstuten, zwei Braune und ein Schimmelwallach, das Fell stumpf vom Staub der Koppel, in dem sie sich gewälzt hatten. Sie schlugen mit ihren Schweifen und bemühten sich, die lästigen Bremsen zu vertreiben. Ab und zu wirbelte eine Staubwolke auf, wenn eines von ihnen mit dem Huf aufstampfte.

Die Sonne hing über den Bergen im Westen, und dort in der Ferne erspähte Heather einen einsamen Reiter. Sie beschattete mit der Hand die Augen und blickte angestrengt in die Richtung, um zu erkennen, welcher der Rancharbeiter dort mutterseelenallein am Devil's Ridge entlangritt. Denn es musste mit Sicherheit einer der Männer von *Lazy K* sein. Er war groß gewachsen, breitschultrig und schmal in den Hüften, soweit sie das gegen den Schein der untergehenden Sonne ausmachen konnte. Da sie im Gegenlicht aber nur eine Silhouette sah, war es Heather unmöglich, ein Gesicht zu erkennen, das ihr vertraut war. Es war nur auffällig, dass dieser Reiter so sicher im Sattel saß, als sei er auf dem Rücken eines Pferdes geboren, eine perfekte, elegante Art zu reiten, wie sie es bei noch keinem der Cowboys hier erlebt hatte.

Ein Windstoß fuhr ihr ins Haar, und trotz der Wärme kriegte sie eine Gänsehaut, sowie sich der Reiter nach ihr umzuschauen und sie anzublicken schien. Aber das musste sie sich einbilden, denn dazu war er viel zu weit weg. Dennoch schlug ihr das Herz bis zum Hals hinauf, und sie konnte nicht aufhören zu rätseln, wer er war. Kurz darauf trieb er das Pferd an und war im Wald verschwunden, während er Heather mit dem Gefühl zurückließ, dass sich das alles nur in ihrer Fantasie abgespielt hatte und der Reiter ein Produkt ihrer lebhaften und ein bisschen zum Romantischen neigenden Vorstellungskraft war.

Die Hände waren ihr vor Aufregung feucht geworden, und sie wischte sie vorn an der Schürze ab.

„Heather!“ Es war Mazies Stimme, die aus einem offenen Küchenfenster erschallte und wie der Schrei einer Krähe klang. „Kommst du noch mal wieder, um die Küche fertig zu machen?“

Schuldbewusst zuckte Heather zusammen. Sie griff nach dem Lappen, schüttelte ihn wie besessen und rümpfte dabei angewidert die Nase.

„Hast du gehört? Vielleicht wird das heute noch was.“ Mazie fluchte halblaut über die Mädchen aus der Stadt, die sich mehr für Cowboys interessierten als für die Arbeit.

„Bin gleich da!“, rief Heather über die Schulter. Dann hörte sie, wie das Fenster zugeknallt wurde, dass die Scheiben klirrten. Sie wischte sich noch einmal den Schweiß von der Stirn und eilte dann über die hintere Veranda in die Küche, wo die anderen Mädchen dabei waren, Töpfe und Pfannen zu schrubben, den Fußboden zu putzen und die Arbeitsflächen zu reinigen. Mazie Fenn duldete auch nicht die kleinste Spur von Schmutz in ihrer Küche.

„Das wurde aber auch Zeit! Du kannst dich um die Abfälle kümmern. Stell die Eimer auf die hintere Veranda, damit Seth sie für seine Schweine mitnehmen kann.“ Seth Lassiter war einer der Cowboys. Er arbeitete tagsüber auf der Ranch und hatte daneben ein eigenes Stück Land, auf dem er Schweine züchtete und sich ein paar Rinder hielt.

Jill, die rothaarige Kellnerin, eines der Mädchen, mit denen Heather sich das Zimmer teilte, musste sich ein Grinsen verkneifen, während Heathers Blick auf die beiden überquellenden Eimer mit Küchenabfällen fiel. Diese stinkenden, schweren Dinger hinauszuschleppen gehörte zu den unangenehmsten Arbeiten, die im Haus anfielen. Es amüsierte Jill so sehr, dass Heather ein Abonnement auf diesen Job zu haben schien, dass sie ihre Schadenfreude kaum verbergen konnte, während sie sich bemühte, das abgewetzte Linoleum in der Küche sauber zu bekommen.

Heather griff sich also die schweren Behälter mit den halb verflüssigten Überresten vergangener Mahlzeiten und schaffte sie, ohne einen Tropfen zu verschütten, hinaus auf die Veranda. Danach beeilte sie sich, in die Küche zurückzukehren, aber nicht ohne noch einmal einen sehnsüchtigen Blick dorthin zu werfen, wo sie den einsamen Reiter gesehen hatte.

Solange sie denken konnte, hatte ihre Mutter ihr vorgehalten, dass sie so verträumt war und in einer Scheinwelt lebte, in der es nur die wahre große Liebe gab. Wieder und wieder hatte sie den Kopf über ihre jüngere Tochter geschüttelt. Heathers Schwester Rachelle war ein anderer Typ. Sie war die Vernünftige, stand mit beiden Beinen fest auf der Erde.

„Wenn du dich schon so sehr danach sehnst, dich zu verlieben, warum dann nicht in Dennis Leonetti?“, hatte Ellen Heather ein ums andere Mal gefragt. „Er ist nett, klug – und reich. Was möchtest du mehr?“

Das hatte sich Heather selbst manchmal auch gefragt. Aber Dennis hatte etwas an sich, das ihr Misstrauen weckte, etwas Kaltes, Berechnendes. Warum er sie heiraten wollte, konnte sie sich nicht erklären. Sie wusste nur, dass sie ihn nicht liebte und niemals lieben könnte. Ihn zu heiraten erschien ihr wie ein Betrug, wie das Eingeständnis einer Niederlage und in letzter Konsequenz nichts weiter, als den Weg des geringsten Widerstands zu wählen. Auch wenn Heather zu romantischen Träumereien neigte, wusste sie doch, dass man für alles bezahlen musste. Da brauchte sie sich nur an das Schicksal zu erinnern, das ihre Mutter ereilt hatte.

„Heather?“

Oh verdammt! Mazie schon wieder. Heather konnte sich keine Nachlässigkeiten leisten. Sie brauchte diesen Job. So spurtete sie zurück in die Küche.

„Ich dachte schon, du wärst uns wieder verloren gegangen“, meinte Mazie, die an dem kleinen Tisch am Fenster saß und sich gerade eine Zigarette angesteckt hatte. „Lieber Himmel, ich habe noch nie jemanden erlebt, der so den Kopf in den Wolken trägt wie du!“

„Es tut mir leid.“ Heather wischte am Herd herum, um geschäftig zu erscheinen. Dabei war das Aufräumen und Putzen zum größten Teil bereits erledigt, und die drei anderen Mädchen drängten sich an der Pendeltür, die von der Küche zum Speisezimmer führte.

„Ist schon gut. Du hast Feierabend“, erwiderte Mazie und bedachte Heather mit der Andeutung eines Lächelns, das man bei ihr nur selten sah. Dann nahm sie einen Zug von ihrer Zigarette und fügte mit einer Kopfbewegung zu den Mädchen an der Tür hinzu: „Außerdem verpasst du gerade das Beste. Die Jungs sind zurück.“

„Die … was?“

„Ich hab's dir ja gesagt! Er ist umwerfend", flüsterte Jill halblaut.

Mazie kicherte.

„Sind sie alle", entgegnete Maggie und spähte durch den schmalen Spalt in der Tür, „heiße Typen. Jeder Einzelne von ihnen." Sie ließ einen tief befriedigten Seufzer hören.

„Aber sie machen nur Ärger", wandte Sheryl ein. Sie war ein hoch aufgeschossenes, schlankes Mädchen, das schon im sechsten Sommer auf der Ranch arbeitete. „Besonders der da." Sie zeigte mit dem Finger, aber Jill schüttelte den Kopf.

„Was gibt's denn?" Heather konnte ihre Neugier nicht länger zurückhalten.

„Die Cowboys sind wieder da! Nur für eine Weile, zwischen ihren Rodeos", erklärte Jill aufgeregt.

Cowboys? Heather war nicht sonderlich an ungehobelten Westernhelden interessiert. Sie musste an Dennis, den Bankierssohn, denken, der ihr plötzlich gar nicht mehr so übel erschien. Dagegen diese Outdoor-Typen, die nach Leder, Pferdedung und Tabak rochen? Da hatte sie doch andere Ansprüche.

Dennoch fiel ihr der einsame Reiter wieder ein, und ihr Puls beschleunigte sich unwillkürlich ein wenig. Aber das war ja auch nur eine Traumgestalt gewesen und kein Rancher aus Fleisch und Blut. Sie hatte keine Lust, sich daran zu beteiligen, die Männer durch den Türspalt anzustarren. Stattdessen wuchtete sie gewissermaßen als Wiedergutmachung für ihre früheren Versäumnisse die Säcke mit den Kartoffeln und den Zwiebeln zurück in die Vorratskammer, wo sie noch einmal überprüfte, ob die Deckel auf den großen Behältern für den Zucker und das Mehl auch wirklich fest saßen.

Cowboys! Sie fand sich selbst etwas lächerlich. Wenn man Kinofilmen Glauben schenkte, waren das Typen, für die man Spucknäpfe aufstellen musste und die in dreckigen Stiefeln herumtrampelten. Sie liebten die Weite und interessierten sich sonst nur für ihre Pferde, Countrymusic und Frauen in viel zu knappen Jeansröckchen.

Trotzdem hatte dieses Cowboy-Image etwas Reizvolles an sich. Echte Kerle, die nichts und niemanden fürchteten, die für ihre Ideale noch kämpfen konnten und für Fitnessclubs, Sportwagen und überhaupt das Stadtleben nur Verachtung übrighatten. Selbst Rachelle, die vernünftige, immer klar und nüchtern denkende Rachelle hatte sich für einen dieser harten Buschen entschieden. Für Jackson Moore, anerkanntermaßen der Bad Boy von Gold Creek. Der Junge, von dem alle glaubten, dass er Roy Fitzpatrick getötet hatte. Rachelle hatte zu Jackson gehalten, auch dann noch, als die ganze Stadt bereit war, ihn hängen zu sehen. Sie hatte ihm das Alibi verschafft, das er dringend brauchte, und sie hatte es weiter geschafft, in der Stadt zu leben, und musste das Gerede über sich ertragen, weil sie zugegeben hatte, eine Nacht mit Jackson verbracht zu haben, wobei dieser sich einfach aus dem Staub gemacht und Rachelle ihrem Schicksal überlassen hatte.

Und diese kurze Affäre war für alle Zeit an ihr und ihren Eltern haften geblieben.

„Ich werde nicht hier sitzen und zuschauen, wie du den gleichen Fehler begehst wie deine Schwester“, hatte Ellen Heather erklärt. „Dabei war sie doch immer die Vernünftigere von euch beiden! Du mit deinen wirren Fantasien und deinem Romantikfimmel – meine Güte! Aber du wirst es auch noch mal begreifen.“ Ellen machte ein ernstes Gesicht. „Nur sammle deine Erfahrungen möglichst nicht auf die harte Tour, so wie Rachelle es musste. Dieser Moore-Junge hat sie benutzt! Genau das war es. Er hat sich eine Nacht mit Rachelle vergnügt und ist abgehauen, als es brenzlig wurde und man ihn des Mordes anklagen wollte. Weg war er, und sie kann nun allein zusehen, wie sie ihn gegen all die Anwürfe verteidigt und nebenbei mit ihrem Liebeskummer zurechtkommt.“ Ellen schüttelte heftig den Kopf, sodass ihre braunen Locken hin- und herflogen. „Hör auf mich, Heather! Liebe – das Einzige, was du davon hast, ist Kummer. Deinen Vater habe ich auch geliebt. Mein Gott, jeden Abend Punkt sechs stand das Essen auf dem Tisch. Und was ist passiert? Hm? Er ist ausgeflippt. Mit einem Mal musste es eine Jüngere sein." Ellens Miene verfinsterte sich. „Mach dir mit deinen Träumereien nichts vor, Heather! Du hast die Chance auf ein angenehmes Leben. Heirate Dennis."

Heather runzelte die Stirn, als sie an diese Worte dachte. Sie schloss die Tür zur Vorratskammer und ging in ihr Zimmer, das sie sich mit den anderen Mädchen teilte. Dort legte sie ihre Schürze und ihre Dienstkleidung ab und streifte sich Shorts und ein T-Shirt über.

Ein paar Minuten später holte sie ihre Lieblingsstute Nutmeg von der Koppel, sattelte sie und ritt mit ihr den staubigen Pfad zwischen den Pinien hindurch. Ein Ausritt aufs Geratewohl. Und dass sie gerade diese Gegend gewählt hatte und Nutmeg immer weiter die Hügel des Vorgebirges hinauftrieb, hatte natürlich nichts mit dem einsamen Reiter zu tun, den sie gesehen hatte. Das jedenfalls redete sie sich ein. Die Sonne näherte sich bereits dem Horizont. Heather fühlte sich wie befreit und zum ersten Mal an diesem Tag mit sich selbst im Reinen. Mit wehenden blonden Haaren ritt sie dahin und summte im Takt von Nutmegs gleichmäßigem Hufschlag. Ringsherum war keine Menschenseele. Nur das Wiehern eines anderen Pferdes glaubte sie zu hören.

Schon wieder dieser einsame Reiter, den sie nicht aus dem Kopf kriegte. Jetzt hatte sie schon Halluzinationen!

Aufmunternd schnalzte Heather mit der Zunge, um die Stute anzutreiben, wobei sie dem Pfad folgte, der zum Fluss führte. Die Luft wurde spürbar frischer, was allerdings nicht bedeutete, dass das Summen der Insekten um sie herum abnahm. Am Fluss angekommen, stellte sie erfreut fest, dass sie einen natürlichen Teich entdeckt hatte, ein Wasserloch, in dem sich der Fluss staute, bevor er in einer scharfen Biegung Richtung auf die Berge nahm.

„Das hab ich mir verdient", sagte sie halblaut zu Nutmeg, stieg ab und begann, ohne zu zögern und an das Pferd einen weiteren Gedanken zu verschwenden, sich auszuziehen, wobei sie ihre Sachen Stück für Stück einfach auf den Boden fallen ließ. Danach lief sie über den Felsvorsprung, der den Teich ein Stück überragte, und sprang mit einem lauten Juchzer hinab ins kühle Nass.

Es war nicht nur kühl, es war eisig, als sie eintauchte, sodass es ihr den Atem verschlug. Der Fluss kam hoch aus den Bergen, und das Wasser fühlte sich an wie knapp über dem Gefrierpunkt. Heather machte es nach einem ersten, gewaltigen Schock nichts aus. Nachdem sie sich den ganzen Tag in der von den Herdfeuern aufgeheizten Küche abgeplagt hatte und die Sommerhitze draußen ihr Übriges tat, war das kalte Wasser die reinste Erholung. Ihre Lebensgeister erwachten wieder.

Nachdem sie aufgetaucht war, schwamm sie ans gegenüberliegende Ufer und merkte schon bei den ersten Schwimmzügen, mit denen sie das Wasser durchschnitt, wie die Anspannung allmählich aus ihrem Körper wich. Es begann schon dunkel zu werden, als sie einen weiteren Kopfsprung wagte. Sie tauchte hinab, bis sie mit den Fingerspitzen den felsigen Grund des Teichs berühren konnte, dann stieß sie sich ab und strebte rasch nach oben, wo sie, als sie aufgetaucht war, glücklich nach Luft schnappte. Sie warf ihr nasses Haar zurück. Kaum hatte sie wieder freie Sicht, stockte ihr vor Schreck der Atem. Denn sie war nicht allein.

Oben auf dem Felsvorsprung stand ein groß gewachsener Mann mit sonnengebräuntem Gesicht und markanten Zügen. Er trug schmutzige Jeans, ausgetretene Stiefel und ein aufgeknöpftes, kariertes Baumwollhemd, unter dem sich sein durchtrainierter Oberkörper abzeichnete. Aus blaugrauen Augen blickte er auf sie herab. Er mochte gut und gerne über einen Meter achtzig groß sein, und sie schätzte ihn auf Mitte zwanzig.

Das musste der Mann sein, den sie am Nachmittag in der Ferne hatte reiten sehen. Dessen war sie sich sicher. Heather blieb das Herz fast stehen. Ihre ganzen Schwärmereien von dem einsamen Reiter zerstoben in einem einzigen Augenblick.

Sie kannte diesen Mann nicht, hatte keine Ahnung, wozu er imstande war. Er konnte ihr gefährlich werden, und so, wie er aussah, zweifelte sie nicht daran, dass er das auch wirklich war.

Zwar war ihm eine gewisse Attraktivität nicht abzusprechen, besonders die goldblonden Strähnen in seinem braunen Haar sahen verdammt gut aus. Aber diese arrogante Haltung, in der er dastand – da war etwas an ihm, das nichts Gutes verhieß.

Am liebsten wäre Heather zum nächsten Felsbrocken gekrault, um sich dahinter zu verstecken, aber dafür war es natürlich längst zu spät. Er stand da, hielt in einer Hand einen großen graubraunen Wallach am Zügel, am Zeigefinger der anderen Hand hingen ihre Klamotten.

Heather war eingeschüchtert. Wie kritisch diese Situation für sie war, darüber wollte sie lieber nicht so genau nachdenken.

„Vermissen Sie etwas?“, fragte er in gedehntem Tonfall.

Sie biss sich auf die Lippen. Was sollte sie darauf antworten? Sie war ausgeliefert, splitterfasernackt, und wem sonst sollten die Sachen gehören? Wasser tretend und in der Hoffnung, dass er in der Abenddämmerung unter dem Wasserspiegel nicht allzu viel von ihr sah, entschied sie sich tapfer, zum Angriff überzugehen. „Legen Sie meine Sachen gefälligst wieder hin!“, rief sie hinauf, während sie ihre Shorts weiter an seinem Zeigefinger baumeln sah.

„Davon habe ich gar nicht gesprochen.“ Er warf Shorts, T-Shirt, Höschen und BH fast in Reichweite vor sie ans Ufer.

Gütiger Himmel! Jetzt fing er anscheinend an, ein Spielchen mit ihr zu spielen. Warum hatte sie nur auf der Farm niemandem gesagt, wohin sie ausreiten wollte? Sie kam sich unendlich dumm vor und hatte vor Angst einen dicken Kloß im Hals. Dann betrachtete sie ihr Gegenüber genauer. Er war ein Cowboy, ohne Frage. Er hatte seinen Stetson in den Nacken geschoben. Ein leicht verschwitzter, staubiger Rand zeigte an, wo die Krempe zuvor gesessen hatte. Auch seine Jeansjacke war staubig und wies wie seine engen Jeanshosen deutliche Gebrauchsspuren auf. Unter seinem offen stehenden Hemd entdeckte sie auf seiner sonnenverbrannten Haut eine feine Spur von dunklen Brusthaaren. Der Mann sah fantastisch aus, aber auch müde und schlecht gelaunt.

„Ich meinte Ihr Pferd“, erklärte er.

Heather blickte zum Waldrand, wo sie Nutmeg kurz zuvor zum Grasen zurückgelassen hatte. Aber von der Stute war nichts zu sehen. „Oh nein!“

Ein Anflug von Belustigung blitzte in seinen kalten Augen auf. „Die ist bestimmt bald wieder zurück im Stall. Tja, sieht so aus, als müssten Sie zu Fuß gehen. Oder Sie fragen mich artig, ob ich Sie mitnehme.“

Sie hielt sich nicht länger mit den Gedanken daran auf, wie gut er aussah, ja, wie ungeheuer attraktiv er auf eine gewisse ungehobelte Weise sogar war. Sie war viel zu beschäftigt damit, ihre Blöße zu bedecken. „Machen Sie sich um mich keine Sorgen. Ich komme schon zurück“, erwiderte sie trotzig. Mit ihm zu reiten kam nicht infrage. Das würde sie nur in Schwierigkeiten bringen.

„Ach, tatsächlich?“, sagte er lang gezogen. Seine Stimme war rau wie Sandpapier.

„Ja, tatsächlich.“ Sie schielte nach dem kleinen Haufen mit ihren Sachen. Wenn es nur noch dunkler wäre! dachte sie.

„Wie heißen Sie?“

Jetzt kam es darauf auch nicht mehr an. Wenn sie ihn dadurch schneller loswurde, sollte er seine Antwort haben, damit sie endlich aus dem Wasser kam und sich anziehen konnte. „Heather.“

„Sie arbeiten in der Küche, nicht wahr?“, fragte er nach einer kurzen, nachdenklichen Pause.

„Ja, stimmt.“ Mit dieser Frage war klar, dass er zu den Männern gehören musste, um die die Mädchen in der Küche so viel Aufhebens gemacht hatten.

Der Cowboy sagte nichts darauf und schaute nur auf sie herab, sodass sie sich fragte, was für ein Bild sie für ihn wohl abgab. Blasse Umrisse unter der dunklen, bewegten Fläche, die strampelnden weißen Beine, mit denen sie sich über Wasser hielt, das nasse Haar, das ihr am Kopf klebte.

„Hören Sie zu“, sagte sie schließlich verlegen. „Ich möchte jetzt hier raus. Und wenn es Ihnen nichts ausmacht, möchte ich dabei keine Zuschauer haben.“

Er verzog seinen Mund zu einem breiten Grinsen. „Und wenn es mir doch etwas ausmacht?"

Dieser verdammte Kerl! Sie tauchte einen Moment ab, kam mit dem Kopf wieder an die Oberfläche, spuckte eine kleine Wasserfontäne aus und sagte dann vorwurfsvoll: „Sie sind kein Gentleman."

„Ja, und? Sie sind in meinen Augen auch keine Lady", entgegnete er und begann, sich mit der rechten Stiefelspitze den linken Stiefel abzustreifen.

Heather war entsetzt. Er dachte doch wohl nicht im Ernst daran, hier ins Wasser zu hüpfen und ihr Gesellschaft zu leisten! Mit wachsender Panik sah sie zu, wie er sich seiner Stiefel und anschließend seiner Socken schon entledigt hatte. Jetzt war er dabei, einen Arm aus dem Ärmel seiner Jacke zu ziehen.

„Halt – stopp! Moment, warten Sie mal", rief sie atemlos.

„Worauf soll ich warten?"

„Was immer es ist, was Sie jetzt gerade vorhaben ..."

Er streifte sich die Jacke ab und zog sich das Hemd aus. Auf seinem mächtigen Oberkörper konnte Heather kein Gramm Fett entdecken. Nur eine feine Spur von dunkelblondem Haar, die die breite Brust hinab zwischen dem durchtrainierten Sixpack nach unten führte. Obwohl es immer dunkler wurde, war an seiner linken Schulter eine purpurne und grüne Verfärbung zu sehen, offenbar eine Prellung. „Ich kann Ihnen genau sagen, was ich vorhabe. Ich nehme jetzt ein Bad."

„Aber Sie können doch nicht ...", protestierte sie verzweifelt, während das Hemd und die Jacke auf den Stiefeln und den Socken landeten.

„Warum nicht? Ich bade hier schon, seitdem ich zehn bin."

„Aber jetzt bin ich hier und ..."

„Sie stören mich nicht", unterbrach er sie schief grinsend. Er ließ sich nicht aufhalten und öffnete den Gürtel. Plopp, plopp, plopp machten die Hosenknöpfe und die Jeans fielen ihm auf die Füße.

Heather wandte den Blick ab. Sie hatte nie zuvor einen nackten Mann gesehen, und gerade dieser sollte nicht der erste sein.

„Außerdem sind Sie nicht die Erste, mit der ich hier schwimme, Mädchen."

„Das ist ja äußerst tröstlich", meinte sie spitz. „Und für Sie heiße ich nicht *Mädchen*."

„Ach ja, mein Fehler! Sie sind ja eine Lady."

Heather spürte, wie ihr die Röte ins Gesicht stieg. Sie war hier komplett fehl am Platz. Und doch lockte es sie, einen Blick aus den Augenwinkeln zu riskieren, und sie sah, wie er zu einem eleganten Kopfsprung ansetzte. Im Sprung erhaschte sie noch einen Blick auf etwas Weißes, seine Unterhose vermutlich, aber das war's dann auch. So schnell, wie er im Wasser war, war sie draußen und raffte ihre Kleidungsstücke zusammen.

Gütiger Himmel, wie hatte sie in diese Bredouille kommen können? Erst träumte sie von diesem Typen mit offenen Augen, im nächsten Augenblick stand er vor ihr, machte sich über sie lustig, provozierte sie mit seinem Grinsen und spielte überhaupt allerhand gefährliche Spielchen mit ihr.

Sie war noch triefend nass, als sie mit klammen Fingern die Sachen überstreifte, wobei sie sich nicht erst mit ihrem Slip oder dem BH aufhielt. Die Kleider klebten ihr am Körper. Egal. Das Einzige, was sie interessierte, war, so schnell wie möglich so viel wie möglich von sich zu bedecken. Zitternd und unter Herzklopfen bekam sie just in dem Augenblick, da sie hörte, wie der Cowboy prustend aus den Fluten wieder auftauchte, den Reißverschluss ihrer Shorts zugezogen.

Bloß weg hier! Sie wandte sich gerade zum Gehen, da rief er ihr hinterher: „Du willst schon weg, Darling? Ich habe dich doch nicht verscheucht, oder?"

Dieses elende Scheusal! Er hielt das wohl immer noch für ein Spiel. Sie versuchte, die Provokation in seinen Worten zu überhören. „Ich war sowieso fertig."

„Na klar", spottete er.

„Allerdings", beharrte sie. Aber was spielte das jetzt für eine Rolle. *Sieh zu, dass du wegkommst, Heather!*

„Ich habe wirklich kein Problem mit Ihnen."

„Wie schön. Aber ich habe eines … Sie rauben mir den letzten Nerv!“

Er ließ ein Lachen ertönen, das dunkel aus tiefster Kehle kam. „Ich nehme das mal als Kompliment.“

„Wenn Sie das unbedingt brauchen.“ Sie wusste selbst nicht, was sie ritt. Einerseits ängstigte sie dieser Kerl fast zu Tode, andererseits faszinierte er sie. Er mochte tatsächlich nicht älter als Mitte zwanzig sein, aber er hatte eine so trockene, abgeklärte Art wie ein alter Mann.

„Sie sollten Ihre Zunge hüten“, meinte er. Aus den Augenwinkeln sah sie, wie er näher geschwommen kam. Dabei behielt er den Kopf über Wasser, um sie keine Sekunde aus den Augen zu lassen. „Sie bringen sich sonst noch mal in große Schwierigkeiten.“

„Besten Dank für die Warnung.“

„Ist mir ein Vergnügen.“ Wieder kam dieses tiefe, polternde Lachen. Er hatte den Rand des Teichs erreicht und lehnte die Arme auf die Felsplatte, während er sich zufrieden im Wasser ausstreckte. Kräftige, muskulöse Arme, von denen sie die Blicke gar nicht losreißen konnte. Er hatte etwas an sich, das ihr unter die Haut ging, das ihr seit seinem Auftauchen zusetzte, wie eine Stechfliege, die unter der Satteldecke gefangen ist, fortwährend einem Pferd zusetzt. Es irritierte sie maßlos. Aber obwohl sie wusste, dass sie mit dem Feuer spielte, konnte sie doch nicht einfach davonlaufen und ihm damit das Gefühl geben, dass er sie hatte in die Flucht schlagen können, nur weil sie sich schämte, dass er sie nackt gesehen hatte.

Das konnte sie nicht auf sich sitzen lassen! Rachegelüste regten sich in ihr. Die Frage war nur, ob sie auch bereit war, dafür den Preis zu bezahlen. Er gehörte zu den Leuten, die auf der Ranch arbeiteten. Wenn sie ihn jetzt ärgerte, könnte er ihr das Leben die nächsten zwei Monate zur Hölle machen. Aber es war das Risiko wert. „Ich habe das nicht mitbekommen“, sagte Heather. „Wie war gleich Ihr Name?“

„Ich habe Ihnen meinen Namen gar nicht genannt.“ Er sah ihr in die Augen, und ihr stockte unwillkürlich der Atem. „Turner Brooks“, antwortete er dann.

Also war er nicht bloß irgendein Cowboy. Turner Brooks war der Neffe des Mannes, dem *Lazy K* gehörte. Für gewöhnlich tingelte er von einem Rodeo zum nächsten durch die Staaten. Ein Mann mit Vergangenheit, nach den Brocken zu urteilen, die Heather aufgeschnappt hatte, irgendetwas von seinem Vater und einer Frau – oder einer Geliebten. Es gab jede Menge Gerüchte. Angeblich hatte er in den vergangenen Jahren überall gebrochene Herzen hinterlassen, und angeblich gab es bei jedem Rodeo mindestens eine Frau, die ihn sehnsüchtig erwartete.

„Was führt Sie auf die Ranch zurück?", erkundigte sich Heather.

„Ich will zwischen den Rodeos ein bisschen arbeiten", erklärte er.

„Wieso? Sind Sie nicht gut genug, um von den Preisgeldern zu leben?" Ein spöttischer Unterton klang in ihrer Frage mit, aber das schien ihm nichts auszumachen. Stattdessen wieder dieses verdammt freche Grinsen. Mir erzählst du nichts Neues, Mädchen, schien es zu sagen und brachte sie jedes Mal leicht aus der Fassung.

„Ich bin gut", sagte er und musterte sie von oben bis unten mit einem Blick, der bei ihr ein nervöses Kribbeln in allen Gliedern verursachte. „Ich bin sehr gut."

Sie musste trocken schlucken.

„Ich bin zurückgekommen, um ein wenig auszuhelfen, und auch, um mir ein bisschen was dazuzuverdienen. Hatte vor einer Weile eine Schulterverletzung, die mich etwas ausgebremst hat. Deshalb muss ich die nächste Zeit kürzertreten." Immer noch starrte er sie unverwandt an. Im Grunde fühlte sie sich unter seinen Blicken genauso nackt wie vorhin im Wasser. Jetzt war sie zwar halbwegs angezogen, wusste aber, dass sie, nachdem er sie vorhin gesehen hatte, nichts mehr vor ihm zu verbergen hatte. Er hatte sich auf ihre Kosten amüsiert. Es war Zeit, den Spieß umzudrehen.

Sie warf einen verstohlenen Blick auf den Haufen, wo er seine Sachen abgelegt hatte. Aber als ahnte er, was in ihrem Kopf vor sich ging, schnalzte er mit der Zunge. „Denken Sie nicht einmal daran! Sie bekommen sonst größeren Ärger, als Sie sich vorstellen können."

Sie biss sich auf die Unterlippe. Nein, ihm die Jeans wegzunehmen, war dann doch zu kindisch und außerdem nicht Strafe genug. Überdies würde er sie rasch eingeholt haben. Aber nicht, wenn sie ihm das Pferd nahm. Gab es eine schimpflichere Schmach für einen Cowboy, sich ausgerechnet von einer Frau seinen bestgehüteten Schatz, das Pferd, stehlen zu lassen? Sie hatte den Gedanken noch nicht ganz beendet, da griff sie schon nach den Zügeln des Wallachs.

„Auch das würde ich nicht tun, wenn ich Sie wäre", warnte er sie. „Sampson mag keine Leute, die er nicht kennt."

„Dann werde ich mich ihm doch besser einmal vorstellen", meinte sie schadenfroh. Sie ließ sich von ihm nicht ins Bockshorn jagen. Sie schwang sich in den Sattel und trieb das Pferd an, wobei sie die Zügel fest anzog. Das mächtige Tier ließ seine Muskeln spielen, wendete auf der Hinterhand und setzte sich in Bewegung. In einem atemberaubenden Tempo durchquerte er das freie Gelände. Heather klammerte sich an der Mähne fest und beugte sich tief hinunter, als Sampson mit weit ausgreifenden Schritten auf den Wald zusteuerte. Die Bäume huschten an ihr vorüber. Heathers Herz schlug wie wild, und sie flehte zum Himmel, dass der Wallach nicht strauchelte, denn hier zwischen den Bäumen war es schummrig und der Weg war uneben. Gleichzeitig stellte sie sich den entsetzten Blick und das wutverzerrte Gesicht des Mannes hinter ihr vor, und in ihr erwachte ein Gefühl des Triumphes, weil sie ihm eins ausgewischt hatte, wenn es auch riskant war. Denn das würde der Cowboy ihr nie verzeihen.

Sie blickte über die Schulter hinter sich. Halbwegs erwartete sie, ihn nass und nackt und barfuß hinter sich zu sehen, wie ein Wilder tobend und schreiend. Aber nichts dergleichen. Turner dachte offenbar gar nicht daran, die Verfolgung aufzunehmen oder herumzubrüllen, und das beunruhigte sie. Dieser Mann war anscheinend nicht so leicht aus der Fassung zu bringen.

Ein lauter, tiefer Pfiff drang zu ihr und ließ sie erschauern. Der Wallach blieb mit einem Ruck stehen, sodass sie fast unfreiwillig über seinen Kopf hinweg abgestiegen wäre. „Los, komm! Weiter", sagte sie mit leiser Stimme und versuchte ihn anzutreiben.

Ein weiterer Pfiff ertönte. Schnaubend wendete Sampson auf der Stelle um hundertachtzig Grad. Wieder hatte Heather Mühe, sich im Sattel zu halten. Der Wallach ging los, sosehr sie auch die Zügel anzog. Das Rodeopferd hatte seinen eigenen Willen. Heather konnte protestieren, so viel sie wollte. Im leichten Galopp ging es zurück zum Fluss und zurück zu Turner, der sich wahrscheinlich schon die fürchterlichsten Vergeltungsmaßnahmen ausgedacht hatte. Sie konnte nichts weiter tun, als es buchstäblich auf sich zukommen zu lassen. „Du blöde Schindmähre", murmelte sie vor sich hin und zerrte weiter an den Zügeln. Aber der Wallach hatte die Kandare zwischen den Zähnen und ließ sich nicht einmal aus dem Tritt bringen.

Verdammt, verdammt und noch mal verdammt! Was nun? Der Wald lag hinter ihr, und vor ihr rauschten die dunklen Wasser des Flusses. Turner, der nur seine Jeans und die Stiefel trug, saß mit steinerner Miene, aber vor Zorn funkelnden Augen auf einem Felsblock. Ein paar Wassertropfen glänzten noch in seinem Haar oder liefen ihm seitlich am Gesicht herunter.

„Netter Versuch", höhnte er.

„Ach, Sie sind ein Scheusal!"

„Wenn ich nicht gerade ein Gentleman bin, bin ich gern mal ein Scheusal", meinte er und erhob sich.

Er ging zu seinem Pferd, und plötzlich, ehe Heather die Gelegenheit hatte, abzusteigen, hatte er sich mit einem Satz hinter ihr in den Sattel geschwungen, sodass sie halbwegs bei ihm auf dem Schoß saß.

„Hey! Moment mal!", protestierte sie.

„Wenigstens bin ich kein Pferdedieb." Er nahm ihr die Zügel ab, die sie widerstrebend aus der Hand gab, und gab Sampson mit einem Schnalzen ein Zeichen. Sie lag halbwegs in seinen Armen und spürte seinen heißen Atem durch ihr noch feuchtes Haar hindurch. Himmel, wo war sie da nur hineingeraten!

Ihr Herz pochte so heftig, dass sie meinte, er müsse es auch hören können. In ihrem Rücken, an dem ihr nasses T-Shirt klebte, spürte sie seine stahlharten Muskeln, unverrückbar wie eine Wand. Rechts und links umklammerten sie seine Beine, Schenkel an Schenkel. Aber das Schlimmste war der delikate Druck, den sie an ihrem Po fühlte, wo er im Rhythmus von Sampsons Hufschlag gegen sie stieß. In einer Hand hielt er die Zügel, die andere hatte er ihr auf den Bauch gelegt, sodass sein Daumen fast die Unterseite ihrer Brüste streifte.

„Ich gehe lieber zu Fuß", versuchte sie es zaghaft noch einmal.

„Kommt nicht infrage."

„Dann laufen Sie."

„Sampson kommt locker mit uns beiden klar."

Aber ich komme mit dir nicht klar, dachte sie, entschied sich für dieses Mal aber, ihre vorlauten Bemerkungen für sich zu behalten. Sie hatte ohnehin genug damit zu tun, auszublenden, dass sie seine warme Haut durch ihr T-Shirt hindurch auf dem Rücken fühlte, dass sie seinen Geruch, eine Mischung aus Moschus und Tannenadeln, in der Nase hatte, und zu ignorieren, wie das Wiegen in diesem leichten Galopp sie stimulierte. Sie spürte seinen Atem im Nacken, und eine Gänsehaut nach der anderen überlief sie. Es war einfach zu viel auf einmal.

Schweigend ritten sie fort. Nur Sampsons regelmäßiger Hufschlag, das Rauschen des Bachs, das sich allmählich hinter ihnen verlor, und ein paar Geräusche aus ihrer nächtlichen Umgebung begleiteten sie – hier das Zirpen einer Grille, da mal der Flügelschlag einer aufgescheuchten Fledermaus. Heather nahm kaum etwas davon wahr. Zu wild pochte ihr das Herz. Wie kann man nur so dumm sein! schalt sie sich selbst. Mit diesem Mann allein zu sein, war schon gefährlich. Wie konnte man ihn dann noch reizen, indem man auf so lächerliche Weise versuchte, ihn zu übertölpeln?

„Hören Sie, ich kann jetzt wirklich zu Fuß gehen", begann sie wieder, drehte sich halb zu ihm um und sah aus den Augenwinkeln, wie er die Lippen zu einer schmalen Linie zusammengepresst hatte.

„Und ich soll mir dann vorwerfen lassen, ich wäre kein Gentleman? Nein, bestimmt nicht“, antwortete er und gab sich keine Mühe, seinen Spott zu verbergen.

Heather wollte noch widersprechen, da hatte Sampson den Wald hinter sich gelassen und über ein paar ausgedörrte Felder hinweg war schon die Ranch zu sehen. Die grelle Parkplatzbeleuchtung tauchte die Scheunen und Ställe in ein unwirkliches weiß-blaues Licht. Das Haupthaus selbst, das mit seinen zwei Stockwerken aus mächtigen Zedernstämmen gebaut war, lag im Nachtdunkel wie die sanften Hügel des Weidelands ringsum auch. Nur die Fenster erschienen als helle, von einem warmen Licht erfüllte Flecken. Als sie näher kamen, konnte man sehen, dass die Terrassentüren weit geöffnet waren. Auf der hinteren Veranda übten einige Paare den Texas-Twostep zu einem bekannten Countrysong von Ricky Skaggs. Einige Takte davon wehten bis zu ihnen herüber.

Die tanzenden Paare lachten und amüsierten sich. Aber trotz dieser anheimelnden Szenerie wünschte Heather sich in diesem Augenblick nichts sehnlicher, als an irgendeinem anderen Ort auf der Welt zu sein. Vor allem nicht hier im Sattel mit diesem Mann. Wie hatte sie auf die Idee kommen können, ausgerechnet in Turner Brooks einen romantischen *Lonesome Cowboy* zu sehen?

Sie sah und hörte, wie einige der Tiere sich regten, als sie an den Koppeln vorbeiritten. Auch ein paar von den Rancharbeitern konnte sie ausmachen. Sie hatten es sich am Weidezaun bequem gemacht und die Füße in ihren Stiefeln auf die untere Querstange hochgelegt. Die Glut ihrer Zigaretten glomm in der Dunkelheit, und Heather nahm einen schwachen Tabakduft wahr, der sich in den Geruch des trockenen Staubs mischte.

Turner lenkte sein Pferd in den Innenhof. Einige der Cowboys, die am Sattelplatz herumlungerten, fanden den Anblick der Ankömmlinge anscheinend sehr unterhaltsam.

Na toll! Das war es gerade, was sie brauchte – dass sie als Turners neueste Eroberung gebrandmarkt war. Dabei musste sie zugeben, dass sie beide, sie und Turner, bestimmt ein bemerkenswertes Bild abgaben: eng aneinandergeschmiegt, beide nur halb bekleidet und immer noch triefend nass.

Heather wartete nicht ab, bis Sampson ganz zum Stehen gekommen war, sondern schwang vorher das eine Bein über den Nacken des Wallachs und landete etwas unsicher mit den Füßen auf der Erde. Ohne ein Wort zu verlieren, wandte sie sich dem Hintereingang des Hauses zu und war schon unterwegs dorthin, als Turner ihr hinterherrief: „Wie wär's mit einem Dankeschön?"

Sie blieb stehen und stemmte die Fäuste in die Seiten. „Danke wofür?" Sie sah ihm trotzig ins Gesicht. „Dafür, dass Sie mich gedemütigt haben? Dass Sie mich beim Baden wie ein Spanner angeglotzt haben? Dass Sie mich genötigt haben, mit Ihnen zurückzureiten?"

„Nun bilden Sie sich mal nichts darauf ein", entgegnete er gelassen.

„Ach, fahren Sie doch zur Hölle!"

„Da war ich schon, kleine Lady", erwiderte er so aufreizend lächelnd, dass sie noch mehr aus der Fassung gebracht wurde.

Schweigend drehte sie sich endgültig um und eilte, ohne sich noch einmal umzusehen, die Stufen der Veranda hinauf zur Küche, wobei sie versuchte, dieses Lachen zu überhören, das sie verfolgte wie ein Geruch, den man nicht aus der Nase bekam.

Kaum hatte sie die Küche betreten, als Mazie von ihren Kochbüchern, die sich auf ihrem kleinen Tisch am Fenster stapelten, aufsah und fragte: „Schwierigkeiten?"

„Äh … nein."

„Dein Pferd ist allein zurückgekommen. So etwas hat Zeke nicht so gern, und er hat sich ziemliche Sorgen um dich gemacht. Er war sogar drauf und dran, eine Suchexpedition nach dir loszuschicken. Du solltest besser mit ihm reden."

„Mach ich bestimmt", versprach Heather. Am liebsten wäre sie im Boden versunken. Dass sie so nachlässig mit Nutmeg gewesen war, war ihr maßlos peinlich. „Wo ist er?"

„In seinem Büro", antwortete Mazie. Einen Augenblick lang musterte sie kritisch Heathers Kleidung und ihr aufgelöstes Haar, dann wandte sie sich wieder ihren Kochbüchern zu, blätterte darin und kaute nachdenklich an ihrem Bleistift.

Heather lief die Treppe hinauf in ihr Zimmer. Jill lag mit einem Teenie-Magazin auf dem Bett und blickte auf, als Heather die Tür hinter sich schloss.

„Was ist denn mit dir passiert?", fragte sie, indem sie sie neugierig beäugte.

„Ich war schwimmen."

„In deinen Klamotten?"

„Nein." Heather rang sich ein Lächeln ab. „Ich hatte nur kein Handtuch zum Abtrocknen mit."

„Ich hab gehört, dir ist dein Pferd weggelaufen."

„Ja, so könnte man die Geschichte auf den Punkt bringen." Sie starrte auf ihr Ebenbild im Spiegel. Ohne Make-up und mit den noch nassen, glatt herunterhängenden Haaren sah sie kaum älter aus als zwölf. Turner Brooks musste gedacht haben, sie sei noch ein Kind – es sei denn, er hatte doch mehr gesehen: ihre Brüste, das kleine, dunkle Dreieck zwischen ihren Beinen …

„Na toll", murmelte sie, griff sich ein Handtuch und frottierte energisch ihr langes, blondes Haar.

Jill legte ihr Magazin weg. „Also los? Was ist geschehen? Aber jetzt nicht bloß die Kurzfassung."

„Ach, das ist doch langweilig", wehrte Heather ab.

„Glaub ich nicht."

Heather zog ihre Sachen aus und frische Unterwäsche an, dazu einen Jeansrock und eine blassblaue Bluse. Dann legte sie einen silbernen Gürtel an, kämmte ihr Haar durch, um es zu einem Pferdeschwanz zusammenzubinden, und vollendete das Werk schließlich zu ihrer Zufriedenheit, indem sie Lippenstift auftrug.

„Hat die Geschichte etwas mit Turner Brooks zu tun?", bohrte Jill weiter. Sie zog die Beine zu sich heran, sodass sie das Kinn auf die Knie stützte, und blickte ihre Zimmernachbarin erwartungsvoll an. „Ich habe gesehen, wie Turner in diese Richtung geritten ist."

„Ach ja?" Heather wandte sich wieder dem Spiegel zu, um einen Anflug von Verlegenheit zu verbergen.

„Ist doch was dran an ihm, oder?" Jill seufzte gedankenverloren. Heather konnte im Spiegel sehen, wie das andere Mädchen die Augen schloss und ein verträumtes Lächeln sich auf ihrem Gesicht ausbreitete. „Das wäre genau die Sorte Mann, die ich mal heiraten möchte."

„Turner Brooks?" Welch furchtbarer Gedanke! Dieser Zyniker mit seiner gedehnten Sprechweise? Was der wohl für einen Ehemann abgeben würde!

„Mein Gott, er ist ein Bild von einem Mann."

„Aber es wird auch viel über ihn geredet … über seine Vergangenheit."

„Ich weiß, ich weiß. Interessiert mich aber nicht." Jill verzog den Mund zu einem zweideutigen Lächeln. „Außerdem hat ein Mann mit Vergangenheit mehr zu bieten, findest du nicht?"

„Wenn du mich fragst, ist Turner Brooks ein arroganter, von sich selbst eingenommener Schnösel, der …"

„Du bist ihm also doch begegnet." Jills Augen wurden größer und größer. „Oh, ich wünschte, ich wäre dabei gewesen."

„Ich auch", meinte Heather halblaut, aber mehr zu sich selbst. Bevor ihre Mitbewohnerin noch etwas sagen konnte, verließ sie eilends das Zimmer und stieg die Treppe hinunter. Sie musste Zeke gegenübertreten, um ihm zu erklären, dass es ihr leidtat, dass Nutmeg ihr weggelaufen war. Sie konnte nur hoffen, dass Zeke deshalb nicht allzu böse auf sie war.

Dessen Büro lag zur Vorderseite des Hauses hin. Mit jedem Schritt wuchs bei Heather die Angst. Sie durfte diesen Job nicht verlieren – auf keinen Fall. All ihre Träume, an die Kunstschule zu kommen und der Enge von Gold Creek zu entrinnen, wären ausgeträumt, wenn sie das Geld nicht mehr auf die Seite legen konnte, das sie hier verdiente.

Heather straffte sich und klopfte zaghaft an die Tür.

„Es ist offen“, kam von drinnen eine Antwort.

Sie schickte ein stilles Stoßgebet zum Himmel und betrat den recht engen, aber gemütlich eingerichteten Raum voll von Rodeopokalen, indianischen Decken und alten Möbeln. Hier roch es nach kaltem Rauch und Leder. Geweihe aller Art und in jeder Größenordnung schmückten die holzverkleideten Wände. In einem der rissigen Ledersessel vor dem Schreibtisch hatte es sich niemand anders bequem gemacht als Turner Brooks höchstpersönlich. Langsam drehte er sich zu Heather um und sah sie an, sodass sie fast über die Kante des handgeflochtenen Teppichs gestolpert wäre.

„Kommen Sie rein“, forderte Zeke sie freundlich auf. Zeke war ein Mann, den man so leicht nicht vergaß. Mit knapp einem Meter neunzig und vielleicht hundert Kilo auf der Waage wirkte er riesig. Das schneeweiße Haar und der dicke Backenbart verstärkten seine beeindruckende Erscheinung noch. Und trotzdem nahm Heather ihn kaum wahr, denn all ihre Sinne waren auf Turner gerichtet – auf sein wissendes Lächeln, auf den leichten Spott in seinen blaugrauen Augen …

„Sie haben meinen Neffen schon kennengelernt?“, fragte Zeke.

Turner nickte bestätigend, während Heather einmal trocken schlucken musste. „Ja, äh … Wir sind uns schon begegnet.“ Sie riss ihren Blick von Turner los und wandte sich an ihren Boss: „Mr Kilkenny, ich muss mit Ihnen sprechen.“

Zeke lehnte sich in seinem Schreibtischsessel zurück, dass die alten Sitzfedern krachten. „Okay. Sprechen Sie.“

„Ich meinte – unter vier Augen.“

Zeke lächelte. „Wir haben hier keine Geheimnisse voreinander, Heather. Hier auf *Lazy K* sind wir wie eine Familie.“ Er deutete mit der Hand auf den anderen Sessel vor dem Schreibtisch neben Turner. „Setzen Sie sich doch und sagen Sie mir, was Sie auf dem Herzen haben.“

Heather hockte sich auf die äußerste Kante und versuchte, die Tatsache auszublenden, dass Turner nur wenige Zentimeter von ihr weg saß. Eine unbedachte Bewegung, und ihre Hände konnten sich berühren. „Ich … ich wollte mich entschuldigen, dass mir Nutmeg weggelaufen ist. Es war unachtsam von mir. Aber es soll nicht wieder vorkommen.“

„Ist ja nichts weiter passiert“, meinte Zeke und rieb sich das Kinn. „Nutmeg ist wohl abgehauen, damit sie ihren Hafer zum Abendbrot nicht verpasst. Es hätte natürlich auch schlimmer kommen können.“

„Ich werde künftig besser aufpassen“, versprach Heather, überrascht, dass sie so ungeschoren davonkam. Die Pferde waren die Lebensader der Ranch, und Zeke Kilkenny stand in dem Ruf, dass ihm die Tiere noch wichtiger waren als die eigene Frau. Vielleicht hatte sie ihn deswegen verlassen.

„Nun ja, ich weiß ja, dass Sie als Stadtmensch bisher nicht viel mit Pferden zu tun hatten. Aber bei Ihrer Arbeit sind Sie tüchtig. Mazie sagt, dass Sie eines der besten Mädchen sind, die sie je hatte. Und Sie können mir glauben, dass Mazie schon mehr als genug unter ihrer Fuchtel hatte.“

Heather konnte kaum glauben, was sie da hörte. Und das von Mazie, von der sie angenommen hatte, dass sie es darauf anlegte, Heather mit ihrer Schinderei frühzeitig ins Grab zu bringen.

„Ich könnte Ihnen natürlich jetzt sagen, Sie sollen sich von den Pferden fernhalten. Aber das liegt mir nicht. Ich finde, Pferde und Menschen gehören zusammen.“ Zeke beugte sich vor und lächelte sie freundlich an. „Turner ist darauf gekommen, wie man dieses kleine Problem perfekt lösen könnte.“

Heather hatte das Gefühl, als gefriere ihr das Blut in den Adern. Ein Vorschlag von Turner? Sie wollte etwas sagen, aber sie, die sonst um keine vorlaute Bemerkung verlegen war, bekam dieses Mal den Mund nicht auf.

„Warum erzählst du Heather nicht selbst von deiner Idee?“, forderte Zeke seinen Neffen auf.

Der beugte sich ein Stück zu ihr herüber und erklärte: „Ich dachte, dass Sie vielleicht ein wenig Unterweisung im Umgang mit Pferden gebrauchen könnten.“

„Aber ich …“

„Turner schlägt vor, dass er das selbst übernimmt“, schaltete sich Zeke ein und strahlte vor Begeisterung. „Einen besseren Lehrer könnten Sie sich gar nicht wünschen. Mein Gott, Turner konnte schon reiten, bevor er laufen konnte.“ Zeke gluckste still in sich hinein, so gut gefiel ihm die eigene Formulierung, auch wenn sie nicht sonderlich originell war.

Heather hingegen war zumute, als sei ihr Ende gekommen. Sie sah erbarmungslose Lektionen auf sich zukommen, in denen sich Turner ein Vergnügen daraus machte, sie reiten zu lassen, bis sie wochenlang nicht mehr sitzen konnte. Sie sah sich jedes Pferd im Stall striegeln und jede Box ausmisten. Die Qualen dieses Sommers würden nie ein Ende nehmen. Als sie endlich die Sprache wiedergefunden hatte, umklammerte sie die Sessellehnen und meinte: „Ich bin sicher, dass Turner hier auf der Ranch Wichtigeres zu tun hat …“

Zeke winkte ab. „Dazu wird sich schon genügend Zeit finden. So, das war's. Morgen geht's los. Gleich nachdem Sie Ihre Schicht in der Küche beendet haben, gehören Sie Turner.“ Er schlug zur Bekräftigung mit der flachen Hand auf den Schreibtisch, und in diesem Augenblick klingelte das Telefon.

Zeke nahm den Hörer ab. Die Besprechung war zu Ende. Heather erhob sich. Ihre Beine fühlten sich an wie Blei. Reitstunden mit Turner Brooks? Das war das Ende. Eher wollte sie sterben. Er würde erbarmungslos sein. Jetzt schon standen ihr diese furchtbaren Stunden mit diesem Quälgeist vor Augen.

„Was ist? Haben Sie die Zunge verschluckt?“, fragte er, während sie beide zur Tür gingen.

„Das werden Sie noch bereuen“, zischte sie.

„Oh, das glaube ich nicht“, meinte er in seiner gewohnt gedehnten Art, und ein teuflisches Funkeln leuchtete kurz in seinen Augen auf. „Um die Wahrheit zu sagen: Ich freue mich riesig darauf.“

2. KAPITEL

Turner schlug sich mit seinem Stetson auf den Schenkel, sodass eine Staubwolke aufwirbelte. Warum, in Gottes Namen, hatte er Zeke erzählt, er wolle Heather den Umgang mit Pferden beibringen? Sie musste ihn gestern Abend völlig durcheinandergebracht haben, denn das war die bescheuertste Idee der letzten Jahre. Dass er die Nacht zuvor kein Auge zugetan hatte, war auch nicht viel besser. Die ganze Zeit musste er daran denken, wie ihre helle Haut in dem dunklen Wasser ausgesehen hatte. Er hatte ihre Nippel sehen können, kleine, vor Kälte zusammengezogene Knospen, und augenblicklich hatte er eine Erektion bekommen. Sie hatte sich ja alle Mühe gegeben, aber trotzdem hatte er ihre langen, schlanken Beine erkennen können, mit denen sie sich über Wasser hielt, während sie versuchte, ihre Brüste mit den Armen zu verbergen. Das hatte gleichzeitig lustig, aber auch sehr verführerisch ausgesehen. Bei jeder anderen Frau hätte er alles darangesetzt, die Nacht mit ihr zu verbringen.

Aber Heather Tremont war anders als alle Frauen, die er sonst kannte. Als er sie aufgestöbert hatte, war sie hell empört gewesen, und als er versucht hatte, ein wenig mit ihr herumzuscherzen, fand sie das überhaupt nicht komisch. Und dabei hatte sie ihn die ganze Zeit herausgefordert und am Ende sogar versucht, mit seinem Pferd durchzubrennen. Es hatte noch nie eine Herausforderung gegeben, die er nicht angenommen hätte und aus der er nicht siegreich hervorgegangen wäre.

In diesem Augenblick sah er ihr dabei zu, wie sie versuchte, sich auf einem äußerst nervösen Wallach zu halten, und er konnte sich ein heimliches Lächeln dabei nicht verkneifen. Geschah ihr recht. Was hatte sie ihn die ganze Nacht wach zu halten, weil er sich vorstellte, wie es sein müsste, sie zu küssen und ihre Lippen zu spüren, in ihre himmelblauen Augen zu schauen und in diesem Anblick zu versinken. Wie es sein müsste, sie an den intimsten Stellen zu berühren.

Er trat von einem Fuß auf den anderen, lehnte sich an den Zaun des Reitplatzes und versuchte zu ignorieren, wie allein die Gedanken daran sich bei ihm körperlich bemerkbar machten.

„Ziehen Sie die Zügel an!“, rief er ihr zu. „Sie müssen ihm zeigen, wer der Chef im Ring ist.“

„Das ist es ja gerade“, erwiderte sie. „Das weiß er längst – und ich bin es nicht.“

Er hielt sich mit seinem Spott zurück. Sie hatte wirklich Mumm, das musste er ihr lassen. Beim Anblick von Sundown, einem stämmigen Fuchs, der, wenn er ausschlug, jedem Mann ein Bein brechen konnte, war sie zunächst etwas blass geworden. Aber anstatt nach Nutmeg zu verlangen, der Stute, an die sie gewöhnt war, war sie in den Sattel gestiegen und hatte tapfer versucht, dem Pferd, das ebenso kräftig wie halsstarrig war, ihren Willen aufzuzwingen.

„Nein, nein! Die Hände nicht an den Sattelknauf“, ermahnte er sie, als Sundown bockte und sie verzweifelt nach Halt suchte. „Und das gilt auch für die Mähne.“

„Ich weiß, ich weiß“, gab sie schnippisch zurück.

Entschlossen verstärkte sie den Schenkeldruck auf den Wallach, und Turner konnte nicht anders als wie gebannt dorthin schauen, wo sich ihre Jeans um ihr Hinterteil spannten. Heathers Taille war schlank, ihre Hüfte fest und rund, ihre Brüste perfekt.

Der dunkle Fleck auf dem Rücken ihres Shirts, der verriet, wie ihr der Schweiß herunterrann, brachte ihn auf den Gedanken, sich vorzustellen, wie sie wohl schmecken würde. Gestern, als er ihr im Sattel so nahe gewesen war, hatte der Geruch ihrer Haut ihn fast wahnsinnig gemacht. Seitdem hatte er beinahe ständig daran gedacht, sie zu küssen. Aber bis jetzt war er nicht nah genug an sie herangekommen und war auch nicht so dumm gewesen, es zu versuchen.

„Wie lange soll das denn noch so weitergehen?“, fragte Heather, während sie die Zügel immer wieder anzog und leise fluchte, weil Sundown nicht daran dachte, darauf zu reagieren.

„So lange, bis ich das Gefühl habe, dass Sie auch außerhalb des Reitplatzes mit ihm zurechtkommen.“

Heathers Blick sprühte förmlich vor Entschlossenheit. Sie arbeitete unverdrossen weiter mit den Zügeln. Als der Wallach dann vorn hochstieg, blieb sie im Sattel. Sie hatte nicht vor, sich abwerfen zu lassen. Dennoch kam sie für sich zu dem Schluss, dass diese Unterrichtsstunde ein Totalreinfall war.

Turner wahrte unterdessen seine unbeteiligte Miene und lehnte lässig mit verschränkten Armen am Zaun. Im Stillen genoss er das Schauspiel. Heather versuchte, Sundown Manieren beizubringen, obwohl der sture Wallach sich nur ein bisschen zu wehren brauchte, um hinzuspazieren, wohin er wollte. Immerhin schaffte sie es, oben zu bleiben.

„Sie wissen, dass ich mit Nutmeg viel besser arbeite“, schimpfte sie, nachdem Sundown schon wieder bockte. Dieses Mal hatte Heather sich nur halten können, weil sie schließlich doch nach dem Sattelknauf griff.

„Aus Ihnen wird nie eine Rodeoqueen“, bemerkte Turner, während er an einem trockenen Grashalm kaute, den er von einem Mundwinkel in den anderen schob.

„Oh, wie schade! Dabei hatte ich mir das immer erträumt.“ Immerhin war ihr noch ein wenig zum Scherzen zumute. Ansonsten war sie verschwitzt und abgekämpft. Den größten Teil des Tages hatte sie in der Küche gearbeitet. Gleich anschließend hatte sie sich umgezogen und war bei Turner zum Unterricht angetreten. Jetzt saß sie schon seit zwei Stunden auf diesem Gaul, und ihr brannten die Schenkel vor Erschöpfung.

„Wissen Sie, Heather, ich glaube, Sie könnten mich sogar mögen, wenn Sie sich bloß einen kleinen Ruck geben würden.“

Heather wäre jetzt beinahe wirklich vom Pferd gefallen, nur dieses Mal ohne Sundowns Zutun. Das Letzte, was sie erwartet hatte, war eine persönliche Bemerkung dieser Art. „Wie kommen Sie denn darauf, dass ich Sie nicht mögen könnte?“, höhnte sie. „Nur weil Sie in meine Privatsphäre eingedrungen sind, mich genötigt haben, mit Ihnen zusammen auf Ihrem

Pferd zu reiten und dann auf die hirnverbrannte Idee gekommen sind, mir meine wertvolle Freizeit zu stehlen, um mich zu *unterrichten*?"

Ein Schwarm Wachteln flatterte geräuschvoll auf, und Sundown scheute. Hastig suchte Heather Halt an den Zügeln und am Sattelknauf, aber das Aufbäumen des Pferdes kam zu plötzlich – sie wurde kopfüber abgeworfen. Sie sah das Unheil noch kommen, dann landete sie hart auf der Schulter im Staub des Reitplatzes. Ein stechender Schmerz durchfuhr ihren Arm, sodass sie scharf die Luft durch die zusammengebissenen Zähne zog.

In der nächsten Sekunde war Turner bei ihr. Er schien ehrlich besorgt, als er sie fragte, ob mit ihr alles in Ordnung sei.

„Sie sind doch der Lehrer. Sagen Sie's mir", gab sie schnippisch zurück. Der Schmerz pochte im Arm, den sie deshalb an ihren Körper gepresst hielt.

„Im Ernst, Heather!" Mit einer Behutsamkeit, von der sie gedacht hätte, dass er sie ausschließlich seinen Pferden angedeihen ließ, betastete er ihre Schulter, während sie noch am Boden lag. Mit gerunzelter Stirn wartete er auf eine Reaktion von ihr. „Heben Sie mal den Arm hoch, wenn Sie können."

Leise wimmernd und mit großer Mühe hob Heather den Arm. Es bereitete höllische Schmerzen, aber sie biss die Zähne zusammen. Als er sie noch einmal an der Schulter berührte, stöhnte sie laut auf.

„Tut das hier weh?"

„Es tut alles weh." Am meisten schmerzte sie ihr verletzter Stolz. Schlimmer hätte es nicht kommen können, als vor seinen Augen vom Pferd zu fallen. Sie warf einen vernichtenden Blick auf Sundown. „Mistvieh!", zischte sie.

„Na, wie ich sehe, hat wenigstens Ihre unendliche Sanftmut keinen Schaden genommen." Seine Miene entspannte sich ein wenig. Für einen kurzen Augenblick verlor sie sich in seinen unvergleichlichen blaugrauen Augen, und ihr dummes Herz setzte einen Schlag aus. Der Tag ging zur Neige, und es war, als ob die Abenddämmerung einen weichen Mantel ausbreitete. Seine Hände, mit denen er ihre Schulter sanft massiert hatte, fühlten sich warm an. Heather entdeckte unter der rauen Schale des Cowboys einen Mann, der freundlich und fürsorglich sein konnte. Und Sinn für Humor hatte er außerdem.

„Alles bestens", sagte sie leichthin. Sie hatte nicht vor, Turners Seele zu ergründen. Es war leichter, ihn nicht weiter an sich heranzulassen, als sich mit widerstreitenden Gefühlen herumschlagen zu müssen.

Er streckte die Hand aus, um ihr auf die Beine zu helfen, aber sie ignorierte die Geste und rappelte sich allein auf. Je weniger Körperkontakt es zwischen ihnen gab, desto besser.

„Ich denke, das genügt für heute."

„Tatsächlich? Dann gehören Sie wohl nicht zu denen, die der Meinung sind, dass man sofort wieder in den Sattel steigen muss, wenn man vom Pferd gefallen ist?"

Mit prüfendem Blick schaute er sie so scharf an, dass ihr für einen Moment der Atem stockte. „Es macht Ihnen wohl Spaß, auf mir herumzuhacken, was?" Als sie nichts darauf antwortete, trat er dicht an sie heran. „Was haben Sie eigentlich gegen mich, Heather?"

„Ich habe überhaupt nichts gegen Sie!", log sie.

„Oh doch, kleine Lady, haben Sie! Und ich werde auch noch herausfinden, was es ist." Er strich ihr mit dem Daumen übers Kinn, sodass sie im ersten Augenblick dachte, die Knie würden unter ihr nachgeben. Doch sie riss sich zusammen und schlug ihm die Hand weg.

„Fassen Sie mich nicht an." Ihre Stimme klang ein wenig atemlos, als sie das sagte.

„Angst?"

„Vor Ihnen? Bestimmt nicht."

„Sie sind eine Lügnerin, Heather Tremont", meinte er gedehnt, zog die Hand aber weg. „Natürlich haben Sie Angst. Ich bin mir nur nicht sicher, wovor Sie mehr Angst haben, vor mir oder vor sich selbst." Er pfiff nach Sundown, der brav angetrabt kam, und ergriff die Zügel des Wallachs. „Gehen Sie jetzt lieber ins Haus und bitten Sie Mazie, nach Ihrer Schulter zu sehen." Schief, aber nicht unfreundlich lächelnd fügte er hinzu: „Sofern wir nicht gleich die Sanitäter rufen müssen, sehen wir uns morgen wieder – gleiche Zeit, gleicher Ort."

„Und wie lange soll das mit diesen Stunden noch weitergehen?", fragte sie, während sie sich den schmerzenden Arm rieb.

Wieder traf sie sein harter, männlicher Blick. Dann verzog er die Lippen zu einem spöttischen Lächeln. „Wir machen weiter, so lange es dauert."

Heather verließ der Mut. Sie war in Schwierigkeiten. In gewaltigen Schwierigkeiten.

Zum Glück war die Prellung an der Schulter nichts Ernstes, wie Mazie zufrieden feststellte, nachdem sie Heather versorgt hatte. Jill war sichtlich neidisch auf Heather, weil die so viel Zeit mit Turner verbringen durfte, während Maggie das nicht so viel auszumachen schien. Nur Sheryl, die – Mazie natürlich ausgenommen – schon am längsten in der Küche der *Lazy K* arbeitete, wurde, wie es schien, immer stiller. Heather bemerkte, wie Sheryl sie mitunter ansah, als wollte sie etwas sagen. Aber wenn ihre Blicke sich trafen, wandte die Ältere sich schnell ab, und schließlich achtete Heather nicht mehr darauf.

Die leicht lädierte Schulter hinderte Heather nicht an ihrer Arbeit in der Küche. Auch das Zeichnen gelang ohne allzu große Schmerzen, und die abendlichen Stunden mit Turner gingen weiter. Sie versuchte zwar, sich einzureden, dass es eine Last war, eine Strafe, die man ihr auferlegt hatte, freute sich aber doch jeden Abend mehr auf das Zusammentreffen und auf die Zeit, die sie mit ihm allein verbringen konnte.

Sie ritten auf Waldwegen, deren Untergrund unter unzähligen Ausritten der Gäste der *Lazy K* schon zu Staub zermahlen worden war. Turner zeigte ihr einen Adlerhorst, der hoch oben am Devil's Ridge thronte, wo sie Turner zum ersten Mal erblickt hatte. Es kam ihr vor, als sei das nun schon eine halbe

Ewigkeit her. Er führte sie zu der Quelle des Flüsschens, in dem sie gebadet hatte, und ließ sie durch das eiskalte Wasser waten. Dann trieben sie ihre Pferde im Galopp über das trockene Weideland und mussten lachen, wenn die Heuschrecken fluchtartig nach beiden Seiten wegsprangen. Abend für Abend sahen sie die Sonne als einen rot glühenden Ball hinter den Bergen im Westen untergehen, während purpurn die Dämmerung herabsank.

Es geschah häufiger, dass er sie berührte, wenn er ihr zum Beispiel zeigte, wie sie die Zügel halten musste, wie fest man den Sattelgurt zog oder wie sie das Pferd zu führen hatte. Das waren jedoch immer nur flüchtige Berührungen, und kein einziges Mal machte er Anstalten, diese Annäherungen über Gebühr auszudehnen.

Eines Abends, als sie wieder allein durch den Wald ritten und an einer Wegbiegung angehalten hatten, spürte sie die Spannung, die die ganze Zeit zwischen ihnen bestand, besonders intensiv. Fast kam sie ihr vor wie ein lebendiges Wesen, ein Tier, das sich bewegte und atmete. Und das sie beide zu ignorieren versuchten.

Turner war abgestiegen, hatte sich auf ein Knie niedergelassen und zeigte auf eine Stelle weiter hinten im Unterholz. Ein Hirschkalb hatte sich dort verborgen. Um besser sehen zu können, beugte sich Heather, die gleichzeitig mit ihm vom Pferd gestiegen war, zu ihm herab, und dabei berührte sie mit ihren Brüsten leicht seinen ausgestreckten Arm. Sie merkte, wie er zusammenzuckte. In diesem Moment ergriff das junge Tier, das für etliche Sekunden dagestanden hatte, ohne sich zu rühren, die Flucht und eilte in weiten Sätzen, als hätte es Sprungfedern unter den Hufen, dem Dickicht aus Eichen und Kiefern zu, in dem es fast ohne ein Geräusch zu verursachen verschwand.

Der Wind machte eine Pause, und die heiße Sommerluft schien stillzustehen. Heather spürte, wie ihr die Schweißtropfen den Rücken hinunterliefen. Sie trat einen Schritt zurück, als Turner aufstand. „Ich … äh … ich glaube, wir haben es verscheucht", sagte sie. Sie konnte kaum sprechen. Ihr Hals fühlte sich an, als hätte sie Staub verschluckt.

„Sieht so aus." Er stand so dicht neben ihr, dass sie deutlich seinen Geruch nach Pferd und Leder wahrnahm.

Sie befeuchtete die trockenen Lippen mit der Zunge. Warum ging sie nicht zu ihrem Wallach zurück? Warum schaffte sie nicht wenigstens ein bisschen Abstand zwischen sich und diesem ihr immer noch fremden Mann, dem etwas so Verwegenes anhaftete, eine Aura, die „Gefahr" signalisierte und dennoch verführerisch war. Er legte ihr leicht die Hand auf die Schulter, und sie zuckte zusammen, als hätte sie sich an seinen Fingern verbrannt.

Selbst aus den Augenwinkeln entging ihr das ungestüme Verlangen in seinem Blick nicht. Sie erwartete, dass er sie an sich ziehen und den Mund auf ihre sich ergebenden Lippen pressen und sie diesen Schauer der Leidenschaft spüren würde, von dem sie schon so viel in ihren Büchern gelesen hatte. Der Ausdruck in seinen Augen ging ihr durch und durch und nahm ihr fast die Luft zum Atmen.

„Wir sollten uns besser auf den Heimweg machen", sagte er dann und ließ die Hand sinken.

Es gab ihr einen Stich. Sie war enttäuscht.

„Es wird bald dunkel", fügte er hinzu, bewegte sich aber nicht von der Stelle.

Die Atmosphäre um sie war so aufgeladen, dass es Heather den Hals zuschnürte. Wieder fuhr sie sich mit der Zungenspitze über die Lippen. Sein Atem ging schwer.

Er fasste sie am Arm und machte sich auf den Weg zurück zu den Pferden. „Kommen Sie! Wir wollen uns nicht verspäten."

„Uns erwartet doch niemand", erwiderte sie und wunderte sich selbst über die Kühnheit ihrer Antwort. Sie musste fast rennen, um mit ihm Schritt zu halten.

„Himmeldonnerwetter noch mal!", murmelte er und blieb abrupt stehen. Ihren Arm immer noch im Griff, drehte er sie zu sich, dass er ihr ins Gesicht sehen konnte. Die Walddunkelheit umfing sie. Gerade ging der Mond auf, die ersten Sterne lugten schon durch das grüne Dach über ihnen. Die Nacht schien zum Leben zu erwachen.

„Du spielst mit dem Feuer, Darling." Es klang ein wenig gereizt.

„Ich spiele überhaupt nicht."

Wie vor Schreck ließ er ihren Arm los. „Gehen wir, Heather, bevor ich etwas anfange, was wir beide nicht wollen."

Sie kam nicht mehr dazu, zu widersprechen, denn da hatte er sich schon die Zügel geschnappt und sich in den Sattel geschwungen. Sofort ließ er Sampson losgaloppieren.

Im dunkler werdenden Wald allein gelassen, stand Heather ratlos da. Wie konnte er sie in einem Augenblick nur so anschauen, um sie im nächsten so brüsk zurückzuweisen? Dabei hatte sie die Signale bestimmt nicht falsch gedeutet, die er ausgesandt hatte. Turners Verlangen war unübersehbar gewesen. Ob nun nur für eine Nacht oder länger – jedenfalls hatte er sie gewollt.

Nein, Turner würde sich nicht die Blöße geben und das eingestehen.

Sie schwang sich nun ihrerseits auf Sundowns breiten Rücken und folgte der Staubwolke, die Sampson hinter sich herzog. Wahrscheinlich war Turners Reaktion vollkommen richtig, verflixt noch mal. Was immer da zwischen ihnen ablief – es war besser, die Finger davon zu lassen.

Am folgenden Morgen waren Heather und Sheryl dazu abgestellt, eine Bestandsaufnahme in der Vorratskammer zu machen. Der Raum war eng und stickig. Heather zählte die Vorräte, und Sheryl notierte.

„Sechzehn Viertelgallonen Bohnen … drei Dosen Rote Bete … fünf Mal Karotten …"

„Du verbringst jetzt eine Menge Zeit mit Turner, nicht?", warf Sheryl unvermittelt ein, sodass sich Heather bei den Maisdosen verzählte.

„Ich? Nun ja … ich nehme Reitstunden bei ihm."

Sheryl hob eine Braue. „Und mehr nicht?"

„Nein, mehr nicht."

„Gut", meinte Sheryl. Fast schien sie erleichtert. „Dieser Mann macht einem nur das Herz schwer, weißt du."

Heather wurde ein wenig bockig. „Sein Ruf interessiert mich nicht."

„Sollte er aber. Von Turner Brooks ist nichts Gutes zu erwarten. Letztlich schert er sich um niemanden. Jahr für Jahr habe ich die Mädchen hier kommen und gehen sehen, und so sicher wie das Amen in der Kirche war immer eine dabei, die sich in ihn verknallt hat. Das liegt wohl an dieser Vorstellung, wie romantisch es sein muss, einen Cowboy zu lieben, in die sie sich alle verbeißen. Und am Ende kommt jedes Mal der große Katzenjammer. Ich glaube nicht einmal, dass Turner das mit Absicht macht. Aber irgendwann fangen die Mädchen an, die Hochzeitsglocken läuten zu hören, und in dem Augenblick, wo sie etwas von Heirat oder Babys erwähnen, ist Turner verschwunden. Er ist darauf aus, seinen Spaß zu haben, und damit hat sich's." Sheryl schüttelte den Kopf. „Dabei kann man ihm das eigentlich gar nicht zum Vorwurf machen. Sein Vater ist ein Trunkenbold, seine Mutter ist gestorben. Ein Unfall. Angeblich hat der Alte sie mit seiner Sauferei unter die Erde gebracht ... Ich bin mir nicht sicher. Aber Turner wird sich nie an irgendeine Frau binden."

„Ja, ist das so?" Heather wollte das alles gar nicht hören. Warum sollte sie dem Gerede auch Glauben schenken?

Sheryls Augen waren mit einem Mal umflort, als machte ihr selbst Kummer zu schaffen. Sie legte Heather die Hand leicht auf die Schulter und sagte: „Hör zu, in deinem eigenen Interesse: Lass die Finger von Turner Brooks! Er wird dir nur das Herz brechen und weiter nichts. Du kannst von einem Mann keine Bindung erwarten, der keinen Wert auf eine heiße Dusche oder ein Federbett legt, sondern lieber draußen im Schnee im Schlafsack übernachtet und sich selbst erlegte Tiere überm Lagerfeuer brutzelt. Ich weiß schon: Du wünschst dir ein gutes Leben. Du willst als Künstlerin in der Großstadt leben und deine Bilder in einer angesagten Galerie ausstellen. Hab ich recht?"

Heather verschlug dieser Vortrag nahezu den Atem. Sie nickte nur.

„Und Turner? Was glaubst du, was der in einer Großstadt anfangen würde? Dich abends ins Theater ausführen? Kannst du ihn dir bei Small Talk und dezenter Jazzmusik im Hintergrund auf einer Vernissage vorstellen? Oder im Smoking, Austern schlürfend? Und nach dem Essen fordert er dich zum Tanzen auf?"

„Nein, ich glaube nicht ..."

„Er gehört in die freie Wildbahn, Heather, in die Berge. Seine Vorstellung von Freizeitvergnügen ist, nach einem Rodeo in irgendeinem gottverlassenen Nest mit ein paar Kumpels ein paar Biere zu trinken. In einer Großstadt könnte er nie glücklich werden."

Heather war wie erschlagen von dieser Breitseite. Sie wollte etwas zu ihrer Rechtfertigung sagen, aber brachte kein Wort heraus.

„Es gab mal eine Zeit, da glaubte ich, ich könnte ihn ändern", fuhr Sheryl mit leiser Stimme fort. „Ich arbeite hier schon seit der Abschlussklasse in der Highschool, und natürlich habe ich mich auch in ihn verknallt." Sie fingerte nervös mit ihrem Bleistift herum und wich Heathers Blick aus. „Ich hatte mir gedacht ... nun, dass, wenn man ihm genügend Zeit gibt ... dass er dann von diesem Leben auf der Ranch loskommt. Aber falsch gedacht. Es ist mein sechster Sommer hier. Im Frühjahr mache ich meinen Master in Architektur. Ich habe schon angefangen, mich nach einem Job umzusehen – in L. A. Vor zwei Jahren habe ich das mit Turner aufgegeben. Mir ist klar geworden, dass ich ihn nicht ändern kann." Tränen traten ihr in die Augen. „Himmel, er hat von hier bis nach Alberta in jeder Stadt ein Mädchen! Ich war so dumm. Ich ... ich will nur nicht, dass du denselben Fehler machst wie ich."

„Ich habe gar nicht vor ...", begann Heather zu widersprechen, verstummte dann aber rasch. Sie wusste, dass das, was sie sagen wollte, eine Lüge gewesen wäre.

„Du gehörst in die Großstadt, Heather. Mach dir nichts vor." Sheryl räusperte sich und trat an das Regal mit den Maiskonserven heran. „Wie viele haben wir davon?", fragte sie.

Heather war zutiefst erschüttert. Was sie sich heimlich doch schon erträumt haben mochte, war bereits im Keim erstickt. So fing sie wieder an, die Konserven zu zählen.

In den nächsten Tagen ging Heather Sheryls Warnung nicht aus dem Kopf, und dennoch kam sie nicht dagegen an. Sie wusste nur allzu gut, dass sie schon begonnen hatte, sich viel zu sehr für Turner zu interessieren. Sie sah den Stunden, in denen sie mit ihm allein sein konnte, mit Freude entgegen, und daran änderten auch Sheryls Worte nichts. Sie hatte sich in diese emotionalen Untiefen schon viel zu weit vorgewagt. Ein Zurück schien es da nicht mehr zu geben.

Jeden Abend, wenn der Tag zur Neige ging und die Hitze nachließ, hatte Heather das Gefühl, als seien Turner und sie die Einzigen unter dem dichter werdenden Sternenzelt. Natürlich waren sie nicht allein. Aus dem Haus und von der Terrasse drangen das Lachen der Gäste und das leise Klirren des Kaffeegeschirrs. Immer mal wieder kam einer der Rancharbeiter zum Reitplatz hinaus, um eine Zigarette zu rauchen, ein bisschen Mundharmonika zu spielen oder einfach, um frische Luft zu schnappen. Und dennoch: Für Heather existierten nur sie, Turner und die Pferde. Wirklich verrückt. Es kam ihr vor, als würde sich die Luft um sie herum verändern, wenn er in ihre Nähe kam. Sie sah ihn nicht mehr als Bedrohung oder Gegner. Auch nicht als Lehrer. Sie hatte nur noch Augen für Turner als *Mann*.

Der einsame Reiter am Devil's Ridge.

Doch er ging nie mehr so weit, sie auch nur zu berühren.

„Der Typ ist so scharf", bemerkte Jill eines Abends nach der Arbeit, als Heather gerade dabei war, sich für ihre Reitstunde umzuziehen. „Mein Gott, Heather, was hast du für ein Glück! Ich würde alles darum geben, ein paar Stunden mit diesem Mann allein zu sein."

Heather unterdrückte einen Anflug von Eifersucht. „Das würde ihm sicher gefallen", meinte sie stattdessen leichthin, während sie sich das Haar bürstete. Im Spiegel sah sie die Andeutung von zwei kleinen steilen Falten zwischen ihren Brauen. Es waren dieselben, die jedes Mal sichtbar wurden, wenn Jill sich anschickte, von Cowboys im Allgemeinen und Turner im Besonderen zu schwärmen.

„Ach was! Der ist schon halbwegs in dich verschossen." Jill seufzte auf ihrem Bett.

Heather ließ vor Schreck die Bürste fallen, die polternd auf die Frisierkommode fiel. „Du spinnst doch", sagte sie, konnte jedoch nicht verhindern, dass sich in ihr bei diesen Worten ein warmes Gefühl breitmachte.

„Überhaupt nicht." Jill zog sich ihr schwarzes Haarband aus dem Haar und warf es neben Heathers Bürste auf die Kommode, wobei sie Heather einen kurzen verschwörerischen Blick im Spiegel zuwarf. Dann legte sie sich wieder mit ihrer Zeitschrift aufs Bett. „Das ist mir schon vor einer Weile aufgefallen."

Turner – in sie verliebt? Absolut lächerlich, auch wenn der Gedanke etwas für sich hatte. „Er mag mich nicht mehr als ich ihn."

„Sag ich ja. Er ist schon halbwegs in dich verliebt", meinte Jill und blätterte die Seite um, ohne aufzusehen. Heather sah im Spiegel, wie ihr das Rot in die Wangen stieg. In diesem Augenblick betrat Sheryl das Zimmer. Es war schwer zu beurteilen, ob sie von der Unterhaltung mit Jill etwas mitbekommen hatte. Heather fiel nur auf, dass Sheryl die Lippen zusammenkniff.

Heather warf Sheryl einen Blick zu, aber die achtete nicht darauf. Sheryl hatte Stöpsel in den Ohren und hörte offenbar Musik. So griff Heather wieder zu ihrer Bürste und versuchte sich zu beruhigen, indem sie sich einredete, dass Turner gar nicht ihr Typ war. Er war so … hart, immer leicht ironisch, geradezu provozierend männlich. Zwischen ihnen knisterte es bedenklich, und auch in ihren Unterhaltungen schwang ständig ein gewisser zweideutiger Unterton mit. Als sie das Hirschkalb beobachteten, hätte sie nichts dagegen gehabt, wenn er sie geküsst hätte. Sie hätte ihn gewiss nicht davon abgehalten.

Die nächsten Reitstunden mit Turner waren schwieriger denn je. Auch wenn sie ihr Bestes tat, es zu überspielen, ertappte sie sich immer wieder dabei, wie sie aus den Augenwinkeln zu ihm hinüberschaute. Diese Gürtelschnalle, die eng an seinem flachen Bauch lag, dort, wo seine Jeans so tief auf den Hüften saßen, hatte etwas Hypnotisches. Da war der freche, beinahe unverschämte Schwung seiner Lippen. Und dann die Augen, in denen es immer wieder wie milder Spott aufblitzte – faszinierend. Wann immer sie ein wenig Zeit für sich allein hatte, nahm sie den Zeichenstift zur Hand, und mittlerweile fand sich auf etlichen Seiten ihres Skizzenbuchs das Profil von Turner Brooks.

War sie wirklich dabei, sich in einen Mann zu verlieben, dessen eigentliches Interesse doch nur dem nächsten Rodeo galt? In einen Cowboy, der in seinem Leben mehr an Erfahrungen gesammelt hatte, als ihm guttat? Er blieb immer ein wenig rätselhaft, aber auch immer die pure Verkörperung von Westernromantik.

Wieder brach die Abenddämmerung herein. Es war ihr offenbar bestimmt, diese Zeit des Tages mit Turner zu verbringen. Sie war spät dran. Die ersten Sterne strahlten schon am Himmel, und der Wind, der von den Siskiyou Mountains herüberwehte, hatte ihr ein paar widerspenstige Strähnen aus ihrem Pferdeschwanz entführt. Am Fuß der Berge sammelten sich Wolken, und es lag etwas in der Luft, als ob sich ein Sturm zusammenbraute.

Turner lehnte mit über der Brust gekreuzten Armen am Zaun und erwartete sie. Er empfing sie mit ernstem Blick und düsterer Miene. „Sie sind spät dran heute."

Heather wollte sich im ersten Augenblick rechtfertigen, zuckte dann aber nur mit den Achseln und erklärte: „Wir hatten eine große Abendgesellschaft."

Als sie zum Reitplatz kamen, öffnete er ihr das Gatter. Sundown stand am anderen Ende, aber ohne Zaumzeug und ungesattelt.

„Reiten wir heute nicht aus?“, fragte sie.

„Kann losgehen. Sobald Sie Ihr Pferd eingefangen haben.“

„Oh nein!“, protestierte sie. Sie wusste, wie stur der Rotfuchs sein konnte und wie sehr er es hasste, gesattelt zu werden. Bislang war es immer so gewesen, dass Turner den Wallach vor dem Ausritt fertig gemacht hatte. An diesem Abend hatte sich das Programm offenbar geändert. „Und was, wenn er nicht will?“

„Los, tun Sie's.“ Turner griff nach dem Zaumzeug, das neben ihm am Zaunpfahl hing, und warf es ihr zu.

Heather fing den Halfter an der Trense auf und meinte, über seinen Umgangston leicht verärgert: „Wie Sie wünschen, Boss.“

Seine Mundwinkel zuckten ein wenig, aber er sagte nichts, sondern sah sie nur einmal scharf an, wobei er auf dem Ende eines Strohhalms kaute, der in seinem Mundwinkel hing.

„Sind Sie böse auf mich?“, fragte sie.

„Hat mit Ihnen nichts zu tun.“

„Und womit sonst?“

Seine Augen funkelten, aber gleich darauf beherrschte er sich und sah nur demonstrativ auf die Uhr. „Ich habe nicht die ganze Nacht Zeit. Legen Sie los! Holen Sie ihn sich.“

Es war ein vollkommen zweckloses Unterfangen. Sundown hatte es sich in seinen dicken Schädel gesetzt, dass er sich von Heather nicht anfassen lassen wollte. Es hatte den Anschein, als hätte er sogar seinen Spaß an dem Spielchen, sich von ihr über den Reitplatz scheuchen zu lassen. Mit geblähten Nüstern und erhobenem Schweif paradierte er vor ihr her.

„Nun komm schon!“, sagte Heather sanft und schnalzte mit der Zunge. Aber ganz egal, was sie anstellte, Sundown ließ sie auf eine Armlänge herankommen, sodass sie fast sein glänzendes Fell berühren konnte, und preschte dann davon, dass der Staub hinter ihm aufwirbelte. Wie verloren stand Heather mit ausgestreckten Armen und dem Zaumzeug in der Hand in der Mitte des Platzes.

„Netter Versuch“, bemerkte Turner nach dem dritten Fehlschlag.

„Ich tu ja nun schon mein Bestes!“

„Nicht gut genug.“

Dieser blöde Cowboy! Was bildete er sich eigentlich ein? Und wie um alles in der Welt hatte *sie* sich einbilden können, in einen solchen Mann verliebt zu sein? Welch eine Schmach! Die Schamröte brannte ihr auf den Wangen, und sie war jetzt erst recht entschlossen, Turner Brooks zu zeigen, aus welchem Holz sie geschnitzt war, und wenn es sie umbrachte. Sie biss die Zähne zusammen und machte sich wieder auf, Sundown zu fassen zu bekommen. Mit entschlossener Miene näherte sie sich und schnalzte dabei lockend mit der Zunge. Der Wallach aber preschte an ihr vorbei und hätte sie dabei fast über den Haufen gerannt.

„Ich krieg dich doch“, schnaubte sie und unternahm unverdrossen den nächsten Versuch, und wieder entwischte Sundown zur anderen Seite.

Als sie ihn schließlich doch in eine Ecke gedrängt und ihm die Zügel übergeworfen hatte, stand dem mächtigen Rotfuchs der Schaum vorm Maul, und auch sie spürte, wie ihr der Schweiß auf der Stirn stand und ihr am ganzen Körper herunterlief. „Du nutzloses Vieh kommst in die Wurst“, murmelte sie und gab ihm dabei einen freundlichen Klaps auf den Hals. Trotz seiner Zicken – vielleicht auch gerade deshalb – fühlte sie sich mit dem querköpfigen Tier irgendwie seelenverwandt.

Heather zog den Kinnriemen etwas strammer und führte einen nun geradezu lammfrommen Sundown auf die Seite des Platzes, an der Turner wartete.

„Wurde aber auch Zeit.“ Turners Bemerkung, während sie die Satteldecke über Sundowns glänzenden Rücken warf und den Sattel hinaufhob, war eine glatte Unverschämtheit. Heather zog den Sattelgurt stramm, wobei sie darauf achtete, dass das Pferd den Atem ausgestoßen hatte, während sie den Gurt zuzog. Von ihrem kleinen Sieg beflügelt, schwang sie sich in den Sattel und griff nach den Zügeln. Jetzt kam der Teil, den sie liebte, wenn sie auf dem Pferd saß und sie und Turner den dunkler werdenden Pfaden folgten. „Na, was nun?“, fragte sie erwartungsvoll.

„Nun satteln Sie ihn wieder ab und striegeln ihn.“

„Aber ...“

Turner blickte demonstrativ auf seine Uhr und fluchte leise vor sich hin. „Ich kann hier nicht länger herumhängen.“ Ohne ein weiteres Wort schwang er sich mit einer Flanke über den Weidezaun, steuerte auf dem Hof einen staubbedeckten blauen Pick-up an und setzte sich ans Steuer. Ein paar Sekunden herrschte Stille, während Heather ungläubig im Sattel verharrte. Der Anlasser brauchte einige Versuche, bevor der altersschwache Motor ansprang und eine dicke blaue Wolke aus dem Auspuff ausstieß. Dann legte Turner krachend den Gang ins Getriebe und fuhr vom Hof, dass der Kies nach hinten wegspritzte.

„Ganz toll“, murmelte Heather vor sich hin und klopfte dem Wallach beruhigend auf die Flanke, während der Pick-up die erste Kurve auf der Straße nahm, dahinter verschwand und auch der dumpfe Ton des Motors nicht mehr zu hören war. „Wirklich ganz toll!“

Turner war an diesem Abend anders gewesen als sonst, und Heather fragte sich, ob sie ihn in der letzten Reitstunde irgendwie gegen sich aufgebracht hatte, aber ihr fiel nichts ein, was sie gesagt oder getan haben könnte, was diese Art sie zu behandeln gerechtfertigt hätte. Sicher, bei der Begegnung mit dem Hirschkalb hätten sie sich beinahe – da war sie sich sicher – geküsst, aber letztendlich war nichts passiert. Sie trieb Sundown sanft an und ritt das kurze Stück mit ihm zu den Ställen. Was kümmerte es sie überhaupt, was mit Turner los war?

Die nächste halbe Stunde verbrachte sie damit, den Wallach zu striegeln, und zerbrach sich die ganze Zeit dabei trotzdem den Kopf über den Cowboy, der sich irgendwie in ihr Herz eingeschlichen hatte. Ihre Gefühle schienen so launisch zu sein wie der Wind, der von den Bergen kam. Von einem Augenblick auf den anderen war sie wütend auf ihn, dann verwirrt, um unmittelbar darauf in den romantischsten Fantasien zu schwelgen.

Vergiss ihn! sagte sie sich und kehrte, als sie mit Sundown fertig war, zum Haus zurück. Unterwegs schlug sie eine lästige Mücke tot, die ihr vor dem Gesicht herumflog. Muttso, ein zotteliger Schäferhund, der ein blaues und ein braunes Auge hatte, lag auf einer Decke eingerollt auf der Terrasse nahe der Fliegentür zum Hinterausgang. Er gähnte gelangweilt, während sie an ihm vorbeiging. In der Küche war Mazie dabei, einen großen Kessel zu scheuern, in dem sie Marmelade eingekocht hatte. Die Früchte dieser Arbeit waren ein Dutzend große Gläser gefüllt mit leuchtend roter Himbeerkonfitüre, die fertig etikettiert darauf warteten, in der Vorratskammer Platz zu finden.

„Na, wie war die Stunde heute?“, erkundigte sich Mazie, während sie die Wasserhähne zudrehte. In den alten Leitungen polterte es, und es bedurfte einiger Anstrengung, bevor die Hähne aufhörten zu tropfen. „Diese Mistdinger“, schimpfte Mazie und wischte sich mit ihrem Halstuch den Schweiß von der Stirn. Sie atmete schwer, und ihr Gesicht hatte in etwa die Farbe ihrer Marmelade.

„Die Stunde? War gut“, antwortete Heather ausweichend.

„Ist Turner weg?“, fragte Mazie. Ohne die Antwort abzuwarten, schob sie die Musselingardine beiseite und sah hinaus auf die leere Stelle des Parkplatzes, wo Turners Pick-up gewöhnlich stand. Geistesabwesend griff sie in der Schublade nach ihren Zigaretten. „Der Junge hat eine Menge mit sich herumzuschleppen“, erklärte sie, während sie sich eine ansteckte und das Zippo wieder zuschnappen ließ. Dann stieß sie eine dünne Rauchwolke aus und fuhr fort: „Sein Pa hat sich wieder in Schwierigkeiten gebracht.“ Mazie band sich die Schürze ab und hängte sie an einen Haken nahe der Tür zur Vorratskammer. Darauf wandte sie sich wieder Heather zu.

„Schnaps. Der alte John kann die Finger nicht davon lassen. Und wenn der auf eine seiner Sauftouren geht, dann aufgepasst!“

Mazie presste die Lippen zusammen, als wollte sie sich daran hindern, noch mehr zu sagen. Was für ein Geheimnis es auch immer war, sie behielt es für sich. „Es ist ein Wunder, dass aus dem Jungen überhaupt etwas geworden ist. Das ist Zeke Kilkenny zu verdanken. Der hat nie einen eigenen Sohn gehabt und hat den Jungen seiner Schwester aufgenommen, als Not am Mann war."

„Dann ist Turner losgefahren, um nach seinem Vater zu sehen?"

„Da weißt du so viel wie ich. So weit ich zurückdenken kann, hat Turner seinen Vater immer wieder aus dem Polizeiarrest holen müssen. Anscheinend hat sich daran nichts geändert." Mazie schien plötzlich bewusst zu werden, dass sie doch zu viel geredet hatte, und zeigte auf die Marmeladengläser. „Stell die in die Vorratskammer, wo sie hingehören. Ich kann hier nicht den ganzen Abend herumsitzen und tratschen."

Heather tat wie ihr geheißen, konnte aber nicht aufhören, daran zu denken, wo Turner wohl steckte und wann er zurückkommen würde.

Später kletterte sie in ihr Etagenbett und nahm sich ihren Zeichenblock. Fast beiläufig fing sie an zu zeichnen, während ihr Blick immer wieder aus dem Fenster ging. Wie von selbst bewegte sich die Hand mit dem Stift. Bald darauf blickte Turners Gesicht sie mit finsterer Miene an.

Sheryl, abgeschminkt und frisch gewaschen, betrat den Raum. Sie hob den Kopf. Ihr Blick streifte den Zeichenblock, den Heather auf den Knien hielt, und sie machte ein trauriges Gesicht. „Ich habe gehört, dass Turner weggefahren ist", sagte sie und ließ sich auf ihr Bett fallen, dass die alten Federn in der Matratze quietschten.

„Ja, das stimmt", antwortete Heather.

„Ist er endgültig weg?"

Heather durchfuhr es eiskalt. „Endgültig weg?"

„Zur neuen Saison. Seine Schulter ist geheilt, und ich hatte schon damit gerechnet, dass er jetzt wieder auf die Rodeos geht und uns bald verlässt."

„Ich … ich weiß es nicht.“

„Na ja, auch wenn er wieder zurückkommt – lange wird er nicht mehr bleiben, glaub mir. Das ist immer so mit ihm.“

Am nächsten Tag gab es keine Reitstunde und am übernächsten auch nicht. Turner war nicht zurückgekehrt, und Heather schimpfte sich eine dumme Gans, dass sie ihn vermisste. Hatte Sheryl tatsächlich recht, und er hatte sich, ohne Auf Wiedersehen zu sagen, einfach davongemacht? Es tat ihr im Herzen weh. Erst jetzt wurde ihr bewusst, wie sehr sie sich immer auf ihre gemeinsame Zeit gefreut hatte.

„Hast du wirklich nichts Besseres zu tun?“, haderte sie mit sich selbst, als am dritten Tag fast im gleichen Moment Turners Pick-up auf den Hof fuhr. Ihr Herz machte einen albernen, kleinen Hüpfer, als sie durch das Fenster des Speisesaals blickte und sah, wie er aus dem Wagen stieg und seine langen Glieder streckte. Er sah verschwitzt und müde aus, und auch der grimmige Ausdruck auf dem Gesicht mit dem Dreitagebart verhieß nichts Gutes.

Die folgende Stunde verbrachte Turner mit seinem Onkel in dessen Büro, und als er dort fertig war, sah Heather durchs Küchenfenster, wie er auf den Reitplatz zusteuerte. Obwohl sie noch die Tische abzudecken hatte, zog sich Heather hastig die Schürze aus und stürmte die Treppe hinauf. In nur wenigen Minuten war sie umgezogen und rannte in Jeans und Bluse die Treppe wieder hinunter. In unvermindertem Tempo stürzte sie aus der Hintertür und wäre dabei fast über Muttso gestolpert. Der alte Hund knurrte leise. Heather murmelte eine Entschuldigung und lief weiter.

Am Reitplatz angekommen, fand sie diesen jedoch zu ihrer großen Enttäuschung verlassen vor.

Turners Pick-up stand noch auf seinem Platz auf dem Hof, aber Heather konnte sich auch nicht vorstellen, dass Turner zu den Arbeiterbaracken gegangen war. „Verdammt“, fluchte sie leise. Dabei wusste sie selbst nicht, warum es sie so drängte, mit ihm zu reden. Trotzdem hatte sie es eilig damit. Sie lief weiter zu den Ställen, sodass sie einige ängstliche Stuten aufschreckte, als sie Licht machte.

Unter der Tür der Sattelkammer schimmerte ein Lichtstreifen, und Heather eilte durch den Mittelgang an den Boxen vorbei dorthin. Der Schritt ihrer Stiefel hallte auf dem Betonboden. Sie riss die Tür auf. Drinnen saß auf einer Tonne Billy Adams, ein Junge von neunzehn Jahren und eine der jüngeren Aushilfen auf der Ranch. Er war eifrig dabei, das Zaumzeug zu putzen. Billy blickte auf, und sein sommersprossiges Gesicht verzog sich zu einem breiten Grinsen, als er Heather sah.

„Hast du Turner gesehen?", fragte sie und merkte, dass das Grinsen des Jungen etwas unsicher wurde.

„Er ist gerade weg."

„Und wohin?"

„Ich weiß es nicht. Er hat einfach sein Pferd gesattelt und ist in die Berge davongeritten."

„Richtung Norden?"

Billy zuckte die schmalen Schultern. „Vermutlich."

„Danke." Heather wartete nicht darauf, ob der Junge noch etwas sagen wollte. Sie ging zurück zu den Boxen. Sundown war ein Range Horse, eines der Pferde, die nicht täglich von der Weide geholt wurden, sondern auch die Nächte draußen auf der Koppel verbrachten. Bedauerlicherweise war auch Nutmeg nicht in ihrer Box. Aber Heather ließ sich nicht aufhalten. Das Zaumzeug in der Hand, lief sie in die Küche, schlich sich in die Vorratskammer und stibitzte ein paar Zuckertütchen. Wie ein Dieb stahl sie sich wieder aus dem Haus und rannte zur Koppel, auf der sie auch bald Sundown erspähte, der sich in Seelenruhe das Weidegras schmecken ließ.

„Komm her, du alter Maulesel", sagte Heather mit freundlicher Stimme. „Schau mal, was ich Schönes für dich habe."

Sundown wieherte leise und stellte die Ohren auf. Zögernd und misstrauisch kam er näher und konnte dann der süßen Versuchung doch nicht widerstehen. Und schon hatte Heather ihm das Zaumzeug über den Kopf gestreift. „Dass du so gern naschst, wird dir noch mal zum Verhängnis“, zog sie ihn auf.

Heather hielt sich nicht damit auf, Sundown noch zu satteln, sondern führte ihn von der Koppel, schloss das Gatter hinter sich und schwang sich auf den breiten Rücken des Wallachs. Auf ihr nicht einmal besonders nachdrückliches Kommando hin setzte sich Sundown tatsächlich in Bewegung. Natürlich wusste sie nicht, wohin Turner geritten war, aber sie drückte sich die Daumen, dass sie richtig vermutete, dass er auf dem Weg zur Flussbiegung war, an der sie sich zum ersten Mal getroffen hatten.

Heathers Herz raste im gleichen Takt wie Sundowns Hufschlag, der mit ihr auf der Schneise durch den Wald jagte. Die untergehende Sonne wies ihnen mit ihren letzten Strahlen noch den Weg. Heather hatte noch gar nicht darüber nachgedacht, was sie sagen sollte, falls sie Turner einholte. Ebenso wenig machte sie sich Gedanken über eine Enttäuschung, falls sie ihn nicht an der bewussten Badestelle antreffen sollte. Sie wusste nur: Sie musste ihn sehen. Unbedingt.

Die feuchte Luft verriet schon die Nähe des Flusses, und der Geruch von Geißblatt und Piniennadeln lag in der Luft. Heather zog die Zügel hart an, als der Weg sich weitete und den Blick auf das felsige Ufer des Flusses freigab. Und dort war auch Sampson angebunden.

Heather schaute auf den Fluss, gerade als Turner in der Nähe des Felsvorsprungs, der ins Wasser ragte, aus dem Wasser tauchte. Für einen kurzen Moment trafen sich ihre Blicke. Er legte die Hände auf den Vorsprung und stemmte sich hoch. Dann stand er da, fast nackt, nur mit verschlissenen, abgeschnittenen Jeans bekleidet, schüttelte sich das Wasser aus dem Haar und strich sich mit der Hand übers Gesicht.

Heather musste schlucken, als sie den von triefendem Wasser glänzenden Körper sah, der sich in dieser mühelosen Eleganz bewegte. Turner suchte sich einen Stein, auf dem er bequem sitzen konnte. Zum ersten Mal entdeckte sie die dunkle Narbe, die in einer gezackten Linie quer über seinen sonnengebräunten Bauch verlief.

„Sind Sie meinetwegen hierhergekommen?", fragte er beinahe misstrauisch. Er wirkte sichtlich angespannt.

Heather wäre gern eine Ausrede eingefallen, aber es war zu offensichtlich. „Nun, äh ... wir hatten ja seit ein paar Tagen keine Reitstunden mehr." Sie stieg vom Pferd und band Sundown an den spindeldürren Stamm einer jungen Eiche. Wie sollte sie bloß zu Turner durchdringen? Um warum versuchte sie es überhaupt? Er war offenbar alles andere als erfreut, sie zu sehen, bemühte sich zwar, seinen Unwillen zu beherrschen, doch der Muskel, der in seiner Schläfe zuckte, verriet ihn.

„Ich dachte, Sie fänden die Stunden grauenvoll."

„Dasselbe habe ich umgekehrt von Ihnen auch gedacht."

Ein kaum merkliches Lächeln huschte über sein Gesicht. „Ich war beschäftigt."

„Hab ich gehört."

Sein Blick wurde bohrend. „Was haben Sie gehört?", fragte er und senkte seine Stimme dabei so, dass sie sie bei dem Rauschen des Flusses kaum hören konnte.

Verlegen steckte sie die Hände tief in die Hosentaschen, versuchte aber tapfer, seinem Blick standzuhalten. „Ich hab gehört, dass Sie Schwierigkeiten hatten."

„Oh, Mazie schon wieder", grollte er. „Sie kann einfach ihre Klappe nicht halten."

„Es war ja wohl nichts Neues, was sie erzählt hat. Das schien allgemein bekannt zu sein."

„Ja, allgemein bekannter *Tratsch*. Mein Gott, wie ich den hasse!" Er nahm einen flachen Stein und schleuderte ihn mit einer solchen Gewalt über die Wasserfläche, dass er am anderen Ufer gegen einen Baum knallte. Dann stützte er die Ellenbogen auf die Knie und schaute einen Moment mürrisch auf den rauschenden Fluss. „Was wollen Sie von mir, kleine Lady?", fragte er, ohne sie anzusehen.

„Ich dachte einfach, Sie wollten sich mal aussprechen."

„Bestimmt nicht."

„Aber …"

Er fuhr mit einem Ruck zu ihr herum, sodass sie fast einen Schreck bekam. „Sie haben mir sehr deutlich klargemacht, was Sie von mir halten, als wir uns das erste Mal hier getroffen haben. Und das hat sich auch in der folgenden Zeit nicht geändert. Und jetzt steigen Sie besser auf Ihr verdammtes Pferd und reiten davon. Am besten, bevor ich Ihnen zeige, wie wenig gentlemanlike ich bin."

„Sie können mir keine Angst einjagen", sagte sie, obgleich sie innerlich zitterte.

„Es wäre besser, ich täte es."

„Und warum?" Sie trat zu ihm und blickte auf ihn herab. Da sein Haar noch immer nass war, waren die goldenen Strähnen darin nicht zu sehen. Er lehnte sich ein wenig zurück und blickte zu ihr hinauf. Lange musterte er sie so mit einem derart bohrenden Blick, dass ihr fast die Luft wegblieb.

„Weil", er erhob sich zu seiner vollen Größe, und nun war es an ihm, auf sie herabzublicken, „weil Sie mir nicht aus dem Kopf gehen. Und was sich da in meinem Kopf abspielt, ist nicht immer jugendfrei."

Mein Gott. Heather wurden die Knie weich.

„Also, was wollen Sie wirklich hier, Heather?" Er streckte die Hand nach ihr aus und strich ihr mit seinem nassen Zeigefinger an der weichen Unterseite des Kinns entlang. Sie erbebte im Inneren, als sein Blick erneut forschend über ihr Gesicht glitt. „Wir wissen doch beide, dass Sie und ich … allein … dass das nur zu Problemen führen kann."

Ihr Herz schlug wie wild, und sie hörte ihren rasenden Puls in den Ohren rauschen. Seine Berührung ging ihr durch und durch. Sie wusste genau, dass sie sich jetzt auf gefährliches Terrain begab, und beschloss, einfach den kühnen Sprung zu wagen. „Ich bin hergekommen, weil ich mir Sorgen gemacht habe, Turner."

Er schnaubte verächtlich, als er das hörte.

„Mazie sagte, dass Sie eine harte Zeit durchmachen, und ich dachte … Ich hatte gehofft, ich könnte helfen."

Er stieß ein kurzes, freudloses Lachen aus. Dann ließ er die Finger weiterwandern, erst am Kinn entlang, dann über den Hals und nach einem kurzen Innehalten an ihrer Schulter weiter bis zwischen ihre Brüste. „Und wie stellen Sie sich das vor, hm?" Auch sein Atem ging jetzt rascher.

Sie fasste ihn am Handgelenk und zog seine Hand weg. „Kommen Sie mir jetzt nicht auf diese billige Tour, in Ordnung? Ich bin als Freund gekommen."

„Vielleicht brauche ich im Moment gar keinen Freund, sondern ganz etwas anderes."

Heather bekam fast einen Schluckauf. Sheryls Warnung kam ihr in den Sinn, verflüchtigte sich aber sofort wieder. „Vielleicht brauchen Sie beides?"

Für einen Moment musterte er sie von Kopf bis Fuß, dann meinte er: „Schwingen Sie sich besser auf Ihren Gaul, meine Kleine, und machen Sie, dass Sie wegkommen, solange Sie das noch können."

„Ich habe es eben schon gesagt, Turner Brooks. Ich habe keine Angst vor Ihnen."

„Dann sind Sie eine Närrin, Heather!" Unwillen flackerte kurz in seinen Augen auf, bevor er sie mit einem Ruck an sich riss und sie fest an seinen Körper drückte. Bevor sie ein Wort des Protestes herausbringen konnte, hatte er seine heißen Lippen auf ihren Mund gepresst und küsste sie mit solch glühender Leidenschaft, dass ihr fast die Sinne schwanden. Seine Umarmung war derart besitzergreifend, sein Körper so stark und männlich, wie sie es sich vorgestellt hatte.

Heather schloss die Augen und schmiegte sich an ihn. Es brauste ihr in den Ohren, und sie hätte nicht sagen können, ob es der Fluss war oder ihr Blut, das von einem rasenden Pulsschlag getrieben durch ihre Adern rauschte. Ungeduldig drängte seine Zunge an ihre Zähne, bis Heather sich ergab und die Lippen öffnete. Sie fühlte sich im Taumel ihrer Gefühle zugleich schwach und stark.

Sie wollte sie nicht wahrhaben, schwankte zwischen Hingabe, Liebe und Hass, aber sie war dem Sturm der Empfindungen ausgeliefert. Sie war außerstande, etwas anderes zu tun, als seine Küsse leidenschaftlich zu erwidern. Turner umfasste mit einer Hand ihren Po und hob sie ein Stück in die Höhe. Sie konnte seine Erregung deutlich spüren. Dennoch blieb sie furchtlos. Alle Zweifel schienen sich im schwindenden Zwielicht zu verlieren. Sie war noch Jungfrau, und zum ersten Mal in ihrem Leben kam Heather ihre Unberührtheit wie eine Fessel vor. Mit Turner konnte sie sich von ihren Fesseln befreien. Sie ließ ihren Händen auf seinen Schultern und seinem Rücken freien Lauf, erkundete, wie er sich anfühlte, schmeckte seine Lippen, sog seinen männlichen Duft ein.

Turner wich ein Stück mit dem Kopf zurück und blickte sie an. Der Zorn war aus seinen Augen gewichen. Sein Blick wirkte fast ein wenig abwesend, und seine Gesichtsfarbe schien um eine Nuance dunkler als sonst zu sein. „Ist dir klar, was du hier machst?"

„Das ist mir jetzt egal."

„Das ist doch Wahn..."

Sie küsste ihn noch einmal, aber mit aller Willenskraft, die er aufbringen konnte, fasste er sie an den Handgelenken und hielt sie auf Armlänge von sich weg. Er atmete schwer. Die Anspannung war ihm deutlich anzusehen. „Hör mir jetzt zu, verdammt noch mal! Wir spielen hier mit dem Feuer, und einer von uns könnte sich furchtbar daran verbrennen."

Das Karussell, auf dem ihre Emotionen mit ihr munter gefahren waren, kam jäh zum Stillstand, denn plötzlich wurde ihr klar, dass er sie abwies. Sie war bereit gewesen, sich ihm hinzugeben, sie hatte ihn trösten und ihm den Rücken stärken wollen, und nun musste sie sich sagen lassen, dass er das nicht wollte, dass er *sie* nicht wollte. Tränen stiegen ihr in die Augen. „Turner ..."

„Begreifst du nicht, Heather?", unterbrach er sie. „Ich würde dich nur ausnutzen." Es fiel ihm sichtlich schwer, das auszusprechen.

„Das glaube ich nicht."

„Es ginge doch nicht um *dich*. Ich brauche irgendjemanden, solange es eine Frau ist. Verstehst du? Es könnte jede x-beliebige Frau sein."

Es fühlte sich an, als zerrisse es ihr das Herz. Wenn er ihr eine weiß glühende Klinge in die Brust gestoßen hätte, hätte es kaum schmerzhafter sein können. „Du willst doch nicht sagen ..."

„Wir stehen nicht auf derselben Ebene, du und ich. Wenn du nur ein bisschen mit Sex herumexperimentieren oder du einfach nur flachgelegt werden möchtest, dann wären wir uns einig. Doch wenn du glaubst, das Ganze hätte etwas mit Romantik oder Liebe zu tun, solltest du wirklich machen, dass du von hier wegkommst. Ich meine das ernst, Heather!"

„Ich ... ich ...", stotterte sie, während ihr die Tränen übers Gesicht liefen. „Ich bin gekommen, um dir zu helfen."

„Opfere dich nicht für mich auf! Ich bin es nicht wert." Er ließ ihre Arme los. „Niemand ist solch eines Opfers wert. Spar dich auf für deinen Freund in Gold Creek."

„Ich ..." Aber sie sprach nicht weiter. Irgendwie hatte Turner von Dennis erfahren. „Wir haben uns getrennt."

„Dann benutze *mich* nicht, um mit ihm abzurechnen."

Ohne zu überlegen, hob sie die Hand und gab ihm eine Ohrfeige, dass es laut und vernehmlich klatschte. „Ich nutze dich nicht aus."

Er rieb sich die getroffene Wange. „Das habe ich wahrscheinlich verdient", meinte er gedehnt.

Völlig verwirrt und mit getrübtem Blick rannte und stolperte sie los. Sundown stand noch da, wo sie ihn zurückgelassen hatte. Sie schwang sich auf seinen Rücken und galoppierte los. Auf dem ganzen Weg zurück zum Ranchhaus kämpfte sie gegen die Tränen und das Gefühl der Erniedrigung an.

Turner blickte ihr mit einer Mischung aus Ärger und Erleichterung nach. Fast hätte er sich vergessen. Es hatte tatsächlich nicht viel gefehlt, und er hätte mit Heather Tremont geschlafen und dabei sicher auch seinen Vater und all seine restlichen Sorgen vergessen.

Es hatte seiner ganzen schlechten Erziehung bedurft, um ihr solch gemeine Dinge zu sagen, Dinge, die allesamt gelogen waren und nur den einzigen Zweck hatten: das Mädchen abzuschrecken. Wieder feuerte er wütend einen Stein über die Wasserfläche und fluchte leise vor sich hin. Er wusste nicht recht, ob er die richtige Entscheidung getroffen hatte. Die Ohrfeige spürte er noch immer. Vielleicht hatte er ihr mit seinen Worten wehgetan, aber es war wohl doch richtig so gewesen. Sie war ein Kleinstadtmädchen, die von einem beschaulichen Leben träumte, ein süßes kleines Ding, dem das Leben auf der Ranch bestimmt schon längst zum Halse heraushing. Bestenfalls wäre er für sie eine willkommene Ablenkung gewesen, selbst wenn sie das nie zugegeben hätte. Irgendwie traute er ihr nicht ganz, und genauso wenig traute sie ihm.

Jedenfalls kam es nicht infrage, dass er sie als ein Ventil für seinen Frust behandelte, selbst dann nicht, wenn sie das wollte. Tief im Inneren war er alles in allem doch davon überzeugt, dass sie das Zeug zu einer Lady hatte.

3. KAPITEL

Heather, die so sehr in ihrem Stolz verletzt war, dass es kaum wiedergutzumachen war, gelang es für den Rest der Woche, Turner aus dem Weg zu gehen. Sie hörte all das Gerede, das sich um ihn drehte, erfuhr, dass sein Vater bei einer Kneipenschlägerei verletzt worden und anschließend auf der Polizeiwache in der Arrestzelle gelandet war. Turner war ohne Erklärung einige Tage fortgeblieben, und die Gerüchte besagten, dass er versucht hatte, seinen Vater trockenzubekommen, um ihn vor einer weiteren Gefängnisstrafe zu bewahren.

Nur Sheryl glaubte kein Wort davon. Sie schälte Äpfel, deren Schale sie in die Spüle fallen ließ, und die sie danach abwusch. Dabei schüttelte sie den Kopf, während sie die leuchtend roten Früchte, die über den Winter eingelagert gewesen und deshalb schon ein wenig schrumpelig waren, so wütend mit dem Messer bearbeitete, als wollte sie Vergeltung an ihnen üben. Heather stand am nächsten Becken, entkernte die Früchte und schnitt sie in dünne Segmente, die in den Apfelkuchen kommen sollten.

„Wenn du mich fragst", erklärte Sheryl, „ist Turner wegen irgendwelcher Weibergeschichten dort gewesen."

Heather bekam ein flaues Gefühl in der Magengegend und erntete auch gleich einen wissenden Blick von Jill, die Zimt und Zucker für den Teig mischte.

Unbeirrt fuhr Sheryl fort: „Mag ja sein, dass sein Vater in Schwierigkeiten war. Das ist, weiß Gott, sogar mehr als wahrscheinlich. Trotzdem gehe ich jede Wette ein, dass im Grunde eine Frau dahintersteckt – au, verdammt!" Sie ließ das Küchenmesser fallen und zog scharf die Luft durch die Zähne. „Jetzt hab ich mich geschnitten."

Dann griff sie sich ein Geschirrtuch. Mit Tränen in den Augen eilte sie ins Badezimmer.

Mazie seufzte und meinte mit wissender Miene: „Wenn ihr mich fragt, ist sie nie über Turner weggekommen." Darauf übernahm sie das Küchenmesser und setzte Sheryls Arbeit fort. „Turner und Sheryl waren … nun, ich würde nicht sagen, dass sie verliebt ineinander waren. Wenigstens war Turner es nicht. Sheryl bestimmt. Ich fürchte, das ist noch immer so. Sie ist in ihn verknallt.“ Mazie rang sich ein müdes Lächeln ab. „Wie die Hälfte der Mädchen hier.“

Jill stellte an dieser Stelle plötzlich die Schüssel beiseite und machte sich am anderen Ende der Küche zu schaffen. Heather biss sich auf die Zunge und arbeitete weiter. Sie fürchtete, dass sie, wenn sie den Mund aufmachte, genauso albern wirken würde wie die beiden anderen Mädchen.

Mazie überließ das Schälen der restlichen Äpfel Heather und trocknete sich die Hände ab. „Ja, ja, Turner“, sagte sie halb zu sich selbst, „das ist schon so einer. Ich kann gar nicht zählen, wie vielen Mädchen der schon den Kopf verdreht hat.“ Sie griff sich ihr altes Nudelholz und holte aus dem Kühlschrank eine Schüssel mit Kuchenteig. Dann verteilte sie mehrere Klumpen Teig, die sie mit der Hand abwog, auf die mit Mehl bestäubte Arbeitsfläche und begann mit dem Ausrollen. „Wenn man vom Teufel spricht …“, bemerkte sie kurz darauf, als sie durchs Küchenfenster sah, wie Turners Pick-up auf den Hof gefahren kam.

Auch Heather hatte den Wagen bemerkt. Sie sah, wie die Scheinwerfer erloschen und Turner aus dem Wagen stieg, und ihr wurde etwas flau in der Magengrube. Rasch wandte sie den Blick ab und kümmerte sich wieder um die Äpfel, von denen noch ein kleiner Haufen übrig war, während Jill ihre ganze Aufmerksamkeit darauf richtete, die Pfeffer- und Salzstreuer für den nächsten Tag nachzufüllen.

Mazie runzelte die Stirn, während ihr Blick Turner folgte, der sich dem Haus näherte. „Er hat schon sein Päckchen zu tragen, der Junge.“

„Ich habe gehört, sein Vater muss jetzt für ein Jahr ins Gefängnis“, warf Jill ein, begierig, den neuesten Klatsch zu hören.

Mazie schüttelte den Kopf. „Das bezweifle ich. Der alte John hat sich bisher immer herauswinden können wie ein Aal.“

„Dann ist Turners Vater ein richtiger Outlaw." In Jills leiser Stimme schwang ein wohliges Schaudern mit.

„Das stellst du dir zu romantisch vor. John Brooks ist ein Trunkenbold und ein Schlitzohr, das auf seinen Sohn angewiesen ist, damit der ihm ein ums andere Mal aus der Patsche hilft." Mit angestrengter Miene ging Mazie daran, den fertig ausgerollten Teig als Kuchenboden auf verschiedene Backformen zu verteilen. „Wenn das mein Schwager wäre ..."

„Mazie!" Zeke Kilkenny hatte die Stimme nicht erhoben, trotzdem war die Warnung deutlich genug. Mazie fuhr zusammen. Auch Heather hatte den Kopf mit einem Ruck zur Tür gedreht.

Mazie begann die überstehenden Ränder vom Teig abzuschneiden und hatte sich schnell wieder gefangen. „Ist doch wahr", maulte sie, „auch wenn du es nicht wahrhaben willst. Ich weiß, was los ist." Sobald sie den ersten Kuchen fertig hatte, zog sie sich den nächsten heran und setzte ihre Arbeit fort. „Gewiss, Margaret war deine Schwester. Aber sie war auch meine Cousine und meine verdammt beste Freundin. Und diese Saufnase von einem Ehemann bringt sie um!" Mazies Kinn begann zu zittern. Eine Kuchenform entglitt ihren Händen und fiel zu Boden. „Oh Gott, sieh sich einer das an!"

„Ich mach das schon", sagte Heather schnell und hatte gleich darauf Eimer, Schaufel und Besen zur Hand, um den Kuchenteig, der überall auf dem Boden klebte, abzukratzen und das aufgewirbelte Mehl aufzufegen.

Zeke nahm seinen Stetson für einen Moment ab und fuhr sich mit der Hand durch sein dichtes weißes Haar. „Ihr Mädchen könnt jetzt gehen", sagte er, während Heather sich noch abmühte, das Mehl aus allen Ritzen zu fegen. „Ihr habt Feierabend für heute. Mazie und ich kümmern uns um den Rest."

Heather ließ sich das nicht zweimal sagen. Wie der Wind stürmte sie die Treppe hinauf in ihr Zimmer, zog sich das Haarband aus dem Pferdeschwanz und band die Schürze ab. Jill folgte ihr. Von Sheryl war nichts zu sehen.

„Oha! Hast du das eben gehört? Das ist ja unglaublich", sprudelte es aus Jill heraus. Sie trat an den Spiegel und nahm aus einem Auge die Kontaktlinse heraus. „Melodram auf *Lazy K*. Wie im Fernsehen."

„Es wird so viel geredet. Man sollte nicht alles glauben."

Aber Jill hörte gar nicht hin. „Kein Wunder, dass Turner so … zurückhaltend ist. Dabei ist er ein Rebell", fügte sie schwärmerisch hinzu.

„Du fantasierst mehr hinein, als da ist", widersprach Heather, die fieberhaft nach einer Möglichkeit suchte, das Thema zu wechseln.

„Nein, das glaub ich nicht." Jill hatte inzwischen die andere Kontaktlinse herausgenommen, tastete nach ihrer Brille und setzte sie auf, als sie sie gefunden hatte. „Irre. Turners Dad hat seine Frau umgebracht, Turners Mutter. Was meinst du? Wie hat er das gemacht? Mit 'ner Flinte? Oder hat er sie erschlagen, oder …?"

„Es reicht, Jill. Ich denke, dass wir uns darüber nicht die Mäuler zerreißen sollten. Das ist doch nur Getratsche."

„Wo Rauch ist, ist auch Feuer", meinte Jill. „Und Mazie hat gesagt …"

„Mazie kann manchmal einfach die Klappe nicht halten", unterbrach Heather, der nachträglich auffiel, dass sie fast genau dieselben Worte gebraucht hatte wie Turner.

Aber es hielt sie nicht länger auf dem Zimmer. Sie eilte die Treppe hinunter und schlüpfte, da sie die Küche meiden wollte, durch den Speisesaal, in dem noch einige Gäste beim Fernsehen oder beim Dame- oder Kartenspiel saßen, ins Freie. Die Terrassentüren standen offen. Eine leichte Brise kam herein und bauschte die langen, weißen Vorhänge.

Draußen angekommen, wäre sie fast wieder über Muttso gestolpert, der unwillig knurrte, weil sie ihn geweckt hatte. Heather ließ sich jedoch nicht aufhalten. Sie lief einen Trampelpfad entlang, der zu den Ställen und den Koppeln führte. Hier draußen konnte sie wieder frei atmen. Drinnen hatte sie manchmal das

Gefühl, sie müsse an all dem Gerede und all den Mutmaßungen ersticken. Jetzt legte sich diese Beklemmung allmählich. Sie brauchte Ruhe um sich. Sie musste ihre Sinne beisammenhaben, denn sie war zwar fest entschlossen, Turner wiederzutreffen, hatte aber auch gehörig Angst davor. Was, wenn er sie wieder abwies? Sie wollte sich ihm natürlich nicht an den Hals werfen. Aber sie wusste, dass er jemanden brauchte, einen Freund. Und sie war bereit, dieser Jemand zu sein.

Und wozu bist du sonst noch bereit? Heather brachte den nervigen kleinen Mann im Ohr mit seinen bohrenden Fragen zum Schweigen. Sie hielt sich die Handflächen an die Wangen und wartete, bis sich die Hitze in ihrem Gesicht legte. Während sie sich langsam beruhigte, raste ihr Herz immer noch.

Sie entdeckte ihn bei den Boxen, wo er dabei war, den Zuchtstuten Heu in die Krippen zu tun. Er hatte seine Jacke ausgezogen und die Hemdsärmel bis zu den Ellenbogen hochgekrempelt. Unter der sonnengebräunten Haut sah man die Muskeln seiner kräftigen Unterarme arbeiten. Ohne aufzublicken, arbeitete er stur weiter, als sie hereinkam. Dann rammte er die Heugabel in einen Strohballen, und es entstand eine quälend lange Pause des Schweigens, in der Heather kaum zu atmen wagte.

„Du kapierst es nicht, was?", fragte er und schaute sie schließlich doch an. An seinem Blick hätte man sich verbrennen können.

„Ich hatte den Eindruck, dass wir mit unseren Stunden noch nicht fertig waren."

Er stieß einen genervten Seufzer aus und verdrehte die Augen nach oben, als wollte er den Schwalben zuschauen, die im Dachgebälk herumschwirrten.

Wieder entstand ein längeres, unbehagliches Schweigen. Es war, als ständen sich zwei Fremde gegenüber, die vor Verlegenheit nicht wussten, was sie sagen sollten. Heather wurde zusehends nervöser.

Turner hakte einen Daumen in die Gürtelschlaufe an seinem Hosenbund und meinte dann: „Du weißt jetzt genug über Pferde, um damit über die Runden zu kommen."

„So, wirklich?“

Er richtete seine Augen mit einem vielsagenden Blick auf sie. „Hör zu, Heather! Das mit dir und mir – ich glaube nicht, dass das eine so gute Idee ist.“

„Ich habe doch nur nach den Reitstunden gefragt …“ Ihre Stimme verebbte, bis sie schließlich ganz verstummte. Irgendwie schafften sie es einfach nicht, aufrichtig miteinander umzugehen.

„Versuch doch nicht, mich für dumm zu verkaufen! Wir wissen beide genau, was sich hier abspielt. Ich versuche lediglich, etwas aufzuhalten, das du später noch lange Zeit bereuen würdest.“

Unbewusst biss sie sich auf die Unterlippe. „Ich bin nicht hergekommen, um dich zu verführen, wenn es das ist, was du meinst.“

Er verzog den Mund zu einem schwachen Lächeln. „Gut.“

„Ich dachte einfach nur, du könntest einen Freund gebrauchen, jemanden, mit dem du dich aussprechen kannst.“

„Und das ist es, was du wolltest, ja? Dass wir reden? … Oh ja, und Reitstunden natürlich.“

Sie zuckte die Achseln. „Was denn sonst?“

„Da kann ich mir allerhand vorstellen.“ Was genau, behielt er für sich. Stattdessen warf er ihr einen finsteren Blick zu, fluchte leise vor sich hin, ließ alles stehen und liegen und begab sich zur Sattelkammer. Wenig später hatte er ihre beiden Pferde gesattelt und führte sie am Halfter nach draußen auf den Hof. „Ich gehöre gehängt für das, was ich hier tue“, sagte er halblaut und mehr zu sich selbst.

Heather musste schmunzeln, während sie sich in den Sattel schwang. „Gehängt finde ich zu hart. Erschossen vielleicht.“ Turner lachte auf. Mit ihrer Bemerkung war es ihr gelungen, die Spannung ein wenig zu lösen. Sie ritten an einer Reihe von Koppeln entlang, bis sie aufs offene Weideland kamen.

Bald darauf ritten sie in leichtem Galopp in Richtung Westen auf einem Weg, der am Rande der Weiden an einen Waldrand führte.

„Wohin reiten wir?“, fragte Heather, die sich kaum traute, das einträchtige Schweigen, das zwischen ihnen eingetreten war, zu brechen.

Turner grinste nur. „Wart's ab.“

„Aber …“

Turner trieb sein Pferd an, und Heather blieb nichts anderes übrig, als zuzusehen, dass sie den Anschluss nicht verpasste. Der Pfad wurde schmaler und wand sich entlang der felsigen Ufer des Cottonwood Creek bergan.

Turner sprach nicht mehr, und auch Heather hielt es für besser, zu schweigen, um die wunderbar friedliche Abendstimmung hier draußen nicht zu stören. Der Vollmond hing tief über den Hügeln und schimmerte durch einen dünnen Wolkenschleier hindurch. Der dunkle Himmel sah aus wie mit Tausenden von glitzernden Kristallsplittern besetzt. Von Zeit zu Zeit war eine Sternschnuppe zu sehen, die so hell leuchtete, dass Heather jedes Mal den Atem anhielt. In das Summen des Verkehrs, das vom weiter entfernten Highway herübergetragen wurde, mischte sich der Chor der Frösche, die in den Wasserpfützen verborgen saßen, die der Bach an seinen Rändern gebildet hatte.

Während des ganzen Ritts hatte Heather ihren Blick nicht von Turner wenden können, von seinen breiten Schultern und schmalen Hüften. Stolz aufgerichtet saß er im Sattel und bewegte sich in vollkommener Harmonie zu der ebenmäßigen Gangart seines Pferdes. Seine kräftigen Schenkel umspannten Sampsons Rumpf wie … Nein, solche Gedanken wollte sie lieber nicht weiter verfolgen.

„Da wären wir“, meinte er schließlich, als sie eine Stelle erreicht hatten, wo der Weg in eine Waldlichtung mündete, auf der hohes Gras und wilde Blumen wuchsen. Unweit glänzte dunkel ein See, auf dessen Oberfläche sich die unzähligen Sterne spiegelten. Der bleiche Mond warf ein geisterhaftes Licht auf die Szene. Mitunter hörte man einen Fisch springen, der vielleicht nach einem unsichtbaren Insekt schnappte, und für einige Sekunden kräuselte sich die sonst spiegelglatte Wasserfläche.

Mit einem geschmeidigen Satz war Turner aus dem Sattel und band Sampson an einen jungen Baum in der Nähe. Der Wallach schnaubte zufrieden und steckte seine Nase sogleich in das üppige Gras.

Auch Heather stieg ab und band Sundown an. „Was für ein Platz ist das hier?“, fragte sie.

„Meine Mutter hat dieses Fleckchen geliebt wie sonst keines auf der Welt. Im Sommer ist sie oft mit mir hierhergekommen.“ Er schaute versonnen auf die nächtliche Umgebung, und ein trauriges Lächeln huschte über sein Gesicht. „Zeke und sie sind gemeinsam auf *Lazy K* aufgewachsen. Die wurde damals noch als Ranch betrieben – ohne Pensionsgäste oder Touristen. Aber dann starben meine Großeltern, und Zeke erbte die Ranch.“ Turner blickte über die Schulter zu Heather. „Sie haben meine Mutter von der Erbschaft ausgeschlossen, weil sie meinen alten Herrn geheiratet hat.“

„Oh“, sagte Heather betroffen mit leiser Stimme.

„Darum ging es dir doch, oder?“ Er schob die Hände in die Gesäßtaschen seiner Jeans. „Du wolltest doch wissen, was an dem Gerede, das über mich verbreitet wird, dran ist.“

„Nein, ich wollte nur …“

Er drehte sich mit einem Ruck zu ihr. Ein Windstoß fuhr ihm leicht durchs Haar. Seine Züge waren angespannt und hart. „Was, Heather? Was wolltest du?“

Für einen Augenblick schien die Zeit stillzustehen, und man hörte nichts als ihren ängstlich flatternden Atem. Nein, dieses Mal wollte sie ehrlich zu ihm sein. Sie schluckte einmal und sagte dann: „Ich wollte eigentlich nur mit dir allein sein.“ Es war kaum mehr als ein Flüstern. Ein wenig schämte sie sich ihrer offenen Worte, ein wenig genoss sie aber auch das seltsame Prickeln, das sie dabei befiel.

„Meinst du nicht, das könnte gefährlich werden?“

Es war jetzt nicht an der Zeit, sich herauszureden. „Ja, wahrscheinlich“, gab sie zu.

„Ich lasse mich nicht auf etwas ein …“

„Weiß ich, Turner", fuhr sie ihm in die Parade. „Hör zu. Ich war nicht darauf aus, dich zu mögen. Und unsere ersten Stunden habe ich regelrecht gehasst. Aber das änderte sich, und schließlich habe ich mich von Tag zu Tag mehr darauf gefreut, mit dir zusammen zu sein."

„Ja, weil du dich gelangweilt hast."

Sie fuhr sich mit der Zungenspitze über die Lippen und schüttelte den Kopf. „Nein, das glaube ich nicht, Turner. Ich denke ... ich glaube, ich ... habe mich in dich verliebt." Wieder war es fast nur ein Flüstern, aber ihr war, als dröhnten ihr die eigenen Worte in den Ohren.

Er stand regungslos da. Hätten sich in einer leichten Abendbrise nicht sein Haar und sein Hemd etwas bewegt, hätte man meinen können, er wäre in Stein gemeißelt, so starr stand er da.

Zaghaft trat sie einen Schritt näher, sodass sie auf Armlänge vor ihm stand.

„Und was ist mit dem Typen in Gold Creek?", wollte er wissen.

„Das hab ich dir schon erzählt. Das ist vorbei."

Sie biss sich auf die Unterlippe, dann hob sie die Hand und strich ihm mit den Fingerspitzen über die Lippen. Er griff nach ihrer Hand und hielt sie von sich weg. „Du spielst mit dem Feuer, Heather."

„Ich weiß, was ich tue."

„Ich fange nichts mit Frauen an, die eine Beziehung mit jemand anderem haben."

„Das habe ich nicht." Sie sah ihn beinahe flehentlich an. „Glaub mir doch, Turner. Hab Vertrauen zu mir."

Er war bereit dazu. Seine Augen, die jetzt in der Nacht dunkler wirkten, brannten vor Verlangen. Und doch hielt er sich zurück, und seine Finger umfassten ihr Handgelenk mit eisernem Griff. „Spiel nicht mit mir."

„Das würde ich nie tun."

Im nächsten Moment hatte er die Arme um sie geschlungen und küsste sie, dass es ihr den Atem verschlug. Seine Lippen fühlten sich warm und weich an, und widerstandslos fand er mit der Zunge den Weg zu ihr, als sie ihre Lippen für ihn öffnete.

Heather hörte auf zu denken. Es war, als verflüchtigten sich ihre Gedanken in die dunkle Nacht, und tief in ihr regte sich etwas, das sie nicht einordnen konnte, etwas wie ein süßer Schmerz. Sie stieß einen leisen Seufzer aus, während sie spürte, wie Turner mit der Zunge jeden Winkel in ihr ausforschte und den Kuss auskostete. Wie automatisch schlang sie ihm die Arme um den Nacken und drängte sich an ihn.

Tief stöhnend zog er sie beide auf das weiche Bett aus Gras zwischen die duftenden Blumen zu Boden, ohne dabei aufzuhören, sie zu küssen. Er ließ sich Zeit, ihr das T-Shirt auszuziehen. Danach küsste er die Spitzen ihrer Brüste und strich mit der Zungenspitze vorn um ihren Hals herum, was eine wahre Hitzewelle zwischen ihren Schenkeln auslöste, und so wehrte sie sich auch nicht, sowie er die Hand unter den Hosenbund ihrer Jeans gleiten ließ und mit der Spitze ihres Slips spielte.

„Willst du das wirklich?", fragte er.

Am Ohr spürte sie seinen stoßweisen Atem. Anstelle einer Antwort gab sie ihm einen leidenschaftlichen Kuss und entlockte ihm damit einen tiefen Seufzer. Sanft streichelte er über ihren Bauch und näherte sich ihrer Mitte.

„Ich meine es wirklich ernst, Heather", fügte er hinzu. „Wenn wir das jetzt nicht unterbrechen, ist es für mich zu spät. Dann kann ich es nicht mehr."

Für sie war es jetzt schon zu spät. Er hatte ein Feuer in ihr geschürt, das nicht mehr zu löschen war. Sie nahm seinen Kopf, zog ihn zu sich heran und küsste ihn mit geöffneten Lippen. „Lass es dir nicht einfallen, aufzuhören", flüsterte sie.

Er kam tiefer mit der Hand und liebkoste sie zwischen den Beinen, sodass sie das Gefühl hatte zu zerfließen und sich ungestüm unter ihm zu winden begann. Er musste lächeln. „Nicht so hastig, Darling", beruhigte er sie und küsste ihr die Schweißperlen von der Stirn. „Wir haben die ganze Nacht Zeit."

Wieder suchten seine Lippen ihren Mund. Es war wie ein Wunder. Seine Hände waren schwielig und rau, und doch waren seine Berührungen von einer unbeschreiblichen Zärtlichkeit. Er öffnete ihr den BH und umfasste ihre Brüste, indem er die beiden sanften Hügel leicht zusammendrückte, worauf sich ihre Brustwarzen zu kleinen, harten Perlen zusammenzogen.

„Braves Mädchen", raunte er heiser und umschloss eine der dunklen Spitzen mit den Lippen. Mit Zunge und Zähnen reizte er sie, leckte daran und strich aufreizend darüber. Er erregte sie bis zum Äußersten, bis sie sich ungeduldig aufbäumte.

Endlich befreite er sie von den Jeans. Mit den Fingern umfasste er ihren Po und schmiegte sein Gesicht an ihren flachen Bauch.

Sie wurde fast ohnmächtig. Nie zuvor war sie sich so verwegen vorgekommen, noch nie hatte sie ein solches Bedürfnis gehabt, von einem Mann berührt zu werden, ihn zu schmecken und zu fühlen. Er führte ihre Hand zu den Knöpfen seines Hemds. Sie verstand und begann ihrerseits, ihn auszuziehen. Genussvoll ließ sie die Finger über seinen muskulösen Körper wandern.

Er entledigte sich seiner Stiefel und seiner Hose. Heather schnürte es die Kehle zu. Es war das erste Mal, dass sie einen nackten Mann vor sich sah. Sie meinte, ganz schwach im Innern eine warnende Stimme zu vernehmen, doch sie hörte nicht darauf.

„Ich wollte dich, seitdem ich dich beim Nacktbaden im Fluss überrascht habe", gestand er ihr. Er küsste sie auf die Augenlider, auf ihren Mund, den Hals und arbeitete sich so langsam immer weiter abwärts vor.

„Ich wollte dich auch schon, seit ich dich das erste Mal gesehen habe", wisperte sie. Sie schlang ihm die Arme um den Nacken, nachdem er seinen Kopf wieder gehoben hatte und sich auf sie schob, indem er ihr sanft die Knie auseinanderdrückte.

„Bist du wirklich sicher, dass du das willst?", fragte er noch einmal. Man merkte ihm an, dass seine Zurückhaltung an einem seidenen Faden hing.

„Ja, Turner, ja."

Seine Lippen strichen über ihre Stirn und ihre Lider, bevor er sie richtig und mit einer Leidenschaft küsste, die sie im tiefsten Inneren wahrnahm. Sie spürte die Anspannung seiner Rückenmuskeln unter ihren Händen, als er in sie eindrang. Heather schrie auf. Der flammende Schmerz, den sie dabei empfand, raubte ihr den Atem, allerdings ließ das Brennen schnell nach und wurde von einer Lust überdeckt, die sie alles andere vergessen ließ. Sie blickte zu ihm hinauf. Das Haar war ihm ins Gesicht gefallen. Über ihnen beiden sah sie die Sterne glitzern. Sie fiel in seinen schnelleren Rhythmus ein. Ohne es zu merken, hatte sie sich so an ihn geklammert, dass sich ihre Nägel in seine Schultern bohrten.

Ein spürbares Beben durchlief sie, sowie Turner seinen Höhepunkt erreichte. Und ihrer folgte unmittelbar darauf. Es war, als spielte sich vor ihrem inneren Auge ein schwindelerregendes Schauspiel ab, ein überwältigendes Feuerwerk aus Licht und in alle Richtungen auseinanderstiebenden Farben, während ihr Orgasmus in Wellen ihren Körper erschütterte.

„Heather, meine süße, kleine Lady."

„Oh, Turner, ich liebe dich", rief sie aus und hielt ihn, so fest sie konnte. Sie spürte seinen rasenden Pulsschlag und sog begierig den Duft seiner Haut ein.

„Schsch …", machte er und küsste sie zärtlich.

Tränen traten ihr in die Augen. Unwillkürlich musste sie daran denken, was dieser Mann, ihr Cowboy, alles zu erdulden hatte. Der Wunsch überwältigte sie, ihm helfen zu können, die Dinge zu ändern – sich zu ändern in der Weise, dass er diesen harten Panzer, mit dem er sich zum Selbstschutz umgeben hatte, nicht mehr brauchte. Sie wollte für ihn da sein.

Langsam drehte er sich auf die Seite, sodass er neben ihr lag, und nahm sie in die Arme. Schweigend schauten sie den Sternschnuppen zu, die von Zeit zu Zeit über den nachtschwarzen Himmel zogen, und lauschten auf das heimelige Geräusch, das ihre Pferde beim Grasen machten, das Schnaufen, den gedämpften Tritt ihrer Hufe und das leise Klirren des Zaumzeugs.

„Du hast mir nicht gesagt, dass du noch Jungfrau bist", brach er schließlich das Schweigen.

„Du hast mich nicht danach gefragt."

„Ich hatte angenommen, dass …" Aber er verstummte, bevor er den Satz zu Ende gesprochen hatte.

„Du hast angenommen, dass ich schon Sex hatte, weil ich verlobt war?", vollendete sie für ihn den Satz. „Nun – falsch gedacht."

„Und warum nicht?"

Sie richtete sich ein Stück auf, stützte sich auf den Ellenbogen und sah zu ihm hinunter. „Spielt das eine Rolle?"

„Reine Neugier." Sowie sich ihre Blicke trafen, fühlte sie wieder dieses Flattern im Bauch.

„Ich hatte kein Interesse."

Skeptisch zog er eine Braue hoch.

„Dennis und ich … Unsere Beziehung war … nun, nicht gerade … äh … *körperbetont.*"

„Hat der Typ 'ne Macke?"

„Nein. Doch. Ich weiß auch nicht. Ich für meinen Teil fand es einfach nicht richtig."

„Hm", machte er, halb zweifelnd, halb belustigt. „Und wie ist das mit mir?"

„Ich liebe dich, Turner", sagte sie noch einmal und hoffte im Stillen, dass auch er die drei magischen Worte aussprach. Stattdessen merkte sie jedoch, wie er neben ihr erstarrte, und der Arm, der sie eben noch zärtlich umschlungen gehalten hatte, erschlaffte.

„Das stimmt nicht, Heather."

„Doch. Ich liebe dich."

„Du kennst mich doch kaum."

Übergangslos befiel sie ein Frösteln. „Aber wir … ich dachte …"

„Du dachtest – was?" Er zog seinen Arm ganz weg, setzte sich auf und sah sie ernst an. „Dass es mit uns etwas ganz Besonderes sei? Dass wir uns lieben?" In seinen Worten klang so viel

Reserviertheit, geradezu Argwohn mit, dass es ihr einen Stich ins Herz gab. Sie setzte an, etwas zu erwidern, aber er kam ihr zuvor. „Warte! Ich mag dich, und – zum Teufel, ja – ich wollte dich. Das heißt, ich wollte dich in einer bestimmten Weise. Das Verzwickte daran ist: Ich will dich noch immer. Aber *Liebe*? Heather, mach dir doch nichts vor!"

Was er sagte, nahm ihr die Luft zum Atmen. Sie wäre am liebsten gestorben.

„Heather ..." Er beugte sich vor, um sie zu berühren, aber sie wich zurück, als hätte sie Angst, sich an ihm zu verbrennen. „Ich hab dich gern. Wir können Freunde sein, aber ..."

„*Freunde?*", flüsterte sie so erschüttert, dass sie kaum sprechen konnte. „Freunde? Ich schlafe doch nicht mit meinen Freunden!" Oh Gott! Was vor ein paar Augenblicken noch so einmalig, so unglaublich schien, wirkte jetzt nur noch billig. Und daran zu denken, wie sie sich ihm an den Hals geworfen hatte ... Sie musste an ihre Schwester Rachelle denken und an all den Schmerz, die sie durch Jackson Moore erfahren hatte, den Jungen, mit dem sie eine einzige Nacht verbracht hatte und der sie dann mit einem total ruinierten Ruf zurückließ.

„Versteh mich nicht falsch", verteidigte er sich. „Ich mag dich wirklich, aber ..."

„... aber du liebst mich nicht."

„Ich liebe niemanden", erklärte er. „An so etwas wie Liebe glaube ich nicht."

Sie schloss die Augen, als sie das hörte. Es war entsetzlich. Heiße Tränen stiegen ihr in die Augen. „Dann tust du mir leid, Turner", erwiderte sie und bemühte sich um den gleichen trockenen Ton, den er zuvor angeschlagen hatte.

Noch einmal wollte er sie berühren, aber sie wich ihm aus. Wie hatte sie so naiv sein können? Sheryl hatte sie gewarnt. Wie konnte sie sich nur einbilden, dass ausgerechnet sie es war, die ihn zur Umkehr bewegen konnte?

„Ich weiß nicht, was du erwartet hast, Heather. Ich bin nun einmal nicht die Sorte Mann, die sich häuslich niederlässt mit

Frau und Kindern und einem gepflegten Vorgarten und einer Familienkutsche in der Garage. Ich liebe das Rodeo. In zwei Wochen bin ich wieder auf Tour, in Oregon, Colorado, Wyoming und Alberta und dann …"

„Das will ich alles gar nicht wissen", unterbrach sie ihn.

Er zog sie an sich, und obwohl sie versuchte, sich aus seiner Umklammerung zu winden, hielt er sie fest. Nackt, wie sie war, und noch immer von ihren Gefühlen überwältigt, fühlte sie sich ihm vollkommen ausgeliefert. Heather schloss verzweifelt die Augen.

„Sieh mich an, verdammt noch mal!", sagte er und schüttelte sie leicht.

Als sie den Blick wieder zu ihm hob, war sein Gesicht nur Zentimeter von ihrem entfernt. Seine Miene war finster. Sorge und Gewissensbisse spiegelten sich darin. „Was siehst du?"

„Ich verstehe nicht …"

„Was siehst du?"

„Dich", antwortete sie eingeschüchtert.

„Und was bin ich?"

„Was? Ein …"

„Ein Cowboy, oder? Die Sorte von Männern, mit denen du dich im Leben nicht abgeben würdest, geschweige denn, dass du mit einem von ihnen den Rest deiner Tage verbringen wolltest. Ich habe nichts, Heather, nichts als einen Trunkenbold von einem Vater und einen Anteil an einer Ranch, die mit einer Hypothek belastet ist, die es mit der Staatsverschuldung aufnehmen kann. Dann gehören mir noch ein abgewrackter Pick-up, ein Sattel, ein – allerdings verdammt gutes – Pferd und das Hemd, das ich jeden Morgen anziehe. Das war's. Ist es wirklich das, was du dir vorstellst?"

Heather antwortete nicht darauf. Sie konnte nicht. Die Flut von Tränen, die in ihr aufstieg, erstickte ihr die Stimme.

„Ist es das?"

„Ja", brach es aus ihr hervor, und die Tränen strömten ihr übers Gesicht.

„Oh, meine kleine Lady“, flüsterte er. Und plötzlich lag sie wieder in seinen Armen, die sie liebevoll und zärtlich hielten. Die Küsse, die sie auf ihrem Haar und ihrem Gesicht spürte, linderten den Schmerz, und als sein Mund ihre Lippen fand, konnte sie das Salz ihrer eigenen Tränen schmecken. Sie dachte nicht mehr daran, was kommen würde, und erwiderte seinen Kuss mit aller Leidenschaft. Kurz darauf liebten sie sich ein zweites Mal. Was morgen war, war ihr gleich. Wenn sie nur diese eine Nacht hatte, konnte sie später wenigstens von der Erinnerung daran zehren. Sie würde sie für immer im Herzen bewahren.

4. KAPITEL

Turner hätte sich selbst sonst wohin treten mögen. Er ritt auf Sampson, der Arm ging heraus, das Lasso flog – und landete im Staub des Reitplatzes. Um Zentimeter hatte es sein Ziel, ein brüllendes Hereford-Kalb, verfehlt, und dies war schon sein zweiter Fehlversuch. Einige Gäste und Arbeiter der Ranch schauten zu.

„Hey, Brooks!", rief Hank von der anderen Seite des Zauns. „Der ist dir wohl zu schnell, was?"

„Yeah, vielleicht solltest du lieber versuchen, Frösche zu fangen", grölte ein anderer.

Turner merkte, wie ihm die Röte in den Nacken stieg. Er biss die Zähne zusammen und zog das Lasso ein. Erneut ließ er die Schlinge rotieren und trieb mit seinem Schenkeldruck Sampson an. So jagten sie dem Kalb hinterher. Dieses Mal warf Turner genau im richtigen Moment ab. Das Lasso wirbelte durch die Luft, und die Schlinge legte sich dem überraschten Jungrind um den Hals.

Instinktiv war Sampson stehen geblieben und stemmte sich in die Gegenrichtung, damit sich die Schlinge zuzog. Eine Sekunde später hatte sich Turner aus dem Sattel geschwungen. Er ging durch den aufgewirbelten Staub auf das Kalb zu, um es dann unter dem johlenden Beifall der Zuschauer sauber zu verschnüren.

Was für ein mieser Auftritt! Turner wandte sich von dem Kalb ab, das sich noch immer heftig wehrte, und riss sich den Hut vom Kopf. Seitdem er mit Heather geschlafen hatte, war er nicht mehr er selbst. Er war mürrisch, ging unwirsch mit den Arbeitern um, vernachlässigte seine Pflichten auf *Lazy K*, und seine Fertigkeiten, auf die er so stolz war, schienen ihn im Stich zu lassen. Das alles nur wegen einer Frau.

Allerdings nicht einer x-beliebigen Frau. Heather Tremont war anders als die Frauen, die Turner bis dahin getroffen hatte. Sie war ein Mädchen aus der Kleinstadt, das vom großen Ruhm in der Glitzerwelt der City träumte, davon, als *Künstlerin* sein Glück zu machen. Und obendrein eine Frau, die an ihrem Glauben an die große Liebe festhielt. Du liebe Güte! Was er jetzt brauchte, war ein Drink und vielleicht ein anständiger Schlag auf den Hinterkopf, damit er wieder zur Besinnung kam.

„Das wurde aber auch Zeit", brüllte Bud herüber und hielt dabei die Hände trichterförmig vor den Mund.

Turner reagierte nicht auf den Spott. Er wusste, dass er ihn verdiente. Vor ein paar Tagen hätte er das Kalb noch mit verbundenen Augen mit dem Lasso eingefangen. Aber das lief nicht mehr. Nicht, seitdem Heather sich in sein Herz eingeschlichen hatte.

Eine Staubwolke wirbelte auf, als er seinen Stetson auf dem Schenkel ausklopfte. Dann stülpte er ihn sich wieder auf den Kopf und ging hin, um das Kalb wieder zu befreien. Er hatte keine Ahnung, was er mit Heather anfangen sollte. Liebe und Heiraten – das war nicht seine Welt. Selbst wenn sie es wäre, war ihm klar, dass sie mit ihm niemals glücklich werden würde. Ihm blieb also als naheliegende Möglichkeit, die Affäre fortzusetzen, die er so widerstrebend begonnen hatte. Aber dieses Widerstreben war Vergangenheit. Selbst in diesem Moment spürte er das Verlangen nach ihr. Er brauchte nur an sie zu denken. Nie, niemals hatte eine Frau eine derartige Leidenschaft in ihm entfacht, und niemals hatte er eine derart vollkommene Befriedigung erfahren. Immer wieder ertappte er sich dabei, dass er nach Mitteln und Wegen sann, sie allein zu treffen.

„Blödes Rindvieh", beschimpfte er sich halblaut selbst, und jeder, der ihn hörte, musste annehmen, dass das dem Kalb gegolten hatte. Mit einem Griff hatte er die Fessel gelöst, und das junge Hereford war wieder frei. Laut brüllend rappelte es sich auf und flüchtete zum anderen Ende des umzäunten Platzes.

„War das schon alles?", rief Bud. „Wir wollten eigentlich noch mehr sehen! Die Gäste hier haben gutes Geld dafür bezahlt, um zuzuschauen, wie du dich blamierst."

Turner grinste nur. „Vielleicht muss ich das noch üben."

„Ach, klar, du hast den Kopf mit anderen Dingen voll“, meinte Hank, als er ihm das Gatter öffnete, durch das Turner Sampson am Zügel hinausführte.

„So ist es“, stimmte Turner ihm zu. Hank, Bud und die anderen sollten ruhig denken, dass es die Probleme mit seinem Vater waren, die ihn beschäftigten. Nicht, dass John Brooks Turner kein Kopfzerbrechen bereitete. Der Alte hatte im Grunde die ganzen letzten Jahre nichts anderes getan. Aber augenblicklich drehte sich Turners Hauptsorge um Heather.

Ihm war nie in den Sinn gekommen zu heiraten, nicht einmal, sich mit einer Frau irgendwo einzurichten. Aber Heather hatte alles auf den Kopf gestellt. Plötzlich stellte er alles infrage, woran er je geglaubt hatte.

Nachdem er Sampson auf die Weide gebracht hatte, klopfte er sich den Staub von der Jeans und machte sich auf den Weg zur Küche, blieb aber wie angewurzelt stehen, als ein Porsche auf den Hof gefahren kam. Im gleißenden Licht der Sonne sah der schwarze Sportwagen aus wie ein gefährliches Raubtier mit glänzendem Fell. Der Porsche stoppte, und das Röhren aus den Auspuffrohren und das Wummern der Bässe aus den Lautsprechern erstarben im gleichen Moment.

Turner befiel ein ungutes Gefühl, als ein groß gewachsener Mann in etwa seinem Alter sich aus dem Ledersitz schälte. Der Ankömmling trug eine verspiegelte Sonnenbrille, eine kurze Jacke aus weichem Leder, Polohemd, eine elegante Hose und teure Schuhe. Am Handgelenk blinkte eine goldene Armbanduhr im Sonnenlicht.

Turner war diesem Mann nie zuvor begegnet, aber er wunderte sich keineswegs darüber, dass Heather aus dem Haus gelaufen kam, um ihn zu begrüßen. Es war zwar nicht so, dass Heather dem Kerl um den Hals fiel, aber sie wehrte sich auch nicht, als der sie hochnahm und herumwirbelte. Erst als er sie auf den Mund küssen wollte, stieß sie ihn von sich. Turner drehte sich weg.

Das also war der Mann, den sie heiraten sollte. Dennis Soundso – irgendetwas, das italienisch klang, wenn Turner sich recht erinnerte. Er knirschte mit den Zähnen; am liebsten hätte er dem Typen gleich den Hals umgedreht. Er war drauf und dran, zu den beiden zu gehen, besann sich dann aber doch eines Besseren. Was hatte er Heather schon zu bieten? Dieser Sonnyboy dort konnte ihr die Welt zu Füßen legen.

In Turners Seele sah es in diesem Augenblick nicht weniger schwarz aus als auf dem Lack des Porsches. Er drehte sich um, ging zum Haus und wusch sich am Waschbecken auf der hinteren Veranda die Hände. Dann wagte er sich zu Mazie in die Küche.

Mazie saß über eine Liste gebeugt am Küchentisch und rauchte. „Na, was hast du auf dem Herzen, Turner?", fragte sie und warf einen kritischen Blick auf seine Stiefel, um sich zu vergewissern, dass er keinen Dreck aus dem Stall in ihre Küche trug.

„Nichts." Er schaute in den Kühlschrank, wo er eine Dose Bier entdeckte. „Ich bin nur ein bisschen durstig." Er schmetterte die Kühlschranktür zu und öffnete die Dose.

„Willst du es mir nicht erzählen?"

„Nein." Früher hatte er sich Mazie häufiger anvertraut. Sie gehörte zur Familie und war die Einzige, die in seinem Leben so etwas wie eine Mutterrolle hatte einnehmen können. Zekes Frau hatte ihren Mann schon früh verlassen und war schließlich gestorben, und Turners Mutter war bei einem Unfall umgekommen, als er erst zwölf war. Blieb noch Mazie, die Cousine seiner Mutter, eine Frau, der es schwerfiel, den Mund zu halten.

„Planst du schon deine Abreise?"

Turner nahm einen großen Schluck Bier, bevor er antwortete. „In vierzehn Tagen." Komisch, dass der Gedanke daran gar nicht mehr so verlockend war wie sonst. Als sein alter Herr eingebuchtet worden war, hatte Turner sich geschworen, *Lazy K* den Rücken zu kehren, sobald seine Schulter geheilt war. Aber seitdem das mit Heather angefangen hatte … Turner schaute aus dem Fenster. Heather und ihr Verehrer standen anderthalb Meter entfernt voneinander, und ab und zu blickte sie wie schuldbewusst über die Schulter zum Haus. Als der Typ einen Schritt auf sie zu machen wollte, hielt sie abwehrend die Hand hoch.

Dann sagte sie etwas, drehte sich auf dem Absatz um und lief zurück zum Haus.

„Du könntest auch hierbleiben", schlug Mazie vor. Sie sagte das nicht zum ersten Mal. Turner konnte sie kaum hören, so sehr hämmerte der Puls in seinen Ohren.

„Was? Nein, das bestimmt nicht."

„Zeke kann einen guten Mann gebrauchen."

„Aber nicht mich." Turner starrte immer noch nach draußen. Das Gesicht des Mannes dort hatte sich vor Zorn rot verfärbt. Er stieg in seinen schicken Wagen, der Motor heulte auf, der Kies spritzte nach allen Seiten, und dann waren er und sein Porsche verschwunden. Darauf hörte man die Eingangstür vorne gehen und Schritte die Treppe hinaufhasten.

„Du wärst auch näher an deinem Elternhaus", fügte Mazie noch hinzu.

Turner sah sie nicht an und hörte kaum hin. Heather hatte diesen vielversprechenden jungen Mann weggeschickt. Aber warum? Seinetwegen? Turner konnte sich zwischen einem Anflug von Selbstzufriedenheit und Selbstverachtung nicht entscheiden. Er wusste nur zu gut, dass er nichts zu bieten hatte.

„Turner! Hörst du mir überhaupt zu? Ich sagte, du wärst auch näher an deinem Elternhaus."

Turner riss sich zusammen und schenkte Mazie wieder seine Aufmerksamkeit. Doch kehrten seine Gedanken ständig zu Heather zurück, während Mazie von der heruntergekommenen Ranch erzählte, auf der jetzt sein Vater lebte. Dort war Turner aufgewachsen. Sein Vater hatte das Land ursprünglich von Thomas Fitzpatrick gepachtet, einem wohlhabenden Geschäftsmann in Gold Creek, der die Ranch auf zwielichtige Weise erworben hatte. John Brooks wollte das armselige Fleckchen Erde immer selbst besitzen, und als seine Frau gestorben war, versetzte ihn ihre Lebensversicherung tatsächlich in die Lage, Fitzpatrick auszahlen zu können. Verbunden war das allerdings mit einer gewaltigen Hypothek, die er bei der *Bank of The Greater Bay* aufnehmen musste.

Turner hatte sein Bestes getan, die Hypothek Monat für Monat abzutragen. Aber schon der Gedanke daran brachte ihn zur Weißglut. „Eines Tages, mein Sohn", hatte ihm sein Vater erklärt, als er knapp dreizehn war, „wird all das dir gehören." John Brooks deutete mit einer ausladenden Geste auf das hügelige Weideland. „Und das ist es, was deine Mutter, möge sie in Frieden ruhen, auch wollte. Ich weiß natürlich, dass sie diese Ausbildungsversicherung für dich abgeschlossen hat, damit du aufs College gehen und einen Abschluss machen kannst. Sie hätte es besser wissen sollen! Du bist nicht der Typ, der auf der Schulbank büffelt. Du brauchst eine Scholle, etwas, um Wurzeln zu schlagen." Dabei klopfte er Turner auf die Schulter. „Das ist es, mein Junge. Deine Ma war eine kluge Frau. Sie hatte selbst einen akademischen Grad. In Musik. Sie hätte Lehrerin werden können, aber stattdessen hat sie mich geheiratet. Und ich bin nicht der Mann, der seine Frau für sich arbeiten lässt. Das kam gar nicht infrage." John Brooks hatte sich dann über den Weidezaun gelehnt, in der Hand eine Flasche Bier und im Gesicht ein seltsames Lächeln. Die Tränen in seinen Augenwinkeln kamen offenbar von der tief stehenden Sonne dieses Nachmittags und hatten nichts damit zu tun, dass er einst betrunken hinter dem Steuer gesessen hatte, als der Pick-up die Böschung hinabstürzte und seine Frau bei diesem Unfall ums Leben kam. „Sie hätte gewollt, dass du einmal Besitz in Händen hältst, Junge. Und es gibt nichts Wertvolleres als ein eigenes Stück Land. Lass es dir gesagt sein. Margaret wäre bestimmt auch dieser Meinung."

Das allerdings bezweifelte Turner entschieden. Er trank sein Bier aus und warf die leere Dose in den Mülleimer. Aus dem Augenwinkel sah er, wie Mazie ihn durch den Zigarettenrauch hindurch beobachtete.

„Das wird nicht funktionieren, das weißt du", sagte sie freundlich. Turner wurde in diesem Augenblick klar, dass diese Frau Gedanken lesen konnte. „Sie will die schönen Dinge im Leben, träumt von einer Karriere als Künstlerin."

„Ich weiß wirklich nicht, wovon du redest."

„Aber sicher weißt du das. Ich weiß doch, wie du sie ansiehst, wenn du dich unbeobachtet fühlst. Und umgekehrt ist es bei ihr genauso. Aber das wird nicht halten, Söhnchen. Denk an deine arme Ma."

Turner stülpte sich mit einer heftigen Bewegung den Stetson auf den Kopf. „Vor Ende des Monats bin ich weg", erklärte er schroff. „Ich will den Rest der Rodeosaison nicht verpassen." Ohne eine Antwort abzuwarten, stürmte er nach draußen. Mazie hatte recht. Heather brachte nur Komplikationen in sein Leben. Und davon hatte er augenblicklich mehr als genug.

Heather fand keinen Schlaf. Dennis' Überraschungsbesuch hatte sie vollkommen überrumpelt. Er war gekommen, weil er gut Wetter machen wollte, aber sie war standhaft geblieben. Sie liebte ihn nicht und würde ihn niemals lieben können. Sie hatte sich bemüht, freundlich zu ihm zu sein. Aber als ihm klar wurde, dass sie ihn abwies, war er wutentbrannt abgerauscht. Dennis Leonetti war es nicht anders gewohnt, als dass er immer bekam, was er wollte.

Was hatte sie nur in ihm gesehen? Verglichen mit Turner ... Aber das war kein Vergleich. Seufzend schlug sie die Decken zurück und ließ die frische Nachtluft, die durchs offene Fenster hereinströmte, an ihren Körper.

Ihre Zimmergenossinnen hatten im Gegensatz zu ihr einen gesegneten Schlaf. Eingehüllt unter ihren Decken schnarchten sie leise vor sich hin und träumten – wovon auch immer.

Heather hingegen konnte ihrer Unruhe kaum Herr werden. Seitdem sie in jener Nacht miteinander geschlafen hatten, war Turner ihr aus dem Weg gegangen, und das kränkte sie. Es war ein Schmerz, der nicht nachlassen wollte. Heather hatte ihre Schwierigkeiten, den nächsten Tag zu überstehen. Teilnahmslos und mechanisch verrichtete sie ihre Arbeit, sodass Mazie sie mehr als einmal zur Ordnung rufen musste. Selbst Jill hatte bemerkt, dass etwas mit ihr nicht stimmte. Sheryl sprach kein Wort mit ihr, aber der stille Vorwurf in ihren blauen Augen war unmissverständlich.

Alles nur wegen Turner.

Was war sie nur für ein Dummkopf! Sie liebte ihn. Dessen war sie sich inzwischen sicher. Und auch sein Cowboy-Dasein schreckte sie nicht länger ab. Im Gegenteil: Sie fand es sogar recht verlockend und romantisch. „Du bist genauso dumm wie Jill", schimpfte sie leise mit sich selbst, während sie aus dem Etagenbett kletterte. Sie bekam Platzangst hier drinnen. Sie musste nach draußen an die frische Luft. Sie warf sich einen Morgenrock übers Nachthemd und schlich die Hintertreppe hinunter.

In dem Ranchhaus, in dem tagsüber das Leben tobte, war es ungewohnt still. Die Standuhr in der Halle tickte, der Kühlschrank brummte, und man hörte, wie das Holz im alten Gebälk arbeitete. Wie verändert das Haus schien. Und wie unheimlich die Schatten in den dunklen Ecken.

Heather zog mit klammen Fingern den Morgenrock enger um die Schultern, dann eilte sie durch die Küche nach draußen. Unter irgendeinem Gebüsch hörte sie Muttso knurren, kümmerte sich aber nicht darum, sondern lief zu den Koppeln. Erde klebte an ihren bloßen Füßen, und es tat weh, wenn sie auf Steine trat. Die Luft war erfüllt vom Summen der Insekten, und von den obersten Ästen der Mammutpinie, die hinter dem Pumpenhaus stand, konnte sie den Ruf einer Eule hören.

Heather atmete tief ein. Die Luft duftete nach Kiefernnadeln. Sie fuhr sich mit der Hand durchs offene Haar und schüttelte ihre zerzauste blonde Mähne nach hinten. Ganz schwach war die Melodie einer alten Countryballade zu hören. Wahrscheinlich hatte jemand vergessen, das Kofferradio auf der Fensterbank der Sattelkammer auszuschalten.

Heather fragte sich, was Turner wohl gerade machte. Ob er sich auch schlaflos in seinem Bett wälzte? Oder packte er vielleicht schon? Sie hatte gehört, dass er wohl bald abreisen würde, um sich wieder dem Rodeozirkus anzuschließen. Oder schlief er selig mit einer anderen Frau im Arm? Entsetzlich. An so etwas sollte sie nicht denken.

„Weißt du nicht, dass es gefährlich ist, hier mitten in der Nacht herumzuschleichen?" Turners ruhige Stimme klang ganz nah, und Heather dachte im ersten Augenblick, sie hätte sich das nur eingebildet, weil sie gerade so intensiv an ihn gedacht hatte.

Dann drehte sie sich um und sah ihn tatsächlich dort stehen, das Hemd offen, sodass die Schöße leicht im Wind flatterten, und die Jeans tief auf den Hüften. Rasch hob sie die Augen zu seinem Gesicht und war nicht überrascht, in eine steinerne Miene zu blicken.

„Ich konnte nicht schlafen", erklärte sie etwas unsicher.

„Scheint ansteckend zu sein", erwiderte er. Seine tiefe Stimme ließ ihr einen leichten Schauer über den Rücken laufen.

Heather hielt sich am Weidezaun fest. Unter ihren Händen spürte sie das rissige Holz. „Denkst du noch an unsere Nacht?"

„Ich kann kaum an etwas anderes denken."

Ihr Puls ging ein wenig schneller. „Ich auch nicht."

Er schien zu zögern, dann bemerkte er: „Du hast heute Besuch gehabt."

Heather biss sich auf die Unterlippe.

„Dein Freund."

„Exfreund", korrigierte sie.

„Er schien nicht dieser Ansicht zu sein."

„Hör zu, Turner – es ist vorbei. Ich weiß es, und ich denke, er weiß es auch – spätestens seit heute."

Er machte eine halbe Drehung zu ihr und lehnte sich mit dem Ellenbogen auf den Zaun. Dabei studierte er so intensiv ihr Gesicht, als wollte er erforschen, ob sie etwas vor ihm verbarg. „Du bist eine Frau, die man nicht so schnell vergisst."

„Soll das ein Kompliment sein?", fragte sie.

„Ich wollte damit andeuten, dass dein *Ex* nicht wie einer aussieht, der so leicht aufgibt."

„Nein, das tut er nicht."

„Aber du hast ihn überzeugt?" Sein zweifelnder Unterton war nicht zu überhören.

„Alles, was ich dir sagen kann, ist, dass es zwischen mir und Dennis aus ist. Und das schon seit Längerem. Jetzt …"

„Jetzt?"

Heather ballte die Fäuste und sandte ein Stoßgebet zum Himmel, denn jetzt eine ehrliche Antwort zu geben, überstieg fast ihre Kräfte. „Jetzt will ich allein dich."

Turner sah sie von der Seite an. „Du weißt nicht …"

Sie trat einen Schritt an ihn heran und strich ihm über die kratzige Wange. „Doch, Turner, das weiß ich. Ich will dich."

Sie spürte ein Zucken seines Mundwinkels und sah im Halbdunkel, wie sich auf seinem Gesicht langsam ein Lächeln ausbreitete, das ihn noch anziehender machte. „Und was machen wir jetzt damit?", fragte er in seinem gedehnten Tonfall.

Sie wandte sich ab und blickte über das hügelige Weideland in die Nacht hinaus. Ihr Hals war wie zugeschnürt, und sie musste erst schlucken, bevor sie antworten konnte. „Sag du es mir", flüsterte sie schließlich. Das Herz schlug wild in ihrer Brust, und sie bekam feuchte Hände. Sie hatte eine solche Angst, Turner könnte sagen, dass er nichts mehr von ihr wollte und dass es besser sei, sie würden sich gar nicht mehr sehen.

„Ich glaube, je weniger wir darüber reden, desto besser." Plötzlich hatte er von hinten die Arme um sie gelegt und presste sie an sich. Danach beugte er sich über sie und küsste sie seitlich am Hals. Die Knie wurden ihr weich, als er unter ihren Morgenmantel fasste und ihren Bauch streichelte. Durch den dünnen Stoff ihres Nachthemds hindurch fühlte sie seine Fingerspitzen mal an der Unterseite ihrer Brüste und mal zwischen den Oberschenkeln, wo sie schon feucht geworden war.

Seine Lippen schienen unersättlich. „Ich habe dich vermisst, Heather", raunte er.

„Ich … ich habe dich auch vermisst."

Wieder glitt er ihr mit einer Hand an den Brüsten entlang und verwöhnte mit den Fingern der anderen ihren sensibelsten Punkt. Am Po konnte sie deutlich seine Erektion spüren, und ihr Blut geriet in Wallung.

Heather schloss die Augen. Sie wusste, dass sie ihm nicht widerstehen konnte. Solange sie mit Turner zusammen war, würde sie sich ihm immer wieder hingeben. Alles würde sie tun, um ihn zu verführen. Während sie umschlungen ins Gras sanken, stand für sie fest, dass es ihre Bestimmung war, Turner zu lieben – ihre Bestimmung und ihr Fluch.

Zum ersten Mal in ihrem Leben fühlte Heather sich schwach. Ihr war klar, dass es klüger wäre, Turner aus dem Weg zu gehen, denn er würde sie verlassen. Sehr bald sogar.

„Du machst einen Riesenfehler", sagte Sheryl zu Heather, während sie beide Hähnchenteile mit einer würzigen Barbecue-Soße bepinselten. Mehr als fünfzig Hähnchenviertel brutzelten schon auf dem gewaltigen Grill im Hinterhof. Es war für viele Gäste der letzte Abend auf der Ranch. Die Veranda war mit Lampions und Luftballons geschmückt, und auf die Gäste wartete ein ausgedehntes Schlemmen mit anschließendem Tanz.

„Was für einen Fehler?", fragte Heather mit unschuldigem Gesicht, während ihr der Schweiß zwischen den Schulterblättern den Rücken hinunterlief. Sie nahm die Grillzange zur Hand und begann, Stück für Stück das Fleisch zu wenden. Die Sonne brannte noch herab, das Fett zischte und spritzte, und aus dem Holzkohlefeuer stiegen die Rauchwolken auf.

„Du weißt genau, was ich meine. Ich rede von Turner. Du solltest einen Bogen um ihn machen. Er wird dir nur Kummer bereiten."

Jill kam vorbei. Elegant balancierte sie einen Bottich mit Soße auf der Hüfte. Den letzten Teil des Gesprächs hatte sie mitbekommen. „Ich weiß nicht", sagte sie und blickte sehnsüchtig zum Reitplatz hin, wo ein paar Cowboys dabei waren, Kälber zu brandmarken. „Diese Sorte Kummer hätte ich gerne jeden Tag."

„Das ist doch bescheuert!", murmelte Sheryl und widmete sich wieder ihrer Hähnchenbeize.

„Bescheuert oder nicht – schlau wie ein Fuchs musst du sein." Jill warf den Kopf in den Nacken. Dann senkte sie die Stimme.

„Ich sage euch, wenn ich Turner an die Kette legen wollte, würde ich ihn austricksen."

„Ich will überhaupt niemanden an die Kette legen", protestierte Heather empört. Dieses Gerede ging ihr auf die Nerven. „Ich finde, wir sollten uns um andere Dinge …"

„Ihn austricksen?", fiel Sheryl ihr ins Wort. „Wie denn?"

„Indem man ihm erzählt, dass man schwanger ist."

Heather wäre beinahe die Grillzange in die Holzkohle gefallen.

„Mein Gott!", stöhnte Sheryl leise auf. „Das ist doch krank."

„Nicht, wenn man einen Mann wirklich haben will. Du weißt doch, wie es heißt: Im Krieg und in der Liebe ist alles erlaubt."

„Aber früher oder später würde er das doch durchschauen", wandte Sheryl ein.

„Aber dann ist es zu spät. Oder ich wäre tatsächlich schwanger." Jill lächelte triumphierend. Sheryl und Heather sahen sich etwas ratlos an, während Jill davonstolzierte.

Heather fühlte sich unwohl in ihrer Haut. Sie legte die Grillzange beiseite und ging in die Küche, um beim Backen des Maisbrots zu helfen. Mazie stand über eine große Schüssel mit Chili con Carne gebeugt. Obwohl alle Fenster weit offen standen, herrschte in der Küche eine Temperatur von gut über vierzig Grad. Heather versuchte zwar, sich auf ihre Arbeit zu konzentrieren, doch wieder und wieder gingen ihre Blicke aus dem Fenster, und sie spähte nach dem Platz, auf dem ein kleines Feuerchen loderte und die Kälber brüllten, wenn die Männer ihnen mit den glühenden Eisen die Marke von *Lazy K* aufs Fell brannten. Auch Turner war dabei. Sie konnte sehen, wie er gerade einem ängstlich zappelnden Kalb die Fesseln abnahm und dann rasch zurücktrat, als das junge, aber schon kräftige Tier sich aufrappelte.

„Wie viel Backpulver willst du denn noch in den Teig tun?", mahnte Mazie.

Heather schrak so heftig aus ihren Tagträumen auf, dass sie fast noch den Rest Backpulver aus der Dose in die Mischung aus

Maismehl, Mehl, Milch, Zucker und Ei geschüttet hätte. „Entschuldigung", sagte sie rasch und nahm sich zusammen.

„Schau hin, was du tust."

So leicht fiel Heather das nicht. Die nächsten paar Stunden ertappte sie sich immer wieder dabei, wie sie die Koppeln absuchte und nach Turner Ausschau hielt, als hätten ihre Augen ihren eigenen Willen. Da dies für etliche Gäste der letzte Abend hier war, plagte sich Heather mit der bösen Vorahnung herum, dass auch Turner sich am Morgen verabschieden könnte. In den vergangenen beiden Tagen hatte er Andeutungen in diese Richtung gemacht. Die Zeit, die er noch blieb, war so oder so abzusehen.

Nachdem das Essen serviert war, gab man den Mädchen Gelegenheit, sich umzuziehen, damit sie sich unter die Feiernden mischen und mit den Gästen und den Arbeitern der Ranch auf dem mit Brettern ausgelegten Tanzboden tanzen konnten. Der Hof und der Garten ringsum waren von flackernden Fackeln beleuchtet. Die Musik bestand aus einer Mischung aus Countrysongs und alten Rock'n'Roll-Nummern. Heather tanzte mit ein paar Gästen und auch mit dem einen oder anderen von der Ranch, bis sie unversehens in Turners Armen landete.

Wie aufs Stichwort spielte die Band eine langsame, schmusige Countryballade von den *Judds*, und Heather brach fast das Herz. Turner hielt sie umschlungen, und so sie klammerte sich geradezu verzweifelt an ihn. Tränen stiegen ihr in die Augen. Die Angst, ihn bald zu verlieren, überwältigte sie. Über kurz oder lang war Turner weg. Daran war nichts zu ändern.

Und was sollte sie dann machen? Weiterleben wie bisher, als hätte sie Turner niemals getroffen? Sich einreden, dass es diese Affäre nie gegeben hatte? Genug Geld für die Kunstschule sparen und sich eine Wohnung in der Stadt suchen? Sie musste an das Leben ihrer Schwester denken, um das sie diese einst so beneidet hatte. Die Lichter der Großstadt, der Trubel vor den Clubs, den Theatern und den Kinos – all das wirkte nun längst nicht mehr so attraktiv, seitdem sie Turner kennen- und lieben gelernt hatte.

Sie schmiegte sich noch enger an ihn und gab sich ganz dem Duft hin, der von ihm kam und sie einhüllte, einem sehr speziellen männlichen Aroma, einer Mischung aus Leder, dem Rauch des Feuers, mit dem sie ihre Brandeisen heiß gemacht hatten, Pferdegeruch und Seife. Sie spürte die Wärme seines Körpers durch ihr dünnes Sommerkleid hindurch, und wenn seine Lippen ihren Hals streiften, überkam sie von Kopf bis Fuß ein Kribbeln.

Das langsame Stück klang aus, und Turner flüsterte noch rasch: „Wir treffen uns um Mitternacht in der Scheune", bevor sie sich trennten und mit anderen Partnern weitertanzten. Heather geriet an einen Gast, einen klobigen Kerl, der ihr permanent auf die Füße trat. Turner hingegen blieb an Sheryl hängen. Heather biss die Zähne zusammen, zwang sich zu lächeln und versuchte wegzuschauen, als Sheryl Turner anstrahlte und ihm etwas ins Ohr flüsterte, was ihn zum Lachen brachte. Heather blieb auch der überlegene Blick nicht verborgen, den Sheryl ihr gleich darauf zuwarf, doch rasch lenkte sie ihre Aufmerksamkeit wieder auf ihren tollpatschigen Tanzpartner. Im Stillen aber begann sie die Sekunden bis Mitternacht herunterzuzählen.

Turner wartete auf sie. Seine Silhouette war im Fenster zu sehen gewesen, bevor sie die dunkle Scheune betrat.

„Ich hatte schon gedacht, du hättest es dir vielleicht anders überlegt", sagte er.

„Nie im Leben." Sie lief auf ihn zu, fiel ihm in die offenen Arme und fand gleich darauf seine warmen Lippen.

„Nicht hier. Komm mit", flüsterte er, nahm sie bei der Hand und ging mit ihr zu einer Leiter, die auf den Heuboden führte. Dort führte er sie in einen lauschigen Winkel, der mit Stroh und einem weichen Polster aus duftendem Heu ausgelegt war. Wieder küsste er sie, und es war, als verriete Heather die Unersättlichkeit dieses Kusses, dass er sie bald verlassen würde. In seinem ganzen Verhalten war eine Hingabe, wie sie sie noch nie bei ihm erlebt hatte, als hoffte er, in dieser einen Nacht alles von ihr zu erhalten, was er haben konnte.

Sie liebten sich mit einem nie gekannten Feuer. Heather begegnete seinen geradezu fiebrigen Vorstößen mit ihrer eigenen lodernden Leidenschaft und verbannte alle Gedanken an die Zukunft aus ihrem Kopf. Es galt nur das Hier und Jetzt, das Gefühl ihrer körperlichen Vereinigung, das stark genug war, dass sie sich darin verlieren konnte.

„Ich liebe dich", wisperte sie, wobei sie rittlings auf ihm saß und ihr Haar ihr in weichen, goldenen Wogen ins Gesicht und über die Schultern fiel. Die Worte waren ihr wie von selbst über die Lippen gekommen.

Turner blickte zu ihr auf. Seine Augen wie seine Wangen brannten vor Verlangen. „Sag so etwas nicht", erwiderte er.

„Aber es ist so, Turner."

Er legte ihr den Zeigefinger auf den Mund. Sie ergriff jedoch die Gelegenheit, den Finger so verführerisch mit ihrer Zunge zu liebkosen, dass er sich nicht länger beherrschen konnte. Im nächsten Moment durchzuckte es sie wie ein heißer Strahl, als er sich aufbäumte und sich in ihr ergoss. „Heather", rief er laut aus, „meine süße, süße kleine Lady!" Danach zog er ihren verschwitzten Körper in seine Arme.

Sie merkte, wie die Tränen kamen, aber sie wollte nicht weinen. Nicht jetzt vor ihm. Eng an ihn geschmiegt und mit heftig klopfendem Herzen lag sie auf ihm. Sie atmeten in gleichem Takt die laue Luft dieser warmen Sommernacht. Turner hielt sie fest, als wolle er sie gar nicht mehr loslassen. Ihr Haar streifte seine Lippen. Schließlich drehte sie sich auf den Rücken, und aneinandergekuschelt schauten sie nach oben, hinauf zu dem offenen Fenster gleich unterm Dachfirst, durch das die Sterne zu ihnen hereinschienen.

Turner gab ihr einen Kuss auf die Schläfe und zupfte ihr einen Strohhalm aus dem Haar. „Ich kann nicht ewig hierbleiben", erklärte er.

Heather, die immer noch ihre Tränen zurückhielt, konnte kaum mehr als flüstern. „Und warum nicht?"

„Auf mich wartet mein Leben da draußen."

Oh Gott! Nicht jetzt – bitte nicht! „Dann bist du nichts weiter als ein besserer Landstreicher?", spottete sie und versuchte damit die aufkommende Traurigkeit zu überspielen. Sie hatte sich selbst geschworen, dass sie sich nicht an ihn klammern wollte, wann immer er gehen würde. Aber jetzt war sie so verzweifelt, dass sie alles, *alles* getan hätte, um ihn zurückzuhalten.

„Könnte man fast so sagen", erwiderte er.

Heather kniff die Augen zusammen. Nein, sprach sie sich selbst zu, sie durfte jetzt nicht schwach werden. Nicht eine einzige Träne für diesen Mann, der hartherzig genug war, sie einfach zu verlassen.

„Du wirst ja selbst bald von hier weggehen", fuhr er ruhig fort, auch wenn seine Stimme vielleicht eine Nuance rauer klang als sonst. „Im Herbst ist wieder Schule."

„Das spielt jetzt keine Rolle."

„Doch, das tut es." Er richtete sich ein Stück auf, stützte sich auf den Ellenbogen und studierte ihr Gesicht so eindringlich, dass sie sich gezwungen sah, den Kopf abzuwenden. „Heather, es bietet sich dir eine Chance – die Chance, dein Leben selbst in die Hand zu nehmen. Die musst du ergreifen. Lass nicht zu, dass irgendjemand dir und deinen Träumen im Weg steht."

„So wie irgendjemand dir und deinen Träumen im Wege gestanden hat?", fragte sie aufs Geratewohl und sah, wie er kurz erstarrte.

„Ich wollte schon immer Cowboy werden."

Sie strich ihm über die flaumigen Härchen an seinem Arm. „Alle kleinen Jungs wollen das. Sie träumen alle von Pferden und Pistolen. Erwachsene Männer ziehen es vor, in ihren Büros zu sitzen, ihre Sekretärinnen herumzukommandieren und nach Feierabend Golf zu spielen."

„Aber nicht ich." Er ließ sich wieder rückwärts ins Stroh fallen und starrte nach oben in die Dachsparren, wo sich eine Schleiereule ihren Platz gesucht hatte. „Das ist eben das Problem, Heather. Ich liebe das Leben, so wie ich es führe. In einem Dreiteiler und einem engen Büro im dreiundvierzigsten Stock irgendeines

Hochhauses würde ich umkommen. Ich ärgere mich lieber mit meinem alten Pick-up herum, als dass ich einen Mercedes fahren möchte. Und ein Spirituskocher und ein Zelt sind mir hundert Mal lieber als ein Reihenhaus in einer Vorstadt. Glaub mir, ich wäre bestimmt nicht gut darin, Hamburger im Garten zu grillen oder eine E-Jugend-Mannschaft zu betreuen."

„Du willst mir damit wohl sagen, dass in deinem Leben kein Platz für mich ist."

„Nein. Ich will damit sagen, dass in *deinem* Leben kein Platz für *mich* ist."

„Ich liebe dich, Turner."

„Nein, du ..."

„Schsch." Dieses Mal war sie es, die ihm den Zeigefinger auf die Lippen legte. Sie hätte heulen mögen. Er liebte sie nicht. Oh ja, er mochte sie, das war offensichtlich. Aber sie war nicht mehr für ihn als sein Mädchen, wie er sie an all den Orten hatte, die er sein Zuhause nannte. Wahrscheinlich gab es in jeder Stadt im Westen eine Frau, die dort beim Rodeo auf ihn wartete. Erneut brannten die Tränen in ihren Augen. Sie beugte sich über ihn und küsste ihn.

Er erwiderte den Kuss, aber er behielt seine Augen dabei offen, und so sah er die Tränen, die sie bisher so brav zurückgehalten hatte. Traurig lächelnd wischte er sie ihr von der Wange. „Weine nicht um mich, Darling! Glaub mir, das bin ich nicht wert." Darauf fanden seine Lippen wieder ihren Mund, und es gelang ihm wenigstens für eine Weile, ihren Kummer vergessen zu machen.

Am nächsten Tag sah Heather nichts von Turner. Er erschien nicht zu den Mahlzeiten, und auch sein Pick-up stand nicht mehr im Hof. Falls Mazie Genaueres wusste, behielt sie es jedenfalls für sich, und Zeke war nicht da.

Den ganzen Tag lang hatte Heather ein flaues Gefühl im Magen und das Herz war ihr schwer. Es konnte doch nicht sein, dass er einfach aufgebrochen war, ohne Auf Wiedersehen zu sagen!

Der Tag zog sich endlos in die Länge, und als sie endlich die Bettvorleger ausgeschüttelt, die Böden gewischt und die Töpfe geschrubbt hatte, warf sie ihre Schürze in den Wäschekorb und lief nach draußen. Das Herz klopfte ihr bis zum Hals, als sie zu den Ställen ging.

Sampson stand nicht in seiner Box, und auch Turners Sattel, der sonst in einer Ecke neben der Box auf einem Sägebock ruhte, war weg. Sie rannte den zementierten Mittelgang zwischen den Boxen wieder zurück. Dieser ganze Ort mit seinen vereinzelten Glühbirnen, in dem die Schritte ihrer Stiefel widerhallten, kam ihr mit einem Mal furchtbar verlassen vor.

Im Stall, in dem die Zuchtstuten standen, traf sie Billy an, der gerade frisches Heu in die Futtertröge füllte.

„Ist … Hast du Turner gesehen?“, fragte sie.

„Seit heute früh nicht mehr. Er ist wohl weg.“

„Weg?“ Sie merkte, wie sich die Panik in ihr ausbreitete und ihr Puls so schnell ging, dass sie kaum noch Luft bekam. Vielleicht meinte Billy ja nur, dass Turner mit Zeke in die Stadt gefahren war, um Besorgungen zu machen. Oder dass er mit ein paar Gästen draußen im Gelände war, um einen Tag und eine Nacht im Freien zu verbringen. Vielleicht gab es ja auch wieder Ärger mit seinem Vater, und Turner musste ihn noch einmal auslösen. Ja, das wird es sein, dachte Heather. John hatte sich wieder volllaufen lassen, und dann waren in einer Bar die Fäuste geflogen. Und …

„Er ist gleich nachdem es hell wurde, aufgebrochen“, gab Billy bereitwillig Auskunft, während er seine Arbeit fortsetzte.

„Und kommt er wieder …?“

Billy verzog das Gesicht. Er rammte die Heugabel in einen Strohballen und zog sich die Handschuhe aus. „Ich rechne nicht damit. Jedenfalls nicht diesen Sommer.“

Heather verließ der Mut vollends. „Bist du sicher?“

„Himmel, was weiß denn ich? Seiner Schulter geht es wieder gut. Er hat schon eine Menge Geld in die Meldegebühren gesteckt. Und außerdem hat er es ganz gern, dass zwischen ihm und seinem alten Herrn ein paar Dutzend Meilen liegen. Also rechne es dir selbst aus.“ Damit zog Billy seine Handschuhe wieder an und ging daran, Streu in einigen der leeren Boxen zu verteilen.

Heather stand da, mit einem dicken Kloß im Hals und Tränen in den Augen. Er war tatsächlich gegangen, ohne ein Wort zu sagen. Vielleicht hatte er es ihr letzte Nacht in der Scheune sagen wollen. Aber ein bisschen mehr als „Ich werd wohl bald aufbrechen“ konnte sie schon erwarten.

Den ganzen Weg zurück ins Ranchhaus kämpfte sie gegen die Tränen an. Am liebsten hätte sie sich jetzt gleich aufs Bett geworfen, geschrien und mit den Fäusten um sich geschlagen und sich ausgeheult, bis die letzte Träne, die sie in sich hatte, vergossen war. Aber sie konnte nicht nach oben aufs Zimmer gehen und womöglich auf Sheryl oder Jill oder eines der anderen Mädchen treffen, die im Haus arbeiteten. Nein, sie musste sich mit ihrem Kummer irgendwo verkriechen. Vielleicht rief er ja an. Oder er schrieb. Aber das waren schwache Hoffnungen.

Sie konnte sich nicht erinnern, sich jemals so miserabel gefühlt zu haben wie jetzt, da sie mit Sundown zu der Flussbiegung ritt, an der sie Turner zum ersten Mal zu Gesicht bekommen hatte. „Der Anfang vom Ende“, sagte sie leise vor sich hin, während sie dem Wallach freundlich auf den Hals klopfte. Tränenüberströmt sprang sie aus dem Sattel.

Sie nahm sich mit aller Macht zusammen und versuchte, stark zu sein. Denn sie hatte es mit mehr als einer Sorge zu tun. Nicht allein, dass er sie benutzt hatte und sie nichts weiter war als eines von vielen Mädchen, die seinen Weg säumten, von denen er nie eine wirklich geliebt hatte. Heather hatte obendrein den starken Verdacht, dass sie schwanger war.

Sie strich sich über den flachen Bauch und versuchte, nicht zu weinen. Wenn es stimmte, musste sie für ihr Baby, das seinen Vater nie kennenlernen würde, stark sein. Für das Leben, das mit ziemlicher Sicherheit in ihr heranreifte, musste sie einen Weg finden, der ihnen beiden das Überleben sicherte. Ohne Turner.

5. KAPITEL

Badlands-Ranch, Kalifornien
Gegenwart

Das Wildpferd hob ab, drehte sich in der Luft und schlug nach allen Seiten aus, aber Turner hielt sich an der Mähne und am Sattelknauf fest und behielt die Oberhand. „So nicht, du Bastard! Zeig mir endlich, was du draufhast“, presste er hervor. Sein Hut segelte über den staubigen Boden und landete in der Mitte des Reitplatzes. Der rasende Rotschimmel, ein garstiges Biest mit dem passenden Namen Gargoyle, Wasserspeier, landete so heftig auf den Hufen, dass die Knochen knackten. Und gleich ging es wieder in die Höhe, vorn und hinten bockend im unermüdlichen Kampf gegen den unerwünschten Reiter.

Wieder biss Turner die Zähne zusammen und ignorierte die Mühen dieses Arbeitstages. Der hässliche Hengst war der beste aus der Gruppe der Pferde, die er zu trainieren hatte. Das Quarter Horse hatte ein feuriges Temperament und gab einfach nicht auf, so ein richtiger Alles-oder-nichts-Gaul von der Sorte, die Turner schon immer als Herausforderung empfunden hatte.

Wieder am Boden, stürmte der Rotschimmel plötzlich los, dass die Erde hinten von den Hufen spritzte, haarscharf an der Begrenzung des Reitplatzes entlang, sodass Turner aufpassen musste, dass er nicht mit dem Bein gegen einen der Zaunpfähle krachte. Gefährlich grinsend erhöhte er den Schenkeldruck und verlagerte das Gewicht, um zu zeigen, wer der Boss im Ring war.

Gargoyle bremste aus vollem Lauf und wendete unmittelbar auf der Hinterhand. Dann ging die wilde Jagd von Neuem los. Im Galopp sprang und bockte er und pflügte den verdorrten Boden des Platzes um.

Als der Hengst einen kleinen Moment lang innehielt, um einen neuen Gang einzulegen, nahm Turner die Zügel wieder auf und zog an. In der nächsten Sekunde war er aus dem Sattel und hatte die Zügel an den Zaun gebunden. Mensch und Tier waren gleichermaßen schweißüberströmt und abgekämpft.

Turner holte sich seinen Stetson zurück und klopfte ihn auf dem Schenkel aus, worauf ihn einen kurzen Moment lang eine Staubwolke einhüllte. „Morgen treffen wir uns wieder", meinte er zu Gargoyle.

Das Pferd hatte ihn lauernd im Auge behalten und die Ohren angelegt. Schon hatte es sich in Positur gestellt, um Turner mit einem gezielten Huftritt das Schienbein zu brechen, aber der wich geschickt aus. „Was bist du doch für ein nichtsnutziges Mistvieh!", murmelte Turner, dabei amüsierten ihn die nimmermüden Ausbrüche des Hengstes. Mit ein bisschen Mühe konnte man aus diesem Quarter Horse eines der besten Pferde machen, die er je geritten hatte, ob es nun ein hässlicher Rotschimmel war oder nicht. „Du kannst gegen mich nicht gewinnen, verstehst du?", redete er weiter auf Gargoyle ein. Ohne die Hufe der Hinterhand aus den Augen zu lassen, löste er den Sattelgurt und hob dem Pferd den Sattel herunter. „Ich überlege mir, ob ich dich nicht umtaufe und dich demnächst ‚Schmusekätzchen' nenne, wenn du weißt, was ich meine."

Gargoyle warf seinen gewaltigen Kopf herum und versuchte, Turner in den Allerwertesten zu beißen, aber die festgebundenen Zügel hinderten ihn daran, und so blieb ihm nichts übrig, als frustriert mit den Hufen zu scharren.

„Geschieht dir recht", meinte Turner und wuchtete den Sattel auf den Zaun. Dann machte er rasch den Karabiner am Zaum los. Gargoyle ließ sich nicht lange bitten, sondern preschte los. Er schnaubte und bockte und schlug aus, dann raste er im Galopp in einem Tempo über den Reitplatz, das Turner lange nicht mehr begegnet war.

„Denk dran – morgen", rief er dem Hengst noch hinterher. Dann schwang er sich mit einer Flanke über den Zaun.

„Eine hübsche Show, die du da abgeliefert hast."

Turner drehte sich mit einem Ruck um, als er die sanfte weibliche Stimme hinter sich hörte, und sah Nadine im Schatten der

Scheune stehen. Er hatte gar nicht daran gedacht, dass heute der Tag war, an dem sie zum Saubermachen kam. „Ich wusste gar nicht, dass ich Publikum habe“, erwiderte er, während Nadine über den Kiesweg zu ihm herüberkam. Ihr rotes Haar leuchtete im Sonnenschein. Sie war eine hübsche Frau mit großen, grünen Augen, einem offenen Lächeln und einer niedlichen Kolonie von Sommersprossen um ihre kleine, gerade Nase herum. Und sie stand mit beiden Beinen auf dem Boden. Geschieden mit zwei Kindern machte sie allein ihren Weg.

„Ich dachte mir, du könntest das gebrauchen“, sagte sie und hielt ihm eine Dose Bier frisch aus dem Kühlschrank hin. „Außerdem möchte ich nicht, dass du mir den Dreck an deinen Schuhen in mein Haus trägst.“

„Und ich dachte immer, das Haus gehört mir“, entgegnete er, während er den Verschluss der Dose aufknackte.

„Solange das Bohnerwachs noch nicht eingezogen ist, nicht.“ Sie langte in die Tasche ihrer Jeansjacke und holte einige Briefumschläge heraus. „Post für dich“, sagte sie und drückte sie ihm in die Hand. Dann machte sie eine Kopfbewegung zu dem Hengst hin. „Schön ist er ja nicht.“

„Ach, der wird schon!“ Turner konnte nicht anders, als sie ein wenig aufzuziehen. „Weißt du nicht? Je hässlicher sie sind, eine umso bessere Figur machen sie in der Rodeoarena.“

„Das traue ich ihm zu.“ Sie blinzelte zu Turner hinauf. Für einen kurzen Augenblick erhaschte er aus den Augenwinkeln eine Regung auf ihrem Gesicht, die sie normalerweise vor ihm verbarg. Sie hatte vor vier Jahren als Haushaltshilfe bei ihm angefangen. Das war lange bevor sie sich hatte von Sam Warne scheiden lassen. Aber neuerdings hatte Turner das Gefühl, dass ihr Interesse nicht allein der Sauberkeit von Fußböden und Fensterscheiben galt. „Ach, übrigens: Sie hat wieder angerufen.“

Turner erstarrte. „Wer, sie?“

„Als ob du das nicht wüsstest. Heather. Es scheint ihr sehr daran gelegen zu sein, dich zu erreichen.“

Turner hatte schon auf Heathers frühere Anrufe nicht reagiert. Er sah keinen Grund dafür. Was ihn betraf, existierte Heather nicht mehr, schon seit Jahren nicht.

„Außerdem lässt der Makler von Thomas Fitzpatrick nicht locker. Auch er hat angerufen. Fitzpatrick will die Ranch zurückhaben – und bestimmt nicht bloß auf die feine Art."

Turners Miene verfinsterte sich noch mehr. „Ich habe es ihm doch schon gesagt: Die Ranch steht nicht zum Verkauf."

„So leicht gibt ein Thomas Fitzpatrick nicht auf."

„Es wird ihm nichts anderes übrig bleiben."

Sie zuckte die Achseln. „Ich dachte nur, du wolltest es wissen."

„Ich will nur die guten Nachrichten hören."

„Auf die kannst du lange warten."

Auch wenn das von ihr nur als Scherz gemeint war, wusste er, dass sie damit wohl recht hatte. Er schloss für einen Moment die Augen. Verdammt, er brauchte weder Heather Tremont Leonetti noch diesen Blödmann Thomas Fitzpatrick, um sich das Leben zu versauen! Das schaffte er zur Not auch allein. Als er die Augen wieder öffnete, winkte Nadine ihm zu und war schon auf dem Weg zu ihrem Wagen, einem klapprigen alten Chevy, in dem sie ihre Besen, Schrubber und Kanister mit Reinigungsmitteln transportierte.

Turner sah ihr eine Weile nach und beobachtete, wie sie sich hinter das Steuer setzte, den Motor startete und dann den Feldweg zur Straße hinunterfuhr, wobei sie eine Staubfahne hinter sich herzog. Sie war eine attraktive Erscheinung, und jeder Mann könnte stolz darauf sein, sie zur Frau zu haben, aber Turner war nicht interessiert. Ohnehin hätte sie etwas Besseres verdient. Er trank einen großen Schluck Bier und wischte sich den Schweiß von der Stirn. Dann stützte er sich mit den Unterarmen oben auf den Zaun und betrachtete den Hengst, den er gerade trainiert hatte. „Du bist ein ganz mieses Stück, weißt du das?", sagte er.

Ein leises Wiehern kam vom trockenen Grasland her. Gargoyle hob den Kopf und schaute in die Richtung, aus der das Geräusch gekommen war. Der Rotschimmel blähte mit aufmerksam aufgestellten Ohren die Nüstern. Turner folgte seinem Blick zu einem Wäldchen aus Zedern und Pinien, vor dem auf einer Anhöhe eine kleine Gruppe von Stuten graste. Die Nachmittagssonne ließ ihre Felle glänzen.

Gargoyle hob den Kopf und antwortete dem Wiehern der Stuten. Unter seinem stumpfen rötlichen Fell sah man, wie die Muskeln seiner Schulter aufgeregt zuckten.

„Armer Teufel", sagte Turner mit ehrlichem Bedauern. Er mochte diesen temperamentvollen Burschen, der jetzt schnaubend und wiehernd am Zaun entlangparadierte, den Kopf und den Schwanz, der ihm wie eine Fahne hinterherwehte, erhoben, und so versuchte, den völlig gleichgültigen Stuten zu imponieren. „Frauen machen nichts als Ärger. Ist ein Fehler, sich für sie zu interessieren", philosophierte Turner in seinem einseitigen Gespräch mit Gargoyle.

Noch einmal wieherte der Hengst. Die Stuten richteten nur kurz die Ohren auf, dann steckten sie die Nasen gleich wieder ins Gras und verscheuchten die Fliegen mit ihren Schwänzen.

Turner hatte genug gesehen. Er wischte sich die Hände auf den Schenkeln an seinen Jeans ab und ging zu seinem kleinen Ranchhaus, das sein Zuhause war. Es war nichts Großartiges, aber es war bezahlt und gehörte ihm. Mehr brauchte Turner nicht, nachdem sein Vater gestorben war. Die Hypothek hatte ihm zwar den letzten Blutstropfen aus den Adern gequetscht, aber er hatte jeden Penny, den er verdiente, geopfert und es schließlich geschafft, die Bank auszuzahlen. Leonettis Bank. Früher gehörte sie dem Großvater, dann dem Vater von Dennis Leonetti. Als Turners Vater die Hypothek aufgenommen hatte, hatte Turner weder etwas von der Existenz Heathers noch von der ihres angeblichen Exverlobten gewusst. Als er aber die Zusammenhänge durchschaut hatte, konnte es ihm nicht schnell genug gehen, die Schulden loszuwerden. Schon der Gedanke daran, einem Leonetti etwas zu schulden, brachte seine Galle zum Kochen.

Alles im Leben rächt sich einmal, dachte er sich. Jetzt war Thomas Fitzpatrick wieder an der Ranch interessiert, wollte auf der Suche nach Öl einige geologische Untersuchungen auf dem Land am Fuß der Berge starten. Aber Turner blieb eisern. Dieses Land gehörte ihm. Es war mit den Tränen seiner Mutter und seinem eigenen Schweiß und Blut bezahlt worden. Er war nicht gewillt, zuzulassen, dass Thomas Fitzpatrick und Konsorten ihre Hände danach ausstreckten.

Als er den von Unkraut überwucherten Weg zum Haus ging, merkte er, wie ihm seine Knochen, durchgeschüttelt von zwei Stunden im Sattel, zu schaffen machten. Alte Schmerzen, „Kriegsverletzungen", wie Turner sie nannte, brachen wieder auf. Seine Hüfte tat so empfindlich weh, dass er fast humpeln musste. Aber er biss die Zähne zusammen. Er war noch keine dreißig, um Gottes willen, und konnte nicht jetzt schon anfangen, sich wie ein Krüppel zu bewegen.

Auf der rückwärtigen Veranda streifte er die Stiefel ab, schlug eine lästige Wespe tot und öffnete das Fliegengitter vor der Küchentür. Im Haus roch es nach Limonen, Fichtennadeln und Reinigungsmittel, für Turner ein Gestank, der schlimmer war als Pferdestall und Schweiß.

Also bemühte er sich, nicht allzu tief einzuatmen, als er über den blank geputzten Boden zum Küchentisch ging. Darauf stand in einer Vase, die einen Sprung hatte, eine weiße Rose, die dem Raum so etwas wie eine weibliche Note verlieh. Jedes Mal dasselbe. Die Rose würde verwelken, dann kam Nadine und stellte eine frische Blume in die Vase. Als ob das Eindruck auf ihn machte.

Turner ließ sich auf einem der Stühle nieder und trank einen großen Schluck kaltes Bier, der ihm wohltuend durch die trockene Kehle rann, und wischte sich mit dem Handrücken den Mund ab. Auch wenn er es nur ungern zugab, hatte Turner eine Schwäche für ein kaltes Bier. Sein Vater war ihm jedoch eine ewige Warnung. John Brooks war schon vor seinem fünfzigsten Geburtstag gestorben, weil seine überforderte Leber nicht mehr mitmachte.

Turner trank die Dose bis zur Hälfte aus. Allmählich entspannte sich sein Körper. Er ging die Post durch, wobei er mit seinen nicht ganz sauberen Händen Schmutzflecken auf den Briefumschlägen zurückließ. Am Ende blieben ein elender Haufen von Rechnungen und Werbung sowie eine Zeitschrift – und ein persönlicher Brief. Die zierliche Handschrift einer Frau – Heathers Handschrift.

Auf dem Kuvert stand eine Absenderadresse in San Francisco, die Stadt, in die sie vor der Beschränktheit und der Langeweile der Kleinstadt Gold Creek geflohen war. Das konnte er ihr nicht zum Vorwurf machen. Gold Creek hatte bisher immer nur Probleme hervorgebracht, wobei Turner sich selbst nicht ausnahm.

Erinnerungen an Heather bevölkerten seinen Kopf. Gespenster, die er nicht gerufen hatte. Er trank das Bier aus und wollte schon nach dem nächsten greifen, als seine Neugier dann doch überhandnahm.

Heather Tremont. Nein, Heather Tremont Leonetti. Sie war ja verheiratet und das schon seit Jahren. Ihr Göttergatte war Dennis Leonetti, ein Name, der nach Geld roch. Ein aalglatter Banker, der sein Geld von Papi geerbt hatte, mit dem er jetzt seiner schönen jungen Frau alles schenken konnte – sogar eine eigene Galerie. Derselbe Schweinehund, von dem sie sich angeblich getrennt hatte, als er mit seinem protzigen Auto auf den Hof von *Lazy K* gebraust kam. Nun, Heather hatte ja inzwischen ihr wahres Gesicht gezeigt, oder nicht? Mit ihrem ganzen Gerede über Vertrauen und Liebe. Und dass Geld sie nicht interessierte. Alles kalter Kaffee. Nicht, dass das für ihn noch eine Rolle spielte.

Turner spielte ein bisschen mit der leeren Bierdose. Dabei fiel sein Blick auf den Notizblock, auf dem in Nadines energischem Gekrakel Heathers Name und Telefonnummer standen. Im Geiste verglich er die beiden. Nadine war unkompliziert, geerdet und geradeaus. Heather hingegen war außer bildschön auch noch kompliziert und manipulativ. Liebe Güte, eine *Künstlerin* mit dem dazu passenden Temperament. Warum war es bloß immer Heathers wundervolles Gesicht, das er vor Augen hatte, wenn er aus seinen Träumen aufschreckte? Warum hielt er sich nicht an eine einfache, gutherzige Frau wie Nadine Warne?

Er langte in den Kühlschrank, und dieses Mal zögerte er nicht, sich das nächste Bier herauszuholen. Er öffnete die Dose und schaute wieder auf das Kuvert. Heather ... Er fragte sich, ob sie wohl glücklich geworden war mit all ihrem Geld. Was ging ihn das an? Er zerknüllte den ungelesenen Brief und warf ihn in die Ecke. Er prallte von der Wand ab und landete zwei Handbreit neben dem offenen Mülleimer auf dem glänzenden Fußboden. Nun, er war nie ein besonders guter Basketballer gewesen. Es gab sowieso nur weniges, worin er wirklich gut war, abgesehen davon, sich auf dem Rücken eines Rodeopferdes zu halten. Aber auch das ließ inzwischen langsam nach.

Turner blickte aus dem Fenster auf das hügelige Land seiner Ranch, die er mit eisernem Willen am Laufen gehalten hatte. Er war es sich selbst schuldig, sich zu beweisen, dass er nicht nach seinem Vater kam. Und außerdem hatte er hier alles, was er zum Leben brauchte.

Heather Leonetti brauchte er nicht dazu und ihr Geld ebenso wenig.

Mit düsterer Miene trank Turner von seinem Bier. Wenn er es ausgetrunken hatte, würde er unter die Dusche gehen und dann vielleicht in die Stadt fahren. Irgendetwas tun, das ihn von dem Gedanken an Heather ablenkte.

Heather war noch nie auf Turners Ranch gewesen. Das hatte sie sich nicht getraut. Was mit ihrer gemeinsamen Vergangenheit zu tun hatte, hatte sie sauber verschnürt im hintersten Winkel ihres Gedächtnisses verstaut und nicht mehr gewagt, daran zu rühren. Bis vor Kurzem.

Sie hatte nach ihrer Heirat versucht, eine funktionierende Ehe aufzubauen. Aber das Unterfangen war von Anfang an zum Scheitern verurteilt gewesen. Ohne Liebe hatte diese Konstruktion früh Risse bekommen, bevor sie später ganz zusammenbrach. Jetzt blinzelte sie hinter den Gläsern ihrer Sonnenbrille, und die von der Hitze feuchten Hände hielten das Steuerrad ihres Mercedes. Sie ließ das Cabriodach hinunter und spürte, wie der Wind ihr durchs Haar fuhr und es ihr ins Gesicht blies.

Das Land um sie herum war ausgetrocknet, das Gras gelb und kraftlos. Eine dünne Schicht Staub lag auf dem Asphalt der Landstraße, die von Gold Creek nach Norden wegführte und auf der sie der *Badlands-Ranch* entgegenfuhr. *Rolling Hills* hatte die Ranch früher geheißen. Warum Turner sie umbenannt hatte, verstand Heather nicht. Sie wollte es gar nicht wissen.

Sie musste Turner wieder gegenübertreten. Es ging um Adam. Sie biss sich auf die Lippen, als sie an ihren Sohn dachte. Zwar war seine Krankheit in ihrem gegenwärtigen Stadium nicht lebensbedrohlich und sogar im Begriff, abzuklingen, aber das konnte jederzeit ins Gegenteil umschlagen, und dann … Gütiger Himmel. Ihr schauderte trotz der Sonne, die auf sie herabschien.

Ihr eigenes Knochenmark vertrug sich nicht mit Adams. Und das von Dennis natürlich auch nicht. Blieb noch Turner. Sollte Adam tatsächlich einen Knochenmarkspender brauchen, wäre es nur logisch, die Suche danach bei Turner zu beginnen, nachdem sie selbst nicht infrage kam.

Außerdem verdiente er es, darüber Bescheid zu wissen.

Sie trat das Gaspedal ein wenig weiter durch, und der Wagen überschritt die zulässige Höchstgeschwindigkeit. Wie es aussah, wollte sie so schnell wie möglich bei Turner sein. Heather war lange genug in Gold Creek gewesen, um herauszubekommen, dass Turner weder verheiratet war noch mit einer Frau zusammenlebte. Dennoch war sie nicht sicher, ob es nicht doch jemanden gab. Und wenn es so war, wäre diese Frau wahrscheinlich nicht davon begeistert, Heather plötzlich vor der Tür stehen zu sehen, dazu noch mit der Neuigkeit, dass er nicht nur Vater war, sondern nun auch von seinem Sohn gebraucht wurde.

Heather schmeckte Blut. Sie hörte auf, sich auf die Lippen zu beißen, und zwang sich, sich zu entspannen. Gleichzeitig nahm sie den Fuß wieder etwas vom Gas. Bis zur Ranch war es nicht mehr weit. Schon entdeckte sie die Abzweigung. Ein unbefestigter, teils mit Kies bestreuter Feldweg führte gewunden durch dichtes Gehölz. Dahinter musste das Ranchhaus liegen. Sie bog ab. Das Vorderrad des Mercedes geriet in ein Schlagloch, das den Wagen durchschüttelte. Heather sandte ein Stoßgebet zum Himmel mit der Bitte, sie, wenn sie gleich Turner gegenübertrat, nicht zusammenbrechen zu lassen.

Die Temperatur in der Scheune lag bei über vierzig Grad. Die Luft war erfüllt von Staub und dem scharfen Geruch nach Pferdemist und dem Motoröl, das aus einem kaputten Traktor tropfte. Wespen umschwirrten die staubigen Fenster, und durch die geöffnete Tür flogen die Schwalben ein und aus. Schmale Streifen Licht fielen durch die Spalten zwischen den Brettern der Seitenwand und verloren sich in den hinteren Winkeln. Kopfschmerzen pochten Turner in den Schläfen. Was er brauchte, war eine Dusche, einen Drink und möglicherweise eine Frau – nicht notwendigerweise in dieser Reihenfolge. Aber über eine Dusche wäre er schon sehr froh.

Der Schweiß rann ihm den nackten Rücken hinunter. Jeder seiner Muskeln war aufs Äußerste angespannt, während er seine ganze Kraft und Sturheit gegen die des Hengstes in die Waagschale warf.

Gargoyle sollte keine Chance bekommen, hatte Turner beschlossen. Er hatte den einen Vorderhuf des Rotschimmels zwischen die Knie geklemmt und schlug, immer auf der Hut, von Gargoyle nicht gebissen zu werden, dem Hengst die Hufnägel ein. Das mächtige Tier schnaubte und stellte sich mit seinem Gewicht gegen Turner, seinerseits darauf bedacht, dessen herausgestrecktes Hinterteil mit den Zähnen zu fassen zu bekommen.

„Entspann dich", murmelte Turner undeutlich, da er noch weitere Hufnägel zwischen den Zähnen hatte. Allmählich wurde es richtig anstrengend, aber er ließ nicht locker. Zum Dank für seine Mühen bekam er obendrein noch in regelmäßigen Abständen den Schwanz des Pferdes ins Gesicht. „Hör auf damit!", stieß er hervor.

Klopf, klopf, klopf hämmerte er den nächsten Nagel in den Huf. Der Hengst war nervös. Er hatte die Ohren angelegt. Der Schaum vor seinem Maul hatte sich schon auf dem Fell verteilt. Ganz offensichtlich hasste er diesen Mann, der versuchte, seine Wildheit zu zähmen. „Du wirst es überleben, glaub mir", presste Turner hervor.

„Turner?"

Die weibliche Stimme, die er gerade gehört hatte, kam ihm bekannt vor. Turner blickte auf und sah einen Schattenriss, der sich dunkel gegen die offene Tür und das hereinfallende Tageslicht abhob. Ein leichter Windhauch ließ den Rock flattern. Turners Nackenhaare sträubten sich. Das konnte doch nicht wahr sein!

„Turner Brooks?", wiederholte der Schatten und kam näher, sodass er das Gesicht erkennen konnte. Genau das Gesicht, das er mit aller Gewalt hatte vergessen wollen.

Gargoyle trat ein Stück zur Seite. Er warf den Kopf herum, aber Turner, der den Vorderhuf immer noch zwischen den Knien hatte, wich dem drohenden Biss aus. Er spuckte die Nägel, die er noch im Mund gehalten hatte, in die vorgehaltene Hand, ohne dabei den Scheuneneingang aus den Augen zu lassen. „Aber hallo", sagte er mehr zu sich selbst, „wenn das nicht Heather Leonetti ist!"

Heather zuckte ein wenig zusammen, als sie das hörte. Turner merkte es, aber erstaunlicherweise bereitete es ihm kein Vergnügen, dass er offenbar ihren Nerv getroffen hatte. Er gab die Vorderhand des Pferdes frei und schwang sich über die Seitenwand der Box. Er war nur zwei Schritt von ihr entfernt, konnte ihr aber an den Augen ansehen, dass sie eingeschüchtert war. „Ich hätte nicht geglaubt, dass ich dich jemals wiedersehen würde."

„Ich … Das kann ich mir denken." Sie fuhr sich mit der Zunge über die Lippen. Er war nicht sicher, ob sie nur nervös war oder die Schüchterne spielte. Ein ungutes Gefühl in der Magengrube warnte ihn. Heather! Das konnte nur Ärger bedeuten. Das war schon immer so gewesen und würde auch immer so bleiben. Ein

Luftzug fuhr ihr durchs goldblonde Haar. In dem Zwielicht, das in der Scheune herrschte, wirkten ihre blauen Augen dunkler als sonst und so kalt wie der Himmel über der Arktis. „Du hast auf keinen meiner Anrufe reagiert“, sagte sie, aber ihr Vorwurf klang recht halbherzig.

„Es gab nichts zu sagen.“

„Und mein Brief?“

Turners Mund verzog sich kurz zu einem grimmigen Lächeln. Liebe Güte, sie war so schön – aber auch so kühl. Dieses Flair von Perfektion, das sie angenommen hatte, gab ihr etwas Seelenloses. Schön, aber kalt wie eine Marmorstatue. Ja, sie hatte sich mit den Jahren verändert, jedoch nicht zu ihrem Vorteil. „Du hast mir einen Brief geschrieben? Muss verloren gegangen sein“, antwortete er in seiner für ihn typischen Tonart. Natürlich war das eine Lüge, und das wussten sie beide.

„Du hättest ihn lesen sollen.“

„Wozu?“ Er verschränkte die Arme vor der Brust und wartete in schlecht verhohlener Ungeduld ihre Reaktion ab.

Heather bewegte die Lippen, aber kein Wort war zu hören.

„Hör zu, kleine Lady“, sagte Turner gereizt. Dann fiel ihm ein, dass diese Anrede früher einmal zärtlich gemeint gewesen war, und er biss sich auf die Zunge. „Wenn es etwas gibt, das du von mir möchtest, dann spuck's aus. Und dann lässt du mich bitte allein.“

„Ich wollte nur … Oh verdammt!“ Sie verdrehte die Augen und schaute wie Hilfe suchend nach oben. Zum ersten Mal bemerkte er die feinen Linien um ihre Mundwinkel. Vielleicht war eine Ehe mit Richie Rich doch nicht das Gelbe vom Ei? „Ich … musste dich sehen.“

Ach so! Sie spielte mit ihm. Die gelangweilte Hausfrau war wohl auf der Suche nach ein wenig Abwechslung. Sein Misstrauen wuchs noch weiter. „Tja, nun hast du mich gesehen“, gab er bissig zurück. *Ich könnte ja ein bisschen Spaß mit ihr haben. Verdient hätte sie es.* „Und weiter?“

„Ich … äh … ich dachte, wir könnten uns unterhalten.“

Langsam kam er auf sie zu. Ihm war bewusst, dass er nicht gerade eine blendende Figur abgab. Er roch nach Pferdestall und Schweiß. Er hatte sich seit drei Tagen nicht rasiert, und seine Jeans, die an den Knien und am Gesäß schon recht fadenscheinig waren, standen vor Schmutz. Ein flüchtiger Blick fiel auf den silbermetallic schimmernden Mercedes, der draußen auf dem Hof stand. Nur eine Handbreit vor ihr blieb er stehen und schaute ihr prüfend in die blauen Augen.

„Unterhalten?“, wiederholte er langsam und hob die Augenbrauen. Insgeheim amüsierte ihn ihre spürbare Unruhe. „Ich bin nicht in der Stimmung, mich zu unterhalten. Mit dir wollte ich immer nur etwas ganz anderes als mich *unterhalten*“, fügte er bewusst unverschämt hinzu, während sein Zeigefinger den Ausschnitt ihrer Bluse nachzeichnete. „Du weiß schon, was ich meine. Also kommen wir entweder zur Sache, oder du scherst dich zum Teufel.“

Er merkte, wie sie zurückschreckte. Dann atmete sie tief durch und schaute ihm fest in die Augen. „Versuch nicht, mir Angst einzujagen, Turner! Das funktioniert nicht.“

Mumm hatte sie immer noch. Sie warf das blonde Haar zurück, wich aber keinen Zentimeter nach hinten, selbst als er am ersten Knopf ihrer Bluse ankam und ihn aufknöpfte, sodass der Ausschnitt ein Stück weiter auseinanderklaffte. Auch wenn er sich noch so fest vorgenommen hätte, dass sie ihn gleichgültig lassen würde, blieb die Berührung ihrer weichen Haut so dicht an ihren Brüsten nicht ohne Wirkung auf ihn. Eine Herausforderung anzunehmen, war schon immer nach seinem Geschmack gewesen, und ihr plötzliches Auftauchen war die Herausforderung schlechthin.

Also, was soll’s? dachte er. Wenn sie für ein schnelles Abenteuer im Heu gekommen war – warum nicht? Gut, sie war verheiratet. Verheiratete Frauen waren eigentlich für ihn tabu. Aber mit Heather, die geradezu darum bettelte …

Er berührte ihre Bluse vorne, wobei seine schmutzigen Finger einen Fleck hinterließen, und zog Heather an sich, um sie zu küssen.

„Wag es nicht! Denk nicht einmal daran!“, warnte sie ihn.

„Nein?“

Mit festem Griff umklammerte sie sein Handgelenk. „Nein. Ich bin bestimmt nicht gekommen, weil ich etwas von dir wollte, Turner.“ Sie streifte ihn mit einem abfälligen Blick. „Und selbst wenn ich in der Stimmung wäre – du wärst der letzte Mann, von dem ich das wollte.“

„Das bezweifle ich.“ Er kniff die Augen zusammen. Was bildete sich dieses verwöhnte kleine Luder eigentlich ein? Kam hier ungebeten hereinstolziert und wagte es, ihn zu beleidigen?

„Dein Ruf eilt dir voraus. Dass du ein heruntergekommener Cowboy bist, sagt man, kurz davor, sich dem Suff zu ergeben. Ich war davon überzeugt, dass das nur Gerede ist. Jetzt hingegen …“, wieder musterte sie geringschätzig seine schärfer gewordenen Züge, „beginne ich doch, es zu glauben.“

Er hatte nicht einmal Lust, ihr zu widersprechen. Offenbar war der Ruf seines Vaters auf ihn übergegangen. Na, großartig! Für ihn selbst stand fest, dass er nie und nimmer den Weg beschreiten würde, den sein alter Herr eingeschlagen hatte. Was andere dachten – Heather Leonetti eingeschlossen –, war ihm herzlich egal.

„Also was zur Hölle hast du sonst hier zu suchen, *Lady*?“, fragte er, indem er das letzte Wort ironisch betonte.

„Ich brauche deine Hilfe.“

Er ließ sie los und trat einen Schritt zurück. „Hilfe? Von einem *heruntergekommenen Cowboy*? Einem, der kurz davor ist, sich dem Suff zu ergeben?“ Er schaute voller Verachtung auf sie hinab und machte ein Gesicht, als hätte er einen üblen Geschmack im Mund. „Fahr nach Hause, Heather! Geh zurück zu deinem Bankdirektor. Deine Sorgen scheren mich einen Dreck. Ich würde dir nicht helfen, selbst wenn du auf allen vieren angekrochen kämst.“

„Das kannst du dir ja noch einmal überlegen, Turner, denn zur Not würde ich auch das tun.“ Ihr Kinn begann zu zittern, und Tränen traten ihr in die Augen. Turner merkte, wie die Mauer, hinter der er sich verschanzt hatte, zu bröckeln begann. „Ich brauche deine Hilfe *wirklich*. Und es ist dringend."

„Interessiert mich nicht."

„Wir haben einen Sohn, Turner", stieß sie hervor. Es war, als wären alle Geräusche ringsherum mit einem Schlag verstummt, und ihre Worte hallten von den Wänden wider. Er starrte sie an, als sei sie von allen guten Geistern verlassen. „Er ist fünf", fügte sie rasch hinzu, „und heißt Adam. Und es ist vollkommen gleichgültig, was du von *mir* hältst. *Er* ist es, der dringend deine Hilfe braucht."

6. KAPITEL

Turner war unter seiner sonnengebräunten Haut blass geworden. „Einen Sohn", wiederholte er tonlos, als er die Sprache endlich wiedergefunden hatte. Dann, als versuchte er, den Sinn dieser Worte zu begreifen, wiederholte er noch einmal: „Ich habe einen Sohn."

„Ja, und ..."

„Sechs Jahre lang hast du mir kein Wort davon gesagt. Und jetzt aus heiterem Himmel soll ich plötzlich einen Sohn haben." Er sah sie lange durchdringend an. Man konnte seinen Zorn spüren. „Komm, Heather, wenn du mich veräppeln willst, denk dir etwas Besseres aus."

„Ich sage die Wahrheit." Heather blieb ruhig. Jedenfalls jetzt noch. Sie hatte damit gerechnet, dass Turner ihr nicht glauben würde.

„Na klar! Wir haben auch noch zwei Töchter. Du warst bloß zu beschäftigt, es mir mitzuteilen." Er setzte ein hämisches Grinsen auf, und Heather musste sich zusammennehmen, ihn nicht am Kragen zu packen und durchzuschütteln, um ihn wieder zur Besinnung zu bringen.

„Wenn du eine Sekunde lang nachdenken würdest, würde dir auffallen, dass das so unwahrscheinlich gar nicht ist."

Sein zynisches Grinsen verschwand, und sie ahnte, dass er genau wie sie an all die Male dachte, da sie sich in jenem Sommer geliebt hatten.

„Warum sollte ich dich belügen?"

„Sag du es mir." Er holte ein Taschentuch heraus und wischte sich den Schweiß und den Staub aus dem Gesicht. Seine Hände zitterten leicht, und Heather durfte hoffen, dass sie allmählich zu ihm durchdrang.

„Ich wäre nicht hier, wenn ich nicht müsste, Turner. Das weißt du sehr genau."

Einen Moment schien es, als liefe die Zeit rückwärts, als erwachten längst vergangene Gefühle wieder zum Leben. Feine

Schweißperlen traten Heather auf die Stirn. Dann wechselte abrupt Turners Gesichtsausdruck. Maßlose Wut verzerrte seine Züge, als er endlich die Tragweite dieser Neuigkeit begriff. „Willst du mir gerade erzählen, dass ich seit geschlagenen fünf Jahren einen Sohn habe und du das einfach für dich behalten hast? Dass du einen reichen Banker geheiratet hast, damit mein Kind nicht bei einem armen Cowboy aufwachsen muss? Ist es das?"

Es zerriss ihr das Herz, was er da sagte.

„Mit anderen Worten: Du eröffnest mir gerade, dass du so abgebrüht und durchtrieben bist, einem Mann das Kind von einem anderen unterzuschieben?"

Sie konnte nicht mehr an sich halten. Es klatschte hörbar, als sie mit flacher Hand sein Gesicht traf. Turner fasste sie am Handgelenk. Gargoyle schien nebenan in der Box die aufgeladene Atmosphäre zu spüren und stampfte schnaubend mit den Hufen. „Es ist sehr unklug von dir, jetzt handgreiflich zu werden", warnte er sie.

Heather schien die Warnung nicht zu beeindrucken. Sie riss die Hand von ihm los und sah ihn mit funkelnden Augen an. „Du warst es doch, der keine Bindung wollte, Turner! Erinnerst du dich? Du wolltest doch von Familie und Verbindlichkeiten nichts wissen, damit du weiter in Ruhe Kühe jagen und auf bockigen Pferden reiten konntest. Der einsame Wolf, der daran denkt …"

„Daran, dass ich ein Kind habe? Woher zum Teufel sollte ich das wohl wissen?"

„Du bist verschwunden, ohne dich darum zu kümmern. So war es doch, nicht wahr?" All der aufgestaute Zorn brach jetzt in Heather los. „Glaubst du vielleicht, ich hätte es dir nicht erzählen wollen?", fauchte sie. „Ich hab's versucht! Aber du warst ja weg."

„Sieht doch so aus, als hättest du einen Dummen gefunden."

„Einen *Dummen*? Ich wollte einen Vater für meinen Jungen. Einen Mann, der sich kümmert und dem etwas an ihm liegt."

„Alles, woran dir lag, war, einen reichen Mann zu finden, Heather. Das wolltest du von Anfang an. Ich wusste es damals schon, und davon bin ich auch heute noch überzeugt. Aber ich warne dich! Wenn du mich anlügst …“

„Ich lüge dich nicht an! Adam ist dein Sohn. Und du kannst mir glauben – wenn ich etwas daran ändern könnte, würde ich es tun“, fügte sie in nüchternem Ton hinzu.

Zum ersten Mal in diesem Gespräch schien Turner sich zu besinnen und über seine blinde Wut hinwegsehen zu können, auch wenn die Zornesader auf seiner Stirn immer noch pochte. „Na schön. Und was, bitte, führt dich nun nach sechs Jahren zu mir?“

Heather fiel es unendlich schwer, es auszusprechen. „Adam ist krank, Turner“, sagte sie mit halb erstickter Stimme.

Turner richtete sich mit einem Ruck auf. „Krank?“

„Er hat Leukämie.“ Jetzt war es raus. Sie sah, wie es in seinen Augen aufblitzte. „Er ist durch die Hölle gegangen. Augenblicklich ist die Krankheit im Begriff, abzuklingen; die Medikamente scheinen ihre Wirkung zu tun. Aber … Nun, die Ärzte versprechen sich viel von einer Knochenmarktransplantation. Nur hat Adam keine Geschwister, und ich scheide als Spenderin aus. Da hatte ich gehofft … selbst wenn es nur eine geringe Chance gibt … nun, dass du vielleicht …“ Sie schlug die Hände vors Gesicht, um ihre Tränen zu verbergen. „Oh, Turner!“ Die Angst, Adam zu verlieren, schnürte ihr die Kehle zu. „Ich wäre nicht zu dir gekommen, wenn es eine bessere Möglichkeit gäbe, als dich zu fragen.“

„Vorausgesetzt, *ich* bin der Vater.“

„Das bist du, verdammt noch mal! Glaubst du im Ernst, ich würde sonst meine Zeit damit vergeuden, hierher rauszufahren und alles wieder aufzuwühlen?“ Sie blinzelte die Tränen weg und griff in ihre Handtasche. „Warte, ich hab ein Foto von ihm.“

„Ich brauche schon andere Beweise als das.“

„Was du willst“, sagte sie, froh darüber, dass sie nun wenigstens ein Schrittchen vorankamen.

Turner blickte wie unentschlossen um sich. Seine Hand strich nervös über die Pferdebox. „Es gibt genetische Vaterschaftstests. Dann wäre jeder Zweifel ausgeschlossen."

„Das weiß ich doch selbst, Turner. Du kannst mir ruhig vertrauen. Wenn ich nicht die Wahrheit sage, fliegt das doch sofort auf! Aber es ist die Wahrheit, verlass dich drauf."

Das schien bei ihm angekommen zu sein. Er hielt seine Hand jetzt ruhig und fragte: „Weiß dein Mann Bescheid?"

„Mein Exmann. Ja, er weiß es. Er wusste auch schon vor unserer Heirat, dass ich schwanger war. Ich habe ihm von dir erzählt." Ihr fiel wieder ein, wie Dennis reagiert hatte, als sie ihm eröffnete, dass sie von einem anderen Mann schwanger war. Er war wütend gewesen, bestimmt auch verletzt. Er war in seinen Wagen gestiegen und mit quietschenden Reifen davongefahren. Aber er war zurückgekommen. Unter Liebesschwüren hatte er versprochen, sich um sie und das Baby zu kümmern. Er schien von ihr regelrecht besessen zu sein, und sie hatte ihm geglaubt. All das schien endlos lange zurückzuliegen. Jetzt, da sie Turner gegenüberstand, fragte sie sich, wie sie die Welt hatte glauben machen können, dass Adam Dennis' Sohn war.

Ein Muskel zuckte unter Turners Schläfe, aber bevor er irgendetwas Hässliches sagen konnte, erklärte Heather rasch: „Ich wusste wirklich nicht, dass ich schwanger war, als du verschwunden bist. Dann habe ich versucht, dich ausfindig zu machen, aber es war unmöglich. Ich habe bei *Lazy K* angerufen, aber Zeke wollte mir nicht sagen, wo du steckst, und zum ersten und einzigen Mal hat es selbst Mazie geschafft, den Mund zu halten. Alle auf der Ranch haben sich dumm gestellt."

„Also hast du Leonetti geheiratet", bemerkte er kalt.

Was sollte sie ihm erklären? Er schwang sich zum Richter auf und sprach sie schuldig. Aber wahrscheinlich hatte sie nichts anderes erwarten dürfen. Wieder griff sie in ihre Handtasche und holte ein Foto heraus, das sie ihm in die Hand drückte. „Bitte. Das ist dein Sohn."

Turner nahm ihr unsanft das Bild aus der Hand und betrachtete es angestrengt und mit gerunzelter Stirn.

Siehst du es nicht, Turner? Springt dir diese Ähnlichkeit nicht ins Auge? Er hat dasselbe glatte braune Haar, dieselben blaugrauen Augen, dasselbe Grübchen im Kinn. Es ist dein Sohn!

Turners düstere Miene verhieß nichts Gutes. Man sah ihm an, dass ihm tausend Gedanken durch den Kopf gingen. „Wie kannst du dir so sicher sein?“, fragte er mit belegter Stimme.

Obgleich sie mit dieser Frage gerechnet hatte, zuckte Heather zusammen. „Ich war Jungfrau damals, erinnerst du dich? Du warst der erste Mann in meinem Leben.“

Er erinnerte sich nur zu gut. Nie mehr war es wieder so gewesen wie mit Heather. Selbst jetzt, in ihren feinen Kleidern und den teuren Schuhen, wirkte sie nicht weniger anziehend auf ihn als damals das Mädchen in den abgeschnittenen Jeans und den Neckholder-Tops. „Vielleicht sind ja noch andere nachgekommen.“

Sie hielt seinem stechenden Blick stand. „Nein.“

„Weiß ich das so genau?“

„Nein, weißt du nicht. Du musst es mir schon glauben. Ich habe mit keinem anderen Mann geschlafen außer mit dir, bis ich Dennis geheiratet habe. Und das war, *nachdem* der Arzt meine Schwangerschaft bestätigt hatte. Du kannst ja von mir denken, was du willst, aber das ist die reine Wahrheit. Adam ist dein Sohn.“

Sein Herz schlug so heftig, das ihm das Blut in den Ohren rauschte. Sie kam ein wenig näher, sodass er auf ihr goldblondes Haar hinunterblickte und den verführerischen Duft ihres Parfüms riechen konnte. Es war wie früher: Er konnte ihr kaum widerstehen.

„Ich wäre nicht gekommen, wenn du nicht meine einzige Hoffnung wärst. Mir bleibt nichts anderes übrig, selbst wenn ich dir so gegenübertreten muss, um unserem Sohn zu helfen. Ich hatte gehofft, du würdest das begreifen.“

Turner wurde es flau im Magen. Leukämie! Das war eine tödliche Krankheit, und der Gedanke daran, dass er den Jungen – *seinen* Jungen – verlieren könnte, bevor er Gelegenheit hatte, ihn überhaupt einmal zu sehen, machte ihn fertig. Er verfluchte Heather und ihre Ausflüchte im Stillen. Sie hätte es ihm sagen können, ihm sagen *müssen.* Noch immer hielt er das Foto in der Hand. „Was wäre denn gewesen, wenn er nicht krank wäre? Hättest du mir je von ihm erzählt? Oder mir wenigstens mitgeteilt, dass ich ein Kind habe?" Wieder kam der Zorn in ihm hoch.

„Ja."

„Und wann?"

Die Antwort kam etwas zögernd. „Wenn er achtzehn geworden ist."

„Achtzehn!" So hatte sie sich das also gedacht. Sie hatte vorgehabt, ihn ganz auszuschließen. Er sollte keine Gelegenheit bekommen, seinen Sohn als Kind kennenzulernen und ihn heranwachsen zu sehen. Nie sollten sie Fangen spielen, nicht zusammen ausreiten, nicht am Fluss kampieren, sich nicht einmal sehen. „Achtzehn!", wiederholte er mit einem drohenden Unterton.

„Irgendwann muss er es erfahren."

„Und ich? Hatte ich es nicht auch verdient, es zu erfahren?"

Sie schüttelte den Kopf, und ein Anflug von Traurigkeit lag auf ihrem Gesicht. „Das hast du dir selbst zuzuschreiben, indem du mich einfach wortlos und ohne Abschied zurückgelassen hast. Du hast so getan, als wäre nie etwas zwischen uns gewesen."

Sein Misstrauen war keineswegs verflogen. Trotzdem überlegte er, was geschehen wäre, wenn er tatsächlich zu ihr zurückgekehrt wäre – rechtzeitig. *Bevor* sie einen anderen geheiratet hatte. Und zwar nicht irgendjemanden, sondern den Sohn eines der reichsten Männer der Bay Area. Ja, schwanger oder nicht – *das* war es, was sie schon immer gewollt hatte. An der ganzen Geschichte hing ein Preisschild, und da konnte er einfach nicht mithalten.

Er gab ihr das Foto zurück. „Ich will ihn sehen", erklärte er und versuchte, ruhig dabei zu bleiben. „Persönlich. Von Angesicht zu Angesicht. Ich will meinen Sohn kennenlernen."

„Das wirst du."

„Wirst du ihn hierherbringen?"

Sie erschrak. Nervös fuhr sie sich mit der Zungenspitze über die Lippen, und Turner blieb beinahe die Luft weg. „Ich dachte eigentlich, in der Stadt im Krankenhaus …"

„Muss es jetzt sofort sein?"

„Nein, im Augenblick geht es ihm besser, aber …"

„Dann will ich ihn sehen. Und zwar nicht in einem sterilen Krankenhaus, wo tausend Ärzte und Krankenschwestern um ihn herum sind, die ihn mit irgendwelchen Instrumenten traktieren."

Um sich abzureagieren, nahm er die Heugabel und warf Gargoyle Futter in den leeren Trog. Er fühlte sich in eine Falle getrieben und hatte das Gefühl, er müsse weg von hier. Aber es gab keinen Ausweg. Wenn das Kind wirklich seines war – und er war allmählich bereit, Heather zu glauben –, war er nicht nur bereit, diesem Jungen zu helfen. Dann sollte er auch zu seinem Leben dazugehören.

Er rammte die Heugabel in einen Strohballen und lehnte sich darauf. Heather wartete angespannt darauf, was nun kommen würde. „Unabhängig davon, was mit uns war, werde ich tun, was du verlangst", sagte er. „Ich fahre in die Stadt und lasse diese Tests machen. Es hat keinen Sinn, die Dinge aufzuschieben. Wenn das Kind einen Spender braucht und ich dafür infrage komme, tu ich, was getan werden muss. Das ist nicht das Problem."

Man sah Heather die Erleichterung an, und sogar ein flüchtiges Lächeln huschte ihr übers Gesicht. Er ahnte, was sie sagen wollte. Nein, sie hatte ihn missverstanden, und er musste das richtigstellen.

„Aber damit ist es nicht getan, Heather. Sobald es ihm gut genug geht und die Tests ergeben haben, dass er wirklich mein

Sohn ist, möchte ich, dass du ihn hierherbringst. Und das nicht nur für einen Nachmittag."

Das Lächeln war sofort wieder verschwunden, und sie wurde blass. „Das könnte noch eine Weile dauern. Ich weiß nicht, wann er wieder ganz hergestellt ist. Wenn die Ärzte meinen, dass er eine Transplantation braucht, kann es lange dauern, bis er sich davon erholt."

„Dann besuche ich ihn bei dir zu Hause, aber auf keinen Fall im Krankenhaus. Und danach, wenn alles überstanden und er wieder bei Kräften ist, kommt er hierher auf die Ranch. Dann möchte ich Zeit mit ihm verbringen, zwei, vielleicht drei Wochen – genug jedenfalls, um ihn näher kennenzulernen."

„Das ist unmöglich …"

Er nahm die Heugabel und hängte sie an einen Nagel in der Wand. „So wie ich das sehe, hattest du jetzt fünf Jahre mit ihm. Nun bin ich mal an der Reihe."

Die Panik stand ihr ins Gesicht geschrieben. „Aber er ist … krank."

„Ich werde sicher nichts tun, was seine Gesundheit gefährdet, Heather, aber ich habe ein Recht darauf, ein Verhältnis zu meinem Sohn aufzubauen."

Das musste sie erst einmal herunterschlucken, und es trieb ihr den Schweiß auf die Stirn. Im Prinzip hatte sie seinem Anliegen nichts entgegenzusetzen, aber trotzdem weckte es neue Ängste in ihr. Wenn sie ihren Sohn nicht an diese furchtbare Krankheit verlor, könnte sie ihn vielleicht an diesen Vater verlieren. Aber darauf musste sie sich einlassen. Andere Möglichkeiten gab es nicht. „Ich … denke, wenn die Ärzte es erlauben …"

„Das werden sie schon."

Sie sah sich unsicher in der baufälligen Scheune um. „Allein kann er hier aber nicht bleiben."

„Ich bin doch da."

„Ich weiß. Aber was ist, wenn er verängstigt reagiert? Er kennt dich doch nicht einmal."

„Und an wem liegt das?"

„Hier geht es nicht um Schuldzuweisungen, Turner. Wir sprechen über das Wohlergehen meines Sohnes.“

„Du wirst jedenfalls kein verdammtes Kindermädchen hier anschleppen!“, warnte er sie.

„Nein, werde ich nicht, Turner. Wenn Adam hierbleiben soll, werde ich auch hier sein.“

In Turners Kopf fing es an zu arbeiten. Heather Leonetti wollte er auf seiner Ranch nun bestimmt nicht haben. Sie würde nur im Wege sein und ihn ablenken. Sie würde dazwischenfunken, wenn er den Kontakt zu seinem Sohn suchte, und immer die überbesorgte Mutter spielen. Ihrer entschlossenen Miene konnte er allerdings ansehen, dass sie bitterernst meinte, was sie sagte, und er war nicht so abgebrüht, den Druck noch weiter zu erhöhen und Bedingungen zu stellen – zum Beispiel, dass er nur bereit wäre, den Vaterschaftstest zu machen, wenn Heather Adam allein zu ihm auf die Ranch kommen ließ. Schließlich ging es um das Wohl des Jungen. Es ging um *seinen Sohn*. Der Gedanke daran machte ihn fast verrückt.

Turner rieb sich das Kinn und sagte dann, nachdem er einige Zeit zum Überlegen gebraucht hatte: „Okay, Lady, abgemacht.“ Er setzte ein breites Lächeln auf und ließ seinen Blick eine Weile auf dem Ausschnitt ihrer Bluse ruhen. „Aber einfach wird das nicht, das sag ich dir gleich.“

„Mit dir ist sowieso nichts einfach“, entgegnete sie. Sie ließ sich nicht einschüchtern. Er rückte noch ein Stück näher an sie heran, aber sie wich nicht zurück. Stattdessen sah sie ihn mit großen Augen an und öffnete die Lippen einen Spalt. Wenn er es nicht besser gewusst und wenn ihm nicht noch immer die Wange von ihrer Ohrfeige gebrannt hätte, wäre er sicher gewesen, dass sie ihn herausfordern wollte. Der Blick, mit dem sie ihn bedachte, hatte es kurz zwischen ihnen knistern lassen.

„Gut. Ich vereinbare einen Termin mit dem Arzt und dem Krankenhaus“, sagte sie.

Instinktiv legte er ihr die Hand auf den Arm. „Ich denke, wir sollten jetzt doch mehr miteinander reden.“

Sie zögerte einen Moment mit der Antwort. „Ich weiß nicht, was das bringen soll", antwortete sie dann.

„Lass mich erst einmal Luft holen, Heather. Es sind fünf Jahre ins Land gegangen. Ich denke, dass es eine ganze Menge zu besprechen gibt."

„Ich weiß nicht …"

„Wir schließen einen Waffenstillstand. Wenigstens vorübergehend. Es gibt so vieles, das ich wissen will." Er drückte ihren Arm etwas fester. „Das bist du mir schuldig."

Sie zog rasch den Arm weg. „Ich bin dir gar nichts *schuldig*. Aber in einem Punkt hast du recht: Es gibt einiges, das du wissen solltest. Ich muss jetzt noch einmal in die Stadt, um mit meiner Mutter zu reden, ich komme aber später wieder. Genügt dir das?"

„Muss es wohl."

„Um welche Zeit?"

„Mit meiner Arbeit bin ich so etwa um sieben fertig."

„Gut. Dann sagen wir halb acht."

Damit drehte Heather sich um und eilte hinaus, und alles, was sie zurückließ, war ein Hauch ihres verführerischen Parfüms. Sie nahm sich nicht einmal die Zeit, nach den Flecken auf ihrer Seidenbluse zu sehen.

Sie war tougher geworden im Laufe der Jahre, tougher und anspruchsvoller, und in Turners Augen noch tödlicher als früher. Denn wenn sie ihm nicht frech ins Gesicht gelogen hatte, hatte sie jetzt seinen Sohn als Druckmittel.

Heather spähte angestrengt durch den Staub auf der Windschutzscheibe. Die *Badlands-Ranch* lag nordwestlich von Gold Creek. Die Straße, die von der Ranch zurück zur Stadt führte, war ein schmales Asphaltband, das sich am westlichen Ufer des Whitefire Lake entlangzog. Hin und wieder konnte sie durch die Bäume hindurch einen Blick auf den See erhaschen, der in reinem, klarem Blau dalag, ganz anders als unter den weißen Nebelschwaden an diesem Morgen, als sie einen großen Schluck von seinem Wasser getrunken hatte. Welch ein albernes Ritual! Wäre sie nicht so verzweifelt, hätte sie über sich selbst lachen können.

Zu allem Überfluss musste sie pausenlos an Turner denken und daran, dass er mit ihr schlafen wollte. Sie hatte es ihm am Gesicht ablesen können. Er hatte ihr sogar recht plump direkt dieses Angebot gemacht, wenn es wohl auch nur ein Bluff gewesen war, um sie loszuwerden, indem er sich so aufführte.

Dabei hatte er nicht gewusst, wie verzweifelt sie war. Er hatte nicht damit gerechnet, dass ihr dieses Angebot sehr gelegen kommen könnte. Hätte sie mit ihm geschlafen und wäre wieder schwanger von ihm geworden, hätte daraus buchstäblich eine neue Chance für Adam erwachsen können. Aber dazu wäre sie nicht imstande. Weder hätte sie es fertiggebracht, Turner derart hinters Licht zu führen, noch hätte sie allein aus dem Grund planen können, ein Kind zu bekommen, um ihr jetziges Kind zu retten.

Oder könnte sie das doch tun?

Heather hatte sich schon immer ein zweites Kind gewünscht. Die Tatsache, dass Dennis nicht zeugungsfähig war, war für sie beide eine große Enttäuschung gewesen. Der Gedanke, noch einen Sohn oder eine Tochter von Turner zu bekommen, traf auf eine romantische Ader in ihr, dass man beinahe schon an ihrem Verstand zweifeln musste.

Aber ein Bruder oder eine Schwester konnte tatsächlich für Adam die Rettung sein. Jeder Arzt, mit dem sie gesprochen hatte, hatte betont, dass Geschwister des Empfängers in der Regel geeignete Spender für eine Knochenmarktransplantation seien. Je mehr Geschwister der Empfänger hatte, desto größer war die Chance auf den passenden Spender. Dass sie selbst ihrem Sohn nicht helfen konnte, war bereits entschieden. Ob Turner es konnte, stand in den Sternen. Aber ein Geschwisterkind …?

Der Gedanke war abscheulich. Sie wollte, nein, sie konnte an eine weitere Schwangerschaft, ein weiteres Kind nicht einmal denken.

Aber wenn es doch um Adams Überleben geht? Warum nicht noch ein Kind? Ich würde es lieb haben. Und Adam würde ein Geschwisterchen auch guttun.

„Noch ein Kind ohne Mann kommt nicht infrage“, sagte Heather halblaut zu sich selbst. Sie näherte sich jetzt Gold Creek, war gerade unter der alten Eisenbahnbrücke hindurchgefahren und erreichte die ersten Ausläufer der Vorstadt, die sich bis ins Vorland der Berge erstreckten. Etliche Häuser standen zum Verkauf. Die rot-weißen Schilder von *Fitzpatrick Realty*, die in den Vorgärten in den Rasen gerammt waren, zeigten es an. Weiter ging es am Park vorbei, in dem Kinder auf dem Spielplatz tobten und asphaltierte Wege das Grün durchzogen und in der Mitte auf einen Pavillon hin zusammenliefen. Er war so etwas wie eine Pilgerstätte für Roy Fitzpatrick geworden. Thomas Fitzpatricks ältester ehelicher Sohn war Opfer eines Mordes geworden, dessen man Jackson Moore beschuldigt hatte.

Das war nun schon über zwölf Jahre her. Inzwischen wollten Heathers Schwester Rachelle und Jackson heiraten. Sein Name war mittlerweile reingewaschen und das Gerede allmählich verstummt.

An einer Ampelkreuzung musste Heather abbremsen, dann bog sie in die Main Street ein und fuhr am *Rexall Drugstore* vorbei. Mit Rachelle und deren Freundin Carlie war sie früher oft dort gewesen. Im hinteren Teil des Ladens gab es eine Imbissecke mit einem altmodischen Getränkespender; Carlies Mutter arbeitete auch heute noch dort. Rachelle war damals nicht sonderlich davon begeistert gewesen, ihre kleine Schwester im Schlepptau zu haben, aber Carlie schien nie etwas dagegen gehabt zu haben.

Ein paar Häuserblocks weiter passierte sie das *Buckeye Restaurant and Lounge*. Im Vorbeifahren drangen Fetzen eines Countrysongs durch die offene Tür an ihr Ohr.

Vor dem kleinen Häuschen, in dem sie aufgewachsen war, hielt Heather schließlich an. Es war ein Bungalow mit nur zwei

Zimmern, winzig, aber gemütlich. Damals hatte sie nur weggewollt von hier. Weg von den Eltern, die sich permanent stritten, und später dann auch weg von den bösen Gerüchten, die die Familie belasteten.

Ihre Mutter wohnte nicht mehr hier, aber die Hälfte des Bungalows gehörte Heather noch. So hatte also das ganze Davonlaufen zu nichts geführt. Sie konnte noch immer hier einziehen, aber es schauderte ihr bei diesem Gedanken. Konnte sie Adam wirklich hier aufwachsen lassen, damit er auf demselben kaputten Straßenpflaster Skateboard fuhr, so wie sie früher mit ihrem Zehngangfahrrad aus zweiter oder dritter Hand hier herumgeradelt war?

Sie hielt sich nicht lange bei diesen Überlegungen auf. Es gab noch eine Menge zu tun. Dass sie an diesem Tag Turner wiedergesehen und ihn mit der Wahrheit konfrontiert hatte, hatte wirklich Nerven gekostet. Jetzt stand ihr dasselbe mit ihrer Mutter bevor.

„Gott steh mir bei", flüsterte sie. Dann fuhr sie weiter zu dem kleinen Haus ihrer Mutter, das zwei Meilen entfernt auf der anderen Seite der Stadt lag. Nachdem Ellen Tremont Little jüngst von ihrem zweiten Mann verlassen worden war, war sie vermutlich nicht in der Stimmung, von den Problemen ihrer jüngsten Tochter zu hören.

„Ich kann das nicht glauben!" Heathers Mutter ging an die Schublade, in der ihre Zigarettenvorräte lagerten. „Was du dir da zusammengebraut hast, diese ganze Geschichte … Das sind doch nur wilde Hirngespinste!" Sie steckte sich eine Zigarette an und nahm einen tiefen Zug.

„Es ist die Wahrheit, Mom."

Ellen legte einen Arm um ihre etwas fülliger gewordene Mitte und blinzelte durch die Rauchwolke hindurch. „Und Dennis …?"

„Dennis ist nicht Adams Vater."

„Wusste er das denn?"

„Ja, von Anfang an. Erinnere dich an den Abend, an dem er so wütend auf mich war und aus dem Haus gestürmt ist. Das war unmittelbar, nachdem ich von *Lazy K* zurückgekehrt bin. Ich habe dir doch von Turner erzählt …"

„Turner?" Ellen schnappte nach Luft. „Doch bitte nicht …"

„Turner Brooks."

„Oh mein Gott!" Ellen sank auf einen der Stühle am Tisch und stützte den Kopf mit beiden Händen ab. Die Zigarette brannte zwischen ihren Fingern achtlos weiter. „Der Sohn von John Brooks."

„So ist es."

Die Mutter seufzte tief. Dann nahm sie noch einen Zug von ihrer Zigarette und stieß den Rauch durch die Nase aus. „Wie kann ich mich jemals wieder sonntags in der Kirche blicken lassen?" Sie schaute aus dem Fenster auf das Futterhäuschen, das an einem Ast der Robinie vor dem Haus schaukelte und das von einigen kleinen Vögeln mit gelbem Brustgefieder bevölkert war. „Für Cora Nelson wird das ein innerer Triumphzug, wenn sie davon hört. Und Raydene McDonald … Womöglich steht es dann sogar in der Zeitung!"

„Das glaube ich nun wirklich nicht", sagte Heather und registrierte Ellens schüchternen Versuch zu lächeln.

„Was willst du mit jemandem wie Turner Brooks, wo du doch Dennis hattest?"

„Fang bitte nicht wieder damit an, Mom!" Auch wenn Heather das freundlich sagte, meinte sie es ernst.

„Ausgerechnet Turner! Der hat doch nie etwas anderes getan, als auf bockigen Pferden herumzureiten und sich dabei zum Krüppel zu machen."

„Er hat sich um seinen Vater gekümmert."

Ellen drückte die Zigarette aus. „Das nehme ich an, ja."

„Er ist kein schlechter Mensch, Mom."

„So? Wo war er denn, als du schwanger warst? Er hat dich nicht geheiratet, oder? Das hat Dennis getan." Sie stand auf und begann, die Geschirrspülmaschine auszuräumen. „Die Erfolgsbilanz, die wir Tremont-Frauen bei den Männern haben, ist wirklich beeindruckend", meinte sie bitter. „Was täten die Klatschmäuler dieser Stadt nur ohne uns?"

„Ich schäme mich nicht dafür, dass Turner Adams Vater ist."

„Nein, natürlich nicht. Wo denkst du hin, Heather? Warum muss es ausgerechnet ein Rodeoreiter sein, wenn du jeden Jungen in der Stadt haben könntest – einschließlich ..." Ellen verstummte. „Ich weiß, ich klinge wahrscheinlich so wie eine Schallplatte mit einem Sprung in der Rille. Nun gut. Letztendlich ist es Adams Gesundheit, die zählt. Wenn Turner bereit ist, etwas dazu beizutragen, mein Enkelkind zu retten, werde ich kein schlechtes Wort mehr über diesen Mann verlieren."

Heather musste trotz des ernsten Themas kichern. „Glaubst du wirklich, dass du das schaffst?"

„Ich weiß nicht. Immerhin habe ich schließlich auch Jackson akzeptiert, obwohl ich nie gedacht hätte, dass das einmal geschieht."

„Ich auch nicht."

„Jetzt werden Rachelle und er heiraten." Sie stellte zwei Gläser in den Schrank und wischte sich die Hände ab. „Ich habe Jackson falsch eingeschätzt. Nebenbei bemerkt hat das die ganze Stadt getan. Vielleicht liege ich bei Turner ja auch falsch."

„Ganz sicher, Mom." Aber so sicher war Heather sich selbst nicht.

„Ich hoffe es. Ich hoffe es für uns alle." Sie hängte das Geschirrtuch an den Haken. „Aber sag mir, was passiert, wenn Turner doch nicht der passende Spender ist?"

„Daran wollen wir nicht einmal denken."

„Immerhin ist es möglich."

Sogar gut möglich! Was Adam braucht, ist ein Bruder oder eine Schwester ... Aber nicht schon wieder das! „Fürs Erste besteht keine Gefahr", erklärte Heather ihrer Mutter und rief sich die Prognose des Arztes in Erinnerung. „Das Abklingen des Blutkrebses kann noch Jahre anhalten. Dann braucht Adam überhaupt keine Knochenmarkspende."

„Aber wenn er sie doch braucht?"

„Darüber können wir uns dann den Kopf zerbrechen", erwiderte Heather, während sie im Stillen versuchte, den Gedanken an ein mögliches Geschwisterkind zurückzudrängen.

Ellen machte ein besorgtes Gesicht. „Wir müssten an deinen Vater herantreten und an alle Verwandten sonst, die mit dir blutsverwandt sind. Vielleicht ist unter ihnen jemand, der helfen kann."

„Bei Turner besteht die größte Wahrscheinlichkeit, dass er als Spender infrage kommt." Der Gedanke daran, ihn wiederzusehen, fiel ihr nicht leicht. Vorhin bei ihm in der Scheune hatte sie gemerkt, wie anziehend er immer noch auf sie wirkte. Sie musste eine Entscheidung treffen, wie sie damit umgehen wollte – ob sie ihn auf Distanz hielt oder versuchte, ihn zu verführen.

7. KAPITEL

Als sie ihren Mercedes nahe der Scheune parkte, konnte Heather schon sehen, dass Turner auf sie wartete. Er saß im Schaukelstuhl mit einer Dose Bier in der Hand auf der Veranda und beobachtete, wie sie aus dem Wagen stieg.

„Jetzt oder nie", sagte sie leise zu sich selbst, während sie die Handtasche über die Schulter nahm. Sie hatte sich umgezogen und trug jetzt eine lange weiße Hose und ein weinrotes T-Shirt. Das Haar hatte sie zu einem Pferdeschwanz zusammengebunden und ihren Schmuck in dem Beutel, in dem sie ihr Make-up verwahrte, in ihrem Bungalow zurückgelassen.

Die Luft an diesem Abend war drückend und vom Summen der Insekten erfüllt. Es versprach eine schwüle Nacht zu werden. Violette Wolken zogen über den dunkler werdenden Himmel und sorgten für ein unwirkliches Zwielicht. An so einem Sommerabend war sie schon einmal mit Turner allein gewesen – vor sechs langen Jahren. Aber inzwischen hatten sie einen Sohn, und dieser Sohn hatte eine Krankheit, die tödlich enden konnte. Nicht zum ersten Mal haderte Heather mit ihrem Schicksal.

„Ich dachte schon, du würdest kneifen", sagte Turner. Der alte, abgewetzte Schaukelstuhl knarrte, als er sich daraus erhob.

„Ich doch nicht." Sie zwang sich zu einem Lächeln, nach dem ihr eigentlich gar nicht zumute war. Erst jetzt fiel ihr auf, wie verlassen dieser Ort um sie herum war. Es gab keine Baracken, in denen die Rancharbeiter hausten, keine Mansardenzimmer mit den Küchenhilfen, keine Gäste, die auf der Veranda tanzten oder im Speisesaal Karten spielten, keinen Zeke und keine Mazie. Hier waren nur Turner und der Wind, der über die Hügel der *Badlands-Ranch* ging.

Ihr Herz klopfte wie wild, sodass sie fast fürchtete, Turner könnte es hören.

Er trank sein Bier aus und stellte die leere Dose aufs Geländer der Veranda. „Du hättest nicht extra zu kommen brauchen", sagte er. Während er die Stufen zu ihr hinabstieg, entdeckte sie in seinem Gang ein kaum merkliches Hinken, der Preis, den sein Körper für das Leben bezahlte, das Turner so liebte. „Ich hätte den Test auch so gemacht."

„Ich dachte, das bin ich dir schuldig", erwiderte sie. Er war frisch rasiert und schaute sie aus seinen blaugrauen Augen an, aber das versuchte sie auszublenden. Trotz seines etwas unrunden Ganges waren seine Bewegungen nach wie vor kraftvoll und geschmeidig. Irgendwie passte er in seinen Jeans und dem Hemd mit den verwaschenen Farben perfekt in diese Umgebung – zu diesem leicht heruntergekommenen Ranchhaus und dem hügeligen Weideland ringsum. Keine Frage: Für sie war und blieb er der *Sexiest Man alive*.

Und damit war sie bei ihrem Problem: Was sie beide verbunden hatte, war vor allem der Sex gewesen, der so unglaublich schön, leidenschaftlich und unverbraucht gewesen war. In ihrer Naivität hatte sie das für Liebe gehalten. Sie hatte keinen Zweifel daran gehabt, dass sie ihn liebte – und er sie auch. Wie viel davon jugendlicher Lebenshunger war, hatte sie nicht in Betracht gezogen. Selbst jetzt, da sie sich bemühte, die Dinge ein wenig abgeklärter zu sehen, spürte sie die Spannung, die zwischen ihnen bestand. Etwas Wildes, Ungezügeltes regte sich in ihrem Innern.

„Was ist mit Adam? Erzähl mir von ihm. Wo ist er jetzt?", fragte er.

„Er ist bei Mrs Rasmussen, unserer Babysitterin. Sie wohnt zwei Häuser weiter."

„Und wie steht es mit seiner Krankheit? Wie schlimm ist sie?"

Es tat ihr im Herzen weh, immer wieder daran erinnert zu werden. „Gegenwärtig ist sie im Begriff abzuklingen. Das könnte anhalten, aber später ..." Heather verstummte und schüttelte traurig den Kopf. „Adams Arzt heißt Richard Thurmon. Er ist der beste Spezialist in San Francisco. Ich habe ihm von dir erzählt, du brauchst ihn also nur anzurufen. Er kann alle notwendigen Auskünfte geben."

„Gut. Mach ich."

Eine Weile standen sie schweigend da, und Turner musterte sie kritisch, als wollte er ihr nicht so recht glauben. „Ich habe heute versucht, Zeke zu erreichen", bemerkte er dann.

„Ach? Wolltest du meine Geschichte überprüfen?"

Seine Mundwinkel zuckten. „Zeke ist in Montana und kommt erst in ein paar Wochen wieder."

„Und was ist mit Mazie?"

„Sehr viel wusste sie von diesem Sommer vor sechs Jahren nicht mehr. Aber sie glaubte, sich zu erinnern, dass du angerufen hast und mich sprechen wolltest."

„Sie weiß nicht mehr, dass ich sie praktisch angefleht habe, mir deine Adresse zu geben? Oder deine Telefonnummer, um dich irgendwie zu erreichen?", fragte Heather ungläubig. So richtig vertraut hatte sie Mazie nie, aber das hätte ihr fast die Sprache verschlagen. Sie war den Tränen nahe. Andererseits hatte es gewiss eine ganze Reihe von Frauen gegeben, die sich bei ihr tränenreich nach Turner erkundigt hatten.

„Davon hat sie nichts gesagt."

„Aber es ist, verdammt noch mal, die Wahrheit!", rief Heather mit einer verzweifelten Geste aus. Turner behandelte sie noch immer, als hätte sie etwas verbrochen. Dieses Misstrauen beruhte allerdings auf Gegenseitigkeit. Es war zum Verrücktwerden. Mal weckte Turner in ihr die kühnsten Träume, im nächsten Moment könnte sie ihm den Hals umdrehen. „Warum machen wir nicht einen kleinen Ausritt?", schlug sie vor.

„Wie bitte?"

„Wir setzen uns aufs Pferd und reiten aus. So, wie wir es früher gemacht haben."

„Warum sollten wir das tun?" Er sah sie an, als sei sie von allen guten Geistern verlassen.

„Weil ich es nicht länger ertrage, hier herumstehen und mir von dir Gott weiß was für Unterstellungen anhören zu müssen. Das hat doch früher auch funktioniert. Wenn wir sauer aufeinander waren, sind wir einfach losgeritten. Du hast doch bestimmt Pferde hier! Was ist mit Sampson?“ Heather wartete die Antwort nicht ab, sondern stürmte gleich auf die Scheune zu, in der sie bei ihrem ersten Besuch das Pferd mit dem rötlichen Fell gesehen hatte.

Mit drei langen Schritten hatte Turner sie eingeholt. „Du bist verrückt, Lady!“, sagte er, während sie schon die Tür aufgerissen hatte und in den dunklen Innenraum getreten war. Sie tastete nach einem Lichtschalter, fand aber keinen. „Wir haben einen Sohn, von dem ich bisher nichts wusste. Der Junge braucht dringend Hilfe, und du willst ausreiten?“

„Ich habe einfach keine Lust, mich noch länger mit dir zu streiten.“ Mit einem Ruck drehte sie sich zu ihm um. Oben im Gebälk hörte man eine Fledermaus flattern. „Ich habe Angst, Turner. Ich fürchte mich zu Tode. Und da kann ich weder dich noch sonst jemanden gebrauchen, der mir vorrechnet, was ich alles falsch oder vielleicht auch nicht falsch gemacht habe. In meiner Lage zählt nur das Hier und Jetzt.“

„Erwartest du von mir, dass ich sechs Jahre einfach streiche?“ Seine Frage klang verärgert.

„Ja. Denn sie spielen keine Rolle mehr. Es spielt überhaupt nichts eine Rolle – nur noch Adams Gesundheit.“ Inzwischen hatte sie den Riegel zur Pferdebox gefunden, aber die Box war leer.

„Herrgott noch mal! Heather, ich habe Fragen. Eine Million Fragen.“

„Das Einzige, was du aussprichst, sind Vorwürfe.“

Er war bei ihr, und ehe sie sich’s versah, war sie zwischen der Bretterwand der Scheune und seiner breiten Brust eingeklemmt. „Ich habe mich jetzt sechs Stunden lang mit der Frage herumgeschlagen, wie all das so weit kommen konnte … und warum du mir nie von Adam erzählt hast.“

„Das habe ich dir doch erklärt! Ich …“

„Ich habe gehört, was du gesagt hast. Aber das zieht bei mir nicht! Du hättest ja nicht gleich ins Ehebett hüpfen müssen. Du hättest warten können.“

„Und wie lange warten, Turner?“, fragte sie mit tränenerstickter Stimme. „Bist du *Lazy K* mal wieder einen Besuch abstattest? Bis du deine Rodeotournee beendet hast oder eine Verletzung dich außer Gefecht setzt? Ich hatte ein Baby, um das ich mich kümmern musste! So viel Zeit hatte ich nicht.“

Er verzog verächtlich den Mund, und seine Finger umfassten ihren Arm noch fester. „Du hast doch überhaupt nicht an das Kind gedacht! Du hast dir Sorgen um deinen guten Ruf gemacht! Du hast mir schließlich oft genug davon erzählt, was deine Schwester in Gold Creek auszustehen hatte. Und dann kommst du dort an – schwanger und ohne Mann. Das wolltest du dir einfach nicht antun. Jeder weiß Bescheid, alle reden darüber. Vermutlich wolltest du so nicht einmal deinen Eltern gegenübertreten.“

„Oh Gott“, stöhnte sie leise auf und schüttelte den Kopf, wobei sie sich wunderte, wie weit man voneinander entfernt sein konnte, während man sich körperlich so nahe war. Sie schluckte einmal trocken und hob den Kopf. „Ich dachte, ich liebte dich, Turner. Ich war so weit, dass ich überzeugt war, dass du der Mann bist, mit dem ich den Rest meines Lebens verbringen wollte. Und dann verschwindest du. Einfach so.“

Noch immer stand sie eingeklemmt zwischen ihm und der Wand da. Die Hitze seines Körpers übertrug sich auf sie. Sie starrte auf das Grübchen in seinem Kinn und auf die zu einer schmalen Linie zusammengepressten Lippen und versuchte das Flattern in ihrem Bauch zu ignorieren. Sie wehrte sich gegen die Anziehung, die er auf sie ausübte. Er war ein heruntergekommener Cowboy, der mit den Jahren kalt und zynisch geworden war.

„Was bist du bloß für eine Frau?“, sagte er und lockerte den Griff an ihrem Arm ein wenig.

„Ich will einfach nur einen Neuanfang“, erwiderte sie. „Um Adams willen.“

„So als wäre nie etwas zwischen uns gewesen – aha.“ Er ließ ihren Arm los und hielt sie stattdessen an den Handgelenken.

„Ich kann nicht vergessen, was wir hatten, und nehme an, dass du es auch nicht kannst. Aber wenn wir uns nicht wie Feinde gegenüberstehen würden, wäre das schon mal ein Anfang. Und es wäre für Adam das Beste.“ Seine Hände fühlten sich warm an, wohltuend warm. Sie konnte sich nicht dagegen wehren, dass ihr Herz noch schneller schlug. Dennoch klang ihre Stimme erstaunlich ruhig, als sie fragte: „Was gedenkst du also zu tun, Turner? Willst du mich für den Rest meines Lebens bestrafen? Willst du mich für meine Fehler büßen lassen?“

„Kommt dir das so vor? Dass ich dich bestrafe?“

Der Klang seiner dunklen Stimme ging ihr unter die Haut, sodass es ihr schwerfiel, überhaupt ein Wort herauszubringen. „Ich denke schon, dass du vorhast, mich für etwas, was ich getan habe, büßen zu lassen.“

Er erstarrte für einen Moment, und Heather merkte daran, dass sie endlich zu ihm durchgedrungen war. Trotzdem rührte er sich nicht vom Fleck, und sie pressten sich aneinander, als ob es gleich kein Halten mehr geben konnte. Die Intimität dieser Berührung nahm ihr den Atem.

Weiter hinten im Stall schnaubte ein Pferd. Turners Geruch, die Wärme, die sein Körper ausstrahlte, die Art, wie er sie anschaute, all das stürmte auf sie ein und lenkte ihre Gedanken in gefährliche Bahnen – zurück zu den Tagen, als sie sich so unbeschwert und zügellos geliebt hatten. Sie fuhr sich unbewusst mit der Zungenspitze über die Lippen und fragte sich, ob er sie wieder küssen würde.

Aber sie zwang sich dazu, ihn anzusehen und weiterzureden. „Mein Fehler war nicht, mit dir zu schlafen. Mein Fehler war, dich zu lieben und anzunehmen, dass ich dich dazu bringen könnte, mich auch zu lieben. Aber ich hatte mich getäuscht. Was du wolltest und was du letztlich auch von mir bekommen hast, war eine Affäre für einen Sommer, ein wenig Abwechslung vom Alltag auf der Ranch.“

Seine Muskeln spannten sich. Heather konnte sehen, wie es in ihm arbeitete, um zurückzuweisen, was sie gerade gesagt hatte. „Ich mochte dich wirklich sehr …“

„Lüg bitte nicht, Turner. Das würde uns nur herabwürdigen und alles noch schlimmer …“

Sie konnte nicht weitersprechen, weil seine Lippen ihr den Mund verschlossen. Er schlang die Arme um sie und drückte sie fest an sich. Wilde Leidenschaft flammte zwischen ihnen auf und brachte ihr Blut in Wallung. Es pochte ihr in den Schläfen. Turner zu fühlen und zu schmecken, weckte Erinnerungen in ihr, die sie seit Jahren verdrängt hatte. All ihre Widerstände erlahmten. Sie schien auf die Reaktionen ihres Körpers keinen Einfluss mehr zu haben. Er schien instinktiv zu wissen, dass das der Mann war, der einzige Mann, der solch loderndes Verlangen in ihr entfachen konnte, und dass er ihren Verstand nicht zu fürchten brauchte, weil der sich einfach ausschaltete.

Das kann doch nicht wahr sein! dachte sie noch, war aber nicht mehr in der Lage, den Verführungsversuchen von Turners Zunge zu widerstehen, die sich zu ihr drängte und sie mit verspielten, kleinen Bewegungen zum Beben brachte.

Turner griff ihr ins blonde Haar und bog ihr den Kopf zurück, damit er mit seinen Küssen auch ihren Hals erreichte, als hätte er alles Recht der Welt, sie auf der Stelle zu nehmen.

Halt ihn auf! Sofort! Das führt doch zu nichts! Während die warnende Stimme in ihr Alarm schlug, presste sich ihr Körper, der ihr nicht mehr zu gehorchen schien, an Turner. Sie war wie berauscht von der Lust, die er in ihr weckte. Und plötzlich war da noch ein anderer Gedanke: Jetzt mit Turner zu schlafen, könnte nicht nur den Schmerz vergangener Jahre lindern oder eventuell sogar eine neue Beziehung mit ihm in Gang setzen – sie könnte auch ein zweites Kind empfangen, eines, das … Stopp! Was bildete sie sich eigentlich ein? Sie konnte Turner nicht derart hintergehen.

Heather riss sich los. „Nein!“, rief sie laut.

Turner fuhr erschrocken zurück und hob den Kopf. „Was ist denn jetzt los?“ Er trat einen Schritt zurück und fuhr sich mit der Hand durchs Haar. Dann versetzte er dem Holzpfosten der Box neben sich frustriert einen Tritt. Ein erschrockenes Wiehern kam von weiter hinten als Antwort, und das Flattern der Fledermäuse unterm Dach begann von Neuem.

„Es tut mir leid, Turner“, sagte sie, ärgerte sich aber noch im selben Augenblick über den kleinlauten Ton ihrer Entschuldigung.

„Herrgott, Heather, ich wollte dich nicht zu etwas zwingen …“

„Oh, das weiß ich“, unterbrach sie ihn verwirrt. Ihr zitterten die Hände, als sie versuchte, ihren Pferdeschwanz wieder in Ordnung zu bringen. Sie kam sich vor wie ein törichter Teenager. „Ich weiß nur nicht, ob … das jetzt so eine gute Idee war.“

Er verzog den Mund zu einem kalten Lächeln. „Verstehe“, sagte er, und nach diesem einen Wort schon schwante ihr Böses. „Du willst keinen Cowboy.“

„Das stimmt nicht.“

„Dann willst du also doch einen?“

„Unsinn, natürlich nicht …“

Ein Ausdruck des Bedauerns lag auf seinem Gesicht. „Das ist dein Problem, Heather, und das war es schon immer. Du hast Schwierigkeiten, dir einzugestehen, was du wirklich willst. Du hast behauptet, dass du mich liebst – ja, ich weiß. Vermutlich hast du selbst daran geglaubt. Aber ich wusste trotzdem die ganze Zeit schon, dass du insgeheim dachtest, ich sei nicht gut genug für dich.“

„Turner, das ist nicht wahr!“

„Natürlich ist das wahr. Ich bin doch nicht blind.“

„Ich habe dich geliebt!“

„Das hast du dir eingeredet, um deine Schuldgefühle zu beschwichtigen bei dem, was wir getan haben. Du hast Liebe mit Lust verwechselt …“

„Ich habe nie …“

„Oh doch, Heather, du hast“, fuhr er scharf dazwischen. „Wir beide haben es. Was wir gemeinsam erlebt haben, war der verdammt noch mal beste Sex, den ich je hatte, etwas, das einem durch Mark und Bein ging. Und so hast du das auch empfunden." Er fuhr ihr sacht mit den Fingerspitzen dort über den Hals, wo das Blut pulsierte. „Und so empfinden wir es beide auch jetzt noch."

Mit seiner Art von selbstgefälliger Logik konnte Heather nicht mithalten. Ihre Wut, die sich gerade ein wenig gelegt hatte, flammte erneut in ihr auf. Und trotzdem wäre sie, als er sie am Hals berührte, am liebsten dahingeschmolzen. Sie gab sich einen Ruck, schlug seine Hand mit einer Bewegung weg und trat rasch beiseite.

Turner machte eine Geste wie jemand, dem man einen Revolver unter die Nase hält. „Ich habe noch nie eine Frau so sehr begehrt wie dich, Heather. Und das gilt auch jetzt noch. Nur habe ich damals schon gewusst, dass aus uns beiden nichts wird. Wir hatten Sex, großartigen Sex, aber das war auch alles. Und das reicht nicht."

Seine Worte trafen sie mitten ins Herz. Sie schmerzten deshalb so sehr, weil es wahr war, was er sagte – wenigstens aus seiner Sicht. Tränen traten ihr in die Augen. Sie stolperte rückwärts und musste sich an der Einfassung der Pferdebox neben ihr abstützen. Sie musste raus, weg. Hierherzukommen war ein gewaltiger Fehler gewesen.

Aber Turner ließ nicht locker. „Das Problem war, dass ich das damals nicht erkannt habe, jedenfalls nicht so klar. Ich hatte nur so ein Bauchgefühl, dass du nicht die richtige Frau für mich bist, aber ich hatte Schwierigkeiten, mir das einzugestehen." Er lehnte sich mit dem Rücken an die Bretterwand und schloss die Augen, als wollte er sich erst einmal beruhigen. „Auf jeden Fall habe ich all das erst durchschaut, als es schon zu spät war."

„Und dann?", fragte sie unsicher.

„Dann habe ich beschlossen, es darauf ankommen zu lassen. Warum auch nicht? Was hatte ich groß zu verlieren als dieses unstete Leben? Ich bin zurückgekommen, aber du warst schon weg. Und nicht bloß das – du warst auch schon verheiratet."

„Mit anderen Worten war ich so etwas wie eine Alternative zu deinem einsamen Dasein?"

„Ich war mir nicht sicher, was du warst, aber ich musste einfach zurückkommen.“ Er sandte einen finsteren Blick nach oben zum Dachstuhl, als wollte er sich dafür auch jetzt noch verdammen. „Verheiratete Frauen sind für mich tabu. Das war schon immer so. Aber bei dir ist mir das schwergefallen. Ich hatte mir sogar überlegt, dich aus Leonettis Klauen zu entführen, und sei es nur, um mit dir sprechen zu können, aber …“, Turner verzog das Gesicht, „… dann hörte ich, dass du schwanger bist.“

„Mein Gott! Du hast gedacht …“

„Ich wusste selbst nicht, was ich denken sollte.“

„Turner.“ Sie griff nach seinen kräftigen Händen und drückte sie liebevoll. Schlagartig wurde ihr klar, was in ihm vorgegangen sein musste. Welch ein quälender Gedanke! Er hatte geglaubt, das Kind wäre von Dennis. Und was sollte er auch anderes denken? „Es tut mir so leid“, sagte sie leise.

„Mir auch, Heather.“

„Hätte ich geahnt, dass du zurückkommen würdest …“

Selbst im Halbdunkel der Scheune konnte man die Skepsis in seinem Blick erkennen. „Was hättest du dann getan, Heather? Hättest du auf mich gewartet?“

„Ich … ich weiß es nicht“, gestand sie. Sie wollte nichts mehr beschönigen. Tränen schimmerten in ihren Augen. Einem plötzlichen Impuls folgend fiel sie dem Vater ihres Kindes um den Hals. Sie hielt ihn fest und kämpfte ihre Tränen zurück. Sie wollte jetzt nicht anfangen zu weinen, auch nicht all der Jahre wegen, die für sie beide verloren waren. Ohne lange zu überlegen, küsste sie seine Wangen. Dann spürte sie, wie er sie mit seinen starken Armen umschlang, und von einer Sekunde auf die nächste fühlte sie sich warm und geborgen.

Heather schloss die Augen. Sie hob den Kopf und bot ihm die Lippen zum Kuss. Ein Wonneschauer durchfuhr ihn, als er ihre Einladung annahm, und er küsste sie stürmisch und fordernd.

Turner umarmte sie so besitzergreifend, dass sie weiche Knie bekam. Er liebkoste ihr Ohr und eroberte dann ihren Mund zurück. Verlangen rauschte wie flüssiges Feuer durch ihre Adern. Als er die Hand unter den Saum ihres T-Shirts gleiten ließ und ihre Haut berührte, ergriff sie ein Zittern, das sich noch verstärkte, als sie merkte, wie seine Hand langsam hinaufwanderte und sich ihren Brüsten näherte.

„Heather", flüsterte er. Sie spürte seinen Atem an ihrem Ohr, als sie mit ihm auf den mit Stroh bedeckten Boden sank, auf dem sie eng umschlungen landeten. Das Pferd in der Box nebenan schnaubte unruhig.

Tausend Gründe fielen ihr ein, die dagegensprachen, ihn gewähren zu lassen, aber als er auf ihr lag und sie das Gewicht seines mächtigen Körpers auf sich fühlte, war alle Vernunft einem lang unterdrückten Verlangen gewichen, das nun wie eine Naturgewalt über sie hereinbrach.

Er zog ihr das T-Shirt über den Kopf und schaute sie an. Mit einem lauten Aufstöhnen presste er das Gesicht in das Tal zwischen ihren Brüsten. Ihre Brustwarzen zogen sich zusammen, als er ihr die restlichen Kleider auszog und Küsse auf ihrem ganzen Körper verteilte. Mit jedem dieser unzähligen Küsse war ihr, als ging eine Schockwelle durch sie hindurch, und ihr Verlangen wuchs beständig weiter.

Darauf begann sie ihrerseits, ihn auszuziehen. Bewundernd fuhr sie mit den Fingerspitzen über die Muskeln seiner starken Arme und seine breite Brust. Rasch kickte Turner die Stiefel beiseite und zog sich die Jeans aus, bevor er sich neben sie legte und ihren Mund mit seinen Lippen bedeckte. Sie umarmte ihn, dann senkte sie den Kopf ein wenig und fuhr mit der Zunge durch die weichen Härchen auf seiner Brust.

Turner stöhnte auf und wand sich. „Davon habe ich geträumt", murmelte er und legte sich auf sie. „Ich weiß nicht, ob ich noch aufhören kann. Ich glaube nicht …"

„Hör nicht auf", flüsterte sie. „Bitte, hör niemals auf."

Er küsste sie mit offenem Mund und drängte sich zwischen ihre Beine. Einen kurzen Augenblick zögerte er, dann kam er mit einem einzigen harten Stoß zu ihr.

„Oh, Turner, Turner“, rief sie laut. Bald nahm sie nichts mehr um sich herum wahr, spürte nur noch ihn. Sie wurde von einer Welle der Leidenschaft mitgerissen, dass ihr schwindelig wurde. Mit ihren Bewegungen nahm sie den Rhythmus seiner Stöße auf, klammerte sich an ihn, krallte sich an seinen Schultern fest. Sie spürte, wie seine Muskeln arbeiteten. Immer weiter schwang sich ihre Lust in ungeahnte Höhen empor, noch nie entdeckten Sternen entgegen. Und was dann kam, war wie eine gewaltige Explosion.

Schweißüberströmt sank Turner auf sie nieder. Er atmete so heftig, als hätte er gerade einen Marathonlauf hinter sich gebracht.

„Mein Gott, Heather, was tun wir hier?“, flüsterte er und küsste sie auf die Schulter.

„Wir holen nach, was wir versäumt haben.“ Sie küsste ihn auf den Haaransatz und lächelte ein wenig wehmütig, als sie dort eine widerspenstige hellere Haarsträhne entdeckte, dieselbe, die sie von Adam kannte. Sie hatte einen Kloß im Hals und musste schon wieder gegen die Tränen ankämpfen. In diesem Moment wurde ihr klar, dass sie, ob sie wollte oder nicht, zu diesem Mann gehörte und immer zu ihm gehören würde. Sie war die Mutter seines Kindes, die Frau, die er abwechselnd liebte und hasste. Aber nie würde sie seine Frau werden, nie die Frau, an die er sich wenden würde, wenn er Zuspruch, Trost oder Mitgefühl brauchte.

Turner drehte sich und legte sich neben sie. Er bettete ihren Kopf auf seiner Schulter. Schweigend blickten sie eine Weile ins Gebälk des Dachstuhls. Dann brach Turner das Schweigen: „Das war wahrscheinlich ein Fehler.“

„Wahrscheinlich“, stimmte sie zu, aber die Worte schmerzten.

„Und nicht unser erster.“

„Nein.“

„Und bestimmt auch nicht unser letzter.“ Er stieß einen langen Seufzer aus. „Du warst immer ein Problem für mich“, erklärte er dann. „Ich habe nie so richtig gewusst, was ich mit dir anfangen sollte.“

Liebe mich einfach, hätte sie am liebsten laut geschrien, was sie natürlich nicht tat. Sie war nach diesem aufreibenden Tag mit ihren Nerven am Ende und von den Nachbeben des Orgasmus, den sie gerade erlebt hatte, noch zusätzlich irritiert. „Alles, was ich von dir erwarte, ist, dass du das erfüllst, was du schon zugesagt hast“, sagte sie in sanftem Ton. „Um etwas anderes brauchst du dich nicht zu kümmern.“

„Aber ich will meine Zeit mit ihm bekommen. Du hast ihn so lange bei dir gehabt. Jetzt bin ich mal dran.“

„Ich kann doch nicht …“

„Schsch …“, flüsterte er, küsste sie und entfachte die jahrelang erloschen geglaubte Glut zum zweiten Mal an diesem Tag. Heather gab sich ihm bedingungslos hin. Sie konnte nicht anders. Bald würde sie zurück nach San Francisco fahren, dort konnte sie sich dann mit den Nachwirkungen dieses Abends auseinandersetzen. Alles zu seiner Zeit. Voller Hingabe erwiderte sie seinen Kuss.

8. KAPITEL

Turner warf ein paar Teile frischer Wäsche zum Wechseln in einen alten, abgegriffenen Seesack. Aus den Augenwinkeln fiel sein Blick auf sein Konterfei im Spiegel. Er fand, dass er kein bisschen anders aussah als vor einer Woche. Nur jetzt wusste er, dass er einen Sohn hatte. Oder er würde es, wie es aussah, zumindest bald wissen. Und er hatte wieder etwas mit Heather Tremont, besser gesagt: Heather Leonetti. Der Gedanke an ihre Nähe allein genügte, um dieses verräterische Ziehen in den Leisten hervorzurufen.

Aber bei diesen Gedanken wollte er sich jetzt nicht aufhalten. Es gab Wichtigeres. Turner sah keinen Grund, warum Heather ihn in Bezug auf Adam belogen haben sollte; er konnte auch keine Winkelzüge erkennen, mit denen sie sich einen Vorteil verschaffen wollte. Er traute ihr zwar immer noch nicht ganz über den Weg. Und dennoch glaubte er, dass das, was sie ihm von Adam erzählt hatte, die Wahrheit war. Auch dass er Adams Vater war, glaubte Turner ihr. Es gab keinen Zweifel daran, dass sie ihren Jungen sehr liebte. Turner hatte den Glanz in ihren Augen gesehen, als sie davon gesprochen hatte, Adam zu retten, und er hatte ebenso bemerkt, wie erschrocken sie war, als sie dachte, Turner könnte ihr den Sohn wegnehmen.

Er hatte daran gedacht, stundenlang. Der anfängliche Schock zu erfahren, dass er Vater geworden war, war einer stillen Wut gewichen, die ihn beherrschte. Sie hatte, verdammt noch mal, nicht das geringste Recht gehabt, ihm Adam vorzuenthalten, schlimmer sogar: ihm seine Existenz zu verheimlichen.

Um dem die Krone aufzusetzen, hatte sie dann noch Leonetti geheiratet und Adam für dessen Sohn ausgegeben. Turner hatte in der Vergangenheit Heather manches Mal verflucht, aber ihr nie zum Vorwurf gemacht, dass es zwischen ihnen zum Bruch gekommen war. Er selbst war es schließlich gewesen, der damals das Weite gesucht hatte. Und auch wenn er getobt hatte, als er bei seiner Rückkehr erfuhr, dass Heather geheiratet hatte, war ihm doch gleich klar gewesen, dass er das Seine dazu beigetragen hatte.

Dennoch kam er sich wie ein Idiot vor, weil er es vor sechs Jahren doch halbwegs für bare Münze genommen hatte, dass sie ihn liebte. Sie hatte die drei magischen Worte so ernst ausgesprochen und sich ihm so bedingungslos hingegeben … Er war fest davon ausgegangen, die Nummer eins in ihrem Herzen zu sein.

Und dann hatte sie innerhalb von nur Wochen geheiratet – ausgerechnet den Mann, von dem sie, wie sie wortreich geschworen hatte, nichts mehr wissen wollte. Damals hatte es den Anschein, als sei sie lediglich darauf aus gewesen, erste Erfahrungen zu sammeln und sich mit einem Cowboy ein wenig auszutoben, bevor sie sich wieder dem Mann und dem Lebensstil zuwandte, den sie immer angestrebt hatte.

Da hatte er jedoch noch nicht gewusst, dass sie mit seinem Kind schwanger war, was aber nichts an der Tatsache geändert hatte, dass er außen vor bleiben sollte. Zum Teufel, sie hatte selbst zugegeben, dass sie vorhatte, Adams wahre Herkunft für lange Zeit zu verschweigen, wäre da nicht diese Krankheit gewesen! Diese verdammte Krankheit! Er hatte sich über Leukämie kundig gemacht, und was er gelesen hatte, hatte ihn bis ins Mark erschüttert. Es war zu grausam, sich vor Augen halten zu müssen, dass sein Sohn ihm vielleicht nur für eine kurze Spanne blieb, um ihn dann wieder zu verlieren.

Turner glaubte weder an Gott, noch war er Atheist. Als kleiner Junge war dank seiner Mom ein halbherziger Protestant aus ihm geworden. Aber nach ihrem Tod hatte Turner sich eine eigene ehrfürchtige Verehrung für das Land und die Natur zurechtgebastelt, während er seinen Vater John Brooks und Gott gleichermaßen für den Verlust seiner Mutter verantwortlich machte. In den letzten Jahren hatte er sich mit spirituellen Dingen überhaupt nicht mehr befasst, aber jetzt, da das Leben seines Sohns von den Fähigkeiten eines Ärzteteams in San Francisco abhing, wollte Turner gerne wieder an Gott glauben.

Er schüttelte den Kopf darüber, wohin er mit seinem Grübeln geraten war, griff sich den Seesack und warf ihn sich über die Schulter. Dann warf er noch einen Seitenblick auf den robusten Eichenrahmen seines breiten Betts, das ihm als Nachtlager diente, so lange er denken konnte, und stellte sich vor, mit Heather auf der durchgelegenen Matratze unter dem verblichenen Quilt zu liegen, den seine Großmutter noch genäht hatte. Heather mit den Diamantohrringen und den sündhaft teuren Kalbslederschuhen ... Nein, was er sich da vorstellte, war albern. Das würde immer ein Trugbild bleiben.

Turner ging den kurzen Weg durch den Flur zur Küche, wo Nadine gerade dabei war, eine alte Petroleumlampe zu polieren, die manchmal noch zum Einsatz kam, wenn der Strom ausfiel. Sie hatte ihr Haar zu einem Pferdeschwanz zusammengebunden, und ihre Wangen glühten rosig von der Arbeit. Als sie ihn im Spiegel des blanken Messings eintreten sah, lächelte sie. „Thomas Fitzpatrick hat angerufen, während du in der Scheune warst."

Turner runzelte die Stirn. „Manche Leute kapieren einfach nicht, wann es Zeit wird, aufzugeben."

Sie drehte sich zu ihm um, und als sie seinen gepackten Seesack sah, gingen ihre Mundwinkel wieder ein Stück nach unten. „Manchmal, wenn man etwas wirklich mit aller Macht will, gibt man eben nicht auf."

„Fitzpatrick gibt sowieso niemals auf."

„Angeblich. Hast du alles gepackt?"

„Ich glaube, ja."

Sie drehte sich wieder weg, weil er nicht merken sollte, dass sie traurig wurde. „Du fährst in die Stadt?"

„Man sollte es kaum glauben, nicht wahr?"

„Dann wird das wohl seinen Grund haben."

Turner grinste breit. „Vielleicht wird es Zeit, dass ich mal wieder etwas für meine Bildung tue."

Sie unterdrückte ein Lächeln. „Dann musst du mir auf jeden Fall erzählen, wie es in der Oper und im Ballett war, wenn du wiederkommst."

„Mach ich."

Sie stellte die Lampe auf der Fensterbank ab und ging an die Spüle, um drei Rosen anzuschneiden, die sie dort abgelegt hatte. „Warum werde ich den Gedanken nicht los, dass dein Trip in die Stadt etwas mit all den Anrufen von Heather Leonetti zu tun hat?"

„Keine Ahnung. Sag du es mir?", neckte er sie. Aber gleich darauf taten ihm seine Worte leid, als er sah, dass sie sich dabei an den Rosendornen gestochen hatte und leise fluchte. Dann stellte sie die Rosen in eine Vase und die Vase auf den Tisch, wie sie es immer tat, bevor sie nach Hause ging.

„Du musst dir damit keine Mühe machen", sagte er mit einer Geste in Richtung der prachtvollen Blüten. „Ich bin doch eh gleich weg."

„Ich mag das aber gern", widersprach sie. „Ein bisschen weibliches Flair kann diesem Haus nicht schaden."

„Meinst du?"

„Ich weiß es."

„Und warum bin ich dann mit dem zufrieden, was ich habe?"

„Weil du ein Dickkopf und ein Dummkopf bist, Turner Brooks. Wenn du glaubst, du bist zufrieden, würde ich dir dringend raten, mal etwas genauer in den Spiegel zu schauen." Damit griff sie nach dem Eimer und ihren Putzmitteln und verschwand durch die Tür.

Turner schaute ihr nach. Er hätte ihr reinen Wein einschenken und ihr die Situation mit Heather und dem Jungen erklären sollen. Nur – was sollte er erklären, wenn er kaum selbst verstand, wie ihm geschah? Er hatte in der Tat das Problem, dass er seine Sachen für sich behielt und sich anderen kaum mitteilte. Aber trotzdem war es jetzt nicht der richtige Zeitpunkt, Nadine seine Lebensgeschichte zu offenbaren.

Zudem hatte er gegenwärtig vor allem die eine große Sorge, und die galt seinem Sohn, den er noch nie gesehen hatte. Etwas anderes gab es allerdings auch noch, was er klären musste. Während er Nadines staubigen Chevy vom Hof fahren sah, griff er nach dem Telefon und wählte die Nummer von *Lazy K*.

Beim dritten Klingeln hob Mazie ab. Nach einer kurzen Diskussion, in der Mazie sich beklagte, dass sie so lange nichts von Turner gehört hatte, berichtete sie ihm, dass Zeke noch in Montana war, wo er sich seit anderthalb Wochen befand, um sich nach Vieh für die Ranch umzusehen. Mazie bot Turner an, Zeke eine Nachricht zukommen zu lassen.

„Ich melde mich wieder", wehrte Turner ab, wie er es zwei Mal zuvor auch schon getan hatte. Er wollte weder Mazie noch sonst jemanden von *Lazy K* da mit hineinziehen. Wenn Zeke ihm vor sechs Jahren tatsächlich verschwiegen hatte, dass Heather nach ihm gefragt hatte, wollte er das von dem alten Mann selbst hören.

Heather hatte ihn, was Adam betraf, nicht angelogen. Das stand für Turner jetzt fest. Sie liebte den Jungen und hätte nie Turner ausfindig gemacht, wenn sie sich nicht in einer verzweifelten Lage befunden hätte. Nein, der Junge war sein Sohn. Daran zweifelte er nicht länger, wenn er auch Heather noch nicht vollständig vertraute.

Aber wenn sie von ihm nichts weiter als die Knochenmarkspende wollte, warum hatte sie dann mit ihm geschlafen, ihn geradezu verführt? Irgendwie passte das nicht zusammen. Er hätte gern geglaubt, dass ihr noch etwas an ihm lag, aber damit war er schon einmal hereingefallen. Nein, da musste es noch etwas anderes geben, was Heather von ihm wollte.

Turner ließ den Blick über das Land streifen, das ihm gehörte, einzig und allein ihm. Thomas Fitzpatrick war mehr als scharf darauf. Er hatte ihn erst gestern angerufen und ihm ein weiteres lächerliches Angebot unterbreitet. Aber Turner blieb standhaft. Während er so nachdachte, kam ihm mit einem Mal ein äußerst verstörender Gedanke. Nachdenklich runzelte er die Stirn. Jackson Moore, der Mann, den Heathers Schwester heiraten wollte, war der Erstgeborene von Thomas Fitzpatrick und der einzig verbliebene anständige männliche Nachkomme, nachdem Roy umgebracht worden war und Brian seinen Vater um einen Teil von dessen Vermögen betrogen hatte. War es möglich, dass Heather Turners Nähe suchte, um ihn dazu zu bringen, sein Land an Fitzpatrick zu verkaufen? Möglicherweise hatte der Alte ihr einen Anteil am Gewinn angeboten. Turner würde das nicht wundern. Fitzpatrick würde sich auch auf das unterste Niveau herablassen, um das zu bekommen, was er haben wollte. Und Heather? Hatte sie ihre Haltung zum Geld und all dem, was man für Geld kaufen konnte, nicht schon unter Beweis gestellt? Wenn Fitzpatrick tatsächlich auf sie zugekommen wäre ... Aber das war zu weit hergeholt. Oder?

Mit einem bitteren Geschmack im Mund stieg Turner in seinen Pick-up. Eins nach dem anderen, dachte er. Zuerst war zu tun, was für seinen Jungen getan werden musste. Um Heather konnte er sich später kümmern, um herauszufinden, woher bei ihr der Wind wehte.

„Er will nicht verkaufen." Brian Fitzpatrick lockerte seine Krawatte und ließ sich in einen der tiefen Besuchersessel neben dem Schreibtisch seines Vaters fallen. Thomas Fitzpatricks Büro lag im dritten Stock des alten Hauses, das früher das Hotel von Gold Creek gewesen war und nun die *Fitzpatrick Incorporated* beherbergte. „Aus irgendeinem Grund hat Turner Brooks beschlossen, für den Rest seines Lebens an diesem jämmerlichen Stück Land festzuhalten."

Thomas musterte seinen Sohn aufmerksam. Brian war nie sein Liebling gewesen; tatsächlich hatte Thomas ihn vor Jahren einmal als Notlösung für seinen Erstgeborenen bezeichnet, für Roy, seinen Goldjungen. Dabei war Roy streng genommen gar nicht sein ältester Sohn. Das war Jackson, der unehelich geboren worden war und dessen Mutter Thomas nie hatte vergessen können. Zwar hatte er die Affäre mit Sandra Moore vor dreißig Jahren beendet, aber er konnte sich nichts vormachen. Nicht ein einziges Mal hatte er in seiner Ehe mit June dieselbe unbändige Leidenschaft erfahren wie mit Sandra.

Und June hatte ihm das nie verziehen.

Nun ja, das war der Schnee vom vergangenen Jahr. Dennoch war es ein böser Streich des Schicksals, dass von seinen beiden verbliebenen Söhnen der eine ihn abgrundtief hasste und der andere ein Weichei war, das nie erwachsen werden wollte und in der Firma Geld unterschlagen hatte. Thomas war hin- und hergerissen. Auf der einen Seite stand seine Habgier, auf der anderen das Bedürfnis, die Familie – die ganze Familie – zusammenzuhalten. Sosehr er sich die *Badlands-Ranch* auch einverleiben wollte, sosehr lag ihm gleichermaßen daran, mit Jackson wieder ins Reine zu kommen. Was er dem Jungen zugemutet hatte, war allerdings unvorstellbar. Er konnte es Jackson nicht verdenken, dass der ihn verachtete.

Irgendwie schien sein ganzes Leben kopfzustehen, seitdem dieses Tremont-Mädchen Rachelle, diese Reporterin, in die Stadt zurückgekehrt war, mit ihrem niedlichen kleinen Hinterteil gewackelt und damit Jackson wieder hierhergelockt hatte.

Jackson. Es zerriss Thomas das Herz. Da hatte er nun einen Sohn, auf den er stolz sein konnte – aber an Stolz war jetzt nicht zu denken. Thomas hatte andere Sorgen. Auch wenn es nur wenige wussten, stand *Fitzpatrick Incorporated* an der Schwelle zum Bankrott. Thomas hatte eine Menge Geld investiert und Leute geschmiert, um seine Kandidatur zum Senator zu befördern, die nicht vom Fleck kam. Jetzt, nachdem die Wahrheit über Roys Tod ans Tageslicht gekommen war, waren seine Chancen auf ein politisches Amt dahin. Darüber hinaus war die Forstwirtschaft am Boden, und Brian hatte dermaßen viel Kapital abgeschöpft; kleinere Firmen wären daran zugrunde gegangen. Dazu kam die Rezession, June drohte mit einer kostspieligen Scheidung, und die Anwaltskosten für die Verteidigung seiner Schwiegertochter Laura, die den Mord an Roy erst vor Kurzem gestanden hatte, waren erdrückend.

Was das Haus am See betraf, hatte Thomas seine Entscheidung getroffen. Er und seine Frau waren nie mehr dort gewesen – jedenfalls nicht mehr seit Roys Ermordung vor zwölf Jahren. Es sollte Jackson gehören, wenn der es überhaupt wollte, für all die

Kränkungen, die er von seinem Vater erfahren hatte. Viel war es nicht, und Jackson würde ihn vermutlich auslachen, aber so hatte es sich Thomas nun einmal in den Kopf gesetzt. Das Haus gehörte dem Jungen. June würde an die Decke gehen, wenn sie davon erfuhr. Zu schade. Aber sie traf genauso viel Schuld wie ihn.

Das änderte nichts daran, dass er Kapital brauchte. Natürlich gab es Möglichkeiten, an Geld zu kommen; davon verstand Thomas ohnehin mehr als jeder andere. Er wusste beispielsweise, dass es auf der *Badlands-Ranch* ein Ölvorkommen gab. Die geologischen Untersuchungen, die er in der unmittelbaren Nachbarschaft auf Grundstücken veranlasst hatte, die ihm schon gehörten, hatten seine Vermutung bestätigt. Nun musste er nur noch Mittel und Wege finden, um Turner umzustimmen. Geld schien für den Cowboy keine Rolle zu spielen. Der war so halsstarrig wie die Viecher, die er zuzureiten versuchte.

„Was haben wir denn über Turner Brooks?“, fragte Thomas, während Brian aufgestanden war und an die Bar ging, um sich und seinem Vater dort einen Scotch einzuschenken.

„Nicht viel. Sein Vater war ein Säufer, der seine Frau auf dem Gewissen hatte, als die durch seine Schuld vor Jahren bei einem Unfall mit seinem Pick-up starb.“

„Ich erinnere mich“, fiel Thomas ihm ins Wort. Er ärgerte sich jetzt noch schwarz darüber, dass er die Ranch für einen derart lächerlichen Preis an John Brooks verkauft hatte, als der dank der Auszahlung der Lebensversicherung seiner Frau zu Geld gekommen war. Brooks hatte für die Restschuld Hypotheken aufgenommen, und Thomas war sicher gewesen, dass John früher oder später mit den Raten in Verzug kommen würde, weil er damals bereits dabei gewesen war, sich das Gehirn wegzusaufen. Das wäre dann der Moment gewesen, wo Thomas wieder auf der Bildfläche erscheinen wollte, um die Ranch für einen Apfel und ein Ei zurückzukaufen. Damit hätte er John Brooks abkassiert *und* die Ranch bekommen. Doch Turner, dieser verdammte Bauernlümmel, hatte jedes Mal genug Geld zusammengekratzt, um die Ranch am Leben zu erhalten, auch wenn Thomas keinen Schimmer hatte, wie der das bewerkstelligte.

„Nun, um Turner von etwas abzubringen, was er sich einmal in den Kopf gesetzt hat, müsste schon ein Wunder geschehen“, meinte Brian, während er seinem Vater den Drink reichte. „Brooks hat sich sehr um seinen alten Herrn gekümmert und eine Menge Zeit investiert, um ihm immer wieder aus der Patsche zu helfen, bis eines Tages Johns Leber den Geist aufgegeben hat. Ich glaube nicht, dass Turners Vorleben mehr hergibt.“

„Jeder hat eine Vergangenheit“, erklärte Thomas kategorisch. Er nahm einen Schluck von seinem Scotch und genoss das wärmende Gefühl, mit dem der Whisky ihm durch die Kehle rann. „Ich möchte wetten, dass es etwas gibt, woran Turner noch mehr gelegen ist als an der Ranch. Wir müssen nur herausfinden, was es ist.“

Brian zuckte die Achseln. „Ich kümmere mich darum.“

Thomas reichte das nicht aus. Brian war nur ein Wichtigtuer, der den Weg des geringsten Widerstands ging. „Engagiere einen Detektiv.“

„Meinst du wirklich …“

Thomas knallte sein leeres Glas auf den Schreibtisch. „Hol den besten Schnüffler, der zu haben ist! Wenn wir erst die Leichen gefunden haben, die Turner im Keller hat, können wir mit ihm auch wieder in Verhandlung treten. Geh jetzt.“

Brian ließ sich das nicht zweimal sagen. Er trank seinen Scotch aus und war im Nu durch die Doppeltür von Thomas’ Büro verschwunden. Trotzdem blieb der alte Mann misstrauisch. Er trat ans Fenster, von wo aus er den Parkplatz unten überblicken konnte. Unten stand neben seinem weißen Mercedes Brians grüner Jaguar. Es dauerte nicht lange, und sein Sohn kam um die Ecke, allerdings nicht allein. Melanie Patton, Thomas’ Sekretärin, war bei ihm. Sie tauschten verstohlen einen Kuss. Thomas ärgerte sich maßlos. Kein Wunder, dass der Bengel es nicht schaffte, sich auf die wesentlichen Dinge zu konzentrieren.

Wenige Augenblicke später stieg Brian in seinen Wagen und brauste davon. Und Thomas wusste, dass er sich um Turner Brooks selbst kümmern musste.

Auf dem Heimweg von ihrer Galerie fuhr Heather wie in Trance. Sie stoppte an den Ampeln, bremste vor den Einmündungen, gab mehr Gas, wenn es, wie es auf den Straßen von San Francisco häufig vorkam, steil bergauf ging. All das erfolgte mehr oder weniger automatisch. Durch den Kopf gingen ihr andere Dinge. Bilder von Adam. Wie sie ihn damals aus der Klinik nach Hause gebracht und wie sie ihn zum ersten Mal gebadet hatte, wie er, als er vier war, zum ersten Mal Skateboard gefahren und sie vor Angst fast gestorben war. Meine Güte, wie leer war ihr Leben gewesen, bevor es ihn gab.

Als sie den Wagen in der Garage ihres Hauses im noblen Stadtteil Pacific Heights abstellte, hatte sie endgültig einen dicken Kloß im Hals. Daran zu denken, dass Adams Leben in Gefahr war, legte sie fast vollständig lahm. Sie bekam kaum noch Luft. Was, wenn sie ihren Jungen verlor, wenn er tatsächlich sterben musste? Dann wusste sie auch nicht, wie sie noch weiterleben sollte. Es trieb ihr den kalten Schweiß auf die Stirn, und sie blieb einen Moment hinter dem Lenkrad sitzen, bevor sie aussteigen konnte. „Du darfst das nicht zulassen“, murmelte sie halblaut und hätte dabei nicht sagen können, ob sie diese Worte an Gott oder an sich selbst richtete.

Heather war inzwischen Mitte zwanzig, aber in diesem Augenblick fühlte sie sich uralt. Mit schweren Beinen schleppte sie sich von der Garage hinauf in die Küchenetage. Zwei weitere Stockwerke erhoben sich noch darüber.

„Mommy!“, hörte sie Adam kreischen. Sekunden später kam ein knapp fünfundzwanzig Kilo schweres Energiebündel auf sie zugeschossen und holte sie fast von den Beinen, als der Fünfjährige sich in ihre weit geöffneten Arme warf.

Oh, mein kleiner Engel, mein liebster Schatz, mein Ein und Alles, dachte sie und biss die Zähne fest zusammen, um keine

Tränen zuzulassen. Sie musste mehrmals schlucken. Dann fragte sie: „Na, wie geht's, Sportsfreund?"

„Gut", antwortete der Kleine. Seine Blässe und die tiefen Ringe unter den Augen sprachen allerdings eine andere Sprache.

„Und warst du lieb zu Tante Rachelle?"

„Natürlich", sagte er mit leuchtenden Augen und einem schelmischen Lächeln, wobei er seine kleine, mit Sommersprossen bedeckte Nase krauszog. „Sie findet mich toll."

„Ach ja?" Trotz des ganzen Kummers musste Heather lachen. Er war ein so entzückend frühreifes Kerlchen, und sie war viel zu nachsichtig mit ihm. Aber das konnte sie nicht ändern.

„Hast du mir was mitgebracht?", fragte er.

„Wie kommst du denn da drauf?", antwortete sie augenzwinkernd, öffnete ihre Handtasche und holte ein kleines rotes Modellauto heraus, einen Sportwagen. Das Auto gehörte zu einem ganzen Set, das Heather in ihrem Schrank oben versteckt hatte. Jedes Mal, wenn sie aus dem Haus ging, steckte sie ein Modell davon ein, um Adam bei der Rückkehr zu überraschen. Ein Taxi, einen Krankenwagen und ein Müllauto hatte er schon. Dieses Mal also der feuerrote Flitzer.

„Oh, wow!" Adams schöne blaugraue Augen begannen zu leuchten. Er machte sich von seiner Mutter frei und schob seinen Sportwagen über den Fußboden, Tische und Stühle und alles, was ihm sonst noch in den Weg kam, wobei er begeistert ein Motorengeräusch nachmachte.

Heather hörte Schritte auf der Treppe und blickte auf. Sie sah Rachelle aus dem Wohnzimmer herunterkommen. Das Licht, das durch das bleiverglaste Fenster hinter ihr von oben hereinfiel, ließ ihr kastanienbraunes Haar aufleuchten. Rachelle war groß gewachsen und gertenschlank und hatte ausdrucksvolle, grüngraue Augen. Sie, die „vernünftige" der beiden Tremont-Schwestern, war vier Jahre älter als Heather und im Begriff, Jackson Moore zu heiraten, einst Bad Boy von Gold Creek und inzwischen erfolgreicher Anwalt in New York.

„Ich hab dich kommen hören", sagte sie und blickte Heather dabei fragend an. Heather hatte ihrer Schwester zwar erzählt, wer Adams Vater war, aber Rachelle war noch immer ein wenig gekränkt, dass sie das von ihr nicht früher erfahren hatte.

„Turner kommt etwas später." Heathers Nerven waren bis zum Zerreißen gespannt. „Er ist noch in der Klinik zur Untersuchung." Sie dachte an die Gespräche, die sie mit Turner darüber geführt hatte. Sie waren kurz und sachlich-kühl gewesen, so als hätten sie sich nie geküsst, nie liebkost, nie miteinander im Heu geschlafen.

„Und was kommt dann?"

Heather zwang ihre abschweifenden Gedanken zurück in die Gegenwart und bemerkte, wie Rachelle sie musterte. Immer dieser journalistische Instinkt! Heather hatte mitunter das Gefühl, dass sie nichts tun konnte, ohne dass sie unter Rachelles Beobachtung stand. „Wenn seine Proben zu Adam passen, kann die Transplantation stattfinden – wann immer die Ärzte den Zeitpunkt für richtig halten. Und sobald Adam von den Ärzten eine – wie soll man sagen? – Unbedenklichkeitsbescheinigung bekommt, gehen wir alle auf Turners Ranch."

„Und wenn die Proben nicht passen?"

„Denk nicht einmal daran", sagte Heather leise. „Das muss klappen." Sie ballte die Fäuste. „Es *muss*!" Sie hatten keine andere Chance.

Rachelle warf einen zweifelnden Blick auf Heathers erlesene Garderobe und den geschmackvollen Schmuck, den ihre Schwester trug. „Ihr geht auf die Ranch? Irgendwie kann ich mir nicht vorstellen, dass du Kälber einfängst oder Pferde fütterst oder was es sonst noch auf diesem Anwesen mit dem schönen Namen *Badlands* zu tun gibt."

„Du würdest dich wundern."

„Ich wäre vollkommen von den Socken."

Rachelle nahm Heather in die Arme. „Wir stehen das durch. Wir alle zusammen." Rachelle war nicht nur die vernünftige der beiden Schwestern, sondern auch eine Frau, die positiv dachte, selbst wenn sie in diesem Moment ihre Sorge nicht ganz verbergen konnte.

Adam umkurvte derweil mit seinem neuen Flitzer eine Topfpalme. Heather wollte gerade etwas antworten, da kam er ihr zuvor. „Guck mal, Tante Rachelle!“ Strahlend hob er das kleine rote Auto in die Höhe.

„Junge, Junge, ein Porsche! Der ist ja toll.“ Rachelle ging in die Hocke, um das Modell genauer zu betrachten. „Ich wette, damit könntest du die fünfhundert Meilen von Daytona gewinnen.“

„Damit könnte ich sogar fünf Millionen Meilen von ’tona gewinnen“, erklärte Adam selbstbewusst, bevor er sich seine neue Errungenschaft wieder schnappte, um damit weiterzuspielen.

Rachelle drehte sich zu Heather um. „Du verwöhnst ihn ganz schön“, meinte sie.

„Ich weiß.“ Erneut befiel Heather diese grenzenlose Angst, in ein tiefes, schwarzes Loch zu fallen, eine gähnende Leere, in der es keinen Adam mehr gab. „Aber was soll’s? Es kann ihm nicht schaden.“

„Mach dir keine Sorgen, Heather! Wir kriegen das hin“, sagte Rachelle, die Heathers Gedanken erraten hatte, mit fester Stimme. „Komm, ich geb einen Kaffee aus.“

„Für mich mit einem Schuss Brandy.“

„Was immer du willst.“

Heather folgte ihrer Schwester mit gesenktem Kopf in die Küche. Die Schritte auf dem makellosen Mahagoniparkett fielen ihr schwer. Dieses Haus, einst ihre Freude und ihr ganzer Stolz, kam ihr leblos und leer vor. All die Antiquitäten und wertvollen Sammlerstücke waren bedeutungslos geworden. Selbst ihre eigenen Gemälde, auf die sie so viel Liebe und Geduld verwendet hatte, waren für sie dumm und belanglos geworden. Alles, was jetzt noch zählte, war Adam.

Rachelle war schon dabei, den schwarzen Kaffee in die schweren Kaffeebecher zu gießen, als Adam hereingestürmt kam. „Ich möchte Kakao! Mit Marshmallows“, meldete er seine Wünsche an.

„Kriegst du, Kind", antwortete Rachelle zwinkernd.

Heather setzte sich an den Tisch, als Adam kam und sich auf ihren Schoß setzte. Plötzlich schlang er ihr die Arme um den Hals und fragte: „Bist du traurig, Mommy?" Er sah sie mit großen Augen an.

„Nein", schwindelte Heather, und das Herz brach ihr fast dabei.

„Das ist gut. Ich mag nicht, wenn du traurig bist."

Rachelle drehte sich unter dem Vorwand, die Marshmallows zu suchen, zum Küchenschrank um, aber da hatte Heather schon die Tränen in den Augen ihrer älteren Schwester gesehen. Selbst Rachelle, die sonst rational und unerschütterlich jede Krise gemeistert hatte, hatte es dieses Mal erwischt.

Heather hielt ihren Jungen fest in den Armen. Bitte lass ihn am Leben! betete sie stumm. *Ich will die beste Mutter der Welt für ihn sein.*

9. KAPITEL

Es läutete an der Haustür schon zum zweiten Mal, als Heather die Treppe hinunterrannte. Sie warf einen kurzen Blick durch die Seitenscheibe und merkte, wie ihr Puls rascher schlug, als sie draußen mit verschränkten Armen Turner stehen sah. Von seinem Stetson fiel ein Schatten auf sein Gesicht. Er trug frisch gewaschene Jeans und ein blaues, am Kragen offenes Hemd. Zwar blickte er ein wenig finster drein, wirkte aber längst nicht so bedrohlich wie bei ihrem ersten Wiedersehen in seiner Scheune. Auch schimmerte nicht diese Leidenschaft in seinen Augen, die sie dort entdeckt hatte, als sie sich das letzte Mal trafen.

Turner hatte offenbar die Zeit genutzt, sich zu besinnen, stellte Heather fest. Ein paar Mal hatten sie telefoniert. Es waren recht einseitige Gespräche gewesen, in denen sie ihm erklärt hatte, was zu tun war. Er hatte ihre Erläuterungen nur mit kurzen Zwischenfragen und sonst kommentarlos zur Kenntnis genommen.

Sie öffnete ihm. „Komm rein, Turner", sagte sie und ärgerte sich, dass das nicht ganz so lässig klang, wie es eigentlich sollte. „Bist du in der Klinik fertig?"

„Fürs Erste ja. Es hat wegen irgendwelcher Verzögerungen etwas länger gedauert als gedacht. Der Arzt ruft uns an, wenn die Ergebnisse vorliegen." Er drehte sich kurz um und betrachtete die Umgebung des Hauses. „War nicht einfach, das hier zu finden."

„Na ja, du hast es ja geschafft." Ihre Blicke trafen sich, und Heather geriet ein wenig in Atemnot. Dann trat sie beiseite, damit er hereinkommen konnte, was er zögernd tat. Turner schaute um sich und sah das polierte Treppengeländer aus Walnussholz, die Holzvertäfelungen und schweren Tapeten an den Wänden, eine kleine Statuette, und schließlich fiel sein Blick auf die Perserteppiche, die das Parkett bedeckten.

Heather hatte sich für ihr Haus noch nie geschämt. Aber unter Turners kritischen Augen kamen ihr die Schalen mit den frischen Blumenblüten, die prächtigen Zimmerpalmen, die antiken Möbel und all die Messingbeschläge mit einem Mal unglaublich protzig und unangemessen vor.

„Adam ist auf seinem Zimmer."

„Schläft er schon?"

„Wohl noch nicht. Ich habe ihn gerade erst ins Bett gebracht. Ich wusste ja, dass du kommst", fügte sie entschuldigend hinzu, „aber es ist so spät geworden ..." Sie sprach den Satz nicht zu Ende und fuhr sich nervös mit der Zunge über die Lippen. Die Situation war beklemmend. „Komm mit nach oben." Sie führte ihn die Treppe hinauf, bis sie in Adams Zimmer angekommen waren. Die Nachttischlampe neben dem Bett brannte noch, und Adam lag unter seiner Daunendecke. Sein hellbraunes Haar lag zerwühlt auf dem Kissen, und er atmete auffällig laut, was sich wohl wie Schnarchen anhören sollte. Heather hatte sofort den Verdacht, dass er sich nur schlafend stellte.

Die rote Überdecke passte farblich zu den Vorhängen vor dem Erkerfenster, die wiederum einen schönen Kontrast zu dem farbigen Fries bildeten, der die Wände nach oben abschloss. Auf einem Kinderschreibtisch und im Bücherregal stapelten sich Spielsachen, Bilderbücher, Malbücher und Stifte. Auch eine Ameisenfarm war dabei.

„Adam, Liebling, bist du wach?"

Vorsichtig näherte sich Heather dem Bett, und als Antwort auf ihre Frage wurde das angebliche Schnarchen noch lauter. Sie berührte ihn leicht an der Schulter, und plötzlich drehte Adam den Kopf, schlug die Augen auf und lachte: „Ätsch! Ausgetrickst!"

„Du hast mich reingelegt, du Schlingel!" Sie setzte sich zu ihm auf die Bettkante. Aus den Augenwinkeln beobachtete sie Turner, und das Herz wurde ihr schwer dabei. Hier also war die Familie zum ersten Mal beisammen, die Familie wenigstens im biologischen Sinne. „Adam, da ist jemand, den ich dir vorstellen möchte."

Der Junge richtete sich im Bett auf und sah den großen Mann an, der hinter seiner Mutter stand. „Wer bist du?“, fragte er und rieb sich die Augen.

Ausnahmsweise war Turner für einen Moment sprachlos. Er schaute Heather an, die kaum merklich den Kopf schüttelte. Dann streckte er Adam die Hand hin. „Ich bin Turner Brooks. Ich … ich kenne deine Mutter schon seit langer Zeit.“ Zögernd ließ er die Hand des Jungen los.

Heather schluckte und hatte wieder mit ihren Tränen zu kämpfen, die sie jetzt nicht gebrauchen konnte. „Es besteht die Möglichkeit, dass Mr Brooks …“

„Oh, Turner, bitte“, fiel er ihr ins Wort.

Heather gab sich einen Ruck. „Es besteht die Möglichkeit, dass Turner uns hilft, wenn wir ins Krankenhaus gehen.“

„Ich mag das Krankenhaus nicht“, erklärte Adam sehr entschieden.

„Da sind wir einer Meinung.“ Zum ersten Mal an diesem Abend war ein Lächeln auf Turners Gesicht zu sehen. „Mir haben sie eine Nadel reingestochen, die war sooo lang.“ Er hielt die Hände eine Spanne weit auseinander.

„Turner, bitte!“

„Wirklich?“ Adam war angemessen beeindruckt.

„Mr Brooks neigt manchmal dazu, zu übertreiben“, erklärte Heather. Adams Augen leuchteten trotzdem.

„Aber nur ein bisschen“, meinte Turner. Er setzte sich neben Heather auf die Bettkante, und die Matratze knarrte ein wenig. „Wenn du das Okay vom Doktor bekommst, hat deine Mama versprochen, dass du mich auf meiner Ranch besuchen kannst. Würde dir das gefallen?“

„Eine Ranch. Eine richtige Ranch? So mit Pferden und Kühen und Traktoren und Indianern und …“

„Keine Indianer“, korrigierte Turner. „Alles andere ja.“

Adam runzelte die Stirn und sah seine Mutter an. „Machen wir da Ferien?“

„So etwas Ähnliches.“

„Kommt Daddy auch mit?"

Heather schrak zusammen und merkte gleichzeitig, dass auch Turner kurz gezuckt hatte. „Nein, Liebling. Dieses Mal sind es nur wir beide."

Adam warf Turner einen skeptischen Blick zu, als hätte er schon eine vage Ahnung, dass ihm in diesem Mann ein Konkurrent um die Gunst seiner Mutter erwachsen könnte. „Wann?", fragte er.

Heather schaute verstohlen zu dem Mann neben ihr. „Sobald Dr. Thurmon sagt, dass alles okay ist."

„Ich mag den Doktor nicht."

Turner fuhr ihm durch das zerzauste Haar. „Der Doktor ist schon ganz in Ordnung. Er wird uns allen helfen."

Adam gähnte.

„Leg dich hin und schlaf!", meinte Heather. Sie wusste nicht, wie lange sie diese Szene noch ertrug. Turner war nicht ihr Mann, ihren Jungen sah er heute zum ersten Mal, und schon fing sie an, sentimentale Gefühle zu bekommen wie bei einer Familienfeier.

„Ich bin aber gar nicht müde", widersprach Adam, dem dabei allerdings schon die Augen zufielen. „Lies mir eine Geschichte vor."

„Schätzchen, es ist spät und ..."

„Och bitteee!"

„Ich kann dir eine Geschichte erzählen", bot Turner sich an.

Heather schluckte trocken. Turners Offensive, um seinen Sohn für sich zu gewinnen, hatte offenbar schon begonnen. „Es ist schon spät. Ich glaube nicht ..."

„Das geht schon in Ordnung", sagte Turner mit einer ruhigen Bestimmtheit, die ihre Sorgen noch verstärkte. Wie er da auf der Kante des Kinderbetts saß, wirkte er so riesig, durch die Arbeit auf der Ranch abgehärtet, so überlegen, dass man sich Gutenachtgeschichten aus seinem Munde nicht vorstellen konnte.

„Eine Geschichte von den Indianern", bat Adam.

„Auf der Ranch gibt es keine Indianer, erinnerst du dich? Nebenbei bemerkt, heißt der korrekte Ausdruck Native American, amerikanische Ureinwohner. Es sei denn, man möchte riskieren, skalpiert zu werden."

„Turner!", schaltete sich Heather erneut ein.

„War nur ein Scherz."

„Er ist erst fünf!"

Turner schnalzte mit der Zunge und zwinkerte Adam zu. „Was ist mit deiner Mom los? Hat sie keinen Humor?"

„Ich habe …" Aber weiter kam Heather nicht.

„Eine Geschichte, eine Geschichte!", forderte Adam und hopste im Bett auf und ab.

Heather wollte eingreifen, aber Turner griff nach ihrer Hand und hielt sie fest. Er sah ihr fest in die Augen und sagte ruhig, aber mit einer Stimme, die ihr tiefer vorkam als sonst: „Es ist alles in Ordnung. Der Junge und ich wollen uns bloß etwas unterhalten."

Es gab ihrem Herzen einen kleinen Stich. „Aber …"

„Kein Aber." Der Griff, mit dem er ihre Hand hielt, wurde ein klein wenig fester und ließ sie die Macht spüren, die er über sie hatte. Dann wandte sich Turner wieder Adam zu. „Wie wäre es, wenn ich dir von den wilden Pferden erzähle, die ich schon geritten habe?"

Adam machte große Augen. „Richtig wilde Pferde? Wirklich?"

„Broncos, Mustangs, was du willst." Heather meinte, einen Anflug von Stolz aus seinen Worten herauszuhören.

„Glaub ich nicht", sagte Adam. Trotzdem sprach sein bewundernder Blick Bände.

„Stimmt aber." Turner lächelte seinem Sohn zu, und Heather hatte alle Mühe, an sich zu halten. Dann empfing sie von Turner durch einen kurzen Blick eine stumme Botschaft. „An einen ganz wilden Bronco kann ich mich besonders gut erinnern. Er war pechschwarz und hatte richtig rot glühende Augen. Daredevil hieß er, ein ganz gemeines Biest."

„Bitte, Turner!" Heather schüttelte den Kopf. „Pferde sind nicht gemein."

„Du hast nie versucht, Gargoyle zuzureiten“, meinte er grinsend. Aber dann zuckte er die Schultern und räumte ein: „Nun, deine Mom hat recht. Die meisten Pferde sind nicht gemein, aber der gute alte Daredevil hatte den übelsten Ruf unter allen Rodeoreitern. Keiner wollte ihn reiten. Mir blieb jedoch keine andere Möglichkeit. Sie haben für Daredevil in Pendleton meine Nummer gezogen, und ich musste ran.“

„Weiter, weiter“, sagte Adam aufgeregt und saß nun kerzengerade im Bett. Von Einschlafen konnte keine Rede mehr sein.

Heather machte einen erneuten Versuch einzuschreiten. „So war das nicht besprochen …“

„Genauso war es besprochen“, unterbrach Turner sie mit steinerner Miene. „Das war unser Deal. Ich mache die Tests, und du …“

„Dass du Adam Angst machst, gehört nicht zu dem Deal.“

„Ich habe gar keine Angst“, protestierte Adam.

„Lass uns allein, Heather! Der Junge möchte seine Gutenachtgeschichte.“

Sie vernahm die Warnung, die dahintersteckte, sehr genau, und es lief ihr kalt den Rücken hinunter. Mit wenigen Worten war er in der Lage, ihr Leben zu zerstören. Er brauchte bloß Adam zu erzählen, dass er sein Vater war, und alles, was sie so sorgsam aufgebaut hatte, würde zusammenstürzen, und sie würde als Lügnerin dastehen.

„Denk einfach dran, dass er erst fünf ist.“ Die unterschiedlichsten Gedanken schossen ihr durch den Kopf, als sie zögernd und schweren Herzens das Zimmer verließ. Ihr war dabei, als hätte sie Blei in den Beinen. Einerseits hatte Turner ein Recht darauf, seinen Jungen zu sehen, und umgekehrt hatte natürlich Adam ein Recht darauf, seinen Vater kennenzulernen. Dass Turner bereit war, die Knochenmarkspende auf sich zu nehmen, durfte man auch nicht vergessen. Immerhin hatte er seine Ranch allein gelassen, um nach San Francisco zu kommen und ihr zu helfen. Vielleicht rettete er damit sogar einem Kind das Leben, von dem er bisher noch gar nichts gewusst hatte.

Andererseits war sie in heller Panik, denn sie fürchtete, Turner könnte ihr mit seiner Ranch und seinen Pferden und seinen Wildwestgeschichten den Jungen wegnehmen. Auch wenn Adam so aufgewachsen war, dass ihm praktisch jeder Wunsch erfüllt werden konnte, war er nicht immer glücklich gewesen. Dennis war vom Tag seiner Geburt an keineswegs so begeistert von seinem Sohn gewesen, wie er zuvor vorgegeben hatte, und als eine Art Überkompensation hatte Heather das Kind grenzenlos verwöhnt. Dann gab es die ersten Krankheitssymptome, kurz darauf die Diagnose und mit ihr die entsetzliche Gewissheit. Und Dennis hatte das Interesse gänzlich verloren.

„Es tut mir leid, Heather", hatte er sich verteidigt. Wie schwach er war! „Ich hatte das nicht erwartet ... Was soll ich denn tun?"

„Adam braucht dich jetzt!" Er hatte genickt. Aber er hatte es nicht ein einziges Mal geschafft, das Kind, das er seinen Sohn nannte, auf den Arm zu nehmen, fast als hätte er Angst, sich anzustecken. Er kam immer seltener nach Hause, bis sie sich schließlich trennten, kurz darauf erfolgte die Scheidung. Dennis hatte nicht mit ihr um das Sorgerecht gerungen. Auch das Haus, den Wagen und die Galerie hatte er ihr freiwillig überlassen, um die Sache schnell zu beenden.

So erpicht er vor sechs Jahren darauf gewesen war, sie zu heiraten, so ungeduldig hatte er dann auf ihre Scheidung gedrungen. Er hatte dann bald eine andere gefunden, die pflegeleichter war und kein krankes Kind hatte.

Turner kam herein, und Heather sah, als sie sich zu ihm umdrehte, seine finster entschlossene Miene. „So kann das nicht weitergehen."

„Was kann so nicht weitergehen?", fragte sie treuherzig zurück, denn sie hatte schon eine bestimmte Befürchtung, was nun kommen würde. Ihre Hände zitterten ein wenig, als sie ihn ins Wohnzimmer führte. Dann aber besann sie sich doch darauf, dass es bei Turner keinen Zweck hatte, sich dumm zu stellen. „Du brauchst es nicht zu erklären. Ich weiß es auch so." Ihr war plötzlich kalt, während sie aus dem Fenster hinaus auf die dunkle Bucht schaute, in deren Fluten sich die Lichter der Stadt spiegelten. Sie schlang sich die Arme um den Leib. Solange Adam gesund blieb, war alles in Ordnung, und etwas anderes zählte nicht, redete sie sich ein. Und auch, dass es für den Jungen wichtig war, einen Vater zu haben, einen Mann, der ihn liebte und zu dem er aufblicken konnte. Dennoch hatte sie Angst. „Was willst du, Turner?", fragte sie mit einer Stimme, die sie als ihre eigene nicht wiedererkannte. Die Autos, die unten auf der Straße vorbeifuhren, warfen mit ihren Scheinwerfern ein unruhiges Licht ins Zimmer.

„Wenn das alles vorbei ist, möchte ich, dass er ein Teil meines Lebens wird."

„Ein wie großer Teil?" Sie streckte die Hand nach dem Lichtschalter aus, aber er hinderte sie daran.

„Ich möchte sein Vater sein."

„Das bist du …"

„Ich meine im ganz alltäglichen Leben, Heather. Jeden Tag."

„Aber das geht nicht."

„Das geht, wenn du wieder nach Gold Creek ziehst."

Ihr blieb die Luft weg und für eine geschlagene Minute fehlten ihr die Worte. Nach Gold Creek zurückziehen? Um Gottes willen. „Bist du verrückt geworden?", sagte sie, als sie die Sprache wiedergefunden hatte. Mit einem Ruck drehte sie sich zu ihm um. Turner war anzusehen, dass er es todernst meinte. „Du kannst doch nicht im Ernst …" Heather verstummte. Turners Miene blieb unbeweglich. Das nackte Grauen überkam sie. Sie hatte damit gerechnet, dass er auf ein geteiltes Sorgerecht aus war, hatte sich schon darauf eingestellt, dass Adam ein paar Wochen im Sommer zu ihm kam, vielleicht auch in den Weihnachtsferien, und das wäre für sie schon hart genug. Aber diese Idee – in die Stadt zurückzukehren, unter der sie so gelitten hatte … Das war unmöglich.

„Ich würde sterben in Gold Creek."

„Adam wäre mir näher."

„Bis vor ein paar Tagen wusstest du noch nicht einmal, dass es ihn gibt. Und jetzt …“

„… jetzt will ich ihn. Ich werde alles daransetzen, hörst du, *alles*, damit er in meiner Nähe ist.“

„Das kann nicht dein Ernst sein“, flüsterte sie.

„Doch, das ist es, Heather“, sagte er so kalt, dass ihr das Blut in den Adern gefror.

Im Zimmer war es inzwischen dunkel geworden. „Du kannst doch nicht einfach in dieses Haus spaziert kommen und mein ganzes Leben auf den Kopf stellen, weil …“

„… weil ich herausgefunden habe, dass ich einen Sohn habe. Weil wir sechs Jahre lang mit einer Lüge gelebt haben. Weil ich gerade für mich herausgefunden habe, dass mein Kind, *mein* krankes Kind das Wichtigste in meinem Leben ist.“ Er griff nach ihren Unterarmen, und Heather spürte, wie aufgewühlt er war. „*Du* warst es doch, die hereinspaziert kam – damals in meine Scheune – und *mein* Leben auf den Kopf gestellt hat, Lady.“

„Du bist einfach abgehauen.“

„Ich habe nie gesagt, dass ich bleibe.“

„Dann komm jetzt auch nicht an und misch dich ein.“

Er kniff die Augen zusammen, und der Griff um ihre Arme wurde fester. „Hier geht es nicht um Sex. Hier geht es auch nicht um Liebe. Hier geht es einzig und allein um das Kind. Und wenn du dir in deinem Spatzenhirn einbildest, dass ich hier brav die Rolle als biologischer Vater erfülle, indem ich Adam meine Knochenmarkzellen spende oder was er sonst braucht, und dann wieder verschwinde, bis du deine nächste Krise hast, dann hast du dich geschnitten! Ich bin hier und werde es auch bleiben, Heather! Gewöhn dich daran.“

„Gut, das weiß ich.“ Heather hatte Mühe, die Worte herauszubringen. „Aber du wirst nicht in diesem Ton mit mir reden und mich herumkommandieren, Turner! Du bist ja noch nicht mal mein Ehemann.“

Kaum war der letzte Satz ausgesprochen, hätte Heather ihn am liebsten zurückgenommen.

Turners Augen funkelten.

Heather nahm sich zusammen. Jetzt zusammenzubrechen kam nicht infrage. Sie hatte vor langer Zeit schon genug Tränen Turners wegen vergossen. Sie machte sich von seinem Griff frei, ging zum Kamin und zündete das Feuer an. Im Nu wurde es etwas heller im Zimmer, als die Flammen das Holzscheit umzüngelten, das obenauf lag. Sie spürte im Rücken, wie er sie beobachtete. Nervös fragte sie ihn, ob er einen Drink wolle. Obwohl er ablehnte, ging sie an die Hausbar, griff nach einer Flasche Bourbon, die dort schon länger stand, und schenkte jedem von ihnen einen Schluck ins Glas. „Vielleicht brauchst du ja keinen Drink. Ich aber schon."

„Niemand *braucht* einen Drink."

„Na schön, dann möchte ich eben einen Drink." Sie nippte an ihrem Glas. Das starke Getränk brannte ihr in der Kehle. Zischend und knisternd entzündete sich das Moos auf dem Holz, und ein orangener Schein erfüllte den Raum.

Auch Turner trank einen kleinen Schluck, aber nach seiner Miene zu urteilen, trug der nicht zu seiner Entspannung bei. Dieser hartgesottene Cowboy nahm sich in diesem Wohnzimmer zwischen den erlesenen Möbeln und Kunstgegenständen wie ein Fremdkörper aus. „Ich denke, du solltest mir ein paar Dinge erklären", sagte er nach einer Weile mit ruhigerer Stimme.

„Nämlich was?"

„Fangen wir doch am Anfang an. Erzähl mir, warum du Leonetti geheiratet hast. Und warum du dich nicht mit mir in Verbindung gesetzt hast."

Sie hatte große Lust, ihn anzuschreien und hinauszuwerfen. Diesen Psychoterror brauchte sie weiß Gott nicht. Aber sie wusste natürlich, dass das nicht ging. Adam brauchte ihn. Und dann war da noch diese leise Stimme, die ihr aus einem in ihrem Innern verborgenen Winkel verräterisch zuflüsterte, dass sie selbst ihn ja auch brauchte.

Unsicher ging sie zu einer gepolsterten Fensternische, setzte sich hinein und zog die Knie bis ans Kinn. Sie hielt noch das

Glas in der Hand, aber an ihren Drink dachte sie gar nicht mehr. Turner setzte sich derweil auf den Fußboden, streckte die Beine zum Kamin hin aus und lehnte sich mit dem Rücken an die Couch.

Die nächsten anderthalb Stunden erzählte Heather, wie es ihr ergangen war – wie sie festgestellt hatte, dass sie schwanger war, wie sie Mazie und Zeke angerufen hatte, von Dennis' Wutausbruch, und wie er sich später wieder beruhigte. „Er ist ja kein Monster, ob du das nun glaubst oder nicht. Er war damals regelrecht besessen von mir, obwohl ich nicht sagen könnte, wieso. Vielleicht, weil ich das einzige Mädchen gewesen war, das ihm jemals einen Korb gegeben hat. Vielleicht auch, weil seine Eltern mich für nicht standesgemäß hielten. Sie kannten natürlich das Gerede über meine Familie und wussten, was man sich über meine Schwester erzählte. Dann kam noch der Skandal um meinen Vater hinzu, als er eine jüngere Frau heiratete. Die Tremonts gehören nicht gerade zur Hautevolee. Dennis' Familie war also einigermaßen entsetzt, und das ist noch vorsichtig ausgedrückt. Die hatten sich ein nettes Mädchen aus dem alten Geldadel erhofft, aber wir sind ja nicht einmal neuer Geldadel." Sie konnte jetzt noch darüber schmunzeln, wenn sie an die bestürzten Gesichter der alten Leonettis dachte, als sie von der Liaison ihres Sohnes erfuhren. „Dennis' Vater hat mir sogar Geld geboten, um mich loszuwerden. Aber Dennis bekam Wind davon, und noch in derselben Woche sind wir durchgebrannt."

„Und wie stehen sie zu Adam?", wollte Turner wissen, während er nachdenklich auf sein Glas schaute, in dem der Feuerschein den goldgelben Bourbon funkeln ließ.

„Sie haben ein gespaltenes Verhältnis zum ihm. Ich dachte ja eigentlich, dass sie über einen Leonetti-Erben ganz aus dem Häuschen sein würden. Aber auch wenn sie Adam nie unfreundlich behandelt haben, hatte keiner von ihnen ein sonderliches Interesse an ihm. Als wir uns dann haben scheiden lassen, war ich eigentlich auf einen Sorgerechtsstreit gefasst, aber Dennis wollte nichts mehr von Adam wissen, und seine Eltern haben den Jungen nicht ein einziges Mal angerufen. Ich vermute, Dennis hat sie darüber aufgeklärt, dass Adam nicht einen Tropfen Leonetti-Blut in den Adern hat. Ihm war wohl klar, dass die Wahrheit früher oder später sowieso ans Licht kommen würde."

„Dennis hat all seine Ansprüche aufgegeben? Nur, weil er Adam nicht selbst gezeugt hat, ist der Junge mit einem Mal nicht mehr gut genug? So ein Mistkerl!" Turners wutverzerrtes Gesicht konnte einem richtig Angst machen. „Du hast schon ein Händchen dafür, dir die Richtigen auszusuchen."

„Das kann man so sagen", antwortete sie, und für eine Weile herrschte Schweigen im Zimmer. Nur das leise Knistern des Feuers im Kamin war zu hören.

Heather drehte das Glas in ihrer Hand und trank noch einen Schluck. Sie merkte schon, wie ihr von dem Bourbon warm wurde. „Wir sind aber nicht hier, um über Dennis zu sprechen", sagte sie dann. „Ich erzähle dir gern alles, was du über Adam wissen willst. Aber was meine Ehe angeht, muss es dir genügen zu wissen, dass es zwischen Dennis und mir aus ist und er auch kein Interesse mehr an meinem Sohn hat."

„An unserem Sohn", korrigierte er.

„An unserem Sohn."

„Was uns wieder dorthin bringt, wo wir begonnen haben. Wie regeln wir das nun mit *unserem* Sohn?"

„Ich würde sagen, das hängt davon ab, wie die Behandlung bei ihm anschlägt." Wie jedes Mal, wenn sie an Adams Krankheit dachte, wurde ihr, als zögen sich finstere Wolken über ihr zusammen. Turner *musste* einfach ein geeigneter Spender für Adam sein! Wenn nicht ... lieber Himmel, daran durfte sie gar nicht denken. Schaudernd trank sie ihr Glas leer. „Bis wir nicht wissen, dass es ihm wieder gut geht, kann ich keine Pläne machen."

„So gehe ich hier nicht weg, Heather." Turner stellte sein leeres Glas auf den Kaminsockel und kam zum Fenster. Draußen regten sich die Blätter an den Bäumen im Sommerwind. Die

Straßenlaternen warfen ein warmes Licht auf die Bürgersteige und die Autos, die am Straßenrand parkten. Man sah einzelne Fußgänger, die sich die Steigung hinaufkämpften, und auch die Autos bewegten sich langsam auf den hügeligen Straßen von San Francisco.

„Und ich kann nicht nach Gold Creek ziehen."

„Du wirst arrangieren, dass er mich besuchen kann."

„Das wird er …"

„Jede zweite Woche."

„Auf keinen Fall." Heathers Kopf fuhr in die Höhe. „Er kann nicht die Hälfte der Zeit aus seiner Umgebung gerissen werden, damit du Vater spielen kannst. Er muss zur Vorschule und …"

„Ich *spiele* nicht, Heather."

„Aber er braucht ein verlässliches Zuhause und …"

„Es ist mein Kind, verdammt noch mal!"

„Ein Kind, das du nicht wolltest!" Die Worte waren heraus, ohne dass sie nachgedacht hatte. Sie sah, wie er zusammenzuckte, als hätte ihn ein Peitschenhieb getroffen. Er atmete ein paar Mal schwer, dann fasste er sie am Arm und zog sie von ihrem Sitzplatz. „Ein Kind, von dem ich nichts wusste", stellte er richtig.

„Lass mich los, Turner! Und dann dreh dich um und geh! Das sollte kein Problem für dich sein. Du hast es schließlich schon einmal getan."

„Dich loslassen? Das versuche ich schon seit Jahren."

Seine Stimme war rau, sein Blick glühte, und als er seinen Mund auf ihre Lippen presste, kam es über sie wie eine Naturgewalt.

Sie wollte nicht, dass er sie küsste. Sie hatte alles andere erwartet, als plötzlich in seinen Armen zu liegen und seine Leidenschaft so intensiv zu spüren, dass sie sich wie von selbst auf sie übertrug. Ihr Verstand befahl ihr, sich mit Händen und Füßen gegen ihn zu wehren, aber noch während sie versuchte, sich gegen seine Schultern zu stemmen und ihn wegzuschieben, gab ihr Körper schon nach. Der Geschmack seiner Lippen weckte Erinnerungen an einen längst vergangenen Sommer, und diese

Erinnerungen, die plötzlich wieder so frisch waren, entfachten ihr Verlangen.

Sie wollte protestieren, doch sie konnte nicht, weil das Gefühl, ihn so nahe zu haben, ihn zu riechen und zu schmecken, jeden Gedanken an Widerstand auslöschte. Sie wusste, worauf es hinauslief. Sie würden miteinander schlafen. Wieder. Als ob das der vom Schicksal vorgezeichnete Weg sei, merkte sie, wie sie allmählich nachgab, die Lippen für seine Zunge öffnete, und konnte auch das leise Aufstöhnen nicht unterdrücken, das sich ihrer Kehle entrang.

Das kann doch nicht sein, dachte sie noch mit einem letzten Funken wachen Verstandes. Gern hätte sie dem Alkohol die Schuld zugeschoben oder ihrer Verzweiflung, die sie regelmäßig heimsuchte, seitdem sie von Adams Krankheit erfahren hatte. Gerade hatte sie sich noch von Turner bedroht gefühlt und gefürchtet, er würde ihr das Kind wegnehmen. Aber schon schlang sie ihre Arme um seinen Nacken. Und ganz egal, ob sie es Schicksal oder Verhängnis nannte, sie wusste, dass sie sich erneut in ihn verlieben würde.

Schließlich schickte sie all die Zweifel zum Teufel und ließ sich einfach fallen. Einfach nur diesen Mann zu küssen, der nach Seife roch, nach seinem Aftershave und nach Bourbon schmeckte. Während er ihr die Bluse auszog, knöpfte sie ihm das Hemd auf und streifte es ihm über die Schultern und strich ihm dabei über die Muskeln, die so hart und unnachgiebig waren wie die Winter in Nevada.

Er strich ihr mit den Lippen über die nackte Haut und ließ damit ein Feuer in ihr auflodern, dem sie sich rettungslos ausgeliefert fühlte. Im Nu hatte er den Verschluss ihres BHs aufgehakt und ihre Brüste davon befreit, auf denen sie im nächsten Moment seine starken, rauen Hände spürte. Mit Mund und Händen liebkoste er die Rundungen. Voller Begierde schenkte er ihr ebenso viel Lust, wie er selbst von ihr empfing.

Turner umschlang ihre Taille, zog Heather zu sich heran und umschloss abwechselnd die beiden harten Perlen mit den Lippen und spielte mit ihnen, bis Heather sich halb von Sinnen unter ihm rekelte, und als er nach einer Weile ein wenig von ihr abließ, strich sie ihm mit den Fingerspitzen durch die Haare auf der Brust.

Endlich ließ er eine Hand unter den Hosenbund gleiten, umfasste ihren Po und presste sie mit einem Ruck an sich. An ihrem Bauch fühlte sie deutlich seine Erektion, spürte aber auch den Druckverband an der Stelle seiner Hüfte, wo er ein Stück von sich seinem Sohn geopfert hatte. Er schaute ihr in die Augen, und es schien, als ob er in ihre Seele blicken wollte. Sofort wusste Heather, dass es kein Zurück mehr gab. Erneut küsste er sie, lange und wild, dann flogen die restlichen Kleidungsstücke nach allen Seiten, und beim Knistern des Feuers und dem leisen Summen des Verkehrs draußen nahm Turner Brooks ein weiteres Mal Besitz von seiner kleinen Lady, die er über all die Jahre nie hatte vergessen können.

10. KAPITEL

Heather kam sich vor wie eine in einen Käfig gesperrte Katze. Den ganzen Morgen hindurch schaute sie immer wieder zur Uhr und wanderte rastlos zwischen dem Wohnzimmer und der Küche hin und her. Auch Turner war angespannt. Ein Muskel in seinem Kiefer zuckte, und er presste die Lippen angespannt zusammen. An diesem Tag sollten sie das Ergebnis seines Gewebetests erfahren.

„Es wird schon werden", sprach er Heather Mut zu, aber sie konnte ihm am Gesicht ablesen, dass auch er im Zweifel war.

„Und wenn nicht? Was dann?", antwortete sie kaum hörbar.

Turners Miene verfinsterte sich. Er nahm sie tröstend in die Arme, und sie spürte seinen Atem auf ihrem Haar. „Wir wollen uns nicht jetzt schon den Kopf zerbrechen. Warten wir's ab."

So eng umschlungen standen sie noch da, als die Haustür aufgeschlossen wurde und gleich darauf Rachelle die Treppe heraufkam. „Hi", begrüßte sie die beiden. „Tut mir leid, dass ich so spät bin, aber der Stadtverkehr war mörderisch." Sie hob den Blick, als sie die letzten Stufen erreicht hatte, und ihr Blick fiel auf Turner, der Heather zwar rasch losgelassen hatte, aber immer noch schuldbewusst guckte wie ein ertappter Schuljunge.

Heather spürte, wie ihr die Hitze ins Gesicht stieg, und schickte ein stummes Stoßgebet zum Himmel. Rachelle war nicht gerade dafür berühmt, dass sie, wenn die Situation es erforderte, auch mal taktvoll den Mund halten konnte. Schon als Kind hatte sie kein Blatt vor den Mund genommen. Sie bedachte Turner in seinen ausgewaschenen Jeans, der abgetragenen Wildlederjacke, dem derben Holzfällerhemd und dem Stetson, den er schon trug, mit einem Blick, der eine Klapperschlange zurück in ihr Felsenversteck hätte scheuchen können.

„Das ist …", fing Heather an.

„Turner Brooks", unterbrach Rachelle sie. „Adams Vater. Der Cowboy."

Turner runzelte kurz die Stirn.

„Turner, das ist meine Schwester Rachelle. Sie wird auf Adam aufpassen, solange wir in der Klinik sind.“

Augenblicklich wurde Rachelles Miene ernst und besorgt. „Ich hoffe so sehr, dass es klappt.“

„Ja, ich auch.“

„Mom zündet schon seit einer Woche jeden Tag in der Kirche eine Kerze an.“

„Sie ist doch nicht einmal katholisch.“ Heather hatte noch nie davon gehört, dass man in der Methodistenkirche, zu der sie in Gold Creek immer gegangen waren, eine Kerze anzündete.

„Nein, aber einige ihrer Freundinnen sind es, und sie meint, es könne schließlich nicht schaden.“ Rachelle schaute um sich. „Wo ist Adam?“

„Mittagsschläfchen.“

„Tante Rachelle!“, tönte es von oben. Dann polterte es die Treppe herunter, und Adam stürmte mit ausgestreckten Armen auf Rachelle zu. Die fing ihn auf und wirbelte ihn durch die Luft, bevor sie ihn auf den Arm nahm.

„Na, mein Kleiner! Wie geht's?“ Sie küsste ihn auf das zerzauste Haar auf seiner Stirn. „Wie wär's mit einem Date mit deiner Lieblingstante? Wir gehen erst zu McDonald's, dann in die Videospielhalle und anschließend holen wir uns ein schönes Eis.“

„Das Kulturprogramm einer Großstadt“, bemerkte Turner.

Rachelle lächelte überlegen. „Wer braucht schon Kultur? Wir wollen einfach ein bisschen Spaß haben, nicht wahr, mein Spatz?“

„Können wir auch in die Spielzeugabteilung im Kaufhaus gehen?“

„Ich denke schon. Ich werde dich heute mal nach Strich und Faden verwöhnen.“

Turner machte ein finsteres Gesicht, aber Heather zupfte ihn am Ärmel. „Mach die Stadt dafür nicht verantwortlich. Alles, was Rachelle erwähnt hat, kannst du auch in *good old* Gold Creek haben.“

Rachelle horchte auf. „Gold Creek? Wie kommst du da drauf?“

Heather merkte, dass sie in der Falle saß. „Turner findet, dass wir, Adam und ich, dorthin zurückgehen sollten.“

„Heather, nein!“ Unwillkürlich, wie um ihn zu beschützen, nahm Rachelle ihren kleinen Neffen fester in die Arme. „Nicht nach allem, was passiert ist! Du weißt schon, was ich meine … dass jeder weiß, dass Dennis nicht Adams … und …“ Sie drehte sich zu Turner um. „Oh mein Gott! Der Klatsch in Gold Creek wird blühen wie nie.“

„Na, wenn schon.“ Turner schaute auf seine Uhr, dann tippte er mit zwei Fingern an die Hutkrempe. „War nett, Sie kennenzulernen“, sagte er mit leicht sarkastischem Unterton.

„Ganz meinerseits“, gab Rachelle ungerührt zurück. Doch dann, als ob sie befürchtete, damit zu weit gegangen zu sein, pustete sie sich eine Strähne ihres rotbraunen Haars aus dem Gesicht und meinte beschwichtigend, während sie Adam auf der Hüfte schaukelte: „Turner, was immer zwischen euch gewesen sein mag“, sie warf Heather einen kurzen Blick zu, „es geht mich nichts an. Ich bin nur froh, dass Sie hier sind und Adam und Heather helfen. Und dafür danke ich Ihnen.“

„Dafür gibt es nichts zu danken.“

„Doch, allerdings.“ Ihre klugen Augen musterten ihn einen Moment lang. Sie biss sich auf die Unterlippe, dann streckte sie ihm die Hand hin. „Bitte … ich wollte Sie nicht anmachen. Ich weiß ja, dass das alles nicht allein Ihre Schuld ist.“

Heather schaute gespannt zu, wie Turner schließlich einschlug und sagte: „Ist schon okay.“

„Und würdet ihr … Ich meine, ich heirate in ein paar Wochen. Und Jackson und ich, wir würden uns freuen, wenn ihr beide auch kommt.“

Heather hielt die Luft an. Das könnte ein wenig zu viel des Guten für Turner sein, dachte sie, so sehr eingebunden zu werden. Adam zu helfen war eine Sache. Das hieß noch lange nicht, dass er sich – öffentlich – an Heathers Seite zeigen wollte. Dass sie miteinander schliefen, stand auf einem anderen Blatt. Das hatte keine Konsequenzen für die Zukunft.

„Die Hochzeit findet in Gold Creek statt, oben am Whitefire Lake“, erklärte Rachelle weiter. „Einige alte Freunde werden eingeladen. Übrigens“, sie wandte sich wieder an Heather, „sogar Carlie kommt. Aus Alaska. Sie hat mir geschrieben, dass sie sich wieder in Gold Creek niederlassen will. Ist doch nicht zu fassen, oder?“

Carlie war schon auf der Highschool Rachelles beste Freundin gewesen, eigentlich die Einzige in Gold Creek, die in jener furchtbaren Zeit zu ihr gehalten und ihr geglaubt hatte, als Jackson des Mordes angeklagt gewesen war. Nach dem Highschoolabschluss hatte Carlie mit ihrem pechschwarzen Haar und den blaugrünen Augen als Model gearbeitet, war zwischen New York, Paris und Rio de Janeiro hin- und hergeflogen und hatte an einem Tag mehr verdient als ihr Vater in einem Monat. Aber dann war irgendetwas geschehen, etwas, worüber niemand in Carlies Familie reden wollte. So war Heather schließlich zu Ohren gekommen, dass Carlie nach Alaska gegangen war, aber die Seiten gewechselt hatte: Sie war Fotografin geworden.

„Ich freue mich sehr darauf, sie wiederzusehen“, sagte Heather, die immer noch gespannt auf Turners Antwort wartete.

„Ja. Ich auch.“ Rachelle sah Turner an. „Also, wie sieht's aus? Wir hätten euch gern dabei.“

Turner rieb sich den Nacken. „Ich denke, das hängt davon ab, wie das heute ausgeht.“ Er warf Heather einen Blick zu. Dann machte er eine Kopfbewegung in Richtung auf die Treppe, die zur Garage führte. „Wir müssen los.“

Heather hatte ein schreckliches Gefühl im Magen. Sie warf Rachelle einen verzweifelten Blick zu, den diese ebenso angstvoll erwiderte. Turner legte Heather den Arm um die Schultern. „Kopf hoch! Wird schon werden“, wollte er sie aufmuntern. Aber auch ihm war mulmig zumute.

Heather atmete einmal tief durch. Dann küsste sie Adam auf die Wange und ging mit Turner, der sie noch immer im Arm hielt, die Treppe zur Garage hinunter, während sie stumm wieder ein Stoßgebet zum Himmel sandte. Es mochte das tausendste an diesem Tag sein.

Thomas Fitzpatrick war ein Mann, der auf Äußerlichkeiten hielt und sich selbst dabei nicht ausnahm. Sein Körper war tipptopp in Form, gestählt durch Tennis, Golf und regelmäßige Work-outs im Fitnessclub. Er hielt sich einiges auf sein aristokratisches Aussehen zugute, das immer noch volle Haar und sein routiniertes Lächeln. Demzufolge war er von dem Privatdetektiv, den Brian angeschleppt hatte, wenig begeistert.

Mr Robert Sands, genannt Bobby, lümmelte lässig in einem der Wohnzimmersessel und fühlte sich sichtlich wie zu Hause. Die Füße in den staubigen Stiefeln lagen auf einem von Junes weißen Polsterhockern. Die Hände mit den dicken Fingern lagen gefaltet auf Mr Sands' Bauch, der sich für einen Mann von über vierzig schon beachtlich wölbte. Das lange schwarze Haar sah fettig aus und war hinten zu einem Pferdeschwanz zusammengebunden. Am rechten Ohr blinkte ein Ohrring.

„Ja, es stimmt", sagte er gerade, während Thomas ihm einen Drink einschenkte. „Brooks ist sauber. In jüngeren Jahren hat es ein paar Prügeleien in Bars gegeben, aber die hat vorwiegend sein Vater angezettelt. Mit dem Gesetz ist er nicht weiter in Konflikt gekommen, und auch auf der Rodeotour hält er sich aus allem Ärger heraus – kein Schnaps, keine Drogen, keine gedopten Tiere."

Thomas schaute angewidert in den Spiegel hinter seiner Hausbar. Wenigstens war June nicht da und musste diesen Besucher ertragen. Sie hatte sich entschieden, mit ihrer Tochter Toni einige Zeit in San Francisco bei Thomas' Schwester Sylvia Monroe zu verbringen. Es war zu hoffen, dass Sylvia June ein wenig zur Vernunft brachte. Wenn June zurückkam, würden sie über ihre Ehe reden müssen – beziehungsweise über die Scheidung.

Richtig geliebt hatte Thomas June nie, aber, zum Teufel, ohne sie war das Haus verdammt kalt. Noch vor ein paar Jahren hatte hier ein lebendiges Treiben geherrscht, aber jetzt, da die Kinder aus dem Haus waren und June weg … Thomas gab sich einen Ruck und konzentrierte sich wieder auf die aktuellen Gegebenheiten. Er durfte sich keine Blöße geben, erst recht nicht diesem Abschaum von einem Privatdetektiv gegenüber.

Im Spiegel sah Thomas, wie Sands das goldene Feuerzeug vom Tisch nahm, es eingehend betrachtete und ausprobierte und dann rasch wieder an seinen Platz legte. Einen Augenblick lang war sich Thomas sicher gewesen, der Mann würde es einstecken.

„Sie erzählen mir, Turner Brooks habe keine Geheimnisse." Thomas kam von der Bar herüber und reichte Sands einen Bourbon. Als er dabei die schmutzigen Fingernägel seines Gastes sah, schnellten seine Augenbrauen nach oben.

„Das habe ich nicht gesagt. Nur, dass er nach außen hin eine weiße Weste hat. Aber Probleme hat er trotzdem, und die zeigen sich richtig erst seit Kurzem. Da verbringt er eine Menge Zeit mit einer Frau …" Sands' Reptilienaugen verengten sich zu schmalen Schlitzen. Er machte es spannend und schien das richtig auszukosten.

„Was für eine Frau?"

„Heather Leonetti." Sands nahm einen ordentlichen Schluck von seinem Whiskey und machte ein zufriedenes Gesicht, als das starke Getränk seine Kehle hinunterglitt. „Sie wissen, wen ich meine – Heather Tremont Leonetti, das Mädchen, das vor sechs Jahren diesen reichen Banker geheiratet hat."

Tremont. Der Name traf Fitzpatrick wie ein Blitz. Jacksons Verlobte war eine Tremont, und sie hatte eine jüngere Schwester, ein hübsches Ding, das sich reich verheiratet hatte, weit über ihrem gesellschaftlichen Stand …

„Offenbar kennen sich Brooks und Mrs Leonetti schon seit ein paar Jahren, aus einer Zeit schon vor ihrer Ehe. Offenbar haben sie sich auf einer Ranch kennengelernt, die Brooks' Onkel Zeke Kilkenny gehört. Leider ist aus diesem Kilkenny nicht viel herauszukriegen. Er reagiert nicht einmal auf meine Anrufe. Und auch Mazie, seine Haushälterin und verschrien als Klatschbase, schweigt sich über Brooks und Heather Leonetti aus. Deren Verlobung mit Leonetti war, nebenbei bemerkt, zwischendurch auch mal wieder gelöst. Aber ich habe noch etwas tiefer gegraben und noch ein paar andere Leute aufgetrieben. Da ist ein gewisser Billy Adams, der für Kilkenny auf der Ranch arbeitet. Er meinte, dass Heather und der Cowboy ziemlich dicke miteinander waren. Dann war da noch ein Mädchen, das im Sommer da gearbeitet hat – Moment …" Sands stellte das Glas ab und griff in die Innentasche seines abgewetzten Nadelstreifenjacketts, um einen kleinen Notizblock herauszuholen. Mit angelecktem Zeigefinger blätterte er darin. „Hier hab ich's. Yost. Sheryl Yost. Scheint so, als hätte sie auch ein Auge auf Turner Brooks geworfen. Jedenfalls war sie nur allzu bereit, mir alles zu erzählen, was ich wissen wollte. Laut ihrer Auskunft hatten Brooks und die Tremont eine Affäre, wohl so ein Sommerflirt. Jedenfalls ist er dann eines Tages in den Sonnenuntergang geritten und ließ sie sitzen. Scheint überhaupt seine Masche gewesen zu sein. Jedenfalls heiratete sie dann Leonetti."

Thomas, der anfangs interessiert zugehört hatte, war nicht sonderlich beeindruckt. „Viele Leute lassen sich noch ein letztes Mal auf etwas ein, bevor sie heiraten."

Der dicke Detektiv schürzte die Lippen und wiegte nachdenklich den Kopf. „Möglich. Die Sache ist nur, dass Mrs Leonetti ein Baby bekommen hat – keine acht Monate nach der Hochzeit. Und dieses Kind hat nun so gar nichts von seinem italienischstämmigen ‚Vater', wenn Sie verstehen."

Thomas wollte gerade sein Glas zum Mund führen und hielt mitten in der Bewegung inne. „Es ist von Brooks?"

„Das können wir beide nur vermuten", antwortete Sands auf seine schmierige Art. „Allerdings habe ich noch herausgefunden, dass Dennis Leonetti ein paar Jahre zuvor einige Tests hat machen lassen, bei denen herauskam, dass er nicht zeugungsfähig ist. Die Anzahl seiner Spermien geht gegen null." Sands nahm sein Glas und leerte es in einem langen Zug. Dann kramte er in einer schäbigen Mappe, die er mitgebracht hatte, zwischen etlichen Papieren. „Und jetzt, urplötzlich, nachdem Heather Leonetti ihrem Göttergatten den Laufpass gegeben und ihn dabei noch um einiges Geld erleichtert hat, steht sie vor Brooks' Tür – auf ebenjener Ranch, die Sie kaufen wollen. Brooks ist gegenwärtig in San Francisco. Ein Freund von ihm, Fred McDonald, kümmert sich um die Ranch, solange er weg ist." Endlich hatte Sands gefunden, was er gesucht hatte. Es war sein schriftlicher Bericht, den er nun über den Glastisch schob.

Thomas nahm die ausgedruckten Seiten und griff in seine Jacketttasche nach seiner Lesebrille. „In San Francisco, sagen Sie? Um den Jungen zu sehen?"

Sands beugte sich ein Stück vor und grinste selbstzufrieden. „Er ist da zur Untersuchung in einer Klinik. Das Klinikpersonal ist reichlich wortkarg, aber ich vermute, dass es etwas mit dem Kind zu tun hat. Der Junge hat Leukämie. Seine Mutter hat das Geheimnis gehütet, aber Leonetti und sie haben sich kurz nach der Diagnose getrennt. Ich tippe darauf, dass er herausgefunden hat, dass das Kind nicht von ihm ist, und Heather an die Luft gesetzt hat."

Thomas stellte sein Glas ab, ohne seinen Drink ausgetrunken zu haben. Das gefiel ihm nicht. Nicht, wenn ein Kind, ein krankes Kind zudem, im Spiel war. „Wie geht es dem Jungen?"

„Nach allem, was ich gehört habe, ist die Krankheit momentan im Schwinden begriffen. Ich weiß auch nicht, warum sie Brooks jetzt von dem Kind erzählt hat, aber sie hat es getan – zumindest sieht es danach aus. Vielleicht will sie die Beziehung ja wieder aufleben lassen, nachdem Leonetti die Segel gestrichen hat. Aber da sind wir auf Vermutungen angewiesen."

Thomas hatte ein ungutes Gefühl. So scharf er auf die Ranch war und vor allem auf das Öl, das er unter dem vertrockneten Grasland vermutete – ein Kind verkomplizierte die Sache. Auch für seine eigenen Kinder hatte er immer eine Schwäche gehabt, selbst für Jackson, obwohl er, was seinen unehelichen Erstgeborenen anging, zu viele Fehler gemacht hatte. Er hatte es wiedergutmachen wollen, aber davon wollte Jackson nichts wissen. Ohne den Geschmack seines teuren Whiskeys wahrzunehmen, nippte er nun doch an seinem Drink. Ein Kind. Brooks hatte also ein Kind – ein krankes dazu. Was für eine Geschichte.

„Soll ich weitergraben?“, fragte Sands.

Thomas hob mit einem Ruck den Kopf. „Ja, bitte. Sehen wir nach, was es noch gibt.“ Sorgfältig faltete er die Blätter mit dem Bericht zusammen und steckte sie in die Innentasche seines Jacketts.

„Alles klar. Sie sind der Boss.“ Sands grinste und steckte sich den Eiswürfel in den Mund.

Geschlossene Räume machten Turner nervös, und dieses Sprechzimmer des Arztes mit all seinen Diplomen an der Wand und den schweren Ledersesseln trug nicht dazu bei, die Verspannungen in Nacken und Schultern zu lindern. Turner fühlte sich eingesperrt, ihm war heiß, und das Atmen fiel ihm schwer. Da es zwischen seinem Sessel und dem Schreibtisch zu eng war, konnte er die Beine nicht ausstrecken und hockte so stocksteif auf der Sesselkante, während der Doktor Papiere in einen Aktendeckel einordnete, auf dem in Großbuchstaben „LEONETTI, ADAM“ stand.

Das musste sich sofort ändern. Turner würde lieber in der Hölle schmoren, als zuzulassen, dass sein Sohn den Namen eines anderen Mannes trug – obendrein noch eines Mannes, der in keiner Weise bereit war, für den Jungen einzustehen. Adam sollte so bald wie möglich Brooks mit Nachnamen heißen; Heather musste das in die Wege leiten. Darüber konnte es keine zwei Meinungen geben. Turner war entschlossen, den Anspruch auf seinen Sohn geltend zu machen.

Dr. Thurmon war eine stattliche Erscheinung und sah mit seinem dünnen, silbergrauen Haar und dem gütigen Gesicht aus wie eine Figur, die Norman Rockwell gezeichnet haben könnte. Hinter seiner Nickelbrille blitzten freundliche Augen, und Turner hatte auf Anhieb Vertrauen zu ihm. Er hatte immer schon einen sicheren Instinkt bei Menschen gehabt und lag mit seinem ersten Eindruck für gewöhnlich richtig.

Thurmon nahm seine Brille ab. „Es gibt gute Neuigkeiten", sagte er an Heather gewandt. Turner konnte ihr förmlich ansehen, wie die Anspannung von ihr abfiel. „Die Gewebeproben passen zusammen, was ich, ehrlich gesagt, kaum zu hoffen gewagt hatte. Normalerweise sind Geschwister die geeignetsten Spender für eine solche Transplantation. Aber", er hob lächelnd die Hände, „wir haben Glück gehabt."

„Gott sei Dank!", seufzte Heather leise auf. Tränen traten ihr in die Augen. Instinktiv legte Turner den Arm um sie, und sie umarmten sich. Auch Turner zeigte sich tief bewegt, und selbst er hatte große Mühe, seine Gefühle im Zaum zu halten. Sein Sohn – es gab neue Hoffnung für ihn.

„Wenn die Lage auch noch ernst ist, ist Adam auf einem guten Weg", fuhr der Arzt fort, indem er mit einem Taschentuch die Brillengläser putzte. „Jetzt, da wir beide Gewebeproben vorliegen haben – die von Adam und die von Mr Brooks –, können wir sagen, dass Mr Brooks der geeignete Spender ist. Dabei sieht Adams Entwicklung gegenwärtig so gut aus, dass wir zum jetzigen Zeitpunkt an eine Transplantation noch nicht zu denken brauchen und auch in der nächsten Zukunft noch nicht. Aber Adam wird noch eine Weile seine Medikamente bekommen müssen."

„Und wenn es einen Rückfall gibt?", fragte Heather ängstlich.

Dr. Thurmon presste die Lippen zusammen. „Dann müssen wir die Lage neu einschätzen. Eine Transplantation wäre dann wahrscheinlich." Er klappte den Aktendeckel zu. „Aber darüber sollten wir uns jetzt den Kopf nicht zerbrechen. Wie es jetzt aussieht, Mrs Leonetti, ist Ihr Sohn den Umständen entsprechend in bester Verfassung."

„Danke!" Heather drehte sich triumphierend lächelnd zu Turner, und trotz der Tränen in ihren Augen strahlte sie.

„Heißt das, dass Adam … alles tun kann?", wollte Turner wissen.

Der Arzt nickte. „In vernünftigen Grenzen, versteht sich. Überanstrengen sollte er sich nicht. Und ich würde ihn auch von allem fernhalten, was eine Ansteckungsgefahr darstellt."

„Dann gäbe es also keinen Grund, keinen *medizinischen* Grund, meine ich" – Heather erstarrte, weil sie bereits ahnte, worauf Turner hinauswollte – „der dagegenspricht, dass Adam mich auf der Ranch besuchen kommt?"

„Ganz und gar nicht", antwortete Thurmon.

Heather blickte immer noch wie versteinert, als Dr. Thurmon und Turner sich zum Abschied die Hände schüttelten. Hölzern durchquerte sie die Flure des Krankenhauses, blickte hie und da durch offene Türen in Zimmer, in denen Kinder in Unterhemden saßen, oder in Wartezimmer, in denen Mütter versuchten, ihre Kinder während der Wartezeit zu beschäftigen. Dann fand sie sich, ohne recht zu wissen, wie sie dorthin gekommen war, im Fahrstuhl wieder.

„Das war nun nicht unbedingt nötig", sagte sie, während der Fahrstuhl sich abwärtsbewegte.

„Was?"

„Ich hab dir doch gesagt, dass Adam dich besuchen kann."

„Ich wollte nur sichergehen, dass du nicht einen Vorwand findest, um dich herauszuwinden."

„Das würde ich nie …"

Sie hätte fast das Gleichgewicht verloren, als Turner unversehens auf den Halteknopf schlug und der Fahrstuhl abrupt zum Stehen kam.

„Fünf Jahre lang hast du ihn mir vorenthalten. Und du hast selbst zugegeben, dass du bis zu seinem achtzehnten Lebensjahr mir nichts von ihm erzählt hättest, wäre nicht seine Krankheit dazwischengekommen. Hätte dein eigenes Knochenmark zu ihm gepasst, hättest du ihn mir vermutlich ganz vorenthalten. Wenn ich mir das überlege …" Er schlug mit der Faust gegen die Wand der Kabine, und Heather erschrak erneut. Turners Gesicht war rot vor Zorn. „Aber jetzt sieht die Sache anders aus. Adam kennt mich inzwischen, und du wirst ihm erklären, dass ich sein Vater bin."

„Ich kann ihm das nicht einfach so sagen. Er ist erst fünf."

„Umso weniger Fragen wird er stellen."

„Aber …"

„Fang nicht an, mit mir darüber zu streiten, Heather", warnte er und beugte sich mit versteinerter Miene über sie. „Ich habe meinen Teil der Vereinbarung erfüllt. Jetzt erwarte ich, dass du das auch tust."

„Warum sollte ich das nicht tun?"

Er schaute ihr tief in die Augen, und ein klein wenig entspannten sich seine Züge. „Oh verdammt", murmelte er sichtlich bemüht, die Beherrschung nicht zu verlieren. Dann fuhr er sich nervös mit der Hand durchs Haar und sagte: „Sieh mal, die letzten Tage waren hart, aber die Sorge um Adam hat uns geeint, und wir … Nun, wir sind in gewisse Vater-Mutter-Kind-Verhaltensmuster hineingeraten."

Die Worte gaben ihr einen Stich ins Herz, und sie wusste nicht, was sie dazu sagen sollte.

Weil Heather sich nicht äußerte, sondern nur schluckte, fuhr Turner fort: „Aber jetzt wissen wir, dass Adam nicht mehr unmittelbar in Gefahr ist. Du brauchst mich nicht mehr, wenigstens auf absehbare Zeit nicht. Da wäre es ganz leicht für dich, zu eurem bisherigen Leben zurückzukehren. Ihr bewegt euch wieder in den gewohnten Bahnen, und ich kann sehen, wo ich bleibe."

Oh, Turner, ahnst du denn nicht, wie absurd das ist? Sie sprach es nicht aus, aber sie war verzweifelt. Vielleicht gelang ihm es ja, sie rasch zu vergessen, jedoch konnte sie ihn nicht vergessen. Niemals! Die ganzen letzten sechs Jahre hindurch hatte die Erinnerung an ihn sie begleitet. Es war ihr Schicksal, ihn zu lieben. Was auch immer später von dieser Liebe übrig sein mochte, ganz aufhören würde sie nie.

„Aber so weit wird es nicht kommen. Jetzt, da ich von Adam weiß, werden sich mein und sein Weg nicht mehr trennen. Das steht fest."

„Was willst du damit sagen, Turner?", fragte sie ängstlich. „Dass du das Sorgerecht für ihn haben willst?"

Er schlug mit der flachen Hand auf den Erdgeschossknopf, und der Fahrstuhl setzte mit einem leichten Rumpeln seine Fahrt nach unten fort. „Noch nicht. Ich bin nicht so dumm, das jetzt schon zu versuchen. Aber von jetzt an möchte ich Einfluss auf ihn haben."

Der Blick, mit dem er sie bedachte, ging ihr durch Mark und Bein. „Wie viel ‚Einfluss'?"

„Das liegt an dir, Heather."

„Und das heißt – was?"

„Solange ich ihn häufig genug zu sehen bekomme – und damit meine ich nicht an einem Wochenende im Monat –, werde ich nicht vor Gericht ziehen." Das kampfeslustige Funkeln in seinen Augen hatte sie schon früher an ihm beobachtet, etwa auf dem Reitplatz, wenn er es mit einem besonders bockigen Pferd zu tun hatte. „Aber wenn du dich gegen mich stellst und irgendwelche krummen Dinger versucht, kannst du dich auf einen Kampf bis aufs Messer gefasst machen."

Der Fahrstuhl war angekommen, und die Türen glitten auseinander. Draußen stand eine Gruppe Wartender. Ein Mann bearbeitete wie besessen die Taste, mit der man den Lift holte. Andere tuschelten miteinander, unsicher, ob sie überhaupt einsteigen sollten, da dieser Aufzug scheinbar seine Macken hatte.

Turner fasste Heather am Ellenbogen und führte sie durch die Menge.

„Du bist richtig fies", fauchte sie.

„Oh, danke! Ich betrachte das als Kompliment." Er lächelte gelassen und hielt ihr die Tür auf.

Draußen versank die Stadt im Nebel, was das Gefühl vermittelte, der Tag neige sich schon dem Ende entgegen. Heather fröstelte leicht, als sie sich ans Steuer ihres Mercedes setzte. Turner machte es sich auf dem Beifahrersitz bequem, lehnte sich an die Tür und betrachtete sie von der Seite.

„Wenn du nach Gold Creek ziehen würdest, hätte ich keinen Grund, ein Teilsorgerecht zu verlangen."

Sie warf ihm einen giftigen Blick zu, während sie den Motor anließ. „Ich nach Gold Creek? Lieber würde ich sterben."

„Willst du es wirklich auf eine Sorgerechtsverhandlung ankommen lassen?"

Bitte, Turner, lass es gut sein, dachte sie. Unwillkürlich umklammerten ihre Hände das Lenkrad fester. „Das gehörte nicht zu unserer Vereinbarung. Du hast mich gebeten, Adam für eine oder zwei Wochen zu dir auf die Ranch zu bringen, und dazu bin ich auch bereit. Aber ich ziehe nicht nach Gold Creek. Die Tatsache, dass du Adams Vater bist, gibt dir noch lange nicht das Recht, mich unter Druck zu setzen." Leise vor sich hin fluchend ordnete sie sich in den Stadtverkehr ein.

„Ist es das, was ich tue?"

„Seitdem ich deine Scheune betreten habe."

Turner blickte nach vorn auf die Straße. Im Nebel wirkten die Bremslichter der Autos beinahe geisterhaft, als sie an der nächsten Ampel halten mussten. Scharen von Fußgängern strömten über die Straße.

„Du hast eine Woche Zeit", sagte er, als die Ampel auf Grün umsprang. „Dann erwarte ich Adams Besuch."

„Aber ich muss arbeiten …"

„Das muss ich auch." Er runzelte die Stirn. „Ich war jetzt lange genug weg, und Fred kann nicht ewig für mich nach der Ranch sehen. Regel das, wie du willst, aber bring Adam zu mir auf die Ranch."

Sie wollte widersprechen, suchte nach einer Möglichkeit, aus dem Deal mit Turner herauszukommen. Vergeblich. Sie spürte, dass es nicht lange dauern würde, bis sie ihren Sohn an Turner verloren hatte, wenn sie ihn auf die *Badlands-Ranch* brachte. Ihr Herz hatte sie schon längst an ihn verloren.

11. KAPITEL

„Ich glaube, du machst einen großen Fehler", sagte Rachelle. Sie betrachtete ihre Schwester im Spiegel ihres Schlafzimmerkleiderschranks und verzog das Gesicht. Dann zupfte sie weiter an dem Kleid aus himbeerfarbenem Chiffon und Seide, das Heather auf ihrer Hochzeit tragen sollte. „So kannst du ihm doch nicht das Feld überlassen."

„Habe ich denn eine andere Wahl?" Heather hielt das Haar in die Höhe, während sie sich mit kritischen Blicken musterte. Das schöne Kleid und die Hochzeitsvorbereitungen erinnerten sie schmerzlich daran, wie weit Turner und sie sich schon voneinander entfernt hatten. Das Großstadtmädchen und der Cowboy – ein ungleiches Paar ohnehin. Und in diesem konkreten Fall eine hochexplosive Mischung obendrein. „Er hat alle Trümpfe in der Hand."

Rachelle schüttelte entschieden den Kopf. „Ich habe ihn zusammen mit Adam erlebt. Er würde nichts tun, was das Wohl seines Sohnes gefährdet. Nun halt doch mal still. Ich denke, wir sollten hier an der Taille noch einen Abnäher machen, was meinst du?"

„Ich meine, dass du übertreibst. Du bist doch die Braut. Wer achtet denn auf mich?"

Rachelle runzelte die Stirn und zog den Reißverschluss in Heathers Rücken hinunter. „Wenn es nach mir gegangen wäre, hätten Jackson und ich uns einfach auf seine Harley gesetzt, wären an den Lake Tahoe gefahren und hätten dort geheiratet ohne dieses ganze Brimborium."

„Und warum habt ihr das dann nicht gemacht?", fragte Heather, während sie mit einem Schritt zur Seite aus dem Kleid stieg.

„Weil *Ihro Gnaden* nicht auf seinen Auftritt verzichten wollte."

„Das habe ich gehört", rief Jackson von nebenan aus dem Wohnzimmer von Rachelles kleiner Wohnung.

„Ist doch wahr!" Rachelle streifte einen Plastiküberzug über Heathers Kleid. Ihre Augen leuchteten. „Mit einer traditionellen Hochzeit wirst du noch dein Rebellenimage ruinieren."

„Umso besser. Dann halte ich die Leute von Gold Creek wenigstens auf Trab."

Rachelle hängte das Kleid in den Schrank, und Heather schlüpfte in ihre Jeans und die Baumwollbluse. Dann zog sie sich eine Wildlederweste über.

Rachelle zog die Brauen hoch, als ihr erst jetzt Heathers Aufzug auffiel. „Wen haben wir denn da? Ein kleines Cowgirl."

„Ich dachte mir, ich sollte mich vielleicht ein bisschen anpassen." Sie drängten sich an Kisten und Kartons vorbei, die sich im Flur stapelten, und fanden Jackson beim Erkerfenster am Boden liegend. Das schwarze Haar hing ihm wirr in die Stirn. Die Hemdsärmel waren bis zu den Ellenbogen aufgekrempelt.

Mit ihm ringend hockte mit rotem Kopf Adam auf ihm, der gerade triumphierend rief. „Ich hab dich! Ich hab dich! Du bist k. o.!"

„Du bist einfach zu stark für mich", gab sich Jackson lachend geschlagen. Strahlend wandte er sich an Rachelle. „Ich hätte gern ein Dutzend von dieser Sorte." Er zeigte auf Adam.

„Ein Dutzend?", fragte die. „Ist das nicht ein bisschen reichlich?"

„Meinetwegen auch ein halbes Dutzend. Wann fangen wir an?"

„Sobald ich einen rechtsgültigen Vertrag in Händen habe, Herr Anwalt. Einen, der verbindlich regelt, wie oft du die Windeln wechselst und mitten in der Nacht aufstehst und …"

„Schon gut, schon gut. Das kenne ich alles schon." Mit einer raschen Drehung war er mit Adam auf dem Arm wieder auf den Beinen und wirbelte den Kleinen durch die Luft, der dabei vor Vergnügen quiekte, bevor Jackson ihn absetzte.

„Wohlgemerkt *rechtsverbindlich*", beharrte Rachelle. „Und ich werde mir einen richtigen Rechtsanwalt nehmen, der sich auch das Kleingedruckte genau ansehen wird."

Jackson setzte ein freches Grinsen auf, und während er sich Rachelle näherte, flüsterte er Heather zu, sodass jeder es hören konnte: „Sie traut mir einfach nicht. So sind sie, diese Journalisten."

„Geben Sie es auf, Herr Anwalt!", sagte Rachelle, aber da hatte er sie schon gepackt, wirbelte sie herum und stellte sie wieder auf die Füße.

„Niemals", konnte man seinen Lippen ablesen, die nur wenige Zentimeter von ihren entfernt waren.

Heather schmerzte es, den Blick zu sehen, den die beiden in diesem Moment austauschten. Es lag dasselbe Feuer darin, das sie mit Turner geteilt hatte. Aber während Rachelle und Jackson sich in ihrer Verliebtheit so nahe waren, hatte sie das Gefühl, dass Turner und sie Welten trennten und an eine gemeinsame Zukunft nicht zu denken war. Er hatte noch kein einziges Mal gesagt, dass er sie liebte, und wenn sie sich recht erinnerte, glaubte er nicht einmal daran, dass es so etwas wie Liebe wirklich gab. So hatte er es ihr vor sechs Jahren gesagt, und Heather bezweifelte, dass er seine Auffassung seitdem geändert hatte.

Sie räusperte sich, worauf den Turteltauben wieder einfiel, dass sie nicht allein waren. „Ich glaube, wir machen uns jetzt lieber auf den Weg. Adam kann es gar nicht erwarten, Turners Ranch zu sehen, nicht wahr, Adam?"

Der brach in ein Freudengeheul aus. „Ich will auf einem Pferd reiten, einem Br..." Er blickte seine Mutter Hilfe suchend an.

„Bronco", assistierte sie. „Aber damit würde ich mir an deiner Stelle noch ein wenig Zeit lassen."

„Du kannst uns besuchen kommen", erklärte Adam mit leuchtenden Augen seiner Tante. „Bestimmt lässt Turner dich auch auf einem Bronco reiten."

Rachelle schmunzelte. „Ich werde daran denken. Und wenn ich gerade dabei bin, kann ich auch gleich ein paar Rinder mit dem Lasso einfangen."

„Glaub ich nicht", rief Adam. Dennoch sah er Rachelle mit einem zweifelnden Blick an, sodass Heather ahnte, dass er versuchte, sich seine stets adrett gekleidete Tante lassoschwingend auf einem Pferd vorzustellen.

„Du wirst dich noch wundern, mein Lieber!“, meinte Rachelle, wobei ihre Augen schalkhaft funkelten. Dann wandte sie sich an Heather: „Könntest du bitte ein paar Briefe für uns einwerfen?“ Sie holte vom Schreibtisch einen Stapel fertig adressierter und frankierter Briefe, ganz offensichtlich Einladungen zur Hochzeit.

„Kein Problem“, sagte Heather und nahm die cremefarbenen Umschläge entgegen. Sie wusste, dass sie auf dem Weg aus der Stadt an einem Postamt vorbeikam, und war froh, ihrer Schwester einen Gefallen tun zu können. Rachelle und Heather hatten sich immer nahegestanden, auch wenn Heather längst nicht alles von sich erzählt hatte. So hatte sie ihr zum Beispiel verschwiegen, dass Turner der Vater von Adam war. Auch von Adams Krankheit hatte sie so lange nichts gesagt, bis die Ärzte die Knochenmarktransplantation ins Spiel brachten.

Rachelle war es zwar nicht entgangen, dass Adam nicht ganz gesund war, doch das wahre Ausmaß seiner Krankheit hatte Heather für sich behalten, um ihre Schwester und ihre Mutter nicht zu belasten. Die beiden hatten selbst genug durchgemacht. Rachelle war entsetzt gewesen, als Heather ihr vor sechs Wochen berichtet hatte, wie es wirklich um Adam stand.

Nachdem sie Adam auf seinem Kindersitz festgeschnallt hatte, schlängelte sie sich mit ihrem Mercedes durch den Stadtverkehr und steuerte das nächste Postamt an. Vor einer Reihe von Briefkästen hielt sie den Wagen an. Bevor sie die Briefe alle zusammen einwarf, konnte sie jedoch der Versuchung nicht widerstehen, einen Blick auf die Adressen zu werfen. Etliche Namen, die ihr aus Gold Creek vertraut waren, waren dabei: Monroe, McDonald, Surrett, Nelson, Patton … Eine Einladung erstaunte sie am meisten. In Rachelles kühner Handschrift stand auf dem Umschlag der Name von Thomas Fitzpatrick, Jacksons Vater. Der Mann, der sich nie zu seinem Sohn bekannt hatte. Der Mann, der zugesehen hatte, wie Jackson um ein Haar wegen des Mordes an Thomas' ehelichem Sohn Roy verurteilt worden wäre. Viel zu spät hatte Fitzpatrick versucht, sein Unrecht wiedergutzumachen, und Jackson machte keinen Hehl daraus, dass er den alten Mann verachtete.

Hatte Jackson seine Meinung geändert? Heather konnte es sich nicht vorstellen. Nein, alles sprach dafür, dass Rachelle beschlossen hatte, es sei nun an der Zeit, dass ihr Zukünftiger den alten Groll begrub, auch wenn das für Zündstoff auf dieser Hochzeitsfeier sorgen konnte.

„Oh Gott, Rachelle, ich hoffe, du weißt, was du tust", murmelte Heather halblaut vor sich hin.

Während sie das Kuvert noch unschlüssig in der Hand hielt, hörte sie von der Straße ein lautes Hupen; sie blockierte eine Fahrspur. Sie besann sich darauf, dass sie versprochen hatte, die Briefe aufzugeben, und sie über die Einladungen nicht zu entscheiden hatte. Rasch warf sie den Brief an Thomas Fitzpatrick zusammen mit den restlichen in den Kasten und setzte darauf den Mercedes wieder in Bewegung.

Bestimmt war Rachelle nicht so dumm, die Einladung hinter Jacksons Rücken zu verschicken. Oder brachte sie das doch fertig? Immerhin war Rachelle durchaus dickköpfig. Sie hatte ihre Standhaftigkeit vor Jahren mehr als bewiesen – Jackson zuliebe – und dabei in Kauf genommen, dass sie ihren Ruf ruinierte und es sich mit ihren Freunden und mit der eigenen Familie verdarb. Aber sicher hatte sie daraus auch ihre Lehren gezogen.

Nun, es war Rachelles Hochzeit. Sie musste selbst wissen, was sie tat. Und außerdem – Heather warf einen kurzen Blick auf ihren Sohn, der ein Spielzeugauto in seiner kleinen Faust hielt und dem die Ungeduld, auf die Ranch zu kommen, anzusehen war – hatte sie genug eigene Sorgen.

„Ich sagte doch schon: Ich bin nicht interessiert!", erklärte Turner hochgradig gereizt. Er hatte den Anruf angenommen, ohne vorher aufs Display zu schauen. Ein Fehler. Denn nun hatte er das Vergnügen mit dem Patriarchen höchstpersönlich, Thomas

Fitzpatrick. Der Mann bemühte sich jetzt sogar schon selbst, anstatt seinen Immobilienmakler vorzuschicken.

„Ich bin bereit, Ihnen einen Spitzenpreis zu zahlen", umwarb Fitzpatrick ihn. „Warum überlegen Sie es sich nicht noch einmal?"

„Weil es da nichts zu überlegen gibt." Turner konnte beinahe durchs Telefon hören, wie es in Fitzpatricks durchtriebenen Gedanken arbeitete.

„Jeder hat seinen Preis, Turner."

„Nicht jeder."

Turner hörte am anderen Ende der Leitung ein ungeduldiges Knurren. „Prüfen Sie mein Angebot. Oder machen Sie meinetwegen ein Gegengebot."

„Hören Sie, Fitzpatrick", erwiderte Turner kalt, „bei allem Respekt, aber ich habe zu tun. Ich muss meinen Betrieb hier am Laufen halten. Wenn Ihnen diese Ranch so sehr am Herzen liegt, hätten Sie sie eben nicht verkaufen sollen."

„Das sehe ich inzwischen auch so. Es hat sich etwas in meiner Geschäftspolitik geändert. Zum damaligen Zeitpunkt hatte ich mich auf Forstwirtschaft konzentriert. Jetzt will ich meine Anlagen etwas diversifizieren. Ich biete Ihnen das Doppelte von dem, was das Land wert ist. Ein besseres Angebot bekommen Sie nie wieder."

„Umso besser, weil ich auf all diese Angebote gut verzichten kann."

„Aber …"

„Wir wissen doch beide, dass mit Ihnen noch niemand ein Geschäft gemacht hat, aus dem er nicht als Verlierer hervorgegangen wäre."

„Aber …"

„Die Antwort lautet nein. Oder, um es klarer auszudrücken: Auch nicht, wenn Sie sich auf den Kopf stellen." Damit beendete er das Gespräch und ging ins Badezimmer. Er musste Thomas Fitzpatrick mit seinen Tausenddollaranzügen und den seidenen Krawatten aus dem Kopf bekommen. Nie im Leben würde er mit diesem Mann, dem er von Grund auf misstraute, Geschäfte machen.

Er wusch sich Gesicht und Hände, konnte aber den Dieselgeruch nicht ganz loswerden, der ihm anhaftete, seitdem er an diesem Morgen die Kraftstoffleitung seines Traktors repariert hatte, die immer irgendwo leckte.

Missmutig schaute er zur Uhr. Es war schon halb vier. Sie konnten jeden Augenblick hier sein. Fluchend zog er sich rasch aus, ließ seine Sachen auf einem Haufen auf dem Boden liegen, stellte die Dusche an und schrubbte sich gründlich von Kopf bis Fuß ab. Als er damit fertig war, schlang er sich ein Handtuch um die Hüften und ging hinunter, wo er in der Halle fast mit Nadine zusammenstieß, die gerade zur Tür hereinkam.

„Oh Gott … Turner … Ich habe angeklopft, aber es hat niemand reagiert." Sie errötete, als sie ihn so halb nackt vor sich sah. „Ich wollte nicht …"

Turner grinste. „Na klar wolltest du das."

„Also wirklich, Turner!", entgegnete sie trotzig. „So tief bin ich wirklich noch nicht gesunken, dass ich hier den Spanner machen muss. Und selbst wenn, hätte ich *dich* ganz sicher nicht auf dem Zettel." Sie wandte den Blick ab, und Turner bemerkte, wie schon manches Mal zuvor, eine gewisse Unsicherheit bei ihr. Er vermutete, dass sie halbwegs in ihn verschossen war. Das arme Mädchen! Dabei war sie so hübsch und klug, dass sie Besseres verdiente als Sam Warne, ihren Exmann, oder selbst ihn, Turner.

Durchs Fenster sah er, wie draußen Heathers Mercedes vor dem Haus hielt. „Nadine, tut mir leid. Ich muss mich anziehen." Ohne ein weiteres Wort stürmte er ins Schlafzimmer, knallte die Tür hinter sich zu und zog Jeans und ein Arbeitshemd über. Er hatte sich gerade mit der Hand durchs Haar gestrichen und die Schlafzimmertür geöffnet, da hörte er schon, wie eine kleine Faust an die Haustür klopfte.

Dann ging die Tür, zögernde Schritte waren zu hören, und Adams fragende Stimme klang durchs Haus.

Als Turner um die Ecke kam und seinen Sohn im Flur stehen sah, wie er sichtlich eingeschüchtert um sich blickte, wurde ihm ganz beklommen zumute. Das war es nicht, was er sich gewünscht hatte. Ein Kind, *sein* Kind sollte sich auf seiner Ranch zu Hause fühlen. Es sollte jeden Stein und jede Ecke dort kennen, Stunden in den Ställen oder auf dem Rücken der Pferde verbringen oder die bewaldeten Hänge der Hügel erkunden. *Sein* Kind sollte hier *leben,* egal, welchen Preis er dafür bezahlen musste. Es waren Gefühle, die ihm bislang verborgen geblieben waren. Turner war so bewegt, dass er kaum seine Stimme wiederfand. „Ich habe mich schon gefragt, wo du eigentlich bleibst, Cowboy", sagte er.

Adam zog die sommersprossige Nase kraus und kicherte. „Ich bin doch gar kein Cowboy."

„Ab jetzt bist du einer." Turner langte auf die obere Ablage seiner alten Garderobe, wo ein braun-weißer Stetson in Kindergröße lag. Er setzte ihn Adam auf den Kopf und erklärte: „Was du dazu brauchst, ist das hier. Und wir besorgen dir noch richtige Cowboystiefel."

„Ich habe klasse Basketballstiefel", verkündete Adam und zeigte stolz seine weißen, sündhaft teuren Markenschuhe.

„Die sind super!" Breit lächelnd nahm Turner den Jungen auf den Arm. Das war ein ganz neues Gefühl für ihn, und mit jeder Minute dieser neuen Erfahrung wünschte er sich mehr davon. Es gab jetzt kein Zurück mehr. Niemals mehr könnte er sich vorstellen, ohne Adam zu sein.

Dennoch: Natürlich würde er es nicht fertigbringen, seiner Mutter den Jungen wegzunehmen. Turner hatte selbst seine Mutter in jungen Jahren verloren und sie seitdem jeden Tag vermisst. Nein, irgendwie musste er mit Heather einen Kompromiss finden, einen Weg, wie sie beide so viel wie möglich mit dem Kind zusammen sein konnten. Für eine Sekunde schoss ihm durch den Kopf, dass er Heather heiraten könnte. Er konnte sich Schlimmeres im Leben vorstellen. Aber er konnte nicht glauben, dass sie sich darauf einlassen würde. Auf der Farm würde sie sich nur zu Tode langweilen, und er andererseits würde in der Stadt eingehen wie eine Primel. Was sie wirklich wollte, war Liebe. Keine Kameradschaft, keine Beziehung, die allein auf Sex beruhte, nicht einmal Freundschaft. Sie wollte wirklich geliebt werden. Und das hatte sie auch verdient. Was für ein Elend! Er war kurz davor, wieder böse auf sie zu werden. Wenn sie damals nur ehrlich zu ihm gewesen wäre, gäbe es diese tiefe Kluft zwischen ihnen gar nicht.

Als er sah, wie Heather die Veranda betrat, erhöhte sich dann aber doch sein Pulsschlag. Sie sah wunderschön aus. Was für eine graziöse, faszinierende Frau! Sie sollte Model bei einer der New Yorker Topagenturen sein. Auch jetzt, da sie auf ihr Make-up verzichtet hatte, war sie die begehrenswerteste Frau, die ihm jemals begegnet war. Ihr blondes Haar hatte sie mit einem Lederband zu einem Pferdeschwanz zusammengebunden. Ihr Outfit hätte gut zu einer Countrysängerin gepasst – eine Mischung aus Bodenständigkeit und Glamour.

Die Art von Frau, die man nicht verlassen konnte, obwohl man schon längst Auf Wiedersehen gesagt hatte. Die, an die man sich gewöhnen konnte. *Oder die man heiraten könnte.* Die bloße Idee war schockierend. Ernsthaft hatte er sich damit nie auseinandergesetzt. Nur damals allerdings, als er davon hörte, dass Heather *Lazy K* verlassen hatte, hatte er tatsächlich überlegt, sie ausfindig und ihr einen Antrag zu machen. Das hatte sich dann sehr schnell erledigt, als er erfuhr, dass sie Leonetti geheiratet hatte.

Aber jetzt ... so abwegig war das doch gar nicht. Nur hatte er seine Zweifel, dass sie bereit war, ihren jetzigen urbanen Lebensstil aufzugeben, um die Frau eines Ranchers zu werden. Vollständig ließ ihn dieser Gedanke nicht los. Immerhin war er nicht ganz so abscheulich, wie er es ursprünglich angenommen hatte.

„Mommy ist auch ein Cowboy", zwitscherte Adam, während Turner Heather an der Tür in Empfang nahm.

„Ich hole gleich eure Sachen", sagte er.

Heather sah ihn mit ihren blauen Augen an, dann erstarrte ihr Lächeln, und die Farbe wich aus ihrem Gesicht, als sie an ihm vorbei über seine Schulter blickte. Turner, der das bemerkt hatte, drehte sich um und entdeckte im Durchgang zur Küche Nadine, die dort stand mit einem Staubtuch in der einen Hand und einem Wischmopp in der anderen.

„Oh. Besuch?“, fragte Nadine, ebenfalls mit versteinerter Miene.

Turner hatte die Nase voll von all den Winkelzügen und Versteckspielen der Vergangenheit. Und er wollte Nadine da nicht mit hineinziehen. Nachträglich bedauerte er, dass er ihr nicht beizeiten reinen Wein eingeschenkt und alles erzählt hatte. „Nadine, darf ich dir Heather Leonetti vorstellen.“ Nadine hob skeptisch ihre schön geschwungenen Brauen. „Und das hier ist Adam, mein Sohn.“

„Turner!“ Heather schnappte nach Luft.

Nadine klappte den Mund wieder zu, der ihr im ersten Augenblick offen stehen geblieben war. „Wie bitte?“

Adam schaute von einem zum anderen, aber dass alle Erwachsenen um ihn herum dem Herzinfarkt nahe waren, schien ihn nicht weiter zu beunruhigen.

„Und das“, fuhr Turner an Heather gewandt fort, „ist Nadine Warne, meine Haushaltshilfe.“

Heather musste an sich halten. Zu gern hätte sie Turner auf der Stelle den Hals umgedreht. Wie kam er dazu, Adam in dieser Weise zu verunsichern? Und was mochte diese Nadine jetzt wohl denken? Heathers weiblicher Instinkt sagte ihr, dass diese Frau mehr von Turner wollte, als bloß seine Böden zu wischen.

Nach einem Moment der Schockstarre stopfte Nadine das Staubtuch in ihre Tasche und stellte den Mopp in der Küche ab. Dann ging sie lächelnd auf Adam zu und streckte ihm die Hand hin. „Hi, Adam. Wie geht es dir?“

„Er ist durcheinander, so geht es ihm“, warf Heather schnippisch dazwischen, obwohl es gar nicht Nadine war, auf die sie wütend sein sollte. Die war sicherlich selbst geschockt und versuchte, aus der Situation das Beste zu machen. Turner – das war etwas anderes. Ihn hätte sie am liebsten mit den Fäusten bearbeitet. Der tödliche Blick, den sie ihm zuwarf, signalisierte genau das.

„Ich glaube, ich mache lieber ein anderes Mal hier weiter", erklärte Nadine dann mit einem traurigen Blick auf Adam.

„Das ist schon okay", meinte Turner, der immer noch Adam auf dem Arm hielt. Als Heather den Besitzerstolz in seinen Augen sah, wusste sie nicht, ob sie lachen oder weinen sollte. Adam brauchte einen Vater, einen Mann an seiner Seite, der ihm Zuneigung und Aufmerksamkeit schenkte. Aber Heather war nicht bereit loszulassen, nicht einmal ein kleines bisschen. „Ich hole Heathers Sachen. Dann stehen wir dir auch nicht mehr im Weg herum. Adam möchte bestimmt die Ranch sehen, stimmt's, mein Kleiner?"

„Ich will auf einem Bronco reiten."

Turner zwinkerte ihm lächelnd zu. „Immer mit der Ruhe! Wir müssen uns ja auch noch etwas für morgen aufsparen."

„Ich werde nicht zulassen …"

„Es reicht", unterbrach Turner Heather in scharfem Ton. Während sie noch nach Luft schnappte, wandte er sich wieder an Adam. „Komm, lass uns das Gepäck hereinbringen." Er setzte Adam ab, und Hand in Hand gingen Vater und Sohn hinaus und ließen Heather stehen. Durchs Fenster sah sie, wie Adam sich von Turner losmachte und über den staubigen Hof auf das Gatter neben der Scheune zustürmte.

„Ich hätte es sowieso sofort erraten", bemerkte Nadine. „Adam ist das Ebenbild seines Vaters."

„Ja, das finde ich auch."

Nadine nickte. „Ich bin mit Turner aufgewachsen, müssen Sie wissen. Wenn ich mir Adam so ansehe – nun, das versetzt mich um fünfundzwanzig Jahre zurück." Etwas verlegen wischte sie sich die Hände an ihren Hosenbeinen ab. „Ich wundere mich nur, dass er mir nie davon erzählt hat."

„Er wusste es bis vor Kurzem selbst nicht", erklärte Heather, die keinen Grund mehr sah, mit der Wahrheit hinter dem Berg zu halten. Auch falls Nadine nicht zu den Klatschmäulern der Stadt gehören sollte, würde die Geschichte über kurz oder lang die Runde machen. Aber damit musste Turner fertig werden. „Es ist … ein bisschen kompliziert", fügte Heather hinzu.

„Das ist es mit Turner immer", erwiderte Nadine und machte eine Kopfbewegung zur Küche. „Kommen Sie doch rein und sehen Sie sich ein wenig um. Ich weiß nicht, ob er außer Bier und längst abgelaufener Milch etwas im Kühlschrank hat, aber vielleicht ist ja wenigstens etwas Limo da."

Heather folgte Nadine in die Küche, in der ein Eimer, der Wischmopp und ein Korb mit Putzutensilien standen. Ein wenig beneidete sie Nadine darum, dass die mit dem Haus und mit Turner auf so vertrautem Fuß stand. Dabei wusste sie jedoch, dass sie selbst Schuld hatte, dass es zwischen ihr und dem Vater ihres Kindes eine solche Kluft gab. Sie hatte lange genug Zeit gehabt, um ihm alles zu erzählen.

„Ich habe übrigens neulich Ihre Schwester getroffen, als sie in der Stadt war", sagte Nadine, während sie den Kühlschrank öffnete und dessen sehr übersichtlichen Inhalt begutachtete. „Sieh mal einer an! Er ist tatsächlich auf Besuch vorbereitet. Möchten Sie eine Pepsi?"

„Gern. Sie kennen Rachelle?"

„Mhm." Sie nahm zwei Dosen heraus und gab Heather eine. „Ich habe großen Respekt vor ihr. Sie ist für ihre Überzeugung eingestanden und kam zurück, um das auch zu bezeugen. Ich war da, müssen Sie wissen – in jener Nacht, in der Roy starb. Es war schrecklich." Sie schüttelte seufzend den Kopf. „Und jetzt ist das Chaos endgültig perfekt. Wer hätte geahnt, dass Jackson der Sohn von Thomas Fitzpatrick ist? Die Nachricht ist hier eingeschlagen wie eine Bombe, glauben Sie mir. Drei, vier Wochen lang waren unsere Kaffeetanten mit nichts anderem beschäftigt." Nadine konnte schon wieder schmunzeln. „Nicht, dass Gold Creek so einen kleinen Wachmacher nicht gebrauchen konnte.

Seit Ewigkeiten sind es die Fitzpatricks und die Monroes, denen in der Stadt alles gehört und die hier allein den Ton angeben. Gold Creek gehört ihnen mit Mann und Maus! Ich finde es bloß unglaublich, dass der alte Fitzpatrick es zulassen konnte, dass Jackson den Kopf für den Mord an Roy hinhalten sollte. Sein eigener Sohn!"

„Ich nehme an, dass Fitzpatrick es Junes wegen glauben wollte." Heather war das Thema unangenehm. Allein die Erwähnung der Fitzpatricks bereitete ihr jedes Mal Unbehagen.

Nadine zuckte die Schultern und trank von ihrer Pepsi. „Ich mache mich wohl lieber wieder an die Arbeit, sonst verspäte ich mich noch bei meinen Jungs." Sie nahm den Eimer und den Wischmopp und fügte etwas wehmütig lächelnd hinzu: „Ich habe schon immer gedacht, dass Turner der beste Vater im Umkreis von fünfhundert Meilen sein könnte und es nur nicht wusste. Na, vielleicht kommt er ja jetzt zur Ruhe."

„Hey, Mom", erklang Adams Stimme von der Tür zur hinteren Veranda. Er winkte wie wild mit den Armen. „Komm schnell! Wir wollen zu den Tieren."

Turner hielt Heather die Tür auf, und Adam stürmte vorweg. Die beiden Erwachsenen folgten ihm.

„Dir ist klar, dass sie dich liebt", bemerkte Heather auf dem Weg zu den Ställen. Insgeheim sorgte sie sich, dass es Nadine vielleicht schon gelungen war, sich einen Platz in Turners Herzen zu erobern, und ihre Sorge war umso größer, weil Heather das Gefühl nicht loswurde, dass diese bodenständige Frau, die so viel Zeit in seiner Nähe verbrachte, für ihn die ideale Partnerin war.

„Wer? Nadine?" Er schlug nach einer Wespe, die um seinen Kopf herumflog.

„Tu doch nicht so, als hättest du das noch nicht bemerkt!"

Die Falten um seine Mundwinkel wurden schärfer. „Sie hat etwas Besseres verdient."

„Vielleicht sieht sie das ja anders."

Turner blieb stehen und sah Heather scharf an. „Fang jetzt bloß nicht an, mich verkuppeln zu wollen."

Heather war schockiert. Die Farbe wich ihr aus dem Gesicht. Was bildete er sich ein? „Ich habe nur gesagt …“

„Ich weiß, was du gesagt hast. Aber wenn du vorhast, mir Interesse an einer anderen Frau einzureden – so ein Ablenkungsmanöver wird bei mir nicht funktionieren. Was ich will, ist Adam. Er ist *mein* Sohn. Und ich werde mich mit nichts anderem zufriedengeben, als sein Vater zu sein.“

„Ich habe doch nicht …“

Sie sprach den Satz nicht zu Ende. Er hatte das Tor geöffnet, und sie betraten die Scheune, aus der ihnen eine Mischung von Gerüchen entgegenschlug: Pferdestall, Staub, Leder. Sie gingen an der Box vorbei, in der sie sich geliebt hatten; Heather musste schlucken, als sie sich daran erinnerte. Adam war schon wieder weit vor ihnen, wirbelte den Staub auf und scheuchte die Mäuse zurück in ihre Löcher.

„Ich wollte dir überhaupt nichts einreden“, erwiderte sie schließlich empört.

Wieder musterte er sie mit einem stechenden Blick. „Das ist auch besser so“, meinte er dann mit ernster Miene. „Nadine Warne ist bestimmt keine Frau für mich.“

Heather kam es vor, als rückten die Wände der Scheune immer enger zusammen und kesselten sie ein. Die Worte, die von ihm unausgesprochen blieben, hingen wie in einer unsichtbaren Wolke zwischen ihnen. Für eine Sekunde erwachte in ihr die Hoffnung, dass Turner hatte damit andeuten wollen, *sie* sei die Frau für ihn, doch dann schob sie diesen Gedanken ungeduldig beiseite. Könnte sie hier wirklich glücklich werden? In diesem reparaturbedürftigen Haus keine fünf Meilen von Gold Creek entfernt ein Leben führen, das nach Leder und Frühstücksspeck roch, ein Leben zwischen Pferden und Elternabenden?

Wo sollte sie ihre Bilder malen? Sie brauchte ein Atelier. Heather drehte sich um und blickte durch das offene Scheunentor hinaus auf das Ranchhaus und die windschiefen Schuppen. Gab es hier irgendwo ein Plätzchen, an dem es Wasser gab, genügend Licht und ein wenig Abgeschiedenheit? Sie brauchte …

Heather brach jäh diesen Gedankengang ab. Was bildete sie sich ein? Dass Turner sie bitten würde, ihn zu heiraten?

Sie musste schleunigst an etwas anderes denken! Und so beobachtete sie Adam, der von einer Box zur nächsten tobte und auch mal vorsichtig mit seiner kleinen Hand über samtweiche Nüstern strich. Seine Wangen waren rosig, seine Augen leuchteten vor Begeisterung. Er sah glücklicher und gesünder aus als in den ganzen letzten Wochen, was bei Heather gemischte Gefühle auslöste.

Als sie an der ersten Box vorbeikam, bemerkte sie, dass das Pferd, das darin stand, eine stämmige Fuchsstute, gesattelt war. Das Zaumzeug klirrte leise, als das Tier den Kopf bewegte.

„Was hat das denn zu bedeuten?“, fragte Heather.

„Ich hatte das Gefühl, dass du gerne reiten wolltest, als du das letzte Mal hier warst.“ Sie errötete, als sie daran dachte, was sie stattdessen getan hatten. „Den Wunsch wollte ich dir erfüllen. Ist doch das Mindeste, was ich tun kann.“

„Und Adam?“

„Ich bin ja bei ihm.“ Ohne sich auf eine weitere Diskussion einzulassen, öffnete Turner die Box, griff nach den Zügeln und drückte sie der verdutzten Heather in die Hand. „Das ist Blitzen.“ Seine Mundwinkel zuckten ein wenig. „Ich habe ihr den Namen nicht gegeben. Sie ist damit hierhergekommen.“

„Aber …“

Turner ging zur nächsten Box. Heather hörte ein leises Wiehern. Dann kam er mit einem großen graubraunen Wallach wieder heraus. Lächelnd erkannte Heather Sampson wieder. Turner klopfte ihm freundlich auf den Hals.

„Ich habe nicht damit gerechnet, dass du ihn noch hast“, sagte sie.

Turners Augen blitzten auf. „Er ist das beste Pferd, das ich je hatte. Ich würde ihn niemals verkaufen.“ Flüchtig grinsend meinte er: „Ich bin eine treue Seele. Das solltest du inzwischen wissen.“

Ein Schwarm von Schmetterlingen regte sich in ihrem Bauch, aber nicht lange. Denn ohne eine weitere Sekunde zu verlieren, griff Turner sich Adam und hob ihn in den Sattel.

„Halt dich gut fest, mein Schätzchen!“, platzte es aus Heather heraus, während sie ängstlich den Blick auf ihren Sohn heftete.

„Oh, Mom!“, rief Adam zurück und verdrehte die weit aufgerissenen Augen.

„Er macht das schon!“ Turner führte das Pferd langsam zum Tor der Scheune. Die Hufe klapperten über den Betonboden. Draußen im Sonnenlicht nahm sich Turner einige Minuten Zeit, um Adam ein wenig darüber aufzuklären, wie man Pferde behandelte und wie man sie mit dem Zügel lenken konnte.

„Aber bloß nicht pfeifen“, warf Heather ein, die inzwischen auf ihr Pferd gestiegen war, und erntete dafür einen strafenden Blick vom Vater ihres Sohnes. Er erinnerte sich genauso wie sie an ihre erste Begegnung, als Heather vergeblich versucht hatte, Sampson zu entführen.

Mit Adam im Sattel band Turner Sampson am Zaun fest. „Ich bin gleich wieder da“, sagte er. „Nicht weglaufen!“

„Wohin reiten wir?“, rief Heather ihm hinterher, als er auf dem ausgetretenen Pfad, der zur hinteren Veranda führte, um die Ecke verschwand.

„Was macht er?“ Adam runzelte fragend die Stirn, als er die Tür zuschlagen hörte. Seine kleinen Hände hielten sich am Sattelknauf fest, und auf seinem sommersprossigen Gesicht zeichnete sich Ratlosigkeit ab. „Und warum sagt er, er wäre mein Daddy?“

Oh, Adam, was habe ich dir angetan! dachte Heather. „Ich weiß es nicht“, antwortete sie dann. Sie war in diesem Moment nicht in der Lage, ihm zu erklären, wer sein richtiger Vater war. Nicht, wenn sie auf einem Pferd saß und Adam auf dem riesigen Wallach. Wenn die Stunde der Wahrheit gekommen war, wollte sie ihren Sohn auf den Schoß nehmen, ihn halten und küssen und ihm sagen, dass er das Wertvollste war, das sie hatte.

Dieser verfluchte Turner! Welches Recht nahm er sich heraus, das einfach so auszuposaunen …

Das Recht, das er hat, weil er Adams Vater ist.

Aber wieso konnte er dann nicht damit warten, bis der richtige Zeitpunkt gekommen war?

Und wann wäre dieser Zeitpunkt gekommen? Wann gäbe es überhaupt einen richtigen Zeitpunkt?

Noch während sie sich diese Fragen stellte, erschien Turner schon wieder, zwei Tüten in der Hand, die er in Sampsons Satteltaschen stopfte. Dann schwang er sich hinter Adam selbst in den Sattel und ritt voran, indem er den Weg über die ausgedehnten Weiden der Ranch wies.

Trotz ihrer sorgenvollen Gedanken entspannte sich Heather allmählich. Der Tag war schön. Die Sonne brannte heiß herab. Bienen umschwärmten die vereinzelten Wildblumen, die zwischen den Stoppeln der trockenen Felder wuchsen. Heathers kleine Stute wackelte mit den Ohren, weil eine lästige Bremse sie störte.

Die Ranch war auf ihre urige Art wirklich schön. Sicher hatte an den Gebäuden der Zahn der Zeit genagt und die Farben waren verblichen, dennoch wirkte alles solide und zweckmäßig. An den Rändern der trockenen Felder spendeten schmale Bestände an Eichen und Nadelbäumen etwas Schatten, während der gewellte Boden im Sonnenlicht ein streifiges Muster zeigte. Immer mal wieder hielt Turner an, zeigte einen eingezäunten Reitplatz, auf dem er seine Rodeopferde trainierte, eine Weide mit Zuchtstuten und den Fohlen auf ihren spindeldürren Beinen und eine andere, auf der eine kleine Rinderherde graste. Adams Augen leuchteten beim Anblick der noch ungelenk herumspringenden Fohlen und der Kälber, die sich hinter den roten Flanken ihrer Mütter versteckten. Mit seinen kleinen Händen hielt er sich an Sampsons Mähne fest und redete fast ununterbrochen, löcherte Turner mit Fragen und lachte, als sie einen Schwarm von Fasanen aufscheuchten, der mit lautem Flügelschlagen vor ihnen aufstieg.

„Wie im Park“, rief er begeistert.

„Ja, aber da sind es Tauben. Das hier sind Fasane, genauer gesagt: Chinesische Ringfasane“, erklärte Turner.

Als er darauf die Zügel etwas lockerte und Sampson in einen leichten Galopp fallen ließ, packte Heather die Panik, weil sie sich fast sicher war, dass Adam vom Pferd fallen würde. Sie wollte aufschreien, hielt sich dann aber doch zurück, als sie sah, mit welch festem Griff Turner den Jungen hielt. Nein, sie konnte zu hundert Prozent sicher sein, dass Turner Adam nicht fallen lassen würde. Es war ein gleichzeitig tröstlicher und dabei doch beunruhigender Gedanke, denn ihr Leben mit Adam würde ab jetzt nicht mehr so sein wie früher. Die Dinge änderten sich.

Auch sie spornte ihr Pferd jetzt an. Im Galopp fuhr ihr der Wind durchs Haar und trieb ihr ein paar Tränen in die Augen, und plötzlich fühlte sie sich wieder wie achtzehn. Sie musste lächeln. „Los, Mädchen, wir lassen uns von denen doch nicht abhängen“, rief sie leise Blitzen zu, und rasch machte die lebhafte kleine Stute Boden zwischen sich und Sampson wieder gut.

Turner lenkte Sampson auf die Kuppe eines Hügels. Eine Baumgruppe spendete etwas Schatten. Am Hang war das ausgetrocknete Bett eines Bachs zu erkennen. Oben angekommen, band er die Pferde an und hob Adam aus dem Sattel. Von hier aus konnte man fast die ganze Ranch überschauen. Turner warf einen nachdenklichen Seitenblick auf Heather. „Meine Eltern hatten dieses Land lange Jahre gepachtet“, erklärte er dann zögernd, als fürchtete er, zu viel von sich zu verraten. „Von Thomas Fitzpatrick. Als Mom starb, hat mein Vater ihm die Ranch mit dem Erlös der Lebensversicherung abgekauft. Und jetzt will Fitzpatrick sie zurückhaben.“

„Warum?“

„Weißt du das nicht?“

„Woher soll ich das wissen?“

„Dein künftiger Schwager ist Fitzpatricks Sohn.“

Heather zuckte die Achseln. „Ironie des Schicksals.“ Worauf wollte Turner nur hinaus? Irgendetwas steckte hinter seinen Fragen, aber sie kam nicht darauf, was es war. „Jackson und Thomas Fitzpatrick sind zwar blutsverwandt, trotzdem gibt es keine emotionale Bindung zwischen ihnen.“

Turner ging zu den Pferden, öffnete die Satteltaschen und holte die braunen Papiertüten heraus, die er vor ihrem Aufbruch dort verstaut hatte. Wie sich herausstellte, enthielten sie Sandwiches, etwas Obst und Limonadendosen. Während Adam durch das hohe, trockene Gras streifte und vergeblich versuchte, Grashüpfer zu fangen, streckte sich Turner im Schatten einer Eiche aus und klopfte auf den Platz neben sich, wo Heather Platz nehmen sollte. Sie war einem zeitweiligen Waffenstillstand zwischen ihnen nicht abgeneigt. So setzte sie sich zu ihm und lehnte sich mit dem Rücken an die rissige Borke des Eichenstamms.

„Fitzpatrick will die Förderkonzession für dieses Land beantragen. Er sagt, er vermutet, dass es hier ein Ölvorkommen gibt – aber ich vermute, dass er darüber längst Gewissheit hat. Nur wie er so blöd sein konnte, das Land an meinen Dad zu verkaufen, will mir nicht in den Kopf. Entweder war John Brooks doch gerissener, als wir alle dachten. Oder Fitzpatrick hat einen Fehler begangen, an dem er seit Jahren zu knabbern hat. Der alte Fitzpatrick liebt es gar nicht, als Verlierer dazustehen, und schon gar nicht, wenn es dabei um Geld geht. *Fitzpatrick Logging* hat mittlerweile mit so vielen Umweltschutz-Vorschriften zu kämpfen, dass er gezwungen ist, umzudenken, wenn er das Familienvermögen bewahren will.“ Turner pflückte einen ausgeblichenen Grashalm und drehte ihn zwischen Daumen und Zeigefinger. „Wie denkst du darüber?“

„Nicht einmal entfernt würde ich es wagen, mir da ein Urteil zu erlauben.“ Heather zog die Knie zu sich heran und behielt Adam im Auge. Ihr war vollkommen klar, dass Turner auf eine Reaktion von ihr wartete, vielleicht auch darauf, dass sie alles auspackte, was sie vom alten Fitzpatrick wusste. Aber das hatte sie eigentlich schon getan, denn was sie wusste, war nicht mehr als das, was in Gold Creek ohnehin allgemein bekannt war. „Hast du je in Erwägung gezogen, die Ranch zu verkaufen?“

„Nein.“ Er lehnte sich neben ihr an den Baum und blinzelte in die Sonne. Ihre Arme berührten sich leicht. Er lächelte still vor sich hin, während er beobachtete, wie Adam ausgelassen und vor Vergnügen jauchzend herumlief. Heather hatte Turner nie zuvor so entspannt gesehen wie jetzt.

„Und denkst du daran, wieder zum Rodeo zurückzukehren?", fragte sie dann.

Er schüttelte den Kopf. „Dazu habe ich mir zu oft das Knie kaputt gemacht. Und meine Schulter macht mir auch zu schaffen."

„Dann willst du den Rest deiner Tage hier draußen verbringen?" Das klang nach einem Lebensstil, der viel zu ländlich-sittlich für den Turner schien, den sie kannte.

„Ja, so hab ich mir das gedacht."

Wenn sie den Blick jetzt über die Hügelketten und das Weideland schweifen ließ, schien diese Vorstellung gar nicht mehr so abwegig zu sein. Das Vogelgezwitscher in den Bäumen, das malerische Bild der grasenden Pferde, all das verschaffte ihr einen inneren Frieden, wie sie ihn seit Jahren nicht mehr empfunden hatte. Tief im Innern wusste sie, dass sie schon ein Stück weit auf die hektische Betriebsamkeit der Stadt verzichten konnte, um wieder zu der Muße zurückzufinden, die ihr irgendwie abhandengekommen war.

Aber in Gold Creek zu leben? Turner tagein, tagaus zu sehen und das in dem Bewusstsein, dass eine Beziehung mit ihm zu nichts führen konnte …?

„Ich kann mir vorstellen, dass dieses Land dir sehr viel bedeutet."

„Es ist alles, was ich habe", antwortete er schlicht. Dann aber runzelte er die Stirn und fügte hinzu: „Nein, das stimmt nicht. Jetzt gibt es auch noch Adam."

Heather seufzte schwer. „Richtig. Jetzt gibt es auch noch Adam."

Er blickte sie aus den Augenwinkeln an. „Ich habe eine Menge darüber nachgedacht, Heather. Die ganze Zeit, seitdem du hier aufgetaucht bist. Ich habe mir gesagt, dass es das Beste wäre, wenn ich mich ganz heraushalte, den Jungen gelegentlich sehe. So tue, als sei ich … nun ja, so etwas wie ein netter Onkel. Ich habe mir vorgenommen, wegzubleiben und dich und Adam euer Leben leben zu lassen, ohne mich einzumischen. Aber das funktioniert nicht." Er blickte in die Ferne und runzelte die Stirn. „Es geht einfach nicht", wiederholte er. „Ich bringe das nicht fertig. Selbst wenn ich mir einredete, dass es das Beste für ihn wäre, wenn ich auf ihn verzichte, würde ich das nicht durchhalten, nachdem ich ihn gesehen habe. So bin ich nun mal nicht gestrickt. Es ist ... wie soll ich sagen? Es ist so einzigartig. Ich habe nie daran gedacht, Kinder zu haben, und ich wäre erst recht nicht auf die Idee gekommen, dass ich ein großartiger Vater sein könnte. Aber nun ist Adam da, und er ist mein Sohn. Und jetzt werde ich alles tun, um für ihn der verdammt beste Vater im ganzen Westen zu werden."

Heather musste schlucken. „Genau dasselbe habe ich mir als Mutter vorgenommen."

Turner kniff die Augen zusammen und blickte angestrengt auf den Horizont. Man sah ihm an, dass es in ihm arbeitete. „Ich bin von den ersten paar Jahren abgesehen ohne Mutter aufgewachsen. Ich würde das keinem Kind zumuten wollen. Und mein alter Herr ..." Er schüttelte resigniert den Kopf. „Der alte Mistkerl war nun mal eben mein Vater. Ob es einem passt oder nicht – so ist es dann." Er legte sich wieder ins Gras, stützte sich auf einen Ellenbogen und schaute sie mit seinen blaugrauen Augen ernst an. „Das mit Nadine war nur der Anfang. Ich werde von jetzt an jedem, dem ich begegne, erzählen, dass Adam mein Sohn ist. Da kannst du schreien und toben und dich auf den Kopf stellen, davon lasse ich nicht ab." Er sah sie einen Moment lang schweigend an. „So. Ich glaube, wir klären die Sache jetzt gleich mit der Person, die es am meisten betrifft."

„Turner, du wirst nicht ..."

Aber er hörte nicht auf sie. „Hey, Adam! Komm doch mal rüber und iss etwas mit uns. Wir haben eine Menge zu besprechen."

„Turner, ich warne dich!", fauchte Heather, alle mütterlichen Beschützerinstinkte in höchster Alarmbereitschaft.

„Du kannst mich warnen, so viel du willst, Darling. Dieser kleine Mann wird jetzt herausfinden, dass er einen richtigen Vater hat." Turner winkte Adam heran, und Adam kam auch gleich angerannt, so schnell er konnte. Sein Gesicht war gerötet, aber die pure Lebensfreude sprach daraus, was Heather wiederum ganz beklommen machte. Sie hatte sich eigentlich vorgestellt, dass der Besuch auf der Ranch ein kleiner Spaß zwischendurch sein würde – eine willkommene Abwechslung wie ihre Ausflüge ins Baseballstadion oder ans Wasser nach Fisherman's Wharf. Jetzt wuchs in ihr die Befürchtung, dass Adam das hier mehr bedeutete und ein Zeichen dafür war, dass doch so etwas wie eine geheime Verbindung zwischen ihm und seinem leiblichen Vater bestand.

Dabei wusste sie insgeheim doch, dass Turner in einigen Punkten recht hatte. Sie hatte Adam verwöhnt. Sie war überfürsorglich gewesen. Die ambivalente Haltung von Dennis dem Jungen gegenüber und die schreckliche Angst vor der Krankheit hatten sie in diese Rolle rutschen lassen. Sie hatte überreagiert und ihren Sohn verhätschelt in der verzweifelten Hoffnung, durch ihre mütterliche Liebe alles zudecken zu können. Und möglicherweise hatte diese Liebe ihr den Blick dafür verstellt, dass Adam die Freiheit brauchte, etwas für sich selbst zu entdecken, etwas anderes als die Welt zwischen den Hochhäusern der Großstadt. Vielleicht brauchte er tatsächlich so jemanden wie seinen Vater.

Adam kam angelaufen und setzte sich zu ihnen unter den Baum. Sein Gesicht und seine Hände waren verschmiert. Wie automatisch ging Heather sofort daran, ihm die Hände abzuwischen, aber so leicht ging der grün-braune Saft aus Gras, Harz und allem anderen, was der Kleine auf seiner Erkundungstour angefasst hatte, nicht weg.

„Lass doch! Das hat noch niemandem geschadet", kommentierte Turner trocken. Er packte ein Sandwich aus und gab die eine Hälfte davon Adam, der aber prompt die Nase rümpfte. „Ich mag keinen Salat."

„Adam …", wollte Heather eingreifen, aber Turner winkte ab, zog das Salatblatt zwischen den Brotscheiben heraus und warf es über die Schulter hinter sich.

„Das darf man nicht."

„Hier schon", erwiderte Turner, wobei er sich im Schatten ausstreckte. „Über so ein Salatblatt freut sich bald eine Kuh oder eine Krähe oder eine Maus." Er gab Adam eine Dose Limonade, die der Junge strahlend entgegennahm. „Deine Mom und ich müssen dir etwas erklären."

Heather hatte ein scheußliches Gefühl in der Magengrube und warf Turner einen Blick zu, der Bände sprach.

Adam hatte die Beine untergeschlagen und war, das Sandwich in beiden Händen, offensichtlich ganz Ohr.

„Du kannst von nun an Dad zu mir sagen."

„Wieso?"

„Weil ich dein Vater bin."

Adam machte ein skeptisches Gesicht. Dann warf er seiner Mutter einen Blick zu, als wollte er andeuten, dass Turner wohl nicht mehr alle Tassen im Schrank hatte. „Aber ich habe schon einen Dad."

„Und willst du nicht noch einen haben?"

„Man kann nur einen Dad haben", erklärte Adam mit der unerschütterlichen Überzeugung eines Fünfjährigen und biss herzhaft in sein Sandwich.

„Nun, das stimmt, aber nicht immer. Es gibt heutzutage eine Menge Leute, die geheiratet haben und dann wieder geschieden sind."

„Mom und Dad sind geschieden."

„Richtig. Aber sie beide können wieder jemanden heiraten. Und wenn sie es tun, bekommst du einen Stiefvater oder eine Stiefmutter."

Adam kaute nachdenklich an seinem Schinkensandwich. „Also heiratest du Mom?"

Turner entglitten ein wenig die Gesichtszüge, und Heather wagte nicht, zu atmen. „Ich glaube nicht, dass sie mich haben will", sagte er dann und streifte Heather mit einem vielsagenden Blick.

„Wie kannst du dann mein Dad sein?"

„Deine Mom und ich kennen uns schon seit langer Zeit“, erklärte Turner. Seine Worte klangen merkwürdig distanziert, denn er wusste wohl, dass er sich auf sehr glattes Parkett wagte. „Und wir haben uns verliebt. Dann wurde sie mit dir schwanger, aber als du zur Welt kamst, war ich weit weg, und so hat sie den Mann geheiratet, zu dem du Daddy sagst.“

„Aber er *ist* mein Daddy“, beharrte Adam.

Turner fühlte sich für einen Moment hilflos, und Heather spulte Turners Worte im Stillen noch einmal bis an die Stelle zurück, an der er gesagt hatte, sie hätten sich verliebt. Sie wünschte sich, sie könnte das Märchen glauben, das er da zusammenspann.

Adam hatte inzwischen das Interesse an seinem Sandwich verloren. Er hatte die Arme vor der Brust verschränkt und war offenbar entschlossen, sich diesen Unsinn nicht länger anzuhören. Er wusste genau, wer sein Daddy war.

„Tja, es ist aber so. Ich bin auch dein Dad.“

Adam ließ sich nicht erschüttern. „Man kann nur einen Dad haben.“

Bitte, streite jetzt nicht mit ihm, flehte Heather still für sich, und Turner schien endlich zu begreifen.

„Manchmal sind die Dinge nicht so einfach im Leben. Ich kann mir vorstellen, dass es ein wenig Zeit braucht, sich daran zu gewöhnen. Du kannst ruhig weiter Turner zu mir sagen, wenn du willst. Das ist schon okay.“ Seine Stimme klang ein wenig belegt. Er bedachte den Jungen mit einem zärtlichen, aber auch besorgten Blick. „Aber trotzdem möchte ich, dass du verstehst, dass ich dein richtiger Dad bin.“

Adam schüttelte nur den Kopf und trank von seiner Grapefruitlimonade. Als er die Dose absetzte, sah er ein wenig blass um die Nase aus. Mit unverhohlenem Misstrauen wechselte sein Blick zwischen Turner und Heather. Ganz offensichtlich dachte er, dass die Erwachsenen alle den Verstand verloren hatten.

Heather fuhr ihm mit der Hand durch sein seidenweiches Haar, bevor ihr die Worte über die Lippen kamen, die sie noch lange Jahre nicht hatte aussprechen wollen. „Es ist wahr, was er sagt, Adam. Turner ist dein richtiger Vater." Sie sah Turner an und musste unwillkürlich lächeln. Irgendwie kam es ihr doch richtig vor.

„Und was ist dann mit Daddy?", fragte Adam sichtlich aufgewühlt. Eine ganze Welt schien für ihn zusammenzubrechen.

„Er ist auch dein Daddy. Dein Stiefvater."

„Versteh ich nicht", sagte der Junge kläglich.

Heather sah ihn zärtlich lächelnd an. „Mach dir keine Gedanken darum. Turner wollte nur, dass du verstehst, warum er zu anderen Leuten sagt, dass du sein Sohn bist."

„Finde ich komisch", meinte Adam, ohne allerdings allzu beunruhigt zu erscheinen. Es war einfach zu viel für ihn, was die Erwachsenen ihm an Erklärungen aufbürdeten. Er ließ sein Sandwich angebissen liegen und verschmähte auch gut die Hälfte seiner Limonade.

Turner blickte voller Stolz auf den Jungen, der sein Sohn war, und Heather hatte plötzlich das Bedürfnis, Turner zu küssen. Nicht, wie so oft zuvor, aus einem Verlangen heraus, sondern schlicht, um ihm zu zeigen, wie dankbar sie ihm dafür war, dass ihm erkennbar wirklich etwas an seinem Sohn lag. Nach so vielen Jahren, in denen sich Dennis so gleichgültig Adam gegenüber gezeigt hatte, kam es ihr vor wie ein frischer Wind, der die Wolken über ihnen vertrieb. Spätestens jetzt konnte sie sicher sein, dass, wenn ihr einmal etwas zustieß, immer noch jemand da war, der Adam liebte. Was konnte sie mehr verlangen?

Sie aßen einträchtig und schweigend ihre Sandwiches und schauten ihrem Jungen zu, der durch das hohe Gras tollte, während die Sonne allmählich sank und eine leichte Abendbrise, die einen Duft von Klee und Geißblatt mit sich trug, die Blätter in der Baumkrone über ihnen rascheln ließ. Das Schweigen zwischen ihnen zog sich in die Länge. Turner rieb sich nachdenklich das Kinn, und man konnte es förmlich in seinem Kopf arbeiten hören, was nicht weiter erstaunlich war, denn Stoff zum Nachdenken hatten sie beide reichlich.

„Adam hat da einen interessanten Punkt angesprochen", sagte Turner schließlich.

„Und der wäre?", fragte Heather, obwohl sie unsicher war, ob sie das so genau wissen wollte.

„Dass wir idealerweise verheiratet sein müssten. Das wäre die perfekte Welt."

Ihr blieb das Herz fast stehen. Sie sah ihn an, aber sein Gesicht war todernst. Nichts deutete darauf hin, dass er sie auf den Arm nehmen wollte, wenn sie auch das Gefühl hatte, dass er versuchte, sie auszutesten. „Es gibt keine perfekte Welt", konstatierte sie trocken.

„Mit nur einem Elternteil aufzuwachsen, ist nicht einfach."

„Das tun viele Kinder."

Er machte ein unwilliges Gesicht. „Aber nicht meines."

„Wenn du wieder damit anfängst, dass ich nach Gold Creek zurückkehren soll …"

„Ich glaube, darüber sind wir schon hinaus, Heather, und das wissen wir beide. Keiner von uns beiden wäre mit einer Rolle als Teilzeit-Elternteil zufrieden, stimmt's?"

Heather fühlte sich unbehaglich. „Worauf zielst du ab?", fragte sie, und ihr Herz klopfte wie wild. Nervös spielte sie mit den Fransen an ihrer Weste.

Er sah sie lange und durchdringend an, als wäre sie ein wilder Mustang, den er gerade zähmte. „Nun, Heather", sagte er endlich, und sein Blick wanderte vom Ansatz ihrer Brüste hinauf zu ihren Augen, „ich denke, ich sollte dich fragen, ob du mich heiraten willst."

12. KAPITEL

Heather hätte beinahe laut losgelacht. Hätte er nicht so ein ernstes Gesicht gemacht, hätte sie angenommen, er wolle sie veralbern. Sie biss sich auf die Unterlippe. Wie lange hatte sie schon auf einen Antrag von ihrem *Lonesome Cowboy* gewartet? Vor sechs Jahren hätte sie alles getan, um diese Worte von ihm zu hören. Aber gegenwärtig war die Situation eine andere, und es gab eine ganz nüchterne Erklärung dafür, dass er ihr einen Antrag machte, der sonst nicht über seine Lippen gekommen wäre. „Du musst das nicht tun", sagte sie leise. Sie pflückte ein Blümchen aus dem trockenen Gras und drehte es zwischen ihren Fingern. „Ich werde Adam nicht von dir fernhalten."

Er sah sie aufmerksam an. „Du meinst also, er kann hier bei mir bleiben?"

„Zeitweise ja. Wenn er nicht zur Vorschule muss." Noch während sie das sagte, merkte sie, wie groß die Versuchung war, alle Vorsicht über Bord zu werfen und ihm zu sagen, dass sie mit Freuden seine Frau werden würde. Dagegen sprach, dass sie nicht wollte, dass sein Edelmut – wenn es der war, der aus ihm sprach – oder die Liebe zu seinem Sohn seinem eigenen Glück im Wege stand.

„Den ganzen Sommer?"

„Das … äh … kann ich nicht versprechen."

„Jedes Wochenende?"

„Na ja – nein, aber …"

Turner war mit seiner Geduld nun endgültig am Ende. „Kein Aber! Es gibt nur eine Möglichkeit, dass ich ihn sehen kann, sooft ich möchte. Und die liegt darin, dass du bei mir wohnst."

„Wo? Hier?"

„Wäre das nun wirklich so schlimm, Heather?" Seine Stimme klang tiefer als sonst, und in seinen Augen, mit denen er über sein Land schaute, für das er geschuftet und geblutet hatte, entdeckte sie einen unbändigen Stolz.

Heiße Tränen traten ihr in die Augen. „Nein, Turner. Dies ist ein guter Platz. Gut für dich und wahrscheinlich sogar auch gut für Adam. Ich fühle das. Aber ich weiß nicht, ob ich hierher passe. Wenn ich meine Tage damit zubringen müsste, Marmelade zu kochen, den Gemüsegarten zu pflegen oder die Ställe auszumisten … Das würde mich umbringen." Ihr in den Himmel gerichteter Blick entdeckte einen Habicht, der zu den Bergen hin dort oben seine Kreise zog. „Nun – Unkraut zu jäten, das könnte mir sogar gefallen, wenn es hin und wieder wäre. Sogar die Ställe auszumisten. Aber ich brauche noch etwas anderes. Ich würde wahnsinnig werden, wenn ich nicht mehr malen könnte, wenn ich keine Aussicht hätte, jemals wieder zu bildhauern, wenn ich nicht die Muße hätte, mich ab und zu mit meinem Skizzenblock hinzusetzen und zu zeichnen." Wie konnte sie sich ihm nur verständlich machen? „Es wäre dasselbe, als sagte man dir, du dürftest nie wieder ein Pferd besteigen."

Er schob seinen Stetson ein Stück in den Nacken, richtete den Blick auf den Horizont und kniff, von der Sonne geblendet, die Augen zusammen. „Kannst du das alles nicht hier machen?"

„Ja … doch …"

„Aber du willst es nicht."

Den Tränen nahe, schenkte sie ihm ein zärtliches Lächeln. Nie hatte sie ihn mehr geliebt als in diesem Augenblick, aber sie wollte nicht, dass er für sie seinen Lebensstil aufgab oder seine eigenen Bedürfnisse vernachlässigte. „Es geht jetzt nicht darum, dass du dich opfern musst, Turner. Heiraten wolltest du nie. Jedenfalls hast du das klar zum Ausdruck gebracht."

„Vielleicht habe ich ja meine Meinung geändert."

„Dann änderst du sie vielleicht irgendwann wieder", entgegnete sie mit halb erstickter Stimme, während sie ihm in die Augen sah. „Und ich möchte um nichts in der Welt die Frau sein, von der du irgendwann sagst, dass du es bereust, sie geheiratet zu haben."

„Werde ich nicht."

„Oh, Turner …"

„Denk darüber nach", versetzte er knapp. Dann stand er auf und wischte sich die Hände an den Hosenbeinen ab.

Für Heather bestand kein Zweifel: In nächster Zeit würde sie an kaum etwas anderes denken.

An jenem Abend fuhr Turner die beiden zurück in die Stadt. Heather rutschte immer tiefer in ihren Sitz, als sie an all den vertrauten Plätzen vorbeikamen, dem Park mit dem Pavillon, der im Andenken an Roy Fitzpatrick errichtet worden war, an dem Haus aus gelbem Backstein, das einst das *Gold Creek Hotel* gewesen war und nun die *Fitzpatrick Incorporated* beherbergte. Da war das Postamt an der Main Street, und auch den alten *Rexall Drugstore* an der Ecke Main und Pine Street gab es immer noch.

„Adam möchte bestimmt gern den besten Burger diesseits der Rocky Mountains probieren", erklärte Turner, während er den Wagen zum Parken an den Bordstein lenkte.

Als sie den Drugstore betraten, schlug die alte Glocke über der Tür an. Unter der hohen Decke drehten sich die Ventilatoren. In den siebzig Jahren, in denen das Haus nun schon in der Stadtmitte stand, war es nicht ein einziges Mal renoviert worden. Säuberlich aufgereiht in den Regalen standen und lagen Kosmetika, Medikamente, Modeschmuck, Papierwaren und Spielzeug, als hätte sich in den vergangenen gut zehn Jahren nichts geändert. Sicher war das Warenangebot ein anderes und hatte sich dem wechselnden Geschmack der Kunden der Kleinstadt angepasst. Aber die Regale selbst waren noch immer die alten Metallbretter, wie Heather sie aus ihrer Highschoolzeit in Erinnerung hatte.

Auch die Imbissecke hinten im Drugstore hatte sich nicht wesentlich verändert, und tatsächlich stand wie in früheren Tagen Thelma Surrett, Carlies Mutter, das Haar ein wenig grauer und um die Hüften ein wenig runder, hinter dem Tresen und bereitete Milchshakes zu. Sie schaute überrascht über die Schulter und lächelte Heather zu. „Schau an, schau an, wer da wieder in der Stadt aufgetaucht ist." Sie stellte den Mixer an, der einen Mordslärm machte, und schnappte sich dann ihren Notizblock. „Erst Rachelle und nun du. Hab ich was verpasst? Ist Gold Creek zu einem Wallfahrtsort geworden?“

Heather gab das freundliche Lächeln zurück. „Rachelle hat erzählt, Carlie kommt auch zu ihrer Hochzeit?“

Thelma zog kurz die Brauen in die Höhe, aber sie nickte. „Ja, in vierzehn Tagen. Vielleicht hat sie auch die endlosen dunklen Winter da oben in Alaska satt. O-oh! Wen haben wir denn da?“, fragte sie dann, als sie Adam entdeckte, der auf einen der Hocker geklettert war.

„Das ist Adam, mein Sohn“, sagte Heather nicht ohne Stolz.

„Na, hallo, Partner!“ Thelma tippte auf die Krempe des Stetson. „Haben wir denn Hunger?“

„Drei Burger, Zwiebeln und Pommes – das volle Programm“, bestellte Turner.

Als Thelma sich umdrehte, den Mixer abstellte und einen dickflüssigen Erdbeer-Milchshake in ein hohes Glas schenkte, rief Adam: „Das will ich auch haben.“

Thelma zwinkerte ihm zu und meinte: „Kriegst du“, worauf sie den eben zubereiteten Shake aber erst einmal einem anderen Gast servieren musste.

„Nimm deinen Hut ab, wenn wir essen, Adam“, ermahnte Heather.

„Nein.“

„Deine Mutter hat recht. Das ist einfach gutes Benehmen“, sagte Turner und nahm ihm den Hut vom Kopf.

Der Kleine patschte die Hände über dem Kopf zusammen. Die elektrisch aufgeladenen Haare standen ihm zu Berge. „Benehmen find ich doof.“

Turner konnte sich ein leises Lachen nicht verkneifen. „Ich eigentlich auch.“

Heather fühlte sich um zwölf Jahre zurückversetzt, zurück ins Schlepptau von Rachelle und Carlie. Später hatte sich noch Laura Chandler der Gruppe angeschlossen, aber ganz unverhohlen Heathers Anwesenheit abgelehnt. „Sie ist so ein Klotz am Bein! Können wir sie nicht irgendwie loswerden?", hatte sie von Rachelle verlangt. Aber ihre ältere Schwester, die selbst nicht allzu begeistert davon war, Heather ständig am Hals zu haben, hatte nichtsdestotrotz zu ihr gestanden und sie gegenüber der maulenden Laura verteidigt. Carlie hatte es hingegen nie etwas ausgemacht, dass Heather ihnen auf Schritt und Tritt folgte.

Nun, zwölf Jahre waren ins Land gegangen, und vieles hatte sich verändert. Laura hatte Brian Fitzpatrick geheiratet – den Jungen, der, wäre Roy am Leben geblieben, ihr Schwager hätte werden sollen. Erst vor Kurzem hatte Laura gestanden, Roy getötet zu haben. Es war ein Unfall gewesen.

Thelma brutzelte die Burger auf dem Grill, und kurze Zeit später wurde gegessen. Turner, Heather und Adam hatten ihren Spaß, und Thelma wurde nicht müde, über Rachelles bevorstehende Hochzeit zu sprechen und zu betonen, wie sehr sie hoffte, dass Carlie mal einen netten Jungen finden würde, den sie heiraten und mit dem sie sesshaft werden könnte.

Nachdem sie ihre Mahlzeit beendet hatten, bummelten die drei noch ein wenig durch den Drugstore, um, gerade als sie hinausgehen wollten, auf Scott McDonald zu stoßen. Turner verzog das Gesicht zu einem Grinsen, Heather hingegen hatte etwas Mühe, gute Miene zu machen. Scott war einer von Roys Freunden gewesen und hatte Rachelle und Carlie in jener Nacht, in der Roy getötet wurde, mit zur Party im Sommerhaus der Fitzpatricks genommen. Danach hatte Scott herumposaunt, dass Jackson der Schuldige wäre, und Rachelle musste durch die Hölle gehen.

„Ich will dir jemanden vorstellen, Scott", sagte Turner, und Heather hatte das Gefühl, als müsste sie im Boden versinken.

Während Turner Scott seinen Sohn präsentierte, bewahrte Heather mit Mühe die Fassung und brachte gerade noch ein dünnes Lächeln zustande. Scott hörte mit einem unruhigen Flackern im Blick interessiert zu und gratulierte Turner zu seinem „prächtigen Jungen". Wie es sich herausstellte, erwarteten er und seine Frau Karen im Februar ihr erstes Kind.

„Ich weiß nicht, ob das so eine gute Idee war", bemerkte Heather, als sie wieder draußen auf der Straße waren und sich die Schaufenster der Bäckerei, des Juweliers und eines Reisebüros ansahen.

„Er hätte es doch sowieso erfahren. Er ist Freds Bruder, und Fred arbeitet für mich." Turner legte ihr beruhigend den Arm um die Schultern. „Früher oder später kommt eben alles heraus."

„Dann votiere ich doch lieber für später."

„Aber jetzt ist das einfacher, leichter zu erklären."

Dennoch bedrückte sie die Begegnung, und sie machte ein sorgenvolles Gesicht, als sie weitergingen. Adam entdeckte ein Paar Cowboystiefel im Schaufenster eines Schuhgeschäfts, und Turner interessierte sich für einen Herd, den er in der Niederlassung eines Versandhauses gesehen hatte.

In der Stadt herrschte eine entspannte sommerliche Atmosphäre. Vögel zwitscherten, der Verkehr bewegte sich im Schritttempo, die Straßenlaternen flammten auf, und die Dämmerung breitete sich über das Land. Ohne Eile durchstreiften sie den Park und passierten den Pavillon, der dort Roy zu Ehren stand. Adam kletterte auf den Spielgeräten des Spielplatzes herum, und Turner war hinter ihm her. Währenddessen saß Heather allein auf einer Bank. Jetzt, da der Abendwind durch die Bäume rauschte, wirkte Gold Creek auf sie gar nicht mehr so abstoßend. Sie hatte auch glückliche Erinnerungen an die Stadt, in der sie als Kind draußen auf den zersprungenen Gehwegplatten Himmel und Hölle und Seilspringen gespielt hatte oder zwischen den mickrigen Bäumchen am Straßenrand Fahrrad gefahren war. Viel Geld hatten ihre Eltern nicht gehabt, aber das hatten sie mit ihrer Liebe ausgeglichen.

Aber dann hatte ihr Vater eine jüngere Frau kennengelernt – ein *sehr viel* jüngere Frau, und das wohlige Gefühl von Geborgenheit verflüchtigte sich. Ihre Mutter war am Boden zerstört und die Mädchen fassungslos. Tränen und Mitleid, Wut und Schmerz lösten sich ab und wurden bald gefolgt von einem Gefühl tiefer Beschämung. Der Klatsch um sie herum blühte. Ihr

Vater reichte die Scheidung ein und heiratete Glenda. Nun war die Gerüchteküche erst recht am Brodeln. Und als dann auch noch Roy getötet wurde und Rachelle die Einzige war, die sich für Jackson Moore starkmachte, indem sie öffentlich erklärte, dass sie die fragliche Nacht mit Jackson verbracht hatte, überschlugen sich die Klatschmäuler regelrecht und ihr Ruf war restlos ruiniert.

Es fegte wie ein Tornado durch die Stadt, und in diesen Strudel wurden die Tremonts erbarmungslos hineingerissen. Freunde und Nachbarn, die Heather schon seit Anbeginn kannte, schienen sie plötzlich anders anzusehen, manche mitleidig, andere besorgt und wieder andere mit unverhohlenem Abscheu. Nichts war mehr so wie vorher. Heather musste erfahren, was es bedeutete, Gegenstand unterschiedlichster Mutmaßungen zu sein, während ihre Schwester wochen-, ja, monatelang am Pranger stand. Damals hatte Heather begonnen, diese kleine, kleingeistige Stadt zu hassen, die einst der unumstrittene Mittelpunkt ihres Lebens gewesen war.

Und jetzt? Wenn sie sich der Vergangenheit stellte und stolz und unerschütterlich zu Turner stand, könnte sie vielleicht wieder lernen, sich mit Gold Creek zu arrangieren. Nicht alle Leute in der Stadt waren Klatschmäuler. Nicht alle waren grausam oder endlos nachtragend. Nicht alle machten sich etwas aus den alten Geschichten. Die Stadt und ihre Bewohner waren gewissermaßen erwachsen geworden, und Rachelles Ruf war wiederhergestellt.

Heather befürchtete dennoch, dass ihr kleiner, unschuldiger Sohn zwischen die Mühlsteine des öffentlichen Geredes geraten könnte, wenn bekannt wurde, wer wirklich Adams Vater war. Allerdings war sie jetzt auch gefestigter, und mit Turner zusammen wüsste sie schon, ihren Sohn zu schützen. Ihr war es längst nicht mehr so wichtig, was andere dachten. Sie hatte all das erhobenen Hauptes durchgestanden, wobei ihr Wechsel in die Großstadt, wo sie meist isoliert war, seine Schattenseiten hatte. In San Francisco konnte man seine Anonymität genießen, hatte auf der anderen Seite aber auch nur wenig Freunde.

Heather schlang die Arme um sich und blickte zu den beiden anderen hinüber. Adam saß auf der Schaukel, und Turner schubste ihn an. Der Kleine jauchzte vor Vergnügen, und sie hörte Turners tiefes, glückliches Lachen. Da wusste Heather, dass sie es nie übers Herz bringen könnte, Vater und Sohn zu trennen. Sie konnte sich nicht zwischen die beiden stellen, nachdem sie sich nun einmal gefunden hatten.

Die ersten Sterne blitzten auf. Auf dem Baseball-Feld nebenan spielten Kinder Fangen, Eltern schoben ihre Kinderwagen über die Fußwege, und Teenager fuhren in ihren Autos auf der Suche nach ihren Freunden langsam durch die Straßen. Die Stadt hatte unbestreitbar ihren Charme und war, ob sie es wahrhaben wollte oder nicht, ihre Heimat und würde es immer bleiben. Ihr kamen wieder die Tränen. Eine Rückkehr hierher war nicht ausgeschlossen. Ihre Mutter lebte hier, ihr Vater in einer Stadt ganz in der Nähe. Jackson hatte Rachelle vorgeschlagen, hier ein Grundstück zu kaufen, wobei das auch als Scherz gemeint sein konnte. Wenn er es ernst gemeint hatte, bestand immerhin die Möglichkeit, dass er und Rachelle sie gelegentlich besuchen kamen. Turner schließlich, der gehörte unbedingt hierher. Und in der einen oder anderen Form war sie ab jetzt an Turner gebunden. Wieder hatte er entscheidend in ihr Leben eingegriffen – genauso wie damals vor sechs Jahren, als sie zum ersten Mal miteinander geschlafen hatten.

Als sie zur Ranch zurückkehrten, war es bereits neun Uhr. Nadine hatte das eine freie Zimmer für Adam hergerichtet. Nach einem kurzen Bad lag Adam im Bett und war eingeschlafen, kaum dass sein Kopf aufs Kissen gesunken war.

Turner und Heather waren allein. Sie setzten sich auf die Hollywoodschaukel und lauschten dem Konzert der Zikaden und betrachteten die unzähligen Sterne, die am Nachthimmel wie Diamanten funkelten. Die alte Schaukel quietschte bei jeder Bewegung in ihrer Aufhängung. Die verblühten Rosen verbreiteten ihren Duft.

Turner hatte den Arm auf die Rückenlehne der Schaukel gelegt und zog Heather sanft an sich. „Ich habe das heute Nachmittag ernst gemeint", sagte er, und seine Stimme klang ein wenig rau dabei. „Ich möchte wirklich, dass du darüber nachdenkst, ob du mich heiraten willst."

Gerührt lehnte sie den Kopf an seine Schulter. Wäre sie der Stimme ihres Herzens gefolgt, hätte sie sofort Ja gesagt. Stattdessen sagte sie: „Ich glaube, du würdest damit nicht glücklich werden."

„*Du* würdest damit nicht glücklich werden."

Das fühlte sich in diesem Augenblick ganz anders an. Jetzt gerade konnte sie sich überhaupt nicht vorstellen, auch nur einen Tag ohne Turner zu sein. „Ich könnte mir vorstellen, sehr glücklich zu sein", hörte sie sich selbst sagen. „Mit dir. Und mit Adam …"

„Aber …?"

„… aber ich bin mir nicht sicher, ob ich es in Gold Creek aushalte."

„Die Stadt ist doch etliche Meilen weg von hier. Und zwischen der Ranch und Gold Creek liegt der große See. Das wäre ja nicht so wie früher, als du mitten in der Stadt lebtest. Wenn du malen oder zeichnen willst, wird sich auch noch ein Plätzchen finden. Schließlich könntest du auch die Galerie in San Francisco behalten und dorthin fahren, wann immer es dich dazu treibt."

Lohnte es sich, dafür alle Bedenken über Bord zu werfen? Sie blickte Turner in die Augen, und ihr Herz quoll von Liebe über. Es gab nur eine Antwort darauf. „Ja, Turner! Natürlich will ich dich heiraten."

Er schloss sie in die Arme. Seine Lippen berührten sie erst ganz vorsichtig und zart, bis er ihr schließlich mit wilden, leidenschaftlichen Küssen den Atem raubte.

Vier Tage später hatte sie sich in den Alltag auf der Ranch schon eingelebt. Zwar machte sie für Turner und Adam Frühstück und Abendessen. Für das Mittagessen für Arbeiter auf der

Ranch fühlte sie sich jedoch nicht zuständig. Sie war der Ansicht, dass die Männer alle all die Jahre hindurch ohne sie ausgekommen waren und dass sie das in Zukunft auch könnten. Außerdem wollte sie noch genügend Zeit zum Malen und Zeichnen haben.

Mit Adam zusammen hatte sie die alten Gebäude auf dem Hof erkundet und sich schließlich für einen Dachboden über den Ställen entschieden, obwohl eine Menge Arbeit hier auf sie wartete, bis sie dort ein Atelier eingerichtet haben würde. Abend für Abend half Turner ihr dabei, den alten Plunder herauszuschaffen – Bücher und Zeitschriften, alte Fahrräder, kaputte Sättel, kofferweise alte Kleidung und was es nicht noch alles gab. Als alles geräumt und fertig für die eigentlichen Renovierungsarbeiten war, schaute sie sich kritisch um.

Der alte Speicher mit seinen Fenstern, den Dachschrägen und dem nicht mehr funktionstüchtigen Deckenventilator war wirklich einzigartig. Auch wenn der Raum kleiner war als ihr Atelier in San Francisco und noch ein ganzes Stück Schufterei nötig war, um alles fertigzukriegen, gab diese Mansarde einiges her. Frische Farbe, eine Aufarbeitung des Fußbodens und vielleicht noch ein Oberlicht, dann ließ es sich hier prima aushalten.

Der Meinung war auch Heathers Mutter, die der Ranch eines Tages einen Besuch abstattete. „Aber“, wandte sie ein und musterte dabei mit erfahrenem Blick die Fußleisten, „du musst wegen der Mäuse aufpassen.“

„Ich schaffe mir eine Katze an“, entgegnete Heather vergnügt.

Ellen wischte nervös eine Spinnwebe weg, die von der Decke hing. Offenbar hatte sie noch etwas auf dem Herzen. „Du weißt, dass ich das nicht gutheiße, dass du hier lebst“, sagte sie dann.

„Mom!“

„Zu meiner Zeit lebte man mit einem Mann zusammen, *nachdem* man geheiratet hat, nicht *vorher*. Es interessiert mich ja nicht, wie eng eure Beziehung ist, aber die Leute reden schon …“

Es lag Heather schon auf der Zunge, ihrer Mutter zu eröffnen, dass Turner und sie heiraten wollten, aber sie ließ es dann doch. Sie wollte ihrer Schwester nicht die Show stehlen. Rachelle hatte so viele Jahre darauf gewartet, Jacksons Braut werden zu können. Deshalb hatten Heather und Turner vereinbart, mit der Ankündigung ihrer Heiratspläne bis nach Rachelles Hochzeit zu warten. Trotz der Einwände ihrer Mutter hatte es keine Eile.

„Du lebst in Sünde. Das habe ich dir bestimmt nicht beigebracht."

„Es ist keine Sünde, Mom."

Sie gingen zusammen die Außentreppe hinunter und dann über den Hof. Auf dem Reitplatz nebenan war Turner dabei, ein Hengstfohlen zuzureiten, das bockig war wie ein Maulesel, und Adam schaute in ehrfürchtiger Bewunderung zu.

„Ich gebe ja zu, dass Dennis keine besonders großartige Figur als Vater gemacht hat", sagte Ellen mit einem Seitenblick auf ihren Enkel, während sie zur hinteren Veranda weiterging. „Ich habe mich darüber immer gewundert und gedacht, dass Adam etwas Besseres verdient."

Heather musste lächeln. Sie wusste, was jetzt kam.

„Vielleicht ist Turner gar nicht so übel."

„Ist er auch nicht", versicherte Heather. Sie betraten die Küche. „Setz dich. Möchtest du einen Eistee haben? Ich fang dann schon mal an, das Abendessen vorzubereiten." Sie schenkte jedem ein Glas ein, und während Ellen die ersten Schlucke trank, begann Heather, Champignons und Lauchzwiebeln zu schneiden.

Fast hätte sie sich dabei in den Finger geschnitten, als Ellen ihr plötzlich ankündigte, dass sie einen Job als Angestellte im Fitzpatrick'schen Holzhandel antreten wollte. Heather ließ das Messer sinken und starrte ihre Mutter ungläubig an. „Aber …"

„Ich muss jeden Job nehmen, der mir angeboten wird", erklärte sie mit Nachdruck und setzte sich an den Küchentisch. Ihre Unterlippe zitterte. „Dein Herr Stiefvater setzt alles daran, um dafür zu sorgen, dass ich arbeiten muss, bis ich siebzig bin."

„Ich weiß. Aber trotzdem finde ich das sehr seltsam. Du hast dich doch erst vor sechs oder acht Wochen bei Fitzpatrick beworben, nicht wahr? Und war die Firma da nicht gerade dabei, Leute zu entlassen statt Leute einzustellen?"

„Dann hat sich da wohl etwas geändert", meinte Ellen fast schon ein wenig beleidigt. „Ich kann es mir nicht leisten, wählerisch zu sein. Und als Thomas anrief ..."

„Halt! Moment! Auszeit!" Heather machte die entsprechende Schiedsrichtergeste, um ihre Mutter zu unterbrechen. Was die gerade erzählt hatte, hatte sie alarmiert. „Thomas Fitzpatrick hat dich *höchstpersönlich* angerufen?", fragte sie nach. „Findest du das nicht selbst ziemlich komisch?"

„Ja, schon, aber ich dachte ... jetzt, da wir fast schon eine Familie sind ..." Ellen verstummte, und Heather beschloss im Stillen, nicht weiter in sie zu dringen. Ihre Mutter hatte im Leben schon genug durchmachen müssen.

„Und wann fängst du an?"

„Morgen. Ist das zu fassen? Ich hatte schon befürchtet, dass ich einen Job in Jefferson City oder noch weiter weg annehmen muss! Da ist dieser natürlich viel praktischer." Sie sah ihre Tochter mit großen Augen an. „Er ist ein Geschenk des Himmels."

„Dann freue ich mich für dich", sagte Heather, obwohl sie ein mulmiges Gefühl dabei hatte. Thomas Fitzpatrick war nicht gerade ein Mann, dem man blind vertrauen sollte; ihre Mutter war andererseits schon immer fasziniert gewesen von der High Society und den Mythen, die sich um sie rankten. Und sie hatte immer gehofft, dass etwas von diesem Wohlstand auf sie abfärben würde. Dennis Leonetti war das Paradebeispiel dafür gewesen. Glaubte man der Gerüchteküche, übertraf der Reichtum der Fitzpatricks den der Leonettis noch.

Heather schaute durch das Fenster nach draußen auf den Reitplatz, wo Adam am Zaun hing, seinen Vater lautstark anfeuerte und ihm zusah, wie der den temperamentvollen grauen Hengst trainierte. Turner hatte sich das Hemd ausgezogen, und die Muskeln seines verschwitzten Oberkörpers glänzten im Sonnenlicht. Er hatte das junge Tier an die Longe genommen und ließ es im Kreis um ihn herumtraben, während er beruhigend auf das Pferd einredete. In einem Gehege ein Stück weiter war Fred McDonald, einer von Turners Arbeitern, dabei, die Kälber von den Kühen zu trennen. Die Muttertiere brüllten. Durch das offene Fenster drang der Rosenduft, der in der staubigen Luft lag, zu ihnen herein.

„Er wäre fast für den Senatorenposten nominiert worden!“, war Ellen noch immer dabei, Thomas Fitzpatrick zu verteidigen, bevor es Heather schließlich doch gelang, das Gespräch auf ein anderes Thema zu lenken. Sie sprach die Hochzeit an, die in weniger als einer Woche stattfinden sollte. Währenddessen hatte sie die Soße vorbereitet und das Nudelwasser aufgesetzt. Ellen blühte auf. Der Gedanke daran, dass eine ihrer Töchter das Eheglück erleben sollte, das ihr selbst, obwohl sie nun schon zwei Mal vor den Altar getreten war, nie ganz vergönnt gewesen war, ließ ihr Gesicht strahlen. Sie hatte ihre Meinung über Jackson gründlich revidiert, und sogar zu Turner schien sie nach und nach Vertrauen zu fassen. Ein gutes Zeichen. Jetzt müsste sie nur noch zu einer realistischen Einstellung zu Thomas Fitzpatrick finden.

Heather hatte ihre Mutter zu Fettuccine mit Shrimps eingeladen. Jetzt versuchte sie mit Turners sehr lückenhafter Küchenausrüstung das Abendessen zustande zu bekommen, wobei das auf dem uralten Herd ohnehin eine echte Herausforderung war. Es gab auf jeden Fall einige Dinge, die sie aus San Francisco gewohnt war, die sie vermissen würde. Das fing bei einem vernünftigen Schneebesen an.

„Wie ist es meinem Enkelkind ergangen?“, fragte Ellen und trank von ihrem Eistee.

„Adam? Alles gut.“

„Und die Operation?“

„Ist erst einmal auf Eis gelegt. Momentan gibt es keine Notwendigkeit dafür.“ Heather blickte aus dem Fenster und lächelte. Adams neue Cowboystiefel sahen jetzt schon ein wenig gebraucht aus. Und von seinem kleinen Stetson trennte er sich fast gar nicht mehr.

Fred war derweil mit den Rindern fertig und winkte Turner zu, bevor er in seinen alten Dodge-Pick-up stieg. Dann brachte Turner zusammen mit Adam das Pferd in den Stall.

„Stiefel aus und Hände waschen", rief Heather, als die beiden die Küche betraten.

„Meine Hände sind sauber", behauptete Adam und hielt ihr seine verschmierten Handflächen entgegen, während er sich mühte, die Stiefel auszuziehen.

„Nicht sauber genug. Abmarsch." Sie zeigte mit dem Kochlöffel in Richtung Badezimmer.

„Hier spricht der Feldwebel", neckte Turner sie.

„Das gilt auch für ..." Da hatte er sie aber schon überrascht und mit einem Kuss zum Schweigen gebracht, der ihr den Atem nahm.

„Ich lasse mich doch von einer Frau nicht herumkommandieren", meinte er augenzwinkernd, bevor er sie atemlos zurückließ, um Adam ins Badezimmer zu folgen.

„Meine Güte", flüsterte Ellen ihrer Tochter zu. „Ich habe mich immer gewundert, was du an diesem Mann findest. Allmählich fange ich an, es zu verstehen."

Die Hochzeitsvorbereitungen mussten nun in Gang gesetzt werden. Rachelle und Jackson waren vorübergehend in das kleine Häuschen gezogen, in dem die Schwestern aufgewachsen waren, und das alte, vergessene Sommercamp am Ufer des Whitefire Lake wurde wieder instand gesetzt. Rachelle, die sonst durch nichts zu erschüttern war, wirkte vollkommen aufgelöst, und auch Brautmutter Ellen war ein nervliches Wrack.

Heather hätte sich wohl von der allgemeinen Aufregung noch mehr anstecken lassen, aber sie hatte ihre eigenen Probleme. Ein Blick auf den Kalender ließ sie stutzen. Sie rechnete nach und musste feststellen, dass ihre Periode ausgeblieben war. Ungläubig rechnete sie noch einmal genauer. Aber es gab nichts daran zu rütteln. Sie war fast zwei Wochen überfällig. Das hatte es bei ihr erst das eine Mal gegeben, als sie mit Adam schwanger gewesen war. Sonst kamen ihre Tage pünktlich wie ein Uhrwerk.

Sie hätte sich für ihre Sorglosigkeit selbst ohrfeigen können. Dass das passieren musste, war nur folgerichtig, so oft wie sie mit Turner geschlafen hatte. Welch ein Leichtsinn. Aber die Gedanken um Adam und um ihre Beziehung zu Turner hatten alles andere in den Hintergrund gedrängt. Und: Tief in ihrem Unterbewusstsein hatte sie sogar gehofft, dass es geschehen würde. Nur jetzt noch nicht, wo noch so vieles in der Schwebe war.

Zwar konnte sie eine freudige Erregung nicht ganz unterdrücken, aber der vernünftigere Teil von ihr warnte sie eindringlich. Sie war wieder schwanger, ohne einen Ehemann zu haben. Und sie wusste auch nicht, wie Turner reagieren würde – jetzt, da alles gerade so gut mit ihm lief.

Sie überlegte, ob sie es ihm gleich sagen sollte, hielt es dann aber doch für klüger, damit zu warten, bis sie endgültige Gewissheit hatte. Er hatte auch so genug um die Ohren, und es war nicht sinnvoll, ihn in Sorge zu stürzen, bevor nicht sie selbst oder ihr Frauenarzt einen Schwangerschaftstest gemacht hatten.

Während Turner draußen bei der Rinderherde war, fuhr sie mit Adam in die Stadt. Zunächst machten sie bei Rachelle Station, die in der festen Überzeugung, dass entweder die Band oder der Florist alles verderben würde, völlig außer sich war. Danach ging es zum Drugstore. Adam wurde mit einer Limonade beschäftigt, während sie alles Mögliche einkaufte, Papierservietten, Kerzen, Geschenkpapier – und einen Schwangerschaftstest. An der Kasse half ihr ein junges Mädchen, das sie nicht kannte, beim Einpacken. Während sie sich auf den Weg machte, um Adam abzuholen, schaute sie verstohlen zur pharmazeutischen Abteilung hinüber, wo Scott McDonald an seinem erhöhten Schreibtisch saß, von dem aus er mit seinen Adleraugen den ganzen Laden überblickte. Aber in diesem Augenblick war er wohl zu sehr mit seinen Rezepten beschäftigt, um darauf zu achten, was Heather eingekauft hatte.

Da Adam mit seinem Getränk noch nicht ganz fertig war, bestellte sie sich rasch noch eine Diät-Cola. Bei der Gelegenheit hielt sie mit Thelma einen kleinen Plausch. Am nächsten Tag sollte Carlie ankommen, und Thelma und ihr Mann Wheldon konnten es gar nicht erwarten, ihre Tochter wiederzusehen.

Als sie später auf die Ranch zurückkamen, hatte Heather den Schwangerschaftstest tief in ihrer Schultertasche vergraben. Sie wollte damit bis zum nächsten Morgen warten, wenn Turner in aller Frühe das Vieh füttern ging. Ganz leise meldete sich bei ihr zwar das schlechte Gewissen, aber sie war davon überzeugt, das Richtige zu tun. Und trotzdem kam sie sich vor wie eine Kriminelle.

Positiv.

Das Ergebnis des Tests war so positiv, wie es nur sein konnte. Heathers Hand zitterte, als sie sie dort auf den Bauch legte, wo Turners Baby heranreifte. Sie musste sich an die Wand lehnen und wusste nicht, ob sie lachen oder weinen sollte. Ein zweites Baby. Seitdem Adam ein Jahr alt geworden war, hatte sie sich gewünscht, ein weiteres Kind zu bekommen. Und dann war es noch ein Kind, das genau dieselben Eltern hatte wie der angehende „große Bruder“ Adam. Wer hätte das gedacht? Sicherlich nicht sie, als sie noch Mitglied der Familie Leonetti gewesen war. Trotz allem hatte sie Freudentränen in den Augen, denn der Wunsch hatte sich erfüllt.

„Oh Gott, ich danke dir“, flüsterte sie leise. Dass sie den Test gekauft hatte, war inzwischen schon drei Tage her. Sie hatte ihn immer wieder aufschieben müssen. Auch an diesem Morgen hatte Turner sie nicht geweckt, als er aufstand, aber sie war trotzdem wach gewesen und hatte so getan, als schliefe sie noch, bis sie unten die Tür ins Schloss fallen hörte.

Dieses Mal war genug Zeit geblieben, den Test zu machen und das Ergebnis abzuwarten. Und das Ergebnis war eindeutig. Es blieb sogar noch Zeit, die Gedanken ein wenig schweifen zu lassen. So schlecht war es gar nicht, dass die Kinder hier auf der Ranch aufwuchsen. Hier waren die Luft sauber, das Wasser klar und die Arbeit zwar hart, aber befriedigend. Die Stadt war nicht allzu weit entfernt, und selbst San Francisco war für einen Wochenendausflug erreichbar. Und dabei konnte sie malen und bildhauern und vor allen anderen Dingen ihren Kindern eine gute Mutter und Turner eine gute Frau sein. Ja, es standen Änderungen in ihrem Leben an, aber es waren Änderungen zum Besseren.

Vergnügt vor sich hin summend schlüpfte sie in ihren Morgenrock und ging in die Küche hinunter. Durch das Küchenfenster konnte sie an der Klematis vorbei, die auf der Veranda üppig blühte, über den staubtrockenen Hof schauen und erspähte weiter hinten Turner, der in ein Gespräch mit Fred McDonald vertieft war. Fred hatte zwar eigenes Land zu bestellen, half aber in seiner freien Zeit hier mit aus, um sich ein paar Extradollars zu verdienen. War Turners Ranch auch nicht so groß wie *Lazy K* und auch nicht so geschäftig, konnte sie doch eine kleine Familie ernähren.

Zufrieden lächelnd stellte Heather die Kaffeemaschine an. Dann schaute sie nach Adam, der aber noch schlief, sprang unter die Dusche und überlegte sich, während sie sich ein Sommerkleid anzog, wie sie es Turner beibringen sollte und wann der richtige Zeitpunkt dafür war. Vielleicht am Abend. Nachdem sie Adam ins Bett gebracht hatte, könnte sie den Tisch festlich decken und Kerzen anzünden, und dann würde sie über den Tisch hinweg Turners Hände nehmen und …

Schwanger! Sie bekam das Wort nicht aus ihrem Kopf. Sie musste an ihre Umstandskleidung denken, die noch in ihrem Haus in San Francisco verstaut war, schicke, teure Sachen aus Seide und feiner Wolle, die nicht hierher auf eine Ranch gehörten. Andererseits hatte sie nicht einmal Umstandsjeans, und das musste sich ändern.

Sie kämmte sich das nasse Haar durch und entschied sich dafür, es an der Luft trocknen zu lassen. Dann trug sie noch einen dezenten Lippenstift und einen Hauch von Rouge auf und kehrte in die Küche zurück, wo sie den Tisch mit drei Tassen, Zuckerdose, Sahnekännchen und einer Vase deckte, die sie am Tag zuvor mit Rosen gefüllt hatte.

Und da sie nun einmal auf Häuslichkeit eingestimmt war, beschloss Heather, auch noch Kekse zu backen. Wenig später, während sie den Teig auf einem Holzbrett ausrollte, war sie in Gedanken schon dabei, das Kinderzimmer auf der Ranch zu planen, als sie hörte, wie ein Motor angelassen wurde und durchs Fenster sah, wie Freds alter Pick-up davonfuhr. Das war merkwürdig, da Fred vor Kurzem erst angekommen war. Aber vielleicht hatte er etwas in der Stadt zu besorgen. Heather fiel ein, dass Turners Traktor in letzter Zeit wieder seine Macken hatte, und so konnte es gut sein, dass Turner beim Landmaschinenhandel Ersatzteile bestellt und Fred nun losgeschickt hatte, sie zu holen.

Sie hatte sich just mit dieser Erklärung zufriedengegeben, als sie Turner über den Hof aufs Haus zukommen sah. Lächelnd hob sie die Hand, um ihm zuzuwinken, aber dann bemerkte sie seinen finsteren Blick. Bis zu den bebenden Nasenflügeln standen offenbar alle Zeichen auf Sturm.

Heather rutschte das Herz in die Hose. Beim zweiten Hinsehen entdeckte sie einen Hund, der Turner folgte. Er war noch sehr jung und sah aus wie ein Schäferhund-Mischling. Verspielt sprang er in der Staubwolke herum, die Turner mit seinen langen Schritten aufwirbelte, wobei das Tier, das noch ein halber Welpe war, hin und wieder stehen blieb, um nach einer Fliege zu schnappen, bevor es Turner wieder hinterherrannte.

„Was ist los?“, fragte Heather, als Turner mit dem Hund durch die Tür kam.

„Das sollte ich dich fragen.“

„Fred ist wieder weggefahren … dann dieser Hund …“

„Der ist für Adam.“ Bei dem Blick, mit dem er sie aus seinen blaugrauen Augen ansah, gefror ihr das Blut in den Adern. „Jedes Kind braucht einen Hund.“

„Es stimmt doch irgendetwas nicht …“ Trotz des Sommers und des Backofens fühlte es sich mit einem Mal frostig in der

Küche an. Heather legte das Nudelholz beiseite und wischte sich an einem Handtuch die Hände ab. „Was ist los, Turner?" Von allen möglichen Erklärungen für die Wut, die in ihm kochte, schien es nur eine plausible zu geben: Er wusste es.

Er wusste, dass sie schwanger war. Nur war er ganz offensichtlich nicht glücklich darüber, so wie sie es erwartet hatte.

„Was los ist, Heather?", fragte er scharf und trat dicht an sie heran, indem er sie mit einem vernichtenden Blick von oben herab anblickte. „*Du* fragst mich, was los ist?"

„Ich … ich …", stotterte Heather eingeschüchtert.

„Spuck's schon aus! Du bist schwanger."

Wie ein Verräter kam sie sich vor. Alle Euphorie war verflogen. „Ja, bin ich, aber ich habe es auch erst eben …"

„Erzähl mir doch nichts! Wie kommt es dann, dass die halbe Stadt schon davon weiß?"

„Das kann nicht sein! Ich meine … ich habe heute Morgen erst den Test gemacht", sagte sie mit schwacher Stimme. Im Grunde wusste sie schon, was geschehen war. Diese verdammte Stadt, dieses verfluchte Provinznest! Als sie den Schwangerschaftstest gekauft hatte, hatte irgendjemand im Drugstore seine Schlüsse gezogen, und obwohl die Angestellten angehalten waren, Diskretion ihren Kunden gegenüber zu bewahren, hatte sich jemand nicht daran gehalten. Entweder das Mädchen an der Kasse. Oder doch Scott McDonald. Vielleicht sogar Thelma. Irgendwer hatte es mitbekommen und weitererzählt. Heather war in Panik. Ihre Hände zitterten.

„Die ganze verdammte Stadt weiß, dass ich Vater werde, nur ich nicht", zürnte er und trat vor Wut gegen die Wand, sodass sich der junge Hund, der ohnehin schon nervös genug war, winselnd unter den Tisch verkroch. „Verflucht noch mal, Heather, glaubst du nicht, dass ich das auch gerne erfahren hätte?"

„Ich hätte es dir ja erzählt …"

Er fasste sie hart Arm. Sein ungezügelter Zorn loderte in seinen Augen. „Und wann, bitte?"

„Sobald …"

„Sobald wir verheiratet sind? Oder doch noch vorher? Hör zu, ich habe schon eine Menge an bodenlosen Gemeinheiten erlebt, aber sich gewollt schwängern zu lassen, nur um sicherzugehen, einen Spender für eine Transplantation zu bekommen …"

„Wovon redest du eigentlich?"

Seine Worte waren kalt wie Eis. „Mach mir nichts vor, Heather. Das ist unserer nicht würdig."

„Was, zum Teufel, redest du da?" Aber schon während sie das sagte, dämmerte ihr, dass sie im hintersten Winkel ihrer Seele – Gott sei ihr gnädig – solche Gedanken tatsächlich gehabt hatte. War sie nicht auf die Idee gekommen, mit Turner zu schlafen, um ein Baby zu bekommen, das als Spender für die Stammzellen für Adam mit einiger Sicherheit infrage kam? Aber das war es doch nicht allein. Sie hatte schon immer ein zweites Kind gewollt, schon seit Jahren.

Ihr Mienenspiel musste sie verraten haben, denn Turner ließ sie los und verzog verächtlich den Mund. „Ich schätze es nicht, wenn man mich benutzt. Egal wozu."

„Ich habe dich nicht benutzt", protestierte sie.

„Aber klar doch! Ich bin nur ein Samenspender für dich gewesen, nichts weiter."

Es fühlte sich an, als hätte er sie ins Gesicht geschlagen. „Turner, du kannst doch im Ernst nicht glauben …"

„Willst du etwa leugnen, dass du daran gedacht hast? Dass du auf ein Geschwisterkind für Adam gehofft hast, damit es ihm sein Knochenmark spenden kann?"

„Oh Gott", hauchte sie kaum hörbar. Die Farbe wich ihr aus dem Gesicht, und sie musste sich festhalten.

„Ich fasse es nicht, dass ich darauf hereingefallen bin!"

„Du bist auf gar nichts hereingefallen."

„Lüg mich nicht an!"

Etwas in ihr zerbrach. Und dann explodierte sie. „Ich lüge nicht! Ich brauche dich wohl nicht daran zu erinnern, dass dieses Baby nicht durch mich allein entstanden ist. Du warst auch beteiligt und hattest, wie ich hinzufügen möchte, deinen Spaß dabei."

„Ich habe nichts gegen ein Kind!“, donnerte er. „Ein Kind oder zwei – was macht das schon aus? Was mich daran stört, ist der Grund für seine Entstehung. Kalt und berechnend! Du hast mich von vorneherein ausgeschlossen!“

„Warum sollte ich das tun?“ Heather schrie es beinahe heraus. „Dein Knochenmark passt zu Adams …“

„Vielleicht wolltest du dich mit mir nicht länger belasten. Oder du traust mir nicht.“

„Nein, Turner! Wenn hier jemand dem anderen nicht traut, bist du das.“ Sie fühlte sich hundeelend. „Du hast mich nie geliebt. Aber – mein Fehler – ich habe dich geliebt. Die ganzen Jahre hindurch habe ich mich Dennis gegenüber nicht besonders anständig verhalten, weil du es warst, den ich liebte. Ich habe dich immer geliebt. Aber du hast mir nie geglaubt.“ Heather kämpfte mit den Tränen. Sie zitterte am ganzen Körper. „Es geht dabei weder um Adam noch um dieses Baby. Ich habe dich einfach geliebt – töricht, blind, grundlos … Ich habe dich wirklich geliebt“, wiederholte sie mit leiser Stimme noch einmal.

Sie sah die Verachtung in seinem Gesicht. Und da wusste sie, dass all das Glück, das sie sich ausgemalt hatte, in tausend Scherben zerbrochen war. Sie wandte den Blick ab, konnte seinen aggressiven Blick nicht länger ertragen. Sie schaute auf den Keksteig, den liebevoll gedeckten Tisch mit den frischen Rosen, konnte den Kaffee riechen, den sie nicht mehr trinken würde. Sie fühlte sich so schrecklich wie noch nie in ihrem Leben.

„Mommy?“

Adams verschlafene Stimme ließ sie aufschrecken. Rasch schluckte sie ihre Anwandlung von Selbstmitleid hinunter und räusperte sich. Hier vor dem Kind durfte sie nicht zusammenbrechen. Er musste das Gefühl haben, dass alles in Ordnung war. Er brauchte diese Sicherheit, gerade nachdem er Dennis als Vater verloren hatte. Einen neuerlichen Verlust durfte man ihm nicht zumuten. Sie nahm ihre ganze Selbstbeherrschung zusammen und brachte mit Mühe sogar ein kleines Lächeln zustande, als sie sich nach ihm umdrehte.

Adam hatte eine gesunde Gesichtsfarbe, und auch die dunklen Ringe unter seinen Augen waren verschwunden. Das Leben mit Turner auf der Ranch tat ihm sichtlich gut. „Guten Morgen, mein Goldstück", sagte sie. Ihre Stimme klang immer noch ein wenig belegt.

„Bist du traurig?" Adam blickte halb verängstigt von Turner zu Heather.

Heather hob ihn hoch, um ihn zu herzen. „Alles ist gut, mein Schätzchen! Sieh mal, was Turner dir mitgebracht hat."

Adam machte große Augen, als er den jungen Hund erblickte, der noch immer unter dem Tisch hockte, sich jetzt aber vorsichtig Zentimeter für Zentimeter hervortraute. Adam strampelte, und Heather ließ ihn wieder hinunter. „Gehört er wirklich mir?", fragte er leise und sah Turner voller Bewunderung an.

Dessen zuvor versteinerte Miene hellte sich in weniger als einer Sekunde auf, und er schenkte seinem Sohn ein Lächeln, das wärmte wie die Sommersonne. Es brach Heather fast das Herz, als sie es sah. „Dir allein", antwortete Turner.

„Und wie heißt er?"

„Da es deiner ist, musst du ihm einen Namen geben."

„Darf ich wirklich?" Adam sah seine Mutter an, als erwartete er Widerspruch von ihrer Seite.

„Natürlich darfst du."

Der Junge legte seine Stirn einen Augenblick lang in nachdenkliche Falten. Dann rief er vergnügt aus: „Dann nenne ich ihn Daytona. Das ist da, wo die Autorennen sind." Er streckte seine Hand aus, um dem Hund den dicken Kopf zu streicheln, und wurde zum Dank mit einem Schlecken quer über das Gesicht bedacht. Adam quiekte vor Vergnügen, und es dauerte keine fünf Minuten mehr, und Kind und Hund waren draußen, rannten über den Hof und tollten anschließend im trockenen Gras.

„Ich werde ihn nicht hergeben, das weißt du", sagte Turner.

Heather biss sich auf die Lippe, um die Tränen zurückzuhalten. „Ja, das weiß ich."

Damit verließ er die Küche, und auch sie machte auf dem Absatz kehrt und ging nach oben in ihr gemeinsames Schlafzimmer. Dort holte sie ihre Kleider und anderen Sachen aus dem Kleiderschrank und aus den Schubladen der Kommode und begann zu packen. Dasselbe tat sie mit Adams Sachen. Dieser Mann liebte sie nicht, hatte sie nie geliebt und würde sie niemals lieben. Sie wollte eher verdammt sein, als den Rest ihrer Tage mit einem Mann zusammenzuleben, der ihre Gefühle nicht erwiderte. Man konnte es für hoffnungslos romantisch halten oder für grenzenlos dumm. Aber sie kannte immer noch ihre Grenzen.

Sie würde Adam mitnehmen, sie würde das ungeborene Kind mitnehmen, sogar den Hund. Was sie hierließ, war ein großes Stück, das sie sich aus ihrem Herzen gerissen hatte.

13. KAPITEL

Sie könnten es schlechter treffen." Thomas Fitzpatrick legte sein Kinn auf die gefalteten Hände und wartete ab, bis Turner die Offerte zu Ende gelesen hatte. „Das ist das Zweieinhalbfache des Wertes Ihrer Ranch und das Vierfache dessen, wofür ich sie damals verkauft habe. Das nenne ich einen ganz netten Schnitt."

Turner drückte auf dem Kugelschreiber herum. Die Papiere waren allesamt unterschriftsreif, und er wollte verkaufen. Zur Hölle! Seit dem Streit mit Heather vor drei Tagen hatte er an nichts anderes gedacht, als davonzulaufen.

Er hatte es nicht getan, denn etliche Dinge harrten noch einer Lösung. Jetzt waren es nicht nur Heather und Adam, es musste auch noch über ein weiteres Kind nachgedacht werden. Heather und er hatten nicht mehr miteinander gesprochen. Sie hatte ihre Sachen gepackt und sich den Jungen geschnappt und irgendetwas davon gemurmelt, bis zur Hochzeit ihre Mutter zu besuchen. Und er mit seinem Dickkopf hatte natürlich nicht angerufen. Dafür hatte er auch seitdem kein Auge mehr zugetan.

Wie aus dem Nichts war dann Thomas Fitzpatrick vor seiner Haustür erschienen, in der Hand ein Angebot, das wesentlich höher lag als die bisherigen. Hier ging es um richtig großes Geld. Es war Turners Freifahrtschein – wie aufs Stichwort und vom Schicksal bestellt. Das Dumme war nur, dass Turner nicht an ein Schicksal glaubte.

„Ich meine, ich hätte Ihnen schon gesagt, dass ich nicht verkaufen will", sagte Turner und schmiss die Verträge mit dem ganzen juristischen Firlefanz wieder auf den Tisch.

„Ja schon, aber das war … vorher."

„Vorher? Vor was?"

Fitzpatrick rückte seine Seidenkrawatte zurecht. Er strich sich über sein silbergraues Haar und dann über seinen gestutzten weißen Schnurrbart. Darauf hob er wie beschwörend die Hände und meinte: „Gold Creek ist nun einmal ein kleines Nest. Und in so einem kleinen Nest gibt es keine Geheimnisse."

„Was wollen Sie damit andeuten?" Turner hasste das Gefühl, vorgeführt zu werden. Dummerweise hatte er es dazu mit einem ganz abgebrühten Gegner zu tun.

„Mir ist da so etwas über Sie und dieses Tremont-Mädchen zu Ohren gekommen."

„Was? Was ist Ihnen zu Ohren gekommen?" Er spürte, wie sich die Schlinge um seinen Hals zusammenzog.

„Nur, dass sie Sie gerade verlassen hat, mit dem Jungen. Nun, ich weiß, was Anwälte heutzutage kosten, und ich kann mir vorstellen, dass Sie vorhaben, die Sache vor Gericht auszufechten. Sorgerecht, all diese Sachen. Da muss man schon flüssig sein. Und wenn Sie den Jungen bekommen, kommen die Arztrechnungen hinzu. Über die Summen werden Sie sich noch wundern …" Turner sprang auf, sodass der Stuhl hinter ihm umfiel, und packte Fitzpatrick an seiner teuren Krawatte. Jetzt war er an der Reihe, die Schlinge zuzuziehen. „Wer hat Ihnen das alles erzählt?"

„Das spielt doch keine Rolle."

„Ach nein? Wenn Sie sich nicht ernsthaft mit mir anlegen wollen, spucken Sie es lieber aus, Fitzpatrick."

Dem stand bereits der Schweiß auf der Stirn. „Sie können mich nicht …"

„Reden Sie!"

„Sie haben kein Recht …"

Turner lächelte kalt. „Sie befinden sich in meinem Haus auf meinem Grund und Boden, Fitzpatrick. Solange ich Ihre dämlichen Papiere nicht unterschrieben habe, gehört das alles mir. Und solange Sie also hier sind, tanzen Sie nach meiner Pfeife. Also – von wem haben Sie das?" Um seinen Worten Nachdruck zu verleihen, zog Turner einmal kräftig an Fitzpatricks Schlips, wobei der in seiner Panik eine unkontrollierte Bewegung machte, mit der er die Papiere vom Tisch fegte.

„Ellen Little", antwortete Thomas Fitzpatrick schließlich. „Ellen Tremont Little."

Heathers Mutter also. Der Hang zum Verrat lag offenbar in der Familie. Turner ließ los, und Fitzpatrick lehnte sich aufatmend zurück und lockerte seine Krawatte. Heather war also zu ihrer Mommy gelaufen und hatte ihr alles erzählt. Und die hielt es offenbar für angebracht, alle Informationen an Thomas Fitzpatrick weiterzugeben. Turners Blick trübte sich vor Wut.

Thomas Fitzpatrick schien sich hingegen einigermaßen erholt zu haben. Er lächelte genauso kalt, wie Turner es vorhin getan hatte, und bemerkte: „Ellen arbeitet jetzt für mich. Wie es scheint, fühlt sie sich mir verpflichtet, weil ich ihr diesen armseligen kleinen Job verschafft habe."

„Mieser Bastard!" Turner wollte sich auf ihn stürzen, doch der ältere Mann war erstaunlich schnell auf den Beinen und eilte flink wie ein Wiesel in Richtung Hintertür.

„Denken Sie über mein Angebot nach. Und glauben Sie mir, ein besseres werden Sie nie wieder bekommen!" Damit war Fitzpatrick ebenso unvermittelt verschwunden, wie er gekommen war.

Turner betrachtete die auf dem Boden verstreuten Papiere. Unseligerweise hatte Fitzpatrick in einigen Punkten recht. Heather verfügte über ausreichende Geldmittel nach dem, was ihr bei ihrer Scheidung zugesprochen worden war, und sie würde nicht zögern, jeden Cent dafür einzusetzen, ihr Kind zu behalten. Sein Kind, ihrer beider Kind. Ebenfalls war nicht auszuschließen, dass Adam noch in erheblichem Umfang medizinisch betreut werden musste, und das konnte erst recht ins Geld gehen. Obendrein würde Turners Versicherung kein Kind aufnehmen, bei dem bereits Leukämie diagnostiziert worden war.

Alles, was Turner hatte, war die Ranch, für die Fitzpatrick soeben ein Vermögen geboten hatte. Turner hatte einen schlechten Geschmack im Mund und atmete schwer. Ohne lange nachzudenken, sammelte er die Schriftstücke ein und begann, sie eines nach dem anderen zu unterzeichnen. Er war entschlossen, um das Sorgerecht für seinen Sohn – und auch für das noch ungeborene Kind – zu kämpfen, und sei es mithilfe von Fitzpatricks schmutzigen Dollars. Wie er später mit dem Rest seines Lebens zurechtkam, musste er dann sehen.

„Was bist du für ein Esel!“ Nadine scheuerte den alten Herd, als ginge es um ihr Leben. „Wie konntest du diese Frau gehen lassen? Du musst doch gemerkt haben, dass sie dich liebt. Sie wollte Kinder mit dir haben. Alles hätte sie getan ... Aber, du meine Güte, warum rede ich überhaupt mit dir?“ Während sie weiterschrubbte, riskierte sie einen raschen Seitenblick auf Turner. „Männer!“, rief sie verächtlich aus.

Turner hatte nicht vor, sich von Nadine aus dem Konzept bringen zu lassen. Er hätte sie auch gar nicht ins Vertrauen gezogen, wenn sie nicht ohnehin die halbe Geschichte schon gekannt hätte. Als sie dann herkam und feststellte, dass Heather nicht mehr da war, hatte sie sich den Rest selbst zusammengereimt. Er griff sich eine Dose Bier aus dem Kühlschrank, knackte sie auf und ließ sich damit in einen der Stühle am Küchentisch fallen.

„Und was wird jetzt aus deinem Sohn?“, wollte Nadine wissen. „Was wirst du seinetwegen unternehmen?“

„Ich werde vermutlich auf Sorgerecht klagen.“

„Oh, großartig! Fantastisch!“ Nadine gab sich keine große Mühe, ihren Hohn zu bemänteln. „Bring das Kind ruhig ganz durcheinander.“ Sie warf den Putzlappen in den Eimer und stemmte ihre gummibehandschuhten Fäuste in die Hüften. „Erst erfährt der arme Junge die Zurückweisung des Mannes, den er für seinen Vater hält, und jetzt will der Mann, der behauptet, sein richtiger Vater zu sein, sich auf eine lange und schmutzige gerichtliche Auseinandersetzung mit der Mutter einlassen, in der das Kind der Hauptgewinn ist. Der Kleine wird selbstredend hin- und hergerissen sein und emotional in die Mangel genommen, bis das alles vorüber ist. Denk doch mal nach, Turner! Benutz dein Hirn, falls vorhanden. Frag dich einmal, was das bei Adam anrichtet – und, wenn es danach dazu noch reicht, aber nicht, dass das so bedeutend wäre, was es bei dir anrichtet.“

„Ich bin …“

„… jämmerlich“, ergänzte Nadine und entledigte sich mit Schwung der Gummihandschuhe. Sie seufzte tief. Ihr Ärger schien plötzlich in eine ganz andere Stimmungslage umgeschlagen zu sein, denn sie sagte mit trauriger Stimme: „Glaub mir, Turner, ich bin bestimmt die Letzte auf der Welt, die dich in eine Beziehung drängt, die du nicht willst. Aber in den letzten ein, zwei Wochen warst du anders, ein anderer Mensch. Heather Leonetti ist dir dermaßen unter die Haut gegangen, dass du sie nicht einfach abschütteln kannst. Also hör auf, so ein Feigling zu sein, und schau den Tatsachen ins Gesicht.“ Dann zeigte sie auf die Dose Bier in seinen Händen, von der er noch nicht getrunken hatte. „Und *das* hilft dir auch nicht weiter. Das hat dein Vater eindrucksvoll bewiesen.“

Aus purem Trotz nahm Turner einen großen Schluck. Das Bier schmeckte ihm nicht. Es fiel ihm zwar schwer, es zuzugeben, aber Nadine hatte recht. Verdammt noch mal, er vermisste Heather! Er vermisste es, neben ihr aufzuwachen, den Duft ihres Parfüms zu riechen, den sie auf den Kissen zurückließ. Ihm fehlte ihr perlendes Lachen und ihre Stimme, wenn er sie in der Küche singen hörte. Und er vermisste es, mit ihr zu schlafen.

Und das war noch längst nicht alles. Ohne Adam kam ihm das Haus leer vor. Er empfand das Fehlen des Jungen, als hätte man ihm ein Stück aus dem Herzen gerissen.

„Pass auf, dass dein Stolz dir nicht zum Verhängnis wird.“ Nadine ging zu dem Haufen Altpapier, den Turner bereitgelegt hatte, um ihn zu entsorgen. „Du weißt, wo du sie finden kannst“, sagte sie. Sie zog die Einladung zur Hochzeit von Rachelle Tremont und Jackson Moore aus dem Stapel und warf sie vor ihn auf den Tisch. „Mehr habe ich dazu nicht zu sagen.“

Welch ein Glück, dass sie nicht wusste, dass er vorhatte, die Ranch an Fitzpatrick zu verkaufen!

Er blickte Nadine nach, wie sie in ihrem rechtschaffenen Zorn mit raschen Schritten den Hof überquerte. Es stimmte natürlich.

Turner nahm die Einladung zur Hand und überlegte. Heather würde sicher dort sein.

Zum Teufel damit! Er zerknüllte den Bogen Büttenpapier mit der geprägten Schrift in der Faust und trank sein Bier aus. Darauf nahm er das Telefon zur Hand, um auf *Lazy K* anzurufen. Wenn Zeke nicht da war, würde er ihn auftreiben, wo immer er sein mochte, und Mazie würde ihm dabei helfen. Er brauchte Antworten, Antworten auf Fragen, die er schon vor sechs Jahren hätte stellen sollen.

„Etwas stimmt doch mit dir nicht“, sagte Rachelle, während sie sich in dem bis auf den Boden reichenden Spiegel betrachtete, der in dem hinteren Raum der kleinen Kapelle am See stand.

„Es ist alles gut. Du machst dir zu viele Gedanken.“ Heather zupfte den Schleier ihrer Schwester zurecht und seufzte. Rachelle sah bezaubernd aus. Ihr rotbraunes Haar fiel frei in leichte Locken gelegt bis zur Hälfte des Rückens und schimmerte durch den mit Perlen besetzten Schleier. Perlen und kostbare Spitze schmückten auch das eng auf Taille geschnittene Oberteil des cremefarbenen Kleids. Der Rock war weit ausgestellt. All das stand ihr vorzüglich.

„Heather hat recht! Du machst dir unnötig Sorgen“, stimmte Carlie zu. Rachelle hatte darauf bestanden, dass ihre beste Freundin zu ihrer Hochzeit kam, und Carlies Ankunft hatte für einigen Wirbel gesorgt. Irgendwie hatte die Schneiderin es in der Kürze der Zeit tatsächlich geschafft, ihr ein Kleid zu nähen, passend zu ihrem glatten schwarzen Haar und den blaugrünen Augen. Eine männliche Begleitung für sie war auch gefunden worden, ein Cousin von Jackson, der allerdings noch mit einem Smoking ausgestattet werden musste. Aber nun war alles bereit. Carlie lächelte der Braut aufmunternd zu.

Rachelle zog die Stirn kraus und blickte von Carlie zu Heather. „Ich weiß nicht. Ich glaube, ich habe etwas getan, was ich besser doch nicht hätte tun sollen.“

„Du hast Thomas Fitzpatrick eingeladen“, bemerkte Heather.

„Das weißt du?“

„Dafür brauchte man nicht einmal auf die Journalistenschule zu gehen, Rachelle. Du hast mir die Einladungen gegeben, damit ich sie in den Briefkasten werfe.“

„Hast du Jackson davon erzählt?“, fragte Carlie.

„Ja, aber erst gestern Abend.“

„Und?“

Dann lachte Rachelle doch. „Ich will es mal so sagen: Er ist nicht gerade vor Freude an die Decke gesprungen.“

„Ganz schön mutig“, meinte Carlie und strich ihre Röcke glatt.

„Oder ganz schön blöd.“

„Oder beides“, beteiligte sich Heather an dem Flachs. Sie wollte auf keinen Fall ihrer Schwester an deren großem Tag die Laune verderben, obwohl ihr die ganze Zeit Turner nicht aus dem Kopf ging und ihr zum Heulen zumute war.

Rachelle musterte ihre Schwester kritisch. „Nachdem ich für meinen Teil nun mein Innerstes nach außen gekehrt habe, finde ich, dass du jetzt dran bist. Raus mit der Sprache! Irgendetwas bedrückt dich doch.“

„Nein, es ist nichts – wirklich nicht.“

„Mit Adam alles in Ordnung?“

„Adam macht sich fantastisch.“ Heather schaffte es sogar, zu lächeln. „Augenblicklich denkt er, er ist ein Cowboy.“

„Das ist Turners Einfluss.“ Rachelle fummelte in ihrem Genick herum. „Da stimmt etwas mit diesem Häkchen nicht. Kann mal jemand nachsehen?“ Sie hielt ihr Haar und den Schleier in die Höhe.

„Kein Problem. Warte mal“, erbot sich Carlie. Einen Moment später hatte sie den Verschluss im Nacken wieder gerichtet. „Diese Dinger sind immer eine Plage.“

„Seit wann bist du denn Expertin für Hochzeitskleider?“, zog Rachelle sie auf. „Warst du etwa schon mal verheiratet? Los, Carlie, nun pack aus!“

Eine Sekunde wurde ihre Freundin etwas blass um die Nase, aber sie fing sich sehr schnell wieder. „Als ich als Model gearbeitet habe, hatte ich auch mit Brautmode zu tun."

„Ich bin jedenfalls froh, wenn das alles vorbei ist." Rachelle ließ ihr Haar wieder los. Dann wandte sie sich wieder an Heather. „Und was ist mit Turner?", knüpfte sie an ihre vorherige Frage an.

„Ich habe keine Ahnung, ob er heute kommt", antwortete Heather ausweichend.

„Jetzt sag nicht, dass ihr euch getrennt habt!" Die Bestürzung auf Rachelles Gesicht machte Heather zu schaffen. Carlie, die die letzten drei Tage mit den beiden Frauen verbracht hatte, kannte den größten Teil der Geschichte.

„Es ist nichts. Wir hatten einen kleinen Streit, weiter nichts", log Heather. Schon wieder sah sie sich gezwungen, Turner Brooks wegen zu schwindeln. Ihre Mutter hatte ganz recht: Eine Lüge führte zur nächsten. „Mehr ist nicht", fügte Heather achselzuckend hinzu.

„Wäre besser so", meinte Rachelle ernst.

Die Tür flog auf, und Ellen kam hereingestürmt. „Ich kann es nicht glauben! Was bildet er sich eigentlich ein? Dein Vater schleppt tatsächlich *sie* hier an ..."

„Ich weiß, Mom. Ich habe sie selbst eingeladen", gab Rachelle zu und wand sich dabei ein bisschen, weil es nicht schön war, ihre Mutter leiden zu sehen. „Sie ist nun einmal seine Frau, ob es dir gefällt oder nicht."

Einen Moment lang erwartete Heather, dass ihre Mutter zusammenbrechen und anfangen würde zu weinen. Aber Ellen Tremont war aus härterem Holz geschnitzt. Sie straffte die Schultern. Heather gab ihr einen Kuss auf die Wange. „Du siehst fabelhaft aus, Mom." In der Tat machte sich Ellen in dem goldfarbenen Kostüm und mit ihrem frisch frisierten Haar sehr gut.

„Danke, Liebes", sagte sie und warf noch einen stolzen Blick auf ihre beiden Töchter.

„Alle auf ihre Plätze“, kam durch die halb geöffnete Tür von draußen die Stimme der Pfarrersfrau.

Einem Impuls folgend umarmte Rachelle ihre jüngere Schwester. „Du und Turner, ihr werdet das schon hinbekommen. Ich weiß es.“ Die ersten Takte der Musik drangen in den engen Raum zu ihnen herein. Rachelle atmete einmal tief durch. Dann sagte sie: „So, es ist so weit.“

„Viel Glück!“ Heather drückte ihr noch einmal kurz die Hand.

Sie traten heraus in die bis auf den letzten Platz gefüllte Kapelle. Vor dem Altar wartete sichtlich nervös Jackson Moore in einem schwarzen Smoking auf seine Braut. Sein schwarzes Haar glänzte im Schein der hohen, weißen Kerzen, die um den Altar aufgestellt waren. Als er in der fünften Reihe Thomas Fitzpatrick erblickte, ließ er sich nichts anmerken. Er dachte einfach nur daran, wie sehr er die Frau liebte, mit der vorhatte, den Rest seines Lebens zusammenzubleiben.

Heathers Hals war wie zugeschnürt. Sie hatte sich bei Boothe Reece eingehakt, Jacksons Partner in seiner New Yorker Anwaltskanzlei, und setzte im Takt der Musik langsam einen Fuß vor den anderen. Nun begann für Rachelle ein neues Leben und ironischerweise für sie selbst auch. Ein Leben ohne Turner, mit einem zweiten Kind, ein Leben, in dem sie ihre beiden Kinder mit einem abwesenden Vater teilen musste. Heather zwang sich zu einem Lächeln. Die Tränen, die in ihren Augen schimmerten, waren selbstverständlich Freudentränen für ihre große Schwester.

Romantische Klänge lagen in der Luft, und eine leichte Brise, die vom See her kam, kühlte Heather das Gesicht. Die Sonne war schon hinter den Gipfeln im Westen verschwunden, und der Himmel war von Streifen in leuchtendem Rosa und Purpur durchzogen.

Die Dämmerung setzte ein. Es war die Stunde, in der sich Heathers Gedanken jeden Abend Turner zuwandten. Die ersten Sterne blinkten dort oben, und bald erschien auch die Mondsichel. Heather hatte die Arme um sich geschlungen und spazierte auf einem spärlich mit Kies bestreuten Pfad in Richtung des Sees, desselben Sees, von dessen Wasser sie vor ein paar Wochen erst getrunken hatte. Dieser verflixte Aberglaube! Sie musste verrückt gewesen sein zu glauben, dass an dieser alten indianischen Legende etwas dran war.

Mit einem Rauschen in den Blättern erhob sich der Wind ein wenig und ein kühlerer Hauch, der ihre bloßen Schultern traf, kündigte schon den nahenden Herbst an. In ihrem himbeerfarbenen Abendkleid bahnte sie sich den Weg zwischen den Steinen und Farnen zum Wasser.

Sie war so lange auf der Hochzeit geblieben, wie sie es hatte aushalten können. Sie hatte gehört, wie Jackson und Rachelle ihre Eheversprechen abgaben, und gesehen, wie sie die Ringe tauschten. Sie hatte mit den anderen gelächelt, als die beiden einen Toast auf ihr neues Leben ausbrachten, und mit den anderen gelacht, als die beiden die Hochzeitstorte anschnitten und sich dann gegenseitig um die Wette fütterten. All die alten Bräuche, die hier wieder auflebten.

Und sie war auch dabei gewesen, als Rachelle ihren Brautstrauß in die Menge warf, der dann bei einer völlig verdutzten Carlie Surrett gelandet war. Die ließ das hübsche, mit weißen Bändern verzierte Bouquet aus Nelken und rosaroten Röschen sofort fallen, als hätte sie sich an glühendem Eisen verbrannt. Rachelle war in ihrer Gutmütigkeit so freundlich, den Strauß aufzusammeln und den Wurf nach hinten über die Schulter zu wiederholen. Unter großem Hallo war es dieses Mal Ellen, ihre Mutter, die ihn fing.

„Ist das denn die Möglichkeit?“, kommentierte sie lachend. „Na ja – vielleicht sind ja wirklich aller guten Dinge drei!“

Danach kam der große Moment, als Thomas Fitzpatrick seinem leiblichen Sohn die Hand schüttelte und ihm Glück wünschte. Thomas wirkte ernst, als er das tat. Jackson nahm die Glückwünsche entgegen, verzog aber keine Miene. Das Kuvert, das Thomas ihm überreichte, nahm er entgegen und bedankte sich dafür. Es war zwar keine zu Tränen rührende Versöhnungsszene zwischen Vater und Sohn, aber wenigstens auch kein Desaster.

Heather schaute über die Schulter zurück und sah, wie die Schar der Gäste das Brautpaar gerade zur Tanzfläche begleitete, die für dieses Fest provisorisch aufgebaut worden war. Verborgen unter den großen Pinien und ringsherum von Fackeln und bunten Lampions beleuchtet, war das ehemalige Sommercamp ein wunderbarer Platz, um eine Hochzeit zu feiern, ein schöner Start in ein gemeinsames Leben.

Heather für ihren Teil hatte ihre eigenen Pläne. Morgen schon würde sie nach San Francisco zurückkehren, in die Stadt, die sie liebte, und wieder von vorne anfangen. Ohne Turner. Es drehte ihr das Herz um, daran zu denken, und die Tränen stiegen ihr in die Augen. Warum fand sie keinen Trost in dem Gedanken, dass sie ja praktisch in ihr Zuhause zurückkehrte? Warum konnte sie der Gedanke nicht trösten, dass es ihr erspart blieb, wieder in Gold Creek beziehungsweise in seiner unmittelbaren Umgebung leben zu müssen? Die Antwort auf diese Fragen ließ sich in einem Namen ausdrücken: Turner Brooks.

Sie raffte ihre Röcke und folgte dem Pfad weiter, bis die Bäume den Blick auf das felsige Ufer des Sees freigaben. Die Hochzeitsfeier lag jetzt weit hinter ihr, die Musik war kaum noch zu hören, und die Stimmen und das Gelächter wurden schon vom Zirpen der Zikaden übertönt.

Es war dunkler geworden. Die Sterne spiegelten sich in der dunklen, spiegelglatten Oberfläche des Sees. „Oh, Turner", flüsterte sie und gab einem Stein einen Stoß mit dem Fuß, sodass der beinahe gemächlich die Böschung hinunterrollte und in die Fluten plumpste.

Wieder spürte sie, wie eine Brise das Haar in ihrem Nacken bewegte. Unwillkürlich schaute sie nach Westen, woher der leichte Wind kam. Und da verschlug es ihr den Atem. Es war wie die Wiederholung jener Szene vor sechs Jahren. Gegen den dunklen Abendhimmel sah sie die Silhouette eines einsamen

Reiters, eines Cowboys auf einem stämmigen Pferd, der sich ihr langsam näherte. Ihr blieb fast das Herz stehen. Sie wollte ihm zurufen, dass er sie in Frieden lassen solle, aber sie brachte es nicht über die Lippen. Sie konnte ihn nur anstarren. Sie war verloren. Sie wusste, dass es ihr Schicksal war, diesen Mann für den Rest ihres Lebens zu lieben.

Unbeweglich verharrte sie wartend, während der Wind mit ihren Röcken spielte, bis der Schatten nahe genug gekommen war, dass sie Gesichtszüge ausmachen konnte. Streng, stolz – dieser Mann würde sich nie ändern. Alles, was sie hervorbringen konnte, war ein gequälter Seufzer.

Einen Augenblick lang glaubte sie, er sei ihretwegen gekommen; er hatte ja gewusst, wo sie heute Abend zu finden war. Aber offensichtlich war er hier, um ihr zu sagen, dass er sich einen Anwalt genommen hatte und sich sein Sorgerecht vor Gericht erstreiten wollte. Oh Gott, wie hatte es nur so weit kommen können? Nervös nestelte sie an ihrem Kleid herum und wünschte sich immer noch, dass sie es fertigbrächte, ihn zu hassen, damit sie rücksichtslos mit Klauen und Zähnen um ihre Kinder kämpfen konnte. Aber irgendetwas in ihr hinderte sie daran. Etwas Dummes, Irrationales, das von dem Gedanken nicht loskommen konnte, dass sie ihn liebte. Genauso wie vor sechs Jahren.

Er hatte das Kinn stur vorgeschoben, aber in seinen dunklen Augen lag etwas, das seine innere Zerrissenheit verriet. Heather raffte sich auf, um nicht zusammenzubrechen. Er ließ sich aus dem Sattel gleiten, ging zu ihr und nahm sie, ohne ein Wort zu sagen, in seine starken Arme. Er vergrub sein Gesicht an ihrem Hals, während er sie festhielt. Der vertraute Geruch nach Aftershave, Lederjacke und Pferd weckte die Erinnerung an all jenes in ihr, was sie miteinander erlebt und einander gegeben hatten.

Sie klammerte sich an ihn – sie hatte gar keine andere Wahl. Tränen rannen ihr übers Gesicht und tropften auf seine Jacke. Das Herz ging ihr über, und sie wusste nicht, wie sie jemals über ihre Liebe zu ihm hinwegkommen sollte.

Nächtliche Stille hüllte sie ein. Nicht einmal ein Plätschern vom See her war zu hören. Da sagte Turner mit bewegter Stimme: „Ich liebe dich." Einfach nur diesen einen Satz.

Heather brach das Herz. „Du brauchst mich nicht …"

„Schsch", unterbrach er sie. „Ich habe dich immer geliebt. Das müsstest du doch wissen. Ich war nur ein Dummkopf, weil ich es nie offen aussprechen konnte."

„Turner, bitte, tu das nicht! Tu mir nicht so weh", rief sie laut weinend aus. Der Schmerz, den sie spürte, war nicht auszuhalten.

Er beugte sich ein Stück zurück und legte ihr den Zeigefinger auf die Lippen. Er sah ihr fest in die Augen, fast beschwörend, so, als wollte er die Geister des Whitefire Lake zu Zeugen aufrufen, indem er wiederholte: „Ich liebe dich. Glaub mir."

„Aber …"

„Wehr dich nicht dagegen."

Die Tränen kullerten ihr weiter über die Wangen. Konnte es wahr sein? Sie wagte es kaum, seinen Worten Glauben zu schenken. Und doch war der Blick, mit dem er sie ansah, von unendlicher Zärtlichkeit. Dieser Blick sagte nichts anderes, als dass sie zueinander gehörten und immer gehören würden.

„Oh Gott", stieß Heather aus und schlang ihm die Arme um den Hals. „Ich liebe dich auch, Turner. Immer schon habe ich dich geliebt."

„Dann heirate mich", sagte er schlicht. „Lass uns nicht damit warten. Es ist an der Zeit, dass wir unserem Sohn eine richtige Familie geben. Ihm und unserem Baby."

„Aber …"

„Heirate mich! Jetzt."

„Jetzt?", wiederholte sie. Ging das nicht etwas zu schnell? Heather wurde ganz schwindelig.

Er küsste ihr die Tränen vom Gesicht. „Dahinten muss doch noch irgendwo ein Geistlicher sein", sagte er und wies mit dem Kopf Richtung Sommercamp, von dem schwach die Lichter zwischen den Bäumen hindurchschimmerten.

„Ich weiß nicht … ja, vermutlich. Meinst du wirklich …?"

Ohne ein weiteres Wort zog er sie zu seinem Pferd, schwang sich in den Sattel und hob sie zu sich hinauf. Er umarmte sie von hinten und trieb das Pferd an, den Weg, den sie gekommen war, im Schritt hinaufzugehen, den bunten Lichtern und der Musik entgegen.

„Wo ist Adam?"

„Bei meiner Mutter."

„Sobald wir ihn und einen Geistlichen gefunden haben, wird geheiratet."

„Und Rachelle und Jackson?"

Turner lachte mit seiner dunklen Stimme in sich hinein. „Ich glaube nicht, dass es ihnen etwas ausmachen wird. Gegen ein bisschen mehr Trubel auf ihrer Hochzeit werden sie schon nichts haben."

„Aber warum … warum jetzt sofort?"

„Du bist ja genauso schlimm wie Mazie!", sagte er amüsiert. „Sie hat mir auch Löcher in den Bauch gefragt. Und stell dir vor – ich habe endlich Zeke zu fassen bekommen. Das nächste Mal, wenn ich ihn sehe, bekommt er von mir eine Schrotladung in den Hintern!"

„Warum das denn?"

„Weil er zugegeben hat, dass du x-mal angerufen hast und dass du ganz aufgelöst warst, weil du mich nicht erreichen konntest. Und die Briefe, die ich dir damals geschrieben habe … Ich hatte sie auf die Ranch geschickt mit der Bitte, sie weiterzuleiten, weil ich deine Adresse ja nicht kannte. Aber Zeke, der alte Kauz, dachte, er tut uns einen großen Gefallen, wenn er sie alle verbrennt."

„Das kann doch nicht …"

„Wie ich schon sagte: Er bekommt eine volle Ladung Schrot in den Hintern." Er lächelte und küsste sie auf die Schläfe.

Dann, als hätte er nun endgültig den Verstand verloren, langte er in die Innentasche seiner Jacke und holte einen blütenweißen Umschlag heraus, und während Sampson in einen leichten Galopp fiel, begann er den Umschlag samt seines Inhalts in kleine Stücke zu reißen.

„Was machst du da?"

„Konfetti für das Brautpaar. Mit schönen Grüßen von Thomas Fitzpatrick."

„Ich verstehe kein Wort."

Er verstreute die Schnipsel im Wind, der sie in Richtung des Sees davontrieb. „Musst du auch nicht. Das Einzige, was du verstehen und mir glauben musst, ist, dass ich dich liebe." Sie beugte sich zu ihm zurück, und er küsste sie auf den Mund. Dann trieb er Sampson zu noch schnellerem Tempo an.

Der Wind fuhr ihr durchs Haar. Sie spürte seine starken Arme, die sie hielten, und seine Lippen in ihrem Nacken. So ritten sie ihrer gemeinsamen Zukunft entgegen.

Heather war, als hätte sie ein Lachen zwischen den Bäumen gehört. War es ihr eigenes gewesen? Turners? Oder waren es die Geister der Vergangenheit, die um die magischen Kräfte des Whitefire Lake wussten?

– ENDE –

Band-Nr. 25774
9,99 € (D)
ISBN: 978-3-95649-051-4
512 Seiten

Lisa Jackson
In der Glut der Nacht/ Verhängnisvolle Geheimnisse

In der Glut der Nacht:

Ein schrecklicher Verdacht keimt in Sheila auf, als das Weingut ihrer Familie niederbrennt und ihr Vater in den Flammen umkommt. Hat womöglich ihr Kreditgeber Noah Wilder etwas mit dem Feuer zu tun? Denn wenn die Versicherung nicht zahlt, geht der gesamte Besitz an ihn. Entschlossen will Sheila den Unternehmer zur Rede stellen – und fühlt sich gegen jede Vernunft zu Noah hingezogen!

Verhängnisvolle Geheimnisse:

Fange nie was mit den Vätern deiner Patienten an! Diese Lektion hat die Kinderpsychologin Stacey Monroe bitter lernen müssen – weshalb sie fest entschlossen ist, sich an diesen Grundsatz zu halten. Bis Nathan Sloane ihr seine Tochter anvertraut. Fast auf den ersten Blick verliebt Stacey sich in ihn. Doch Nathan ist ein Mann mit Geheimnissen – Geheimnisse, die Stacey in Gefahr bringen …